連合赤軍の
彼方に

死者の軍隊

金井広秋
Hiroaki Kanai

下

彩流社

死者の軍隊（下）連合赤軍の彼方に／目次

第七章　銃と処刑　5

銃砲店襲撃　5
札幌へ　22
山岳ベース　53
脱走　79
「統一赤軍」　102
処刑　134

第八章　連合赤軍への道　174

「軍の統一」に異議　174
「挫折」　197
南アルプスへ　225
十一月沖縄決戦　253
共同軍事訓練　281
「遠山批判」・危険な罠　294

第九章　生者と死者と　321

「共産主義化」と総括　321
党史、対立と統一　361
新党＝死復活の闘い　387

尾崎充男　411
進藤隆三郎　419
小嶋和子　425
加藤能敬　451
遠山美枝子　460
行方正時　472
寺岡恒一　484
山崎順　497
山本順一　534
大槻節子　536
金子みちよ、山田孝　552
第十章　伝説　555
森恒夫　555
坂口弘　563
永田洋子　577
参考文献　587

★上

第一章　遭遇
第二章　包囲
第三章　あさま山荘
第四章　Xデー
第五章　告白
第六章　手記

第七章　銃と処刑

銃砲店襲撃

一九七一年二月十五日。銃奪取作戦の決行を二日後に控えたこの日、永田洋子は森恒夫と大宮駅前の喫茶店で会い、「友党」赤軍派との間で確認しておくべき二、三の点をめぐって概ね理解の一致を見た。赤軍派指導部との会合は昨年末の第一回から数えて四回目になるのだが、いつもなら永田と一緒に協議に加わる坂口弘が今日は実行部隊の最終打合せのために茨城の下館へ出かけて不在であり、永田ひとりが森とむかいあうはじめての両派会合となった。永田はまず「近いうちに闘争することになりました」と伝え、その後の連絡体制をどうするか革命左派側の方針を説明した。永田の話に森はしばらく考えて、「わかった」とうなずき、それから少し声をおとして「われわれも近々闘争をする」と付け加えた。先月二十五日に両派の下部組織である革命戦線と京浜安保共闘の共催した〈蜂起戦争・武装闘争勝利政治集会〉において、赤軍―革左両派は「共闘宣言」を発表し、その中で「……われわれは世界の人民の闘いの成果をうけつぎ、また大菩薩、よど号ハイジャック、一連の米軍基地爆破、とりわけ十二・一八上赤塚交番襲撃闘争における英雄的革命戦士の武器奪取の闘いに学び、必ずや革命戦争に勝利するだろう」云々と景気よく花火を打上げている。永田の革左は十二・一八では未遂におわった「武器奪取」を今度は断固やりとげるつもりだったし、森の赤軍派のほうも「四月小蜂起」へむけて「臨戦体制の構築」と称して全党的組織再編を推し進めている真っ最中だったのである。

「……銃奪取を大きな闘争のなかの重要ではあってもあくまでその一部分としか見なかった十二・一八の失敗を教訓にした。今度は時間も人員も十分すぎるくらいたっぷりかけた。うまくいくと思う」

「成功を祈るが、うーん、そこまで順調なのは当然いいことなんだが」森は頭をかしげた。永田の様子があまりにも無防備で稚《おさ》なくて、危なっかしく思えたのである。「いったん打って出たら警察の包囲網は東京都内にとどまらずただちに関東全域に広がるだろう。敵にだってその程度の用意はあるのだ。準備はやり過ぎ位でちょうどいいのではないか」

永田は「うまくやるから大丈夫」と事も無げにいい、森はもっと突詰めて物言おうとしかけたが、永田の晴ればれとした表情を見ると急に黙りこみ、もうそれ以上いわなかった。永田のアッケラカンとした無知な自信はいかにも危険であるが、森の対照的に繊細な警戒心と比べて一方でそのあたえる感じがとても「革命的」なのである。じぶんの内で葛藤が生じたとき、最後にはどんなに理不尽と思えてもそのときに「革命的」と感じられるほうにあえてつく。それが赤軍派指導者として森の一貫した処世の方針であって、今の場合も森は永田の危うさを咎《とが》める常識の立場には立てず、立ちたくもなかったわけである。

雑談になってからはしばらく会えなくなるかもしれないという感慨で話ははずんだ。なかでも森はきわめて冗舌に、これまで見られなかった親愛感にみちた態度で永田と革左への評価をとうとうと語った。森はまず昨年末の最初の会合でじぶんがトロツキーを擁護したことをしきりに「ナンセンスだった」とくりかえして撤回し、毛沢東思想にたいしてふみこんだ理解をしめした。森は得意の「三ブロック階級闘争論」（先進資本制諸国─発展途上国─社会主義国各ブロックでの階級闘争を「世界革命戦争」において統合するという赤軍派の世界革命論）に基いて、中国のプロレタリア文化大革命を社会主義社会におけるプロレタリア独裁の堅持の実践的表現として位置づけ、これを支持するとのべた。きいていて永田は、依然として森のまくしたてる赤軍派の「理論」は難しくてよく理解できないものの、赤軍派が革左に近づきつつあるというハッキリとした印象をうけ、赤軍派との支持支援の気持を一層強くした。

森はしみじみした口調になって、「じつは特別号にたいして獄中からどえらい批判が続々到来して、一時はほんとうにどないしようと思った。それでも少しして永田さんのいっていた獄中は獄外の闘いに学ぶべきだという言葉を思い出し、なんとか消耗から立ち直った」と打ち明けるようにいった。「特別号」とは先の一月二十五日の両派共同政治集会のために「文責・森恒夫」と明記したうえ「集会基調報告」として提出した文書「赤軍特別号」のことであり、森はそのなかで七二年の世界決戦にむけた最初の戦術的決戦として「四月小蜂起」＝四・二八沖縄デーにおける対権力センメツ戦の貫徹を表明し、また赤軍派の主導の下に「世界革命戦争統一戦線」へ革命左派を「統合」することをめざす等と雄弁に語ったのだが、これが案外にも獄中の赤軍派メンバーからさんざんな悪評をこうむるにいたった。悪評は大まかにいって一方に「右翼的、待機主義」（塩見孝也）、他方の極に「極左主観主義」（山野辺武）という批判があり、両者のあいだに獄外の赤軍派と森の革命実行力にたいする根深い不信の念を共通項として、中身のほうはいろいろな意見が右から左へズラリとならんでいるというものだ。これから森は獄中メンバーによるおおむねもっともな批判の数々に明快な実行でこたえていかなければならず、そのさい森にとって革命左派との新しくはじまった共闘関係は本人が思う以上におおきな支えとなりつつあったのである。

森と別れた永田は数日まえに群馬県館林市に設けたアジトに急ぎとってかえし、コタツとテレビの他は大小の荷物が引っこしてきたときのまま雑然と積み上げてあるばかりの埃っぽい六畳間に陣どって、最後の詰めのところへきて忙しくしているだろう実行部隊メンバーの連絡を待った。永田らの構想した「闘争」とは、銃砲店を襲って銃を奪い、奪った銃を使用して現在権力のもとに拘束されている革左の党首川島豪《つよし》を同志仲間の側に「実力奪還」しようという、見方のよっては「気宇壮大」ともいえそうな目論見であった。銃奪取は寺岡恒一、川島奪還のほうは坂口弘が実行責任者となり、すでに両者それぞれ軍メンバー数名とともにこのかん集中して作戦の準備、調査活動に取り組んできていた。「党務」が専管である「党任委員長」永田も、寺岡に頼まれて「女」であり「薬剤師」でもある永田の特長が生かせそうなケースで調査活動の一端を担ったりしたものだ。かれらが標的に定めた銃砲店の最後の「下見」は二月七日、永田の担当したすぐれた仕事の一つだった。

最終決定された作戦計画は大略以下のとおりである。①決行日＝二月十七日。川島豪の公判（横浜地裁）の三日まえ。②銃奪取闘争の対象＝栃木県真岡市田町「塚田銃砲店」。同店は市の東端に位置して薬局も兼ねる。国鉄真岡駅から徒歩十五分の距離にあり、夜九時すぎには人通りは絶える。国道二九四号線が近くを通り、車使用の逃走ルートとして優れている。③銃奪取部隊＝寺岡恒一、大島正男、河崎浩平、吉野雅邦、内野久、高木京司。以上の六名は川島奪還の担い手ともなる。寺岡は昨年七月から常任委員で「軍」の責任者。大島は東京水産大で坂口の先輩。革左にあって依然よりすぐれた活動家だったが、指導的メンバーのなかではほとんど唯一川島豪のかかげる武闘路線にたいしてどちらかといえば懐疑的な人物であり、今回大島は自らの意志で武闘の先頭に立つのだが、だからといって自分の懐疑に決着をつけたわけではない。とにかく「川島奪還」の「大義」には賛成せざるをえなかったということだ。河崎と吉野はふたりが横浜国大の学生だった頃からの仲間。今回の調査活動の中心になった。内野は川島奪還闘争のさいにつかう警察無線の傍受、撹乱装置を作っている。装置の実験をしてみるつもりなのだ。高木は十二・一八のあと寺岡の指示で入軍した。学生上りのメンバーとはやや異質な雰囲気を持つ快活な「度胸」の人である。④行動予定＝二月十六日午後、寺岡以下六名は下館アジトから車で茨城県笠間市へ向かう。笠間市内で二手に分かれて真岡市をめざし、十七日未明、塚田銃砲店近くで合流して店内に押し入り銃と実包を可能なかぎり多く奪う。そのあとは速やかに撤退し、奪取した銃と実包の全部を、館林市内にもう一ヵ所永田と坂口のアジトとはべつに確保してあるアジトへ運びこむ。坂口は銃奪取と人員の撤退完了を確認した後、ただちに「川島奪還」作戦にとりかかる。川島が公判のために地裁に押送され、バスからおりて姿をさらすその瞬間が、奪還闘争の最初の関門である。……

夕方、河崎が白いバンを運転してやってきて、

「闘争で使う黒いストッキングを六足買ってきてほしい。男が買うより女が買うほうが自然なので頼む」といい、またすぐあわただしく出て行った。永田は自転車で出かけ、黒いストッキングを三足買った。銃砲店に押し入る河崎ら六人の覆面用であり、なにも六人がストッキングをはくわけではないのだから、たしかに六足も要らぬのだ。些細なことであっても、こうした場面において永田はたんに「女」であるばかりでなくなかなかに「委員長」でもあることをよくしめしていると思われる。

夜おそくなっても坂口はもどらず、下館の会議が長引いているらしい。十一時をまわった頃に寺岡がノッソリ現われ、「闘争に使うさらしを買いに出てきた」といって上がってきた。ナイフと出刃包丁を使うのだが、そのさい柄の部分をさらしで固く巻いておき、つまらぬ事故がおこらないように備えるとのことだった。

永田はストッキングをわたしながら、「会議はもうおわったの」ときいた。

「じぶんは途中で出た。そのときの雰囲気ではあと少しで終了と思っていたのだが」寺岡は中座するときに坂口と立ち話をし、十一時頃に永田の待つ館林で落ち合って常任委員三人で会議の決定事項を確認しようと申し合わせて出たのであり、当然もどってきているはずの坂口が館林に居ないので当惑していたのである。問われて寺岡は、中座した九時頃までの間の協議の進行具合をポツリポツリと説明した。会議の目的は実行メンバーによる作戦の細部の最終チェックで、特に侵入時間や侵入後の手順について思いつく限り問題点を全部出しあい、問題の大小にかかわらず、時間をかけて話し合っている。寺岡が席を外したころは、いつ襲撃するか、夜中に銃砲店の人を起こすのに薬を買うことにするか、電報というかの二点で意見が分かれ、みんな活発に議論をくりひろげていた。そういう状態だから手間ヒマはかかるのだが、それにしてもここまでかかるのは変で、寺岡が出て行ったあとになにか別の問題が生じて難しい事態になっているのかもしれない。

寺岡は明け方まで坂口の帰りを待つことにして、コタツにはいったまま横になり仮眠をとった。横になるまえに、フーッと息を吐き、「今度の闘争の次はいよいよ川島さんの奪還だな。必ず銃を奪取するから待っていてくれ」といって永田の顔をじっと見た。

二月十六日。早朝寺岡は「一番の汽車で帰り、下館で坂口さんと会うことにする」といって出て行ったが、入れ違いに坂口が帰ってきて、出迎えた永田に「うまくいった」とうなずいてみせた。「もう大丈夫だ。下館では寺岡君の到着を待って行動開始の鐘が鳴る。われわれは今度はきっとやれる」

どう大丈夫なのか何がうまくいったのか、あとで永田がきいてみると、侵入後の手順を全員で確認していったときに、メンバー中最年長の大島が会議のおわり頃になって難しい問題を出してきて、とうとうそのまま徹夜の論議になってしまったのだという。「じぶんは銃砲店の人たちをしばるのは反対だ」大島は語気強く言うのである。「第一にわれわれは強盗ではない。第二に銃砲店の人たちは民間人であり「人民」であって革命をもとめるわれわれの思想と実践の潜在的な味方であるはずだ。われわれはかれらにたいして、あくまで暴力でなく思想でもって働きかけるべきだし、それの実行が実際どれほど困難な場面にあっても、革命家ならつねにその努力工夫をつみかさねなければならぬと思う」

「銃奪取闘争の直前になってそういう原則論をもちだされてもなあ」内野は困った表情になった。

「そういう今だからこそ原則問題をみんなで徹底的に論じ合ってはどうか。われわれは暴力革命を原則として肯定する集団である。しかしながら同時にたとえばブルジョア社会の犯罪一般に特徴的にみられる原則ヌキの暴力の行使には反対する。つまりわれわれは暴力の行使にあたってつねに敵と味方を厳格に区別せんとする立場にあるということ。今回われわれは「川島奪還」のためにほんとうに仕方なく、好き好んでではなく銃奪取闘争をおこなうのであり、そのさい銃砲店の人たちは本来は「人民」の一員でわれわれの味方である以上、かれらに対しどんなに小さなものであっても、手段としての暴力の行使にどれだけ慎重になっても慎重過ぎることはない。かれらを誰が、どんなふうにしばるかという手順の議論しかしないのは、革命家として謙虚さ慎重さが足りないとぼくはいうのだ……」

大島の主張するところは一見そうみえるような綺麗事の空論ではなくて、坂口をふくむ実行メンバーそれぞれの内に存在する葛藤や口に出さぬ疑問の数々をかれらに代って表現しているといえるものであり、坂口自身大島意見をきいていて一瞬作戦の見直しを考える気持になりさえした。しかし他方で大島の提案どおりにして銃砲店一家を縛ったりせず「説得」で働きかけるというのであれば、それは坂口らの置かれている現状とかれらの力量をふまえると現実には川島奪還闘争そのものの否定を推し進めることに等しい。すなわち大島の言葉は部分的には正しくても、大島も坂口らとともに一致して掲げている革命の大義のほうからながめなおすと全体として正しくなくなってしまうであろう。坂口はゆっくりと顔を上げ、

「銃砲店を経営している一家が「人民」だというのはどうか。大島さんの断定は性急にすぎないか」と口を切った。

「銃砲店といっても銃や弾薬を顧客に販売する民間の商店だから、商品販売の機関という意味だけでいえば八百屋、花屋、食堂と別段かわりはない。問題は大島さんが銃砲店を八百屋と同じ「商店」、銃砲店の店主を八百屋の店主と同じ「商店主」というように一面的に抽象的にとらえるだけで済ませ、銃砲店と八百屋のあいだの差異を具体的に見ることなしに議論を展開している点だ。銃砲店は同様に「商店」であっても八百屋がトマトを売るように銃や弾薬を売っているわけではない。われわれは銃砲店が警察権力と一体となって銃器の国家による独占・管理を末端で支えている「商店」でもある面に注目しなければならぬ。八百屋をおそって店頭の大根を奪取するのは泥棒で人民の財産の侵害にあたるが、銃砲店を襲って（革命のための）銃器を奪うのは人民に敵対的な権力の末端機関への正当な反撃の表現でもあるのだ。第二にわれわれにとって誰が敵で誰が味方か。これは十二・一八闘争で明瞭になっている。人民解放の戦士柴野君に銃口を向けて射殺した警察官が敵、戦士を殺しつづける権力と闘うものが味方。ここは一点の妥協の余地もないキッパリした原則だ。もちろん銃砲店の人たちもできたら味方につけたいし、せめてわれわれの行動に敵対させないようにしたいと思っている。敵対させぬようにする工夫の一として、われわれの行動中だけかれらと警察の間の連絡を断っておくこと、かれらの自由を一時だけ、配慮しつつ制限することは革命の大義にてらして許される範囲だと考える」

論争はつづいたが、メンバーの多くは坂口の意見に賛同した。結局のところ大島は「しばる」ことはやむをえぬかもしれないが問題だといい、坂口のほうは問題かもしれないがやむをえぬ「工夫」だと論じているのであり、メンバーの多数は大島の意見を「評論家」的、坂口の意見を「実行家」的と受けとめたのだった。最後に大島が立ち上って「みんなの気持はよくわかった。ぼくは今度の闘争を通して亡き柴野君の側にしっかりと立つ決心だ。ぼく自身の総括として」といい長い議論をおわらせた。もう大丈夫だ。差しこんできた夜明けの光のなかで坂口だけでなくこの場に居て徹夜の疲れを共有した全員がそう思った。大島が「納得」したそのときこそは「銃砲店からの銃の奪取」という「左翼」を名乗る集団としては空前の飛躍へむけてかれらの団結の打ち固められた決定的瞬間であったといえよう。

午後二時、実行部隊は行動をおこした。寺岡、大島、河崎、吉野、内野、高木は白いライトバンに乗りこみ、下館アジトを後にして先ず笠間市に向かった。運転は免許証をもつ河崎、使用する白いバンは数日前に闘争用に調達した「盗難車」であった。あいにくの氷雨《ひさめ》のなかを快調にとばして四時すぎには笠間市内に入り笠間稲荷近くの倉庫の蔭になっている空地にバンを駐めた。雨はやんでいたが、付近はしんと静まりかえって人の気配がない。寺岡と河崎は車に残り、あとの四人は打ち合せた通り大島・高木組、吉野・内野組と二組に分かれて用達に出て行った。六時頃にまず大島・高木組がほとんど新車のようなグレーの中型車を運転してもどった。高木は免停中だが、抜群の運転技術の持主である。かれらは早速、寺岡と河崎もバンからおりてきて手伝い、懐中電灯で足元をてらしながら車のナンバープレートを外してかれらがボール紙とペンキを使って手製のそう巧くもないが当座は凌げそうな偽造プレートにつけかえた。作業の間に吉野と内野ももどり、購入してきたロープ、タオル、包丁、ナイフの他、夕食用のパン、牛乳、駄菓子などをリュックサックから取り出してみんなのまえにならべた。食事中はときどき笑いも出た。

十一時、白のバンに寺岡、大島、河崎、中型車には吉野、内野、高木と六人が二台に分乗し、全員の時計を合わせたあと、真岡市に向かって車を発進させた。二台はコースを別々にして走行し、予定の時間内の集合地点到着をめざした。

二月十七日。未明、白いバンと中型車は塚田銃砲店正面から二十メートルほどの路上に停車した。バンから寺岡、大島、河崎がおり、中型車から高木と吉野がおり、内野は車内にのこって自家製の無線傍受・撹乱装置をチョコチョコと操作しはじめた。大島、河崎、高木はストッキングで覆面をし、軍手をはめ、リュックを背負い、さらしで巻いた包丁とナイフ、タオル、ロープなどは三人で分けて持った。店まえの電柱の側に見はりの吉野をのこして、先頭をオーバーコートをはおった寺岡が行き、後に高木、河崎、大島の順でつづいて塚田家の勝手口に近づいていく。あと二、三メートルというところへきて突然、寺岡が立ちどまった。いぜんとして周囲に人の気配はない。高木に促されて寺岡はまた歩きだし、ほんの目と鼻の先でありながら気分はもうやっとの感じで目標の勝手口にたどりついた。午前二時三十分頃である。

寺岡は勝手口の戸を叩いて、「デンポー、デンポー」という。声が小さいのでこれでは家人を夢からさますことはできない。高木に「もっとしっかりと大きく」と励まされ、二回、三回「デンポー」をくりかえすと、戸の磨ガラスのむこうに黄いろい灯りがつき、人の影が急に大きく迫ってきて、

「どこからですか」といってきた。

「山形から」

寺岡はとっさに思いつきを口にしたにすぎぬのだが、戸がガラリと開いた。塚田家にはたまたま山形県に遠い親類があったのである。

高木が進み出て、電報をうけとろうとした塚田銃砲店の主人（三五）に刺身包丁を突きつけ、先に立たせて家族のいる居間へ案内させた。大島と河崎は刃を上にしたナイフで持って主人の左右を固めた。高木らが明かりの点いている一室へ入っていくと、主人の妻と老父母は身体をおこして当惑した様子で侵入者のほうを見上げた。誰も一言も口を利かなかった。大島と河崎はフトンの上に三人をすわらせ、手を背中にまわすように指示してロープで順番にしばっていった。大島はしばるとき恐怖で震えている老婆の耳元で「すみません」とささやいたが、きこえなかったようで震えはとまらなかった。主人をしばりおえたあと、大島と河崎は見はりに高木をのこしてすぐ家の店舗側に行き、そこにあるだけの銃と弾丸のすべてを大リュック三個につめこんだ。猟銃一〇丁、空気銃一丁、弾丸二三〇〇発である。大島は重たいリュック二個を引きずって勝手口から出て、近くにいた寺岡、吉野と三人でバンの中に運びいれた。そのかんに高木と河崎もリュックを持ってバンに乗りこんできた。侵入から銃奪取終了まで要した時間はおよそ十数分であった。

白いライトバンには寺岡、大島、河崎及び奪った銃と弾丸の全部、中型車には、吉野、内野、高木が乗り、奪取後の「武器庫」として大島が設定した群馬県館林市内のもう一つのアジトを目指して出発した。

三時三十分、かれらは「武器庫」に到着し協力してリュック三個をアパートの六畳間に搬入した。そのあと大島と

河崎はここ数日の間調査によくつとめてくれた白いバンを市郊外の山中に捨てるために出て行き、寺岡、吉野、内野、高木はしばらく待機の態勢をとった。みんな興奮しており、食べ物は喉を通らぬのでやたらにタバコをふかしガムをかむなどした。

これと同じ頃、塚田銃砲店の店主塚田元成より栃木県警へ「強盗」の通報があった。県警の捜査開始とともに、警察庁は警視庁をはじめ関東地方各県警に手配して主要道路に検問所を設けるなど厳戒体制に入った。襲撃犯は銃と弾丸だけを奪って売上金は無視しており、事件発生の直後から当局は「武装闘争」を主張する過激派の犯行の可能性が大であると見た。

四時すぎ、東京都北区岩淵の国道一二二号線交差点において、検問中の赤羽署員が二人の男の乗った白いライトバンを停車させた。運転席の男はスキー帽を深くかぶり、最初のうちはおとなしく質問に応じていたが、警官が「もうすこし待って」といって離れたところにいる警官のほうへライトをふって合図したとき、急に車を発進させて猛スピードで逃走を開始した。パトカーがサイレンを鳴らして追う。バンは一キロ先で民家のブロック塀に衝突し、男二人は車を捨てて狭い路地裏へ逃げこんで走った。警視庁所管の名犬「アルフ号」が前面に出てあとを追い、遺棄されたライトバンから二五〇メートルほどはなれた水道管置き場にさしかかったとき、立ちどまっていかにも利口そうに両耳をピンと立てた。あたりにはペンキ、シンナー、石油の空缶が積み上げてあり、シートがかぶせてあった。警官隊がまわりを囲んで慎重にシートを引きはがしていくと、男の一人がしゃがみこみ、もう一人はできたら地面の下に潜りこみたいとでも言いたげにうつ伏せになっていた。アルフ号は軽やかに尾を振った。逮捕した男二人が革命左派「人民革命軍」の大島正男と河崎浩平であることはやがてわかった。

六時。永田と坂口はTVニュースで銃奪取の成功を知って手をたたいてよろこび、とりわけ坂口は「これで川島さんの奪還をやれる」と叫んでさざえのような握りこぶしを突き上げた。が、しばらくして、東京周辺の検問を突破しようとした車があり、この車の男二名を追及中というニュースが流れ、それからは二人は黙ってニュースを追った。寺岡がやってきて銃の奪取を手短かに報告したあと、TVを見ながら非常に心配そうに、警察に追われている二名というのが大島と河崎であり「……闘争に使用したライトバンは館林から奥の群馬県内の山中に捨てに行くことになっていたのだが、どうして東京方面にむかったのか」と首をかしげた。「大島さんを送っていくことにしたのかもしれないな」坂口はじぶんの推測をのべた。川島奪還の準備のため車を捨てたあとただちに一番の電車で上京する予定であった大島をそのまま送って行って、東京方面に車を捨てることに途中で方針変更したのではないか。気持はわかるが、飛んで火に入ったな、まずかったな。

七時頃、玄関で「ごめん下さい」と礼儀正しい感じの声がし、吉野の声だったので永田が出ていって戸をあけると、吉野は「ここがなかなかわからず迷ったが、見おぼえのある自転車があったのでたどりついた」といい、「寺岡さんがもどってこないからどうしたのかと思い、内野君と高木君をのこしてここにきてみたんだ」と面白そうに家のなかを見回した。

七時のニュースでは問題の二人の男が検問を突破して車を電柱にぶっつけ車から逃げたと報じられた。永田らはTVのまえで手に汗をにぎった。しかし八時から九時にかけて、警察犬が活躍してついにその鋭敏な「鼻」によって「ゴミ箱のなかにゴミまみれになって身をひそめていた」二人の男を捕捉したというニュースが流れ、手柄をたてた犬の顔につづいて大島と河崎の険しい顔や逮捕時の様子が画面に大写しになった。永田らはまた栃木、茨城、埼玉、東京の一都三県の主要幹線道路で車両の検問、米大使館、首相官邸、警察署、派出所等に防弾チョッキの武装警官が動員されるなど、予想をはるかに上回る「弾圧体制」が「事件」直後しかもほとんど瞬時にうちたてられたことを知った。自分らの見方が甘かった。それは永田にもよくわかった。

永田は立ち上がり、大きく深呼吸して、

「奪取した銃を見せてほしい」といった。吉野が自転車に乗って出て行き、バイオリンケースにいれて銃一丁と若干の実包を持ってきた。坂口は銃を構えてTV画面を狙ってみたりした、永田は銃を見て、十二・一八闘争で警官の銃撃によって柴野春彦が射殺され、岡部和久と少年のSが重傷を負って逮捕されたこと、今度は大島正男や河崎浩平が逮捕されてしまったことを思い、おおくの犠牲を払って奪取した銃を何としてでも守りとおさねばならぬところに固く誓った。永田にとって銃はたんに「武器」であるのではなく、それを奪取するのに支払った仲間の犠牲の光に照らされて輝く、永田および革左がいままさに敵権力から奪いかえした絶対の「義」、絶対の「無垢」の表象であって、それを命がけで守るとこのとき永田は決意したのである。

永田、坂口、寺岡は敵の包囲体制をどう突破するか話し合った。まず館林市内の「武器庫」アジトだが、逮捕された大島の借りたアパートで、しかも彼氏が逮捕されたときのパンチパーマ姿で借りている以上早急に引き払う必要があろう。この日のうちに館林に隣接する太田市内に新たにアジトを設定してそこに移動させることに決め、とにもかくにも万障繰り合せて夕方までに移動を完了させたのだった。ところが事態は永田らの予測の範囲をこえて進んでおり、ヤレヤレと一息ついてTVの画面を眺めると、警察の包囲網は群馬県をふくむ一都六県に拡がり、アジト発見のための「アパートローラー作戦」とやらもすでに発動されたというのだ。忙しいさなかに迷惑なことであった。永田らは鳩首凝議《きゅうしゅぎょうぎ》し群馬県外への脱出で一致、移動先は警察のいう「一都六県」にふくまれていない新潟県長岡市とした。今はとても川島奪還どころではなくなっていた。何よりも銃の移動より人の移動を優先して、吉野が持ってきた銃一丁だけは永田と坂口が引っ越し荷物にいれて運び、他は新設した太田アジトに保管しておき、さしあたってしばらくは融通の利く多能な内野が上手に番をすること。シンパの岡清君に移動のための車の手配と運転を依頼すること。寺岡、吉野、高木は汽車で長岡をめざすこと。夜十一時すぎ、永田らは長岡行の準備にとりかかった。

二月十八日。早朝、永田と坂口は岡君が運転するトラックに乗りこんで荷物といっしょにあわただしく「引っこして」いった。数日まえ引っこしてきて、御近所相手にひと通り「今度こしてまいりました須川の家内で」云々と尋常にアイサツして回った世慣れた永田なのだから、このたびやむをえずまた引っこしていくにしても、アイサツぬき、事情説明なしのこうしたやり方は、革命家を自認する人間の振舞いとしてはいささか浅慮、場当り的の誹りを免れまい。現にこのあと近所の善良な人々が永田らの唐突な引っこしと真岡市で発生した銃砲店強盗事件とを結びつけるのにさほどの時間も手間もかからなかった。

途中太田アジトに立ち寄り、永田は状況説明をしたうえ高木には長岡行を、内野にはここでしばらく待機してくれるよう指示して了解を得た。部屋に入るとすぐ床の間に紅白のめでたそうな紙でつつんだ一升ビンが鎮座ましまし、左右に対称的に銃が五丁ずつ壁に立てかけてあるのが眼にとまった。「高木君と奪取成功の祝杯をあげながら部屋の片付けをしていたところだ」と内野は語り、そのときが永田との初対面だった高木のほうは「長岡へはどんなファッションで参上いたしましょうか」とニコニコ笑いながら訊いてくる。ふたりとも銃奪取をやりきったぞと意気軒昂だった。永田もかれらの調子に引きこまれて表情を崩し「ファッションの選定は高木さんにお任せする」といい、再会を約しあってアパートを出た。

あとは一路、長岡めざして車を走らせた。館林—長岡間の車線には検問がなく、トラックはスピードをぐんぐん上げた。このかんに革左の半合法部との連絡ルート、十五日に赤軍派森との間で決めておいた連絡ルートが両方とも完全に切れた。事情が事情で仕方ない面もあったとはいえ、とりわけ革左の半合部との連絡ルートの切断は後に永田の革左に由々しいマイナスをひきおこす原因の一つとなる。永田ら指導部は一二・一七闘争の直前に「川島奪還」後の権力の弾圧を想定して合法部メンバーを半合法部へ移行させ、首都圏の三ヵ所に分散してアジトを設けて人員を再配置し、「軍」の作戦行動をバックアップする体制をつくった。地下指導部との連絡はアジトAのキャップであり「京浜安保共闘議長」でもある和田明三が担当する。問題は永田らが組織全体の「半地下」体制への移行にさいし、合法部との意思統一をはかる努力において丁寧でなく十分でなかった点である。合法部メンバーはおおむね「闘争のためだから」という以外何の説明もなく一方的に「もぐらされた」のであり、すこしでも自分の頭でモノを考えようとする者のうちには大の大人をデクあつかいしてという不満、そういうあつかいをした指導部への不信の念が宿る。しかもしばらくして指導部からの指示連絡が突然切れてバックアップすべき指導部も軍もどこかへ消えてしまうのであるから、無方針状態で放置された半合法部メンバーが以後それぞれに自分の不信、不満を言葉にも行動にも示すようになるのはさけがたい成行きであったといえよう。このとき一方的にもぐらされたが、何とか自分の頭でモノを考えようとし、永田指導部への不信や不満をコトバ、行動で表現していくことになる者たちのなかには早岐やす子、向山茂徳、尾崎充男《みつお》、加藤能敬《よしたか》、大槻節子、金子みちよも含まれている。

永田らは夜おそく無事長岡に到着しその晩は長岡のホテルに一泊、トラックはホテルの駐車場に置いた。

二月十九日。午前十時頃、坂口は寺岡らとの待ち合わせ場所へ出向き、永田とシンパ君は長岡駅前の喫茶店で待った。案外早くもどってきた坂口は「うまく合流できた」とうれしそうに告げ、永田らをうながして近くにあるもっと大きな喫茶店に案内した。入っていったとき、寺岡は永田に向かって手にしたコーヒーカップを軽く上げ、吉野と高木も笑顔を見せた。無事合流した六人は早速これからの行動プランを話しあった。とにかく速やかに全員が落ち着けるアジトをこの長岡に確保することが先決であり、永田はみんなの顔を見まわして、「アジトの設定は私が二、三時間位で何とかする。そのかん坂口さんと岡さんはトラックを駅のそばの公園あたりに持ってきて待っていてほしい。寺岡さんたちはこちらから連絡があるまでどこかで時間をつぶしていて頂戴。そこのボーリング場なんかどう」と指示、坂口も寺岡らも了承した。

永田は精力的に不動産屋をあたって正午すぎまでに北山町の新興住宅地に格好の物件を見つけだした。新築の二階建一軒屋、下は家主の弟が住む予定であり、二階を貸すのだという。永田はよし借りようと決めた。弟という人が越してくるまでの一ヵ月余のあいだ一軒家をまるごと使えるからである。すぐ坂口らに知らせ、坂口とシンパ君運転のトラックで北山町へ向かった。一軒家のまえには家主の主人が待っており、きょうから使えるようにしましょうといってまだ畳の入っていない部屋に畳をしくのを手伝ってくれるなどした。バス、トイレは一階にあり共用だったが、借りた二階は六畳、四畳半に台所と廊下が付き、敷金一万円、家賃一万円である。永田は家主夫人に「主人は新潟で船員をしています。長く住むつもりです」とあいさつした。永田としてはこの家を当面の拠点とし、一二・一七闘争を総括し、体制を整備し、再度〈川島奪還〉の可能性を検討してみる腹づもりであった。

家主夫人が帰って行き、引っこし作業にも区切りのついた夜七時頃、寺岡らが坂口の引率で到着し、高木は自分たちのアジトが新築二階建一軒屋であるのに感銘をうけてヒューと低く口笛を吹いた。かんたんな夕食を摂ってから、ニュースを追いつつ明日の行動予定を話し合い、太田アジトの銃と弾を取りに行くことに決めた。捜査網は依然一都六県以上には拡がっておらず、長岡—館林間は道路も鉄道も「大丈夫」という判断からだった。これまでよく働いてくれたシンパ君とは明日でお別れであるが、彼はレンタカーのトラックから自分の名が割れるのではないかと心配しはじめており、「車のことで警察に追われたらここへ逃げてこいよ」と寺岡が勧めたものの心ここにないといった表情はかわらなかった。

二月二十日。早朝、寺岡と吉野は岡君のトラックに便乗して太田市へ向かい、昼頃までに太田アジトの銃と弾の一部を運んできた。寺岡が「今度はみんなで行って銃と弾全部を運んでこよう。内野君もいっしょに」というので、永田だけが長岡にのこり、坂口、高木も加わった四人はリュックを背負い再度太田アジトをめざして出て行った。ひとりになった永田は寺岡の指示にしたがって二・一七で使った長靴、ストッキングなどを細かく切り刻んで燃やしたりゴミ捨て場にすてるなどし、また長岡の町をおぼえるため買物がてら自転車で町内を一回りしたりした。

二月二十一日。明け方頃、坂口らは他のモノではない銃を持ってきたのだぞという感じで部屋に入ってきた。永田も出る声が自然に上ずり、みんなに紅茶をいれようと台所に立ったとき、ガスこんろの火がなかなかつかないのでじたばたしたが、そういうことまで楽しく思えた。「闘争のとき、ぼくが運転して館林アジトの近くに捨てた中型車の指紋を消してきた」と高木はいって一安心の様子だった。昼過ぎ、寺岡と吉野はアジトを出て市の東の魚沼丘陵方面へ向かった。銃を埋めるのに適当な場所をさがすためである。夕方、ふたりは降りだしていた雪のなかを全身ビッショリになって帰ってきたが、どうだったときかれて寺岡はつかれた様子で「雪がつもっていて埋めることはできない」と報告した。この段階では永田らはまだ雪の下の土中に銃を埋めることを考えていなかった。

六時、永田らはＴＶニュースで革左の小山アジトと下館アジトが権力に捕捉《ほそく》されていることを知った。和やかに雑談していたかれらはその瞬間凍りついたように黙った。栃木県小山市の小さな一軒には一月十日から二月十日まで永田と坂口が住み、茨城県下館市のアパートは二・一七闘争の直前まで寺岡と逮捕されている大島の活動拠点であったので、そこからさらに捜査の手が群馬県館林へ太田へ延びていくのはもう時間の問題といえた。永田の手足は震え、歯は小刻みにカチカチと音をたてた。厭《いや》なねばねばした夢をみていて、そんなものから身体をもぎ離したいのだが、もがけばもがくほど悪い夢の暗い底のほうへ吸いこまれていくような無力感にとらえられた。しばらくしてすこし落ち着きをとりもどすと、永田はみんなが茫然として黙りこんでいるなかで、

「この長岡アジトは大丈夫かしら」といった。

寺岡が真っ先に顔を上げて「車を運転してくれた彼がここを知っているからたぶん駄目だろう。早くここを出るべきだ」と強くいい、他のみんなも一斉にうなずいた。永田の一言は警報のように坂口らを夢から現実へつれもどしたのである。かれらはまたまた地図をひろげせわしく移動先の検討にとりかかった。秋田、青森と候補地があがった。永田が最後に「秋田、青森というならいっそ北海道まで行こう。撤退も闘争だ。本気で本腰をいれて撤退しよう」というと全員賛成し、六人が三組に分かれて出て札幌で合流をめざすことに決まった。

問題は逃走に要する資金で、川島奪還闘争のために集めたカンパはこのかんのアジト設定、交通費、飲食費等でおおかた消えている。ただ永田には十二・一八闘争の直後に学生時代の親友から得た、あなた自身のためだけに使え、それ以外の用途には使ってくれるなと念押しされていたカンパ十五万円があった。永田はこれを「夫」の坂口にもいわないで、ずっと御守りのように身につけていたのだった。あらためて友との約束を思いかえし、使うべきそのときとはまさに今であると確信し、永田はおどろいている坂口らに事情を明かした。北海道行きの準備が勢いよくはじまり、スキー客姿で行くことになったため永田はすぐリュック、アノラック、スキーズボンその他の買い出しに出た。銃は分解して実包とともに各人のリュックにつめこめるだけつめこんでいく。

寺岡は永田に「銃と弾は運ばなくていいから、機関紙を書くのに当面必要なものだけは責任をもって運んでくれ」という。永田が非力であり、また永田のリュックは女性用の小さなものだったからである。

永田は「私も運ぶ」といってリュックに弾をつめ、寺岡の配慮を謝絶した。リュックに荷物をつめていると高木が寄ってきて、「ぼくのリュックはもうできたけれど、まだ入るので永田さんの衣類をいれてやるよ。女性は男より衣類がいるでしょ」といってくれたが、このときも永田は手あたりしだいに衣類を四、五枚、ほとんど投げるようにわたした。「レディ」あつかいされたと思うと永田はおおむね怒るのでなければ当惑するのがつねであった。

六人全員リュックに荷物をつめおえていつでも出発できる状態になったが、銃は全部リュックに入りはしなかったし、弾もおびただしい量がのこった。どうするか？　永田は奪取した銃をほんの一部であってものこして行く気になれなかった。永田が思案にあまった感じでいるのを見て、寺岡はなだめるような口調になり、「やむをえないだろう。運べる銃を確保できるだけで大変な意義があると思う。それに残していってもここが無事だったら和田（明三）君にとりにきてもらえばいいじゃないか」といい、坂口らも同意の態度をとった。永田はようやくうなずき、みんなの黙って見守るなかで、残すことにした空気銃一丁と猟銃二丁を押入れのフトンの間にていねいに並べて隠すように置いた。

夜十時、永田・坂口組がアジトを出た。そのあとに三十分間隔で寺岡・内野組、吉野・高木組がつづく。かれらは二十三日、倶知安《くっちゃん》駅で合流する予定であった。

この日、森恒夫は四月小蜂起に向けて資金調達＝暗号名「エロイカ」作戦を発起し、「中央軍」小西（一郎）隊に千葉市市原郵便局襲撃を指令した。同時に愛知県海部郡七宝町にアジトを設けてそこへ移動し、同所を「逃げこみアジト」と呼んで、エロイカをになう各隊長にたいして、襲撃後は隊員を分散せしめ隊長は奪った金をもって七宝町にあつまれと指示した。小西隊の作戦行動は翌二十二日の成田闘争にあわせて計画された「機動戦」であり、かつ革左の二・一七真岡銃奪取闘争に対する権力の包囲陣型への革命戦争派の側からの反攻の第一弾でもあった。森は永田とかわしあった約束をはたしに森なりに立ち上ったのである。

二月二十二日。赤軍派革命戦線がこの日の三里塚強制代執行粉砕闘争に連帯アピールを送り、成田において機動隊と反対同盟の集団戦がくりひろげられているさなかに、赤軍派中央軍小西隊は、千葉の市原郵便局を襲い七一万八六七八円の現金を奪って逃走した。以後三月いっぱいつづくいわゆる「連続M闘争」のはじまりであった。

夜八時すぎ、永田と坂口は汽車を乗り継いでやっと青森駅にたどり着き、駅近くの旅館に入った。小休止のあと、永田ひとりで雪のふりつづくおもてに出て行き、駅前広場の公衆電話をつかって長岡への移動にさいし献身的に協力してくれたシンパの岡君に連絡をこころみた。半合法部の窓口である和田への伝言を依頼しようとしたのだが、電話に出た同君はイキナリ「警察に出頭したいと思っている」といって永田を狼狽《ろうばい》させた。永田は「そんなことはしないでほしい」とくりかえすことができただけで、むろん和田への連絡をたのむなど全く問題にもならなかった。電話を切ってボックスを出たとき、もう二度と会うことはないであろう岡君の気弱そうなまじめな顔が一瞬小さく永田のこころをかすめて過ぎた。

札幌へ

二月二十三日。正午すぎに永田ら六人は函館本線倶知安駅頭でめでたく合流し、ほんとうは歓声をあげて抱きあいたいところだが、互いに知らないよという風を装って同じ列車に分かれて乗り、札幌駅で再度合流、連れ立って駅前の喫茶店に入った。ところがこれが落ち着いて話のできる環境でなく、永田は札幌市在住の旧友Iに電話してI宅で話し合いをさせてもらえるようたのんで了承を得た。六人はIの都合してくれた四畳半で顔つき合わせ、銃と実包の取扱方を決めた。一刻も早く銃を雪の下の土中に埋めること。三組で三ヵ所に分散して埋めること。埋める場所は定山渓の山中とする。埋めおわってからそれらを買い集めること。そのさいビニール、乾燥剤等を使うので、永田が翌日から合流する時間、場所も決めた。以上を確認すると永田らは速やかにI宅を出、永田と坂口は寺岡らと別れてから今度は知人A氏と連絡をとり、お願いしてA氏宅に泊めてもらえることになってひとまず安堵した。

二月二十四日。永田は一日市中を歩きまわり、店を何軒もハシゴして少量ずつビニール、乾燥剤など問題の品々を買い集めた。夕方、待ち合せ時間にデパート前に行くと、内野がひとりでやってきて永田をちらと見、知らん顔をして先に立って歩きだす。永田はそのあとについて行き、明るい感じの喫茶店のなかで内野と合流した。内野は品物をうけとりながら、自分たちがスキーロッジに泊ったこと、銃や弾は四人でまとめて埋めることに変更したなどと話した。永田は内野とわかれたあとまた市内彷徨、深夜になってA氏宅にもどった。A氏宅は大きな母屋に離れが二軒、物置が数棟と規模が広大で、永田と坂口はA氏の家人には秘密にという条件で夜の間だけ物置きの一つを使わせてもらっていた。永田が入っていくと坂口は炭俵のかげから「大丈夫だったか」とホッとしたような声でいった。

二月二十五日。午前十時、永田と坂口はバスで定山渓へ向かった。定山渓は札幌市南西部豊平川上流の渓谷にある有名な温泉地で、乗客の大半がこれから行楽地へ行くんだというムードを発散しており、永田と坂口のみすぼらしい姿など石のように無視されていたから、バスに揺られながら永田はここさいきん味わったことのないくつろぎをおぼえた。温泉街の手前で下車、山中に入ったが、雪が想像した以上に深くてそう奥のほうまで入って行くことはできず、坂口の意見でふたりが登りはじめたところの疎林のなかを銃の埋め場所と決めた。そこは車道から二、三メートル入っただけの斜面だったが、夜の作業であれば問題あるまい。二人はそう考えた。その夜は値段の安そうな旅館を選んで泊った。

二月二十六日。夜七時、札幌のA氏宅にそっともどり、ふたりで協力して分解した銃をビニールや油紙でくるみガムテープで固くとめたり、実包をつめたケースも二重三重にテープで巻いたりと、銃と弾を土中深く埋めるための用意をした。七時四十分、ふたりはリュックを背負ってせわしく取って返し、また定山渓温泉行のバスに乗り込んだ。

しかし夜だといっても車道だから車は通った。そして永田は一種の大人物であるが運動神経は鈍いのだ。昨日見当をつけておいた場所にきて、さてと作業にかかったとたん、車が近づいてきてスッと通りすぎていった。坂口は機敏に反応してすぐ奥の木のかげにかくれたが、少し遅れた永田は埋め場所に予定したそこのところにそのまま身を伏せた。そうするしかなかった。坂口は永田をにらみつけ、

「何をモタモタしてるんだ」とどなり、「まったく、もうこの場所は使えなくなった」と怒った。

どなられて永田はおもしろくなかった。しかしもともと車道に近いこの場所が埋め場として不適当なのであり、永田はつとめて自分を抑え、

「ここよりもっと奥の斜面のところに埋めることにしよう」と提案した。坂口はこれを了解、ふたりでのぼっていくと目印になりそうな枝ぶりのかわった木があり、その根方に埋めると決めた。坂口は永田に「上のほうで見はりをしろ」と指示してひとりで手早く雪をかき大きな穴を掘っていった。掘りおえると永田がつぎつぎにわたす銃と弾を穴の底に置き、ふたたび永田に見はりをさせて穴を埋め、そのうえに雪をかけていった。坂口の仕事ぶりは見ていてじつに手際がよくキビキビしており、さっきどなられた不愉快もどこかへ消えてしまったほどだった。

十時三十分すぎ、永田と坂口は札幌にもどって某所で寺岡らと合流し、銃を埋めおわったことを確認したあと、坂口が永田と話し合って一致した今後の行動計画をしめして了解をもとめた。アパートローラー作戦がわれわれに手厳しく利いている。遺憾ながら自力では一時の隠れ場の確保もままならぬのが実情である。そこでぼくに一案がある。日中友好運動に長くかかわっているB氏という人が札幌にいる。親しくしているわけではないが信頼できる人だ。その人にお願いしてわれわれ六人が一緒にいられるアジトを設定してもらおうと思うがどうか。寺岡らが同意したので永田はすぐ立って、昨日電話して会うのを約束していたB氏指定の喫茶店に向かった。

永田は簡単に自己紹介して「……当面、安全に隠れていたいので、協力をお願いしたいのですが」と頭を下げた。B氏はそれだけきいて、それ以上の説明をもとめることもなくうなずき、

「わかりました。そういうことなら、ある人を紹介しますから、その人と相談すればよいでしょう。今晩については、北大の入試に来ている人たちに紛れて入試に来た顔をして旅館に泊ればよいでしょう」といった。心のこもった有難い言葉であった。

永田が急ぎ戻って坂口らにB氏のアドバイスを披露するとみんな嬉しそうに笑い、とくに北大の入試にやってきた受験生と保護者に扮するというアイデアに感心した。早速、永田、坂口、高木の組と、寺岡、吉野、内野の組に分かれて行動をおこし、永田組は高木が受験生、永田と坂口はつきそってきた兄夫婦という配役で駅前の旅館案内所をたずね、紹介してもらった旅館に泊まった。部屋に落ち着いてから、永田らはTVニュースで長岡アジトが発見されたこと、永田、坂口、寺岡、内野の四人が全国指名手配になったことを知らされた。長岡アジトのふとんの中に大切に

置いてきた銃がアップになったとき、永田は顔をおおって泣き、そのあとしばらく気持を切りかえるのに苦労した。

二月二十七日。夕方、永田と坂口は待ち合せした喫茶店でB氏の紹介してくれたC氏と会い、店を出て途中寺岡らを拾い北大構内に入った。C氏の研究室はせまいが安全な密室であり、永田らはC氏をかこんで立ったまま今後のことを協議した。永田が「私たちが直接借りたのではないアパートに住み、当面はそこで弾圧の状況を見ながら次の対策を講じて行きたい。そのアパートを借りてほしいのだが」というと、C氏はしばらく考えて、

「だいたいわかった。しかしすぐにはアパートを決めることはできない。徹夜のできるマージャン屋でアパートが決まるまで過ごしていてもらおう」と永田らを大学近くの個室のある雀荘に連れていった。が、そこは借りられず、仕方なくその数軒先の、大部屋にいくつか形ばかりの仕切りがあるだけの雀荘でとりあえず一晩を乗りきることにした。麻雀のできない永田は雀荘特有の喧噪のなかでたんに椅子にすわっているしかなく、しかも指名手配された直後でもあったので、坂口らが気にして「うつむいていろ」「もっと下をむけ」と度々いい、まさに精神のともなわぬ苦行を際限なくしいられている感じだった。永田同様麻雀をしらぬ坂口以外の四人はカモフラージュでリーチだポンだと騒いでいるのだが、くたびれきった永田の眼には寺岡らがホンモノの陽気な雀客と見える瞬間もあって忌々しかった。

この日、赤軍派中央軍「古谷隊」は千葉高師郵便局をおそって九万四九〇〇円を奪った。

二月二十八日。朝、永田は電話連絡とついでに新聞も買いにおもてに出た。雀荘の窒息しそうなバカ気た熱気や騒音をはなれて朝の冷気を切るように歩いていると、ふとわれにかえりいったいこの先じぶんたちはどう闘っていったらいいかと考えざるをえなかった。このかん永田のこころを占めているのは闘いの「根拠地」の必要であり、それをどう解決していくかという問題である。ところで永田らはいまのところ、同情者にアパートを決めてもらうまで、無内容な雀荘でゴロゴロしている以外になしうることは何一つないのだ。こういう状態はいくらなんでも闘争なぞではない。では現状のじぶんたちの力量にてらしてどのような「解決」が可能なのか。

十時頃、C氏がある雀荘に個室を予約したと知らせてきたのでそちらへ移動した。個室は畳部屋であってずっと楽

になった。C氏は「アパートを決めるまで二、三日かかる」といって出て行った。あとにのこった麻雀のやれぬ永田、坂口と、もうやりたくもないがやれる寺岡、吉野、内野、高木は部屋中央の大きな雀卓を囲み、脂のういたやつれた顔を見あわせた。しばらくして寺岡が「やるのだ。革命戦士たるものはやるのだ」と自分にいいきかせるようにつぶやくと高木が「よし」と手につばをし、またしても革命的マージャンの長い苦痛な闘いがはじまった。永田はあまり共感的でなくかれらの奮闘を傍観した。寺岡らは気丈にがんばったものの、しまいにはとうとうウンザリして、ようするにパイの音をさせていればいいのだといってただガラガラとパイをかきまわしつづけた。

このかん永田は電話連絡、食料買い出し等を担当したが、雀荘と商店街を往ったり来たりする時間のなかで、こうした「弾圧状況」、闘う集団が自力では雀荘の外へ一歩も出ていけぬような目下の遺憾な事態をふまえるなら、国内では射撃の練習すらやれぬ以上海外に根拠地を求めるしかないと考えるようになっていた。あるとき坂口に「中国に行ったらどうか」というとすぐ同意し、寺岡もパイをかきまわしながら「いいじゃないか」と笑い、吉野らも同意する態度をとったのである。

なおこの二十八日に、赤軍派「国際部」責任者の重信房子がアラブにむけて旅立った。空港で見送ったのは友人である遠山美枝子ひとりだった。重信は国内における森赤軍派の動向からは相対的に自由な立場でパレスチナゲリラグループと赤軍派との友好・共闘関係の構築を念願していた。

三月三日。C氏より連絡があり、待望していたアパートの確保のなったことを知らされて、永田らは麻雀パイを捨てて勇躍、札幌駅近く北八条一丁目にある外見も内側もボロでうす汚いアパートへ移動した。かれら六名が今後五十余日にわたって閉居することになる一室は、六畳一間に小さな流し台付きだが、日差しはまったくさしこんでくることがなく、隣室との境の壁は形ばかりの粗末なベニヤ板であり、たとえば隣人が花ビンに活けてやろうと思ってバラの枝を切るとするならそのハサミの音を鮮明にきき分けることができた。トイレは共同で汲取式である。いちおう若夫婦が慎ましく暮らしている室という設定であるから、寺岡らは四人の透明人間のようにこころして振舞わねばならぬのであった。互いにいまにも死にそうな声でコトバ少なに会話し、部屋の出入りから寝につくところまで可能なかぎり音たてぬ工夫にありったけの神経をつかった。金もなかった。それでも、とにかく、当面落ち着ける場所は得たということで、永田らはB氏C氏の尽力に感謝しつつ非合法をいかに防衛していくかという課題に取り組んだ。

まず小さな石油ストーブを買って暖をとることにし、寝具などはなしですませた。六人はアノラック、スキーズボン、セーターなどを重ねて着てそのまま寝た。トイレは使いたいがなるべく使わず、指名手配ポスターをはりめぐらしている銭湯には衛生上行きたくてたまらないが行かないことにした。なによりも辛かったのはかれらの初めて直面した関東地方とは質のちがう痛いような寒さである。隙間風の入らぬよう室内各所に目張りをし、ストーブ一個を様々に活用したものの、こんな程度の「対策」でどうなるものでもなかった。永田は長岡アジトを出るときリュックに電気毛布も入れたのでそれを使えたが、それでも寒かった。電気毛布なしで味わう北海道の夜の寒さは、体調をくずした者が永田の電気毛布を使う何度かあった機会に永田自身もしたたかに味わい、その大変さを骨と肉で実感した。

永田らの生活で唯一の楽しみはきりつめた予算内で毎日知恵をはたらかして用意する朝夕の食事であった。台所用品はプロパンガス、ドンブリと皿（各六）、鍋（二）、包丁（一）、ハシ（六）、湯呑茶碗（一）で、永田がこれらをつかって食事を作った。主食は寺岡の提案で麦飯にし、慣れればおいしいと寺岡はいっていたけれど、坂口などは慣れるまでに時間がかかった。永田だけはバセドー氏病の手術後に医師の指示で食生活をかえていたので、安売りに出る古くなったパンや、いろんな種類のパンの切れ端をつめた一袋五〇円のものを主食にし、ときどきこのパン袋からましなものを人数分ひろいだしてオヤツにしてみんなで食べた。副食はふつう非常にうすい味噌汁一杯だった。まれに永田が主婦の才覚を発揮してケーキ、魚、肉、寿司、あるいは小豆、砂糖、米などを手に入れてくると、坂口らの表情は急に生気にみち、暗い汚いせまいかれらの小部屋に生活のよろこびに似たものがひろがった。永田は人間生活に占める食事の大きな意義を札幌での非合法の日々をとおしてしみじみと感ずるところがあったのである。

永田らは毎日、すべての新聞を購入して目をとおし、ラジオのニュースを追いかけ、敵権力の動向の分析、把握につとめた。永田らがアジトを確保してすこしたったころ、首都圏の金融機関を対象にした連続強盗事件が赤軍派による「M作戦」であることが報じられ、これを永田らの二・一七銃奪取闘争と理念上も実践上も一体であるみにくい「妄動」と評定した当局は、ただちに質量ともに戦後最大規模と号する全国一斉捜査にふみきった。全国二十五万の警察官のうち四万五〇〇〇人を動員し、旅館、モーテル、駅待合室、手荷物預り所、社寺、その他全国二十五カ所に捜査の手をひろげたのであった。結果、M作戦関連で逮捕者が続出して森と坂東は他十数名とともに指名手配になり、二・一七闘争にかんしても永田らの指名手配にさらに吉野、ややおくれて高木が加えられるというように、「弾圧」は深さと厚みを増していった。

「……何故、いま、とりわけ中国行きなのか。ぼくにはもう一つ理解できない。実感もわかない」内野はとまどったように呟いた。永田の音頭でかれらはアジトに落ち着くとそう間をおかず自分たちの今後の方針の協議にとりかかったのだが、「中国に行こう。それが私たちの次なる闘いだ」と一本調子にくりかえす永田にたいし、内野が懐疑的な態度をしめしたのである。他の四人にしても、坂口はともかく寺岡らはとくに永田の論に大賛成という様子でもない。

「遊撃戦争の根拠地問題を解決するためよ。現状の日本はこんなでしょう。銃の訓練もできないのだから」と永田はいい、さらに「中国に行って思想的、政治的に学び、党建設をめざしているにもかかわらず未だに戦闘団の水準に停滞している私たちの問題も解決したいのよ」と付け加えた。

「日本の現状がこんなふうで銃の訓練もできない。だから中国へ行くという。もう一気にいう。この「だから」がりりしすぎてスピード過剰でちょっとこちらにはついていけない感じなんですよ。永田さんが「だから」といって掩《おお》ってしまった間隔のなかには、思考の上でまだ一つ一つていねいにたどっていかねばならない幾つかの段階があるように思われるが。それをみんなすっとばしてイキナリ中国行きと結論されるのでは眼がまわってしまう」

「根拠地なしに遊撃戦争を前進させることはできず、日本国内に根拠地をもとめることもできない。これが私たちが直面している現実よ。中国へ行く以外に問題解決の道が具体的にあるのなら私もそれを知りたい。ほんとうはそのほうが望ましいのに決まっているから」

永田はしばらく黙って待った。内野がウーンと考えこみ、しかたなく考えこむことに甘んじ、寺岡らにもなにか良い思いつきがあるのでもないらしいと見てとると、

「当面、私たちのいま思い描きうる次の闘いは、根拠地問題の解決として中国へ行くこと。これでさしあたって大筋のところは一致できるわね」と確認をもとめた。

寺岡が「それでよい」といい内野もうなずいたので、永田は話を先に進めた。じつはこのとき永田、坂口以外の四人は四人とも「当面は」に気持の上でアクセントを置いて永田意見と一致したのであり、その一致は消極的であって、一致を前提にしてさらに先へ進もうとする永田との間にはあとでまたヨリつっこんだ議論が必要になってくるだろうくいちがいが存在していたのだが、ひとり張り切る永田はそこらへんを斟酌《しんしゃく》して注意ぶかく事を運ぶ姿勢を若干欠いていたようである。永田は奪った銃を手にしたときの感激を語り、「銃の質」という永田手製の言葉をつかい二・一七闘争の経験が永田らにつきつけてきた課題をつぎのように説明する。

「……私たちは二・一七で飛躍した。ところがその飛躍にあわせ、ついていく主体的用意がいまの私たちにはない。銃を手にしたことによってはじめて、それも容赦なく、私たちには根拠地とよべるものがなく、自分では大した「党」のつもりが実際には個々の戦闘を闘いかつそれに振り回されつづける戦闘団でしかない現実に直面させられたのである。が、一方でこれは、銃をにぎったことによって「図らずも」これまで自覚できずにいた問題点が全部おもてに出て、それと取り組んで解決＝主体の飛躍をめざす新しい闘いの地平が私たちのまえにひらかれた素晴らしい機会の到来でもある。私たちは無我夢中で銃を獲得した。だから今度は「銃の質」の獲得に進み出よう。これまでの私から新しい私へ飛躍して、奪った銃にふさわしい「私」になろう。「銃の質」の獲得なしに武装闘争の前進もないと私は思う」

「銃の「質」というのは比喩でしょう。よくわからないんだが、たとえば銃を訓練して正しく使いこなす。ぼくがそうできるようになれば質を獲得したということになるの」内野がいった。一同を代表してという気持である。

「二・一七で奪取した銃が私たちに根拠地問題の解決および戦闘団的傾向の克服という課題をつきつけてきたのであ

り、それにこたえる政治、思想が「銃の質」であり、みんなしてがんばってそれをわがものにしようということ。銃を正しく使いこなす技術も獲得すべき「質」の大切な半面でしょう。ただ私自身は政治、思想の獲得が先決で、技術はあとからついてくるものと思っているけれど」永田は毛沢東の「鉄砲を自分の手に握ることの重要性ははなはだ悟りにくかった」という言葉を引用して「鉄砲」と「自分の手」のあいだに存在する隙間・落差をうめる「政治、思想」の獲得の「重要性」を強調し、「銃の質」獲得とはそのことなのだとつづけた。

別の日の討論で、永田は二・一七以後「ペンディング」にしてある川島奪還闘争についてきちんと意思一致する必要があると考え、みんなに、

「川島さんの奪還闘争をどうする」ときいた。

寺岡が「いまは問題にならない。まだとてもやれない」といい、川島奪還の急先鋒だった坂口も同じ意見だった。寺岡ら実行部隊は二・一七銃奪取闘争をとおして意気込みだけではとても川島奪還なぞやれぬと思い知らされたのであり、この時点で、そのかぎりでかれらも「銃の質」の獲得こそが鍵という永田の二・一七総括をしぶしぶとながら受けいれたのであった。

かれらはつづいて、二・一七を闘って銃を手にしている立場から、過去に逆のぼり革命左派の闘いをみなおしてみようとした。革左は六九年四月、日本における毛沢東主義左翼諸派の「革命的」統合をめざして、河北三男と川島豪の指導の下に若い労働者、学生が中心となって結成された党派である。とりわけ川島は「反米愛国」を旗印にして過激な武装闘争方針を打ち出し、河北を「全国政治新聞発行」準備の名目で関西へ追いやって独占的指導権を確立すると、九月のはじめ愛知外相訪ソ訪米阻止闘争にさいし坂口に指示して「決死隊」を組織させ、坂口をかしらとして羽田空港突入、外相機への火炎ビン投てきを敢行せしめて世間におおきな衝撃をあたえたのであった。川島は以後永田らを強力に指導して「政治ゲリラ闘争」と銘うち米軍基地の爆破をねらってダイナマイト攻撃を連続反復し、十二月八日に逮捕、拘置されてからも、永田との「組織的面会」をとおして獄中から強引に組織の指導を推し進めていく。

七〇年六月になると、川島は「ついに」というべきか、「ちょっとー、おいおい」というべきか、ある日拘置所接見室に永田と保釈出獄していた坂口のふたりを呼び出してさり気なく、鈍い永田には理解できなかったが、こういうことには察しのいい坂口にはわかった、川島本人の身柄の「奪還」指令を発したのである。獄外メンバーは川島の要求をうけて、九月には永田を常任委員長、坂口を軍事委員長とする新体制を発足させ、組織の総力をあげて〈川島奪還〉闘争の準備に入った。それから十二・一八上赤塚交番襲撃闘争と柴野春彦の死、さらに今度の二・一七銃奪取になる。一連の過程でハッキリしているのは、川島も、川島の指導をうけるメンバーらも、川島の存在と指示なしに革左の運動はありえぬと考えていることで、それは事実だったけれども、その事実にはたして問題はないのか。口に出すことはなかったものの、永田自身は特に十二・一八における柴野の死のあとしだいに問題であると思うようになっていたのである。川島奪還の一点に組織の力のすべてを集中するというのは政治的にも思想的にもマチガイではないか。銃の地平に立って振り返ってみれば川島の思想には色々と問題があり、率直にいって「遅れている」のではないか。

「私たちは実践のなかで思想問題を解決しようとして革左の運動に結集した。二・一七で銃を手にしたいま、一日二十四時間毎分毎秒が闘争となった今日、まさにそうした地平で生きぬき闘いぬく思想の獲得＝思想問題の解決がかつてない広さ深さにおいてもとめられていると思う。日々の食事にはじまり、着ること、住むこと、同志とともにくらしともに闘うことのすべて、つまり生命活動の発現たる生活の全領域にわたって「銃」の観点をつらぬくこと。さもなければ非合法を防衛することはできず、武闘の前進もない」

永田は熱弁をふるったが、坂口も寺岡らも同意の態度をとったもののそれは通り一ぺんのアイサツで、永田の思いを共有してくれる雰囲気ではなかった。そこで話をもっと具体的に進めようと考え「たとえば川島さんの政治は基本的に正しいといえるかもしれない。が思想のほうはどうか。川島さんにはいくつか解決すべき思想問題があるとかねてから私は思っている。一昨年九月の愛知訪ソ訪米阻止闘争のときに、川島さんは私に」といいかけ、永田はすこしためらった。眼ばたきする程の間であるが。

そのとき坂口と眼が合った。坂口は眼でいうなと制していて、それは永田に痛いように伝わってきた。永田は一瞬強い反発をおぼえ、ふみこんで寺岡らの腑におちるように何故「思想問題」解決が必要か訴えようとした。坂口は眉間にシワを寄せて辛そうに首を振った。永田が何をいいたいのかよくわかるが、坂口はそれを寺岡らに知らせたくないのだった。かりに川島盲従の坂口が川島の体面を守ろうとして止めにかかったのなら、永田はそんな妨害はハネのけてあえて寺岡らのまえに純情なかれらのしらぬ党首川島の大いに問題な「思想」ぶりを暴露してみせたであろう。ところが永田はこのときの坂口の眼に川島の副官でなく永田を気遣う「夫」を感じたのである。永田は寺岡らに思想問題の重要さを認識してもらいたかった反面、「夫」としての坂口の支えを必要としており、それがこの時点における永田の「政治」「思想」の限界であった。結局、思想問題論議は寺岡らには不得要領のまま、永田にとっては不本意ながらなんとなく引っ込められることになる。

かれらは永田が主導した「銃の質」論を機関紙『解放の旗』十六号に掲載することにして、文書化、カッティング等作業を分担し、三月十日頃までには作業をおわらせていつでも印刷刊行できる状態にしておいた。その間にも永田らは新聞、ラジオニュースをとおして、アパートローラー作戦や検問が全国各地でつづけられ、赤軍派メンバーの逮捕が連続していることを知らされた。革左のほうでは、救対部の責任者池谷透が住所録を所持のまま渋谷ハチ公前で逮捕されたこと、京浜安保共闘のメンバー宅が複数大規模なガサ入れをうけたこと等が報じられて、永田らは池谷逮捕の強引さにおどろき、怒り、当時のかれらとしてやむをえぬ面もあったが、情勢をもはや銃による闘いによってしか突破できぬ「警察国家」状態かのごとくに誤断していきり立った。……国会で革左への破防法適用が云々された……「銃刀法」の「改正」の必要がいわれた……ニセ電話一本で防弾チョッキを装着した機動隊数百名が国会警備についた……赤軍派や革左らしいという通報だけで首都圏はパニック状態……。

三月二十日。二・一七闘争で逮捕された大島正男と河崎浩平が「全面自供」し「自己批判」したという記事がM紙に出、ふたりは「人民の利益と解放のために事をおこした。……人民救済の原則を離れてその財産を犯した非を人民に謝罪する」と調べ官にたいして述べたという。永田らはナーンセンスと唱和してブル新の大嘘を笑い、自ら買ってでた権力のチンドン屋などとののしった。しかしながら、かれらの内で寺岡の口にしたナンセンスは比較的にあまり力強くなく、しかもこのニュースを境にして寺岡は妙に考えこむようになり、見かねて永田がどうしたのかと発言をうながすと、思い切ったように「大島さんたちはやはり自供したのではないか。自供することはありえる」などといいだしたので論争になった。

永田らは声をそろえて「自供なんかありえない」と強くいった。実際には寺岡だけでなく坂口も、二・一七直前の会議での大島の発言その他から「自供はありえる」とひそかに思っていたのだが、一方でそれを口に出してしまうことは権力の報道機関を利用した攻勢にたいして味方の弱さを公然自認することになると考え、坂口はここでは永田の頭ごなしの断定に追随し、寺岡が見出しかけていた真実を拒否する側に立った。坂口がじぶんの正しい直感を犠牲にして永田の問題多い現実拒否につきあったのはこのときが最初でもなく最後でもない。

「永田さんだって逮捕されれば自供するのではないか。永田さんは体が弱いから、自白剤でもうたれたら一発ではないか」寺岡は壁によりかかって足を投げ出し、表情は沈んで暗かった。

「私は二・一七闘争の正義を確信している。だから自供なぞ考えられないし、自白剤をうたれても自供しないようにあくまでがんばる」永田はいいはり、吉野も「大島さんたちが自供したというのはデッチ上げだ。闘った寺岡さんがそれを信ずるのは問題だ」といって同調した。

寺岡発言の真意はこうである。いかにも永田は二・一七闘争の大義を絶対に確信しているであろうが、大島と河崎の確信はたぶん揺らいでいるのだ。それは単にふたりが偉い永田のようにはがんばれなかったというだけでなく、二・一七で銃奪取を先頭に立って担い、逮捕され、取調べを受けていく永田は味わずにすんだ過程を経てかれらが二・一七闘争の問題点を認識するにいたり、それであの「自己批判」記事になったのではないか。記事を全否定するだけでは二・一七の経験から生きた教訓を引出すことにならぬではないか。寺岡は二月十七日未明塚田家の勝手口へそっと近づいていったとき、途中でふいにじぶんの足がうごかなくなったのを思い出す。あとでみんなには「電柱のかげに人が居るように見えたんだ」と釈明したのだが、事実は文字どおり足がすくんだのである。あのときあの瞬間寺岡はおびえ切っていた。何に？　これから自分がやらねばならぬとされたことをほんとうはやりたくなかったことがわかったので。じつは大島と河崎もあのときはおれとおなじだったのではないか。

寺岡は自白剤云々は撤回、自己批判したが、同じテーマを別な角度から問題にして、永田の「総括」はつぎの点でも二・一七から教訓を得ようとする態度において弱いと指摘した。「中国へ行くというのはマチガイではないか。何とか日本で闘えないのか。赤軍派は逮捕者を出しながらも、だからダメだと決めつけるのではなく、空前の弾圧にもかかわらずこの日本にふみとどまって闘いつづけているではないか。二・一七がわれわれに要求している次なる一歩は国内における闘いの模索であり、海外への高とびではなかろうと思うがどうか」

「私たちは赤軍派のようにではなく、赤軍派とともにであるけれども、あくまでも二・一七を闘った私たち自身として闘いたい。M闘争についていうと、これを日本における私たちの今後の闘いの手本と結論するにはまだ検討すべき点がいろいろあるとおもう。二・一七で私たちは大きな犠牲をはらって銃をわが手にした。要求されている次なる闘いは銃による闘いであり、それを可能にする「銃の質」の獲得である。みんなに再度ききます。根拠地問題をどうするの。いまの私たちのこの寒いアパートと、山奥の雪のしたに埋めてある銃とのあいだのへだたりを、寺岡さんだったらどう現実に解決していこうとするの」

「中国行きという方法は主戦場からの逃亡であり、敵にたいするわれわれの陣地の明け渡しに結果としてなるのではないか。いまここでの闘いをもっと強く希求すべきだ」寺岡はせい一杯我を張ったが、依然としていまここでの闘いの具体をめぐって格別のアイデアのあるわけでもなかった。「逃亡というけれど、そこのところはお互い様ではないかしら」永田は面白そうに寺岡を見返した。「私たちは当面、主戦場を離れて中国へ行く。しかしあくまで主戦場へ銃をもって断固として復帰するためのそうした逃亡なのだから、それは逃亡であるより迂回であり、一時の余儀なくされたまわり道であり、前進のための後退である。ところが寺岡さんのいう闘いは、つきつめていうと銃の闘いからの逃亡になると私は思う。十二・一八上赤塚交番襲撃闘争で私たちは権力の手から銃を奪取しようと企て、闘いの過程で敵は大切な同志である柴野さんを虐殺した。二・一七真岡銃奪取闘争でようやく私たちはわれわれの銃を手にしたのです。次は銃の闘いであってM闘争その他への追随ではなく、銃の闘いのために必要なすべてがいまの私たちにもとめられるすべてだと思っている」永田はしまいには「国際根拠地」という借り物コトバまで使って、黙りこんでしまった寺岡の気持をときほぐそうと苦心した。赤軍派の「国際根拠地」論とよど号ハイジャック闘争は、かつて寺岡の賞讃したところであったし、そろそろ妥協したくなってもいた寺岡は、仕方ないかという態度にかわりはじめ、最終的に自身の「中国行き」反対を撤回した。主に寺岡と永田のやりとりをとおして、寺岡としては心外せんばんだったが、根拠地問題解決としての「中国行き」なる永田の観念論は、二・一七銃奪取闘争をやりぬいた永田指導部と軍のいっそう確固とした方針になったわけである。

永田らは組織活動の再開を志していろいろと知恵を出しあい半合法部メンバーとの連絡の回復を追求し、ようやく四月初め半合法部の〝窓口〟である和田明三との電話連絡をかちとった。「かちとった」というのは実感であり、権力に徹底的に追いこまれ、最低の生活費もなくなったこの段階で、おそるおそる電話の遠い向こうから和田のいつもの声がきこえてきたときには、うれしさなつかしさで永田は思わず指をパチンと鳴らしたほどだった。和田はせわし気な口調で、このかんずっと赤軍派のほうから革左の指導部と連絡をとりたいという申し入れがつづいていると伝えた。永田は「連絡してきたその人がほんとうに赤軍派かどうか確かめる必要があるわね」といい、森恒夫と面識のある石黒秀子（和田の妻）に森と会って赤軍派の意向を確認させ、そのうえで和田と村山君（和田の「助手」）が赤軍派メンバーといっしょに札幌にくるよう指示した。永田は二・一七以来ようやく逃亡生活に区切りをつけ、外で闘いつづけていた同志仲間との再会にむかって、回復期に入った患者のようにそろそろとベッドからおりてじぶんの足先で外の感じをさぐりにかかったのである。

ところが約束の日に札幌に姿を見せたのは若々しい村山君ひとりで、永田が強く再会を望んだ和田も肝腎の赤軍派の者もやってこなかった。和田は四月三日、札幌へ発つ前夜のことであるが、早岐やす子がキャップをつとめていた越谷アジトにひとりでいたところを捜査員にふみこまれ、六九年の九・三、四愛知外相訪ソ訪米阻止闘争関係の「犯人隠避」というコジツケとしかいいようのない名目で逮捕されてしまったのだった。先につかまった救対部の池谷のケース同様、権力はつべこべと「名目」を並べたてるがようするに二・一七闘争に対する報復攻撃以外の何物でもないと永田らは憤りをこめて考えた。村山君はひとりで札幌へ行くことにし、赤軍派メンバーとは札幌で待ち合わせと決めていたが、その赤軍派が待ち合わせ場所にやってこなかったという次第だ。

村山君は永田に現金十万円と川島の手紙をわたし、半合法部の状況を次のように報告した。「……半合メンバーは方針のないまま潜らされ、しかも二・一七闘争後に連絡が切れてしまったので、潜らされたことへの不満がふきだした。川島さんの手紙は『解放の旗』十五号（二月一日発行）批判だったのでみんなで川島さんの批判を理解しようとした。が、よく理解できぬので、不満だけが漠然と残っている。そういう状態です。……一方で赤軍派がぼくらにものすごく友好的で、石黒さんなどは赤軍派のアジトに泊めてもらったりしている。ぼくが赤軍派の人に会ったとき、かれは三万円をカンパしてくれて、ぼくがM闘争の大切なお金をもらうわけにはいかないというと、赤軍派と革左は革命的支持支援の仲ではないか、活動に使ってくれといっていた」等々。だまってきいていると村山君ら半合メンバーはいまは永田指導部より赤軍派のほうにヨリ〝同志〟をかんじるといわんばかりの調子だった。

永田は同君に二・一七闘争以後の状況、「銃の質」の問題と遊撃戦争の根拠地問題の解決の必要などを話し、「中国行き」方針を伝えた上で、半合法部メンバーと中国行きで一致するよう指示した。村山君はこれを了解、再び札幌にくること、そのさい赤軍派メンバーを連れてくることを約束し、札幌と半合法部との連絡方法を決めて東京へ帰っていった。

永田らは川島の問題の手紙の検討にとりかかった。二・一七闘争にむけて張り切って出した『解放の旗』十五号（二月一日発行）を川島が全否定したというのだから、永田としては聞き捨てならなかった。十五号の冒頭文「遊撃戦争の戦略問題」において永田は川島執筆の「遊撃戦争論」や寺岡との討論内容をふまえつつ、来たるべき闘いを「進攻と退却のゲリラ型蜂起」と規定して実行部隊全員の賛同を得ていたのであった。いったい川島はこれのどこが気に入らぬのだ？

永田らは手紙を永田、坂口、寺岡、吉野、内野、高木の順でまわし読みしたあと、常任委員である永田、坂口、寺岡がさらに時間をかけてメモをとりながら精読した。川島は永田の論を「形而上学」と呼び、永田らは「遊撃的蜂起の質を低め、かつ実際には闘うことのできぬ観念の産物にしてしまっている」と断じて、川島のいう「遊撃的蜂起」は赤軍派の「前段階武装蜂起」を内に含みつつ、しかもそれより質の高いものなのだと強調していた。……読み了えて、とにかく獄外の永田らの活動ぶりに川島が非常に不満らしいということだけはわかった。しかしながら何故、何に対して不満なのか、永田らにどうしろと求めているのか、なんべん読みかえしても川島のいわんとするところはハッキリ伝わってこないのだった。

「結局、川島さんは何をいいたいのかしら」

永田がみんなの顔を見まわすと、坂口がうんうんとうなずきながら、

「批判の言葉が川島さんから出たという事実をまずしっかり受けとめよう。川島さんは手紙を権力による検閲を前提に、それに対抗して闘いとして書きつづけているのだから、文章の難解はやむをえないと思う。ところでこの難しさは取り組み甲斐のある難しさなのだ。川島さんはわれわれの不十分性を指摘しており、われわれ自身現に不十分であったが故にいまこんな風なわけだ。われわれは川島さんの難文の読解をとおして、この今の銃は奪取しても一ミリも身動きできずにいる困った状況の克服のヒントをつかめるかもしれない」

内野がつづいて「ぼくらは川島さんの遊撃戦争論に学び、川島奪還闘争を遊撃的蜂起＝ゲリラ型蜂起の実践として構想して実行にうつした。それが願ったとおりに運んでくれず、ぼくらはいったん手にしても使うことはできぬ銃とともにいまも不本意せんばんな謹慎蟄居の毎日だ。何故こうなったか。川島さんは十五号は「形而上学」、遊撃戦争を「闘いえぬ観念の産物にした」という。これをぼくらの現状にあてはめて考えると川島さんはぼくらの闘いの現実遊離、「観念」性をあんな言い方で指摘しているのであり、いま、ここの現実に強く即して、もっと具体的に闘えと呼びかけているのではないか。「中国行き」にしても「銃の闘い」にしても、このままだったら「闘いえぬ観念の産物」と決めつけられても言い返しようがないんだ」

「ちょっと待って」永田は苛立ちをあらわにし、「川島さんの文章のわかりにくさは有難がるべきではなく問題にす

べきマイナスではないか。論の調子が感情的すぎることと文章の難解さとは因果の関係にあると私は思う。川島さんの〝感情〟そのものは素通しで金魚鉢の中の金魚みたいにわかりやすいので、ようするに獄外のメンバーが自分の思いどおりに動かない、指示を順守しないといって怒り、地団太ふんでるだけのことでしょう。川島さんは獄外の私たちをもっと同志的に信頼してくれるべきであり、獄外の私たちの直面している現実の困難を思いやるべきであって、それでこそ真の指導者といえるんじゃないの。自分の「遊撃的蜂起」が赤軍派の「前段階武装蜂起」より「質が高い」という断言にしても、そう言いたい川島さんの感情は理解できるけれど、何故そのようにいえるのか筋のとおった理由説明は一切なくてただそうなんだとゴリ押ししてくる。理解できずにとまどっている私たちのほうがよほど正しくて自然でしょう」

坂口が永田さんだってそうとう感情的だとたしなめ、寺岡と高木も何かいった。このかん吉野はずっと発言しないでいたが、永田と坂口の押問答がはじまると、とつぜん断ち切るような調子で意見を口にした。「川島さんの手紙の論理も感情も肝心の部分ではとても明快だ。一二・一八闘争以後の永田さん坂口さんの指導に問題がある。川島さんはそういってるんだと思う。ぼくはふりかえって自分が永田さん坂口さんに振り回されっ放しできたという思いを強くする。これからはぼく自身の頭で考えて闘っていくつもりだ」一気にいって、あとはまたうつ向いて黙りこんだ。永田らも、吉野の意見にというよりその唐突な調子に唖然として口をつぐんでしまった。

結局、川島の忠良な弟子であり、永田の夫であり、吉野のよき先輩でもある坂口がまあそうイキリたつなよと収拾に乗りだした。「……われわれは目下困難な状況に置かれているが、だからこそ川島さんら獄中の同志との、半合法部の同志たちとの、そしてわれわれ銃奪取を担った六人の間での団結を大切にしなければならないと考える。そこで提案。これから『解放の旗』十七号の論文をみんなで書いてみてはどうか。あくまでも党として団結の再確認のために、川島さんの十五号批判にたいし各人が自分なりにこたえようと努めること。どうだろう吉野君。川島さんの論をふまえて吉野君なりの考えを文章にしてみないか。二・一七闘争の経験を拠りどころにしてね」

吉野が坂口の収拾案を受けいれたので、そういう難しい任務はカンベンしてくれと謝絶した高木を除く五人が分担して十七号の論文を書くことに決まった。永田についていうと、川島の一方的な批判を受けいれるつもりなど全然なかったものの、一方で永田は坂口らとの団結を必要としており、その坂口らはこれまで永田としてどんなに面白くなかろうと獄中の川島の発信する手紙の一字一句を自身の進退を定める基準にしてきているのであるから、頑なな永田もここは一歩譲って坂口案にとりあえず乗る選択をした。永田は『旗』十七号の冒頭文として「建党建軍武装闘争を軸に遊撃戦を前進させ、遊撃的蜂起に備えよ！」と表題したうえで、十五号について「本格的武装闘争をめざす建党建軍活動の正しい方針もないまま遊撃戦の質を相も変らず下げようとしたため、遊撃的蜂起の規模を小さくし、質を下げ、この遊撃的蜂起を実際に闘えない観念の産物にしてしまった」云々と自己批判、「われわれは遊撃戦争戦略の下に全人民的蜂起・内戦の勝利にむけた遊撃的蜂起を提起する」としるした。寺岡は「人民革命軍某遊撃隊」名で「銃で武装した遊撃隊に続き、革命的人民は直ちに遊撃隊を結成し、人民革命軍に結集し、あらゆる武器で武装し、遊撃戦を闘い遊撃的蜂起に備えよ！」と題して「……武器としての銃は明らかに敵のセンメツを意識させる。すなわち軍隊を意識させる」と書き、吉野は、「人民革命軍某遊撃隊一兵士」名で「銃は革命的人民の共有財産である！」と題し、二・二七闘争を「敵の「武器庫」を襲い、人民の手に、本来の持主の手に、武器を「取り返した」試みである」と位置づけた。坂口は「連続的遊撃戦の発展万才！　遊撃的蜂起（前段階武装蜂起を含む）へ向け発展させよう！」を、内野は「『全面自供―自己批判』の卑劣なデマを打ち砕け！」をそれぞれ書き上げた。以上の五論文はいずれもその要めをなす部分が川島の獄中書簡からの引用句の組み合わせで成っており、かれらが全体として川島の十五号批判を受けいれたことを、永田の場合は「心ならずも」、坂口ら四人は「心から」公けに表明したものであった。

四月十一日。半合法部の使者村山君の札幌再訪があったが、遺憾ながら赤軍派との連絡打ち合せも半合法部のメンバーとの「中国行き」方針での意思統一もともに不首尾におわったという冴えない報告で、永田らを非常に落胆させた。永田はつぎにはかならず赤軍派の者をここへ連れてくるようにと語気強く指示、また「全員、中国行きに対し、日本で闘うべきだといって反対している。ぼくも反対だ」などと口をとがらせてがんばる同君に、「根拠地問題の解決なくして闘うことはできない。根拠地問題の解決ヌキに日本で闘うべきだというのはまちがっている」という主旨をじっくりといいきかせ、すぐに帰ってみんなにもそう伝えなさいと早々にアジトから送り出した。それから永田らは村山君のあらたにもってきた文書類＝川島の手紙や中京安保共闘（名古屋地区における革左の労学共闘組織）の機関誌『反米戦線』などについて検討、話し合った。川島の今度の手紙は毛沢東の五・二〇声明「全世界の人民は団結して米侵略者とそのすべての手先をうち破ろう」をタテにとって自身のかかげる「遊撃戦争戦略」の権威づけをはかった文章で、永田の秘かに案じていたような十五号再批判はもうなかった。『反米戦線』は「一一・一七武器奪取闘争を断乎支持する！」と銘打った論文を掲げ、その中で「今まさに七二年沖縄ニセ返還を軸にアジア全面侵略戦争に突入しようとしているときに、人民の手に多量の武器の確保された意義は大きい。……人民の銃の獲得は米日反動の侵略戦争を革命戦争で打破る具体的な保障をあたえた」と堂々論じており、寺岡が『旗』十七号にこの好論を転載しようと提案して了承された。全文転載であるが、ただ末尾の一行「銃を人民から奪った弱点は今後の闘争によっておわびする」云々だけは、第一に永田らに「人民から銃を奪った」という認識がなく、第二に逮捕された大島、河崎の「自供、自己批判」報道はデマというのが永田らの立場なので削除した。

四月十五日。夕方、ジリジリしながら待っていた永田らのところへ、使者村山君ではなくて前沢虎義が現われ、このかん昔の同志仲間と気分の上で遠く隔てられていた札幌籠城の一同に嬉しいおどろきをもたらした。前沢は永田、坂口と革左結成のさらに以前から古い知友であり、とくに同じ職場の組合運動仲間だった坂口とはオレ、オマエの間柄、寺岡らとも親しく活動を共にしてきていて、半合法部においてはリーダー格の活気にあふれた人物であった。前沢の登場によって永田指導部と半合法部とのあいだの気持のくいちがいや意見対立にあるいは解決の展望がひらけてくるかもしれない。すくなくとも話す相手が前沢なら若い村山君相手のときのような隔靴掻痒《かっかそうよう》の感は味わずにすむだろうと永田は考えた。

前沢は「全国一斉捜査」下の札幌までの道中の苦労を面白く語ったあと、「明日、赤軍派の人とボーリング場で待ち合わせることになっている。今度は確実だろう」と披露したが、永田らは二回スッポかされて疑い深くなっていて前沢が期待したかもしれぬような反応はおこらなかった。

「みんなの様子はどんな工合。村山君からすこしきいているけれど」

「ヤル気まんまんだ。全員が、今すぐにでも闘いたい。そういう空気なんだ」前沢は四・二八には爆弾闘争をというのが多数意見だといった。

永田が中国行き方針をめぐって半合法部での討論の進展ぶりをただすと、前沢はしばらく考えて「率直にいうが、半合の全員が中国行きには一貫して猛反対で、自分は実はみんなから永田さんらを是非ともわが国日本に「引きとめる」ように説得してくれとたのまれてこうして札幌までやってきたんだ。おれはおれだけれども、同時に右代表でもあるんですよ」と打明けた。なんとか日本で闘う道はないのか。われわれは自力更生をモットーとする反米愛国の集団ではないか。ほんのすこしでも可能性の存在する限り、いま・ここ七一年の日本に耐えて踏みとどまって、反攻の道すじを模索すべきではないかと思うのだが。……

「根拠地なしにどう、何を闘うの。闘うこと一般ではなくて、銃の闘いをいかに実現していくか、そのために今なにが必要かと考えるべきでしょう」永田が「根拠地問題」解決こそが現状では最優先の課題だとつづけると、前沢もまた先の村山君同様、もっといえばかつての寺岡ら同様にウーンと困惑した表情になって黙ってしまった。あくまで黙ったのであって永田の理屈に納得しているわけではない点でも事情は同じである。ただ前沢の「中国行き」反対は明瞭に半合法部メンバーの総意を代表してなされたものであり、事態はもはやリクツで黙らせれば問題は解決するという簡単な話ではなくなっていること、そこらへんを永田も理解したことが村山君あるいは寺岡らの反対に直面したときとの大きな違いである。夜遅くなって坂口の意見で、話し合いは明日以降もつづけるが論議はいったん預りとし、あとはみんなで雑談した、
翌日正午すぎ、前沢はみんなの待つアパートへ意気揚々ともどって、一緒に来た男をどうぞと先に部屋へ通した。変装に工夫を凝らしていたが、永田はすぐにこれが昨年末はじめて森、坂東と会合を持ったときに森の使者だと名乗って永田との事前の連絡打合せにあたった赤軍派「革命戦線」代表の中谷正行であるとわかった。札幌に行く赤軍

派の人というのがこの中谷だとするなら赤軍派指導部が永田らに「会いたがっている」という伝言は真剣なものと受けとって間違いない。アイサツをすませると永田は早速、

「八号を持ってきてくれた？」ときいた。永田らは三月初旬に赤軍派の機関誌『赤軍』八号が出たことを新聞で知り、赤軍派にたいし札幌に来るときにきっと持ってきてくれるようにと村山君を介して念押ししていたのである。ところが中谷は激しく首を振り、「だめだ、そんなものを持って歩いたら危なくてしようがない。どういう話があったかしらないけれど、持ってこなかった。いまの状況のもとではそうするのが当然だと思う」と永田の姫様ぶりをなじるかのようにいった。そうかと思ったが期待の大きかった永田としては残念であり、一方また弾圧に抗して怯まずM闘争をつづけている大胆不敵な赤軍派にしては中谷の警戒ぶりはいささか大ゲサすぎないかと疑念もわく。ようするに永田はこれを赤軍派の革左にたいする何回目かになる約束破りと受けとっておもしろくないのだった。

中谷の要請で中谷とは永田、坂口、寺岡の三名が話し合うことにして、そのかん吉野らは町へ出て行き買い物その他に役割分担して効率良く時間を使った。協議がはじまると中谷は改まった態度になり、

「アジトは保証するから上京して森さんと会って下さい」と切り出した。三月末までに森と赤軍派中央軍は「四月小蜂起」＝四・二八における対権力センメツ戦の遂行断念を余儀なくされていた。連続M闘争の過程でセンメツ戦の担い手でもある各隊から逮捕者が続出し、なかんずく四月小蜂起の中核として期待されていた「東京部隊」の隊長杉村研が銃奪取のため東京町田市の交番を調査中に逮捕されてしまったことが計画全体に致命的な打撃をもたらした。森は急拠坂東と小西一郎（「大阪部隊」隊長）を呼んで対策を協議、とりあえず四月小蜂起は中止とし陣型の立て直しをはかることにした。「すでに銃器を所有する」革命左派との共闘関係のいっそうの強化をもとめて、札幌の革左指導部への中谷の派遣は、そうした森赤軍派の新たな闘いに向けた具体的一歩であったのだ。中谷は森の意向について、なにしろ一日も早く永田さんらと会いたいといっているとだけくりかえし語った。

永田は二・一七闘争の総括として根拠地問題解決の必要を強調して「中国行き」方針をしめしてから、時に人をビックリさせる特有の率直さで「赤軍派もいっしょに行きませんか」と誘った。わきから坂口が「よど号ハイジャッ

クを敢行した赤軍派を中国共産党も評価している」とつけくわえた。

「それはしかし、あまりにも突然の話で」中谷は苦笑したが、永田らの勧誘が本気らしいとみてとるとあわてた様子になり、自分の今の立場でそういうことをいわれても困ると陳弁にこれつとめた。

「根拠地問題の解決はそれしかないじゃありませんか。私たちは中国共産党に学びに行き、赤軍派は（よど号ハイジャックグループが朝鮮労働党にたいしてそうしているように）オルグに行く。中国で共に飛躍しようよ」

中谷は「自分には何ともいえないから森さんと直かに話して下さい」とくりかえす一方、御参考までにといって赤軍派が都内全域に「張りめぐらしている」と自称する「強力なアジト網」なるものをいわば対抗的に話題に出してきた。一人のシンパにあたって複数のアジトを提供してもらうのだと中谷はいう。知人友人の線をたどり、その網の目に沿ってアジトを四方八方に拡げていくのであり、今日人々の間で反権力の意識は広範囲にわたって根が深く、どうしても必要だと働きかければ一人のシンパから最低でも二、三ヵ所のアジトが確保可能だ。ぼく自身、現在いつでも行くことのできるアジトを都内に三、四ヵ所持っている。敵のアパートローラー作戦なぞ、実際には何もスクえぬ馬鹿なザルにすぎない。……きいていて永田は若干感心したけれども、他方で中谷自慢の「網」でスクえる獲物はせいぜいのところM闘争の防衛までで、赤軍・革左両派が志向しているゲリラ闘争の推進となるとこれはまず無理だろうと観察したので、根拠地問題解決として「中国行き」というじぶんたちの方針の変更は全く考えなかった。

永田、坂口、寺岡は中谷に席を外してもらって赤軍派の要請への対応を話し合った。これが一二・一七闘争を担った革左指導部と「人民革命軍」を都市の最前線へ復帰させて活動の再開の道をひらく絶好の機会だという点では問題なく一致したが、ただちに三人で上京して森さんと会おうという永田と「まず永田さんと坂口さんが行くべきだ」とする寺岡の間で議論になった。村山君や前沢氏中谷氏の話からいっても、三人いっしょに上京するのは一人二人で行くよりはるかに危険が多い。常任委員が三人とも全員出て行って軍メンバーと銃を置き去りにしてしまうのは党としてどうだろうか。そう指摘したあと寺岡は「ぼくと吉野、内野、高木は、東京における永田さん坂口さんの情勢判断と決定にしたがってあとから適切に上京するようにしたい」と述べ、永田と坂口もこれを了承した。つぎに三人は永田と坂口の上京の任務内容を確認しあった。すなわち①森と会って今後の闘争について話し合い、赤軍派との間で支援関係の内実をつくること。②当面の活動のためのアジトを設定し、札幌から引きあげる展望をつくること。③半合法部、救対との連絡体制の再構築。④『解放の旗』十六号、十七号の印刷発行。⑤中国に行く方法を追求すること。その他。

永田らは中谷に、赤軍派の要請に応じて可能なかぎり早い時期に永田と坂口が上京して森さんとの会合に臨むようにしたいと伝えた。とたんに中谷はテキパキと実務的な態度になり、可能なかぎり早くというのは一週間以内か、それとももっと先になるのかとただし、ここ三、四日中には出発できると永田がいうと「わかりました」といってリュックから時刻表と地図を出して中谷があらかじめ考え準備しておいたという永田と坂口のとるべき上京コースの説明にとりかかった。札幌から函館までの列車はとくに問題なさそうだ。問題は青函連絡船に乗りこむとき、降りるときに発生する。船客は函館の乗船口、青森の下船口で屈強な警官と鉄道公安員よりなる長い陰険な列の間を歩かされるので心の備えを要する。青森からはM作戦関連で警備が厚い太平洋側は避けて、奥羽本線を使って大館まで行き、以後はバスと電車を細かく素早く乗り継いで東京をめざす（中谷は乗り継ぎ地点、乗りつぐべきバス路線、電鉄の名称、および発着の時間を永田らには「ペダンチック」と思えるくらい丁寧詳細に指示した）。「……上野駅に着いたら――の番号に電話して下さい。それから先は自分が案内して、永田さん坂口さんと森さんのランデブーをかならず成功させます」中谷は厚くもない胸をポンと叩いてうけあった。

「中谷さんは明日帰るということだから、前沢君中谷さんの歓迎会と中谷さんの歓送会をいっぺんにやろう。お酒ものもう」中谷は部屋に落ち着いてからこのかんずっと水しかのまず、中谷のために用意しておいたパン、菓子類にもほんの形だけしか手をつけなかった。それを永田は共に闘う仲間らしくもない他人行儀、セクト的態度と感じて愉快でなく、酒の力を借りてワダカマリの解消をもくろんだわけである。しかし中谷も頑固だった。ぼくがひとっ走り行って買ってこようと坂口が立ち上ったとき、中谷はおしとどめて「心遣いは有難いが懲罰中でいまは酒は駄目なのです。了解願います」というのだ。懲罰の理由は「M闘争のあとNHKのインタビューに応じた件です」と神妙な面持でこたえる。何を瑣末なことをと永田は舌打ちして「今日だけはそんな懲罰なんかないことにして、みんなでお酒をのもうよ」と重ねて誘ったものの、中谷がダメですの一点張りでとおしたので、せっかくの両派親睦小酒宴プランであったがとりやめとした。永田の内部で友党として赤軍派に依存する気持が大きくなっているだけに、このときの中谷の身内の規律をタテにとった永田には「非友好的」としか思えぬ振舞いは中谷の想像をこえて永田の誇り高いこころをかすかにであるが傷つけていたのである。

四月十七日。朝、中谷は永田らに別れをつげて帰って行く。前沢は主に永田との討論をへてこの日最終的に「中国行き」方針を「一応納得」していた。しかしあくまで「一応」でしかないゆえ前沢自身帰って半合法部のみんなの反対を説得しきる自信などなく、上京したら永田さんが直接かれらと会ってよく説明してあげてほしいと前沢がいうのに永田はそうすると約束した。前沢が持ってきた四・二八に都内で爆弾闘争をやりたいという半合法部の希望については、根拠地問題解決こそが当面第一の課題であると考えるから、指導部と軍はそうした「闘争」には反対である。私と坂口さんのあと前沢君もなるべく早く上京して計画中止の指示を半合の人たちに伝えてほしい。前沢は確かめるように二、三質問してから承知した。

四月二十日。早朝、永田と坂口は二ヵ月余たてこもって過した札幌アジトを離れ、上京の途についた。坂口は前沢が間際にいそいで買ってきた鳥打帽に茶色の背広を着こんで一見休暇中の船員風であり、永田のほうはそれまでつけたことのない付け睫毛を上下につけ、口紅も濃くひき、ロングヘアーのかつらもつけたが、煩わしくてたまらなかった。指名手配になってからはじめて駅ホームに全身を晒して立った永田は、列車の到着を待つあいだ立っている自分の足がしだいに自分のモノではなくなっていくような強い不安とたよりなさを味わった。車内に落ち着いてからも自分の身体が車輪の回転ごとに進行方向とは逆のほうに退いていく奇妙な錯覚はかなりの間つづいた。

夜九時頃に函館着、連絡船乗り場にむかった。永田は坂口とならんで行きながら、中谷らのいう「検問」の人垣を向こうに見て想像したよりはるかに険悪な監視の壁であることを知った。待ちかまえている警察官の姿が大きくハッキリ見えてくるにつれて永田のあまり似合っていないかつらの頭は自然に下がり、歩調はいっそうのろくなるのだった。しかし列の先頭にいた警官のひとりが永田のほうに射るような視線をむけてきたとき、抑えていたこころのなかでふわっとある飛躍がおこった。永田は突然、顔をあげてそのまま坂口を後に随《したが》えて列の間に入ってゆき、そんなにするなら通ってあげましょと軽い感じでそこをすっと通ってしまった。捜査網の凄さを露骨に見せつけられて永田はかえって度胸がすわったのである。拍子抜けしたのかどうか、警官たちは永田らの半ば「悠然」とした通過にソヨリとも身動きしなかった。連絡船のゆったりした展望席にすわって一息ついたが、船内でも複数の公安官が小まめに巡回していてうるさいかぎりだった。乗客のおおくが席につくとすぐ飲んだり食べたりはじめるのを見た永田は、なるほど公安官の眼からみたらそうしたほうが普通かもしれないと気づいて席を立ち、売店に行って新聞と日本酒の小ビンを買ってきた。坂口はこの酒をよろこんでのみ、下戸の永田も、うっとおしい世間のことはしばらく忘れようとビンのふたの猪口で二、三杯のんだのだがたちまち眠りこんでしまった。それは青森につくまでの数時間、傍らで眠れずにいた坂口があきれるほど深い、長い、いってみれば一心不乱の熟睡であった。……

四月二十一日。夜十時頃、永田と坂口は東京上野駅に無事到着、駅前の公衆電話で中谷を呼びだすと、駅近くの――という寿司屋で待てと指示をうけた。自分は寿司が好きで、連絡場所に寿司屋を使うことが多いと中谷はいう。指示にしたがって待っているうちしばらくして中谷から電話があり、「とりあえずUさんのところへタクシーで行ってほしい」といってU氏宅の住所、周辺の目印などを説明したあと、永田に何もいわせず一方的に電話を切ってしまった。八王子市郊外のU氏宅へ上野の寿司屋からタクシーを飛ばして行く。中谷はかんたんにいうが、まる二日かかって、しかもそう意味があるとも思えぬ乗り換えを頻繁にくりかえしながら、遠い北海道からはるばる東京にたどりついたばかりの永田らには、今度は東京の端から端へタクシーを使って移動しろといわれても正直もうウンザリだった。しかし他に行くアテもない。永田らがぼう大なタクシー代をかけてU氏宅のある住宅街についた頃は真夜中の二時すぎになっており、門前で出迎えたU夫人は「主人は風邪で早く休みましたので」と断ってから、たてておいた風呂に入るようすすめてくれた。これは有難かった。

四月二十二日。中谷から「森さんと連絡がとれないのでもう一日、待って下さい」と電話があり、永田らは仕方なくU夫妻にもうひと晩だけとめて下さいと小さくなって頼みこんで了解を得た。U夫妻は赤軍派や革左の運動を支持しているわけではなかったが、永田らを強大な権力に追いつめられながらそれでも闘いつづけている奇特な者と評価しており、そういうかれらとして可能な範囲で援助してくれているのだった。夫人は永田に下着をくれた他、「あなたのかつらはわざとらしいから、もっと別なのにしたほうがいいわ。かつら代を半分出してあげるから他のかつらを買いなさいよ」とその代金を半分出してくれた。坂口にも「すこしは似合いそうな」ネクタイをプレゼントしてくれた。

四月二十三日。夜、中谷は「手筈が整いました」と伝えてきた。十時頃から一時間、森さんは荻窪駅近くの映画館――座に居ます。館内に入ったら云々と中谷は要領よく段取りを説明して電話を切った。U氏宅を辞去するとき永田らは親身になって世話をしてくれた夫妻に深々と頭を下げた。

――座に入ってすぐ薄暗い館内の最後列の端にひとり腰かけている森の姿を確認した。森は永田らのほうを見たが、知らないよという顔をしたので、永田らも負けずに同じような顔をしてそこらの席に適当にすわった。中谷の連絡では映画の途中で森がトイレに立ったら坂口もトイレに行くというのが筋書きであり、待っているとやがて森は席を立ってトイレに行った。それで坂口もあとにつづいた。二、三分後、ふたりともべつべつにもどってきて、しばらくすると森が非常灯の下のドアをあけて出て行き、心もち遅れて永田らも立ち上り映画館を出た。既に深夜であたりに人の姿はなかった。永田と坂口は映画館まえの大通りをわたりきったところで森といっしょになり、一別以来のアイサツをかわしたあと、すこし先を行く森について喫茶店に入り、ようやく三人が同じテーブルをはさんで向かい合った。指名手配になっている三人がとにもかくにも権力の厳しい包囲網を突破していまここにこうして再会したのであり、懐かしさと安堵から永田と森はとりとめなく喋りつづけ、日頃は無口な坂口も楽しそうに雑談にくわわった。森は話の途中で永田の顔を見なおし、

「あまり笑うな。笑うと永田さんの特徴がそのまま出てしまう。笑うときは口に手をあてたほうがいい」といって坂口に「なあー」と同意をもとめ、それから「自分は変っただろう」と得意げに自分を指さした。二・一七闘争の直

前に会ったときの森は長髪にパーマをかけ、痩身でもあり線の細い文学青年風だったが、わずか二ヵ月の間にすっかり感じがかわってガッシリと太り、コケていた頬には肉がつき、腹のせり出した一見「土建屋のおっさん」風におおきく変身を遂げていた。変わっただろうと本人が自慢するだけのことはあった。対して永田らのほうはそれがどうなのかという評価は別として特にかわったところもなかった。

「アジトのほうは?」雑談が一段落したところで森がきくので、「赤軍派のアジト提供をあてにして上京してきた」とありのままこたえたが、森が「それでは今日泊るアジトもないのか」と呟いてとまどったような顔になるのを見て永田は何なんだと首をかしげた。

「自分がいま使っているアジトは友人のアパートだが、そこに泊れるようにしよう。友人に了解をとってくるからちょっと待っていてくれ」森はそういって出て行った。永田らは中谷の話から、赤軍派に頼めば永田らのアジトのみならず、ひきつづいて上京してくる寺岡らのアジトも提供してくれるだろうとおもいこんでいたのだけれども、いまの森の様子だと中谷が永田らに「アジトは保証する」と明言したことなど知らぬかのようである。中谷の明言が一部ホラだったか、それとも森の様子が何かの芝居なのか不明だが、いずれにせよ永田は赤軍派の対応にいささか明朗でない「政治的」なものを感じた。

森はすぐもどってきて「いいといっているからここを出よう」と永田らを森の友人Y氏宅へ連れて行った。歩いて十数分のところにあるアパートでにこやかに迎えてくれたY氏は、連れ合いは不幸があって実家に帰っておりお構いもできませんがといい、永田らを茶の間に案内した。森は「自分が食事をつくる」と台所に立ち、豚肉とキャベツの油いためを作り大皿にドサッと山盛りにして「さあ食べろ」と永田らにすすめた。森の気持はありがたかったが、おいしそうに食べている坂口のとなりにいて永田はあまり食欲がわいてこなかった。油でギラギラ輝く肉の山を眺めながら、永田がポツンと「寺岡さんたちに食べさせたい」と呟くと、「赤軍派はどの隊もいまのうちじゃないと食えないといって、肉などボンボン食っているぞ」と、森は勢いよく応じた。

札幌の永田らはもっぱら麦飯と野菜のクズを常食にしたが、赤軍派はふだんから寿司屋を連絡場所としていて、さらに肉などボンボンとくるのだ。永田は両派の食生活の富豪と貧民の間のそれのような甚大な格差に圧倒されると同時に、M闘争でえた資金をそんなふうに「今のうちじゃないと」食えないといった粗笨《そほん》な心情で使っているのかと秘かに疑問や危惧もいだいた。永田らはY氏宅に三日間ほど世話になったが、Y氏は毎日つとめ帰りにスーパーに寄って食料をたくさん買いこんできて「皆さんでいっぱい食べて下さい」といってくれた。このかん食事作りは永田が担当し、札幌ではなかなかおもうようにやれずにいた料理をのんびりとたのしむことができた。Y氏は永田らの運動に関心をもってしきりに話をしたがり、森が「これから政治の話をするから少し遠慮してくれ」というと了解したが面白くなさそうな顔をしていた。

「……根拠地問題の解決として中国に行きます。方法はこれからハイジャック等を含め詰めていくつもりですが、時間はそうないので集中して、とにかくなるべく早く決行したいと思っています」永田はすこし考えて、「私たちが逮捕された場合は二・一七闘争の銃を赤軍派のほうで使ってもけっこうです」と言い添え、坂口の顔を見た。銃の提供というのは事前に打ち合せておいたものではなくこの場における永田のとっさの思い付きだったが、坂口はどうかなと思ったものの黙認した。永田はノートに銃をうめてある三ヵ所のうち一ヵ所（他の二ヵ所は永田と坂口の知識にない）の地図を書いて森にわたした。森はじっとながめたあと「もうおぼえた」といって地図を燃やした。この夜は永田らが決意を披瀝した「中国行き」について賛成とも反対ともいわず、M闘争についてのみいろいろ話した。名古屋に司令部を設け、森はそこにいたこと、M闘争は「四月小蜂起」にむけた機動力獲得のための闘いであったこと等々。

四月二十四日。Y氏の出勤した後腰をすえて話し合いに入った。永田らはあらためて二・一七闘争以後の経験と総括の過程をくわしく説明し、奪取した「二・一七の銃」は根拠地問題の解決を要求しており、中国へ行く以外に解決の道はないと強調した。森はていねいな態度で聴いていたが、依然としてハッキリと意見はいわず、ただ「ハイジャック闘争の総括として赤軍派は国内建軍武装闘争を打ち出したのだ」ともらすようにいって永田らの「海外雄飛」案に懐疑的な姿勢をしめした。永田が「私たちは毛沢東思想を学びに中国に行くが、赤軍派はオルグしに行けばいいじゃない」とジレったげにいうと森はヤレヤレという感じで苦笑した。革左と永田らの「理論」面における幼稚な無知の露出は毎度のことであり、笑止の極みだった。しかしながら永田らの無知幼稚はそのまま武装闘争にたいするまっすぐな情熱的献身と結びついていて、森はこれには自分らの及び難い高さを感じて秘かに畏敬の念をおぼえてもいた。この限りなく純朴で仕方のない連中をどう説得したらよいか。

森は「中国行き」論に直接にはこたえず、M闘争の話をさらにくわしくした。二・一七闘争後の弾圧状況のもとで、それに抗して赤軍派はM作戦を怯《ひる》まずに続行した。森自身はずっと司令部（名古屋市七宝町）にとどまって連続する諸闘争の直接指揮を担いつづけるつもりでいたが、各隊長から作戦の現場は自分らにまかせ東京に移動して全般的な指導にあたってくれと要請され、つい先日ここへ移ってきたところなのだ。司令部にいたときは襲撃されたらいつでもただちに応戦できるように四六時中「銃を構えていた」。名古屋からの東海道線ではどの駅にも警官がいて、車両のなかをいちいちのぞきこんできた。赤軍派ではこのかんに逮捕者を出したり、中央と各部隊との連絡が切れたり、やっと連絡を回復できたと思ったらそのときにはM闘争でえた金を使いはたしていたりと悪戦がつづいたが、それでも各部隊は闘ってきている。六月にむけて赤軍派は闘う。……きいていて永田は、森がこういう言い方で中国行きに反対しようとしているなとわかったけれども、森発言には現在の状況が革左・赤軍両派に強いている課題＝根拠地問題解決への言及がまったくなく、したがってこれを中国行きにたいする赤軍派としてのまじめな反対意見の表明とうけとる必要はないと考えた。なにか闘いさえすればいいといっているようにしかきこえぬ点で、革左半合法部の反対と質はおなじである。つまるところ永田は森の長話を好意的にであってもようするに聞き流したにすぎぬのであった。

森はこの日午後「電話連絡をしてくる」とことわって出て行き、夜おそくもどった。某所の電話をつかって坂東と連絡をとり、永田らとの協議内容の報告、打合せ等で時間がかかった。森と坂東は「六月にむけた」闘いにおいて革左とのヨリふみこんだ連繫を期待しているのだが、いまの永田らの「中国行き」決心がうごかぬとすれば森らの思惑は外れてしまうことになる。もうすこし努めてみようと森は電話のおわりにいった。

四月二十五日。森はこの日、永田らの「中国行き」について、森と赤軍派がそれに同調できぬことを同志的にこころをこめて語った。「やはり日本で骨を埋めるべきではないか」改まった口調でしんみりいい、「対権力センメツ戦をたとえ一回であってもやりきれたなら、それで骨を埋めることになってもわれわれとして悔いはないじゃないか。日本においてセンメツ戦を闘う意義は大きい。センメツ戦をともに闘おうではないか」とつづけた。永田はこのとき、森のかもしだすやや「日本調」なしみじみムードに柄になく心打たれて、二・一七闘争後の追いこまれた孤立のなかで打ち出した「中国行き」方針に多少グラつきを感じさせられたが、ギリギリのところでやはり根拠地問題解決こそは自分ら革命戦争派のいま第一に取り組むべき課題だという確信は揺るがず、「中国行き」を考え直す気持にはなれなかった。しかしこの森発言で赤軍派にたいし中国にいっしょに行こうとはもはやいえなくなった。

森は国内における武装闘争の可能性を永田らに了解させるべく、さらにくわしくM闘争の位置づけを語り、連続M闘争の「四月小蜂起」にむけた「軍事訓練」＝軍としての機動力獲得に言及し、「……金さえあればかなりのことができるんとちゃうか。大きなビルを買い、そこにみんなを寝泊りさせて戦闘に備えることもできる」などと語った。文学青年森ではなく「土建屋のおっさん」式の磊落《らいらく》な口調と態度であり、それがまだ板に付いてない感じもあって永田の潔癖感を刺激した。

「それはちがうんじゃないの。私たちは国内におけるセンメツ戦の実現を追求して、根拠地問題をどう解決していこうかと苦しんでいるのであり、お金さえあれば何とかなるような問題だったら、とうの昔にかりにお金なしでも解決していたはずだとおもう。正直にいうと、私はM闘争はもうやらないでほしいのよ」

「赤軍派はM闘争をとおしてすくなくともヨリ高度の軍事能力と、戦闘のためのかなりの資金を獲得した。センメツ戦遂行を可能にする段階に現にわれわれは到達しているのだ。そこを冷静に評価してもらいたい」

「M闘争で闘争資金を獲得したプラスとその過程で大切な同志たちを権力の手にうばわれたマイナスをならべてみて私は、マイナスのほうに気持が自然に向く、マイナスの克服につき森さんにどういう考えがあるのか」

森は永田のM闘争にたいして懐疑的な口吻にとまどいながらも、二・一七闘争と連続M闘争をふりかえり「前半勝利、後半敗北」と整理してみせた。「敗北因は二・一七闘争とM闘争で大衆闘争を組織できず、流動化した大衆に働きかけてかれらをわれわれの闘いの側へしっかりと獲得できなかった点だ。これが一つ。赤軍派と革命左派が共同で、二・一七とM闘争を支持する人たちを組織していく必要がある」森は身をのりだして、革左ではどういう人たちがオルグの対象なのか出してほしいといった。永田は「共同で組織」という森のコトバを信用して革左のほうでそれまで接触しようと思いながらできずにいた人々の氏名、連絡方法を示したが、森は赤軍派で接触しようとしている人のリストをしめさないまま「革命戦線であたってみる。だけど、あいつらに行ってこいといったら無茶だというだろうな」と首をかしげ、「共同で組織していくということは今後具体化していこう」と結んだ。しかし結局これは検討されることがなく、この場かぎりの思いつきにおわった。

森のあげた敗因の第二は、逮捕者の「自供問題」や、逮捕や敗北の原因となったメンバーの失態、不始末などに露呈した、闘う主体の「弱さ」の問題である。これをいかに解決していくか。「……われわれは闘いの全過程をとおし、また闘いのさまざまな場面の具体に即して、個々のメンバーの行動を厳しく点検することにした。敗北につながったか、つながったかもしれぬ問題点を指摘して相応の罰を課し、克服の努力をもとめたのだ。規律の強化で成果はあがっていると見る」

「中谷さんは札幌で、懲罰による禁酒禁煙中と称しお酒をのもうといってものまないとがんばりつづけたけれど、私たちはおもしろくなかったし、がんばり方としても無意味でまちがっていると思うがどうか」

「中谷がNHKのインタビューに応じたのは組織的決定に基いたものではなかった。そうした行動には懲罰も禁酒禁煙も必要だ」

非組織的行動に目クジラ立てがちな性癖で永田は森以上に杓子定規な人物だったけれども、懲罰や禁酒禁煙が不生産的であって問題の克服・解決にはつながらぬという考えには一点の変更もなかった。熱くなった森はしまいには「センメツ戦の時代は戦線逃亡者やスパイを処刑しなければならない時代なのだ」などといいだし、処刑がいかに必要か、いかに革命的なことであるかしきりに強調した。森の熱弁を注意してききとった永田は、スパイなどへの処刑が今後必要になるかもしれぬと一般論として思うところもあったが、現実の問題としては実感におちてこず、森の主張には大言壮語的なものがあると感じた。

森はまた昨年七〇年春のよど号ハイジャック闘争以降の赤軍派の闘いをふりかえり、指導的メンバーの逮捕、戦線離脱がひきつづいた苦しい時期のことを語った。「（臨時議長）高原浩之が逮捕された六月以後の獄外指導部はDと自分で歯をくいしばってやってきた。ところがDは十二月になって、じぶんはもう闘っていけないという書き置きをのこしていなくなってしまった。以降は自分が文字どおり孤立無援状態で獄外指導部を担ってゆかねばならなくなったのだが、直後の十二・一八に革左の亡き柴野君らによる果敢な銃奪取闘争があり赤軍派と革命左派の革命的支持・支援の道がひらかれ、いまやセンメツ戦が日程にのぼるまでになったのだから感慨深い」そういって森は永田らの顔を見た。Dの失踪以後、自分がこれまでやってこられたのは、革左との出会いがあったからだと伝えようとしたのである。

そのあと森はY氏を呼んで小声ですこし話してから「もう一、二日すると自分もここを出なければならないので、明日はべつのアジトに移ってほしい。Yに案内してもらうがそこには二日はいられる。そのあとのアジトも用意する」と告げ、永田らはそれを了解した。永田は「しばらく中国行きの方法その他をいろんな角度から追求してみるつもりだ。形ができたら森さんに伝えます」といい、一ヵ月以内にもう一度三人で会合をもつこと、連絡方法などを森との間で決めた。

四月二十六日。永田と坂口はY氏宅から森の知人O氏（女性）宅へ移った。Y氏宅を出て行くとき、森は永田らに一万円カンパしてくれて「健闘を祈る」と声をかけた。以降、永田と坂口は、まる一ヵ月余にわたって、赤軍派の「アジト網」に支えられつつ、途中からは前沢と村山君の献身も得て、実際には中国行きの方法をさぐるどころかその日の隠れ場を確保するのがやっとというような、意に反した都内彷徨の日日に入っていく。

山岳ベース

五月十日。永田と坂口は中谷の紹介してくれたE氏（女性）のアパートで半合法部メンバー三名と再会した。指導部の「中国行き」方針にいまも反対する者のおおい半合法部の現状を永田ら自身が具体的に知って、じきじきに説得し一致をもとめるという目的で、永田らと前沢が事前に打ち合せてメンバーのなかから松崎礼子、向山茂徳、石黒秀子の三人を選び、かれらとの話し合いの場を設けたのである。松崎は半合部の主要メンバー中で唯一、当初より一貫して中国行きに賛成していてたのもしく、向山は永田には初対面であるが、四・二八での爆弾闘争という半合部の方針にもっとも熱心に賛意をしめし、その中止でもっとも落胆した、メンバーの間でいまもっとも尖鋭な武闘派と評価されている新人であり、石黒は機関誌『解放の旗』の編集発行実務の責任者で、先月初め不当逮捕された、永田の信頼の厚い半合法部代表の和田明三の妻であった。永田らはまず、指導部と軍の「中国行き」方針をめぐって松崎から半合での議論の様子をききとった。国内における闘いの方針が出ないことへの不満が根強くて、それが中国行き反対の感情的背景になっている。反対の中心は金子みちよさんだ。赤軍派のがんばりに共感する者がふえている。……「みんなの気持はわからないでもないけれど」永田はコトバを選びながら、「考えてほしいのは、二・一七を闘った私たちがつぎにむかうべきは抽象的な闘い一般ではなくて、奪取した〈銃を軸とした建党建軍武装闘争〉であるということだ。あくまでも銃の闘いなのであって、M闘争への追随や爆弾闘争は問題の中心からの逃亡だと思う。ところで権力と持久的に対峙《たいじ》しつつ、味方の心的物質的飛躍の推進を可能にする根拠地なしに、銃による建党建軍武闘はあり得ぬのだ。国内に根拠地を見出せるかというと現状それは難しいようだ。中国へ行き中国共産党に学び、私たちの党をうちたて、軍の質をかちとること。当面こうするしかないと私たちは考えているのよ」

向山が最初に「わかった。ぼくはいいよ」とうなずき、松崎も了解した。石黒は「私はみんなが反対しても反対しなかったわ」といって笑った。

そのあと向山はすこし思いつめた表情で「ぼくはテロリストとしては闘えるがそれ以上ではない。永田さんのいう闘いはシキイが高い」と打ち明けた。

「ゲリラ闘争は党建設のための闘いであり、テロリズムとはちがう。瞬間の蜂起ではなく持久力が求められる。そのことの自覚が必要だ」坂口はいい、永田が「テロリスト以上をめざしてがんばってほしい」とはげました。向山もこのときは一応了解の態度をとった。

それからまたその日一夜の宿さがしがはじまり、永田らは終日、すでに疲労の色濃い前沢、村山君とともに致し方のない移動と束の間の休憩をなんべんもくりかえし、夜おそくなってかろうじて、押しかけていった前沢の知人のアパートに泊めてもらうことができた。情勢はいよいよかんばしくなかった。半合法部のメンバーのなかで指導部にもっとも忠実らしい松崎らでさえ、中国行き賛成よりも国内における武闘の推進をもとめる心情のほうが公平にいって段違いに熱烈だったし、赤軍派の「強力なアジト網」は有難い限りであるが、それにしても他派の援助をアテにしてやれることは所詮たかが知れているのだ。上京して二十日間経過したけれども、永田らのやれたことはおおむね永田と坂口がわが身をかくすその日その日の宿の確保でせい一杯、寺岡らに約束していた中国行きの展望をきりひらくとか、当面の活動のためのアジトの設定とかは大それた夢のまた夢にすぎず、このあたりでついに永田らは文字どおり正念場に立たされることになる。

五月十三日。夕方、永田、坂口、前沢、それに村山君の四人でフラフラと宿を求めてさまよい、掲示板に永田、坂口の大きな指名手配写真をはりめぐらした、派手な作りの大交番のまえにさしかかったとき、永田は突然行き交う人の多いその場に立ちどまってしまった、坂口が振り返って永田の手を強く引くと、表情は硬ばって抗《あらが》うように手をはねのける。これまでの経験でこうなったときの永田が失神卒倒する寸前であると知っている坂口は、とっさに腕をひろげて小柄な永田をおおうように抱えこみ、警官が通りを無表情に眺めているだけなのを横目でたしかめつつ引きずっていって最初に目に入った喫茶店に落ち着いた。夜七時までに、宿さがしに出ていた前沢らが前後してもどってきて、松崎の知人学生のアパートを二日間使わせてもらえるようにしたと報告したので、四人はそこへ移った。永田の状態の回復を待って村山君には席を外してもらい、永田、坂口、前沢で今後の活動をどうすすめていくか検討することにした。

さすがの永田も肩をおとして黙りこみ、前沢にいたってはこうして永田、坂口と顔を合わせていること自体がもうウンザリだという態度を露骨に示しており、二人の様子をながめながら坂口はここらへんがわれわれの辛抱の限度かもしれないなと思った。しばらく黙ったあとふたりにむかっていいきかせるようにして、「山を使えるのではないか。山を使おう」といった。まず永田、坂口、寺岡ら二・一七関連の指名手配者の隠れ場所というつもりで山岳ベースの設定を提起したのである。これなら他人頼みの宿さがしに心身をすりへらす毎日にケリをつけられるだろう。腰をすえて今後の課題に取り組むこともできる。ところが永田も前沢もボーッとしていて坂口の妙案にハカバカしい反応を見せない。「山しかないじゃないか。ふたりともどうしたんだ」坂口は苛立った。

永田は坂口発言に学生時代の楽しかったワンゲル部の経験がよみがえってきて、テントかついで山から山へ移動する生活をぼんやりと思い描き、それは不自由な暮しかもしれないが、手配写真のはりめぐらされている都内を毎日、それも寝泊りする場所をさがすためにだけうろつき回る不自由とくらべてよほどマシであると考えた。坂口は都内にはもはや隠れ場がないので「山」だといい、永田は国内には「根拠地」を見出せないので、「中国行き」を主張する。「金さえあれば買えるビル」と同様に「隠れ場」は断じて永田のいう「根拠地」ではない以上、両者の考えには本質的な違いがあるのだが一点、「他に仕方がないので」やむをえず、「次善の」選択をしているという背景においては両者の意見は共通なのであり、しかも「山」はその両者の違いの面を中和させてくれるのだ。永田は坂口の顔を見てうなずき、

「それしかないかしらね」とこたえた。そう口にしたとたん、永田には、山を当面の拠点にして都内のアジトを開拓し、山と都市を結びつけていけば、あるいは根拠地問題を解決できるのではないか、銃を軸とした闘いも可能ではないかという希望が宿り、こころがスッと軽くなった。「これできちんと対応できそうね。日本での根拠地問題解決が大いに可能かもしれない。それだから「根拠地問題解決として」中国へ行くというのは、山をこうして発見した以上、早トチリでありまちがいだったと思う。ただどうでしょう、中国共産党に接触し、その思想・政治を学ぶために中国へ行くというのはやはり必要ではないか。目先の必要に振り回されるばかりで、もっと先の、もっと大切な必要が何なのかを私たちはまだ自覚できていないような気がするから」

前沢は坂口の「山」案にどうかなという態度で黙っていた。が、永田が声を励まし、山を当面の拠点にしながら山

と都市を結合し、都市に根拠地を作っていくのだと願望をこめて主張すると、最終的に「それならいい」と同意した。同時に「永田さん坂口さんはやはり中国へ行くべきだ」と強調することによって、じぶんのこの同意は、学ぶべきであり、未だ学んでいるとは思えない今の永田・坂口の決して十分ではない意見に対する仮の「同意」なんだぞという気持を表した。

永田は拠点とする山の候補に奥多摩の雲取山をあげて、大学ワンゲル部のときにトレーニング山行で行ったことがあるが、それほど厳しい山ではなく、しかも東京に近いから、「使える山」という私たちの考えにてらして展望があるのではないかと説明し、坂口と前沢の了解を得た。あとで永田が山の使用について村山君に話すと、同君は大賛成といい「それならみんなを説得できる」とよろこび、永田らは一致協力して山行の準備に取り組むことになった。ベース建設に必要な資金、人員をどうするか、登山・キャンプ用具の手配、協力者への依頼、半合法部メンバーとの意思一致、札幌の寺岡らや赤軍派への連絡等。

五月十五日。赤軍派中央軍「坂東隊」の植垣康博、進藤隆三郎、山崎順、小関良子は横浜市南区南吉田小学校の現金輸送を襲撃し、同校教職員の給料などあわせて三百二十一万円余を奪って逃走した。森と赤軍派の企てている「六月小蜂起」にむけて敢行された資金調達作戦であった。

五月十七日。森は某所に坂東、小西（中央軍「大阪部隊」）、中谷（革命戦線）を招集し、六・一七「沖縄返還協定」調印のその日にあわせて大阪―東京で呼応して作戦を決行する「六月小蜂起」をめぐって、作戦の細部の検討と確認のための会議をおこなった。大阪では中央軍が交番襲撃とM作戦を同時に、銃を使用するセンメツ戦として遂行し、東京では革命戦線メンバーが予定されている返還協定阻止闘争のデモの隊列に加わり、鉄パイプ爆弾を投てきして警備の機動隊を粉砕しようというスケールの大きな計画であった。使用する武器について、銃は森が革左指導部に要請し、爆弾は坂東隊メンバーが材料を調達して製造することに決まった。

五月十八日。赤軍派との定時連絡のために喫茶店で待機していた永田へ、中谷がいつもより心持はずんだ声で電話してきて「森さんが永田さん坂口さんと会合をのぞんでいる。会えますか。できたら数日以内に会いたいというのが森さんの意向ですが」という。永田は「私たちのほうも森さんと会って話したいことがある」と即答した。山行にあたって、事情を説明したうえで森らに「同志的支援」をもとめなければならないと思っていたところだった。永田と中谷は会合の日時と場所を決め、お互いに満足して電話を切った。

五月十九日。永田は活動とは関係のないある知人にたのんでその電話を使わせてもらい午後二時すぎ、札幌市郊外の喫茶店で待っていた寺岡との連絡に成功した。

「もしもし。――です」永田は組織名を名乗った。すると寺岡は勢いこんだ早口で、

「中国に行くというのは反対だ。早急に三人で話し合える場所を作ってほしい」といいだした。「われわれは札幌でこのかん必死になって考え討論してきたのだが、四人全員、中国行きはまちがっているという結論にたっした。そちらで永田さんらの進めている計画はとりあえず横に置き、さきにわれわれの意見をとりあげて検討してほしい」

「私たちも中国に行くというのはまちがっていたと思う。当面、山を使おうと考えている。奥多摩の雲取山の入口で会って話し合うことにしたい」

「雲取山。ふーん」勢いこんだ調子は消え、電話の遠いむこうで寺岡がどうなってるの？　と首をかしげている顔が目に見えるようで、永田はてきぱきと待ち合わせ場所の様子を説明し、三人で会う日取りを決めて電話を切った。

永田はしばらくの間ということで借りている村山君の知人のアパートに急ぎとってかえし、坂口と前沢に寺岡とのやりとりを報告した。ふたりとも寺岡の「中国行き反対」にはまたかよと顔をしかめただけで、三人の協議はもっぱら間近にひかえた山行に備えて、メンバーの任務分担やスケジュールの確認のほうに集中した。二十一日までに山行の準備を完了、二十二日永田と坂口は森と会い、そのあと雲取山入口へむかうが、村山君も同行して寺岡のもとめた三人の会合をわきから「支える」こと、前沢はいったん半合法部での任務にもどり、連絡がありしだい山にくること、など。

五月二十日。永田と坂口は革左救援対策部の責任者池谷透と会い、山行の方針を説明して理解と支援をもとめた。池谷は二・一七直後に逮捕されたがすぐ釈放になり、以後元気一杯活動をつづけていた。永田らはそういう池谷を評

価して、最初に、

「今後ゲリラ路線の下で救対活動をすすめていくというのであればあなたを党員にしたいがどうか」といった。そうしていく決意だと池谷がこたえたので、つづいて、当面山岳ベースを設けて活動していくと話すと、池谷は大きくうなずき、

「川島さんも面会のとき、山の形を指で描いて△も使えるぞといった。山をつかえということだとぼくは解釈した。〝マキ〟（二次大戦下フランスの対独レジスタンス組織で、山にたてこもって戦った）に学べともいったが、記録類を読んでなるほどと思った」という。話し合いのおわりに永田は「山へ行くのに必要なお金がない。作ってほしい」と依頼、池谷はこれを快諾した。

五月二十一日。午前中永田は池谷のつくった山行の資金五万円を有難く受けとって、早速村山君を連れて買い物に出た。登山用の服、靴、諸道具、リュックなど、上京してくる寺岡の分とあわせ三人分そろえたが、かれらのいちばん必要とするシュラフは一個しか買えず、もう一工夫、才覚を発揮する必要が出てきた。

予定した買い物をだいたいすませたとき、村山君が「あと残りはぼくが買って帰ります」といってくれたので、永田は委せてアジトにもどった。ところが、同君はそのあといつまでたっても帰ってこなかった。永田と坂口は組織を離脱したのかもしれないと考えたが、明日はその村山君が戻ると戻らぬとにかかわりなく、既定方針どおり雲取山入口へ行くと決めた。また、森との会合では、赤軍派に山行のためのカンパをもとめること。そのさい、それとはべつに、赤軍派のこの間の同志的支援にたいしこちら側の謝意を同志的に表明すること等を申し合わせた。

五月二十二日。永田らは来ない村山君をギリギリまで待ち、十時をまわってからアジトを出て森との会合にむかった。上京して最初に森と会った荻窪駅近くの喫茶店に入ると、森はすでに到着していて永田らを笑顔で迎えた。アイサツをかわしたあとしばらく待ったが、じぶんから会合を申し出ておきながら、森はモジモジと言を左右にして用件を切り出そうとしない。それでまず永田のほうから口を切って手早く仕事を片付けていくことにした。永田は自分たちの二・一七闘争の総括＝根拠地問題解決としての「中国行き」方針を撤回し自己批判、「根拠地問題の解決は当

面、山を拠点とし、山と都市を結合させていくなかで追求していく」とのべ、「ついては私たちの山行の支援として三十万円カンパしてほしい」と結んだ。

森は即答せず、ウーンと考えこんでいたが、しばらくして「まあやってみな。そのうち山岳の総括をきかせてほしい」といった。そのあと態度を改め、「われわれは必ずセンメツ戦を戦う」といって銃を要請、「二丁ほしい」という。永田らがこれを了承すると森は眼に見えて安堵した表情になり、「カンパの要請は組織にかけなければならないが何とかこたえる」と請け合った。それから念を押すように「これは交換ではないな」といって永田をじっと見た。「ええ」うなずいて永田は森の眼を見返した。「交換」なら、森と永田は猿と蟹のようにお互いに相手を手段にしてじぶんの欲望を実現したことになる。そうではなくて、両派の共同の目的にむかってお互いに同志的に支持支援しあったのだと、森と永田は自分にいいきかせたのである。

銃は赤軍派の者が札幌アジトに行き、吉野らから受けとること。資金は札幌へ行く者から吉野らにいくらかわたし、残りは前沢にわたすこと。以上を決めて会合をおえた。このとき、これ以降の相互の連絡の約束はしていない。共同の目的にむかって互いに自分たちの課題に取り組んでゆきましょうという感じで別れたのであり、ふたたびまた連絡の必要が生ずるかもしれぬ未来は、とりあえず考慮の外におかれたということだ。

午後二時すぎ、永田らはバス停「雲取山入口」で登山客にまじって降り、しばらく待っていると黒い背広を着た寺岡がスッと近よってきた。顔が合った瞬間、三人互いに笑いあったが、寺岡はすぐ難しい顔になり「きちんと話そう」と永田らを促した。三人は雲取山のはすむかいになる低い山のなかに入ってゆき、細流の川原で話し合った。寺岡は永田らの用意した登山服に着替えてから大学ノートをひらき、それを見ながら、永田と坂口の上京後に札幌アジトで吉野らとおこなった討論をふまえ、永田の主導した二・一七闘争総括にたいする反対論を展開した。「中国行きには反対、銃を軸とした闘いをしていくというのも反対だ。当面可能な闘いをなぜいまここで一心に追求しようとしないのか。ぼくはいま可能な闘いとしてたとえば闇雲に天下りに「銃」だ「ゲリラ的蜂起」だというのでなくまず

「一五〇名による前段階武装蜂起」を考えている。党は情勢の具体に即して段階をふんでいくべきであり、永田さんのいう「銃を軸とした」闘いは今日の具体的な攻防関係をふまえそれと取り組んで構想されたものとはいえない」それは永田の頭の中を往き来している一個の抽象にすぎぬと寺岡はてきびしく論じた。

「根拠地問題解決として中国に行くことは誤りだったけれども、根拠地問題の解決は依然不可欠であり、これをヌキにして党建設のための闘いはありえない。この点からも、根拠地をうちたてること＝革命の主体である私たちが「銃の質」をかちとることこそが重要で、銃の問題ヌキに建党建軍を考えることはできぬのだ。根拠地問題の解決として山と都市を結合していくために当面、山を拠点にする。テントをもって山の中を移動することも考えている」永田はそういってから、寺岡に反問した。「寺岡さんの意見は私たちが十二・一八と二・一七を経て「銃の地平」に到達した事実を捨象しており、根拠地問題に全然ふれていない。根拠地問題をどう考えているの」

「札幌での中谷氏の話のように、都内でアジトを開拓していけば解決できると思っていたのだが」寺岡はいくらか声をおとして、永田さん坂口さんが東京で無事にやってるらしいとき、それなら中谷氏のいうアジト開拓によって日本国内で闘えるじゃないかと思ったという。

「東京でこのかん私たちにやれた闘いといえば自分の身をかくすのに心身をスリへらすことだけだったのよ。都内でアジトを開拓していくことは当面無理でしょう」

「そんなだと思わなかった」寺岡はフーッと息を吐き、「金もアジトもなければ、ぼくも山を使えばよいと思った。けれど、テントを持って山の中を移動することまでは考えなかった」といって、当面山を拠点にするという方針には同意した。

銃の問題では妥協の余地がなかった。「……銃奪取の現場に実行部隊としてかかわり、モノとしての銃に直かに触れたわれわれと、「奪取された」銃にあとから触れた永田さんとのあいだには、同じ銃を手にしていても、それの意味するところが大きくちがっているのではないか。われわれの手にした銃とは敵のセンメツを確実にするすぐれた武器であり、戦闘における銃の使用は味方の勝利を確保する手段方法の一である。ところが永田さんのいう「銃」は

「銃の質」とか「銃の地平」とか表現されて、銃の意味内容がモノ＝武器以外、以上の何かに不当に拡張されてしまっているのだ。個々の戦闘における勝利確保の手段としての銃の使用が、永田さんのいう「銃を軸とする闘い」では銃の使用そのものが目的となり、絶対化され、銃の闘い以外のかたちの闘いはそのことだけで全否定される。こういう考え方は転倒ではないか。われわれは現実の具体から出発して可能な闘いを追求すべきであり、絶対化した「銃」の観念からはじめるべきではないと考える」

「一二・一七闘争において寺岡さんは実行部隊のリーダーとして銃を奪取したのであり、奪取された銃は当然ながら私ひとりのものではなく寺岡さんのものでもある。私はこの事実から出発して闘いを構想せよといっているにすぎない。とにかく私たちの銃を確保はした。しかしながらそれを使うことが依然としていまもってやれない。これが私たちの直面している残念な現実の具体であって、こういう状況をどう突破していくかが第一に真っ先に私たちに問われてるんだと思う。突破できずにいる現在は、まずその内因外因を明らめて克服の道を行くのが急務だ。銃から逃げることは十二・一八の闘いと柴野さんの死、一二・一七闘争における私たちの経験を捨て去ることだ」闘いさえすればいいとか、銃は武器の一つだ、手段の一つだとかいう自明の理のかげにかくれて、私たちのおかれている現実の具体を回避してはならぬと永田は語気を強めた。

このかん坂口は一言も発言しなかった。永田の一方的な「銃」物神・絶対化の観念論に業を煮やした寺岡は、たとえその「夫」であるとはいえ、永田とちがって軍事の現場における経験を寺岡らと共有している坂口なら、実際には寺岡らの「銃の闘い」反対を理解しているかもしれぬと考え、

「坂口さんは何もいわないがどうなの。坂口さんは永田さんと銃の問題で一致しているのかどうか、ほんとうのところを知りたい」ときいた。

坂口はとっさのことで返答に窮したが、しばらくして「永田さんと同じだ」とこたえた。寺岡が「ほんとうにそうか」とくりかえし念を押すと、そのたびに「そうだ」とこたえ、坂口のこたえはくりかえされる程に確信のひびきを帯びていく。第一に永田の主唱する「銃の闘い」はいかにも目下のところ「実際には闘いえぬ観念の産物」であろう。

が、それなら寺岡が対抗的に持出してきた「一五〇名による前段階武装蜂起」はどうなのか。「一五〇名」という数字にしても、赤軍派理論の口まねである「前段階武装蜂起」という用語にしても、ともに目下の現実との具体的なかかわりを欠落させた、抽象的な、寺岡の脳中にしか存在していない観念の「闘い」の表現ではないか。つまりどっちもどっちなのだ。「銃の闘い」が毛沢東思想の永田なりの学習の所産であり、「一五〇名による前段階武装蜂起」が赤軍派理論の寺岡なりの学習の所産であるとするなら、ヨリがまんしやすい選択という点で毛派左翼の坂口はしぜんに永田の側につくのである。第二に、十二・一八上赤塚交番襲撃闘争のあの日、権力は銃によって同志を虐殺したのであるから、革命の側からの報復は、敵の不当に独占している銃の奪取と、その銃による敵のセンメツでなければならない。われわれは永田のいうとおり、権力の銃による同志殺しや逮捕の連続が「なかったかのように」ふるまうわけにはいかない。第三に坂口と寺岡は軍事の指導者として革左においてはいわばライバル関係にある。その寺岡が二・一七闘争の現場で銃に「直かに触れた」「われわれ」という言い方をして、銃奪取の実行には加わらなかった坂口を暗に銃にかんして観念的、したがって「おくれている」者と諷《ふう》したかのごとく坂口はうけとった。坂口が実際そうである以上に永田との一致を強調した経緯には、坂口の若さからくる勘違いの部分もそうとう大きかったといえよう。

夕方になり、川原に吹きつけてくる冷たい風が強くなった。寺岡は「討論をつづけよう。討論する余地はある。ぼくが昨夜泊まった登山客用の旅館に泊ろう」といい、三人は川原から旅館に移って二階の六畳間に落ち着いた。ところが襖《ふすま》一枚へだてた隣室には宿泊客があり討論なぞとても無理、しかたなく雑談したが、雑談のあいだに寺岡の再会した当初からつづいていた構えた固い感じが柔らいでゆき、永田と坂口はようやくくつろいだ気分を味わった。

翌朝、永田らは誰も居ない三階大広間に移動し、インスタントラーメンを作ってたべてから討論を再開した。意見の対立は相変らずだったが、寺岡の議論の姿勢は相手を論破しようという意気ごみから双方の差異の調整へ微妙に方向を変えていった。「具体的に敵との攻防関係を考え、具体的に戦闘の形態と質を考えるべきである。たとえばぼくの考えた一五〇名による前段階武装蜂起がそれなのだ。永田さんに決定的に不十分なのはこういう思考だ。なぜ「銃だけ」なのか。そうでなくてはイケないと何が、どういう理由でもって決めたのか。最初から「銃だけ」と決めつけて戦闘を構想するのは逆立ちだと思う」

「私自身が具体的攻防関係を「考え切っている」なぞとはもちろん思っていないので、それはおっしゃるとおりよ」永田は認めた。しかし寺岡のいう「不十分」は永田のみならず寺岡を含めたわれわれ「みんな」の問題であり、「これからみんなで考え解決していくしかないのであり、私個人の不十分性とは思わない。私としてはこのかんあくまでも私たちの在る「銃の地平」が要求している根拠地問題の解決の必要をいっているのだから、その点を取りあげて、具体的攻防関係を考えないと難ずるのは見当外れ、問題の取り違えではないかしら」と永田は指摘した。

正午すぎ、永田らは大広間でインスタントラーメンを食って議論ばかりしている珍妙な男女を怪しみはじめた旅館の人に別れを告げ、丹波方面へ移動することにした。バスに乗りこんですこしすると寺岡は永田に笑いかけてきて「永田さんに不十分性はあるのだが、どうもぼくのほうが誤っていたようだ。むこうに行ってじっくり話そう」といい、バックシートによりかかって眼をつぶった。

丹波で下車、河原へ行って討論を再開した。はじめに寺岡はちょっと黙り、それから「とにかく全部言うことにする。これはぼくひとりの考えだが、札幌で二・一七闘争の総括として考えた党・軍の改組案をいちおう話す」といって新「人事案」をしめした。寺岡の「考え」とは、永田を機関紙『解放の旗』の編集だけに任務を限定し、坂口を統一戦線担当にし、寺岡が軍事委員長になるとともに党の責任者になること。内野は武闘派の統一戦線のことをよくいっているから統一戦線担当とする。半合法部のメンバーを大胆に入軍させる云々というものだ。永田革左から寺岡革左へ。寺岡は札幌で暮らしていたある日、銃一本槍で、銃と武闘の「観念化」をひたすら推し進めるかのような永田指導部のあり方に危険を感じて、自ら現状の打開にうって出ようと真剣に夢見たのであるが、夢は口に出してしまうと白けるのであり、寺岡は説明しながらだんだん気恥しさを抑えられなくなってしまった。

永田は改組案には何もいわず、「先に銃の問題をハッキリさせよう」と開き直った。坂口もそうだというようにうなずいた。「現状で銃の闘いは無理だと思い、一五〇人による前段階武装蜂起を考えたが、これは根拠地問題をまじめに考えぬ思いつきでまちがっていた。ぼくは銃を軸にした闘いをとおして党を建設していく方針に同意する」寺岡

は うつ向いたまま早口にいい、そのあと「そうすると先の改組案はまちがっているから取り消す。ただし内野君を統一戦線担当にし、半合法部メンバーを大胆に入軍させることは正しいのではないか」といって永田らの顔を見た。永田と坂口がこれに賛成、討論は終了した。寺岡「案」については寺岡の小野心の露呈の面だけを見て嘲笑するのでなく、永田の過激な観念論に支配された党の将来にたいする正しい危機感のあらわれともみて公平に評価すべきであろう。ただ寺岡にはその正しさを押しとおす力量、信念が遺憾ながらあまりにも足りなかった。

永田らは急ぎ雲取山入口にもどり、永田はバス停わきの売店の電話で前沢と連絡をとって赤軍派から金をうけとったかどうか確めたが、「赤軍派とうまく接触できない」という返事だった。再度の電話連絡が必要となり、仕方なくその夜は丹波ヒュッテに泊ることにして丹波行最終バスの発車を待った。待っている間に霧雨がふりだした。

五月二十四日。朝、永田は公衆電話を使って前沢に連絡し、赤軍派と接触したという返事を得た。永田らは協議の上、永田と坂口は札幌の吉野に電話をし、札幌アジトへ行く赤軍派の者に銃を二丁わたすよう指示すること、その間寺岡は雲取山の山小屋にむかい、あとから行く永田と坂口を待つと任務分担してただちに行動を開始した。永田らは氷川まで行き、そこで吉野に電話連絡をすませてまた雲取山入口にとってかえし、やっと頂上めざしてふたりの登山がはじまった。夜になると小雨がふりだしてきて道もわからなくなったので、永田らは山道わきで野営することにした。

晴れわたった翌朝、永田らは勇んで頂上山小屋をめざしたが、歩きだしてから五分とたたずに眼前にイキナリ永田が学生時代に来たときと全くかわっていない村外れの小さい神社みたいな外見の山小屋が現われた。永田らは山小屋のほんの手前のところで小雨に打たれながらしみじみとわびしく野宿なぞしたわけでじつにバカらしかった。お早うございますと入っていくと、にこやかに迎えてくれた山小屋管理人のおじさんの傍らで、寺岡は寝不足のボーッとした顔でふたりにうなずきかえした。永田らは時間がまだ早いので小屋の蒲団を借りて眠った。ずいぶん眠ったという気がして眼をさましたとき、坂口と寺岡は開け放った戸口のところに立っていて、坂口は永田に「おじさんに案内してもらってこの山のもうすこし先まで見てくる」と声をかけてきた。坂口らが出ていったあと永田は小屋からすこし下の沢までおりて冷たい水で顔をあらった。坂口らは三人で山草をつんで帰ってきて、おじさんが夕食のときこの山草を天ぷらにして出してくれたのだが、これが非常においしく永田は手をたたいて感激してしまった。

昼すぎからずっと雨になった。永田らは小屋のなかで一日、山の物識りであるおじさんの話に聴き入った。山草の見わけ方、調理の仕方、記憶に残る遭難者のこと、また小袖の鍾乳洞に言及して「もうそこを訪れる人もなくなったので、こわれかかったバンガローもそのままになっている」などと淋しそうに語った。永田らは雨がやむのをまって山小屋にもう一泊したが、そのさい話し合って雨が上りしだいただちにおじさんの話の小袖鍾乳洞をめざそうと決めた。

五月二十七日。雨があがった。永田らは頂上小屋からまっすぐ目的地をめざした。昔の地図で見つけたいまは廃道になっている山道を行くので、あたりは深い水底のように静まりかえり、先へ進めば進むほど生いしげった木々の影と、天頂から森のなかへ沈むようにおりてくる日ざしと、鳥の声しかない世界がひろがっていく。三時間ほど上り下りのあと、永田らのまえに鍾乳洞とかすかに音たてて流れる川と、おじさんが話してくれた廃屋になったままのバンガローが五、六棟、五月のすきとおった日ざしをあびて姿をあらわした。人の声は永田らのものだけで、それも口にする一言一言がたちまち鳥の声といっしょに山の森の奥深くへ消えていってしまう。その感じが永田にはとても心地よかった。かれらは重い衣類をぬぎすてて川で思いきり身体を洗った。ここは私たちの家、私たちの庭。永田は事務棟として使われていたというばんいちばん大きな小屋に入り、室の中央の大机が手でさわってみてまだ十分使えそうなのに満足した。

永田らはこの場所にベースを建設すると決め、まず前沢（半合法部リーダー）と池谷（救対部）に伝えて呼び出すことにして、永田と坂口は二人への連絡と買い物のため急いで下山した。電話連絡はこれまでの例で考えると嘘みたいにうまくいった。前沢には赤軍派から受けとった金でシュラフなどの購入を頼み、自分たちは残り少ない所持金を坂口の腹巻から出して大鍋、食器、食料を買いこみ小袖の小屋にもどった。帰り着いたときはもう真っ暗で、待っていた寺岡は「お腹がすいたので、インスタントラーメンのかたまりを少しかじった」と情けなさそうに訴えた。三人とも疲れきっており、食事したあとすぐ寝仕度にかかったが、一つしかないシュラフを使えた永田はグッスリと安眠したものの、暖房の用意が何もない小屋の固い板の上でゴロ寝するしかない坂口と寺岡はほとんど眠れず、気の毒な一夜をすごした。

五月二十八日。明け方、坂口は起き出してかまどに火をおこし、寺岡も眠りの足りぬ声で「寒いな」といって火のそばに行った。永田は二人のために特別に鶏肉と野菜をたくさんいれた雑炊をつくった。

朝食後三人は今後の方針について確認の協議をし、じぶんたちの担うべき闘いを〈銃を軸とした建党建軍遊撃戦〉と表現することで一致した。これまではそのときそのときの場面に応じて「銃の質をかちとる」とか「銃の地平」とか「銃を軸にした闘い」とか色々いっていたが、以後はそれらの意味するところをすべてつつみこんで「銃を軸にした党建設」「銃を軸にした遊撃戦」と表現するようになったわけだ。そのうえで、じぶんたちの取り組む喫緊の課題は、㋐山を当面の拠点として根拠地問題を解決していくこと。山岳をベースにすることは重要であること。㋑中国には党のための闘い、党建設として行くこと。㋒札幌の吉野、内野、高木を速かにここ〝小袖ベース〟に結集させること。

永田が「吉野君らに小袖にくるとき銃と弾を持ってきてもらってはどうか」というと、坂口は同意したが、寺岡は急に表情を固くして「銃を運ぶことは危険であり、かれらにそういう犠牲を強いることはできない」と強く反対した。銃をめぐっていったんおさまったかに見えた対立が再燃したのである。永田は一日でも早く「奪取した銃」と一体になりたいのだし、寺岡のほうはなるべく銃とは距離を置いていたいのがやはり本音であった。「私たち自身がこうして上京できているし、そのさいとくに荷物検査などされなかったのだから、考えて慎重に行動すれば大丈夫、持ってこられるわよ。それに私たちは〈銃を軸とした建党建軍武装闘争〉の集団でしょう。当然銃は身近に持っているべきではないかと思うがどうか」

寺岡はしばらく考えて「永田さんのいうとおりかもしれない」といった。「ぼくにはどうも捜査網にたいして日和見的な気持があったが、これは正しくないようだ」ともいった。寺岡はこのときもじぶんのほんとうは「正しい」のかもしれぬ本音を永田に対して恥じ、撤回することになったのだった。

札幌の吉野への電話連絡は坂口が担当する。坂口は吉野（ら）に永田、坂口、寺岡の三者が最終的に合意した大方針〈銃を軸とした建党建軍武装闘争〉をつたえ、課題㋐㋑について説明し、こちらへくるときには各自銃と弾を「もてるかぎり」もってくるよう指示すること。坂口は背広に着替え、連絡のため下山の用意をした。

下山した坂口と入れかわるように、午後一時すぎ救対部の池谷が寺岡の案内で小袖ベースにやってきた。池谷は獄中の党首川島との「組織的面会」を受け持っている立場から、獄外の永田指導部と獄中の革左グループの間の交通と団結を確保する重要な位置にあり、永田はまずこの池谷を「銃と山岳」の新方針で説得しなければならなかった。永田は〈銃を軸とした建党建軍武装闘争〉について詳しく話したが、そのさい寺岡はじぶんがそれに反対したこと、その反対がどのように誤っていたかを諄々と語って永田の説明を補強した。池谷はおおむね了解したものの一点だけ、山を拠点にして根拠地問題を解決していくということにたいし、

「山を根拠地にするということなら自分は賛成できない」と注文をつけた。さきに面会した川島からこの点をよく確認せよと念押しされていたのである。

「山岳を当面の拠点とするのであり、そのかぎりで山岳ベースを重視するということ。だから、これは山岳を根拠地とすることとはちがうのよ」永田がいうと、池谷はすぐ「それなら同意する。いいよ」と退き、この話題はこれでおわった。しかし永田のいう「当面の拠点」と「根拠地」との〝ちがい〟は国内における根拠地問題解決の展望が主観の願望としてならありえても現実には未だ存在しない以上、ほんとうはコトバのうえだけのものにすぎぬ。永田はこのとき、池谷の疑問の背後にある「山岳」へのかすかな危惧の念に「こたえた」というより、コトバ巧みに言いくるめてうるさい対立・論議になりそうな場面を回避したのだといえよう。

つぎに半合法部メンバーの入山入軍の位置付けと人選について、永田は常任委員三名による決定を伝えた。半合部のうち前沢はすでに軍メンバーであるが、さらに金子みちよ、松崎礼子、向山茂徳、早岐やす子を入山入軍させる。四名の入軍はただちに戦闘要員となって行動するということではなく、入軍して「軍の質」をかちとらなければ「銃の地平」にある今半合部の組織活動すらもやれなくなるであろうという指導部の認識に基くものである。また金子ら

の入軍とはべつに山岳ベースに置くことになった『解放の旗』編集委員会で働いてもらうため石黒秀子も入山させる。池谷はただちに金子らと会って指導部の指示をつたえ、そのあと永田が金子らと会い入山入軍の意志を確認した上で小袖ベースへ連れてくるようにする。……話がすむと池谷はせわし気に立ち上り、「バスに乗れるようにつっ走る」といって山道を駆け下りて行った。

五月二十九日。永田は金子みちよらとの会合のために下山した。出発にさいして永田は坂口、寺岡とのあいだで、札幌の吉野らと前沢がベースに到着したら、坂口らがかれらと〈銃を軸とした建党建軍武装闘争〉で一致しておくことを確認し、また寺岡が松崎との結婚の希望をいい、それを彼女に伝えてほしいと申し出たので、「つたないキューピッドで恐縮だけれど」とケンソンしつつ快く承知した。

夜七時頃、永田は学生S君のアパートに到着し、そこで待っていた松崎、石黒といっしょになった。夕食のあと永田はふたりに〈銃を軸とした建党建軍武装闘争〉について語り、一致をもとめた。ふたりとも同意、とりわけ「根拠地問題解決としての」中国行き方針の自己批判的撤回を歓迎し、入山にも同意した。永田が松崎に「寺岡さんがあなたと結婚し、共に闘っていきたいといっているわよ」と伝えると、何もいわなかったが恥ずかしそうにし、松崎なりに感動をあらわした。

五月三十日。永田は松崎、石黒とともに墨田区大島の学生T君のアパートに行き、向山がやってくるのを待った。約束した時間にすこし遅れて到着した向山は、事前に池谷からある程度まで説明をうけていたせいもあり、永田のもとめた〈銃を軸とした建党建軍武装闘争〉と入軍入山にすぐ同意し、「入軍入山するつもりで来たのだけれど、最終判断は永田さんに会ってからしようと思っていました。入軍します」と表明、「このまま入山するつもりで用意してきた」といって永田にはやや派手めにみえた新品のパジャマを見せ、「ぼくはどんな所でもパジャマを着ないと眠れないのです」と解説した。永田はいささか挨拶に困って向山と親しい松崎のほうを見たが、松崎はこれといって助け舟を出してもくれぬのだった。すこしすると向山は不意に立って断わりなしにアパートを出て行き、だいぶたってからまたもどってきて「どうしても永田さんに相談したいことがあります」と永田の正面にかしこまった。

「それはあとでききましょう」といい永田は松崎、石黒との話をもうしばらくつづけた。

夕方、永田は松崎、石黒、向山とタクシーを使ってS君のアパートにむかった。その車中で向山は「相談というのは大槻さんと結婚したいということです。大槻さんがぼくに、永田さんに話せば必ずわかってくれるといったの」と永田にとってはまさに驚倒すべき告白をおこなった。アパートにもどってからも向山は永田がききたくもないこの話を特有のゆったりした口調でネチネチとくりかえし、永田もついに現在向山と大槻が「恋人関係」にあるらしいことは事実として受けいれざるをえなくなった。そもそも大槻節子は、十二・一八闘争を亡くなった柴野同志とともに闘い、自身も警官の銃撃によって瀕死の重傷を負って逮捕拘禁され、今なお獄中にあって闘いつづけている岡部和久の大切な恋人だったはずである。その大槻が二・一七闘争のあとほんの三ヵ月ほどのあいだに、言っちゃあ悪いがこんな得体の知れぬパジャマ男の恋人になっており、結婚話までとびだす始末なのだ。じぶんに親しかった世界が突然、知らぬ他人のように冷たい固い壁の向こうにとじこもってしまったようだった。しかし永田のそうした個人的感情とはべつに、結婚の意志が語られたとおり向山と大槻双方のものであるなら、これを尊重しなければならぬのがリーダーの分別だ。永田は苦虫をかみつぶした顔で、

「結婚の意志が二人のものなら認めざるをえないけれど、獄中の岡部さんにも了解をとらなければならないでしょう。そのためにも、向山さんも大槻さんもともにゲリラ路線のもとでがんばって闘いぬいていくことが必要よ」と指摘した。

「もちろんです。よくわかっています。打明けますが、さっきのアジトで途中で外に出たのは、大槻さんに電話して入軍入山の決意を伝えるためでした。大槻さんはぼくに、どのように入軍入山の決意をしたか知りたいから必ず電話してといっていたのです」向山は夫婦で銃をもって戦うのだと何どもいった。

永田は松崎と向山には明日、小袖ベースへ先発してもらうことにして「小袖に行く登山道の入口で誰かが迎えにきているはずよ。むこうについたら私からの伝言として、あと二日後に迎えに出てきてほしい、そのときに私たちが行かなければさらに二日後にそうしてほしいと伝えておいて」と指示、あとは向山を隣の学生R君の部屋に追っ払い、松崎、石黒と三人で女同士の雑談をした。話の中で永田は石黒に、獄中にある彼女の夫和田明三に手紙を書くように

熱心に勧めた。石黒はなかなかその気になれぬ様子だったが、松崎も加わっての再三の慫慂《しょうよう》にいかにも仕方なさそうに手紙を書いた。松崎がそれを書きなおし、差出人の氏名は和田の組織名を苗字にし、そのしたに石黒の好みの名をつけてつくった。それで一仕事済ませた気分になった永田は、松崎と石黒という良い聴き手を相手にじぶんの日頃抱懐している思想をゆっくりと語りはじめた。革命戦争を闘う男女、夫婦はいかにあるべきか。私たち女性は男性以上にがんばって闘うべきではないかと永田がいうと、松崎も石黒も同意した。

松崎は傍らの石黒を振りかえり「永田さんも来ていることだし、もう自分の問題をハッキリさせてしまったらどう」と促した。石黒はウーンと首をひねった。松崎は改まった口調で永田に石黒が目下赤軍派の青砥幹夫と恋愛関係にあることを知らせ、指導者としての意見をもとめた。またぞろ獄中にある「夫」との関係をないがしろにした不届きな「恋愛」話である。石黒は和田が逮捕された四月三日の直前に森恒夫を確認するため青砥と二人で大阪に行ったときから恋愛感情をもつようになったといい、「……青砥さんも好きだし、あけみちゃん（和田のこと）も好きなのよ」などと打明けるのだ。

永田には政治路線の異なる者同士の恋愛など考えられず、まして二人の男を同時に好きになるなど夢想外のことであったから、あわてて石黒のきき苦しい話をさえぎり、「青砥さんとの関係は清算し、和田さんとの夫婦関係を大切にしなければ駄目よ」と叱責し、松崎も同趣旨の意見を述べた。石黒は納得できぬ様子で考えこんだが、一応は永田と松崎のコトバを理解するような態度もみせた。しかしハッキリ青砥と別れるとは最後までいわなかった。

五月三十一日。早朝の出発を予定していた松崎と向山は寝すごして大あわてでアパートをとびだしていった。向山は長髪のかつらにグリーンのパンタロンとよく考えた可愛らしい変装で、全体に地味な松崎と対照的だったが、見送りながら永田は、今はあんなでも、山でがんばればだんだんサマになっていくんだろうと期待をこめて考えた。

正午すぎ、永田と石黒はT君のアパートに行き、さきに着いて待っていた金子、早岐と顔を合わせた。金子は永田と再会できたよろこびを全身であらわし、永田のほうも思わず「昔と同じ、ずっと元気なのね」と以前のまま情熱のかたまりにみえる金子に感嘆の声をあげた。早岐もうれしそうに笑っていた。永田は〈銃を軸とした建党建軍武装闘争〉について語り、ふたりに入軍入山の意志を確かめた。金子も早岐もすぐ同意、つづいて金子は「中国行き」撤回を念押しした上、「私は中国行きには一貫して反対だった。けれどもその反対は根拠地問題解決を考えることなくおこなったものであり、その点では正しい反対とはいえぬことがわかった」と述べ、山岳ベースには積極的に賛成、入軍入山のじぶんの決意は絶対に不動だといった。きいていて永田は、遠くへだてられていた指導部への不満が半合法部のメンバーを無統制な武闘へ追いやりかねなかった事態を具体的に知らされ、あらためて「山岳」という「当面の拠点」の発見を天の恵みかのようにふりかえった。

永田と金子のやりとりを黙ってきいていた早岐は、金子がじぶんの決意を語りおえると「どうしよう」といって金子の顔を見た。

「ちゃんといったほうがいいわよ」

早岐は金子にいわれて決心したようにうなずき、顔をまっすぐ永田のほうにむけ、「私も入軍入山に異議はありませんが、ただ解決してくれなければ困ることがあります」と何か書いててあるレポート用紙をわたし、「半合法で困った問題が生じているのです」と告げた。読んでいくと男性同志の女性同志にたいする不埒な行為の例が多数列挙されており、おどろいたことに指名されている痴漢どもの一人は永田の親しく信頼も厚い人物だった。さきに大槻と石黒の大した「自由恋愛」をつきつけられたと思ったら、今度は男性同志の忌々しい下らぬ「痴漢問題」があばれこんでくる。まったく！　永田は大きなショックを受け、こういうことではとてもではないが半合法や非合法の活動はやれないとおもった。永田は自身のかつての川島との間の出来事にてらして、名指しされた男性同志を一面的に一方的に非難するだけの気持ちになり、男女が二十四時間共同生活をすることになる非合法においては半合法よりも一層、チカンをしない・許さない「思想」が必要であり、思想問題解決の重要さはこういうところにもあらわれているのだと怒りをこめて考えた。半合法における男の側からのチカン行為と女の側からの自由恋愛はともに、「銃の地平」においても根底的に解決されねばならぬ同じ誤った「思想」のあらわれではないのか?

「かならず組織的に解決する」永田が約束し、早岐は「それなら私も入軍入山します」と表明した。金子は「山に行く用意や半合法の引継ぎのため、入山するのは三日ほど待ってほしい」といい、永田が了解すると「何を用意したらいいの」ときいてきた。永田は「できるかぎりたくさんシュラフがほしい」とこたえた。金子と早岐はお金をどうするかとしばらく相談していたが、やがて早岐は「彼に出させるわ。金子さんの山行きの用意も、彼に出させたお金でいっしょにしましょう」と結論を出した。二人はそのほか必要とするものを永田にこまかくききただし、三日後に会う場所を決めて帰っていった。

永田、坂口、寺岡が半合法部から入軍させるメンバーの選抜にあたって話し合ったとき、金子、松崎、向山まではほぼ議論なしに決まったが、寺岡が早岐の名をあげたときに坂口から異論が出た。四月に札幌にやってきた前沢の話で、早岐はアジトの一つのキャップであるにもかかわらず極めてしばしば仲間に無断で組織外の恋人である「彼」のところに泊りに行く困った事実があり、まわりが諌《いさ》めても我を張ってきこうとしないということから、入軍は難しいのではないかと坂口は思ったのだ。これにたいし、むしろ早岐を入軍入山させ、組織外の「彼」との関係にキッパリと決着をつけさせるべきだ、早岐はそういう闘いをやれる人であるといって早岐を擁護したのが永田であった。永田は早岐と「彼」の難かしい恋＝早岐のかかえる「恋との革命」の悩みにどちらかといえば同情的だったのである。

なおこの月末、赤軍派中央軍「大阪部隊」隊長小西一郎と幹部江木隆裕は、「六月小蜂起」にむけて交番、金融機関を調査中に、東大阪市内で検問にかかって逮捕された。せっかく革左から「二・一七闘争の銃」二丁を得ていながら、またしても赤軍派の思い描く「銃による対権力センメツ戦」プランに黄信号がともった。

六月二日。夕方までには永田ら革命左派指導部の選抜したメンバー全員が都下西多摩郡奥多摩町留浦にある廃屋のバンガロー群を借用して設けた「小袖ベース」に集結した。指導部（常任委員）＝永田洋子、坂口弘、寺岡恒一。二・一七真岡銃奪取闘争を担い、最近まで札幌市内のアパートの一室に潜伏していた軍メンバー＝吉野雅邦、高木京司、内野久。都市の半合法部メンバーのうち、永田の「入軍入山」オルグに応じて入山入軍あるいは入山の決意を表明した者たち＝向山茂徳、早岐やす子、金子みちよ、松崎礼子、石黒秀子、前沢虎義。以上十二名である。

永田には同志たちと山での再会をよろこびあうまえにまず言っておくべきことがあった。坂口は賛成し難いという表情だったが、今後の生活を考えるならみんなが顔を合わせた最初のときに問題をハッキリさせておいたほうがよいと強くいうと了解の態度をとった。永田は夕食のまえに「事務棟」にみんなを集合させ、「金子さんら二、三の人の姿が見えませんが、とりあえず今ここにいる私たちで短かく会議をします」といって、大机をかこんで腰かけたメンバーの顔を見わたした。はじめに寺岡と松崎がじぶんたちの結婚のことを報告して全員の拍手を受け、つづいて元気よく立った向山は大槻節子との結婚を表明するとともに「自分は獄中の岡部さん（大槻の「前の恋人」）の奪還闘争を闘う決心です」と宣言し、永田にフーン、そこまで考えているのかと若干の感銘をあたえた。つぎに山岳ベースにおける共同生活でメンバー各人の所持金をどうするか話し合い、早岐から「おのおの持っているお金は集めてまとめておいたほうがいいんじゃないの」と理にかなった提案があった。資金は底をつきかけており、計画的に使うしかないわけで、早岐の意見はただちに了承された。集まった金は総額十五万円、その大部分が赤軍派から得たカンパの残金であった。

「お金は永田さんに管理してもらおう」と寺岡がいうのに他の者は賛成したので、ベースの財務担当は永田になった。「何かあったとき用にみんないくらかずつお金を持っていたほうがいいわね」永田はいい、千円くらいあればという寺岡意見を受けてあらためてメンバー各自に千円ずつわたすことにした。

「これから愉快でない出来事を報告しなければなりません。半合法でチカン行為がありました。それも一件、二件の話ではない。二・一七闘争のあと、権力と一日二十四時間毎分毎秒が厳しい対峙の下にあるアジトにあって、男性同志と女性同志が団結して共に闘っていかねばならぬ大事なときにいったい何を考えているのか。革命を求める私たちとしてほんとうに腹立たしく、忌々しく恥かしいかぎりです。今後は半合法であれ非合法であれ断じてそういうことがあってはならないし、そういうことをした男の人はまっすぐに自己批判してほしい」永田はよこにいる前沢のほうを振りかえり、「前沢さん、私たちにあなたのまじめな自己批判をきかせて下さい」と発言をうながした。つい先刻までのなごやかなざわめきは不意を衝かれたようにやんだ。

「全然、何のことかわからない。永田さんはこのぼくに何を自己批判しろというの」前沢は文字どおり〝鳩が豆鉄砲を喰ったような〟顔をした。

「アジトにふたりだけになったとき、前沢さんはスキをついて岡田栄子さんと性関係を持ったときいています。アジトの使い方として間違っており、また相手の気持を無視した一方的な性関係のようでもありますから、前沢さんが今後とも革命を口にしたいと思うなら、まず自分がコソコソとしでかした同志にたいする信義違反をきちんと恥じてからにしてほしいんです」

「どこの誰がどういう蔭口をきいたのかしらないが、永田さんの告発は事実に反しており、したがってぼくに自己批判する気持なぞ毛頭ありませんよ。ぼくと岡田さんはいかにも性関係をもったけれども、いわれるような一方的なものではなくて合意の上でしたことです。人を頭ごなしにイキナリ痴漢呼ばわりするまえに岡田さん本人にただして事実を確かめてもらったほうがいいでしょう。第二にこれは成人であるぼくと岡田さんのあいだの個人的な出来事であって、組織とは無関係。永田さんが個人知人として忠告しようというならぼくだって聞く耳持たぬわけではないが、こんなふうに大仰に組織の問題にして責めたてて自己批判など強要してくるのは見当が外れていると思う。われわれは一日も早く銃の闘いをやりたいのであり、それ以外の生活は全部あとまわしになっても今は仕方がないと考えている。男女のことはしょせん私事だ」

「岡田さんは結婚を望んでいるときいたけれど、それを前沢さんはどう思うの」

「結婚などするつもりはない。はじめからそんな気持はなかった。彼女もそれは承知しているはずだ」

「はじめから結婚するつもりなぞない。それでもアジトで二人だけになり、そういう気になったら性関係は持つ。結婚してその人と共に生きていこうなどとはさらさら思わないが、チャンスがあれば寝たいし寝る。そして私事だからと居直る。そういう前沢さんをまわりから見たらどうか。ただの自分本位なアソビ人じゃないの。あなたが同志相手に気楽に勝手にしでかしてみせたことは客観的にはチカン行為と同質類似の非行であり、そういうことがチョイチョイやられるのでは男女が共に銃を持って権力と闘いぬく党の建設など夢のまた夢、とても不可能なわざでしょう。私たちのまえで銃の闘いにむけてしっかりと自己批判をしめして下さい」

永田と前沢のやりとりが激しくなっていくにつれて他の者もガヤガヤと何やかやいいだし、松崎は獄中の夫との「同志的結婚関係」を顧慮することなく赤軍派青砥との「自由恋愛」に傾いている石黒にたいして自己批判を要求した。〈銃を軸とした建党建軍武装闘争〉の出立《しゅったつ》にあたって、ダラシなき男性の側のみならず女性の側にだって自己批判して克服していかねばならぬ問題、たとえば組織規律を無視した「自由恋愛」のようなこともあるという議論で、寺岡や高木も松崎に同調していろいろ言った。こうした激しくもあれば和やかでもある自己批判・相互批判の風景は、永田の革左の仲間内では一種の「作風」としていぜんから定着していた各人のかかえる問題の解決のためふつうにとられる方法であったが、仲間の内に新たに加わった、まだ不慣れな者の眼には、これがなかなか入りにくい「クラブ」のセレモニーとか、好奇心をかきたてられるふしぎな異文化と映った。不慣れな者のひとりである向山は、みんなのやりとりをじっと見ていて思わず、感にたえぬ様子で「うーん、こういう討論はじつにおもしろい」と下情に暗い殿様のような感想をもらしたのだった。しかし苛立つ永田にはこんな向山の罪のない、率直なコトバもなにか不まじめにきこえ、

「おもしろいといって笑っている場合じゃないでしょ。向山さん自身も自己批判しなければならないんじゃないの」と声を高くして叱った。叱られて向山はとまどった顔をしたものの前沢みたいに粘ったりせず、すぐ「自己批判します」といってあとは大人しくしていた。その後石黒も自己批判した。前沢だけがひとりがんばって自己批判しなかった。

「そういうことはするなというなら組織のためにもうしない。しかしどうしても誤っているとは思えないので自己批判はしない」前沢は自分のしたことを「個人」としては誤りと思わぬが、「組織」がその必要から一時「個人」の自由の発揮は控えてくれというならやむをえぬ「便法として」そうする用意はある、しかし誤りとは思わないから自己批判は拒否するというのであった。

誤りを認めさせたい永田がどうしてわかってくれないのかと前沢の身体に手をかけて揺さぶると、前沢は怒って永田を投げとばそうとしたが、坂口が割って入って二人ともいいかげんにしろともみあう両者を引き分けた。冷静になってから永田は前沢にたいし、チカン行為のみならず自由恋愛も非合法を防衛する上で問題が多いこと、前沢自身センメツ戦を一日も早く闘いたいと思っている以上、このことをしっかり考える必要があると述べ、前沢がいささかゾンザイだったがいちおうこれにうなずいたので、会議はおわりにした。

夜八時からのカレーライスの夕食会は同志再会を祝うパーティでもあったのだが、さきの永田と前沢のとっ組みあいの印象が尾を引いて盛り上らず、とくに早岐の意気消沈ぶりが目立った。そもそも永田にチカン問題の組織的解決を要求した当人がこの早岐である。ところが問題解決の方向は永田と前沢の争論をとおしてアレよアレよという間に広義の「自由恋愛」をも銃＝非合法の闘いの観点から問題視するレベルまでつっ走ってしまった。反省をもとめられているのはいまやチカン連中にとどまらない。早岐自身の組織外の「彼」との恋もまた石黒の自由恋愛同様今後厳しい批判の対象になるかもしれない事態がばくぜんと予想されるのだ。早岐は山の同志仲間のあいだで強い孤立感をおぼえた。

夕食のあと、永田、坂口、寺岡はべつのバンガローに移り、永田が不在の間のベースの状況を、寺岡がときどき坂口に確認をとりながら銃の問題をめぐっておこなった前沢や札幌組の吉野、高木、内野との討論の進み工合を報告した。前沢と高木は最初から銃こそ政治と思想の要めだと認めていたので議論の必要がなかった。吉野の主張は銃の闘いは無理だから三里塚で爆弾闘争をやろうというものだが、鍾乳洞で銃の練習はやれる、したがって銃の闘いも可能ということで決着した。内野の意見はよくわからず困っているが、時間をかけて話し合えば何とかなると思う。「……党として向山君と大槻さんの結婚を基本的に認めたことは自分も賛成だ。向山君から最初きいたときはおどろいたが、ふたりで結婚しようと決めたときに大槻さんは向山君に「あなたの中に入っていきたい」といったそうだ。大槻さんらしい文学的表現で、彼女は文学的には全然ダメな岡部氏に飽き足らずに、文学青年の向山君にひかれたのではないか。なんとなく理解できるような気もするんだ。向山君には奮い立ってもらおう」寺岡は最後に、明日はみんなで集中して小屋建設をやりとげて、われわれのベースをもっと奥のほうへ移す予定でいるが、そのあと内野君ときちんと討論して銃の問題で意思一致をかちとらなければならぬといい、永田も是非そうしようとうなずいた。

六月三日。永田以下全員が加わって作業に取り組み、バンガローと鍾乳洞のある今の位置から川沿いにさかのぼっていったところの炭焼きがまの跡地に新たなに小屋二棟を建設、夕方までに廃屋の事務所より荷物をすべて運びこんでベースの移動を完了させた。銃の問題にかんする全体会議は新築なった木と土のにおいも生々しい自前の小屋に集まっておこなった。会議の論議は指導部方針（〈銃を軸とした建党建軍武装闘争〉）に山岳メンバー中で唯一同意していない内野と同意させたい永田のやりとりが中心となった。革命左派の政治の核心である「反米愛国路線」を明確に掲げていないという一点で、自分は〈銃を軸とした建党建軍武装闘争〉に反対すると内野は論じた。指導部方針は第一に政治ヌキの軍事の強調であり、第二に銃は闘う主体にとって武器の主要な一部であっても全体ではなく、にもかかわらず銃を建党建軍の中心に位置付けるのは「唯武器主義」「唯銃主義」であって、手段と目的の関係を転倒させるあやまった思考の所産にほかならない。永田はこれにたいし、銃は「武器」としてだけみれば手段だけれども、同時に「政治」「思想」の表現として、われわれのめざす目的を比喩的に示しうるモノでもあると指摘したうえで、「反米愛国」という「政治」は十二・一八と二・一七闘争をへてきた今日においては銃を軸とした建党建軍武装闘争をつうじて「止揚」すべき旧きよき過去となっている、したがって反米愛国路線の強調の必要までは了解できても、それを建党建軍の中心軸に置くことはできないと主張した。両雄ともに譲らず、議論はいたずらに長引いて、そろそろ一時間ほども経過したかと思えた時分に、会議の空気はもう論の成敗でなくなんとか〝折り合い〟をもとめてすこしずつ動きはじめた。それは頑固な内野も永田も感じとった。永田は頃合いはよしと見て、内野に、

「〝米日反動権力打倒のための〟銃を軸とした建党建軍武装闘争として打ち出せということであれば、その限りで私も内野理論を承認できるわよ」と申し出た。そのあとまだ若干のやりとりがあったものの、議論の大勢は決まって最終的に内野は永田のしめした「折衷案」を受けいれた。永田は同志仲間のあいだの空気を味方につけ、コトバの上の辻褄合わせによって、内野の孤立はしていても原則にてらして正しい「唯銃主義批判」の鉾先《ほこさき》を巧みにかわしたので

あった。

寺岡は〈銃を軸とした建党建軍武装闘争〉に向けて、想定される権力の弾圧に備え、ここ小袖以外にも山岳ベースを建設しうる場所を決めておく必要があるといって新たに「山岳調査」を提起、つづいて永田が北海道に残してある銃と弾を全部小袖ベースへ持ってくること、また山岳メンバーにくわえ、都市の半合法部、救対部の非党員メンバーも含んで〈銃を軸とした建党建軍武装闘争〉で団結するため、近日中に「拡大党会議」をかちとることを提起、いずれも了承された。

脱走

翌日から、九日十日の二日間と日程の決まった「拡大党会議」に向けてそれぞれ任務を分担して諸準備がはじまった。会議は革命左派の心あるメンバーが「銃」による〝新しき〟政治で一致をとげる大切な場であり、会議における「軸」＝主役はなによりも「武器」としての、さらに「政治」「思想」としての銃そのもの、二・一七闘争において奪取した銃そのものにほかならない。そこで永田らは北海道に行って埋めてある銃と弾を掘り出し新ベースへ確実に運んでくる「闘い」をとくに重視した。誰がこの「闘い」を担うのか？　この「闘い」を担うにふさわしい人物は誰か？　永田、坂口、寺岡は協議して、二ヵ所ある埋め場のうち、手稲山方面を寺岡、松崎、前沢、定山渓方面は吉野と金子が担当して銃・弾を確保することに決めた。寺岡と吉野は二・一七闘争の実行部隊で埋め場の知識があり、松崎と金子はともに寺岡、吉野の「同志的結婚」のよきパートナーであって、このたび「夫」と共に行動して「銃の質」を身につける機会をあたえられた。問題は前沢というやや異例な人選で、「前沢さんは銃の闘いにいちばん熱心だから」という永田の意見による登用だが、それだけではなくて、そこには口げんか相手の前沢を「同志的結婚」の寺岡・松崎といっしょに行動させることでおのずからそのまちがった性愛観を訂正させんとする永田なりの、結果としては逆効果におわった「教育的」配慮も働いたとおもわれる。五日の早朝には寺岡、松崎、前沢が出発、三十分後に吉野と金子も出発した。

六月七日。夜八時頃、寺岡と松崎が北海道からもどった。ところが同行しているはずの前沢の姿がない。途中ではぐれてしまったと寺岡は軽くいい、そう気にしていない様子だが、永田は不安をおしかくすのに苦労した。まさかと思うが、一方で先頃、永田と坂口の都内彷徨につきあって前沢とふたりで献身してくれた村山君が山行きの直前になって黙って組織から離脱してしまったことを思い合わせ、もしかしたら前沢も組織を離れてしまうのではという不吉な思いがこころをかすめたのである。「……往きも帰りも以前のような物々しい検問はもうなかった。攻防・対峙の様相にも波があり、現在は敵は拡がった戦線の整理の段階に入ったとみられるので、このかん基本的に守勢をしいられていたわれわれの側に攻勢に転ずるチャンスが生じている」寺岡は運んできた銃と散弾のほうに視線をむけて、「明日から鍾乳洞で実射訓練をやろう。奪取した銃を標的にむかって実際に射《う》つ。これは山にいる全員がやる。石黒さんだって銃の質をもって「旗」の編集に取り組んでもらうのだから。それから福島方面にセンメツ戦のための交番調査をおこなう。拡大党会議のあとただちに調査隊を出したい」などと威勢よく語った。

永田が寺岡に坂口とふたりで検討中である拡大党会議への半合法部からの参加者の人選や予定する議事の内容等について説明していたとき、「お話したいことがあります」と向山が思い決した様子でやってきた。三人が顔をむけると、ボソッと一言「山を下りたい」というのだ。永田は寺岡らが北海道に旅立った日の夜、向山、石黒、早岐を個別に呼び出し、拡大党会議めざして自分の抱えている問題をハッキリさせ解決に努めるよう指示して、とくに向山には大槻節子との関係の「自己批判」をさらに深めること＝その「自由恋愛」的側面の実践的克服を課しており、向山自身も永田らの励ましにこたえてここ毎日よくがんばっているように見えたのだが。「……ぼくはテロリストとしては闘えても、党建設のためのゲリラ闘争を持久的に闘うことはできない。これがベースに来て自分なりに考えぬいて得たギリギリの結論です。ぼくは小説を書きたいし大学にも行きたい。今年も入試を受けるかどうか大学の門の前まで行って悩んだけれども、結局受けなかった。しかし大学には行きたいと思っています。この世にはたしかに革命戦争というものがある。それはぼくにも理解できた。しかしそれとはべつに、イヤそれと並行してといいたいが、小説を書き、大学に行くという生活もちゃんとあるのです」

「小説を書くのは山でだってやれるでしょうけれど、大学入試となるとこれはすこし話の筋がちがってくるわね」

永田は首をかしげたが、あとはすっかり黙りこんでしまった。なんだか急にこんな向山などのコトバを真に受けて彼此《かれこれ》いうのが馬鹿臭くなったのである。まっ先に入軍入山を表明し、大槻との結婚の希望をいい、獄中の岡部の「奪還」を云々したりして永田をビックリさせたり感心させたりしたものの、山に来て一週間もするともう全部放り出し入試だ小説だとさわぎはじめる。永田は革左という組織における向山の存在の際立った異質さをあらためて強く感じさせられた。彼がいまここに居るのはほんとうは何かのまちがいなのではないか。

永田に代って寺岡と坂口が向山の説得にこれつとめた。反米愛国路線もゲリラ闘争も正しいと思う。それなら山でがんばるべきだ。寺岡は先輩風に向山の肩に手をまわし、自分たちが知り合うキッカケとなった去年の三菱重工解雇撤回闘争の頃の熱い思い出をたどりながら「これからも共に闘っていこうなあ」と情をこめて語りかけた。寺岡と向山の感激的なエピソードもふくむらしいやりとりを傍できいているうちに、永田はしらずしらず眠りにおちてゆき、揺りおこされたときにはもう向山の姿はなかった。「向山君は山でがんばると決意を新たにした。こっちは心配していろいろ話していたのに、御本人のほうは小屋から出るとケロッとして立小便し、軍の小屋にもどっていった。何か肩すかしをくった感じだね」寺岡はそういって苦笑し、永田もまあよかったと安堵した。坂口は向山説得の最中に独り勝手にうたた寝した永田の態度を問題にし、「どうしてこんなときに眠れるのだ」と苛立たし気にいい、永田もこれには一言もなく今後気をつけると小さくなって頭を下げるしかなかった。

十二時近くになって小屋の外に声があり、前沢が弾をギッシリ詰めこんだ大リュックを背負って入ってきた。前沢の顔を見たとたん永田はホッとして、じぶんがさきに前沢は離脱してしまうんじゃないかと一瞬だが強い不安を抱いたことなどいっぺんに忘れてしまった。前沢は帰りの遅れた理由を説明しないまま「寺岡さんと松崎さんに途中でワザとはぐらかされてしまった」とまずいった。これに松崎が「嘘よ。そっちこそ何もいわないでどこかへ行ってしまったじゃないの」と言い返し、寺岡がとめに入るまで束の間鋭い口論になった。あとできくと前沢は吉野、金子と合流して定山渓に行き、深夜銃と弾を掘りだしたという。吉野らとはそのあと別れた、かれらの帰りが遅れている理由は不明だともいった。

六月八日。朝食後、永田以下全員が鍾乳洞のところへ行き、見はりを立てつつ洞《ほら》のなかで散弾銃の実射訓練を開始した。当初心配されたような、銃弾の衝撃で天井の岩盤が崩落するとか、発射音が外にきこえてしまうといったことは全くなく、坂口と寺岡は（鍾乳洞は）大成功だといいあった。「二・一七闘争の銃だ。柴野同志を殺した警官を撃つつもりでうて」と寺岡の指示をうけ、全員が数発ずつ撃ったが、撃った瞬間肩にくいこんでくる反動が想像していた以上に大きく、同時に火薬の強いにおいが洞内に充満して、射撃訓練の緊迫感が一気に高まった。永田、坂口、寺岡はしばらく訓練に加わったあと、訓練の指揮を高木と前沢にまかせて小屋にもどり、拡大党会議の進行の仕方について最後の詰めの協議をした。

十時頃、高木があわてた様子で小屋に走りこんできて、「向山君が居なくなった」といった。訓練中に同君はトイレに行くとことわって鍾乳洞を出たが、いくらたっても戻ってこない。トイレのあたりをさがし、近くの草むらも手分けしてさがしたのだがやはり居ない。訓練は中止して前沢氏と松崎さんがバス停へ追いかけてゆき、ぼくは報告にとんできた。永田らはおどろかされたものの、当面バス停にむかった前沢らがもどるのを待つしかなく小屋の外で待っていると、杉の大木のかげからあずき色のヤッケを着た金子が大きく手をふりながらあらわれ、あとに吉野が笑顔をうかべてつづいた。「これ、みんなにおみやげです」吉野は永田に紙袋を差し出したが、高木から事情説明をうけるとすぐそれはたいへんだと持ってきた銃その他を金子とふたりで大急ぎで軍の小屋に運び入れた。

正午すぎ、もどってきた前沢は、

「駄目だった。バスに乗って逃げたようだ」と報告した。永田はみんなを小屋に集合させ、向山の下山について話し合うことにした。全員が怒り、向山の振舞いを仲間への裏切りであると非難し、じぶんたちは下山などせずがんばると決意しあったが、下山にいたった向山の心境を想像したり、向山にたいする永田らの指導のいたらぬ点を問題にするようなヨリふみこんだ深切な意見は出なかった。一つには向山がベースの中で最初からやや浮いた存在で、気持の通じ合う仲間を身近に持たなかった固有の事情があり、またじぶんの思い切った行動をみんなの問題として受けとめてもらうためには人間向山にいささか人徳が欠けていたということもあったかもしれない。

話し合いの結果、①向山の無断下山を非難する。しかし追いかけて翻意を促すことはせず、放置する。銃によるセンメツ戦に踏み出した今、これ以上向山にかかずらう余裕はわれわれにはない。②寺岡が「みんなの持金の千円は集めたほうがよい」と提起し、全員の了解を得て永田は先に各人にわたした持金を全部回収した。向山の無断下山という悪行は一面、彼も手にしていた持金千円の誘惑によってひきおこされた災厄ともいえるからである。この日以降、メンバーはベースに居るときはおおむね金を持たない生活にかわった。逆にいうと、これまでなら限定的であっても暗黙裡に許容されていたメンバー各人の「下山の自由」は、以後、事実上剥奪されることになる。

午後三時より寺岡、松崎、前沢、吉野、金子は軍の小屋でじぶんたちの北海道行き＝銃の掘り出し・運搬の「闘い」の総括の会議をおこなったが、議論が紛糾し、とくに金子と前沢の啀《いが》み合いがエスカレートして収拾がつかなくなり、困惑したまとめ役の寺岡は永田に仲裁を仰ぐしかなくなった。永田が「どういうことなの」と小屋のなかで互いにソッポを向いて立っている金子と前沢のところへいくと、「金子さんと吉野君は銃を掘り出すときそれほど積極的ではなかった。二人ともがいして旅をしており、銃を掘り出すのは付けたしだったんじゃないか」と前沢は怒りをこめてぶちまけた。そうだったの？「そうだった。言われてもしかたがない面もあった。自己批判する」吉野はあっさり頭を下げたが、金子は「そんなことはない。私は認めませんよ」と強く反発した。

「そうじゃないか。こんなことなら蚊取線香が必要だったの、虫よけクリームが必要だったのと文句ばかりならべていたじゃないか。あのときわれわれは作戦行動中だったんだぞ。ピクニックしに出かけたわけじゃないぞ」前沢は声を荒らげた。

「往きも作戦、帰りも作戦よ。帰りのことを考えれば、顔中蚊にやられていたら悪く目立って銃を運ぶのにサシサワリが生ずるでしょ。作戦作戦といいながら、そういうことも考えずに、ただ漫然と銃を取りに行くのは問題よ」よくきいてみると金子は女性の立場に立って銃を取りにいくさいの技術面の準備の不足に気づき、それを指摘しているのであり、そのかぎりで金子の主張には永田らのじっくりと耳を傾けるに足る内容があった。しかしながら一方で、前沢の一貫して発揮している〝二・一七闘争の銃〟にたいする、今般銃を掘り出し運んでくるさいにも発揮された精神の「積極」性こそは、任務の遂行にあたってかれらにもっとも強く望まれた姿勢である。金子は「正しい」かもしれないが、まだ正しさとして十分とはいえないと永田は考え、金子に、

「銃を掘り出すその場でそういう議論をもちだして、いくらかでも積極的でなくなるのはやはり問題じゃないの」

と語りかけた。

「そういうけど顔が腫れたらどうするの」

「そのときその場では蚊への対処を第一に考えるより、一刻も早く銃を掘りだし安全に運びだすほうを優先すべきじゃないの」永田の声は熱を帯びた。「そうすることこそ私たちに求められる革命的気概じゃないの。蚊にたいする用意のなかった点は、銃掘り出し・運び出しの任務をやりとげたそのあとで、今後そうした準備不足がくりかえされることがないよう積極的に提案すべきなのではないか。非合法の闘いはそういうふうに進めていくしかないんじゃないかしら」

金子は非常にスッキリした様子になり、「わかった。自己批判します」といった。そこで永田は「吉野さんも金子さんも戦闘的だけれども、二人になると組織活動を軽視する傾向がある。これもあわせて考えておいて頂戴」といって議論をおわらせた。銃の闘いにかんしてこの場合は、吉野・金子という「同志的結婚」ペアよりもチカン自己批判要求を拒んだ前沢のほうに理があると永田は認めたのであった。

夕食のあと、早岐が全員の居るところで主に永田と坂口にむかって、よくよく考えましたという顔で、

「山を下りたい」といいだした。「彼に会いたいから」というのである。この早岐の「彼」あるいは「彼」への早岐の想いには永田もさんざん困らされてきた。早岐には組織の課した任務をしばしば放棄して周囲の仲間に迷惑を及ぼした前科があり、迷惑を発生させる根元はつねに「彼」であり、「彼」への早岐の思いだった。永田はいちど金子と大槻に指示して「彼」に会いに行かせ、組織の代表者として善処を求めたことがあるが、さのさい「彼」は反

米愛国路線を支持するなぞ自分にはとても無理だが早岐が活動するのは自由であって、とやかくいう気持はまったくない、彼女に頼まれたら今後もカンパをするつもりだと言明し、永田の望むような解決は「彼」本人からは得られぬとわかった。よし、そういうことなら早岐をきっぱりと入山入軍させ、銃の質をかちとらせよう。そうすればかならず「彼」とのよくわからぬ、しかし組織にとってマイナス面の多い「自由恋愛」の清算＝克服も可能となるであろう。早岐はそういう飛躍をなしうる人である。……永田の期待が大きかっただけに、ここにきての「下山したい」「彼に会いたい」には失望し、ショックも大きかった。

「その彼とは結婚したいの」

「結婚というのはどういうことか、よくわからない」早岐はだるそうに首を振った。

「おなじ路線のもとで闘っている者同士の結婚がいちばんいいのよ。そういう結婚をどう思うの」

早岐はボーッとした顔で金子や松崎のほうに視線を泳がせたが、うつむいて「素晴らしいと思う」とポツンといった。

「それなら早岐さんも山でがんばって、そういうふうになるようにすればよい。私たちは味方、同志なのよ」永田はいった。このときは永田以外にも女性たち中心に早岐を諫《いさ》めたり励ましたりする者があったので、ふくれっ面して頑なに眼を伏せつづけた早岐も最後に「山でがんばる」といって顔を上げ、とりあえずは永田を安心させた。しかし以降の早岐は急激にそれまでの元気をなくしてしまい、暗い表情で考えこむことが多くなっていく。

就寝まえに短かく明日からの拡大党会議に向け山岳ベースのメンバーとして意思統一の全体会議をした。会場は寺岡の意見で決まった山梨県丹波村の「丹波ヒュッテ」。参加者は山岳の永田以下十一名の他、都市から半合法部＝加藤能敬《よしたか》、大槻節子、滝田光治、岩本恵子、岡田栄子、救対部＝池谷透、浜村真二、尾崎充男のあわせて十九名である。獲得目標は二・一七闘争の総括論争を経て、〈銃を軸とした建党建軍武装闘争〉方針をかちとったことを半合法部および救対部の同志とともに全体で確認すること。指導部が二・一七直後に打ち出した「根拠地問題解決としての」中国行き方針は撤回、自己批判すること。そのさい寺岡は自分が〈銃を軸とした……闘争〉に反対したことを自己批判すると申し出て、吉野と内野もこれに同調した。半合法でのチカン問題の自己批判もやろうと永田が提案すると、同調する意見はなかったが反対意見も出ず、こちらもいちおう了承された。

六月九日。永田ら小袖ベースの十一名は二グループに別れて会場「丹波ヒュッテ」をめざした。金子、松崎、石黒、前沢が先発し、永田は三十分おくらせて坂口、寺岡、吉野、高木、内野、早岐とともにベースをあとにした。途中、先発隊の金子が走ってもどり、「加藤君と尾崎君から丹波ヒュッテに電話で、尾行されたようなのでひとまず別方向にむかうといってきている」と報告があったので、しばらく山中の河原に待機して様子を見ることにしたが、二時間後には金子が再度電話して安全を確認、永田らは二、三人ずつのグループになって丹波へむかった。

午後三時頃までに永田ら「指名手配」組も全員無事に会場の宿舎に到着し、永田はリュックをおろすと二階集会ルームで待っていた池谷透と顔を合わせた。池谷は権力の拘束下におかれている革左関係者の支援にあたる救援対策部の責任者であるが、獄中の革左党首川島豪との「組織的面会」を担当する立場上、獄外の永田指導部と獄中グループの間の円満正確な意思疎通をはかる要めの位置にあり、指導部と軍が山岳を当面の拠点とするにいたった現在では永田らの指示を受け都市部における活動全般を調整する任務もあらたにくわわり、池谷の存在は相対的に重みを増した。革左における獄中と獄外、山岳と都市のあいだの連絡交通、団結の維持の多くの部分は今やあげて池谷の力量と働きにかかっていた。

「われわれ町の住民も三十分まえに、特に事故もなく八名全員が到着。以上、報告おわり」池谷はそういって笑い、加藤らの「尾行」云々について永田がきくと、かれらによく確かめたが問題はないようだとうけあった。

池谷は永田に獄中の革左メンバーの手紙のコピーの束をわたしながら、

「面会のとき、川島さんから指導部でちゃんと検討してくれと伝言があった」と、今度の川島の手紙のなかに新しい提案があることを伝えた。室の中央には永田が頼んでおいた山岳ベース用の食料品が色彩鮮かに山と積まれており、「これで全部、漏れはないと思う」池谷はチーズ、サバ缶、インスタントラーメンなどを一つ一つ丹念にさししめした。

全体会議に入るまえに永田、坂口、寺岡と池谷で向山の脱走について協議をおこなった。池谷はおどろいた顔になり、向山のことはいまはじめて知った、したがって当然、向山が現にどこでどうしているかぜんぜんわからないという。四人は協議して、向山と恋人関係にある大槻に向山の怪しからぬ無断下山の事実をつたえ、それでもがんばって闘っていくよう求めることで一致、永田はさらにふみこんで「大槻さんを機関紙『解放の旗』編集で入山させ、山で「銃の質」をかちとってもらうのが問題の最良の解決をもたらすとおもうから、そのようにしよう」と提起して、みんなの同意を得た。

永田が大槻を協議の席に呼び出し、協議の結果をそのまま伝えると、大槻はすぐに「がんばって闘っていきます」といい、『旗』編集で入山することにもまったくタメライをみせなかった。大槻の即座の了解に気をよくした永田は、満足のあまり思わず「今後は向山さんとの関係は清算し、岡部さんとの関係を大切にするようにしたらよい」と一言よけいに口走ってしまった。寺岡が「それがいい」と同調したものの、大槻本人は曖昧な態度をとった。

全体会議は夜八時から寺岡の司会で始まった。冒頭永田が立って発言し、一二・一七闘争のあといかにして〈銃を軸とした建党建軍武装闘争〉路線をかちとったかを語り、みんなでがんばって「銃の質」を獲得し党として前進していかねばならぬと強調した。「根拠地問題解決としての」中国行き方針は自力更正の思想を欠落させた点で誤りであり、撤回のうえ自己批判したい。しかしべつに「党のための闘いとして」は依然として中国行きを展望し追求するとした。ここで寺岡が発言をもとめ、じぶんが〈銃を軸とした建党建軍武装闘争〉に反対して打ち出した「一五〇名による前段階武装蜂起」がなぜ、そしていかにまちがっていたか説明して自己批判、一二・一七闘争の総括の核心はあくまでも「銃」および「根拠地問題解決」であり、山岳ベースこそは核心の核心であるとのべ、「今後は銃を軸とした建党建軍武装闘争を前進させることに全力をあげる」と結んだ。吉野と内野がつづいて自己批判し、坂口と高木も若干発言、そのあとで参加者それぞれの発言がグルリと一巡した。誰かがやや雑談的にM作戦関連でいまも赤軍派メンバーの逮捕が連続している遺憾な現状に言及し、山岳ベースを設定しないから逮捕がとまらぬのだ、赤軍派も山岳ベースをまじめに設定すべきだというと、あちこちから賛成、異議なしの声があがった。最後に永田がもう一度立って室の中央に進み出て、思い入れある仕種でゴルフバッグの長いチャックをズルズルと開き、「私たちの銃よ」とかれらの奪取した、この日のためにピカピカにみがきあげておいた散弾銃二丁を披露した。歓声がわきおこり、手わたされた銃を構えてみたり、じっと見つめたりしながら、半合法部のメンバー中心に「二・一七闘争に感激した」「アジトがどんどん見つけられていったときは手に汗にぎった」「半合法の毎日は正直大変だった」など、熱い発言が相次いだ。

ようやくみんな楽しみにしていた酒の入るささやかな宴会になった。永田は湯呑みに一杯くらいをゆっくりと楽しんでのんだが、下戸の永田にしてはこれでものみすぎであり、あとはチョコレートのほうにばかり手を出した。永田の前にはむかい合う形で早岐、松崎、岡田、岩本がすわってペチャクチャとさかんにオシャベリしており、中で早岐はひとりあまりしゃべらず酒を水のようにどんどんのんでいた。岡田は永田と眼が合うと懐かしそうに笑い、「ほんとうに大丈夫だったのね。これからも気をつけて下さいね」といった。永田は岡田を見ているのが酒のせいもあって切なくなり、隣りに来てと呼び、自分勝手に何べんもうなずきながら「がんばって闘っていけば、将来きっと、前沢さんとの結婚も、ありうると思うわ」などロレツのまわらぬ口調で励ますように語りかけた。永田は岡田が結婚の意思なき薄情な前沢との結婚を望んで苦悩しているのだと一方的に決めつけ、深い同情の思いにしずんでいるのであるが、当の岡田は何かとまどったような、よくわからないという反応だった。永田はいうだけいってしまうと眠くてたまらなくなり、宴もたけなわというときにフトンにもぐりこんで独り真っ先に眠ってしまった。

宴会のおわり頃、滝田光治は坂口のところに行き、向山を放っておいていいんですかといって指導部としての責任ある対処をもとめた。坂口はしばらく黙ってから「放っておくしかない」とこたえ、向山の親友だった滝田をガッカリさせた。

六月十日。午前中の会議において永田は「銃の質」の問題として思想問題があると語り、二・一七闘争のあと半合法部で露呈したチカン問題などは武装闘争の質が銃による権力とのセンメツ戦の段階に到達して一日二十四時間闘争の時代に入った今日、今後あってはならない逸脱であるといい、満座のなかで問題の人物を名指ししたうえ自己批判を要求した。前沢は組織と個の関係をめぐって永田にはよく理解できぬ理屈をならべたてたあと、木に竹をつぐ感じで「自己批判したい」と放り出すようにいった。対照的に加藤能敬は突然の指名にややうろたえたものの、自分のチカン問題をまっすぐにとりあげて悪びれず自己批判してみせ、じっと聴きいっていた永田をかなり満足させた。また指名されぬにもかかわらず滝田が立って「ぼく自身も男女問題をかかえているので（組織外の女性との恋愛関係で早岐と同様のケースである）解決できるのならありがたいが」と発言し、池谷も発言した。しかし全体として見ると注目すべき発言といってこれなくこの問題は今後の課題だという雰囲気でおわった。午後は〈銃を軸とした建党建軍武闘争〉の下で組織活動をどう進めていくか話し合い、半合法部と救対部は今後軍の銃によるセンメツ戦の支援に全力を集中していくことをおおむね了承した。これをうけ軍の責任者寺岡は半合・救対メンバーとの間で非合法アジトの建設、カンパ網の確立等をめぐって突込んだ意見交換をおこなった。

夕方までに会議の全日程が終了した。終了間際に永田、坂口、寺岡は明日からの予定を話し合い、寺岡が加藤能敬を新たに入軍させることを提案、永田はこれから帰っていくとき、救対部責任者池谷透に小袖ベースに寄り道してもらい獄中の同志たちの近況をきくなどしようといい、いずれも了承されたので、加藤と池谷、それに『旗』編集で入山する大槻の三人が永田ら山にもどっていくグループに加わることになった。永田一行は丹波から雲取山入口までバスを乗りついで二時間余、あとは懐中電灯で足元をてらしつつ山道を慎重に行き、夜おそく小袖ベースに帰りついた。

「……半合・救対の活動の場面で、われわれと赤軍派の間の友好ムードが一・一七以降とりわけ高まっているけれども、獄中においてはこれがさらにムード以上、友好関係は互の路線的、理論的差異をこえて武闘派として団結するところまで進んでいるようです」池谷は翌日、はじめて一泊した小袖ベースの小屋のなかで、永田、坂口、寺岡の問いにこたえて生き生きと語った。「岡部君などは手紙で、赤軍派塩見議長の獄中通信を筆写して送ってきて、「新党」を考えるうえで重要な手紙だから獄外のみんなで学習してほしいといっている。「新党」と彼はハッキリ書いていますよ。先日は革左救対の浜村君が花園紀夫さんと六回目の面会をし、同氏の考えをきいています。赤軍派と革左の速かな合同を主張する花園さんは赤軍派ではまあ少数派だけれども、全体の流れは決して花園さんののぞむ方向と反対ではないとぼくは感じます。とにかく武者さんじゃないが仲良きことはウルワシだ」

永田は、獄中メンバーの手紙をじっくり検討して自分たちの考えをまとめることにしようとこたえ、池谷に以下のように指示した。〈銃を軸とした建党建軍武装闘争〉で一致をかちとるために名古屋へ行き、「中京安保共闘」（加藤の弟二人もメンバーの一員である）の者と会うこと。そのさい指名手配をうけアパートに潜伏中の川島陽子と会い、彼女が山に結集して「銃の質」をかちとって活動できるようにするために、その連絡をすること。池谷はこれからいったん東京水産大にもどり、明日にも名古屋へ行くと応じた。

「みんな十時に実射訓練をはじめているけれど、池谷さんにも是非参加して一二・一七の銃を実射してほしい。銃の質をもって救対活動に党のための闘いに取り組むこと。銃が私たちを権力にむかって立たせ団結させる現実を共に体験して帰ってよ」永田は池谷を案内して鍾乳洞のなかに入り、寺岡の指揮で銃をかまえ、はじめての者には爆発音のように太く深くきこえる発射音をひびかせてつづく訓練の様子を見学させた。入山したばかりの加藤と大槻も前沢らに銃の操作の指導をうけ、真剣な顔で正面の標的の黒い岩をねらって銃をかまえていた。「文官」の池谷はみんなの射撃が一通りおわったあと、永田の指示で一発だけ撃ち、感激をあらわした。

永田、坂口、寺岡は拡大党会議においてかちとった諸成果をふまえ、当面する階級情勢の下で銃の闘いを具体的にどう推し進めていくか協議に入った。①当初は会議のあとただちに福島県会津若松方面に調査隊を出し、センメツ戦のための交番調査をおこなう予定でいたが、寺岡の意見で、センメツ戦決行後のベース移動に備え、まず山岳調査に本格的に取り組んで移動先を決めておくことにした。寺岡、吉野、加藤が調査を担当し六月十三日に出発、三、四日かけて調べて新ベースの候補地を選定すること。②〈銃を軸とした建党建軍武装闘争〉を明確に打ち出した『解放の旗』十九号の編集・発行。主論文は本人の申し出で坂口が担当し、獄中から岡部和久が書き送ってきた論文「人民民主主義独裁権力樹立と社会主義の勝利にむけて」を掲載すること。③『旗』の論文執筆、編集と並行して、永田と坂口は池谷からわたされた獄中メンバーの手紙を検討すること。坂口は川島の手紙の「……赤軍派の花園もTもKも反米愛国になったから、そろそろ新党を考えてみたら」という言葉に注目し、非常に張り切って「新党をつくるのは自分の任務だと思う。森さんに会ってこの話を進めよう」などと言いだした。たしかに今のように赤軍派との連絡が切れたままにしておくのはまずいと思ったが、それにしてもイキナリ「新党」というのは唐突に感じられて、永田は当惑した。両者における川島の手紙のうけとめ方のこうした違いは、坂口が自分を獄中の最高指導者川島の代理人と位置づけ、川島の提案を「党の指令」と考えこれを実行しようとするのにたいして、永田のほうはもっと自立的で、獄外の闘いを自らの責任においてどう進めていくかと考えるのであって、党の指導をめぐる考え方の根本の違いからきているといえよう。ただ永田も、赤軍派との連絡を回復し、両派の共闘をさらに前進させたいという点に異議はないので、「新党」方向をめざすとはりきる坂口に、特に反対意見や疑問を述べることはしなかった。

永田は雑談のときに「根拠地問題を解決していくのだから、私たちは山で子を産むことを確認する必要があるんじゃないの。夫婦の小屋なんかも作る必要が出てくるわね」といい、坂口と寺岡の同意を得た。あとで同じ主旨をみんなにいうと、既婚組も未婚組も大体同意した。山を「当面の拠点」にして「根拠地問題を解決していく」ことと、山を「子を産み」「夫婦の小屋」も完備した全生活的時空＝「根拠地」にすることでは、山の位置づけが正反対であるのだが、永田らはその点を知ってかしらずかアイマイにし、「山」に疑問を持つ赤軍派のメンバーなどにたいしては、山はあくまで「当面の拠点」だといって批判をそらす一方、実際にはこのあたりからなし崩しに山岳「根拠地」化の道をあゆみはじめていたのである。

六月十二日。正午頃に大槻節子と内野久が下山、上京した。大槻は自身申し出て半合法の任務の引継ぎとカンパ集めに上京するのだが、永田にいわなかった主たる目的は、「脱走」したとみんなが声を揃える恋人向山と会い膝詰め談判をこころみるためだった。本人から直接「脱走」にいたった事情を聴き取り、説得して、山で共に闘う生活に復帰させたいと望んだのである。大槻は永田の「今後は岡部さんとの関係を大切に」という言葉を思いかえして恋愛のわからない人だなあと感じ、つい失礼な微笑をさそわれたけれども、同時にそういう間の抜けたところに永田の尊ぶべき偉さもあると思っていた。自分が向山にしっかり自己批判させてやれたら永田はかならずわかってくれる筈と大槻は考えた。もうひとりの下山者内野は、拡大党会議のあと永田から「統一戦線」担当の任務をあたえられ、当面「黒ヘル」グループ＝特定の党派に所属せず武闘を追求する活動家たちのオルグ工作に携わるため都心にあるアジトに向かった。内野もたしかに一時は永田の「唯銃主義」とのあいだで上べだけであるが一定の妥協に応じたのだった。しかしだからといつて永田の振り回す「銃の闘い」に全面賛同などしたわけではむろんなく、権力との攻防の最前線である都市部において多様・多中心の強力な武闘を組織するなかで、あらためて永田の銃物神、唯銃の観念論を実践的に批判、克服してゆこうと内野は秘かに決心したのである。現在の攻防の核心はたぶん「銃の闘い」にはない。銃をふくむが銃だけでなくそのときその場に応じた複数種の武器と戦法による分散的な多様な闘いが「武闘」のいま現実に可能な姿である。内野は拠点になるアパートのガランとした一室で、自分といっしょに永田の銃一辺倒主義と闘ったこともある寺岡や吉野の顔を思いうかべ、かれらも山を下りて、都市の最前線で敵とむかいあう二・一七以前の日々にかえればいいのだがとしばし詮ない思いにふけった。

六月十四日。午前十一時頃、小屋のなかで坂口と『旗』十九号の論文をチェックしていた永田は外で金子が「どこへ行くの。黙っていたんじゃわからないでしょ」というのを耳にし、声の調子が不自然に鋭いのでおもわず立ち上った。おもてに急ぎ出てみると、早岐が大きな紙袋を持ってそれが当り前のことみたいにゆっくりと山道を下っていくところだった。早岐のつもりでは半合法部のときと同様に、「彼」に会いたくて矢もタテもたまらず会いに行こうとしているだけなのであり、三、四日「彼」とすごしてリフレッシュしたらまた山にもどってくるわよ位の軽い下山だったかもしれない。しかし今は昔とは状況がちがった。向山の脱走があり、拡大党会議における一致があり、山岳ベースは一時の隠れ場ではもはやなく、生命を賭した銃によるセンメツ戦のための根拠地となっていた。すくなくとも永田は、早岐の赤い登山帽が山道を遠ざかっていくのを見た瞬間「脱走」と閃《ひらめ》くように断定したのであった。

「早く引きとめて。つれもどして」永田は切迫した口調でいい、坂口の袖を引っぱった。追いかけていった坂口は程なくつかまえ、連れもどしてきたが、小屋のすぐ下の二、三メートルほどの急な段差のところまでくると早岐は連れもどされまいと激しく抵抗した。坂口、高木、金子、松崎、石黒が早岐をとりかこんで立たせ歩かせようとし、永田と前沢は段差の上から見おろして「もどっていらっしゃい」「早岐さんおちつけ」などと声をかけた。早岐は泣い

てくやしがり、
「こんなことをするなら、せっかく登山服でなく普通の服になって東京に行こうとおもったのに、もう登山服のまで帰ってやるから」といった。早岐はそれなりに気を遣っていたので、権力に自分らの山の使用を察知されまいと途中で着更える普通の服を紙袋に入れて用意していたわけである。坂口は登山服のままで云々に怒り、彼女を一回殴り、抱え上げるようにして段差をのぼらせ、軍の小屋のまえに連れてきてその場でしばらく泣かせておいた。早岐をみんなでとりかこんだとき、前沢は永田に「下山するのは自由じゃないか」と低いがハッキリした声で意見をのべた。永田は何もいわなかった。

早岐を軍の小屋にいれたあと、永田らはその場で早岐の行動について話し合った。みんな口々に早岐の無断下山未遂を非難し、永田は「当面の拠点である山岳ベースを守ることは重要だ。山岳ベースでがんばって前進していくべきだ」と述べた。なかで石黒だけが「やっぱり自由なんじゃないの」と意見を口にして目立った。永田はさきに同主旨をいった前沢に注目したが、今度は何もいわずうつむいている。そこで石黒のほうに顔をむけ、「銃の質をかちとらないまま下山することは二・一七闘争後の権力の弾圧と闘えぬことであり、山岳ベースを守ることができない」というと、表面的な憾《うら》みはあったがいちおう石黒は同意した。このかん早岐はずっと永田らに背中をむけて横になったまま無言で反抗の意思をしめした。

「早岐さんの見はりが必要だ」高木が心配そうにいうので、永田と坂口はもともと早岐と親しかった高木本人にそれをまかせた。見はりといってもただそばに居るだけ、トイレは別に誰か手の空いている者がつきそうという大まかな話で、このあたり事態はまだ牧歌的だったといえよう。だが、どんなにノンキな代物であろうと見はりは見はりであって、早岐が同志仲間から「守るべき」いと高き価値に逆らったと判定されて罰を受けるにいたった事実は動かない。以後二、三日の間、早岐は誰とも口を利かず、食事もしなかった。

六月十七日。正午すぎ、寺岡、吉野、加藤は大リュックとテントを担いで山岳調査からもどった。小屋に入ったとき、歓声をあげて迎えたみんなに吉野はしっかり見つけてきたぞうと笑いながらこたえた。

「……大菩薩峠の周辺を東西南北徹底的に調べた。われわれは最後に塩山郊外にある西沢渓谷の一画に新ベースの適地を見出した」寺岡は永田と坂口に、緊急にベース移動の必要が生じてもあそこなら大丈夫、立派な拠点を建設できると保証した。

永田は寺岡らの出発後に早岐の脱走未遂があったこと、見はりをつけ、軍の小屋のなかで静かに考えてもらうことにしたがフテくされた状態がつづいたこと、「それがやっと昨夜からふつうに食事をとるようになり、毛沢東選集を読みはじめた。今はもう見はりはなしで、早岐さん学習に集中しているわよ」と報告した。寺岡は最初おどろいた顔をしたが、きいているうちに苛立った様子になり、

「学習もいいが、早岐さんに、そしてわれわれにいま必要なのはとにかく立ち上ること、立ち上って思い切って打って出ることではないか」と断ち切るようにいった。「山にこもりっ放しではなくセンメツ戦を具体化していくことこそが問われているのではないか。そのための調査にただちに取り組む必要がある。調査の人選のまえに、軍のメンバー全員に自身この調査に加わるかどうか決意をきいてみよう。そうすることによって軍全体を団結させよう。センメツ戦を闘いぬくという一点にすべてを集中すべきだとあらためて訴えよう」

永田と坂口は同意、永田はさらに「早岐さんがセンメツ戦のための調査に立候補したら、早岐さんも調査活動に加え、その実践によって下山しようとした問題を総括させよう」と提案した。寺岡が目指すのはセンメツ戦の具体化によって早岐をふくむ軍メンバー全体の団結をはかることであるが、永田の「提案」はセンメツ戦のふみこんだ具体化によって早岐をふくむ軍メンバー全体の団結をはかることであるが、

=交番調査という軍の作戦行動を一メンバーの「思想問題」解決に有効活用しようというもので、両案のあいだにはつっこんだ検討を必要とする差異が存在する。寺岡はセンメツ戦の具体的前進をもとめており、永田のほうはこのとき一メンバーの「思想問題」解決の方法のひとつとしてセンメツ戦のための調査活動に注目しているにすぎぬようだから。寺岡はアイマイにうんうんとうなずいて小屋から出て行き、軍メンバーを招集して話し合いにのぞんだ。

軍の小屋には寺岡の他、吉野、高木、前沢、加藤、金子、松崎、早岐が集まった。二時間以上かかった会議のあと、寺岡はもどって永田と坂口に次のように報告した。まず早岐にたいし下山しようとしたことの自己批判をもとめた。

言葉少なであったが早岐はまじめな態度で自己批判した。つぎにメンバー全員にたいして、権力との攻防の正面に身を挺して進み出、センメツ戦のための交番調査に取り組む必要があることを述べた上で、この調査に立候補してほしいともとめた。これに全員が立候補、調査を担うといって決意を表明した。早岐は考えている様子だったが、早岐以外の全員が立候補すると、最後に早岐もボソボソと調査活動を担いたいとつぶやくようにいって立候補した。「……だから彼女はもう下山することはあるまい。考えぬいたうえでの彼女の真剣な決意表明だったとおもう」寺岡はそういってからしばらく黙った。まだタメライはあった。しかしながら結局、寺岡は軍メンバーとの話し合いの間に、センメツ戦調査第一の立場から一転して、今度の調査活動はできたらあわせて早岐問題の解決の機会にもしようと思い返し、永田案の受けいれに傾いた。「早岐さんを調査隊に加えよう。そうしよう。うん。今回はそうするのが正しいようだ」寺岡は永田の顔を見てうなずいた。調査隊メンバーは高木、前沢、早岐の三名。福島県会津若松方面の交番を調査すること。夜九時、三人は手早く用意をすませて出発した。

六月十七日。この日は日米両国政府によって「沖縄返還協定」調印式が催行される日であり、対して人民の側では三日連続おこなわれた沖縄返還協定調印阻止闘争の最終日であった。四十三都道府県二九六ヵ所で九万二四〇〇人が調印反対のデモ、集会に参加し、全国六十二大学で抗議のストがおこなわれた。新左翼各派は三二都道府県三九ヵ所で三万人の参加する調印阻止闘争を展開、三日間で計八三七名が検挙された。デモ隊と機動隊の衝突の唯中で日本階級闘争史上はじめて「対人爆弾」が爆発したのは、沖縄返還協定調印式のＴＶ中継がはじまるちょうど一分まえ、この日二十時五十九分のことであった。明治公園オリンピック道路上で「解放区闘争」をくりひろげていた中核派の集団の背後から、警備の二機、五機の密集隊列にむかって鉄パイプ爆弾が投てきされて爆発、二機青野分隊長と五機新井小隊長は腹部裂傷、大腸露出の重傷、あわせて三七名の隊員が重軽傷を負った。爆発のあったときは催涙弾の猛射と投石、バリケード作り、タクシー炎上など各種いりみだれた「騒音」により、爆発音もその場では「バクダンだ！」と感じなかったというし、警視庁情報も第一報は「猟銃」であった。最終的に「爆弾」と確認されてからは、攻めるも守るも政治的に未曾有の事態に直面することになり、深い衝撃が日本全国へ広がっていく。

翌朝ラジオニュースでこれを知った永田らも大きな衝撃を受け、興奮して事件を話題にした。第一に「下手人」の詮索である。永田はただちに「これは赤軍派がやり切った仕事だと思う。こういう闘争は赤軍派ぐらいしかできない」と断定した。坂口は反対し、強い口調で「ノンセクトか黒ヘルのどこかがやったんだろう。武装闘争は今日赤軍派だけでなく、様々な人々、様々なグループがそれぞれ独自に闘うようになっているのだ」と主張し、永田と論争になった。が両者とも、寺岡もふくめ六・一七の投てきされた一発の鉄パイプ爆弾が武装闘争の新たな地平を切りひらき、いまや次にくる銃によるセンメツ戦の速かな実行を「要求している」という見方では完全に一致した。

六・一七闘争のおよぼした影響は永田ら革左メンバーにおいてきわめて大きく、山で孤立していた小っぽけなかれらに都市の中枢から連帯の贈り物をもたらしたばかりでなく、また川島の提起してきた赤軍派との「新党」問題に坂口とくらべて消極的だった永田が積極的に取り組んでいく方向に転じたのも、六・一七で「赤軍派」だか「黒ヘル」だかの発揮したこの後押しの力が相当おおきかった。永田と坂口はじぶんたちの目的の正しさをあらためて確信した人間の昂揚した気分で『解放の旗』十九号の仕上げに一意専心し、他のメンバーも作業に学習によく元気にがんばったものである。

夜七時頃、大槻が予定より三日おくれてベースにもどった。永田は予定をすぎても帰らない大槻を、脱走向山との賛成できない恋人関係と関連づけて、不安をいだくところがあったが、大槻がもどるとすっかり安心してしまい、それ以上大槻が抱えているのかもしれぬ問題を考えようとしなかった。大槻は小屋に入ってくると挨拶もそこそこに任務の『旗』十九号のカッティングにとりかかった。原紙一枚を切りおえたところで大槻は顔を上げ、永田に「お話ししたいことがあります」と思いつめた口調でいった。入軍したいというのである。山に入ってずっと考えてきて、ようやく今こころが決まった。私は銃をにぎりしめ、権力とのセンメツ戦を闘いたいというのが大槻の決意表明であった。大槻は経験豊富な活動家であり、シンパのオルグ、カンパ集め、アジトの設定、活動家間の連絡交通の確保など組織活動の要めの部分ですぐれた能力を発揮した。永田は大槻を半合法部のリーダー的存在と評価しており、また党全体の利益という観点からしても、半合法部における組織活動の推進、管理こそ大槻の能力を生かす最適の部署であると周囲から見られていた。永田はしかし他方で、大槻の際立った有能さはその反面のマイナス＝権力との直接対決の場面で時に露呈した確信のなさないし弱さと裏腹であって、彼女のそうしたヒヨワサがたとえば向山のような脱走男とのよくわからぬ「恋人関係」となってあらわれると考え、飽き足らず思うこともあった。それだから、大槻がこのときしめした決意は永田を大いに感動させた。大槻はついに自身のマイナスの克服に本気でふみだした！　永田は大槻の入軍の希望を受けいれ、坂口と寺岡もこれを了承した。

六月十九日。午後、高木、前沢、早岐が交番調査からもどった。永田は三人が小屋に入ってきたとき早岐の様子にしぜんに眼がいったが、調査に出て行ったときの辛そうだった表情がいまはスッキリと明るくかわっていて、早岐に調査の仕事を与えたのは結局よかったとホッとして振り返った。寺岡は軍の小屋で高木らから調査の報告を受けたあと、永田と坂口のところへもどってきて「対象の交番を市内の二ヵ所、郊外の一ヵ所に絞ってきたそうだ。早岐さんはよくやっていたといっている」といい、ヤレヤレという顔をした。永田、坂口、寺岡は高木らの到着でいったん中断した協議を再開、ようやく完成した『解放の旗』十九号の内容をふまえつつ今後の活動方針について論議を重ねた。われわれは拠点を確立した。つぎはわれわれのかちとった内容＝銃の質をもって外へ打って出ることである。どのように打って出るか？

決定事項は、①赤軍派との連絡を恢復し、「新党」方向を確認して支持支援関係を再構築すること。②近い将来におけるセンメツ戦の決行を視野に福島方面の交番調査に本格的に取り組むこと。調査隊メンバーは寺岡、高木、前沢。かれらはそのままセンメツ戦の実行部隊になる。③センメツ戦遂行にともなう権力の弾圧に備えて、山岳ベースをここ「小袖」から「塩山」へ移す。移動の準備に速やかにとりかかること。担当は吉野、加藤、金子、松崎、大槻、早岐。④永田と坂口は下山して赤軍派指導部＝森と連絡をつけ、共闘のための会合を持つこと。永田、坂口の上京には石黒が「助手」として同行する。石黒は『解放の旗』十九号の原紙を池谷にわたして印刷・発行をやりとげるほか、池谷や赤軍派との連絡を確保しつつ、永田らの必要とするあらゆる援助をおこなうこと。石黒はかつて獄中の夫をよそに赤軍派青砥幹夫と恋人関係になり、永田から総括を要求されている身だったが、今回永田が赤軍派との会合を望んで森と連絡をとろうとすれば、森の「秘書」であるその青砥を通すしかない関係上、青砥の恋人であったがゆえに石黒の存在が党のためにかえって役立つ結果となり、皮肉といえばずいぶん皮肉な事態である。永田本人はというと、総括要求は総括要求、それとはべつに石黒の青砥との関係とそこからえられる諸知識は党のために利用させてもらうという行き方に、格別「皮肉」や「矛盾」を感じてもいなかった。

「……うまい場所を見つけたものねえ。この段差のところまで来なければ小屋があるなんてわからないし、小屋がまたとても小屋とは見えず、カメレオンみたいに森の一部になりきっている。それでいて麓のバス停まで近道をとれば一時間とかからないんだから、まあ大したものだ」二十日の午後ベースに到着した川島陽子は好奇心たっぷりにあたりを見まわして、しきりに感嘆の声を放った。川島は獄中にある川島豪の妻であり、革左においてはつねに永田とともに、永田とならべて語られることの多い「女傑」的人物であった。永田らが最後に川島に会ったのは昨年末のことだったから、半年ぶりに耳にする川島のガラガラ声は最初のうちは遠い昔のなつかしい音楽のようにきこえたものである。

「池谷さんからは何てきいていた」永田は川島の上から下まで新品で固めた登山姿を見なおした。永田は池谷に指示して、川島に会ったら権力に山を知られることがないよう注意して来て下さいと要請するように念をおしたのだったが、げんに山に現われた川島の姿はなされたはずの要請の正反対である。「あらそうだったの。ベースは山にあるのだから配慮して用意たのむといわれてこうしたのよ。逆だったか」川島はワッハッハと笑い、じぶんが指名手配になってからずっと一緒にアパートに住み、助けてくれている女性が山に入る用意をしてくれた、彼女は山では山菜があるから野菜はいいけれど蛋白質はどうするんだろうと心配していたと話し、永田に「尾行のほうは心配無用。そこらへんは海千山千のお姐さまよ」といって自信をしめした。おなじく「女傑」であるにせよ川島の神経は永田とくらべてだいぶ肌理《きめ》があらかった。永田は苦笑しながらも、活動家として先輩である川島の経験に裏付けられた不敵な自信に説得されるところもあった。

永田、坂口、寺岡は川島から指名手配になった経緯、名古屋地区での活動状況について報告を受けた。十二・一八闘争と柴野同志の死のあと名古屋へ行き、学生、労働者グループの組織化にしたがった。二・一七闘争後は四月「反米騒乱」に向けダイナマイト奪取をめざして調査中にカーリットを見つけ、それをとりあえず大阪のWさんのアジトに保管しておくことにしたが、ガサ入れをくらってWさんは逮捕、自分は指名手配になった。以後は名古屋で小嶋和子さんといっしょにアパートを借りて生活した。山本さん夫妻、小嶋さん姉妹、加藤君の弟たち、小林房江さんらによって構成されている「中京安保共闘」は二・一七銃奪取闘争支持を真っ先に打ち出した。何としても四・二八闘争に加わろうと考え、小嶋さんに上京してもらって池谷氏と連絡をとったりした。計画のあった爆弾闘争の中止は残念だった。……永田らは〈銃を軸とした建党建軍武装闘争〉について話し「銃の質」獲得の重要さを説いた。川島はすべて支持するといい、自分も山岳でがんばると表明した。永田らは川島に、内野とともに統一戦線担当で活動してもらうことに決め、そのためにもしばらく山で生活して銃の質を身につけてもらうこととした。

就寝まえの全体会議で永田は明日からの各人の活動予定、任務の分担を発表した。①永田、坂口、石黒は下山して、七月初旬あたりをめざし赤軍派指導部と会合し、共闘のための話し合いを進める。石黒は『旗』十九号の発行をやりとげる。②寺岡、高木、前沢は福島方面へ二十四日まで四日間の予定で出発、交番調査を完了させる。③吉野以下七名は「塩山」へベース移動の準備にとりかかり、七月初旬の移動完了をめざす。上京中の永田、坂口と山岳ベースの間の連絡は、東京から石黒が、山岳ベースから大槻がシンパ某の電話番号をつかって確保すること。

六月二十一日。永田、坂口、石黒が下山、都内に入ってからシンパR氏のマンションに行き、R夫人の歓待をうけた。二十三日、永田と坂口は江東区深川の学生T君のアパートに移動し、ここを赤軍派との連絡回復を追求する拠点とした。永田は公衆電話を使って救対部責任者池谷と連絡をとり、T宅へ来るよう指示した。石黒は『旗』十九号の印刷のため同区千石の学生S君のアパートへ移った。

六月二十四日。永田は午前中近所の美容院に行き、かつらを使わずにすむようパーマをかけた。T宅にもどると坂口のほかに、石黒と石黒に案内されてやってきた池谷がニコニコ笑って永田を迎え、池谷は「こういうものを預かりました」と持参した文書類をしめした。一つは「山谷解放委員会」の梶大介が発行しているパンフレット、もう一つは川島ら獄中革左メンバーの手紙のコピーである。永田と坂口は先に文書を検討することにしてまず梶のパンフを見たが『解放の旗』十五号が全文掲載され、毛沢東思想への共感の思いがつづられている。永田らはよろこんで、今後梶氏にいっそうの支援協力をお願いしようと考えた。当惑させられたのは川島の新しい手紙であった。今度のものは「新党」への言及がまったくなく、逆にさきに賞讃した赤軍派の花園論文にたいする批判が登場しているである。反米愛国路線と口をそろえても革命左派のものと花園のものでは中身が全然ちがう、革命左派はヨーロッパの革命を社会主義革命と規定しているが、花園は民族解放民主主義革命とし、革命における主力軍と同盟軍についても考えがちがう云々。永田と坂口は先の手紙と今度の花園批判の正反対ぶりに面くらったものの、これを「新党」提起の撤回とは解さず、若干気勢を殺《そ》がれはしたが、規定方針通り「新党」問題を協議のため森との会合を追求することにし、池谷に斡旋方を依頼した。池谷は「新党」問題について永田らの対応を支持、森に連絡の道をつける任務を快諾した。池谷はすぐ帰り、石黒もいっしょに出て行った。

この日、赤軍派中央軍「坂東隊」の坂東国男、植垣康博、進藤隆三郎、山崎順、小関良子は銃と包丁で武装して横浜銀行妙蓮寺支店を襲撃し、四十五万円余を奪って逃走した。永田らはTVニュースでこれをしってすぐ赤軍派のM作戦だと察知し、成功だったらしい様子にホッとした。が、続報で逃走車両に遺棄されていた散弾実包が「一・一七真岡事件で強奪されたものの一部」とつたえられ、「京浜安保の犯行」というまちがった推測が広がっていくと、永田らは当惑してしまった。永田らはもともとM闘争には懐疑的であったから、赤軍派が「一・一七の銃」をM作戦に使ったのが不満であり、さらに弾を車中に置き忘れて権力に押さえられてしまったとなると、これはもううっかりミスでは済まされず、解決を要求される思想問題である。永田と坂口はしばらく赤軍派M作戦の今日の状況のもとでのプラスマイナスを熱心に論じ合った。

六月二十八日。午後、永田と坂口は池谷から連絡を受けてアジトを出、途中いっしょになった石黒に案内してもらって港区O大学正門近くの喫茶店に入った。永田らが待ちのぞんでいた池谷からの指示は、赤軍派のある人がO大正門前で待っているので会いに行けというものだった。いったん席に落ち着いてから、坂口はこの近辺に土地鑑ある石黒に二言三言ただしたあと出て行き、しばらくしてその「ある人」と連れ立ってもどってきた。ある人は青砥幹夫であり、永田と坂口はこれが青砥との初対面であった。

「中谷が逮捕されたあと、中谷に代ってぼくが革命戦線のキャップをやっています」青砥はハリきった調子で自己紹介した。中谷は永田が森と坂東以外で顔を知っている唯一の赤軍派活動家だったけれども、六月二日岐阜でM作戦の調査中に逮捕されてしまっていた。青砥は永田と坂口の顔を交互に見ながら「オヤジさんからたしかに永田さんと坂口さんからの連絡かどうか確認し、あらためて会合の日時・場所を設定してこいといわれました」という。永田、坂口、青砥は話し合ったうえ、森との会合は七月六日、場所は梶大介のアパートとした。梶には池谷をとおして、あるいは永田、坂口から直接、協力を依頼すること。

「六月十七日の明治公園における爆弾闘争は赤軍派が闘ったものです」青砥は非常に誇らしそうに語ったが、自分が現場にいたメンバーのひとりであったことはいわなかった。ともあれ六・一七の「下手人」をめぐる永田と坂口の小論争はこれで永田の勝ちと決まった。青砥は「……M闘争で逮捕された人たちの自供問題にかんして、オヤジさんが非常に悲痛な文書を作りました。この文書で自供問題を組織的に解決しました」などとも語った。「非常に悲痛な」云々がかりに自供者にたいする「処刑」の組織的決定ということだとしたら、六・一七爆弾闘争によって実地に証明された赤軍派の力量を考えると、もはや単なる「大言壮語」とばかりはいえないかもしれないと永田は感じた。

「青砥さんに十九号をわたして」永田は石黒に指示した。『旗』十九号を森に読んでもらい、七月六日に予定した会合にのぞむ永田らの立場を知っておいてもらうためである。石黒はトイレに行き、かなりたってもどると、十九号をマッチ箱ほどに折たたんでそれを紙で包んだものを青砥にわたした。あとになって思いかえすと、石黒はあのときトイレで青砥あての秘密な私信を紙に書き、その紙で十九号をつつんで青砥にわたすこともできたのだったが、当時はそんなことは思いもよらなかった。青砥が出ていってから永田と坂口も店を出た。石黒は別れるとき、「これからカンパ集めをする。大槻さんがうまくいかなかったところからカンパを集めたいし、他にもあたってみるところがある」といった。以後永田と坂口は二度とふたたび石黒の顔を見ることはない。

「統一赤軍」

七月一日。七〇年三月に発生した「よど号ハイジャック事件」の共同正犯被告である赤軍派議長塩見孝也、同議長代理高原浩之らの初公判が東京地裁で開かれた。ラジオニュースは塩見が人定質問にたいして職業は世界赤軍兵士、国籍は無国籍とこたえ、高原らもこれに準じてこたえたこと、塩見は取調べ段階での供述を自己批判したこと等を伝えた。永田らは報じられた塩見の言動を同志的に連帯感をもって受けとめた。四日、T君のアパートで森との会合の日を指おりかぞえて待っていた永田と坂口のところへ、怒りに震える初老の人物があらわれ、「君たちは何なのか。息子の下宿で何をしている」とどなった。静岡から上京してきたT君の尊父であった。われわれはT君のサークルの先輩で決して怪しい者ではと縷々《るる》弁解したがわかってもらえず、永田らはしかたなくアジトだったT君のアパートをあとにした。しかし困った。これから先どうしよう？ 坂口はこれしかないといって電話ボックスに入り、ふたりとも印刷物のうえでしか知らない梶大介に電話して事情を話し、支援をたのんだ。仲間と学習会の途中で電話口に出た梶は、今夜泊れるアジトを紹介していただけたら有難いのですがと申し出た坂口に「しばらくうちに居たらいい。会がすんだら迎えに行こう」といってくれた。永田と坂口は梶の指定した白鬚橋の近くで待ち、仲間の年配の労働者をつれて迎えにきてくれた梶大介の案内で、山谷のドヤ街の一画にある梶が経営しているアパートの四畳半の一室に落ち着いた。それから数日間、ふたりは梶のアパートの厄介になり、心のこもった待遇をうけた。

七月六日。森は約束の時間にすこしおくれて永田らの待つ梶のアパートにやってきた。四月二十六日に会い、別れて山に入ってから二ヵ月以上が経過し、お互い語りたい内容はなかなか多かった。話し合いがはじまると坂口は永田との事前の意思一致ぬきに、いかにもヌーッと無神経に、「新党をつくりませんか」などと言い出した。森は笑ったりせず、まじめな顔をして口をつぐみ、坂口の真意を測りかねてしばらく考えていたが、「イキナリ新党というのは無理だから、当面は軍の共闘を考えよう」とこたえて分別あるところをしめした。森と同様新党をイキナリすぐは無茶と思っている永田は、坂口のおかしたいわば社交上の世慣れぬ屁間を取繕ろうように急いで森の意見に賛同し「新党の方向性を考えるためにも、連絡が切れたままなのはよくないから、まず連絡を回復する必要があると思ったのよ」と釈明した。坂口はそうかという顔をし、以後はもう新党を作る云々をもちだすことはなかった。坂口は自分の役割を獄中の川島の指示の実行と割り切って考えていたのだが、相手の森は獄中の塩見と共にであるけれども、あくまで自分の頭で「新党」問題を考えようとしているらしいとわかったからである。赤軍派との共闘関係の強化は坂口ものぞんでおり、六・一七闘争を敢行した赤軍派から学べるものは何でも学びたかった。「軍の共闘を考えるために、双方の指導部が会議をひらき党史を交換しよう」双方がこれまでの政治的歩みを歴史的に総括し、会合でそれを交換し、お互いに党として今日の出会いにいたった必然を確かめあおうと森はいった。永田と坂口は二、三質問したあと森提案を了承した。

指導部会議の場所について森には案がなかった。永田は坂口と小声で話し合い、坂口の了解をとったうえで「小袖ベース跡」を会合場所に提案した。「塩山」へのベース移動は吉野らの尽力ですでに二日に完了しており、永田はこのさい自分たちが山岳をどう使っているか森に実見させ、山岳を「拠点」とする自分たちの行き方の利点を認めさせようと考えたのである。森は最初「山岳でおこなうのか」とためらいを見せた。都市こそ主戦場であり、赤軍派は度重なる権力の弾圧に抗して、権力との対峙の緊迫のなかで、いまも都市にふみとどまりつづけているのだ。一方でしかし山岳は未知の魅力であり、誘惑ではある。敵の攻囲から遠く逃れ去った、じぶんたち仲間だけのリラックスできる時空。「……どんな服装でどんなものを用意していったらいいのか。山岳行きの用意をすぐするのは無理だなあ」森がもらすと永田は間髪を入れず、森らのシュラフやキャラバンシューズはこちらで用意すると申し出た。「それなら自分たちは果物の缶詰でも持っていこうか」と森はいって笑った。七月十三日、革左の小袖ベース跡で両派の軍の共闘を考える＝「党史」交換の指導部会議をおこなうことが決まった。

そのあと森は赤軍派の会議における二件の永田には重要と思われた決定について語った。第一はさきに青砥も話していた、逮捕されたメンバーの「自供」＝通敵行為にたいして「組織的対処」をおこなうという決定である。永田の関心は「対処」の中身にあったが森は言を左右にしてなかなか明快にこたえようとせず、「自供した塩見に毒まんじゅうを食わせてもいいという意見もあったぞ」とおどろいたように打ち明けるにとどまった。これに永田は、森の「悲痛な文書」による「組織的解決」の内実はまだ「塩見に毒まんじゅう」といった空想味の勝った漫画的レベルに停滞しているようだと見当をつけた。が、同時に、逮捕者や自供した者にたいして「組織的対処」を考える赤軍派の厳しい姿勢は、じぶんたち革左のたとえば脱走向山をたんに放置したり、つかまったメンバーの自供にたいし「権利停止処分」（活動の一時自粛）くらいしか考えていなかった生ぬるさを内省させもした。第二に、森らは六・一七爆弾闘争を組織的には「半センメツ戦」と総括し、次なる「半」でない、警察官の殺害を意識的に追求する「センメツ戦」の速やかな実行を目標にかかげた。六・一七当日の状況について「……鉄パイプ爆弾を投げるとき、まわりに私服みたいな男がいたが、それにもかかわらずライターで導火線に火をつけ、腕時計の秒針がゼロに触れた瞬間に投げたそうだ。この日じぶんはあるアジトで報告を待っていたのだ。そして報告はきた」など身ぶり手ぶり入りで話した。森はしだいに調子を上げ、永田、坂口という良い聴き手を得て、中国の文化大革命や毛沢東の五・二〇声明にたいする赤軍派の評価をとうとうとしゃべりまくり、夕方、満足そうな顔をして帰って行った。

永田と坂口は森の雄弁にすっかり圧倒され、しばらく言葉がなかった。一つにはかれらが理論的能力を欠いているため、自身「毛沢東主義」をかかげながら、森の文化大革命評価・毛沢東評価を主体的に検討することができなかったわけだが、問題はこのとき、永田と坂口が軍の共闘にかんし革左としてどう対応していくか、共闘をどう組織していくかさえ話し合わなかったことであり、就寝まえにすこし話して今後の行動予定を確認するにとどまったことだ。明日、坂口は塩山ベースへ行き、寺岡に森との会合の報告をする。また寺岡らのおこなった福島方面の交番調査の結果を寺岡とともに検討し、センメツ戦の展望をつかむこと。永田は赤軍派との会合のために党史を準備すること。千葉のF氏宅へ行き、アジトとして使わせてもらえるようにしておくこと。石黒と帰山の打合せをし、十二日に石黒とふたりで直接小袖ベースの待ち合わせ場所＝バス停「雲取山入口」へ行くこと。

森はアジトにもどり、待っていた坂東に永田らとの会合の結果を報告した。永田らは「新党」を提起してきたが、「当面は軍の共闘を推し進めながら、新党の方向も考えていくということにしたんや。連絡を回復すること、双方の指導部で会議をし党史を交換することを決めてきた」森はいって「革左をしっかりオルグするつもりや」などと成算ありげな顔をした。坂東はいちおう了解したものの、他派との「統一」「新党」をいうまえに自力の強化に集中すべきだという思いがもともとあり、軍の共闘のための会議とやらに正直気持は消極的だった。森のほうはウキウキとよろこびをかくさず、「会議は奥多摩にある山でやることになった。山へ行く服とかはおまえのほうが知ってるやろから用意してくれや。まかすわ。あそれから果物の缶詰とかもってくといったから、それも買っといて」と遠足まえの小学生のようにうれしがった。つぎに森は坂東から、失敗におわった六・二四M闘争の坂東隊メンバーによる総括をききとった。森と坂東は直接の敗因は事前の調査を担当した進藤と小関のズサンな仕事ぶりにあるが、全般的に隊の士気の低下が見られ、方針の転換が求められているという見方で一致し、森は組織的対処として、車中に散弾を置き忘れた植垣に禁酒禁煙二ヵ月、進藤と小関「夫婦」については問題の根が深いので、別途対処を考えていくと決め、坂東もこれを了承した。

七月七日。坂口は塩山ベースに入り、寺岡と協議した。坂口は森との会合において軍の共闘の推進で合意したこと、この十三日に小袖ベース跡で両派指導部会議を設定したことを伝え、寺岡は福島の交番調査の結果と、塩山ベースの現状を報告した。坂口と寺岡は交番調査の結果を検討したが、最終的には寺岡の意見で、候補とした三交番すべてセンメツ戦の展望なしという結論になった。坂口らは今後も協議を継続し、両派指導部会議のおこなわれる十三日を目安として、それまでの間に新たに調査対象を選定し、調査隊メンバーを人選、調査隊を出発させようと申し合わせた。八日、永田は梶大介のアパートを出て千葉F宅へ向かった。途中、喫茶店での石黒との待ち合せに石黒の「勘違い」で失敗し、やむをえず十二日に拝島駅前で待ち合せることを確認して電話を切った。F氏宅では夫妻の歓待をうけ、十二日まで世話になった。この間永田は赤軍派との指導部会議のために、革命左派のルーツである『警鐘』編集委員会（一九六六年四月結成）以来の党史のメモを作った。

七月十日。坂東は高崎アジトに行き、塩見孝也論文の掲載されている『獄中通信』を植垣、進藤、山崎に一部ずつわたし、軍の新方針＝ゲリラ戦争路線への転換について説明した。塩見は『綱領問題について』のなかで、連続蜂起路線に代わって「ゲリラ型戦争を通して武装蜂起へ」というゲリラ戦争路線を主張し、加えてさらに武装闘争においては客観的要素よりも主観的な要素を重視し、「革命戦争の型は戦争の担い手の主観的要素の如何によって決まる。戦争の問題とは結局「人間の問題」である」「犠牲を恐れぬ革命的な集団的英雄主義、共産主義的精神、規律が闘いの源泉となる」などと述べ、「戦争に占める〝人〟すなわち精神力の要素の決定的重要性」を強調、これらの獲得のために「主体の共産主義的改造＝党の軍人化、軍の中の党化、軍の正規軍化」を提起したのであった。植垣らには塩見の文章も坂東の説明も難解で閉口したが、あとですこし集中して塩見のコトバをたどっていくとじぶんのうっとおしい消耗感からの「出口」がそこにかすかに見えるような気もした。植垣を消耗させているのは意のままになってくれぬ「客観」だが、その「客観」を従わせる「主観」が工夫しだいで獲得可能だと塩見は保証しているらしいのだ。坂東はつづいて革命左派機関紙『解放の旗』や革左の反米愛国路線を批判した文書を植垣らにわたし、革左とのあいだで共闘の話し合いがおこなわれていることを簡単に話した。

そのあと坂東は別室へ植垣を呼び、小関良子の様子はどうかと質《ただ》した。六・二四M闘争のあと、仲間との共同行動の外に置かれた小関の怒り、消耗が、夫の進藤や植垣とのけたたましい衝突となって爆発し、高崎アジトの坂東隊はもはや「作戦」どころではなくなりつつあった。植垣はくわしく状況を話し、「今はなんとか落ち着いているが、この先どうなるかわからない。もう彼女のお守りは疲れた」と嘆息した。

「そのうちなんとかしよう」坂東は笑いながらこたえた。坂東はこのとき、森から念を押されていたにもかかわらず、植垣に「禁酒禁煙」の申しわたしをせず、進藤に「対処」の必要を告げもしなかった。坂東は一貫して森の指示に忠実であったが、苦労をともにした隊の仲間をかばう気持も強く、進藤・小関「夫婦」の問題は今後そういう坂東にとって辛い試練となる。

七月十一日。坂口と寺岡はこのかん断続的に協議をつづけ、ようやく新たなセンメツ戦調査プランの策定にいたった。調査の対象地域は名古屋。調査隊メンバーは高木、前沢、早岐。調査に使用する車両は「中京安保」メンバー山本順一の車を借り、運転は同じく中京安保メンバーであり川島陽子の支援者でもあった小嶋和子に依頼すること。一見して明らかなのは川島陽子だけが直接知り、坂口も寺岡も川島らを介して間接にしか知っていない中京安保のメンバーに多くの場面で依存するプランであることだ。たしかに二・一七闘争以降、中京安保メンバーはつねに革左の闘いを支持支援しつづけているし、川島陽子は坂口らの信頼する先輩だ。しかし事柄はセンメツ戦のための調査活動であり、そうした慎重な配慮を必要とする課題に坂口らが直接知らず、作戦行動について事前に意思一致もない中京安保の活動家を巻きこみ利用する安易な姿勢こそは、のちにあらわになる調査の大失敗をひきおこす主因であったといえよう。第二の致命的な安易は、センメツ戦の実行部隊ともなる筈の調査隊の一員として、またしても早岐やす子を起用したことである。寺岡は早岐に一度調査経験があることを選出理由にあげ、坂口は若干ためらいつつ寺岡意見を受けいれたのだが、これもいい気な利用主義以外の何物でもなかった。坂口も寺岡も、赤軍派との軍の共闘が正式に発足するということで気持のほうが先走り、それだけ同志仲間にたいして敬意を欠く心境に陥ったのかもしれない。いずれにせよ坂口と寺岡、そして永田をふくむ革左の指導部は、のちのちまでこのときの安易な決定に呪われることになる。夜九時、高木、前沢、早岐は下山し、名古屋へ向かった。

七月十二日。早朝、永田はF宅を出て、石黒と待ち合せした拝島駅まえで待ったが、約束の時間になっても石黒は姿を現わさない。それから二時間ほど待って、もう来ないだろうと判断したものの、あるいは事情があって先に小袖ベースへ行っているのかもしれないと根拠はないまま希望的に考え、単身、小袖ベースにむかうことにした。夕方、薄暗くなりかけた頃、小袖ベースのあった一帯にたどりついた。出て行った吉野らのしたことなのか、廃屋のバンガローの幾棟かはとりこわされてなくなっており、あたり全体がきれいに清掃されていた。石黒の姿はなかった。ふと誰も居ない遊園地に迷いこんだような、懐しいようなハカナイような感じがした。しばらく休んでから、永田はすっかり暗くなった山道を大いそぎで下り、麓の山小舎風の旅館に泊った。

七月十三日。永田は旅館の近くの店でパンを買ってそれで朝食にし、約束した十一時にバス停「雲取山入口」に行くと坂口と寺岡がすでに早く着いて待っていた。森らも来ているのだと坂口はいい、「森さんは指名手配されている四人が顔をそろえてバス停で待っているのはどうかといってむこうで釣りをしている」といい呼びに行った。森といっしょに来たのは坂東で、永田とは七〇年十二月三十一日以来の再会であった。

昼食をとったあと山登りの用意をした。森と坂東は登山の支度をととのえて来ており、森はたんにサブザックを背負っているにすぎなかったが、学生時代に山岳部員でもあった坂東は大きなリュックを担ぎ、装備も本格的、専門的だった。永田も着更えをし、上京中はいていたスカートや持ち歩いたカゴなどをサブザックにいれて背負おうとすると、坂口が手を伸ばして自分の大リュックにいれてくれた。登山道をのぼりはじめて三、四十分ほど経ったあたりで、森が早々アゴを出し、以後は坂東に背中を押してもらって喘ぎ喘ぎ前進した。どうしてなのか森は前傾姿勢で歩くというあたりまえなことがやれず、状態をのけぞらせるようにして歩き、それを坂東がうしろから押しているので、気の毒だが見ていて失笑を禁じ得なかった。二時三十分すぎに小袖ベース着。永田らのこのバンガロー跡を使ったのだという説明に森は非常に興味をしめし、永田が指差す方向を見てはいちいち「ホォー」と感心していた。とくに鍾乳洞が気に入ったらしく二度三度と出入りし、持ってきたミルク缶やミカンの缶詰を冷やそうといって鍾乳洞の奥の細流のところに置いてきたりした。

会議は永田らが一時「本部」として使ったバンガローで、双方の党史の交換からおこない、森がまず赤軍派の党史を語った。森は赤軍派が分派して出た六九年七月より以前の第二次共産主義者同盟（第二次ブントと略）の歴史からはじめて、六七年十・八羽田闘争を「組織された暴力とプロレタリア国際主義」として総括したこと、六八年夏に国際反戦集会をかちとったこと、六九年四・二八沖縄デーにさいし共産主義突撃隊を創ってセンメツ戦の貫徹を掲げたこと、以降の党内闘争が七月六日の暴力的衝突にいたったこと、これを機に共産同赤軍派を結成し、秋の大菩薩での軍事訓練、交番襲撃など武装闘争をおこなったことを話した。永田らは森の長口舌をきいていて、話が七月六日の内ゲバ＝赤軍派の出生の場面にさしかかったとき、それまでは永田らにむかって演説口調で威勢よく語っていた森が急に声をおとし、打明けるように「じぶんはあのとき、闘いを日和った」といったことに注目した。森はとなりの坂東に逃亡（→組織離脱→復帰）の総括をこまごま語り、永田は強い関心をもってきいたが、どんなに注意をするどくしてもよく理解できず、苛立たしい思いがした。森は内ゲバのさいの自身の日和見＝逃亡をけしからんものだったと自己批判しつつ、他方では内ゲバそのものに問題があったと主張しているようでもあり、きいていて気持が混乱させられたからである。寺岡も永田に似て、きけばきくほどわからなくなると困惑の表情だった。中でいちばん単純な坂口には、党内闘争から逃亡したという事実の告白だけで十分だった。森さんは見かけほど革命的な人物ではないのかもしれないなと、このときちらと思ったのである。

永田は『警鐘』の創刊から六九年四月の日共革命左派の結成にいたる歴史を全体として〝正しかった〟歩みとして描き出そうとした。六六年四月、河北三男と川島豪は『警鐘』編集委員会を創設し、中国のプロレタリア文化大革命を支持、マルクス・レーニン主義、毛沢東思想を指導理念とし、プロレタリア独裁の旗を掲げた。以降、六八年三月には神奈川県の日共造反グループと組織合同して日本共産党左派神奈川県委員会を名乗り、六九年四月、河北と川島は、新左翼の運動の評価をめぐって元日共党員グループと対立し、永田、坂口らをひきつれて党から分派、日本共産党革命左派神奈川県委員会を結成して武闘路線を打ち出し今日にいたったのであった。永田はしかし、語っていくにつれて〝正しさ〟の確信がだんだんゆらいでいくのがわかった。永田にとって『警鐘』から革左結成にいたる期間は指導者についていくので精一杯だった時代であり、〝正しさ〟は権威によって示され与えられたものであって、ギリギリのところじぶんの頭で考えぬき、自分の体で実践してつかみとった信念ではなかった。河北や川島の論を〝正しい〟ものと決めてかかって復唱しているにすぎぬのだから、たとえば川島『ブント批判』に依拠して「新左翼はプロレタリア独裁を理解していない」などと批判してみても、森から「そんなことはない。われわれは六〇年代初頭関西ブントの時代から世界革命、暴力革命、プロレタリア独裁、永続革命の原則的観点を掲げている」と指摘されるとたちまち言葉につまって何もいえなくなってしまうのである。総じて森の語る党史は六九年七月六日の「内ゲバ」＝赤軍派結成の手前のところで急停止してしまい、永田はまた永田で、六九年四月における革命左派結成の〝正しさ〟を自分の言葉できちんと説明できなかった。「党史」の出来は両者ともハカバカしいものではなかったわけだが、このとき他派にたいして自派の歩みの正しさを説明しようとしてかえって逆に、正しかった筈の自派の過去に懐疑の眼を向けざるをえなくなったことは、のちの両派の「新党」への歩みにてらしてみなおすと、かれらにとってはすべてがそこから新たにはじまった、意義深い出来事だったのかもしれないとおもわれる。

永田は森にたいして、赤軍派が「米日帝国主義」という表現を使用し、さらに毛沢東思想を評価すると明言したことに革左として満足の意を表明したうえで、①銃によるセンメツ戦の追求。②山岳ベースを拠点とすること。以上の二点で一致をもとめた。森は①について、「これからセンメツ戦に集中する。だからもうM作戦はやらない。ただ、近いうちにM闘争をやるという部隊があり、決行まえに部隊に中止命令が届かないかもしれない」とこたえた。M闘争はやらず、センメツ戦一本でゆくと確言したが、永田の要求の重点である〈銃による〉という限定辞は、作戦の現場においてじぶんたちの手足が縛られてしまうかもしれぬ事態を想定して、このときはこれを退けている。②には「やはり都市で活動すべきだ。人民が居ないところでどうするのだ」と懐疑的な口吻をもらした。が、永田の「山岳と都市を結びつけていく」という言い分には反対せず、「山岳は学習や討論にいいなあ。山岳ベースに注目したからこそ、自分たちもキャラバンシューズなどを用意したのだ」といった。

森は①でセンメツ戦一本槍で進むと約束し、②では「学習、討論の場」であるかぎりにおいてと条件付であれ、「人民」および権力との緊張関係から切断された〈山岳〉の「良さ」をはじめて公けに認めたのであった。永田らは①について森の言を「思想的」にM闘争をまだ清算しきれていない森らの宙吊り状況のあらわれとみたものの、流れは清算の方向へ、「銃の質」獲得の方向へむかっていると評価した。②についていうと、森と赤軍派がはじめの頃の〈山岳〉＝「人民」生活からの召還という批判的な立場からふみだして、あきらかに革左の〈山岳〉＝当面の拠点という立場に近づきつつあると観察した。ようするに森を「小袖ベース跡」に招待したのは成功であり正しかったのだと永田は考えた。森さんはいまや銃と山岳の「快楽」にめざめかけているではないか。

軍の共闘の具体化をめぐっては永田らに何の用意もなかったので森の主導で一方的に話がすすんでいった。森によれば、七〇年十二月、革左による十二・一八上赤塚交番襲撃闘争は赤軍・革左両派を革命戦争─遊撃戦の「一本の赤い糸」で固く結びつけ、「革命戦争の盟友」にした。以後両派は二・一七銃奪取闘争、連続M闘争を貫徹し、互いの経験と教訓を交換しあい、日本革命戦争の本格的開始にむけて前進してきたのであった。日本革命戦争はいまや不可避であって一切の躊躇《ちゅうちょ》を許さぬ挑戦であり、革命戦争にたいする共感、支持・支援の気運はもり上りつつある。日本革命戦争の発展は正しい建党建軍の方針の下に進められなければならず、両派は新党をかちとっていかねばならない。今後両派は経験の交流の範囲にとどまることなく、「新党」結成を前提に軍事組織を統合した、統一革命軍を建設していくべきである。……永田らは森の語る両派の出会いから「新党」へむかう「日本革命戦争」物語に黙って熱心に聴き入った。森の主張に三人ともまったく異議はなく、とりわけ永田は森によって自分の内心の根深い欲求に「理論」的表現をあたえてもらったというような感銘をうけた。森は永田らが森の主張に賛意をしめすと一段と張り切って、声を高め、

「統一赤軍をつくろう。これを赤軍総司令部、政治宣伝部、組織部によって構成しよう。機関紙も出そう。名称は『銃火』にしよう。総司令部は赤軍派、革命左派の指導部のメンバーによって担おう」と呼びかけるとともに、森のいう「統一赤軍」を当面は両派の軍を統合したものではなく、両派それぞれのセンメツ戦調査や作戦計画を互いに検討しあう機関として提起したのだった。永田は森がつぎつぎにくりだす構想やアイデアに感心し、異議なしとうなずきつづけ、寺岡も眼をまるくして森の頭脳の活発な連想作用に感服していた。坂口はときにややとまどった表情を見せたものの、特に何か意見をいいたいというのでもなさそうだった。ひとり坂東だけが森の話のあいだ何度か納得できないという顔をし、話がおわるとちょっといわせてほしいというように手をあげた。永田はこのとき、森の「統一赤軍」提起は事前に坂東と一致した上でおこなったものではないんだなと気づいた。坂東はしばらく言葉をさがしているふうだったが、やがてポツンと、

「『統一赤軍』も『銃火』も名称がよくない」といって森の顔を見、永田らの顔を見た。坂東はそんな言い方で、森

のこのときの活発すぎ性急すぎるアイデア連発にたいして、ばくぜんとした危惧の念あるいは違和感を表明しようとしたのである。しかし坂東の真意は、なかなか森にも永田らにもつたわることなく、ここでは単なる感想としてききに流されてしまった。

森は「統一赤軍」結成が決まると、「五〇年前の一九二二年七月十五日に日本共産党が創設された歴史をふまえ、七月一五日に「統一赤軍」結成を宣言しよう」と提起、永田らはこれにも賛成した。このかん坂口が心の隅でかすかに感じ、坂東は実際に口にだしもした違和感が、森、永田、それから部分的に寺岡をもとらえた性急な、それゆえ危なっかしくもある「団結気分」に必要な歯止めをかけることはついになかったのであった。

七月十四日。永田が腕をふるって用意した温かい朝食のあと、森は昨日示した総司令部—政治宣伝部—組織部の構想に基いて、それぞれの立場からアピール文を力強く、よどみない口調で展開した。永田らは森の頭脳回転の速さとくりだされるコトバの鮮かさ、明快さに圧倒され、ただいい、いいといって賛同した。永田らが賛同し、坂東も「オヤジさんの責任で書くべきだ」と勧めたので、森はいま自身が語りおえた内容を機関紙『銃火』論文として書くことになった。森は満足そうな顔になり、「展開した内容を忘れるといけないからメモしなくちゃ」といってしきりにメモをとった。このときふたたび坂東が今度は低く呟くように「『統一赤軍』と『銃火』というのはどうも適当でない」といいだした。森は顔を上げ、

「それなら代案を出せ」といい、永田らに「なぁー」と同意をもとめた。

「代りの案をすぐ出せといわれても困るが、何か適当でない」坂東は首をかしげて黙りこんだ。森自身はすっかりもう革左をオルグしたつもりになっているようだが、そこが危ないのだと坂東は考える。森は決して「強い人」ではなく、むしろ強い人に迎合しがちな人物であり、それはまた森の「カリスマ」の一面でもあった。坂東は今度の会合をとおして、森の発明した「統一赤軍」「銃火」などはじつは強い誰かへの迎合の所産でないのかと思うところがあったのである。こういう場合に止め役は坂東なのだが、遺憾ながら咄嗟には代案も見つからなかったということだ。

正午すぎに会議は終了、森と坂東は夕方になってから近道をとって帰って行く。つぎの会議は千葉F宅でおこな

い、森の書きあげた『銃火』論文を永田、坂口、森、坂東で検討することにした。永田らは小袖にもう一泊してから塩山ベースにもどることとし、夕食のあと赤軍派との会議の成果や、永田不在の間の塩山ベースの状況等について話し合った。まず「統一赤軍」結成には三人とも満足した。坂口は統一赤軍の結成をじぶんたちのセンメツ戦を実行していく上でプラスになる前進だと評価しつつ、「……とにかく森さんがあの調子で、アレヨアレヨという間に自分のペースで話をまとめてしまったものだから、あのままだと赤軍派だけの統一赤軍になってしまいそうだ。つぎの会合では森さんの『銃火』論文をしっかり検討して、われわれの内容も出していこうではないか」といい、永田もそうしようと同調した。寺岡は森さんが山岳ベースを認めたのは大進展だといった。つづいて永田らは「統一赤軍」組織部の革左側のメンバーの人選に入り、協議した結果、統一戦線担当である内野久と川島陽子に新たにべつにひきうけてもらうことにした。大槻節子には赤軍派指導部と電話中継のできる場所に定時につめていてもらうこと。

最後に坂口から、永田の不在だった七日～十三日の間の山岳ベースの状況の報告があった。永田は会津若松の調査でセンメツ戦の展望なしと結論が出たことに落胆したが、寺岡と坂口が新たに決定して、調査隊もすでに出発させたという東海道沿線の交番調査プランにはいくつか疑問をいだいた。とりわけ調査活動への早岐やす子の再起用と、山岳の軍メンバーが川島陽子の話で間接にしか知らぬ小嶋和子という人物に調査の車の運転を担当させたことだ。人選そのものというより、こうした安直な人選にうかがえる軍責任者寺岡の消極的な「作戦思想」が気になったのである。永田は二・一七闘争のあとの一時期、寺岡がしめしたうっ屈、ヤル気のなさを思い出していた。

「小嶋さんは川島さんに入山したいと言っていたようだ。本人の意志はハッキリしているから、調査の終了後は断固としてそのまま入山してがんばってくれると思う。彼女の入軍を永田さん抜きで決めてしまって済まないが了承願う。加藤君の弟らと小嶋さん姉妹は山で闘っていける連中だ」坂口は期待をこめて作戦へのかれらにとって未知の人小嶋の登用を弁解した。寺岡も早岐について「彼女はもう大丈夫だ。前回の調査のとき、早岐さんの仕事ぶりがいちばん徹底していたと高木君はいっている」と補足した。永田はさらにいくつか質問し、坂口らが大丈夫、うまくいくとくりかえすと、あとはうなずいて黙った。この場ではこれ以上、最終的には寺岡の指揮権限に属する作戦計画の細部に批判は控えるべきだと自制したのである。こうした指導的メンバー間の自制、遠慮、党―軍間のナワバリの相互尊重の風は、永田革左における川島時代とは一線を画した「集団指導体制」の、未だ自覚されていないマイナスをもふくむ一面であった。

この同じ日、赤軍派「坂東隊」の山崎順は車を運転して西新宿のアジトから高崎アジトへ向かった。昨日の早朝、いっしょに住んでいる坂東が革左との指導部会議に出て行くとき、明日これを高崎へもっていってみんなで検討しろと指示したのである。山崎が受けとったのは坂東のメモ、森の執筆した文書、登山靴やシュラフなど登山用具類その他であった。高崎に着くと早速、植垣、進藤、山崎で協議に入り、まず封を切って坂東のメモを見た。「ただちに山岳調査を開始せよ。目的は軍事訓練や爆弾製造、政治討論の可能な山小屋を見つけてくること。調査する場所は小関には伏せること」とあり、森は文書のなかで山岳を「戦略ベースとして」使用すると書いていた。植垣らは調査場所を検討し、福島県の尾瀬近くの駒止湿原を調査することに決めた。調査は植垣と進藤が担当、調査期間中の高崎アジトには小関と山崎が待機する。山崎は隊の問題分子と化した小関の「お守り」役＝見はり役となったわけである。

七月十五日。早朝、永田、坂口、寺岡は小袖ベースを発ち、塩山ベースへ向かった。出ていくとき永田は、二度と訪れることはないだろうベース跡の朝日にてらされて影を作っているバンガロー群のほうを振り返った。三人とも会議の成果に張り切り、正午頃には早くも西沢渓谷の奥深くに入り、ベースの小屋めざして沢沿いに元気よく進んだ。永田は歩きながら雑談のなかで、「今後はもう自己批判を要求しないようにしようと思うのよ」といった。梶のアパートに滞在中に坂口から「自己批判を要求しないようにすべきではないか。自己批判要求で問題が解決されるよりも、問題を抱えている当人を追いつめて、解決の反対をひきおこしてしまうケースのほうが多いような気がする」と指摘され、自省するところがあった。いっしょに行動していた石黒の離脱はけしからぬが、他面それは坂口のいうような自己批判要求が問題解決の反対をひきおこした一例といえなくもなかったのである。統一赤軍が結成され、センメツ戦の決行が日程に上った現在、思想問題の解決は武闘の実践をとおしてこそ真に可能であり、問題解決における〝方法〟としての自己批判要求の必要度および有効性はかなり減少したのではないかと永田は考えた。ところが、寺岡は、いかにも心外そうに、

「冗談じゃない。いまになってそういうことをいいだされては困る」と反対した。「ぼくは最近ようやく自己批判要求の必要がわかり、これから積極的にやっていこうとしているのだ」寺岡は永田の不在の間におこなわれた批判―自己批判の諸例をあげ、武装闘争を推し進めていく上で自己批判要求は必要、みんながそう理解しはじめたこの段階でもうやめようはないでしょうといった。坂口はなにもいわず、永田もアラそうなのと思ってきいていただけで、とくに反論もしなかった。〝方法〟として自己批判要求がまちがってるとか不適切とか思っているわけではないからであり、寺岡とのちがいは必要の度、有効性の認識における差異なのだが、〝方法〟の味をおぼえたばかりの寺岡にはたぶんそこらへんがまだよくわかっていないのだ。寺岡はこの場合今日の新情勢にいささか立ち遅れ気味ないし後向きだったというにすぎぬ。

坂口の指差した方向に林間から白いビニールシートでおおった屋根の一部が見え、誰かの早口に話す声もきこえた。小屋のまえには大槻と川島が出ていて、永田らが手をふるとふたりは嬉しそうに顔を見合って何回もうなずいた。

「きいてきいて。今日の日付で私たちは赤軍派と統一赤軍結成よ」永田がはずんだ調子で知らせると大槻も川島も「ほんとう？　万才」とこころからよろこびをあらわした。永田らが話し合っている最中に、松崎と加藤が大リュックを背負って小屋に入ってきた。このかんベースでは寺岡の指示によって周辺の山々に分散して埋めておいた武器弾薬類をベースに集中する作業を軍メンバーが担っており、松崎と加藤は八王子の先の山に埋めてあったダイナマイト、雷管を取りに行ってきたところだったが、そのふたりも統一赤軍結成に両手をあげて万才した。昼食をとっているときに永田は、吉野と金子が塩山ベースの周囲を調査に出ていることを知らされた。

食事のあと大槻は永田に話したいことがありますと改まった態度になり、この小屋の上のほうに建設中の「夫婦の小屋」のところで二人だけで話したいと申し出た。永田は坂口と寺岡に断わって大槻と出てゆき、小屋から二〇メー

トルのぼったところにある岩にかこまれた二坪ほどの「夫婦の小屋」予定地で床用にしきつめた青いシートにふたりならんですわった。大槻は脱走した向山の「前の恋人」である「かおり」からきいた話だと前置きしてから向山の憂うべき現状をくわしく語った。「向山は下山するとまっすぐ親戚宅に行き、以後そこでくらしているのだが、その家には以前から京浜安保担当の刑事が頻繁に出入りをくりかえしている。そうした見え見えのネズミ捕りのなかへ、万事承知しながら登山服のまま帰って行き、しかもそこから服をクリーニング屋に平然と出す。さあどうぞと山を見せびらかしているようなものではないか。さらに定期的に来訪してくる私服にどこまでしゃべってやろうかとスリルを味わっている。地上のアリどもを見おろして連中は死ぬも生きるもオレの意のままと感じている気持。山岳ベースについて小説を構想中だともいった。向山はそういういい気な法螺話を「かおり」にはちょっと許せぬ調子と態度で吹きまくった。向山の様子は投げやりで、真っ黒な悪意のかたまりにみえたという。カンパの件で会ったとき「かおり」は自分の懸念をそのまま私に伝えたのだ云々」大槻はしばらく黙り、やがて強い口調で、「向山の下山を放置していたのは問題であり、こういう言動をしている向山を殺《や》るべきだ」と結んだ。

向山の言動は組織への、センメツ戦への敵対である。山岳ベースで「銃の質」をかちとることなく下山する者はけっきょく向山のごとき敵対者になり果てるのであって、永田は大槻の話によって、じぶんの「思想問題解決」第一主義の正しさが否定的な形においてであるが証明されたと考えた。ただちに「必要な対処」を打ち出さねばならぬ。が、大槻の「殺るべきだ」は大槻の強い怒りや決意のあらわれであっても、組織の目下の方針としては安易、行き過ぎの感は否めない。永田は「向山の下山を放置していたのはまちがいであり、自己批判する。しかし向山への組織的対処についてはもう少し考えていくことにする」とこたえ、ひとまず大槻との話をおわらせた。

永田は坂口と寺岡を小屋の外へ呼び出し大槻の話を伝えようとした。四時頃で、あたりはまだ明るかった。と、不意にしげみのかげから、名古屋に行っている筈の高木が姿を現わし、小屋の外で話している永田らを見つけるとかけよってきて、「早岐が調査中に脱走した」と叫んだ。日頃の陽気な、度胸のすわった高木らしくもなく極度に狼狽していた。

「何だ。またかよ」寺岡はウンザリした顔をしてそっぽを向いた。小嶋運転の車で名古屋から東京方面へ東海道沿線の交番を調査していて静岡の磐田駅付近に来たとき、早岐は車をとめさせトイレに行くと出て行ったが、それから一時間以上、いつまでたってももどらぬので逃亡と判断したと高木は言う。「これからどうしようか、自分と前沢氏、小嶋さんで相談したけれど、とにかくこのまま調査の続行はできぬということで一致して、まずキャップである自分がこの脱走を可能なかぎり速やかに指導部に知らせるため大車輪で塩山ベースにもどること、前沢氏と小嶋さんは使用した車を山本順一氏に返すために名古屋にもどり、そのあと前沢氏は入軍入山する小嶋さんといっしょにベースにくることに決め、即実行した」高木は報告をすませると忙わし気に小屋のなかに入った。

改めて永田が大槻の話を伝えると、坂口と寺岡は向山の言動に怒りをあらわにした。この日この時点までに、永田の革左の二本柱である山岳ベースと銃の闘いにたいして、ほぼ同時に三様のレベルで元あるいは現メンバーによる敵対的な行為が発生していた。①脱走後の向山の言動。②センメツ戦のための調査中の早岐の脱走。③永田らと任務で上京中の石黒の「離脱」。①については永田ら三人とも議論の余地なく通敵行為であるという見方で一致し、ただちに対処方針を定め、脅威をとりのぞくべきであるとした。②③は三人それぞれ微妙に評価が分かれた。②について永田は、交番調査中の脱走はセンメツ戦への敵対であると断じ、「ほとんど」通敵行為に等しいとストレートに批判し、寺岡も同調したが、坂口はしかしなあと困惑してしまった。たしかに脱走は問題としても、そんなに重要なセンメツ戦調査の任務に、決してセンメツ戦の実行メンバーとして期待されてなどいなかった早岐を、たんに一度調査経験があるという理由だけで起用した軍責任者寺岡と、あやぶみつつも寺岡案を追認した坂口に、指導者として何の問題も責任もないといえるのか。寺岡と坂口の指導の怠慢が早岐を脱走に「追いやった」のかもしれぬではないか。向山の「通敵」そのものと早岐の「ほとんど通敵」との差は量ではなく質の差だと坂口は考えた。③は「脱走」ではないのであり、永田への信義違反は明らかだが、これが「離脱」なのかどうかもふくめもうすこし時間をかけて判断を下すべきであろう。①②とは異なり、石黒は軍のメンバーではなくて『解放の旗』編集の任務で山にいたのだから、石黒が仮に組織から離脱したのだとしてもそれが及ぼす脅威の程度は向山、早岐と比べてそう大きくもない。彼女の獄中の夫和田明三は信頼に値する良き同志であり、「恋人」もまだつきあいがあるとしたら赤軍派の青砥であって、石黒が「通敵」に走る人間的要因は今のところほとんどないと思われる。

五時三〇分頃、真っ暗になったので、永田、坂口、寺岡は小屋に入って協議を続行した。山岳調査に出ていた吉野と金子も帰ってきて、この二人をふくめ大槻、川島、松崎、加藤は高木から早岐の調査中脱走のことをきいて話し合いをつづけており、大槻も早く向山の問題をみんなに知らせていた。小屋に入ってから寺岡は永田と坂口に「……警察はわれわれが札幌にいたことをすでに知っていて、それをぼくの家族にいったらしいんだ。ぼくの家にカンパを取りにいった救対の某君に、ぼくの家族がそういったときいた。きっと向山の野郎がスリルを楽しみながら私服に話したにちがいない。畜生、許せないなあ」と述懐した。私服がすでに向山から札幌をつかんでいるとすれば、山を知られてしまうのは時間の問題になる。三人ともしばらく黙りこんだが、永田が顔を上げ、うつむいている二人に促すように、

「どうしよう」と語りかけた。

「牢屋をつくるか」寺岡は厭々《いやいや》ながらの感じでボソッといった。

永田は「そういう時代」になったのかと感慨にとらえられ、「それしかないかもしれないわねえ」と思いをこめてつぶやいた。とたんにそれまでしんと静まりかえっていた小屋の中にざわめきが広がって、みんな口々に「牢屋」案に賛意をしめし、「食事は三食ちゃんとさせよう」「毛沢東選集や『解放の旗』やなんかを読ませよう」「どこにどうやって牢屋を作るか」「かれらをどう呼びだすか」などガヤガヤと勝手にいいだした。常任委員で検討して、あとで具体案をしめしますと永田が話し合いのおわりにいい、全員これを了承した。

夜、永田、坂口、寺岡は、明日からの「牢屋」方針の具体化と、赤軍派指導部との「統一赤軍」協議の今後について、確認の話し合いをおこなった。寺岡は向山と早岐を呼び出してベースに連れもどすこと、建設中の「夫婦の小屋」を転用して牢屋を作ることを提案し、永田、坂口の同意をえた。「前沢氏がもどったら軍の会議をし、向山らの連れ出しの段取り、連れ出しと牢屋作りの担当・実行メンバーなどを決めたい。おそくとも二十日頃までにはまず

向山の連れ出し、閉じこめはやり了せてしまおうと思う」寺岡はプランが固まったら永田さんらに報告するといった。永田は赤軍派指導部との電話中継のために上京する大槻に、必要に応じて向山と早岐の動向の監視・調査にあたってもらうことを提案し、同意を得るとすぐ大槻を呼んで新任務を伝えた。常任委員三人は明日以降、軍の寺岡が山岳ベースにあって牢屋方針に関わるすべてを取り仕切り、永田と坂口は新たに設定した新小岩アジトを拠点として赤軍派指導部との「統一赤軍」協議を前進させるというように任務分担したのであった。大槻はこのとき、統一赤軍に関わって赤軍派指導部と永田らの中継連絡を確保するとともに、統一赤軍として革左として銃によるセンメツ戦を推し進めていくうえで主要な障害とみなされた問題分子＝向山と早岐の監視、調査にあたるという、革左の今後を大きく左右することになる大事な位置に立たされたのである。大槻はふるいたった。

七月十六日。早朝大槻は下山して、都内某所にある「中継連絡」アジトへ向かった。午前十一時三〇分、ＴＶ、ラジオは一斉に「ニクソン訪中決定」の大ニュースをつたえた。北京発新華社電「周恩来首相は七月九日から十一日まで北京でキッシンジャー米大統領補佐官と会談した。周首相はニクソン大統領の中国訪問の希望を知り、中国政府を代表して七二年五月以前の適当な時期に中国を訪問するよう、ニクソン大統領に招請状を出した。ニクソン大統領は喜んでこの招待を受諾した」と。毛沢東主義者であり、「米日反動」に武力闘争を挑んでいる永田らはニュースに一瞬声をのみ、続報に聴きいったが、ベトナム反戦と世界革命の友たる毛沢東中国がなぜ、帝国主義の親玉ニクソンに「招請状」なぞを出し、またニクソンがなぜ「喜んで受諾」したのか、根本のところが理解できなかった。永田らは黙って顔を見合わせ、これがどういうことか今後考えていくことにしようと確認した。

七月十七日。永田、坂口、川島陽子は下山し、永田と坂口は港区芝のシンパＫ宅へ、川島は「統一赤軍」組織部の任務のために新宿柏木のアパートへ向かった。赤軍派「坂東隊」の植垣と進藤は山岳調査のため高崎アジトをあとにした。目的地は会津田島の駒止湿原である。十八日、前沢が新メンバー小嶋和子を連れて塩山ベースにもどった。寺岡は軍の会議を招集し、「牢屋」作戦の大綱を話し合った。

七月十九日。永田と坂口は午前十一時、約束した時間どおりに千葉Ｆ宅に到着したが、森は三〇分ほど遅れて「坂東が待ち合せの場所に来なかった。おかしい」と首をひねりながら部屋に入ってきた。座がきまると早速、「二日かけて書いた。見てくれ」と『銃火』論文を取りだしたので、永田と坂口は受けとってざっと目をとおした。永田が読んで問題だと思う文章、たとえば共闘のパートナーである永田と革左を「対等」とみていないと思えるような部分はなかったが、何日かじっくり検討させてほしいと申し出て森の了承をえた。つづいて森は若干すまなそうな顔になり、「塩見の打ち出した六つの旗を『銃火』にのせたいがどうか。了解してもらえるか」といいだした。「六つの旗」とは一、世界共産主義建設、世界革命戦争勝利！　二、遊撃戦を貫徹し、全人民的蜂起へ！　三、党の軍人化、軍の中の党化をかちとり『赤軍』を拡大、強化しよう！　五、蜂起—戦争統一戦線を全人民の権力へ！　六、自力更生の下、国際的革命人民と固く結合し、世界革命戦争に勝利しよう！　という赤軍派のいかにも「らしい」スローガン六項だった。永田は特に反対するところもないので同意、坂口は森の申し出が「のせたい」と柄になく控え目だから塩見の顔を立てるためだけのものだろうと推測し、「旗」の中身については赤軍派得意の大言壮語にすぎぬと決めつけてこれも簡単に同意した。『銃火』論文の最終的確認は後日、新小岩アジトでおこなうことにした。

つぎに坂口は今度はこちらの番だというように身を乗り出して、用意してきた川島豪の論文『ブント批判』（六九年発表）を森に示し、「これで一致したい」と検討をもとめた。統一赤軍結成について、赤軍派には相当ゆずったのだから、すこしは革左の立場にも配慮してもらおうという党派心はむろんあった。しかし坂口はより以上に、森と赤軍派の主導によって結成された統一赤軍の未来にたいして、自分が漠然といだいている不安、疑懼《ぎく》の思いを、尊敬する川島の「理論」の言葉をとおしてなんとか伝えたいと願った。森は頁をめくってしばらく読んだ。やがて顔を上げ、「おっそろしく古いものやなあ。これじゃブント批判にならない。ブント七回大会（六八年二月）以前の資料をつかって「批判」しているだけやないか」といって、川島の批判の対象である七回大会以前の「ブント」と、森ら赤軍派のいた「ブント」とは、理論的にも実践的にもほとんど別物であるが、川島はそれをいっしょくたにして論じて「ブント批判」したつもりになっていると指摘した。古いといわれ批判にならないと切り返されると坂口はもうそれ以上何もいえなくなった。永田はもともと川島の論に説得力なしと思っており、森さんに『ブント批判』を受けいれてもらうという坂口の意気込みには反対しなかったものの批判的だったので、森の指摘にすぐ納得した。ただ森が総じて、両派の政治路線上の差異に関わる議論はひたすら回避をつねとして、永田らの森らとは異なる主張に反対意見を述べるのでなく、もっぱら主張そのものを問題にしないかのような態度をとるのが不満といえば不満であった。

会合のおわりに永田は思い切って、坂口との事前の意思一致のないままに、統一赤軍のパートナーである森にじぶんたちのかかえている「向山」「早岐」の問題を全部、あった通りに伝えることにした。両派は統一赤軍結成にさいして双方の組織の経験・教訓を〈交換しあう〉ことを確認したが、その最初の実行という心組みである。向山の脱走と下山後の言動、センメツ戦調査中の早岐の脱走、永田らがこれに「牢屋」方針をもって対処しようとしていること。

……森はウーンとうなって考えこんでいたが、しばらくすると、

「スパイや離脱者は処刑すべきではないか」といい、それ以上何もいわなかった。永田は落胆し、森は一般論に逃げたなと思った。永田が知りたかったのは「評論家」森の御高見ではなく、統一赤軍のパートナーとしての森の考える具体のケースに即した対処のかたちだったからである。しかし一方また、森の一般論は、よど号ハイジャックをやりぬき、六・一七に権力にむかって実際に爆弾を投てきした赤軍派のリーダーが口にした一般論でもあり、それなりに重いのであった。

翌朝、森は「坂東が来なかったのが心配だ」といいながら早々に帰っていった。永田と坂口は寺岡がやってくるのを待った。永田らは森との会合の結果報告、寺岡は牢屋方針の実行プランをしめして永田らの了承を得ることになっていた。森が帰ったあとあまり間をおかず寺岡があわただし気な様子で現われ、「軍の会議で向山の連れ出し、牢屋作戦の段取りが決まった」といって次のように説明した。決行は明二十一日。寺岡、吉野、高木が小嶋の運転する車を使って通敵分子向山のら致、監禁をやりとげる。大槻と松崎は向山の呼び出し、ひきとめを担当する。明日、大槻は向山を呼び出し、ふたりで松崎の待機している小平市のアパート「相田荘」（松崎の友人の下宿先で、友人は帰郷中）に行く。大槻と松崎は酒をのませるなり何なり細工して、向山をその場になるべく長い間ひきとめておく。寺岡、吉

野、高木は頃合いを見はからって室に入り向山を連れ出し、小嶋の運転する車で塩山ベースへ向かう。ベースでは前沢、加藤、金子が「牢屋」を用意して待っている。……

「永田さんに明日、大槻さんと連絡をとって向山を呼び出すよう伝えてほしいんだ」

永田はあす朝彼女と会うからといって了解したが、それとはべつに寺岡案にたいしていくつか疑問を呈した。「前沢さんを実行部隊に入れないの。このケースは人数が多ければ多いほど安心できると思うけれど、どうかしら。それから小嶋さん。まだ入山したばかりでしょう。そういう人にいきなり向山の連れ出しの任務じゃ負担が大きすぎるんじゃないの。前沢さんと小嶋さんは役回りを入れ替えるのが正しいと思う」

「軍の会議で牢屋方針に前沢氏がいちばん消極的で、消極の二番手が加藤君だった。ならばぼくたち三人でやるしかないというのが結論だ。もっとも牢屋の建設は前沢氏と加藤君が主導して熱心にやった。それだから、半分冗談だけれども、結果としてこの人選は適材適所といえるのではないか。小嶋さんの運転だが、彼女のほかに免許証を所有する者がない。そして向山の連れ出しは車の使用が前提になる」

坂口は寺岡に二、三質問したあと「わかった」といい、永田もそれ以上の議論はひかえた。正午すぎ、三人はF宅を辞去して新小岩アジトへ移った。二部屋台所つきのこれまでと比較したらずいぶん余裕のあるソファーなどもあるアパートの一室であった。

この日、森はアジトにもどるとすぐ坂東と連絡をとり、都内某所で会うことにした。坂東は高崎で困ったことがあり、昨日いっぱい高崎アジトを離れられず、待ち合わせの場所に行けなくて失礼したと説明した。「高崎では植垣と進藤が山岳調査に出て行き、山崎が小関といっしょに住んでいる。最近小関の騒ぎ方がひどくなり、山崎ひとりでは手に負えなくなりそうだ。正直、弱った」

「どう騒ぐ」

「もうイヤだ、警察に行くといって騒ぐ。行きはしないが行く格好はする。茶碗やビン、窓ガラスはしばしば割れ、フスマは何枚も蹴破った」

森は眉をひそめ、テーブルを指でイライラとたたいていたが、決然とした顔になり、「進藤と小関について組織的対処を決断するときがきたと思う。処刑しかないだろう。時間もそんなにない。植垣を呼びもどし、おまえたちふたりできっぱりと始末をつけてほしい。まかせる」といった。坂東は辛そうにうなずいた。そのあと森は永田らとの会合の報告をした。「……かれらは川島の『ブント批判』をもちだしてきたが、批判にならぬトボけた骨董品で、そういうものをいまさら出してくるかれらのモチーフがよくわからない。当面、丁重に無視しておこう。また、かれらは二名の離脱者の対処を考えている。きくと状況はわれわれと似ているようだがどう対していくのか。牢屋に入れて「思想改造」とかいっていたな。とにかく共闘がほんとうにはじまった実感はする」など。夜おそく坂東は高崎アジトに帰った。小関はすっかり落ち着きをとりもどし、山崎と差し向かいでブラックジャックなどをして上機嫌だった。対処とか始末とか口でいうのはかんたんだけどなあと坂東はぼんやり天井を見上げた。

七月二十一日。朝、永田は新小岩駅前の喫茶店で大槻と落ち合うと、寺岡の指示を伝えるまえに、大槻の調査した向山と早岐のその後の様子について報告をもとめた。大槻は永田の顔をじっと見て「二人とも大変だ」といった。早岐は脱走後すぐ「彼」のところにもどり、再会した岡田栄子、岩本恵子には「山から降りてせいせいした」とぶちまけ、バイト先の喫茶店のマスターから「色が黒くなったね」といわれると山に行っていたからと平気でこたえている。岡田らはこうした早岐の言動に懸念をしめしている。向山の三文小説は三分の二まで書き上げられ、冒頭、大槻から向山のアパートに電話がかかってくる場面ではじまり、結末はテロリストとして自爆して死ぬか、全面自供して組織が壊滅するか、どっちにしようかと目下思案中とのことだった。ききおえた永田は、早岐の「せいせいした」発言を山岳ベースにおける「銃の質」獲得＝思想問題解決→センメツ戦という建党建軍路線からの脱落の自認であり、「山に行っていた」と安易にしゃべってしまう無神経は岡田らもいうように非常に危険だと感じた。通敵分子向山の小説の結末はどっちにしろふざけきった下司なしろものであって、事態は深刻である。牢屋にいれて自己批判させる？　もはやそんな牧歌的な段階ではないのではないか？

「あなたの報告を坂口さんと寺岡さんに伝え、私たちで協議したい。追ってまた連絡するので、それまではアジトで待機していてほしい」永田はそういって大槻と別れ、大急ぎで新小岩アジトにもどった。

永田は坂口と寺岡に、大槻からきいたとおりをそのまま伝えた。ふたりはききながら、先刻永田がきいていて怒りをおぼえたところにさしかかると永田とよく似た反応をしめした。永田はこのとき、べつに煽るつもりはなかったけれども、二人に大槻の報告した事実内容を知らせるにあたって、じぶんの感情をおさえて語らなければならぬとは全然思わなかった。

永田の話がおわると三人とも黙りこんだ。かれらは若く、その自覚といってほとんどないのだが、いま人間として人生の断崖の突端に立っていた。一歩でも決断をあやまれば、かれらはまっ逆様に深淵の底へたたきつけられるのであった。先へ進むのか？　退くのか？　その一歩の正しさを何が決めるのか？　権力との闘いのなかで死んでいったすべての同志仲間が決めると永田は考えた。十二・一八上赤塚交番襲撃闘争の柴野同志の闘いと死から二・一七銃奪取へ、二・一七から「統一赤軍」の今日へ一貫して連続している時間の意志がそれを決める。われわれの生はわれわれの存在の枠組をこえた大きな目的のために使われてはじめて「人間」としての輝きを帯びるであろう。

「牢獄でやっていけるかしら」永田は坂口にとも、寺岡にともなく水を向けた。こたえはいまや明らかであり、永田の問いかけはいかにも「修辞的」であって、永田が場面によってはなかなか、コウカツにもなれる人物であることをしめした。

「殺るか」寺岡がこたえを買って出た。寺岡は革左の軍代表である。

永田はしばらく考えて「うん」といった。坂口はなにもいわず、同意する態度をとった。三人は岩頭にならんで立ち、大目的にむかって決定的な一歩を踏み出したのであった。

「あとは軍にまかせてくれ」寺岡は永田がうなずくと「大槻さんと連絡するからその方法を教えてくれ」といった。大槻は永田に直属して、赤軍派幹部との連絡中継、早岐と向山の動向調査を担当しているが、処刑方針の決定にともない早岐・向山の監視と調査に関しては今後寺岡の指示のもとで行動することになる。永田はこれも了解した。「早岐は塩山ベースを知っているから、殺るまえにベースをよそに移動させなければならない。移動先はアテがないことはないがまだハッキリしないので、ぼくはこれから急いでベースにもどり、移動の準備をさせることにする。その間に移動先を調査して決め、ベース移動を完了させよう」

寺岡は新小岩アジトを出、塩山ベースへむかった。電車に乗りこむまえに駅前の電話ボックスに入って二本の電話連絡をおこなった。まず、小平市相田荘の松崎へ。以下を相田荘近くで待機中の吉野らに伝えること。「牢屋作戦は中止。吉野、高木、小嶋はただちに塩山ベースへもどれ」。松崎は必要な整理をすませて明日ベースへもどること。二本目は大槻へ。牢屋作戦は中止。両名への「組織的対処」にかんして今後は寺岡から直接指示を出して動いてもらうことになるので了解してほしい。大槻は「了解」とだけいって電話を切った。

夜十時頃、寺岡は塩山ベースに到着し、待っていた前沢、加藤、金子に牢屋作戦の中止を伝えた。深夜、吉野、高木、小嶋がベースにもどると、寺岡は吉野と高木を目で促して小屋の外へ出、ふたりに向山連れ出しが中止になった経緯をくわしく話し、次のように当面の対処方針を伝えた。……早岐と向山の現状はもはや牢屋方針では解決しきれぬ水準にたっしたと思われ、今後べつの対処を考えていくということで常任委員は一致した。早岐・向山の言動がもたらす脅威に、当面はとりあえず新ベースへの移動で対処したい。移動先は吉野と金子が調査した丹沢にする。ベース移動の指揮は吉野。

寺岡、吉野、高木は小屋にもどり、寺岡は金子らを呼んで「明日からただちにベース移動の準備にとりかかる。作業の指揮は吉野君がとる」と指示した。全体で丹沢への速やかなベース移動を確認したあと、吉野が中心となって作業のスケジュール、任務の分担などの協議に入った。

七月二十二日。早朝から丹沢への移動準備がはじまった。小嶋は下山してレンタカーを返しに行き、必要品を買い集めて夕方もどった。松崎は正午に到着、作業にくわわった。寺岡、吉野、高木、前沢はせっかく丹精してつくった牢屋の解体、金子、松崎、加藤は荷物の整理をした。最近ちらほら見かけるようになった登山者を警戒して見はりを立てながらの作業で、思いどおり日程表どおりにはなかなかはかどってくれなかった。

七月二十三日。赤軍派中央軍のSら四名は銃と爆弾で武装して鳥取県米子市内の松江相互銀行米子支店を襲撃し、六〇〇万円余を奪って逃走した。使用した銃は革左から「同志的に譲りうけた」散弾銃一丁、爆弾は六・一七で投てきされた鉄パイプ爆弾と同型のものであった。森が会合で永田らに「中止の指示が間に合わないかもしれない」といっていた、中央軍「大阪部隊」の残党とSが語らって独自に決行した所謂「米子M闘争」である。しかしまもなくSら二名は米子市郊外の山中でつかまり、あとの二名も伯備線の車内で銃や爆弾といっしょに逮捕された。永田と坂口はラジオニュースで事件を知り、最初坂口と高木が犯人らしいと報道されたのに苦笑したが、続報によって襲撃に「京浜安保の銃」が使われたこと、山中に逃げこんで逮捕された者があることを知らされると首をかしげた。のちにふたりは米子M闘争の問題点を話し合い、今後統一赤軍のパートナーである赤軍派指導部にたいして、①永田らの賛成できぬM闘争に二・一七闘争の〈奪取した〉銃を使用し、しかもそれを敵権力に奪われたこと。②山岳を権力の追及からの逃げこみ先としてその場しのぎ的に使用し、かんたんにつかまっていること。以上二点で自己批判をもとめていくことにした。永田は①②に赤軍派における未解決の「思想問題」を見出したのである。

七月二十四日。午前十一時頃、二・一七闘争後報復逮捕され、昨日執行猶予判決をえて出所した和田明三が、新小岩アジトをおとずれた。永田らは再会をよろこび、永田は和田がかつておいしいといったおなじ魚の天ぷらを揚げてすすめ、歓迎の意をあらわした。食事のあと永田らは、〈銃を軸とした建党建軍武装闘争〉および山岳ベースの設定について説明し、また赤軍派との「統一赤軍」結成のイキサツとその位置付けを話し、和田には今後組織部で非合法活動を担ってほしいと指示した。和田は笑顔で新任務を了解した。「石黒さんの離脱にはみんながっかりし、迷惑した。彼女を活動に戻さなければならない思う。夫でもある和田さんの働きをのぞむ」永田がいうと、まだ石黒と会っていない和田はえ？　という顔になり詳しい事情の説明をもとめた。永田は青砥のこともふくめこたえられる限り全部話したうえ、とりあえず私たちは彼女の現状を知りたいのだ、努めてほしいといって和田を送り出した。

午後二時、森と坂東が連れ立ってあらわれ、森は今度の新居はまあまあだなと愛想をいってソファーに腰をおろした。出された紅茶にも一言あたりさわりのないことをいい、機嫌がよさそうだった。永田は検討のため預っていた森執筆の『銃火』論文について、検討したがこのままでよいと伝えた。永田らとしては森の一文をよこに置き、じぶんたちの内容を文章にして対置してみたいとのぞんだのだが、能力不足からやれなかったというのが実情である。それに永田らの関心はここ数日脱走者問題ほうに集中し、森の論文どころではないのだった。『銃火』の印刷は梶大介に依頼することにして革左がひきうけた。

永田は森の眼をじっと見て、

「向山と早岐を殺《や》ることに決めた」といった。

森は待っていたというようにうなずき「じつは赤軍派でも同じ問題があり、処刑することに決めている」といい、となりの坂東に「なぁー」といった。「われわれのほうは高崎にいる夫婦者二人だ」ともいった。これをきいて永田は頼もしく思い、処刑は正しく必要なことだとあらためて強く思った。

森は統一赤軍組織部について検討しようと提案、後日新小岩アジトで会合を持つことにし、この日の会合はおわらせた。森と坂東は永田らのところを出て駅まで行き、そこで別れたが、途中森は「高崎はどうなっている」とききき、坂東が植垣はまだ山岳調査に出ていてもう二、三日しないともどらないとこたえると、「急ぐべきだ。急いでほしい」と催促した。

夜、和田が新小岩にやってきて「石黒さんの居場所がわかった」と報告した。「彼女は奈良の兄さん宅にいる。彼女の姉さんからきいた話だ。姉さんは迎えに行く費用として一万円くれた」といい、その一万円を永田らにカンパしようとした。

「そのお金でこれからすぐ和田さんが迎えに行ってよ。石黒さんにみんなの気持を知らせてあげて」永田は出獄を闘いとった和田こそがいまの石黒を説得できる唯一人だと重ねて説いた。和田は了解してその夜のうちに関西へ発った。

この日、寺岡、加藤、金子は塩山から丹沢の新ベース予定地をめざして先発した。

七月二十五日。「塩山ベース」の解体が終了した。二十六日、塩山ベース跡から吉野、高木、前沢、松崎、小嶋がそれぞれ大きなリュックを背負って新天地へ移動を開始した。おなじこの日、赤軍派「坂東隊」の植垣と進藤は山岳調査をおえて高崎アジトにもどり、植垣は待っていた坂東に「利用できる小屋」(=駒止の無人のスキー小屋)を見つけたと報告した。坂東はあとで植垣を別室に呼び、森さんが小関を殺せといっているがどうする？　と意見をもとめた。ふたりは時間をかけて話し合い、殺しでなく、「夫」の進藤の実家に預けるなど小関を組織から切りはなすことによって問題の解決をめざすことにした。

坂東は植垣との協議のなかで、森が「処刑」対象として小関の夫である進藤にも注目している点には全く言及していない。森は坂東隊の問題を「夫婦」がひきおこした取り除くべき障害とみなしているが、坂東らは自分たちのぶつかって突破できずにいる壁が「小関」という隊内のもっとも弱い個人に強いた消耗のあらわれだと自己批判的に考えており、そうした違いが坂東において森への忠誠心と衝突し、「組織的対処」にかんして坂東の言動態度のアイマイさ、優柔不断となって表れた。植垣は進藤に坂東との話し合いの内容をそのまま伝え、進藤の決意をもとめた。「そうせねばならぬとおれも思っている」進藤は真剣な表情でうなずいた。

七月二十七日。午前十一時頃、寺岡、加藤、金子は丹沢山塊畦《あぜ》ガ丸山のベース建設予定地に到着した。金子が途中で体調をくずしたので、到着は行程表より一日おくれた。簡単な昼食のあと、寺岡は新小岩にベース移動の報告に行く、明日早い時間に吉野らも着くだろう、明日の夜までに自分はもどるといって下山の用意をした。金子と加藤は河原にテントを張り、持ってきた荷物の整理にとりかかった。

寺岡は夜七時頃新小岩アジトにやってきて、迎えた永田と坂口に開口一番、「ベースの移動先が決まった」と告げた。「吉野君と金子さんが調査した丹沢山系の奥のほうで、ベースの環境は塩山より優れている。移動完了にはもう二、三日かかるだろう。この間みんな犠牲奉仕の大変な労働だったが、これもすべて向山早岐の脱走、投降のタマモノだ」寺岡は忌々しげに舌打ちした。永田は統一赤軍の組織部について森と検討の会議をもつこと、出所した和田が石黒をつれもどしに関西へむかったこと等を寺岡に伝えた。

そのあと永田と坂口は、寺岡の語る「軍のメンバーによる協議を経た」処刑計画の概要にじっときいった。処刑の実行は寺岡、吉野、高木で担う。前沢と加藤は「牢屋計画に消極的」だったので外す。かれらをはずすと〝殺し〟を担いうるのは寺岡ら三名だけである。処刑の順番は「呼び出しに応じやすい」早岐からにする。向島の岡田栄子のアジト（アパート「昭和荘」）に早岐を呼びだして、金子と松崎が相手をして「酒もり」をし、睡眠剤等をつかって眠らせ、寺岡らが連れ出して車にのせ、殺す場所へ運ぶ。車の運転は小嶋和子に「頼んだ」。牢屋計画のときと同様依然として、われわれのうちで免許証所有者は彼女だけであり、計画の実行に車は不可欠だからである。……永田は今度も、入山したばかりであり、永田自身まだ会ってもいない小嶋に、通敵分子の処刑といった重荷の、しかも作戦上重要な「不可欠」の部分を背負わせるのはどうかと懸念をいだいた。組織決定した以上やりぬくしかないが、このメンバーで大丈夫、やりぬけるのだろうかという不安である。

しかし一方これは軍の責任者寺岡と軍メンバーによる「決定事項」である（と、永田はうけとった。坂口も同様）。永田は作戦の成功のために永田なりに協力することによって不安をのりこえようと考え、小嶋の運転役について意見をいうのを控えた。坂口は「順番は早岐から」と言った寺岡に、「え、ちょっと待ってくれ」と身を乗り出しかけた。坂口は処刑方針に黙って同意してしまったことを後悔しはじめていて、いま寺岡が早岐からと事務的に告げた瞬間、抑えこんでいた処刑への嫌悪の念がどっとこみあげてきたのである。第一、向山が通敵分子というのはある程度わかるが、早岐はたんに「山に行っていた」と口にしただけだ。それも口にした相手は「私服」などではなく気のいい喫茶店のマスターにすぎない。その早岐を向山といっしょくたにして一律に「処刑」では乱暴すぎるではないか。坂口はまた寺岡の語る「作戦計画」全体に、相手の信頼につけこんで欺瞞してオトシ穴まで連れて行こうとする卑しい、しかも何かひどく幼稚な「謀略」性を感じ、そういうのは汚いぞといいたくもなった。が結局坂口は何もいわなかった。処刑はイヤだからやめる。だからといって、いまの革左と向山、早岐のあいだの「非友好的」関係は未解決のまま、ずーっと残りつづけるのだ。どうしたらいい？　坂口には案がない。

寺岡は早岐に使う睡眠剤の種類や使い方について元薬剤師である永田にアドバイスをもとめ、しばらくやりとりがあった。「どうすればうまく睡眠剤をのませられるか」「粉末と錠剤と両方あるが、効き目の早さから粉末にしてはどうか」さらに酒に混入するかスイカに塗りつけるほうがいいかなど、永田と寺岡は当面の興味ぶかい技術的課題に取り組む技師同士のように熱心に話し合った。ムッとした顔で傍聴していた坂口は、ふたりのやりとりの中身も中身だが、やりとりの調子の「ビジネスライク」に腹が立った。相手はかりにもかつての同志仲間で、そういう者を処刑しようという話なのに、語るコトバ、語る調子に畏《おそ》れやあわれみの情がまったくない。坂口はとりわけ「妻」でもある永田を浅ましく、うとましく思った。

「死体の埋め場所は印旛沼にする」寺岡は持参した印旛沼周辺の五万分の一地図をひろげ、埋没地点をどこにするか坂口と協議した。永田は「担当外」ゆえ協議にくわわらず、傍らで二人のやりとりをきいていたが、きいていてはじめて、処刑という「革命的な行為」のあとには処刑した者の死体を埋める＝権力にたいして隠蔽するという行為が連続すること、処刑は山岳と銃の闘いを防衛しぬく「革命的な行為」であるのみならず、結果としてインペイせねばならぬ「遺体」という現実をつきつけてくる忌わしい行為でもあることを実感した。永田は二人の話し合いをききながら「大丈夫かしら、大丈夫かしら」と何回となくつぶやいた。権力にたいしてわれわれのこの「革命的行為」を隠し防衛しぬけるのかという不安の表明であるが、他方このとき実感しかけた処刑の現実に対する坂口と（そしてたぶん寺岡も）共有しているオビエ、反発の思いのかすかなあらわれでもあった。永田にしても鬼なのではなく、永田なりにヒトである。寺岡と坂口はこの日埋没地点を決められず、処刑を決行する日付が決まったらそのときに再度話し合い決めることにして、寺岡は十時すぎ「これからベースにもどる。移動の完了を全員で確認したら報告にくるが、もう二、三日かかると思ってほしい」といって出ていった。

寺岡は新小岩駅前の電話ボックスから大槻に電話をかけて、「指導部会議の決定」として早岐・向山にたいする「組織的対処」の具体の一部を伝え、大槻の任務を指示した。「……対処の順番は早岐から。早岐の友人でもある岡田栄子さんのアパートに呼び出し、金子さんと松崎さんに彼女をひきとめておいてもらって、そのあとは軍がひきうける。大槻さんには早岐と連絡をとって金子さん松崎さんが会いたがっていることを伝え、岡田さんのアパートで待っている金子さんらに自分の現状、心境を話しに行くよう説得してほしいのだ。彼女はああいう調子の人物だからきっと金子さんらに話したいことがあるだろうと思う。つぎは三十日か三十一日に電話しますが、そのときに、岡田さんのアパートに早岐が出向く日時を知らせてほしい。」と。大槻は短く二、三質問してから了解した。寺岡はその夜は品川駅近くの旅館に泊った。

この日、赤軍派の高崎アジトにて、坂東は「当分の間M作戦はやらないから、カンパとアジトを提供してくれる人を確保する方法をみんなで検討しておいてくれ」と植垣にいい、東京へ帰った。森に隊としての小関問題への対処方針をつたえるとともに、ゲリラ戦争路線を前提とし、植垣らの見つけた「戦略ベース」に拠って新たにどのような闘いを構想、実現していくか協議するためである。高崎の植垣、進藤、山崎は坂東の指示をうけて話し合った末、部隊として独自のカンパ体制構築で一致した。がこれには時間がかかるので当面、進藤が秋田の実家へ行き、カンパをもとめること、そのさい小関を実家で預かってもらえるかどうかきいてくることにした。

七月二十八日。永田と坂口はこの日からしばらくアジトにたてこもってじっと待つ、両名にとってそれぞれに不本意な生活に入った。統一赤軍組織部をめぐって森との会合を待ち、寺岡から早岐処刑のプランの進行工合の報告を待つのである。このかん永田と坂口は互いに処刑問題には触れぬようにし、触れぬことによって「処刑」決行の方向にヨリおおく不当にしばられることになっていってしまったといえるかもしれない。

夕方、寺岡が疲れた様子で丹沢ベース予定地にもどった。吉野ら本隊は午後二時頃までに無事到着して、金子と加藤も加わって河原にテントを新たに張り、荷物をひろげ、小屋建設にとりかかろうとしていた。吉野はベース移動の完了を報告し、寺岡は金子の体調について事情を説明したあと、新小岩に行って永田と坂口から統一赤軍の話が進んでいる、次の会合でその組織部の中身をふみこんで検討するそうだといった。吉野から「早岐と向山のことは」ときかれると「検討中だ。もうすこし待っていてほしい」とだけこたえた。「待つ」ことを強いられているのは永田や坂口、吉野らにとどまらない。計画の中心にいる寺岡自身からしてまっ先に、大槻の働き如何で決まる早岐が岡田のアパートを訪ねることになる日＝処刑が現実の行為に変換される日を「待たされて」いたのである。

七月二十九日。丹沢ベースの建設が本格的に始まり、小屋作りは夕方までに斜面を削って十メートル四方の平地を整え、中央に柱を据えるところまで進んだ。森と坂東は都内某所で会合し、「坂東隊」の当面の行動方針を次のように定めた。①地方センメツ戦のための交番調査の開始、②センメツ戦を目前に控えて迷惑な障害である小関良子の処刑。森は「夫婦者二人」の処刑を要求したのだが坂東の反対で妥協した。三十日、丹沢にて、屋根にあたる部分はビニールシート、まわりを透明なビニールで囲んだ小屋が落成、他にトイレと「武器庫」(テント)とあわせて三棟よりなるかれらの「丹沢ベース」がいちおうの完成をみた。夕食後新ベースで最初の全体会議をおこない、寺岡は明日新小岩へベース移動完了の報告に行く、早岐と向山の現状について調査結果をきき、今後どうするか話し合ってくると述べた。吉野は明日からの作業日程と任務の分担を発表した。この日、赤軍派「坂東隊」の進藤は小関といっしょに秋田の実家から高崎アジトにもどって「とても小関を預かってくれといいだせる空気ではなかった」と報告し、植垣らをがっかりさせた。

七月三十一日。早朝、寺岡は新小岩に報告のため下山した。出て行くときに松崎を呼び、次のように指示した。明朝下山し、先に牢屋作戦にさいし使う予定であって、今回も諸連絡のためにそこの共同電話を使わせてもらう小平市のアパート「相田荘」(松崎の友人の下宿)に行き、室で待機、寺岡からの連絡を待つこと。松崎はこれを了解した。十時頃、寺岡は新小岩アジトに到着し、コーヒー、菓子など用意して待っていてくれた永田と坂口に丹沢へのベース移動が問題なく昨日完了したと報告した。永田らに問われるまましばらく新ベースの状況を話していたが、一時間ほどして立ち上り、「これから大槻さんと連絡をとり、彼女の調査の報告をきき、早岐さんを呼び出す段取りを最終確認してくる」といって出て行った。永田と坂口は寺岡の帰りを待つことにした。

寺岡は駅近くの大きな喫茶店に入り、大槻に電話をかけた。三十分おきにかけ直して四回目につながり、大槻は「―ですが」と寺岡が組織名を名乗るとすぐ「八月三日午後一時、早岐は岡田さんのアパートにくる。彼女は金子さん松崎さんと話したがっている」といい、電話を切った。切れてからもしばらく寺岡は受話器を耳にあてたままでいた。処刑決行日=寺岡らが早岐を殺害する日時がこれで確定したのである。寺岡はフーッと息を吐いた。そういう処刑といったような遙かなことがこれから実際に、われわれの手でおこなわれるのだ。ほんとうか？　寺岡はイヤイヤというように首をふり、そっと受話器を置いた。夕方、新小岩アジトにもどって永田の顔を見ると寺岡はようやく日頃の寺岡にかえり、「八月三日に早岐を呼びだし、その夜のうちに処刑することにする」と軍の方針をつたえた。寺岡、吉野、高木は二日に行動をおこし、千葉県西北部の印旛沼に行って死体をうめる位置を決めておく。三日、早岐が岡田のアパートに入ったことを確認したあと、寺岡が予定した死体埋没地点を永田らに報告にくる。その他。永田と坂口は何もいわず、真剣な顔でうなずいた。夜十時すぎ寺岡は新小岩アジトを出、その夜は渋谷繁華街の安ホテルに泊った。

同じ三十一日の夕方、坂東は高崎アジトにきて植垣、進藤、山崎に森の指示を伝えた。「駒止のスキー小屋を基地にして白河方面の交番に対するセンメツ戦を実行せよ」と、都市こそ戦場とがんばってきた植垣らに〝地方〟センメツ戦への転身を命ずるものであった。坂東は都市にくらべて地方のほうが警備が弱いからと低学年の算数みたいな説明をしたが、植垣らは納得せず、第一にじぶんたちは東京での銃によるセンメツ戦にむけて、大都市における銃を使った作戦能力を身につけるため、横浜でM作戦をやったのであり、われわれのこうした努力を無視した「地方での」センメツ戦の提起はたんなる後退にすぎない。第二、山岳の使用はほんらい「戦略ベース」としてではなかったか。それを今になって急に作戦用の「戦術ベース」に規定を変更するのは理がとおらず、どういう都合かは知らないが御都合主義だ。こういう作戦は米子の敗北の二の舞になりかねない云々と論じた。坂東は森の指示と植垣らの反対の板挟みになって困惑したが、だいたい意見が出尽くしたところで「いちおう調査はしてみて、それでやれるかどうか検討するというのはどうか」と妥協案を出した。植垣らも六・一七闘争以後の状況がセンメツ戦を要求しているという認識では同意していたし、なによりも坂東案は植垣らにたいして自主的なセンメツ戦調査と検討をもとめるものだったから、植垣らに異議はなかった。坂東案でまとまると植垣らは、坂東が持ってきていた白河の電話帳をもとに交番や駐在所を地図に記入して、調査対象の選定にとりかかった。

坂東は別間に植垣だけを呼び、センメツ戦の調査に移るまえに小関を処刑しろという森のもう一つの指示を伝えた。「わかった」といいつつ植垣は、小関を安易に利用してきたわれわれにも責任があるんじゃないかと指摘した上で、今のうちに彼女を部隊から外し高崎アジトを引き払ってしまえば、小関がわれわれに及ぼすマイナスは最小限に、まあ耐えられる程度まで抑えられるのではないかと意見をのべた。せいぜい指名手配の数がふえるだけのことだ。森の再三の指示にもかかわらず依然迷っていた坂東は植垣意見に同意し、隊の方針として、最悪の場合は処刑とする、そのうえで今度小関に何かあったら何がなんでも進藤に実家に連れて行かせ、そのかんに高崎アジトを引払って彼女と部隊の関係を断ち切ってしまうことにした。坂東と植垣が進藤を呼び、決定した方針をしめすと「おれの責任で良子を部隊からはずし、良子と別れる」と沈痛な面持で了解した。

処刑

八月一日。午前九時頃、寺岡は人々のせわしく往き交う渋谷駅構内をとおって六本木通りに出、東へゆっくり歩いてから右折して、まわりを高いビルに囲まれたT寺の霊園のまえに立った。左右に大きく解放された門の向こうは黒いような深い森であった。二・一七闘争後の三月末、寺岡を幼い頃からいつもかわいがってくれた母方の祖母が亡くなり、先月救対の某君から祖母の墓がT寺にあるときかされたのだが、寺岡は昨夜になって急に祖母の墓参を思い立った。寺岡はある面で今にいたるも昔の「おばあさん子」のままであり、祖母のそばにいるとき、祖母を思うときにはつねにどんな困難も物の数ではないといった不思議な信念を内に実感することができるのだった。人通りはなく、霊園の門は寺岡に入れとさそっていた。祖母の眠っている森はしんと静まりかえり、寺岡の生のすべて、よろこび悲しみのすべてを見守っている。寺岡はそれからしばらく門のあたりを往ったり来たりしたあと、結局中に入らず駅方面へとってかえした。十一時近くになっていた。寺岡はいまこのとき、世界中でたったひとり、早岐処刑の計画、準備、実行にかかわって全部を知り、全部を上から制御しうる「神のごとき」位置にあった。永田、坂口、大槻は計画の一部を知っていたが、それゆえかえって全部を知る寺岡の決定や指示に全面依存してついていくしかない状態に置かれていた。いま早岐の生命も組織の生命も寺岡の手中にあり、活かすも殺すも寺岡の決断あるいは恣意の方向いかんにかかっているのだ。宇宙の秘密をとく鍵をにぎり、神の位置に立った寺岡！　しかしまたこの位置は生身の人間には途方もない重荷でもある。スターリンや毛沢東とちがって平凡な人間である寺岡は、「神」の位置にともなう快は味わっていたいが、できたら責任のほうは願い下げにしたかった。

午後一時頃、寺岡は相田荘近くの喫茶店で松崎と会い、大槻の報告をうけて決めた早岐を岡田のアパートに呼び出す日時をつたえ、併せて松崎の任務を具体的に指示、説明した。明朝なるべく早い時間に向島の昭和荘（岡田栄子のアパート）に行き、あす下山して午後には同様にそちらに入る金子と意思統一し、八月三日早岐を呼び出してなるべく長い間その場に引きとめておくこと。明晩、松崎は早岐に八月三日会合の確認の電話をかけておくこと。早岐との酒宴用の酒とつまみは松崎が用意する。睡眠剤は金子が買って持って行く。早岐との当日のやりとりでは、通敵行為の有無、その党に及ぼす危険の度合をできるかぎりさぐってほしい。「早岐から引き出せるだけのものを引き出せたら、あとは軍がひきうける。党のための闘いなので断固やりぬいてほしい」寺岡がいうと松崎は寺岡をまっすぐみて断固やるとうけあった。

そのあと寺岡は「妻」でもある松崎と、処刑問題をはなれてしばし雑談をこころみようとした。久しぶりにこうして喫茶店で差向かいになったことでもあり、じぶんの重荷の一部を一時脇におろすなり、妻である人の肩をちょっと借りるなり人並なことをしたくなったのである。ところが松崎はそういうタイプの「妻」ではなかった。寺岡がどんな話題を持ち出しても上の空で、自らの任務の完遂以外はもうどこまでも念慮の外らしく見えた。「つづめていえば、おれはこれだけ」！　寺岡はつくづく松崎の生まじめな兵士のような顔を見なおし、松崎の顔をとおして自分のまえにはこの狭い、どうやら正しいらしい、しかもその分だけ厭らしくてたまらぬ一本道しかないのだと心よわくも承認したのであった。別れるとき、寺岡が「しっかりやろう」と手を差し出すと、松崎はだまって強くにぎりかえしてきた。

夕方、寺岡は丹沢ベースにもどった。ベースには吉野、高木、金子、小嶋、それに前沢と加藤がいた。夕食のあと、寺岡は小屋の外に吉野と高木を呼び出して河原におりて行き、そこで党の決定として「二名処刑」方針をつたえ、了解をもとめた。早岐と向山を殺ることになったが、(ア)寺岡、吉野、高木でこれを「やらなければならぬ」。(イ)牢屋作戦はおおくの時間と人員を要し、そのかんわれわれの活動は牢屋の維持管理に拘束され、肝心のセンメツ戦計画を進められなくなる。(ウ)早岐と向山の動向の調査にあたった大槻の報告によると、二人が戦線復帰する可能性は非常にわずかで、逆に敵対してくる可能性がはるかに大きい。二人に怒りをもち、厳しい態度で臨むべきである。……吉野と高木は長いあいだ黙り、最後に「わかった」と処刑の執行役をひきうけた。寺岡はつづいて早岐処刑の段取りをてきぱきと、実際には寺岡個人の私案にすぎぬものなのにもかかわらず、あたかも永田、坂口、寺岡三者による熟議をへた党の最終決定案かのような印象を吉野、高木にあたえつつ説明した。早岐を友人岡田のアパートに呼び出し、待機している女性メンバーが彼女をひきとめ、酒をのませ、薬で眠らせる。われわれは眠りこんだ早岐を連れ出し、車で運び殺し埋める。埋める場所は印旛沼。車の運転は小嶋和子に頼む。「われわれは明日、遺体を埋める場所を決めるために下山して、小嶋さんの車で印旛沼へ行く。すぐ準備にとりかかろう」と寺岡は最後に指示、三人は小屋にもどった。

一時間後、寺岡は金子を小屋の外に呼び出し、早岐を岡田さんのアパートに呼んで問題の解決をはかることにしたと説明したあと、金子さんは明日下山して岡田さんのアパートに行き、(ア)松崎さんと二人で話し合いのうえ、三日の午後やってくる早岐をその場にひきとめて説得にあたってほしい。(イ)早岐が到着して一時間ほどしたら、金子さんはアパートを出て、三軒茶屋の喫茶店で待っている寺岡らに早岐の様子を報告すること。寺岡らはその報告をふまえて適切な行動に出る。(ウ)金子さん松崎さんの任務は、可能なかぎり長く早岐さんを岡田さんのアパートにひきとめておくことである。酒と睡眠剤を使う。金子は寺岡に薬の名を確かめ、任務を了解した。寺岡は小嶋には、就寝まえに小屋の外に呼び出して、明朝下山してレンタカーを借り出し、丹沢湖の某喫茶店の近くで待っていてほしい、寺岡、吉野、高木を送迎してもらうと指示した。小嶋は了解したものの、どこへ、何のための「送迎」なのかとあとで不審をいだいた。

深夜、吉野と金子は小屋の外で話し合って、山岳ベースで子供を産み育てようと決めた。「今度の任務」をやりとげたあと、仲間のみんなに金子の妊娠とふたりの山での出産・子育ての決心を公表し、了解と協力を求めることにする。

八月二日。早朝、小嶋和子は丹沢ベースをあとにして、自分の生まれ育った実家のある、ついこの間まで「中京安保共闘」の一員として反戦反基地闘争に取り組むなどしていた名古屋市に向かった。小嶋の知る二、三のレンタカー会社をあたって作戦に必要な車両を借り出してただちに丹沢へとってかえす予定であり、一方昨夜うけた寺岡の指示にはアイマイな部分もあったから、そこらへんは「作戦」開始まえにしっかりと確認して納得させてもらうつもりだった。

午前十一時、寺岡、吉野、高木は丹沢湖畔へ下り、やや早目だが待ち合わせした喫茶店に入って小嶋の車の到着をまった。寺岡がときどき、様子を見に外へ出た。

正午すぎには金子が下山して「作戦」の拠点となる墨田区向島のアパート「昭和荘」（岡田栄子の使用しているアジト）へ向かった。途中、小さな薬局に立寄って寺岡の指示した銘柄の睡眠剤を購入した。すでに早く松崎と大槻は昭和荘に到着しており、金子が着くと明日の「早岐やす子」呼び出し・引きとめ作戦の段取り、役割分担等の最終確認の話し合いをおこなった。夜大槻は自分のアジトに帰り、金子は買い物に出、松崎は公衆電話を使って大槻に教えられた早岐の電話番号にかけ、元気よく話す早岐と明日の会合の打合せをした。

「……なんで印旛沼なんかに行くの。私はことわるよ」小嶋は助手席にすわって早くしろとせきたてる寺岡に言い返し、わたされた地図もかえした。午後三時。借りてきた車は中型のトヨペットクラウン、ボディは明るい空色である。

「時間がない。車の運転は小嶋さんの任務だ。指示にしたがってほしい」

「任務の中身をいわず、何も知らせないまま運転だけしろというは厭だ。インバヌマなんて気持の悪い地名ははじめてきいた。私たちはそんな所へ何をしに行くの」

「われわれを連れて行ってくれればいい。それぞれが決められた自分の役割をはたせばいいんだ」寺岡はくりかえし車を走らせろと指示したが、小嶋は何のための運転か説明するのがリーダー寺岡の役割じゃないかと反発して譲らず、あとはなにを言っても黙りこんでしまった。寺岡の練り上げた「処刑」案は実行段階に移ったとたん思いも寄らぬ困った障害につきあたったのであった。

吉野は寺岡の顔を見て「小嶋さんにちゃんと説明してあげてはどうか。われわれはこれからしばらく一緒に行動することになるのだし、彼女に任務をよく遂行してもらいたいなら、われわれの行動の目的について小嶋さんをふくめ事に関わる全員が中身を共有しておくべきだと考える」といい、高木もそうだというようにうなずいた。寺岡案では小嶋はモノいわぬ、モノを考えたりなどせぬ便利重宝な運転手と無意識裡に位置づけられていたが、そうしたのんきな決めつけの誤りが明らかになった以上、ひるがえってただちに寺岡らの行動の目的を小嶋にハッキリとしめして考えてもらい、限られた時間内で賛同を得るべく極力説得に努めねばならぬ。これは誤りをしでかした作戦責任者・寺岡の仕事ではないのか。

「わかった」寺岡は苛立ちをあらわにし、やむをえず、しかし威圧的な口調で説明にかかった。「われわれは明日中に通敵分子一名を処刑することになった。印旛沼へ連れて行き、そこで殺し埋める。今日は明日に備えてわれわれで印旛沼へ行き、現場を調べ、遺体を埋める適当な位置をあらかじめ決めておくつもりだが、遠いので移動には車を使うほかなく、車の運転は小嶋さんに頼むしかない。協力してほしい。最初は牢屋でなんとかなると思っていたけれども、あとになってこれは駄目だとわかった。党が決めたことだから、不満や疑問はあってても従ってもらいたい」

「明日のその通敵とかいうのは何のこと。誰が問題なの」

「早岐やす子だ。いうまでもなく小嶋さん高木君らと組んで交番調査の最中に脱走し、銃の闘いと山岳ベースを危険にさらした張本人だ。早岐は小嶋さんとわれわれの信頼を裏切った。憎むべきであり、怒るべきである。党が決定したのであり、われわれは明日、断固として早岐を殺り埋める。出発しよう」

「イヤだ、とんでもないことだ。話がちがう、私はそんなケガラワシイことのために山に入ったのではない」小嶋は寺岡の胸倉をつかんで揺さぶり、激しく抗議したが、寺岡が黙って首を振るとハンドルのうえに突伏して大声をあげて泣きはじめた。同時に小嶋の頭の圧迫でクラクションが意外に大きな音響をウォーンと長くひびかせたので、寺岡らは一瞬うろたえたものの気づいて小嶋の身体をひきおこした。小嶋は泣きつづけ、寺岡らはどうしようかと顔を見合わせた。しばらくしてストローハットにアロハシャツの中年男が窓をたたき、「どうかしましたか」と顔を寄せてきたので、新たな問題が発生した。寺岡は表に出て頭をかきながら、カミさんがヘソを曲げてしまってと苦笑まじりに釈明し、やっと了解してくれたおじさんが「あまり怒らんように」と振り返りふりかえり去って行くのを見送った。夏休みでもあるが、湖畔を行き交う観光客の数は思っていたよりかなりおおかった。

小嶋の説得は主に吉野と高木がひたすら腰低く頼みこむ感じでおこなった。説得のリクツは寺岡のと同様、処刑の任務はわれわれで、小嶋さんは車の運転だけという「役割分担」論だったが、吉野と高木はそれを上からの命令ではなくて、おなじ労苦を分かちあう仲間同志の言語態度をもって説きすすめた。吉野が最後に「仲間だった人間をどんな理由からであれ処刑するなんぞぼくだって真っ平だ。その点ではぼくらはみんな一致してるんだ。しかしそれ以外にもはや解決策がなく、やれる人がわれわれ以外になかったらどうしたらいい。みんなが厭がっていて、しかもみんなのためにこれをやるしかないのだとしたら、やれる人がひきうけるしかあるまいとぼくは考えた。小嶋さんの気持はよくわかるけれども、われわれのなかで車の免許証を持っているのは事実として小嶋さんひとりなんだ」といったとき、小嶋は泣きすぎて腫れぼったくなった顔を上げ、

「車の運転だけね」とつぶやいた。あとは寺岡も加わって詰めた話し合いになり、小嶋が最終的に車の運転はひきうける、しかし処刑方針には納得できないから処刑に関わる一切にたいし関わりを拒否するが、それでもいいかとただすと、寺岡はそれでいいと了承した。「きょうはこれから印旛沼まで送って行く。明日どうするのかはしばらく留保させてほしい。処刑の手伝いはやらず、運転だけやるという了解の範囲で自分に何がやれるか考えたい」小嶋がいうと寺岡らはこれにも忙わしげにうんうんとうなずいた。

夜七時、寺岡らは印旛沼のほとりに到着し、寺岡、吉野、高木は車中に小嶋をのこして杉林のなかに入り、遺体を

埋める場所を決めて車にもどった。佐倉市内にとってかえし、今度は三人で手分けして買い物に出、明日必要になるだろうスコップ、ロープ、軍手、大小のビニール袋などを買い集めた。この夜は市郊外の雑木林に車を乗り入れ、車中で休んだ。四人とも疲れきっていたが、神経だけはヒリヒリとうす赤く何かの虫みたいに変に活きており、よく眠れずにすごした。

この日永田と坂口は救対部の責任者池谷透を新小岩アジトに呼びだして懸案事項をめぐって協議した。永田はまず、池谷に獄中の革左党首川島豪あての手紙をしめして投函するよう指示した。永田の執筆した八月二日付の、尋常な挨拶の文章の間にさり気なく「統一赤軍が結成されたらしいと聞いた」という一文が挿入されている差出人仮名、仮住所の封書である。

「近日中に赤軍派指導部と会合して統一赤軍組織部について検討することになっているのよ」永田はいい、組織部の任務が現に武闘を推し進めつつある諸グループ、諸個人に働きかけて、かれらを統一赤軍の支持へ、統一赤軍との共闘へ組織化することだと説明したうえで、組織部の担い手としてわれわれの側からは内野久、川島陽子、和田明三の三人で行こうと思うがどうかと、池谷の意見をきいた。三人とも革左における統一戦線工作の要めの位置にあって活躍しており、内野と川島は名古屋地区で「中京安保共闘」結成に主要な役割をはたしメンバーの指導に尽力したし、和田は「京浜安保共闘」議長となってこのかんずっと革左の闘いを支えてきている。池谷が「全く異議なく、適材適所だと思います」とうなずくと、永田は「八月四日に、三人にここへ集まってもらって、私と坂口さんも加わって革左として統一赤軍組織部として意思一致の会議をしたい。和田さんにはもう伝えてあるが、池谷さんから川島さん内野さんにこの件を伝えてほしい。四日の夜に集まってもらうのがいいと思う」と指示した。また、赤軍派と革命左派は八月六日「広島原爆慰霊祭」にさいして会場でビラをまき、統一赤軍の結成を森と永田が合意した文面で内外に明らかにする予定であるが、革左側から出すビラまき担当メンバーを誰にするか協議のうえ、永田のしめした「半合法部でいまいちばんがんばっている人」という規準にてらして滝田光治（向山の友人）、岩本恵子（早岐の友人）、小林房江（小嶋の友人）を選抜し、ビラまきを貫徹してもらうことにした。本人たちへの指示連絡は池谷がひきうけた。

池谷は拘置中の革左関係者との面会の状況を報告したが、そのなかで川島豪が微妙な言いまわしで向山ら脱走者の問題に言及し、「放りっぱなしというのはどうかな」といって首をひねったこと、池谷はこれを向山らの問題に真剣に取り組めという要請と受けとったこと、等を述べた。永田は「向山らについて、私たちは組織的に対処すると決めている」とこたえ、つぎの面会のときに川島さんにそのように伝えておいてほしいと指示した。池谷は夕食をいっしょにとり、元気一杯の様子で帰っていった。

就寝まえ雑談していたとき、永田は話の前後の脈絡と無関係に「中核派でさえ内ゲバで人を殺しているんだから」とつぶやいて、坂口に強い印象をあたえた。昨年（七〇年）八月四日、中核派学生らは対立していた革マル派の学生海老原俊夫をら致して法政大学構内のサークル部室に監禁、集団で暴行を加えて死にいたらしめ、はじめての「内ゲバ殺人」事件として世間に衝撃をあたえたのだが、永田はあの大衆運動主義・青空バッチ主義の中核派「すらもが」と自分にいいきかせ、今になってもつきまとってはなれぬ「殺し」への違和感を打消そうとしたのである。とことん強気に見えていた永田にも葛藤はあるんだなと坂口は発見する思いがした。しかし、それはそれだけのことであって、永田「すらもが」内心に葛藤をかかえていたという意外な発見は、自身秘かに処刑の中止を願っているにもかかわらず、坂口をして自分の「葛藤」をまっすぐ正直に永田に打明ける道ではなくて反対にさらに意識してそれをおおいかくす方向へ一押ししたのだった。おそらくは坂口が永田の「同志」であるばかりでなく坂口流にだがその「夫」でもあったからである。あとからおもえば怯懦《きょうだ》な「夫」だったとしか言いようがないけれども。

八月三日。早朝五時すぎに寺岡、吉野、高木は行動をおこし、小嶋にたのみこんでとにかく車だけは出してもらって再度印旛沼へ向かった。昨夜決めておいた遺体の埋め場所のある杉林の入口付近に着くと寺岡らはそれぞれ、スコップ、ビニール袋、軍手などをもって出て行く。小嶋は車中にたてこもり、腕組みをして眼をつぶり、じぶんはかれらのそういう汚ない仕事には関係ないぞという態度を露骨に示した。寺岡らは杉林のなかをずっと奥まで入って行き、分散してなるべく量多くよく乾いた枝、葉、土を拾い集めて袋につめ遺体埋め予定の場所にもどった。スコップをふるい深さ八〇センチ、タテ二メートルほどの穴を掘り、おもてを枝、葉、土でおおって擬装をほどこした。あたりはもうすっかり明るくて、真夏の朝になっていた。あまった枯枝等は持って帰りあとで必要が生じたら使うことにした。

正午頃、寺岡ら三人を運ぶトヨペットクラウンは世田谷区三軒茶屋の駐車場に入った。小嶋と高木は車内に残り、寺岡と吉野は金子の待つ女子大前の喫茶店へ急いだ。ここへくるまでの間にも寺岡らは何回か、途中車をとめて小嶋と話し合い、党の方針にたいして同意とまでいかずともせめて少々の理解を求めたのだが、小嶋の反発は説得によってかえって強くなる一方であった。車をおりて歩きだしたとき、一瞬ふりかえった寺岡の眼に、またしても顔をおおって泣く小嶋と、となりにいて小嶋を辛抱強くなだめる高木の表情がうつった。こんなふうで、われわれはこれをやりきれるのだろうか。寺岡ははじめてじぶんたちの「作戦」の前途にかすかな不安をおぼえた。

「……早岐は予定よりかなり早く十時頃にやってきて、いまは松崎さんが相手をしている。昨夜打ち合せしたときに大槻さんもいっていたが、早岐は私たちに合法で活動したいといっている。彼女のいまの正直な心境だろうと思う。とにかく何かというと「彼が」「彼が」でいささか閉口だ。山岳ベースのことでは言動に注意してというと、あらそうなのと軽い感じだった」金子は今のところ早岐が私たちを疑っている様子は全くない、アパートの周囲も特に問題はないようだとうけあった。寺岡らは金子のふだんと変らぬ堂々とした、確信に満ちたほがらかな風貌に接して、見はり役の高木には申し訳ないが、ここにきてホッとひと息つく思いがした。とりわけ吉野はときどきこちらに向けられる金子の眼ざしに強くはげまされたのである。金子の報告がおわると寺岡はすこし考えて「これから向島へ行こう。昭和荘の近くで待機することにしよう」と立ち上った。駐車場まで歩いているとき、金子は「すぐ近くに墨田公園があり、車を駐めるスペースもある。アパートの裏が空地でそこにもしばらくなら車を置いておけるかもしれない」と話した。

一時三十分、小嶋は車を発進させ、「作戦」の拠点であり現場でもある墨田区向島二丁目昭和荘をめざした。出発まえに車中で簡単な昼食をとったが、金子と話す小嶋の様子から、やや元気をとりもどしているかと見えたので、寺岡は胸をなでおろした。三時頃、かれらの車は向島の商店街に進入し、小嶋は寺岡の指示で昭和荘の周辺の道路をちした。

ゆっくりと走らせて、寺岡らにあたりの地理を実地に確認させた。車は墨田公園わきの路上にとまった。

「いまから行動予定を確認する」と寺岡は自分とメンバー各人の任務を以下のように示した。寺岡は新小岩へ行き、永田と坂口に作戦の現状を報告する。かれらと協議して、これから先の対応を具体的に詰めてくる。六時頃には帰る。金子はアパートへもどって松崎とともに早岐との話し合いをつづけ、酒宴など工夫してできるだけ長く早岐をその場にひきとめておいてほしい。夜九時頃、アパートから出て、われわれに早岐の様子を知らせること。その時刻までにわれわれは車をアパート裏の空地に移動させて、そこで待機している。吉野、高木、小嶋は、長くなるが車中に待機していてもらう。寺岡は出て行くとき、吉野を促していっしょに車を下り、「小嶋さんをよく見ていてくれ」と耳うちした。

新小岩アジトでは、永田も坂口も待ち設けていたぞという表情で寺岡を迎えた。永田のいれてくれた紅茶をのんで一休みしたあと、寺岡は坂口に「死体を埋める場所を決めてきた」といって、坂口の広げた五万分の一地図の一点を指差した。じっとみつめていた坂口はやがて体を起こし、成田闘争のとき近くを通ったことがある、あのへんなら大丈夫だろうと了解した。つづいて寺岡は「困ったことがおこった。小嶋さんが動揺している」と昨日からの経緯をだいたい報告し、永田らの判断を求めた。……彼女は突然、車の運転は何の任務のためか、教えてくれなければ運転しないといい出した。それでやむをえず処刑を教えたのだが激しく動揺し、そんなことはイヤだと泣いて拒否した。吉野君が巧みに話してとにもかくにも車の運転だけは承知させたものの、これから先彼女がどう出てくるかわからない。いまも吉野君と高木君がこもごも説得中だ。処刑なんかに関係するのはイヤだと騒ぐ彼女に車の運転を委ねるしかない現状は正直いってかなり面白くない。

永田はだからいわない事じゃないと思ったが、いまは失敗の反省や批判の段階ではなくて、当面の困難をいかに突破していくか、それを可能にする手段とそれをやり切る信念の有無あるいは強弱が問題の核心であった。永田は寺岡の顔を正視して「小嶋さんが動揺するのはわかる。なんといってもまだ入山したばかりなのだから。けれども私たちはいまは説得して説得して説得しぬくしかないと思う。彼女は革左の闘いをこれまで一貫して支持してきた。

処刑は〈銃を軸とした建党建軍武装闘争〉のために必要な闘いだといってなんとか説得してほしい」と寺岡らに一層の堅忍をもとめ、「小嶋さんと力を合わせて困難を乗りこえていこうよ」とつづけた。寺岡は最後によしとうなずき、そのようにしよう、これから急いで戻って小嶋さんの説得につとめる、あとで結果を報告にくるといって軽く片手をあげた。

「永田さんと坂口さんはどういっていた」高木はしびれを切らしたようにいった。六時三十分すぎにもどった寺岡がパン、牛乳、その他買ってきた食料品の包みをひろげ、「いまのうちに食事をしておこう」と言って食べはじめ、その間ほとんど口をきこうとしないので、ただ待たされくたびれている一同の気持を代表してたずねたのであった。寺岡はパンを口いっぱい頬ばりながら、「もうしばらく早岐の様子を見る。われわれはじぶんの持場にがんばって待機をつづける」とモゴモゴこたえた。「それから永田さんから小嶋さんへ伝言だ。永田さんは小嶋さんの気持はよくわかるといった。そのうえで、今度のことは〈銃を軸にした建党建軍武装闘争〉を守るために辛いが必要な闘いだ、支持してほしいといっていた。永田さんはとても心配そうにしていたよ」

小嶋は寺岡の勧めた食事を謝絶し、三人に背中をむけて黙っていたが、永田の「伝言」ときくと振りかえり、永田のコトバを寺岡にくりかえさせた。それからまた黙りこみ、しばらくしてポツンと「私だって必要な闘いというのはわかっているんだ」とつぶやいた。永田の伝言と寺岡らの説得のあいだに中身の違いはまったくなかった。が、小嶋は中京安保共闘の一員となって活動をはじめて以来未だ見ぬ「永田洋子」という人物に憧れており、その永田が「心配している」ときかされたとき閉じていた心がほんのすこし動きかけたのである。

「当面待機というのはわかった。つまりいまは待機しているしかないことは遺憾だがわかる。しかしわれわれは何にむかってどう待機しつづけるんだ。永田さん坂口さんはそこらへんをどういってるんだ」吉野は寺岡の、故意にそうしているとしか思えぬ舌足らずな説明、アイマイな態度に苛立って詰め寄った。

「みんなの心が一致して、事態が完全にわれわれの統制の下に置かれるのを待つ。目と耳、心を鋭くして、あらゆる事態に備えて待つ。九時の金子さんの報告を受けて、われわれは作戦の次の段階に入る」寺岡はいった。決行か中止かハッキリするのが夜九時前後、と吉野はとりあえず寺岡のモーロー語を解釈した。

七時五十分、車を墨田公園から昭和荘裏の空地へ移動させ、本格的な「待機」の体勢をとった。寺岡、吉野、高木は交代で車外に出て、周辺の動きに注意した。往き来する車や人の姿はほとんどなかった。

九時、金子はアパートを抜け出し、空地にまわって車の助手席に乗りこんできた。「早岐はグデングデンに酔っ払って、本人は佐世保で江戸っ児ではないけれど、伝法な巻き舌で大した気炎をあげている。クスリを指示された量まぜたが、効き目のすごいのにおどろいた。とにかくまた権力と闘いたい、山でなくても闘いの場はあるはずだ、私に持場をあたえろーっという調子よ」

「アパートの他の部屋の様子はどうか」寺岡がきいた。

「二階の大学生が夕方帰省するからといって出て行った。管理人さんもどこかへ出かけていて、今夜アパートは私たちだけだ」

寺岡は腕時計を見、しばらく考えて金子に「このままパーティーを続行し、十一時になったらもういちど様子を報告にきてほしい」と指示した。金子がアパートに戻っていくと高木は不満をあらわにし、「われわれはいったいいつまで待つんだ。もうふみこんで連れ出すべきときじゃないのか」と寺岡の因循《いんじゅん》をなじった。吉野も「十時であれ十一時であれ、何時になろうと、われわれとしてそのときが来たらどうするか、予定どおりにやるのかやらぬのか、いまハッキリさせておこう」といった。

「新小岩へ行き、永田さん坂口さんに現状を報告し、かれらに最終判断を仰ぐ。このまま決行するにせよ、そうでないにせよ、われわれは全員一致で進むべきだと思う」

「現状について寺岡さん自身の判断は」と吉野。

「いまの時点ではやるべしと思っている。永田さんらはわれわれ実行部隊の意向を尊重して最終判断を下すはずだ」すぐ帰ってくるようにするからといい、寺岡はわかってくれという顔をした。吉野と高木はしぶしぶ了承したが、小嶋は反対に期待する眼で出て行く寺岡を見送った。

「小嶋さん説得はお蔭様で順調にいった。支持とまではいかないが、処刑の必要を仕方ないとかすかに理解するところまではきたと見ている。このまま運転をまかせてもまあ大丈夫だろう。それから早岐だ。早岐は約束した時刻どおりに昭和荘にやってきて、いまは松崎さんと金子さんが相手をしている。話が弾んでいるらしく、こちらも順調だ」寺岡は一瞬黙り、つづけて「金子さんの話では」と早岐の様子を説明しようとした。

「よかった。本当によかった。寺岡さんを待っている間、心配でじっとしていられなかったのよ」永田は心底ホッとしたといった声を出した。寺岡は永田らに金子の話では早岐の様子はそう「通敵分子」らしくもないようだと伝え、詰めの話し合いをするつもりでいたのだが、永田のおっかぶせるような安堵の声ですっかり気勢を殺《そ》がれてしまったのである。あとは実質あたりさわりのない雑談に終始した。寺岡自身は寺岡なりに努めて話の方向を早岐の現状の検討へ持っていこうとしたものの、永田の「党の決定」のまっすぐな実行以外念頭にないはりつめた表情に気圧《けお》されてコトバは変に萎縮してしまった。残念ながら、永田とのこうしたケースではいつものことでもあった。

寺岡はアパートを出て行くとき、決心して坂口に「そこまでちょっと来てくれないか」と声をかけた。坂口は永田にことわって寺岡と連れ立っておもてへ出た。寺岡は最後になるだろうこの機会に、三人協議の場ではほとんど意見らしいものを口にしなかった坂口と、永田抜きで差し向かいになり、本音で話し合ってみようと考えた。坂口ならば早岐の現状を話し合いの場に「あえて」持ち出す寺岡の動機にあるいは理解を示してくれるかもしれない。寺岡ら実行部隊が必要としている決行か否かの最終判断は永田と坂口によってではなくて、坂口と寺岡の話し合いによって下されることになるであろう。ところが坂口の態度は案外にも、三人で居たときより一層頑なで威圧的であった。新小岩駅前の喫茶店のボックス席でいざ向かいあったとき、寺岡はモジモジと言を左右にせざるをえず、話を切りだすのに苦労した。それでも自分を励まして、ようやく「金子さんの話だが」と昭和荘に到着してからの早岐の言動と、彼女の相手をしている金子らの観察と評価を詳細に語った。それから寺岡はすこし視線をおとし「早岐は合法で活動したいといっている。嘘ではなく率直にそう言っていると自分はおもったが」と早口にいった。

坂口は寺岡の顔を見て、

「いったん決まったことはくつがえせない」辛そうな憤《いきどお》ろしげな口調で強くいった。寺岡はハッとしたように顔をあげ、また顔を伏せた。坂口は常任委員三名のなかでひそかにもっとも強く処刑の中止をのぞんでいたが、一方でヤミクモに突っ走る永田とは「同志的結婚関係」のもとにあり、寺岡にたいしては軍事面の第一リーダーはこの自分なのだと内心自負してもいた。坂口は事を中止へもっていくためそうした関係、そうした自負の念から一時的にでも「下りる」方法を見出そうとこのかんつとめてきたものの、時間切れあるいは力不足でそれを見つけられなかったのである。永田らと革左の命数はこのとき、パチンコ屋の二階のこの喫茶店のなかで定まった。

十時三十分頃、寺岡は空地の車のところに戻ってきて吉野らに「決行。予定どおり」と告げた。寺岡、吉野、高木は車の外で短く打合せをし、十一時の金子からの報告のあとにつづく、早岐を連れ出し殺害し埋めるまでの過程における各自の役割、「作業」の段取りの確認等をおこなった。吉野と高木は鎖をとかれた猟犬のように活気に満ち、寺岡もつられていささか興奮気味にそこらを歩きまわった。全部を永田と坂口の「判断」にあずけきってしまったこの気分は、つかのまであってもじつに痛快な感じだった。小嶋だけがひとり車のなかで身体を固くしていた。

「早岐はぐっすり眠りこんでいる。よくしゃべり、よく食べ、よく呑んだ」さすがの金子も相当ウンザリした様子で報告した。寺岡は「高木君といっしょにもどって酔っ払いを介抱する格好で早岐をアパートから連れ出してほしい。その間にわれわれは車をアパートまえに移動させておく」と指示、高木と金子はうなずくと即アパートに向かった。吉野はすこし間をおいてふたりのあとにつづき、昭和荘の玄関正面に道路をはさんでむかいあう電柱の蔭に立った。頃合いを見はからって吉野が咳払いをすると、空地のほうから小嶋が車を発進させる音がきこえてきた。目的地は印旛沼である。……

八月四日。三日深夜から四日未明にかけて永田はじっとしていられず、園児のお遊戯みたいに立ったりすわったりをくりかえした。腕組みをして真四角に座っていた坂口はチョコチョコと落ち着かぬ永田に苛立ち、「すこし落ち着け」と叱った。だって心配なんだものと言い返したが、反省して坂口に倣ってじっとすわることにし、しばらくそうしてから横になった。むろん眠ることなどできなかった。眼をとじてじっとすわっていた坂口は、なにか予想外の事態が発生して処刑が中止になってくれたらと秘かに考えることがあった。永田はなにかまた小嶋の「動揺」のような思いがけぬ事態が発生して処刑がうまくいかぬのではないかと心配して落ち着かぬのであるが、坂口のほうは逆に坂口らの力をこえた巨きなものの働きによって処刑が中止になってくれる展開を心ひそかに願って、じっとすわっていたのである。

明け方の四時三十分頃、寺岡が室の薄明かりのなかに影のようにスッと入ってきた。永田はとびおきた。寺岡は立って迎えた永田の細い両肩をつかんでゆさぶりながら、「殺《や》ったぞ」と低い声でいい、永田が「大丈夫なの」ときくとすこし笑って「大丈夫だ」とうなずいた。坂口は「ああ、とうとう」と思い、全身からはりつめていた力がぬけていくのをかんじた。寺岡のあとから、吉野と高木が細身で背の高い、永田も坂口もこのときが初対面だった小嶋和子の身体を左右からかかえるようにして入ってきた。寺岡ら四人全員が部屋のなかにはいったとたん、アルコールと屍臭のいりまじった異様な悪臭が充満し、坂口は見てはならぬものを見たようにうろたえて顔をそむけた。

寺岡、吉野、高木はほとんど口を利かず、すぐ沈むように眠り、小嶋もソファーに横になった。それを見て永田と坂口も横になったが、小嶋がすぐに起きだして永田らに話しかけてきたので、永田も起きて話をきくことにした。「必要なことだといわれていちおう納得したけれど、やはり納得できない」と訴える小嶋に、永田は過日の拡大党会議で決まった〈銃を軸にした建党建軍武装闘争〉方針をくわしく説明し、「交番調査中の脱走はセンメツ戦への敵対であり、こうした敵対から私たちの闘いを防衛する必要がある」といった。小嶋はこれにうなずいて「私たちも名古屋でセンメツ戦を闘おうとして調査に取り組んだことがある」と中京安保共闘として各務原米軍基地を調査したことを話し、「センメツ戦は闘うべきなんだよ。そうなんだよ」と自分にいいきかせるようにいい、それから長々と、じぶんの中京安保での経験をしゃべりつづけた。しゃべることによってセンメツ戦の必要を確認し、早岐の処刑を納得しようとしたのであり、永田は小嶋の早口な冗舌に耳をかたむけつつ、きくことによって小嶋に動揺を克服してもらおう、これは自分の任務だと考えていた。小嶋はやがてしゃべりつかれてソファーに横になり眠ってしまった。永田も横になった。坂口は横になったままふたりのやりとりをきいていたが、小嶋を説得する永田のリクツに、坂口自身の落ちこんでいた暗い無力感からフッと一種の「救い」を感じると同時に、小嶋の動揺は話にきいていたよりはるかに深刻であって、永田のリクツが小嶋を納得させられるかどうかは疑問だと思われた。

正午頃、全員が起きだした。話はおのずと昨夜の経験談になり、高木が乗りだして「ぼくが最初に殴ったのだ」といってパンチングポーズをとり、殴ったその最初の場面をあとで武勇談を吹きまくるお手柄兵士の口調で再現してみせた。吉野はあまりしゃべらず、たてつづけにたばこを吹かしていた。寺岡はあらためて永田と坂口にむかって処刑執行の「正式報告」をし、「うまくおわった。しかし人を殺るのは大変なことだ」とくりかえしてしみじみいい、かつて川島豪が思いついてメンバーに実行させた政治宣伝を主目的とする「政治ゲリラ闘争」と、現実に「人を殺る」ゲリラ闘争＝永田らの志向しているセンメツ戦の決定的な差異を、殺しの経験でえた実感の「権威」をもって強調したのであった。永田は深くうなずきながらこれをきき、通敵分子の処刑はセンメツ戦に向け避けることのできぬ試練であり、寺岡のいう「人を殺る」苦悩と困難の実感こそは永田らがひきうけなければならぬ革命戦争の現実なのだと悲壮な気持で考えた。坂口はきいていてなによりも寺岡の口調と態度におぞましい「殺害者の威勢」をかんじ、一方で処刑の直前に「動揺」をしめした寺岡にじぶんが主として浅薄な見栄から強気に出たことを思いあわせ、処刑中止を勇気をもって言い出せなかったおのれの不覚にふかい悔いの念をいだいた。何とかしなくてはいけないとおもった。

吉野、高木、小嶋は寺岡にうながされて立ち上り、出て行く用意をした。使用したレンタカーの洗車、早岐の衣類や所持品の一部の始末など、若干の課題の解決のためである。吉野らが出て行くとき、「おれもそこまで行く」と坂口もいっしょに出た。坂口は三人をさそって新小岩駅前の喫茶店に入り、みんなにコーヒーとケーキのセットを明るくふるまうというようなめざましい挙動を示した。吉野らは有難かったが、よくわからなくもあった。坂口にはこのときたしかに特別な思いがあったのであり、三人をまえにして、かれらを処刑などにかかわらせ、実行を押しつけてしまった申しわけなさをいって頭を下げ、指導部として心から謝罪の意を表わすつもりであった。坂口は顔をあげ、不満げな吉野の顔、落ち着きなくときどき意味のない笑いをうかべる高木、まだ茫然としている小嶋の顔を順々に見て、頭を下げようとし「大変なことをさせてしまい申しわけなかった」といおうとした。頭は下げた。が、コトバが出てこない。すまなかったと謝る。そこまでならいい。しかし吉野らがなぜ「すまない」のか、どうして今になって謝るのかと反問し追及してきたらどうする？　今はじぶんたち以外、店の中に誰もいない。頭を下げ謝罪のコトバをのべるのにこれ以上の好機会はないだろう。ところが努めてもどうしてもダメなのだ。不思議なくらいダメなのだ。

坂口は別れ際に「みんな身体に気をつけてくれ」と声をかけ、吉野らの抱かされたチグハグ感をいっそう強めた。アパートにもどると永田が「何か話があったの」ときいたが、坂口はなにもいわず、首をふった。何かはあったが、話はなかったのである。

夕方、関西に行っていた和田明三が新小岩にやってきて、永田、坂口、寺岡に、昨夜石黒秀子さんを連れてもどった、彼女はいま川島陽子さんが紹介してくれたアジトにいて待機中だと報告した。永田らと和田は問題をかかえてしまった和田・石黒夫妻の今後の方針をめぐって話し合い、石黒は山岳ベースへもどること、和田は革左の「統一戦線」担当および「統一赤軍」組織部の活動のために山岳と都市を往き来するのだが、当面まず山岳へ行くこととした。そのうえで今夜、和田は石黒を新小岩へ連れてくること、そのさい永田らが石黒に自己批判と決意表明をもとめるからしっかり心構えをしておいてほしい、これから数日後、和田と石黒は寺岡についていっしょに山岳ベースへ行くこと。その他。和田は帰るとき、声をおとして打明けるように「石黒さんは山はトイレも汚ないしと何か人間が生活できるところではないような言い方をしている」といい、とにかく何が何でも彼女を連れてくるといって出て行った。

吉野、高木、小嶋が和田と入れ替るようにして新小岩アジトにもどった。永田は小嶋の様子に注目し、まだ動揺がのこっているなと観察したが、これもだんだんおさまっていくだろうとじぶんの経験にてらして考え、小嶋と自分たちの将来を楽観した。永田は「傷をいやす時の力」を単純に信じており、それが「処刑」というような普通でない経験であっても、革命戦争を推し進めていくうえで避け得ぬ経験であるかぎり「時の力」によってかならず快癒しうる「傷」のひとつでしかないと考える人であった。

夜十時すぎ、統一赤軍組織部の革左側要員である内野久と川島陽子が打合せどおり到着すると、新小岩アジトの六畳間は、これまでの永田、坂口、寺岡、吉野、高木、小嶋に新しく二名が加わったから、決して小柄な者ばかりでない計八名の男女でギッシリとスシ詰めの状態になった。永田は予定を少し変更してこの日ここに集まったみんなとともに、内野、川島、和田が今後担うことになる組織部の活動について、革左の仲間として意見をかわしあう心づもりでいた。が、肝心の和田、問題の石黒がいつまでたってもやってこなかった。約束した時間がすぎてしばらくして、いちど脱走している石黒がやってこない以上、このアジトは危険ではないかと誰かが意見を出し、若干の議論のあと永田の意見で全員いそいで近くにあるべつのアジトに移った。

寺岡と高木は和田に裏切られたと感じてそういい、永田にも和田の脱走は意外で、どうしたものかと途方にくれてしまった。全員が事態の不可解に困惑していたとき、永田のとなりにすわっていた高木が永田のほうに向き直り、切口上で「アケミちゃん（和田のこと）を殺らなければならなくなったらじぶんはやりたくない。アケミちゃんとは親しかったし、いまもそういう気持をもっているから」といいだした。永田は離脱＝処刑というように頭ごなしに決めつけているわけではなかったので、高木のコトバにびっくりして黙りこんだ。永田だけでなく坂口も、処刑を実行した寺岡らも、組織部の内野と川島も、固い表情になって黙りこんだ。これを見た永田はここはみんなのためにも高木の誤解を正しておかなくてはいけないと考えた。

「和田さんはかならずまた闘いにもどってくるんじゃないの。彼は足が不自由なので、先日会ったとき、都内で非公然の闘争はやりにくいだろうからバイクを使うことにしたらと勧めたのだけれども、かえってこれを気にして活動しにくくなり厭気がさしてしまったのではないか。だから、またいずれ闘争へ、私たちとの団結の毎日へかえってくると考えていいんじゃないかしら」永田がいうと全員が同意し、ホッとした空気が広がった。永田は和田と石黒の関係を処刑対象者である早岐（と「彼」）および向山（と大槻）とは対照的に「同志的結婚」の理念に基いて高く評価しており、評価そのものはいまもかわっていない。永田のかつての石黒批判は石黒が和田との関係を一時ないがしろにして「浮気」などした点に思想問題を見出したものであり、今度の和田の「離脱」にしても一つにはおそらく、和田が石黒との関係を大事にしているがゆえに問題ある石黒との、しかし永田が依然評価している結婚関係のほうを一時的に組織活動より優先した結果であるから、組織外の「彼」との関係を優先した早岐や、大槻とのけしからん自由恋愛のあげく通敵に走った向山とは、一口に「離脱」「脱走」といってもその質はぜんぜん違うのであった。……

翌朝、永田らはさらにべつのアジトに移動して話し合いをつづけ、やがて、和田はかならず戦線復帰するという永田の見解に全員が同意したのだから、新小岩アジトはもはや心配ないと考えるべきではないか、「危ない」かもしれぬ石黒は信頼し得る和田との「同志的結婚」関係のもとにあり、和田は権力にたいして石黒を防衛するであろうから、なにもあわてて新小岩アジトをとびだす必要はなかったと意見がまとまった。永田らはこの日のうちに全員、いったん新小岩アジトへ戻った。和田の離脱の原因について意見はいろいろ出たもののこちらは結局、みんなの納得する結論を得るにはいたらなかった。高木は永田と坂口に、昨日新小岩へもどったときちょうど出て行くところだった和田と会い、二人で立ち話したといい、「自分はアケミちゃんに、今度石黒さんが逃げたら殺るぞといったら黙ってうなずいていたが、それで脱走したのかなあ。アケミちゃんは真面目な人だから今頃二人でどこかで自殺でもしてるんじゃないか」と気遣わしげに、何日かぶりに我に返ったとでもいうような表情で明かした。

新小岩には永田、坂口、寺岡がのこり、他の五人は新任務を得てそれぞれ行動を開始した。吉野は寺岡に託された松崎あてのメモを持って丹沢ベースへ向かった。メモを見た松崎はこの日のうちに下山して小平市相田荘の一室に入った。高木と小嶋は作戦に使用したレンタカーを返しに名古屋へ行き、市内在住中京安保共闘の熱心な一員で商社マンでもある山本順一の自宅を訪ねた。ふたりは「調査活動のため」山本に車の借用を願い出て山本はこれを快諾、その晩は山本宅に一泊して夫妻から心のこもった歓待をうけた。内野と川島は組織部について予定されていた協議はやれぬまま、「統一戦線」工作＝黒ヘルグループの組織化をいっそう推し進めるために自分のアジトへ帰った。川島は室を出るときに「殺ったんでしょ？　大丈夫？」と小声で永田に確認をもとめ、永田が口をつぐんだまま何となくうなずくと、「そう。それならよいけれど」といって肩をおとし、しばらく心配そうにドアのところに立っていたが、やがて日頃の断固とした川島にもどって出て行った。

寺岡は永田と坂口にたいし、ひきつづいて軍の取りくむ向山処刑プランのおおよその中身を伝えた。向山の連れ出しには先に計画して中止になった「牢屋作戦」を修正して活用したい。大槻が向山を呼びだしていっしょに松崎の友人のアパート＝小平市「相田荘」へ行き、待機している松崎、金子と大槻が相手をして向山をその場にできるだけ長く引きとめ、早岐のとき同様サケとクスリを使って酔っ払わせてから、寺岡、吉野、高木が入っていって連れ出す。殺し埋める場所は決行の当日の午前中までに決めておく。「……今回の向山は早岐とは異なってわれわれを警戒しているだろうから、元恋人である大槻さんの役割が重要になる。向山はいまも大槻さんと連絡があり、大槻さんにだけは心を開くらしい。ようするに通敵分子向山にもつけ入るスキは存在するのだ。われわれは向山の大槻さんにたいする信頼の念を党の防衛のために有効に使わせてもらおう。松崎さんはぼくと実行メンバーのあいだの連絡を担当する。それから小嶋さんだが、高木君に見ていてくれるよう頼んである。二回目でもあるし、今度はもう少し落ち着いてやってくれるだろう」

永田は寺岡の説明が例によって肝心な部分であいまいなこと、とくに作戦における永田自身の役割がハッキリしないこと、また作戦の成否が結果として大槻ひとりの働きに委ねられているように見えることに疑問を感じた。自分としてはさしあたって当面、実行部隊の行動にいつでも協力できるよう準備しておくことにしようと永田は思った。坂口は寺岡の説明を黙ってきき、これといって感想も意見も口にせず、この夜からアジトに置いてあった『人民中国』（抗日戦争における中国の無名戦士たちの闘いと生死を記録した本）を熱心に読みはじめた。

八月六日。朝九時、寺岡は新小岩駅前の喫茶店に行き、相田荘の松崎に電話してつぎのように指示した。①大槻と連絡をとり、軍が次の作戦をはじめること、大槻の任務は向山を相田荘に連れて行き、松崎、金子と協力してその場に可能なかぎり長くひきとめておくことであると伝える。②松崎は午後三時、新小岩の喫茶店にくること。寺岡はそのさい、大槻、松崎、金子の任務をくわしく説明する。

正午すぎ、高木と小嶋が名古屋からもどり、高木は永田、坂口、寺岡に「良い新車を借りることができた。試運転したとき、優秀な性能が肌でわかった。小嶋さんは運転の腕をあげている」と報告し、小嶋は自分らへの山本夫妻の心遣いのあたたかさや、山本夫人に赤ちゃんが生まれることなどを話した。永田らはすこし話し合い、寺岡の提案で、高木はこれからテントなどベースで必要としているもの二、三を購入し、松崎と待ち合わせしていったん山岳ベースへもどること、小嶋は新小岩アジトにとどまり、必要に応じ事態の展開にあわせて車の運転の任務をはたすことにした。高木はあとで永田に「小嶋さんは少しずつ元気になっている」と伝え、永田にもそう見えたのでひと安心した。

三時、寺岡は新小岩駅前の喫茶店で松崎と会い、作戦における大槻の役割を中心に詳細な指示をおこなった。松崎ははじめに「まだ大槻さんをつかまえられない。今夜中にかならず連絡をとるようにする」とことわってノートをだし、寺岡の話をきく用意をした。「……大槻さんは向山を説いて、「向山と話したがっている」松崎、金子と会い、そこに大槻もくわわって話し合いの機会をもつことを了承させてほしい。大槻さんは日時を決めて向山といっしょに相田荘へ行き、待機している松崎、金子と力を合わせ、なるべく長い時間向山をその場に引きとめておくこと。酒やツマミの用意もお願いしたい。向山を相田荘へ連れて行く日時が決まり次第、寺岡と会いそれを伝えること。そのさい相田荘と周辺のかんたんな地図を作り、相田荘近辺の車をとめておける場所、車での逃走に使えそうなルート等を記したうえ、寺岡にわたしてほしい。以上、たしかに大槻さんに連絡たのむ。二、三日以内に会えたらいいと自分は思っているがどうなるか」寺岡はさらに松崎は今夕高木と待ち合わせて、いっしょに丹沢ベースへ行き、高木と吉野には松崎をとおして新小岩の指示を伝えるから待機しているように、金子には相田荘での任務内容を話すよう指示した。明日から向山連れ出しの日時が決まるまでの間、松崎は毎日午後三時前後に丹沢湖畔の公衆電話を使用し、新小岩駅前の喫茶店にいる寺岡と連絡をとること。松崎は以上の指示をすべて了解、ひとまず相田荘に帰って、山にもどる用意をした。帰る途中、公衆電話で出先にいた大槻をつかまえることができたので寺岡の指示をそのままつたえておいた。

夜七時、松崎は新小岩駅前の喫茶店で高木と落ち合った。出かけようとすると高木は「急で申しわけないんだが」と手で制し、これから上杉さんのところへ行ってじっくり話したい、山行きは明日にしてもらえないだろうかとすまなそうにきいてきた。上杉早苗は組織「外」の人ではあるが、永田ら指導部も承知している高木の恋人であり、松崎は困ったものの、高木が日頃なかなか会えずにいる恋人と機会を見つけていっしょにすごしたいと願うのは織姫彦星を思わせて同情できなくもなかった。向山を相田荘に「連れこむ」日時が決まるまでにはまだ二、三日かかるだろうし、ひょっとするとこの二、三日間はがんばっている高木にたまたまめぐまれたその機会でもあるかもしれない。松崎はしばらく考えて高木の申し出を了承し、あらためて明日十時この喫茶店で待ち合わせし、それから二人で丹沢ベースへ向かうことにした。

八月六日の同じ日、夜九時頃、赤軍派中央軍「坂東隊」の植垣康博と山崎順は西新宿アジトでの任務をおえて一週間ぶりに高崎アジトに帰った。ところが待っているはずの進藤隆三郎、小関良子の姿が見えない。坂東が出てきて、「小関がまたさわぎだし、今度は公衆電話から警察に電話しようとしたんや。進藤が寸前につかまえて連れもどしてきたので助かったが、それで今、進藤に小関を新潟の実家に連れて行かせているところなんや」と事情を話した。坂東と植垣は別室で、かりに進藤の実家に小関を預ってもらえなかった場合どうするか協議して、森からは処刑方針が出ているのだけれども、坂東隊としては先の植垣の意見（＝隊からの小関の切りはなし）を採用することにし、進藤に小関を東京へ連れて行かせて革命戦線にわたし、彼女との関係を断ち切ってしまうこと、その間に隊の拠点を速やかに高崎から山へ移してしまうことに決した。坂東らはこのとき森の指示に逆らって小関の処刑の回避を最終決定したのであった。

十一時、坂東と植垣はアジトを出、坂東は電話ボックスに入って新潟の進藤と話し、植垣は外で周囲に注意しながらしばらく待った。おわって出てきた坂東は「やはり預かってもらえなかった。進藤には、小関を東京の革命戦線にひきわたし、そのあと駒止（新しい拠点）に来いと指示しておいた」と報告し、植垣はこれを了解した。坂東も植垣も、進藤が小関といっしょに部隊から離脱してしまうか、あとで進藤ひとり駒止へやって来るかは五分五分だろうと見ていた。「夫婦者二人」を問題視した森が正しければ進藤はもう戻ってこないはずだが、かりに戻ってきたとしたら、森の「夫婦者二人」の問題視＝処刑方針は非常に正しかったとはいえぬかもしれない。坂東と植垣は小関の処刑を回避しただけでなく、「夫」の進藤に駒止に来い、これからも共に闘っていこうと呼びかけることによって、処刑方針にたいするかれらの異議をもう一つ、実践的に提出しているともいえるのだ。坂東はアジトにもどってから山崎に「ここの荷物は西新宿アジトに移す。明日早朝上京して車を借りてこい」と指示、三人でただちに荷物の整理にとりかかった。

またこの日、広島原爆慰霊祭の会場で、赤ヘルメットをかぶった十名余の男女学生が「赤軍派と京浜安保が組織合同」という内容のビラをまき、名称は「(統一) 赤軍」とするとあった。公安関係者やマスコミは受けとったビラをためつすがめつし、「共闘」までならわかるが「組織合同」とはなと首をかしげた。武装闘争、遊撃戦では一致しても、綱領的な路線は両派はまったくちがうはずであり、とりわけ革命左派=京浜安保のいわゆる反米愛国路線は日本共産党五一年綱領の改悪版のごときもので、新左翼である赤軍派の世界革命路線とは根本的に異質ではないか。この「結婚話」は目下のところはとてもまじめな話ではあるまいと思われたのである。

八月七日。午前十時頃、松崎があわてた様子で新小岩アジトに現われ、永田に「高木君が活動をやめるといってくる。私にはなにがなんだかわからない。とにかく、新小岩駅前の例の喫茶店にいるから永田さんひとりで来てくれといっている」と知らせた。永田はおどろき、坂口と寺岡に伝えてじぶんが一人で行くことの了解をとったあと、高木のいる喫茶店へ大急ぎにいそいだ。高木は永田と革左にとって大切な仲間であり、通敵分子の処刑を先頭で担った軍メンバーの要めである。店までの通い慣れた遠くもない路がこのときはイキナリ左右に拡がった見知らぬ広場みたいに走っている間中かんじられ、不安はつのった。

「活動をやめるときいてビックリしている」永田は腰をおろし、深呼吸を一つしてから眼前の高木を見直した。膝をくみ、腕をくみ、背を椅子にもたせかけてまっていた高木は、永田が入ってくると身体をまっすぐ起こし、真面目な顔になってかなり長く話した。昨日、上杉のアパートに行き、ふたりで一晩語り明かして、じぶんたちの今後について新しく方針を定めたと高木は決意した口調でいった。①自分は上杉に活動させ、彼女とともに闘って行きたい。②共に闘うことを認めてもらえなければふたりで逃げる。逃げればどうなるか、どうされるかわかっているが、そうされても仕方がないと思っている。ただし自分はやられっ放しになるつもりはなく、その時には防衛上闘う。③上杉には活動をはじめる以上、活動をやめたら殺すといってある。上杉には当面救対活動をさせたいと思う。云々。高木は彼女を近くに呼んであるといい、永田のこたえを待った。

永田は注意ぶかくききとったが、高木本人の話には、先に松崎からきき、永田をおどろかせた話の核心＝「活動をやめたい」という直接の意志表示はない事実に注目した。雰囲気としてなら、一種「腹芸」的な表現としてならあるかもしれなくとも（②）、永田に面とむかって明快に告げる言葉としては「ない」のだ。さらに話の中身も、語る高木の表情も口調も、懸命にとりつくろってはいるが全体として永田と革左の仲間への「依存」心が濃厚である。したがっておそらく高木の話は現在の高木の「消耗感」の表白であっても、永田ら指導部への批判や敵意の表明ではないであろう。永田は確認をもとめて身を乗りだし、

「活動をやめたいの」ときいた。

「そうではない」高木はこのとき、ムードや腹芸でなくて高木自身の言葉でもって、永田のもっとも恐れ懸念していたわずかであっても存在はしていた可能性を打ち消したのである。

「それならふたりで活動して行きたい（①）というのを認めぬわけではない。上杉さんは救対で（山岳ベースの外で）活動したいといっているの」と永田はもう一点確認をもとめた。山岳ベースの内にふみとどまってがんばるべき高木が「共に闘う」恋人を山岳ベースの外においておこうと考えている（③）とすれば、それは健全な思想とはいえないだろうと永田はおもった。

「上杉さんではなく、ぼくがそうするのがいいと思ったのだ」

永田は「わかった」とうなずき、「それなら上杉さんは指名手配の出ている高木さんと共に闘い、高木さんを防衛するためにも、山に入って〈銃の質〉をかちとったほうがいい。上杉さんは東大闘争にかかわって逮捕された経験があるのだから、反米愛国路線と銃の問題で一致してもらえたら、高木さんの要求は受けいれ可能よ」といった。高木はしばらく考えてから同意した。高木はたしかに「やめたい」のではなかった。しかしこのかん処刑の実行を「先頭に立って担う」経験をとおして、高木ははじめて、革左には「活動をやめたくなる」側面があるのであり、永田らの

指導には問題があり、疑問もあると痛感したのである。永田のこたえは結果として高木の要求の根底をなしているそうした心情との対話を回避したものであったから、問題の解決ではなくその先送りにしかならず、今後問題は内攻してヨリ深刻なものになってゆくであろう。高木も永田も、近いところしか見ようとせぬ「近眼」ゆえこのときそこまでは見えなかったのだった。

永田はいったんアジトにもどり、坂口と寺岡の同意をえたうえで高木と上杉の待っている別の喫茶店にとってかえした。高木にはアジトにもどって待っているよう指示し、初対面の上杉と差し向かいになると、永田は「入山して銃の質をかちとり、高木さんと共に闘っていけるようにしてはどうか」と勧めた。案に相違して、上杉はハッキリした態度をしめさず、反米愛国路線というのはよくわからないとまでいいだした。永田はこの際、いってみればコトバの上だけの形式的な「一致」だって構わぬ位に思っていたのだが、上杉のほうは愚直に、きわめてまっとうに永田のコトバをそれが対応しているのであろう中身と結合させてうけとったものだから、そうあっさりと「一致」できるわけもなくて永田は困ってしまった。どうしようか。高木に山岳ベースでがんばって、軍の要めの位置にありつづけてもらうことが第一であって、上杉にはなんとしてでも山岳に高木と共に居てもらわなければならない。そこで永田は決断して、コトバの上だけ形だけの「一致」をとることすら省略し、上杉に「精神的決意」の表明だけをもとめることにした。

「とにかく今は闘っていきたいと思っている」上杉が考え考えいうと、永田はよしっと上杉の入山を認めた。その上で永田は上杉のしめした決意の実践的裏付けとして一点、入山のための条件を課した。長い髪を切りパーマをかけてくること、山での主食である麦飯を食べること。上杉はこれにはなんのタメライも見せず簡単に了解し、永田をホッとさせた。

永田はパーマをかけた上杉を連れて新小岩アジトに帰った。室に入ると小嶋が急に立ち上り、まっ青な顔をして出ていった。永田は麦飯の夕食をだしたが、「山へ行くと毎日それだけど大丈夫？」と心配する高木に、上杉は笑って大丈夫とこたえた。試験官永田は上杉の様子をじっと見て、彼女は闘争が要求するところを受けいれることのできる人だ、山でやっていけると最終判定したのだった。暗くなってきた頃、高木と上杉は仲よさそうに手を取りあい、松崎といっしょにアジトを出て行った。

「小嶋さんはどうしたの」永田はもどってこない小嶋のことが気になりだし、寺岡にきいた。寺岡はウーンといって首をかしげ、「たぶん小嶋さんは高木君を好きになっていたんじゃないかと思う。名古屋に行ったとき、高木君が車の運転の特訓をしてくれたといって嬉しそうにしていたから。高木君には上杉さんという恋人があることを知って、居たたまれなくなったのではないか」と同情をこめた言い方をした。小嶋はだいぶ遅くなってボーッとした顔で帰ってきたが、永田は言葉をかけられなかった。

この日、赤軍派中央軍「坂東隊」メンバーは、早朝に山崎が車を借りに上京し、そのかん坂東と植垣は集中して高崎アジトの荷物の整理をやりとげた。夕方レンタカーでもどった山崎に、坂東はつぎのように指示した。①整理した荷物を西新宿アジトへ運ぶこと。②森へメモと地図をわたすこと。メモの内容は、小関を東京の革命戦線にわたして部隊との関係を断ち切ったこと、坂東と植垣は高崎アジトを引き払って駒止の小屋に拠点を移したこと。地図は駒止峠の山小屋周辺の略図である。山崎は必要な荷物を積みこんでただちに上京し、坂東と植垣は夜を徹して山行きの準備、指紋消しをおこなった。明朝一番の電車で出発の予定である。

八月八日。早朝、高木、上杉と松崎は小田急経堂駅で落ち合って丹沢ベースにむかった。十時頃に到着すると、高木はベースにいた吉野、金子、前沢、加藤に新入りの上杉を紹介し、松崎は金子に向山「ひきとめ」の任務をつたえ、吉野には時日は決まりしだい連絡するが、当日朝、高木とふたり下山して新小岩アジトに集まるようにという寺岡の指示を取次いだ。

新小岩アジトでは、坂口は『人民中国』に読みふけっていて永田らと口をきくことがほとんどなく、寺岡は寺岡で、黙って出て行ったり不意にもどってきたりをくりかえし、向山のことで動いているのかしらと推察してみたものの、何一つ説明しようとしない寺岡にたいして永田はなかなか不満だった。中でひとり小嶋は朝から駄々っ子のように永田をつかまえて離さず、「センメツ戦を私に闘わせろ」とか「女だけの遊撃隊をつくって男以上に闘うのだ」などと威勢よくぶち上げ、坂口らとはまたべつな形で永田を閉口頓首させるのであった。

正午すぎ、永田は坂口らにことわって出て行き、新小岩駅前の喫茶店の電話をつかって大槻節子との間で「統一赤軍」関連の定時連絡をおこなった。そのさい大槻から「永田さんに会って話したい」と申し出があり、永田は了解して近くのべつの喫茶店で会うことにした。大槻はふわっと灰が崩れるように腰をおろし、すぐ用件に入った。「寺岡さんにこれをわたしてほしい。直接わたすことになっていたけれども、連絡がうまくいかなかったので永田さんに頼むことにしました」そういって小平市の相田荘周辺の地図をとりだした。「寺岡さんから相田荘に向山を呼びだし酒をのませるようにいわれているが、酒やツマミを買うお金がない。何とかしてほしい」

永田は寺岡への地図わたしを了解、必要な金もわたした。用談がおわると大槻はセカンドバッグをいじりながら、「毎日、任務のためにバスを乗り継ぎ、移動にたくさんの時間をかけるので、移動そのものが任務かのように思えるときもあって消耗してしまう。それでもいいけれど」とポツンといった。永田が黙っていると、大槻はセカンドバッグを指差して「これ見たことがあるでしょ。もともと永田さんのものだったのを気に入って、私がつかっているのよ」といい、元気なさそうに笑った。永田は知りあった初めの頃の若いハツラツとした女子学生だった大槻を遠く思い返した。大槻はいま党・軍をあげて取り組んでいる「山と銃」防衛＝処刑作戦において、最初からいわば「主役」のひとりであった。耐えてがんばってもらうしかないと永田は思った。

永田は寺岡に大槻と会ってきたイキサツを話し、託された地図をたしかにわたした。寺岡は地図を見て「オッ」といっただけで、あとは何もいわず、小嶋をうながしてアジトを出て行った。寺岡は小嶋に運転させ、小平市相田荘方面へやや時間をかけて大事なドライブに出たのであった。第一に、向山呼びだし——連れこみ——引きとめの現場である相田荘と周辺の地理を運転役の小嶋に確認し、生き生きと実感してもらわなければならない。第二に、丹沢で待機している松崎と定時連絡をおこなう。大槻の作った地図には8・10相田荘と記入があり、事情をしらぬ永田は気にとめなかったが、大槻が向山を相田荘へ連れて行く予定の日付であった。山にいる実行メンバーへの指示内容は、松崎と金子にたいして、明日下山して相田荘へ行き、大槻も呼んで三人で8・10おこなう向山連れ出し、引きとめの任務の細部を確認し、意志一致しておくこと。吉野と高木にたいして、8・10当日早朝に下山、新小岩アジトに来ること。

新小岩アジトは何日かぶりに永田と坂口だけの室になり、最初のうちはそういう状況がいかにも不意でしずかすぎ、永田は落ち着かぬ気分だった。寺岡らが出ていってからしばらくして、坂口は読んでいた『人民中国』の頁から顔を上げ、

「処刑に何か暗いものを感じる」といった。永田が黙っていると「ここのところ『人民中国』を読んでいるのは革命戦士の死とは何なのかと考えているからだ」とつづけた。坂口はエピソードのなかでとりわけ、日本軍に追いつめられた八路軍兵士数名が降服を拒んで絶壁からとびおり自害して果てた英雄的死の物語を何どもくりかえして読み、一方で一時は同じ戦士のひとりでもあった早岐やす子の、かつての同志仲間に印旛沼などに連れこまれて惨めに謀殺されていったあまりにも対照的にすぎる死を思い、たまらなくなるのであった。永田はどうしてこうも平気なのか? ほんとはどう考えているのか?

坂口がさらに「町なかを歩いていて、おまえといっしょに警察官にとりかこまれたら、おれはおまえを助けず、おれ一人で逃げてしまうと思う」といったとき、永田は「いっしょに闘っていっしょに逃げないの」と反問し、坂口がこれにうなずくようなうなずかないようなアイマイな態度をしめすと怒りの色をあらわにした。永田は坂口との共に闘う夫婦として絆を大切にしていた。ところがこの時の坂口は、そうした永田の気持につけこんで、永田がそのままではとても納得できない意見考えをムリヤリ押しつけようとしていると閃《ひらめ》くように感じたのである。永田にとって夫婦の絆は神聖なものであるが、坂口がそれをいま、じぶんの考えをとおすため道具みたいに利用していると見て、反射的に永田は身構えた。「どういうことなの」永田は重ねて追及したが、坂口はそれ以上なにもいわず、頼りなさそうな弱々しげな様子をした。今みんなが心を一つにしなければならないこの時、坂口のこうした発言や態度様子はもはや夫婦間の問題であるより以上に、公けに問い論じ解決すべき党の問題である。坂口は混同すべからざるものを混

同したのであって、混同にいたった動機の一部に同情の余地のないこともないが、永田としてここは混同された二者をまず元の姿にかえさねばならぬ。

「重大なことだから、寺岡さんがもどってきたら三人で組織的に話し合おう」と永田が案を出すと坂口は眼をとじてしばらく考え、かすかにうなずいた。処刑へのプロセスをとりあえず、いったん、とめてみること。永田が話にならないことはわかったが、処刑の現実をじかに知る寺岡なら、処刑方針の見なおしをのぞむ坂口の心情を分かちあってくれるかもしれない。可能性はわずかだがゼロではない。

夜八時頃、寺岡と小嶋が新小岩にもどった。永田は寺岡に「三人で話したい」と申し出て小嶋をアジトに残して三人で出て行き、それまで使ったことのない喫茶店に入った。寺岡は疲れ、かつ当惑していた。小嶋の気まぐれはドライブ中もしばしば寺岡を困らせたたし、山の松崎との連絡も、思っていた以上の忍耐を要した。やっとすませて帰ってくれば今度は永田のよくわからぬが嵐の気配、大そうな剣幕である。かんべんしてもらえないか。

坂口は向かいあった寺岡に「おれはじつは……」と、早岐処刑以後の自分の気持の経過を正直に打ち明けようとした。が、間髪をいれず永田が割って入り、「坂口さんが今日、処刑に暗いものを感じるというので、重大なことだから三人でちゃんと話をする必要があると思ったの」といってこの異例な話し合いの位置づけをしめした。坂口と寺岡にたいしてここが私でなく、公けの場なのだとまず念押ししたのである。坂口はうつ向いて黙った。

寺岡は奇妙な表情になって坂口を見、

「今頃になって、そんなことといわれても困るじゃないですか」といった。寺岡は今さら何をと怒ったり蔑《さげす》んだりするのでなく、ヤレヤレ困った人だと首をかしげ、それでも先輩である坂口の言い分におとなしく耳をかたむけようというのだった。このときの寺岡の表情、眼ざしが坂口をわれにかえらせた。自分はかつて「いちど決まったことはくつがえせない」といって「動揺」をみせた寺岡を抑えこんだが、今度は反対に自分のほうから「くつがえ」しにかかって後輩の寺岡をとまどわせており、これが公けの場における客観的な坂口の姿である。どのようにしたら、おれの真意を寺岡と永田に伝えられるか。坂口のこころにいちばん元気だった頃の早岐の笑顔がよみがえった。

「処刑の理由をもう一度確認したい。見直してみたい」坂口が考え考え口を開いた。

「早岐は交番調査中に脱走した。これは〈銃を軸にした建党建軍武装闘争〉にたいする敵対であり、通敵行為に等しい」永田は早岐の言動を具体的にしめしつつ、ほかに方法がなく処刑で解決するしかなかった事情を述べた。「つぎに向山だけど」と永田がいうと、坂口は、

「それはわかっている」と制した。永田は黙り、寺岡も黙って坂口のつぎのコトバを待った。まだ客の出入りもおおく、音楽は店主の好みらしく一貫してずっと村田英雄で、店の空気は粗野だった。かなり時間がたったが、坂口はなにもいわず、最後にもう一度「わかった」といって三人の話し合いをおわらせた。寺岡はガクッと半分体を倒して仕方なさそうに笑った。永田と寺岡はこころの隅のどこかかすかな一点で、坂口から実のある処刑方針批判をきけるならきいてみたいという気持はあったかもしれない。しかし坂口には早岐処刑を阻止できなかった私の悔いを、処刑方針そのものにたいする公の批判へ高める気力も思考もなく、永田らのうちに存在していたかもしれぬ期待にまったくこたえられなかった。それどころか、むしろ逆に、早岐処刑への疑問を中途半端な形で持ち出し、かつあっさりとそれを引っこめてしまうことによって、つぎの向山処刑へむかって、大なり小なり「迷い」「動揺」をかかえていた実行メンバー全員を「不本意にも」ヨリ確固とさせ、迷いを断って突進させる結果をもたらしたといえよう。コトワザ通り、坂口の善意が坂口以外の者にとって仇となったのである。

　この日、森恒夫は都内某所で山崎順と会い「坂東メモ」を受けとった。森は坂東らの「処刑回避」に内心ホッと安堵したが、先に会ったときの永田の思いつめたような強い眼ざしも同時に思いおこされた。森はアジトにかえり、明日の革左指導部との統一赤軍組織部にかんする協議のため、作ったノートを点検するなど準備した。

　またこの日、朝日新聞朝刊に、京浜安保（革左）が赤軍派と合流して「赤軍になった」という記事が出た。獄中の革左党首川島豪はこれを読み、手元にある某からの手紙（八・二付。「統一赤軍結成の噂をきいた」云々）とあわせ考え、獄外指導部が路線問題ヌキ、当面の利益優先で赤軍派との「野合」に走ったと判断した。川島は一晩中怒りと心配で眠れずにすごした。

八月九日。正午すぎより新小岩アジトで赤軍側・森と革左側・永田、坂口、寺岡が顔を合わせ、指導部会議をおこなった。はじめに両派から統一赤軍組織部要員に予定しているメンバーの名をあげて、森と永田がそれぞれ闘争歴や指導部の評価を語った。赤軍派は青砥幹夫、行方正時、さらに「高原の女房」（遠山美枝子）、「塩見の女房」（塩見一子）の四名。「塩見」と「高原」は獄中にある赤軍派の大幹部（議長と議長代理）である。革左は内野久、川島陽子（森風にいうと「川島の女房」）、和田明三の三人で行く。永田らは和田を、「脱走」はしたけれども、いまのところまだ山に行くため寺岡と待ち合わせた場所にやってくるかもしれぬと「評価」「期待」しているので、既定方針をかえず和田を選抜メンバーのなかにのこしている。

森は永田のあげた革左側三名のうち、「女」であり「川島の女房」である川島陽子に注目し、「川島さんは男をオルグできるか。塩見の女房や高原の女房は男をきっちりオルグできるぞ」と永田らの拍手を求めるかのように力んでいった。永田らはべつだん、男をオルグできる・できないを基準にして組織部メンバーを選抜したわけではないからむろん拍手などせずたんに社交的にきき流したが、永田個人は「女性解放」の問題意識を永田とも共有しあえるであろう両夫人にたいして、かれらが男中心の赤軍派のなかでどのようにがんばってきているか関心をかきたてられたし、会合で会い語り合うのが楽しみに思われた。今後両派組織部メンバーは会合をもち、統一赤軍の組織部としてどのように活動していくか意思一致しようということで合意し、会合の場所は丹沢ベース、会合には赤軍派から森、革左から永田も参加することにした。

永田は早岐の処刑について、統一赤軍のパートナーである森に、

「私たちは殺《や》った」と報告した。

すると森は「殺るまえになにかいわせたか」ときいてきた。前回「じつはこちらにも同じ問題があり」と打ち明け、自派による問題分子処刑の方針を正しい決定として語ったことなどまるでなかったかのようである。

「何もいわせなかった」

「何かいわせるべきだった」森はいい、それだけであとは口をつぐんだ。

永田は「殺る時にはそんなことをきいていられない」といいかえしたが、森の対応からうけたショックは永田の表情に、永田の声の震えにあらわれ、坂口も寺岡も、今になって何だと不審の眼を上げた。

森の「何かいわせたか」「何かいわせるべきだった」の問題点は、①前回会合で双方の口にした「処刑方針」はたしかに双方を厳格に拘束する約束として語られたものではない。しかし仮に森らが前回の発言に反して処刑を回避したとするならば、両派は共闘関係にある以上、処刑を決行した永田らにたいしじぶんらの回避をまずきちんと弁明する精神的義務はあった。森はそれをしていない。②森が処刑を回避した立場に立って処刑を決行した永田らを批判するということなら、話のすじはとおる。ところが森は処刑を回避したにもかかわらず、処刑方針の是非についていまの自分の立場を明示しないまま、永田らの処刑の「やり方」をとりあげて批判していること。③森が自らの処刑回避について説明をさけ、処刑方針について自派の立場を明示しようとしない結果、「殺るまえに何かいわせたか」は、相容れぬ両様の意味を帯びて永田らに差し向けられることになる。(a)殺るまえに、相手に弁明のチャンスをあたえたか（処刑中止の可能性をさぐったか）。(b)殺るまえに、相手が組織のことを権力にどこまで通報していたのかきびしく調べ追及したか（処刑実行からどれだけ多く味方の利益を確保したか）。しかも森は自分の立場が(a)(b)のいずれでもなくいずれでもあるかのごとく見せかけることによって、①②における「精神的義務」の卑怯な「回避」があたかも永田らの愚直な履行より何か「高い」ものでもあるみたいに作りかえて示さんとしているのだ。永田らが当惑し混乱するのも当然で、永田は「ハシゴを外された」という思いで苛立ち、坂口は森の言語態度をストレートに大言壮語とその必然の結果たる言行不一致と見なして信用ならん人物と考え、寺岡も漠然と森さん何かゴマ化しているなと直感した。

永田は気持を切りかえられぬまま、赤軍派の七・二三米子M闘争をとりあげてその失敗敗北の事実関係を問いただし、革左の「二・一七の銃」を敵権力に奪われたマイナスを強く批判した。赤軍派は山と銃をどこまでまじめに考えているの。いろいろいうけれども、やっていることといっていることがバラバラじゃないの。森はきいているだけで、何もいわず、話をそのままウヤムヤにおわらせてしまった。ほんとうはこのとき森は米子M闘争どころではなくて、永田と革左の処刑実行に直面させられた衝撃をとりつくろうので精一杯だったのである。三時頃、永田らと森は時間ばかりくって実りのなかった話し合いをおわらせ、組織部会合での再会を約して別れた。

森が出て行くと永田らは顔を見合わせ、しばらく森の「うらぎり」を話題にして口々に批判しあった。その一方三人は、自分たちが処刑方針の決定にあたっていかに森と赤軍派のコトバ「スパイや離脱者は処刑すべきではないか」「赤軍派でも……処刑することに決めている」に支えられ、また依存していたか批判的にかえりみざるをえなかった。ようするに自分たちには「自力更生」の精神において欠けるところがあったのである。永田らは熱心に論じ合い、われわれはこの件でもう誰かや何かに頼ることはせず、自分らのこれしかないと信じたところをつらぬこう、そしてそれによって森と赤軍派の「言行不一致」を批判していこうと一決した。寺岡が「明日、大槻さんが向山を相田荘に連れて行く。われわれは行動に出る」といったとき、永田と坂口は深くうなずいた。森の「うらぎり」は処刑問題をめぐって決して一致するどころでなかった永田、坂口、寺岡をいわばフッ切らせ、一時であってもとにかく向山処刑についてだけは団結させたのであった。

森はアジトに戻ってから、改めて統一赤軍を主導せんとする観点に立って、永田らとの会合をふりかえった。森は革左による処刑の実行と米子M闘争批判を森と赤軍派の主導にたいする批判的つきつけというように、純粋に党派的にうけとめ、これに今後どう対抗し主導を保持していくかと問題を立てた。森が坂東らの処刑回避にホッとしたことは事実であり、一方で「スパイや離脱者は処刑すべし」と考えていることも事実なのであり、その間の矛盾は森に解決のまじめな努力を要求していた。しかし森は矛盾をつきつめ処刑方針そのものについてあらためて自分の立場を明らかにせんとするかわりに、矛盾を宙に吊っておき、革左の処刑実行によって守勢を強いられた（と森は感じた）自派の現状をいかにのりこえていくかという一点にだけ思いをめぐらしたのである。早急に坂東と連絡をとり協議して、党と軍の飛躍にむけて「処刑以上」に革命的な新方針を打ち出さなければならぬと森は考えた。

この日、獄中の革命左派党首川島豪は「統一赤軍」結成反対・永田ら獄外指導部批判を内容とする長文の手紙を執筆し、「軍の統一の問題について」と表題して革左救対部池谷透宛てに発信した。

またこの日の夜、松崎、金子、大槻は小平市相田荘の一室で話し合い、向山の呼び出し、引きとめの段取りの細部を最終チェックした。そのあと大槻は自分のアジトに帰り、松崎と金子はすこし雑談してから休んだ。

八月十日。十一時、吉野と高木が新小岩アジトに到着したので、寺岡が中心になって永田と坂口もくわわり、実行部隊の行動予定、任務の分担を確認した。今回は前回の早岐のケースとは異なって、引きとめ・連れ出しにさいして向山が警戒し抵抗もするであろう事態を想定し、協議も細かくなった。「向山が相田荘に入ったことを確認できた時点でわれわれは行動を開始する」と寺岡はいった。

午後一時、寺岡は新小岩駅前の喫茶店に行き、店の電話を使って相田荘の共同電話にかけて松崎を呼び出し、大槻による向山連れ出しの成否、向山の様子などを短くただし、必要な確認を済ませて店を出た。寺岡は待っていた永田、坂口、吉野に「向山は相田荘に入った」と報告してから地図を広げ、坂口、吉野とともに向山の遺体の埋め場所の検討に入った。寺岡は坂口に「今度は狭山湖周辺をさがしてみるが、見つからなかったら印旛沼にする」といった。寺岡らの協議の間、高木と小嶋はアジトの近くに駐めてある車中で待機した。

寺岡は永田に「遺体の埋め場所はとにかく午後いっぱいかけて見つけるのに全力をあげる。それでお願いになるが、向山を呼びだした松崎さんらとぼくらとの電話連絡の中継を永田さんにやってほしいのだ。四時頃から例の茶店の電話を使ってたのむ。相田荘の室の住人（松崎の友人）が女なので、住人の「代理人」である松崎さんを呼びだす電話は女の声のほうがいいのだ」といった。永田はやっと自分の任務が決まったと受けとめて快諾した。寺岡、吉野、高木は小嶋の運転する車で狭山湖へ向かった。

四時、永田と坂口は新小岩駅前の喫茶店に入り、電話のあるレジの脇近くに席をとった。永田の背後ではカウンターの向こうで店のマスターがコーヒーをいれたりパンを切ったりと忙わしく仕事しており、坂口はマスターの動きと電話機のほうに等分に眼をやりながら寺岡からの連絡を待った。しばらくすると電話があり、呼ばれた永田が立って行って受話器をとった。「埋める場所が見つからない」寺岡はいい、呼び出しに成功した向山の今の様子を松崎さんにきいてくれといってきた。永田は坂口にことわっておもてに出て、赤電話を使って相田荘の松崎を呼び出した。

「……向山はやって来てはいるものの、上京してくる弟を迎えに行くといって帰りたがっている。一度はほんとうに帰ろうとして立ち上ったけれども、とっさに大槻さんが倒れる格好をして引きとめようとした。大槻さんは必死だった。向山は大槻さんを心配してとどまり、大槻さんの回復を見とどけることにした。しかし向山は片時も警戒をゆるめず、出されたものをのみも食べもしない」松崎は緊張した声で報告した。永田が喫茶店にもどって松崎の話をそのまま伝えると、坂口は向山の警戒ぶりに関心をしめして「そうか、やっぱり」とうなずいた。

五時頃、寺岡から電話があり、松崎の話をそのとおり取次ぐと「吉野君らに話すのでしばらく待ってほしい」といっていったん電話を切った。数分後に電話がかかってきたとき、坂口は衝動的に立ち上り、先に立って電話をとろうとする永田をさえぎって自分が出ようとした。事前にみんなで確認しあった段取りをこのさい全部御破算にし、とにかく中止という指示を出そうとしたのである。が、坂口が立ち上った瞬間、それまでずっと無表情に仕事をつづけていたマスターが仕事の手をとめ強い好奇の色をうかべて坂口のほうを見、永田もけげんそうにふりかえった。坂口がほんのすこしためらい立ちすくんだときにはすでにそのスキをつくように永田は電話をとり、寺岡との話をはじめていた。坂口は腰をおろし、マスターも仕事に戻った。永田は席にもどると寺岡、吉野、高木が話し合って決めたという行動方針を次の通り坂口に知らせた。「向山は早岐を埋めたのと同じところに埋めることにした」寺岡はいい、つづけて早口に「われわれはこれからとりあえず相田荘へ向かう。が、今日殺るかどうかの最終判断はこっちにまかせてほしい」とことわってきた。永田は寺岡が早岐処刑の直前に坂口に「最終判断を仰い」だ上決行にふみきった事実を知らぬので、寺岡の申し出をことさらいうまでもない、寺岡が実行責任者である以上当然のことだと思って簡単に了解した。寺岡は松崎さんに五時半頃からひとりでアパートの外に出ているよう伝えてくれといい、永田が了解すると電話を切った。

坂口は永田の報告に何もいわなかったが、寺岡の「最終判断はこっちに」というコトバを耳にとめたときにすべてがおわったと実感した。永田は表に出て行き、赤電話で松崎に寺岡の指示を伝えた。「向山はまだのみも食べもしない。大槻さんはグデングデンに酔っぱらっている」と松崎は報告、永田は喫茶店にもどって坂口に松崎の話を伝え、これをもってようやく永田の任務は終了したのであった。アジトへもどる途中、ふたりでアーケード街をあるいているとき永田は突然気を失って側溝へ倒れこんだが、これも坂口の場合同様自身のなすべきなしうる「すべてがおわった」安堵感のある個性的なあらわれと見られよう。買物客の多い六時頃のことで、坂口はまわりの目に注意しいしい永田のぐにゃぐにゃな身体を引っぱり上げ抱えこむようにしてアジトに帰った。

八月十一日。未明、寺岡、吉野、高木、小嶋がもどってきた。全員前回とくらべて落ち着いており、永田と坂口の心配していた小嶋も何ら動揺の様子はなく、それどころか「向山の顔はとてもかわいかったよ」と不敵にいってウンウンとうなずくなどいささか永田をたじろがせたほどだった。坂口はかれらが入ってきたとき前回のような死臭、アルコール臭が全くないことに留意した。寺岡は「簡単だった。車の中で硬直していた」といって黙り、永田と坂口はその先をきこうと待ちかまえたがそれ以上いわず、首をかしげてだまりつづけた。吉野と高木も口数が少なかった。

「われわれは相田荘近くの雑木林わきの路上に車をとめて待機した」寺岡はしばらくしてボソボソといった。「アパートから出てきた松崎さんに向山の様子をきき、松崎さんがもどったあと三人で協議し、吉野君の意見で、これ以上もう向山が眠りこむのを待つのはやめ、こちらから乗りこんでいって気絶させ車に連れこんでしまおうと決めた。ところが乗りこんでいくと向山が立ち上り、無闇に抵抗したので非常にあせった」そういってまた黙り、眼に当惑の色をうかべた。吉野が顔を上げて何かいいたそうにしたが、やはり何もいわなかった。

寺岡は永田に改まった口調で、

「今日中に松崎さん金子さんのどちらかに会ってほしい」といいだした。

「会って何を話すの」

「向山をアパートから連れ出してからのことと大槻さんのことだ。金子さんらはあの場で向山の抵抗を抑えこむのに協力したのだが、車の中に連れこんだ時には向山はすでに絶命していたこと、これが党による通敵分子の処刑であったことを彼女らに知らせておいてほしい。結果としてわれわれは彼女らを役割外の処刑の実行に巻きこんでしまったわけだから。また大槻さんだけれども、暴れ回る向山をみんなでおさえつけているとき、彼女だけひとりはなれて台所のカーテンのところにしゃがみこんで何も手伝わなかった」みんな大槻の様子を心配していると寺岡は首を振った。

朝八時、永田はまだみんなの眠っているアジトを出て、赤電話をつかって相田荘の松崎を呼びだした。松崎は永田がきかぬうちに自分のほうから吉野らが向山を運び出したあとのことを話し、「三人で一晩語り明かした。大槻さんはしっかりしている。大丈夫だ」と永田らを安心させようとした。永田が松崎さん金子さんのどちらかと会いたいというと、「大槻さんはすぐ山にもどったほうがいいと思うし、大槻さんもそういっているので、私と大槻さんはこれからすぐ山にもどる。金子さんに会いにいってもらうことにする」松崎はいい、永田はこれを了承した。

正午すぎ、永田は打ち合わせたとおり、新小岩駅からすこし離れた小学校まえの路上で金子と会った。金子はいつもにも増して元気一杯で颯爽としており、身につけているベージュのスラックス、グリーンのTシャツはその彼女によく似合った。永田はこちらへ笑顔で近づいてくる金子の姿を見たとたん、寺岡や松崎の話から受けた重苦しさの大半が吹っ飛んでいくような思いをしたのである。喫茶店に落ち着くと金子もまず「三人で語り明かした」一夜のことから話した。「……みんなで押さえこんだとき、大槻さんは台所のカーテンのところにしゃがみこみ、手で眼をおおっていたので心配したけれども、向山への対処は必要なことだといってしっかりしていた。山に帰って行くときもしっかりしていた」と。金子はじぶんたちが向山を殺害してしまった事実に気づいていたがそれを口にせず、そういう金子を見て永田も「レディらしく」ふるまい言及を避けた。「向山が帰るといって立ち上ったとき私らにはなすべがなかったが、大槻さんがとっさに気を失ったマネをして倒れたので向山はとどまった。大槻さんは必死だった。そのときは大槻さんを大したものだと思った。が向山がとどまるとじゃんじゃんお酒をのみ、ひとりでグデングデンに酔っ払ってしまった。だから大槻さんにはいくらか動揺があったかもしれない。それでも、向山がアパートから連れ出されてからはしっかりした。語り明かしたとき、これから先どんなことがあっても闘っていこうと三人で確認しあった」……永田は話をきいている間に、これなら大丈夫、寺岡の懸念は杞憂だろうと観察し、処刑が党の方針だったことは「あえて」いわずにおこうと決めた。二名の処刑をやりとげたこの時点で永田は、金子らがうすうす知っているにせよ知らぬにせよ、公けには知らなかったことにしておくのが金子らと永田にとって望みうる最良の状態だと判断したのである。寺岡、松崎、金子の話を総合すれば、問題の大槻にしても自分の任務はなしとげたのであって、永田自身は話のなかの大槻の言動を、マネや演技だけではなくて、元恋人向山に最後の機会をあたえて真剣な説得をこころみたもので、ついに説得できずにおわった悲しみが「動揺」となってあらわれたのではないかと思いやった。金子、松崎、大槻は横浜国立大学教育学部の同級生三人組であり、「女性解放問題」への取り組みをとおして永田と出会い革左の運動にくわわって今日にいたった。私たちの旅はいまほんとうにはじまったばかりなのだと永田はしみじみ思ったのである。

金子は紙包みをとりだし「寺岡さんから永田さんの着る物を何か持ってくるようにといわれていたのよ」と白地に緑の線の入ったノースリーブのワンピースをわたした。永田は感謝してうけとるとともに、寺岡はよく気がつくなあと「夫」である坂口と心中で比較していささか感じ入った。別れぎわになって金子は何か言いた気だったが、「まあいいや」とうなずき、「気をつけてね」といって丹沢ベースへ帰って行った。

永田はアジトに戻り、待っていた坂口、寺岡、吉野、高木に金子の話をつたえて一同を安心させた。高木はリュックを背負って出て行き、小嶋の待つ車のところへ向かった。すると吉野が体をおこして正座し、常任委員である永田、坂口、寺岡に対し、意気ごんだ様子で、

「金子さんに子供ができた」といった。既にきいて知っていたらしい坂口と寺岡は平然としていたが、永田はおどろき、だいぶ間をおいて「そう」といっただけでそれ以上コトバが出てこなかった。

「喜んでもらえると思ったのに」吉野は不満げにいい、強い口調ではねかえすように「金子さんもぼくも山で子供を産む決心だ」とつづけた。

永田としては吉野と金子の「山で出産する」という決意と、そうした決意の基底をなす「思想」をこういう大変な時に全くと困惑しつつもむろん否定はできない。永田はしばらく考えて、問題はあるが子供ができてしまった以上、組織的に何とか子を産み育てていくしかないと決め、吉野にそのように伝えた。吉野は安心した顔になって立ち上り、

寺岡もいっしょに立って出て行き、高木と小嶋の待っているアジト近くの駐車場へ向かった。これから向山処刑の「後始末」がかれらの仕事であった。

部屋で二人だけになったとき、永田は坂口に、

「まだ夫婦の小屋もできていないのに子供ができるなんて、ずいぶん非組織的だと思わない？」と水を向けた。静かになった部屋のなかで、それは露骨に蔭口めいて響いた。坂口は自分たちふたりしか居ないのに、まるで多勢の仲間のまっただ中で突如何か不謹慎な発言が転がり出たとでもいうみたいに狼狽して、永田をにらみかえし「そんなことをいってはならない」と声高に叱った。永田は坂口の顔を見てわれに返り、それ以上いわずに黙った。寺岡らもそこにいたときには口にしなかった吉野・金子へのとても立派とはいえぬ秘かな非難の私情を、坂口とふたりだけになったとたん口に出し、坂口に同調をもとめる！　これは坂口がかつて夫婦の「仲」をとおして処刑方針反対の私情を永田に押しつけてきたやり方とまったく同じではないか。自分の発言をそう振りかえることができたとき、永田はスッとじぶんがこのかんとじこめられていた「二名処刑」の狭い場所から開かれた色彩豊かな広大な場所へ進み出たような気持になり、吉野と金子の山での出産の決心が永田らの闘いの明るい将来を予約してくれる贈り物のように思えてきたのだった。処刑は影であるが、山での新生命の誕生は光である。永田は坂口の反応を見て一層組織的に何としてでも子を産み育てていかなければならぬと考えたのであったが、そう思うとなんとなく楽しくなってきて、今後は金子の食事に配慮しこれを機に全体の食生活の改善をめざさなければ等あれこれ思いをめぐらした。

夕方、用事を済ませた寺岡と小嶋が新小岩アジトに戻り、吉野、高木は途中でわかれて丹沢ベースへ向かった。夕食をとったあと、永田から提起して、小嶋にしばらく席を外してもらい、永田、坂口、寺岡と三人で二名処刑の総括の会議をおこなった。坂口と寺岡はふたりともまだ茫然としていて、永田にうながされて口をひらいても、なかなかまとまった発言にはならなかった。永田は坂口と寺岡をねぎらいはげまし、処刑をあえてしてまでなしとげんとしている共同の目的をあらためて指導部三人で確かめあおうと望んだ。「私たちは山と銃を守るために処刑方針を選択し、実行にうつした。他に問題解決の道がなく、仕方なく下した決定、仕方なくした行動であって、決して最良の道と考

えておこなったものではなかった」永田がいうと坂口と寺岡は顔を上げた。永田の口から処刑について「仕方なく」という殊勝な表現をきかされたのははじめてのことであった。

「私たちに組織的力量があれば、処刑以外に第二、第三の道もあり得たんだと思う。牢屋方針も、早岐と向山を権力にたいして防衛しつつ再オルグすることも可能だったのではないか。赤軍派は処刑を回避したようだ。何かアイマイで、かれらの言行不一致は問題だけれども、一方ですこし退いてみなおすと、かれらは処刑せずにすんだのだ、それだけ第二、第三の解決策を用意できる力量を備えているんだということもできる。うらやましいし、学ぶべきでもある」永田は語気を強め、「組織的力量があれば向山、早岐を処刑しないですんだかもしれない。今後二度と仲間だった者の処刑などという隘路《あいろ》に追いこまれることのないよう、一日も早くセンメツ戦を闘いとり、党の飛躍をかちとろうではないか。亡くなった仲間、生きて闘い苦しんでいるすべての仲間が私たちに求めるところは、それに尽きていると私は思う」といった。坂口と寺岡はうなずいて、同意をしめした。

三人は協議した末、①一日も早く銃によるセンメツ戦をかちとるため、党・軍の総力をあげて、交番調査に取り組むこと。調査隊要員は寺岡、吉野、高木にくわえ、前沢と加藤、さらに坂口もくわわる。複数の調査隊で、複数の交番を対象に徹底した調査を進めること。②永田（と坂口）は、統一赤軍組織部の両派会合に向けて、革左の方針を具体的にまとめておくこと。赤軍派との「軍の統一」は永田らの希求する「党の飛躍」の内実をなすもう一つの柱として位置付けること。

第八章　連合赤軍への道

「軍の統一」に異議

八月十二日。正午すぎ、救対部池谷透から新小岩アジトに緊急連絡があり、永田洋子、坂口弘、寺岡恒一はかけつけた深刻な表情の池谷透と向かい合った。「川島さんから手紙です。一読してすぐ永田さんらに伝えなければと思ってとんできた」池谷は永田に手紙のコピーをわたし、「先日の面会のさい、川島さんは統一赤軍には問題がある、手紙に自分の考えを書くからみんなで討論し考えてほしいといっていたが、正直、こうした批判文がくるとは思ってもみなかった。川島さんは指導部の早急な回答と、統一赤軍問題について全党あげての討論の組織化を要求しています」と説明した。

永田、坂口、寺岡はコピーをまわし読みしたあと若干話し合い、永田から「私たちでこれから協議して川島さんに回答できるようにする」とこたえ、川島の批判をふまえて獄外指導部として明日までに新方針を決定し、十四日、池谷と会ってそれを伝えることにした。池谷は「今日（半合法部の）岡田栄子さんに会い川島さんの手紙の主旨を話す」といって帰っていった。

川島豪「軍の統一の問題について」の内容は大略以下の通りである。

①われわれは武闘派と団結すべきであり、とりわけ赤軍派とは党・軍、統一戦線のあらゆる分野で合流をめざさな

くてはならない。これはわれわれの願望であり、赤軍派の願望であり、日本人民の願望である。

②が、そのためには赤軍派と政治路線での一致をかちとらなくてはならぬ。いまわれわれは赤軍派との間で、実践面では互いに検証しあっているが、政治路線の面では明らかに異なっており、したがってこの面での一致を一つひとつの実践のなかで互いに団結して闘う中でかちとらなくてはならぬ。しかしまだこの面での一致はかちとっておらず、それゆえ党の次元での合流はむろんまだできない。そのうえで、問題の軍の合流の「条件」は何かということだ。端的にいうが、赤軍派が反米愛国路線をかちとるか、すくなくとも反米愛国主義をかちとることが条件であって、これなくしてどんな合流もあり得ない。党と軍は革命にとって大切な組織であり、両組織は明確な政治路線を掲げていなくてはならぬ。まして地下軍と地下党は多くの点で重なり合い、ほぼ一体不可分の関係にある。これらが政治路線をアイマイにすれば組織路線をアイマイにすることになり、小ブル無組織主義を軍内に持ちこみ、地下軍の危機をつくりだすであろう。地下軍にとって強固な政治路線と組織路線は絶対大切であり、最低限、反米反軍国主義の政治路線が合流の条件である。これらの条件が整うまでは合流すべきでなく、まず合流の条件をつくることに専念すべきである。合流の一歩手前の団結、共闘の強化、二つの組織（革命左派「人民革命軍」と赤軍派「中央軍」）を互いに保存させての統一軍の建設など、形はいろいろあるが、基本的にはわれわれの人民革命軍は合流の実現までの間は絶対に解消しないこと。現段階での解消は党が軍権を放棄することにひとしいと考える。

ところで今回の合流は何なのか。条件が満たされての合流か、それともその前段、双方の軍を解消せぬままの「統一」なのか、どちらでもないヌエ的なものと私には思われるのだ。ハッキリいうが、わが指導部は目先の利益を追うあまり、われわれの輝かしい反米愛国の路線を放棄したのではないか。あってはならぬことである。われわれは目下は人民革命軍を守ってその上で統一組織を作るなどの団結の方法をとるべきではないか。現在の日本の状況では党と軍は不可分に結びついており、また軍は本来党に準ずる綱領をもっているべきであり、またどの国でももっている。ところがわが指導部は反米反軍国主義の路線を放棄し、人民革命軍を解消して合流していると思う。反米愛国、反米反軍国主義は、現在までわれわれを育んできた力の源泉であり、これを一時の利益のために放棄するのに断乎反対する。放棄せずとも赤軍派と団結できるし、何より日本人民と団結できると私は確信している。

③「合流」を決めるにあたっての指導部の独断専行が問題だ。党と軍はわれわれの生命であり、その生命の一つを他の組織の生命の一つと合流させようというのに、何ら全軍全党にはかっていない。重要な問題であっても現下の状況では問題の多くが指導部の独断になるのは当然であろう。しかし合流そのものについて位、みんなにはかってもよいのだが、全然それをせず独断で決定した。われわれのは組織であり、全ての者で革命運動をやっているのであって、一部の者の仕事ではない。こうした大きな問題はなるべく全員討論に参加させ、基本方針を出しておくべきなのだが、これをしなかったため、私のもとめる条件についてもただそうとしなかった。この独断に私は断乎反対する。

川島は以上①②③でしめした立場から、次の二点を指導部に要求した。(ア)反米反軍国主義で合流すること。もう合流してしまっているのなら、これを統一軍に掲げさせること（すくなくとも「反米日帝打倒」の表現）。これが合流の条件にないなら、これを統一軍としてその中に人民革命軍を保存する。(イ)独断専行を自己批判すること。「……以上二点が認められぬ時は、私は脱党する」と。

「川島さんのいうとおりだ。われわれは早急に自己批判を明らかにすべきだと思う」坂口はいった。坂口は獄外における川島の代理人を自任しており、川島の言葉は、統一赤軍問題をめぐって森と永田が主導した論議や事の進め方にたいし坂口の抱きつづけていた違和感に言葉を与えてくれたように思えたのである。寺岡も同意見らしくうなずいた。永田は川島の手紙を、何よりも唯我独尊のドーカツであり、十二・一八上赤塚交番襲撃闘争における柴野同志の死から今日にいたる永田らの獄外の闘いのプロセスにたいする、指導者らしい配慮が皆無な全否定のゴリ押しと受けとった。アレもだめ、コレもだめ、ただ川島のいうことをきいていればよい。永田はしばらくじぶんの感情を鎮めるのに苦労し、それから、つとめて抑えた口調で、

「自己批判はいいけれど、それをどう明らかにしていくの。赤軍派に向かってイキナリ反米愛国路線を掲げろと要求しても無茶な話でしょう。森さんとのあいだではすでに統一赤軍結成の確認ができ、機関紙『銃火』の発行も決

まり、九月には結成大会をひらくことまで合意している。〈銃による建党建軍武装闘争〉を前進させていくためにも、これらを全部ひっくりかえしてしまうわけにはいかないでしょう。そういう中で、たとえば川島さんの要求(ア)に具体的にどうこたえていくかということよ」と指摘した。坂口と寺岡は「そうか」と困った顔になって黙った。

永田は川島のドーカツに屈するつもりはなく、まして川島の批判に少々の「理」がかりにあったにせよ自己批判なぞ真っ平ごめんだった。ただ永田は同時に二・一七真岡銃奪取闘争以降推し進めてきた党建設、センメツ戦実現の闘いにおいて坂口、寺岡の支えを必要とし、森と赤軍派との共同を必要としていることも事実であった。永田としては、それで坂口と寺岡、さらに森と赤軍派との共同協力が確保されるなら、決してのぞみはしないが目をつぶって自己批判でも何でもやってのける位の用意はあったのである。

「とにかくまず事の進め方におけるわれわれの独断専行を自己批判しよう。獄中と獄外、山の軍と都市の半合、合法のあいだの団結を固め直し、そのうえで森さんに、あらためて路線問題検討の提起をおこなってはどうか。反米反軍国主義で赤軍派と大きく一致することは可能なのではないか」と坂口はいった。寺岡はそれはどうかなという顔をし、「すべてをふり出しに戻すことに結果としてなるが、赤軍派は納得しないだろう。今さら何だと森さんは考えるだろう」とつぶやいた。

「川島さんの議論や要求の前提には事実の誤認があり、事実誤認から発生する不安、とりこし苦労があると思う。事実を指摘して、誤りを正すだけで、川島さんの不安や怒りのかなりの部分が解消するはずよ」と永田はいって三点、川島の誤認をとりあげた。第一に、統一赤軍結成にあたってわれわれは反米愛国路線を放棄などしていない。われわれは十二・一八以降の闘いのなかで反米愛国路線の深化を追求しつづけたが、〈銃を軸とした建党建軍武装闘争〉こそはわれわれの実践的にかちとった、反米愛国路線の深化の具体にほかならぬ。たしかにわれわれは赤軍派に向かって反米愛国を掲げろと要求したりはしなかった。しかし大切なのはコトバやスローガンをならべることでなく実質であり中身である。われわれは統一赤軍発足にあたって赤軍派に、銃の闘いと山岳ベースを受けいれさせたのであり、つまるところ赤軍派は事実上「実質的」に反米愛国路線を受けいれつつあるのだ。第二に、われわれの統一赤軍、今回の軍の「合流」は、当面は川島のいう「合流の条件」作りを実践的にめざす機会であって、それ以外ではない。赤軍派「中央軍」と革命左派「人民革命軍」がそれぞれのセンメツ戦を追求しつつ互いの経験や教訓を交換しあう場なのであり、両派の軍はその独自性とともにちゃんと「その中に保存」されている。心配御無用だ。第三、われわれのやり方が「独断専行」だと決めつけるのは言いすぎで同志間のコトバとしては感情的にすぎないか。統一赤軍問題では可能なかぎりみんなの合意を得る努力をして取り組んできたつもりだ。それはたしかに事前に川島さんの求める「条件」を確認することはしなかったしできなかった。だから合意を得んとするわれわれの努力が完全無欠でなかったことはみとめる。が、それで独断専行だ自己批判しろと、鬼の首でもとったようにワーワー騒ぐのはどうか。川島さんはもう少し獄外のメンバーの苦労を思いやるべきではないか。……

坂口はしかし、川島の要求(イ)についてわれわれの自己批判を示すべきだという持論をひっこめようとしなかった。川島および獄中メンバーとの団結が最優先だというのであり、寺岡も、このさい事の進め方をもっと慎重にするという姿勢くらいは明らかにしておくべきではないかといった。二、三のやりとりのあと、永田は「独断専行の自己批判」表明に同意し、坂口と寺岡が川島あての手紙を書き自己批判を明記することに決まった。そのさい永田は坂口と寺岡に、手紙には「獄外の私たちの実践を信頼してほしい」という一文をかならず入れろと要求し、坂口はこれを了承した。

問題は川島の要求(ア)にどうこたえるか、永田風にいえば川島の「事実誤認」をどのように「正す」かである。統一赤軍はいかにも反米愛国路線を掲げていない。だからといってわれわれは路線を放棄などしておらず、その逆であること、また今回両派の軍が川島のいう意味で「合流」したわけではなくて、互いの軍を「その中に保存する」ような共闘関係が統一赤軍の実際の姿であることを、まちがった思いこみにとらわれている川島にどうすれば正確に伝えられるかだ。思いあぐねて悶々としていた坂口は、ふと、赤軍派との最初の「軍の共闘」をめぐる会議のさい坂東が口にしたコトバを思い出した。たしか坂東は森が両派の軍の共闘組織を「統一赤軍」と名づけたとき、「名称がよくない」とくりかえしいったのであり、坂口は今になってようやく坂東の発言の真意がわがこととして理解できたのであった。とりわけ「統一」というのがよくない。両派の政治路線、組織路線の差異をまともに検討しあうことなくそのままにして、結成する軍の共闘組織に「統一赤軍」などと名乗らせたら、川島さんでなくとも「野合」「無原則の共同」と思ってしまって当然だ。軍の共闘の実際の姿にあわせて名称を考える必要がある。われわれは目下はまだ「統一軍」ではないのだ。坂口は永田と寺岡の顔を見て、

「統一赤軍という名称がそもそも誤認をひきおこす元凶であって、名が実体を正確に表していないのだ。森さんと合意している新たな共闘組織の実体は川島さんのいう「合流の一歩手前」、赤軍派中央軍と革左人民革命軍の連合体である。そこで「統一」赤軍を「連合」赤軍に名称変更してはどうか。これをやりきれば川島さんの要求(ア)への実践的な回答になると思うが」と提起した。

「変更というけれど、相手のあることなのよ。森さんとのあいだの合意は公けのことであり、それの変更を森さんらにどう了解してもらうの。たとえば機関紙『銃火』はもう統一赤軍の名で印刷済みよ。名称変更はいってみれば私たちの「家庭の事情」からの要求でしょう。これを外の赤軍派に押しつける、受けいれてもらうなんてことは私にはとてもできない」永田は変更申し入れ、事情説明はどうしてもというなら坂口がやれ、自分はやりたくないといった。名称変更は窮状打開のアイデアではあるが、永田の立場からすると、これは単なる「改名」ではなくて、永田と森が中心となってこのかん推し進めてきた「新党」まで視野におさめた共闘関係発展の努力が川島の不当な（と永田は考えた）介入によって一時であっても頓挫をしいられたしるしにほかならず、かんたんに同意できる話ではなかった。押し問答のすえ、寺岡の「永田さんもここは忍んで」という説得もあって、永田はいかにも厭そうに「統一」赤軍→「連合」赤軍の名称変更案を一応了承した。了承するにあたって永田は、赤軍派に名称変更を申し入れ事情を説明するときに「それが変更申し入れの最大の理由なのだから」川島の手紙を全文森に見せることを条件にした。恥かしい家庭の事情をよそ様の面前にさらけだすことになるのだが、永田の了承をえられさえすればあとはまあと坂口はあまり深くも考えず条件を受けいれた。

八月十三日。その日のうちにに永田、坂口、寺岡は「統一赤軍問題」をめぐる川島の批判を受けて、新方針を次の

ようにまとめ決定した。ⓐ坂口と寺岡は川島にあてて手紙を書き、じぶんたちが統一赤軍結成にあたって、反米愛国路線を強調する努力において不足するところがあったことをみとめ、統一赤軍結成へ向かう過程で指導部の独断専行が一部存在したことを自己批判、あわせて赤軍派に統一赤軍→連合赤軍の名称変更を申し入れることを約束、また川島にたいし「外の実践を信頼してくれる」よう要請すること。ⓑ赤軍派にたいしては八月十八日、予定されている統一赤軍組織部の会合のはじまる直前に、永田と坂口が森に名称変更を申し入れ、川島の手紙を見せて了承をもとめること。機関紙『銃火』のあつかい等にかんしては坂口が森と話し合って善処する。ⓒ指導部は今後「川島さんの批判にこたえていくためにも」銃によるセンメツ戦を闘いとり、その実践をとおして党の飛躍をかちとることに全力を集中する。ただちに調査活動に取り組むこととし、三ヵ所＝国道一号線沿い、福島県会津若松、東京都内の交番の同時調査を決定した。ⓓ寺岡は指導部の「軍の共闘」にかんする新方針を山岳ベースのメンバーに説明すること。合法・半合法および獄中メンバーにたいしては救対部池谷をとおして伝達、説明させること。

八月十四日。正午頃、永田、坂口、寺岡は新小岩駅前の喫茶店に行き、獄中川島豪との面会をすませて急いでやってきた救対部池谷との話し合いにのぞんだ。池谷はいささか興奮気味に獄中メンバーの今の様子を身ぶり手ぶり入りでしゃべった。

「……川島さんは獄中の革左メンバー全員を統一赤軍反対へオルグした。たとえば岡部和久君だけれども、最初統一赤軍結成を支持、「万才！　万々才！」と電報してきたのに、川島さんの批判が出るとたちまち川島さんに同調して自己批判し、「われわれには日帝打倒の軍などいらないのだ」といって今は統一赤軍反対の急先鋒になっている。岡部君の言動はやや極端だが、獄中メンバー全体の雰囲気は岡部君のトンボ返りを諒《りょう》とし、トンボ返りを演じた岡部君の感情の根底を共有しているものと考えられる。合法部、半合法部のメンバーもはじめはみんな統一赤軍結成を喜び、岡田栄子さんなどは、ここのところおもしろくないことばかりつづいていたが、この結成のニュースだけはうれしい、おもしろくないことも一ぺんに吹っとぶようだと眼を輝かせていた。それがここへきて川島さんの反対でとまどっている。トンボ返り、結成に批判、疑問、ためらい、そして批判に対してとまどい。だいたい以上がぼくの知りえたいまのわれわれの状況です」

　永田は報告をききとり、獄中や合法・半合法のムードはそれとして理解はできたが、みんなの状態を語る池谷が自分の立場を明示しようとせず、どちらかといえば結成反対の川島の立場に近いのではないかと思われる点に注意した。池谷は獄中の党首川島と「組織的面会」を専管し、その一身において、山岳の永田ら指導部と軍を、都市の合法・半合法および獄中メンバーと結びつけている党組織の要めの位置にある人物であり、永田は今後一層慎重を期し、深慮をめぐらして、池谷を永田らの側にひきつけておく（すくなくとも中立の位置に立たせておく）必要があった。永田は池谷にたいし、常任委員三人で話し合った結論を伝え、「センメツ戦による飛躍によって川島さんとの不一致を解決していく。このことをみんなにしっかり伝えてほしい」と指示した。池谷は了承し、話がすんで出て行くとき永田に川島の新しい手紙のコピーを手わたした。

　永田、坂口、寺岡は新小岩アジトに帰って打ち合せをし、ただちにセンメツ戦のための交番調査の開始を確認した。調査隊の責任者は都内が坂口、国道一号線が寺岡、会津若松が吉野雅邦である。寺岡は丹沢ベースへもどってこれを吉野らに伝え、調査隊出発の準備にとりかかること。また、山岳のメンバー＝吉野、高木京司、前沢虎義、加藤倫教、金子みちよ、大槻節子、松崎礼子、上杉早苗にたいして、川島による統一赤軍結成反対と指導部の新方針を説明し、永田らの対処に理解賛同をもとめること。寺岡は元気良く出て行った。

　永田と坂口は川島の新しい手紙を検討することにした。今度の手紙は、すくなくとも永田には、前便では辛うじて働いていた自制の念がかなぐりすてられ、獄外のリーダーである永田を独立の人格でなく、自分の言いなりになる「女」としか見ていない調子や表現が多々みられて憤りをおぼえざるをえなかった。中身のほうも、武闘派はなにも赤軍派だけじゃないなどといいだし、黒ヘルグループの組織化を重視せよ、「武装闘争か否かが革命派か否かの分水嶺である」としきりに強調した。永田はおとなしくしていられなくなり、川島文を読んでいる坂口に、

「現在は〈銃か否かが革命派か否かの分水嶺である〉といえるのではないか。どうして今頃になって〈武装闘争か否かが革命派か否かの分水嶺〉だなどと強調しにかかるのか。川島さんは細事にこだわるあまり、人民の根本の要求

を見失い、情勢に立遅れてしまっているのではないか」等と川島批判をくりひろげた。

坂口は苛立ちをあらわにし、「ゴチャゴチャいうな。そんなことをいうまえに、反米愛国路線の放棄と独断専行を自己批判しなければならないのだ」と強くいい、「われわれの自己批判が第一だ。いま川島さんを批判しても、われわれの団結と前進に何のプラスもなく、マイナスが増えていくばかりだろう。思うのだが、なによりも自己批判が必要なこのときに、先に自分と寺岡君の書いた川島さんへの手紙を出すのはよくないかもしれぬ」

「どうして」

「われわれの自己批判をハッキリさせぬ結果になり、川島さんとの不一致の面だけが表に出て、不毛な対立状態がつづいてしまいかねないからだ」

坂口の原則無視のまあまあ主義は到底納得できるものではなかった。しかしながらこれ以上川島と対立してエネルギーを浪費するより、銃によるセンメツ戦をやりきって川島の批判を実践的に乗りこえていくことこそ革命者のあゆむべき王道であって、永田はすこし考えてから先の手紙を出さぬという坂口意見に同意することにした。永田は毛沢東『持久戦』論の愛読者で、大目標達成のために必要とあらばいつまでも「待つ」ことのできる人物だった。

川島の統一赤軍反対問題に一応の区切りがつくと坂口は俄然はりきり、いささか独合点《ひとりがてん》気味ではあれ、ついこの間までの途方にくれた熊みたいに右往左往しつづけた日々などなかったように党―軍の両面にわたって精力的に活動をくりひろげた。名古屋の山本順一と連絡をとって上京させ、山本が日中友好商社に勤務していたことから、協議して党として中国へ行く方法を追求したり、日中友好運動、商社の関係で本格的なカンパ網を確立する可能性をさぐったりした。都内の交番調査は小嶋の運転で車を使っておこなうことにし、最初地図で数ヵ所調査対象の交番を決め、車でひと通り調べてから「夢の島」交番をセンメツ戦の標的として決定、腰をすえて集中的な調査を開始した。坂口は毎日深夜あるいは夜明けまえに小嶋といっしょにアジトを出て行った。

八月十六日。午後二時頃、赤軍派中央軍「坂東隊」山崎順は森の伝言を携えて、じぶんたちの「山岳ベース」である会津田島駒止峠の廃屋になっているスキー小屋に到着した。坂東国男と植垣康博、それに小関良子と別れてこの十二日ベースにやってきた進藤隆三郎が口々に「よく来た、よく来た」と、山崎の肩や頭をたたいて大歓迎した。山崎はリュックをおろすと坂東に森から託された封筒を手わたした。森の伝言は、①坂東は上京し、森と協議して、八月十八日に予定されている革左との統一赤軍組織部会議に向けて意志一致すること。②植垣らは速かに白河方面の交番調査にとりかかること。坂東は背広に着替え、上京の仕度をしてから植垣を小屋の隅に呼び、「東京へ行き、明日中にもどる。明日からおまえの指揮で交番調査をはじめておいてくれ」と指示した。

夜九時頃、森と坂東は都下八王子市内の森のアジトで協議に入った。森が雑談的に「駒止ベースはどんな工合か」ときくと、坂東は「自分と植垣は八日の早朝高崎アジトを撤収し、夕方に駒止のスキー小屋に着いた。小屋は山の中腹にあり、上の方は白樺林、下方は沢が灌木のあいだをぬって流れ、そのまわりに鬼百合が群生している。環境は秀《しゅう》だ」などと話した。このかん坂東と植垣は銃の試射やマキ作りをし、爆弾の実験をおこなって爆発の威力、点火後の速度等に改良をくわえ、いつでも使用できる実戦用の爆弾を二個作った。云々。

森は改まった態度になり、「進藤・小関夫婦の問題についてて坂東隊としてどう取り組んだのか、具体的にきこう。小関の処刑を回避した経緯を知りたい」といった。

「……小関を進藤の新潟の実家に預けることによって問題解決をめざしたが、実家のほうがダメだったので、そのまま小関の身柄を東京の革命戦線のあつかいに委ね、小関と部隊の関係を断ち切ってしまうことにした。問題はこれで基本的に解決したと思っている」最悪の場合は処刑と決めていたと坂東はいう。が、それはあくまで処刑以外に突破口がない「最悪の」ケースにおいてであって、われわれには、ここは自負していいところだが処刑以外の解決策をとり得る余裕があったのだ。小関の革命戦線への引きわたし、小関の知る高崎アジトからの撤収、小関の知らぬ駒止ベースへの移動によって、小関の存在が組織にもたらすマイナスは最小限におさえられたと考える。

「小関はすんだとして亭主のほうはどうか。進藤はどうしている」

「進藤にたいして小関との夫婦関係の清算を総括として課し、小関の組織からの切り離しを責任をもってやりぬけと指示した。進藤はこのかんの奔走で実践的に総括できたとわれわれは見ている」

「それはどうか。甘いのではないか」

「正直な話、進藤が小関といっしょに戦線離脱してしまうか、小関と別れて部隊にとどまるか五分五分だろうとわれわれは考えていた。ところがこの十二日、進藤は小関と別れてキッチリ戦線復帰した。いまは駒止で部隊と共にある」

「もどってきたのか。まずい。まずいんじゃないか」森は思わず声を高くした。それから腕を組んで黙りこんだ。森はいちど進藤に会ったことがあるのだが、いらい自分たちとこの男は「お派が違う」と感じていたのである。しばらく考えてから「事情はだいたいわかった。これからの進藤をよく見ていくことにしよう」森はいって坂東の報告を了承した。

森はノートをひろげて「九日の革左との指導部会議の報告をする」といい、低い声で「革左は先の会議での言明どおり、通敵分子の処刑にふみきったようだ。処刑にさいし相手には何もいわせなかったとかれらはいっている」

「どうして」そんなことがやれるのか？　やれたのか？　と口にしかけて坂東は黙った。身体の力がスーッと抜けていくのがわかった。かれらは何とおぞましい、アッ気ない連中なのだ。

「かれらはまた、米子M闘争の敗北を問題にし、銃を権力に奪われたこと、山岳を逃げ込み先に使ったことで自己批判を要求してきたが、この場合はかれらの言い分のほうに理があるかもしれない」森はこのかんじっくり考えてみたと前置きし、進藤・小関問題への取り組み方と米子M闘争の敗北にはわれわれの今の克服すべき同じマイナスが映しだされているように思うがどうかといった。つまり坂東のいうわれわれの「余裕」だ。ほんとうはそれがマイナスに、われわれの壁になっていないか。処刑回避を可能にしたわれわれの「余裕」はそのまま米子M闘争をあのような敗北に導いたマイナス＝権力とのセンメツ戦をやりぬく覚悟の「弱さ」と表裏なのではないか。革左は「余裕」がないゆえ処刑の道を歩んだ。センメツ戦遂行には革左のような、自身をかぎりなく追いつめていく精神の厳しさが必要なのではないか。われわれにはそういう厳しさが足りない。自分自身を振り返ってそう思う。森は最後に、

「われわれは一日も早くセンメツ戦をやりとげることによって革左の批判にこたえたい。それがまた統一赤軍においてわれわれの主導をつらぬく唯一の路でもある。おれは自分の総括として駒止へ行き、白河のセンメツ戦について全般的な指揮をとる決心だ。断乎やりぬこう」

「自分らとしては力仕事はわれわれにまかせ、森さんには中央に不動の司令塔としてがんばり、大きな視野に立って指揮していてほしいのだが」

いまはセンメツ戦の時代なのだからと森は強く言い、坂東もそれ以上いわず森の新方針を了承するとともに、今後わが部隊もこれまでのようにはいかなくなるかもしれないなとちらと考えた。二十二日頃に、森は駒止ベースに行き、センメツ戦完遂まで指揮をとること、坂東らは速やかに標的となる交番を決め、調査を進めておくこととした。八月十八日の統一赤軍組織部会議には、赤軍派からは森、山田孝、青砥幹夫、行方《なめかた》正時が参加する。こっちからは成田闘争に呼応、都市での爆弾闘争を提起することになろう。会場は革左の丹沢ベースだが、むこうのメンバーをよく見ておこうと思う。どういう連中なのか興味はある。塩見一子、遠山美枝子の両夫人は会議への参加をことわってきた。

「夫人のあつかいは難かしい」といって森は苦笑した。

八月十七日。夜、坂東はくたびれた様子で駒止のスキー小屋にもどった。植垣は車を調達したから、この車を使って調査を進め、調査対象を二、三の交番にしぼっていくことにすると報告した。坂東はウンウンとうなずいただけで、これといってハカバカしい反応をしめさず、上京中の報告もしなかった。就寝まえに坂東は植垣、山崎、進藤を呼び集め、「明日からは調査に本腰を入れる。速度と集中をモットーにする」と指示した。

八月十八日。「統一赤軍」組織部会合に出席のため、永田は坂口と小嶋和子の運転するバンに乗り、赤軍・革左両派参加者の待ち合わせ場所である本栖湖《もとすこ》をめざした。新小岩アジトには、センメツ戦完遂にむけてカンパ網建設の打合せで名古屋から上京中の山本順一が留守居役としてのこった。長いドライブの間、坂口がしばしば小嶋の運転に難癖をつけ、小嶋は小嶋でこれまた不必要に鋭い調子でやりかえしつづける険しい雰囲気に、永田はかなり閉口させられたので、数時間余かけて目的地に到着すると心底ホッとして、真っ先に車からとびおりふかぶかと深呼吸したものだった。会合の参加者全員がすでに着いて永田と坂口を待っていた。赤軍派から森、青砥、行方、山田。革左から内野久、川島陽子、そして永田である。会合に参加する予定だった赤軍派の塩見一子、遠山美枝子と、革左側の組織部要員のひとり和田明三の姿はなく、また赤軍派の山田と行方は永田にはこの日が初対面であった。

組織部会合の会場＝丹沢ベースの所在を知る者は小嶋ひとりである。永田と坂口は小嶋に指示し、メンバーをそれぞれ先発組と後発組に分けて車で東海道自然遊歩道入口まで送り、全員そろったところでその先丹沢ベースまでの山道を小嶋に案内してもらうことにした。永田は川島、森、山田と先発し、坂口は内野、青砥、行方と後につづく。林間のドライブであるから、永田も最初は車窓の緑濃い自然を楽しんでいたが、やがてまたしても今度は森が乗り出して小嶋の運転につべこべと口をだし、小嶋も決して黙ってばかりいるわけでなく、以後は車中がムヤミに長々感じられた。永田の同情はおおむね任務に奮励する小嶋のほうに向けられたものの、小嶋の一種しぶといノロさにたいする坂口と森の苛立ちが全くわからぬのでもないゆえ永田のストレスは一層募った。

自然遊歩道を歩きはじめたとき、永田はならんで一緒に行く森に「私たちの方の和田さんはきょう待ち合せ場所にやってこなかったのだけれど」と話しかけた。「妻である石黒さんと脱走したと思われる。それで革命左派のほうの組織部は当面、内野さんと川島陽子さんの二人でやってもらうことにした。よろしくお願いね」

「脱走した和田にたいしてどうするんや」

「和田さんはかならず私たちの戦列にもどってくると思っているので、そのままにしておくことにした」

「おかしいやないか」森はそういって考えこんだ。さきの脱走には処刑方針をもって対し今度のケースではなにもしない。理由は今度は永田らが相手をまえとちがって信頼しているからだと。こうした極端な差別待遇はそれだけではいかにも説明不足で、おかしくないか？　しかしながら他方、この「おかしさ」を問題にして踏みこんで追及していくならば、では何故さきのケースにかぎって処刑はおかしくなかったといえるのか、森自身があらためて自他にたいしてハッキリさせなければならなくなるであろう。森はしばらく考えてから「わかった」といって笑い、ひとまずこの話題は切り上げとした。

夕方五時頃、永田ら先発組は丹沢ベースに到着し、小屋にいた金子、大槻、松崎、上杉からにこやかに迎えられて一息ついた。後発の坂口らの到着を待つあいだ永田は森と雑談したが、雑談のなかで森は赤軍側の組織部メンバーそれぞれの経歴を楽しそうに語った。

山田孝（二十七）。京大法学部大学院生。共産同赤軍派の結成に参加、昨年五月指名手配中の塩見議長「隠避」の容疑で逮捕され、今年一月まで京都拘置所に収監されていた。「彼は以前塩見の秘書をしていた。だから生一本の塩見派や。連続M闘争のあと活動を再開したいと手紙をよこし、とりあえずしばらくは革命戦線で活動してもらうことにした。ゆくゆくは指導部でぼくの片腕となって働いてもらうつもりや」

青砥幹夫（二十二）。弘前大学医学部生。弘前大闘争の過程で赤軍派に加盟、今年六月以降は革命戦線のキャップを任され、森に直属して党―軍組織の全般にわたって広く活動つづけている。昨年十二月以後、爆発物取締罰則違反容疑で警視庁から指名手配中。「軍も革命戦線も、人員と資金のすべてが青砥を要めにして結びつき、重なり合い、運動している。神経の働きはピンセットの尖端みたいに緻密だ。女性問題のこと（革左の石黒秀子との「自由恋愛」）はよく注意しておいた」

行方正時（二十二）。岡山大学理学部生。六八年十月、米原潜寄港阻止闘争でつかまったのをはじめとして検挙歴五回。七〇年二月赤軍派に加盟して上京後は、中央軍と革命戦線の間の連絡やオルグ活動を担当する。「彼にはいま飛躍が問われている。組織部入りはその機会になるだろう。チャンスをモノにしてもらいたいとこころから望む」云々。

「赤軍派で救対を担っている人って誰なの。きいてきてほしいと頼まれているのよ」永田はいった。先日池谷と会ったとき、救対関係者から「赤軍派の女王様」とかげで呼ばれているというその人物について色々きかされており、「非常に活発な人で、集会では赤軍派の男性メンバーをアゴで使い、ビシビシと指図している。関西と東京を新幹線で頻繁に往復するなど活動範囲がとびぬけて広い」云々と池谷はほとんどファンみたいな調子で語っていたのである。

森は事もなげに「高原の女房（遠山美枝子）だよ」といった。

「遠山さんはどうして組織部の会合に来なかったの」

「組織部に入れるといったら、彼女はなぜ私を軍に入れないのと応じてきた。凄いだろう。ぼくもおどろいた」

永田がさらに塩見夫人の会合不参加の理由をただすと、森は夫人が訪中したといい、この訪中は組織的なものではないのだとつぶやいたが、あとは「塩見の女房は自分で隊を組織し武装闘争を闘うというような人だ」といっただけで黙りこんでしまった。森の話から赤軍派の組織部の両女性がようするに戦闘的な人物らしいということまではわかった。しかし森の話に程度はさまざまながらつねに「大言壮語」的なものがつきまとうように、きかされた塩見・高原両夫人の言動にも、どこかしら「大言壮語」調があるな、これはかれらの特有の「気質」なのかなとも感じた。両夫人の会合不参加と不参加についての森の説明に永田はなかなか不満だったのである。

「組織部会合のまえに、統一赤軍問題に関して私たちから赤軍派指導部にお願いしたいことがあるの。最近になって獄中から統一赤軍結成への異見が出てきたので、話し合って決めた方針を説明します」坂口が到着すると永田は森をうながしておもてに出、坂口と三人で小屋からすこし下ったところにある大きな岩のかげに場所をつくり話し合いに入った。森は怪訝《けげん》そうな顔をしたものの永田が話しはじめると表情をあらためて聴き入った。「……私たちとしては可能なかぎりていねいに、獄中・獄外のおおくのメンバーとの間で一致をとりつつ事を進めてきたつもりだから、ここへきての結成反対の動きは意外だったけれども、反対の中身をよくみていくと両派の共闘を前進させることへの反対ではなくて、私たちの軍の共闘組織をいまの段階で「統一」赤軍と呼ぶのが適切かどうかという議論だった。私たちで話し合い、いまは「統一」の手前、「連合」の段階だ、今度会うときに赤軍派にたいして「統一赤軍」から「連合赤軍」へ名称の変更を要請しようという結論になりました。了解してほしい」永田は森に川島の論『軍の統一の問題について』のコピーをわたし、それを読んでもらえば私たちが名称変更を申し出た理由はわかっていただけると思うとつけくわえた。

森は注意ぶかく読んでいったが、川島文の最後の「……以上二点が認められぬ時は、私は脱党する」のところへきたとき思わず顔を上げて永田のほうを見た。永田は森の視線を黙って受けとめ、一瞬であるがかすかにうなずいたようにみえた。

「わかった」森はうなずきかえし、それから横を向くと大きく両手をひろげて「何だこれは。こんなものは指導者の手紙ではない」と川島の手紙の根本態度を強く批判したのであった。永田と坂口は名称変更が了承されたのでホッとして、森の川島批判に特にとりあうこともしなかった。まして永田の言語態度は森に秘かに川島批判を「慫慂《しょうよう》した」面すらあるのだから、森のしめした「変更」了承と川島批判の言はまさに一体のものであって、それこそは永田のこのとき要請しかつ引き出したかった当のものであるといえようか。

残る問題はすでに「統一」赤軍の名で印刷済みで、九月十四日の「連合」赤軍結成集会のその日に発行が予定されている機関紙『銃火』のあつかいをどうするかである。永田らはできたら発行せずにすませたかったが、そんな訳にもいかぬのはわかっていた。森との協議が『銃火』の発行問題におよんだとき、永田は不意に立ってこの場を外し問題の解決を「川島盲従」の坂口と「川島批判」の森の話し合いにまかせることにした。川島の「統一赤軍反対」に真っ先に賛同した坂口が後始末の責めも負うべきだ、お手並拝見である。永田は小屋にもどってジュースなんかのみながら、小意地悪い眼になってそう考えた。

しばらくして永田は小屋を出て、対立して二進も三進もいかなくなっているであろう森と坂口のところへシャナリシャナリと真打登場風に下りていった。強引な坂口も「世間」のキビシサをすこしは知ったろうし、双方が頭を冷やして当面可能な妥協の道をさぐるべき頃合でもあった。ところが行ってみると案に相違して、森と坂口は永田にはわかりにくい和気あいあい裡《り》に、ともあれ永田抜きで『銃火』のあつかいについて一応の合意にたっしていた。決定した内容は、『銃火』の表紙のうち、「発行・「赤軍」政治宣伝部」以外は黒で塗りつぶす。表紙の裏に「付」をつけ、川島の疑問にこたえる形で「統一した「赤軍」は中央軍と人民革命軍の連合軍である」とハッキリかき、あわせて「新党」への志向をしるす。「付」は「永田さん」が書く。森の執筆した本文はそのまま出す。

三人の話し合いがおわると坂口は立ち上り、やりかけていた都内交番調査にもどるため帰り仕度をした。「何だ、もう帰るのか」という森に「ええ」とにこやかに応じ、小嶋をせきたてて忙わし気に帰って行く。永田はまあよかったというような、すこし心外でもあるようなチグハグな気持を抱いて坂口らを見送った。

夕食後、組織部メンバーの内野久ら五人は場所を「軍の小屋」に移して最初の組織部会議をおこなった。そのかん森と永田は金子、大槻、松崎、上杉と雑談したが、森にとってこれは、第一に革左の女性活動家にたいして、森と永田の主導する両派の共闘へ「新党」方向へ、獄中革左川島らの否定的な影響力に抗して彼女らを教え導く「オルグ」の機会であり、革左における「女性解放」思想の実践的姿をわが目で親しくたしかめる絶好の場面でもあった。森は塩見孝也議長をはじめとする獄中赤軍派メンバーが全員一致で「統一赤軍」結成を支持していると紹介してから、彼女らに革命戦争と新党への思いを自由に語ってもらい、一人ひとりを慎重に調べようとするみたいにじっとききいった。その中で「女性の自立」について問われた大槻が「まずもって女性が自立して闘うこと、このことによってのみ女性は人間として生きることができるんだと思う。いまは私は自分の力で立って闘うことだけに懸命になっている」と考え考えいうと、森は大きくうなずき「賛成だ。君のいう自立こそ、夫婦間、友人間、恋人同士の同志的結合の前提になるとじぶんも考える。健闘してほしい」といって評価した。

やがて森はクイズ番組の司会者のように「なぜ革命戦争を戦おうとしているのか」と問いかけ、彼女ら一人ひとりに決答を迫った。「米日反動の侵略戦争を打破るため」「民族解放民主革命のため」などと彼女らは述べたが、森はそのつど「ちがう、ちがう」と否定していく。永田も以前森から同じ質問をつきつけられうまくこたえられなかったのだが、森によれば正解は「世界革命のため」というのであった。永田はいつ「世界革命のため」が出るかなと思ってきいていたが、ついに正解者はなかった。すると森はさも得意気に、しみじみと諭す口調になって、

「世界革命のためじゃないか。世界革命のためと出ないのは反米愛国路線だからだ。反米愛国路線は一国主義であり、敵のほうがつねに先手をとり、味方はその後追い＝第二次の闘いしか担えぬとあらかじめ決めてしまっている思考である。したがって当然ながら世界革命にたどりつく日は永遠にやってこないわけだ。このことをいったいどう考えるのか」と語りかけた。革左においてもゲリラ闘争方針を打ち出してからは何かと「世界革命」を云々するようになっていたので、森に説教されるとみんな「ウーン」と考えこんだり、そういうものかしらんとやや懐疑的に笑った

りした。金子は「いわれてみればたしかにそうかもしれないが、反米愛国路線だから世界革命のためが出てこないというのはどうかなあ。なにか飛躍とか、省略がある感じだなあ」と一同のいまの気持を代弁した。

組織部会合がおわると山田、青砥、行方、内野、川島陽子も戻ってきて雑談の輪に加わった。加わり方は色々で、山田はゴロリと仰むけに寝ころんでみんなの話をきき、青砥は時に森相手に軽口をたたき、永田の見るところ赤軍派メンバーのなかでは行方がいちばん自然に革左の女性たちとの雑談に自分を寄りそわせてよく話し、「こういうところで二、三週間のんびりしたいなあ」などともらすほど、はじめて体験する山岳ベースをひとり楽しんでいる様子だった。永田は行方の人柄の他の赤軍派とくらべて素直な気取りのないところが気に入った。金子の妊娠が話題になり、山で子を産み育てる決意、計画が披露されると、森は眼をまるくしておどろき、「ムチャだ。あんまり乱暴すぎ、勇敢すぎる。だいいち予防接種なんかどうするんや。こんなところで育てられるはずがない。山田君には小さい子供（一年一ヵ月）がいるんや」山田を見て「そう思うだろう」と同意をもとめたが、山田はあいまいに笑い何もいわなかった。森には妊娠中の妻があり、指名手配の網をくぐって先日数ヵ月ぶりに都内某所で会うことができたとき、妻の現状にはいろいろ心配な面も見られた。「革命家」夫婦間の妊娠―出産―子育ての問題は森にとってまさにいま決着が問われている自分自身の問題であった。

金子ら女性メンバーは先の「世界革命」クイズの仇をうつかのようにワイワイと反論に出て、山岳ベースでも子供を育てられるように研究工夫していくのだ、森さんらは協力すべきなのであり、足を引っぱるべきではない等と議論をくりひろげた。森は「ムチャだ」といいつづけたが、やがて突然「金子さん用に肝油を手に入れよう」といいだした。金子らはこれを、自分たちの同志的な説得に赤軍派の指導者が主張を一部改めたものと受けとめてワァーと歓声をあげた。森は永田に「ほんとうに肝油くらい考えなければ駄目だ。決意も計画も大事だが、それだけで世界は動かない。自分は金子さん用の肝油と、坂口君の持病（ボタロー管開存症）の診断をしてくれる医師の二件はひきうける」といった。森は山岳ベースの和やかな牧歌のむこう側に、漠然とであるが何かしら不吉なもの、危うい無知の影を垣間見て危惧と反発をおぼえたのであり、それがこのときこの場では「肝油」提供の申し出という形で「ソフトに」表現されたのだった。

森は行方が山の「ムチャ」な女たちと意気投合して楽しそうにペチャクチャといつまでも話しこんでいる様子を見てつい声を荒らげ「おまえ、そんなことをしていていいのか。自分の総括をせい」と叱りつけた。賑やかなオシャベリはやみ、みんなの視線が森と行方に集まった。

「東大闘争のことですか。女房のことですか」

「両方だ」森は強くいった。「東大闘争では最後まで闘おうとしなかったな。リブの女性との関係は誠実じゃないぞ」

永田は東大闘争の話が出たのをシオに「ここに居る上杉さんも東大闘争で逮捕されたのよ」と上杉に発言を促した。行方が「へぇー、そうだったの」と上杉に何か話しかけようとすると、森は「ちゃんと総括しろ」と厳しく命じ、なにもそこまで……という顔をした永田を眼で制した。行方はすわりなおし、姿勢を正し、長い時間にわたって辛そうにいろいろ語った。永田は行方の話のうち「リブの女性」との関係に関心をもってきいた。行方は自分の女性関係の不検束をくりかえしまきかえし自己批判（非難）しつづけるのだが、永田の目のまえにいる衒《てら》いのない人のよさそうな人物と、その口から吐き出される「女性関係」の事実のドギツサとがどこまでいっても重なり合ってくれず、きいていて架空なお話という感じが強くした。十二時近くやっと森から指示が出て行方の聞きぐるしい長話はおわった。

内野久はこの日、三八口径リボルバー（拳銃）一丁と実弾を持ってきており、組織部会議がおわって全員が顔を揃えたところでバッグをあけにぎにぎしく披露した。金子がいぜんカンパ集めで接触したことのあるシンパS氏が内野を介して革左に献納したものであった。内野は就寝まえに永田のところへきて拳銃と実弾を手わたすと「これで御役ごめん」といって笑った。

八月十九日。本栖湖方面へ銃を何丁か移動させる予定であったので、早朝全員が起こされた。永田が起きていくと大きなリュックがすでにいくつもできており、松崎、大槻、上杉がシンパの車を使用して本栖湖までそれらを運ぶということだった。朝食後、金子が立って「男の人は全員、車の待つ麓までリュックを運んで下さい」と呼びかけた。革左の者だけでなく森をふくむ赤軍派の男らもリュックを背負い大槻らのあとについておりて行く。金子、川島とともに小屋にのこった永田は洗い物、掃除等をすませたあと、森らのもどってくるまでの間に『銃火』の「付」を書いてしまうことにした。だいぶたってからもどった森は「良い汗かいた」という顔をして「……女の人からリュックを運んでくれと指示されるとは思わなかった。あのように当然のように指示されると、こちらもハイといって従わざるをえない。しかしこんなことは初めてだ。革左の女性は凄いな」と述懐した。森の知る赤軍派の「幹部夫人」連も凄いには凄いが、森の「夫人」も含め、微妙な違いながら革左の女性のように凄いのではないのだ。それを森はじぶんの「良い汗」をとおして実感したのである。

永田は書きあげた「付」を見せて了解をもとめ、森は若干書きくわえをおこなってから「これでいい」とうなずいた。「付」の全文は以下のとおりであった。「統一された「赤軍」は中央軍と人民革命軍の連合軍である。この連合軍は、米日帝国主義に対する遊撃戦の着実な実践によって新たな兵士を加え、統一革命軍になるであろう。連合軍は遊撃戦を何よりも展開し、建軍武装闘争の中で幾多の困難にたちむかい、犠牲を払って確立した軍事路線を深めるであろう。軍事路線を深めるなかで、共産同赤軍派中央委員会と日本共産党（革命左派）神奈川県常任委員会は、それぞれの路線を検討し発展させ、新党結成をかちとる覚悟である。なおイデオロギー問題については、今後整理し、提起することを確認する」。

森と永田は組織部の青砥と川島陽子を呼び、昨夜の会議で決まった組織部の当面の方針について報告をもとめた。青砥によると、作戦名は〝黄河〟。九月に闘われる反対同盟と各派による三里塚第二次代執行粉砕闘争に呼応して、都内で鉄パイプ爆弾を使用するセンメツ戦を組織する。権力とのセンメツ戦の貫徹をとおして黒ヘルグループと連けい、結合し、かれらを（連合）赤軍へ統合していくことをめざす。云々。

青砥らが報告をすませると、森は永田と九・一四（連合）赤軍結成大会に向けて党―軍として意思一致の協議に入った。両派の軍はなによりも銃によるセンメツ戦の推進に全力を集中すること。「……今度は自分が指揮をとり、米子M闘争の敗北の総括として断乎やりぬく。作戦における山岳ベースの位置付け、銃使用の規範のかくとくに実践的に決着をつけるつもりで闘う。九月十四日、われわれの「赤軍」結成大会の日付はわれわれが革命戦争の新段階へ飛躍をとげる姿を内外にしめす日付となろう」森は自分ら赤軍派の地方センメツ戦には成算があると確言した。

「それなら九・一四の以前、九・一四に近い日付に、連合赤軍の内実をつくるために両派の軍が会合して、双方のセンメツ戦の調査と計画を検討しあう機会を設けてはどうか。作戦遂行のうえでも中央軍・人民革命軍双方にとって大いにプラスになると思うけれど」

森はすこし考え「うん、そうしよう。それでセンメツ戦の都内―地方同時決行ということにでもなれば意義ある会合になる」といって了解した。会合の日付は九月十日、場所は丹沢ベース、参加者は両派の軍の指導的メンバーに森と永田。このとき、これまでのところは美しいプランにとどまっていた両派のセンメツ戦に、おおよそ決行の日付が刻みこまれたのである。ようするにスタートの号砲が鳴ったのだ。永田も森も事態をはじめてそのように皮膚からじかに意識した。

正午すぎ頃会議の日程はすべて終了した。内野は所用で急ぐといって真っ先に、見方によってはやっとアホウドリの群れから解放されたといわんばかりにいそいそと下山していった。永田と川島陽子は小田急新松田駅まで赤軍派メンバーといっしょに行くことにした。麓に下りバス停まで車道を歩いていたとき、永田らのすぐ前を行く青砥と行方のやりとりが険悪になり、青砥が手帳をひろげて「行くのか、行かないのか」と強い調子で迫ると行方のほうは「行きますよ、行きますけれど」と肩をおとして考えこむ。なにか一方が他方を一方的に責めたてている感じで愉快でなかった。青砥はふりかえって永田を見、

「われわれは米子M闘争のさい行方不明になった一丁の銃をさがしに行くのです」と説明した。永田らは赤軍派の要請に応じて五月下旬、奪取した〈二・一七の銃〉のうち二丁を「同志的」に譲渡（あるいは赤軍派がM闘争で奪取した〈革命の〉資金の一部と「同志的」に交換）していた。ところが赤軍派は七・二三米子M闘争の敗北の過程で二丁のうち一丁を逮捕された某君とともに敵に押収されてしまったのである。前回八月九日の会合で永田は森に、米子の敗北の核心を〈二・一七の銃〉を奪われたこと、山岳を逃げこみ先に使って敵の戦略的視野を拡げてしまったこととして総括を要求したが、森はそのとき、あれこれ言いわけをならべたてたあげく、もう一丁の銃も米子の部隊にわたって

おり、その銃がどこかにあるはずだからかならずすぐにさがしだすと約束した。永田はいま青砥の話から、森らには問題のもう一丁の銃がいまだにどこにあるかすらわかってない状態であることを知らされたのだった。永田は何としてでも同志仲間の犠牲の血のしみこんでいるもう一丁のその銃をさがしだしてほしかったし、行方がグズグズイジイジためらうのが不可解でならなかった。青砥の物言いはいかにも高圧的でそれはそれで問題だったにしてもである。

夕方になって、永田は坂口、小嶋、山本順一の待つ新小岩アジトにもどった。夕食後、永田、坂口、山本は懸案であった①「党のための闘い」としての中国行き。②カンパ網構築の二件について検討、協議した。①坂口は先に山本に日中友好商社や友好運動の関係で安全にかつ非合法で中国に行く方法はないだろうかと難題をもちかけ、可能かどうか知人にあたってみるという返事を得ていたが、今回やっと会えた山本の知人の話ではやはりきわめて難かしいとのことだった。永田らは当面中国行きの展望はないと判断、このとき事実上「党のための」（自分たちの理論的・実践的力量の貧困を克服するための）闘いとしての中国行き方針は取下げた。「連合」赤軍結成をふまえ、当面依存する相手をはるか遠方の「中国共産党」から中国共産党とくらべてはるかに劣るが近くには居る「赤軍派」に切り換えた、そうせざるをえなくなったということだ。②山本は「全国の日中友好商社のリストを作るから、そこを一つ一つ歩いてみてはどうか」とりあえずはまず名古屋に来てほしいと熱心にいい、永田、坂口はこれを了解した。話し合いがすむと山本は仕度をして名古屋に帰った。

夜十時、坂口と小嶋は「夢の島」交番の調査に出かけ、午前二時頃もどってきた。

「いちど夢の島の交番を見ておいてくれ」翌二十日、遅い朝食をとっているとき坂口は永田にそういった。ここ一週間連夜の精力的な活動によって、坂口は必要な調査の大体はおえていた。夢の島の地理、標的の位置と周囲の状況、進入路と逃走路の決定、交番に詰めている警官の人数やかれらの出入りの時間帯の把握など、見るべきもの、知っておくべきものはすべて見た。坂口らにとって調査の成功はすなわち作戦の成功である。ところが、今回どうしても、調査の「成功」というには何かが足りないのだ。〝何か〟としかいえぬのがもどかしくてならず、とど坂口は、永田なら新鮮な目で現場を見てその〝何か〟を、そもそもそういうものが実際あるのかないのかも含め指摘できるのではないかと考えた。じじつこれまでも坂口は、ときに強く反発しながらも、ふりかえって永田の一言に助けられたと思うことが何度かあった。

　正午すぎ、永田は小嶋の運転で夢の島へ向かった。夢の島は江東区南東部、東京湾上の広大な造成中の埋立地で、都内のゴミと残土が「島」の実体であるから、「夢の」は遠い未来に実現するかもしれない、そういいたければ「体制側の」思い描く「理想の街」の夢である。巨大なゴミの山のあいだを幅の広い道路（未舗装）が一直線に走っており、終点の位置にいちばんおおきなゴミの山と清掃工場とかれらの標的である「夢の島」交番があった。このあたりに住み暮す人間はひとりもいない。日中は工場が操業しゴミを運びこむトラックの往来も激しいが、夜になると一切の音響はとだえ、工場の職員が家路についたあとは、工場まえの交番の青白いあかりと警官の姿だけが「夢の島」が人間の土地であることの最後のしるしになる。坂口らの作戦はこの場における唯一の「人間のしるし」に奇襲攻撃をしかけ、これをセンメツするというものであった。

　小嶋は車を走らせながら「センメツ戦には格好の場所でしょ。私たちは絶対センメツ戦を闘うんだから」と力をこめていった。永田はこれといってハカバカしいこともいえなかったが、おもしろいところを見つけたなと思った。帰路の雑談で、小嶋は「センメツ戦は私にも闘わせて」と強くいい、永田が黙っていると「交番調査では坂口さんは車の運転にどなってばかりいて本当に頭にくる。だから運転中は何もいわない永田さんといっしょが一番いい」と打明けたが、「でもうるさくどなられて、すこしは運転も上達したから感謝もしているんだ」とつけくわえた。新小岩アジトにもどると、坂口が早速、

「どうだった」ときいてきた。

「おもしろいところね」永田がいうと、坂口はそのまましばらくその先を待ったが、やがて「そうか」といってあとは黙った。永田の簡単すぎる感想にすこし不満であり、そういうものかと思った。坂口は、先夜工場の高い塀のかげに身を潜め、そこだけ白々と明るい交番のほうを注視していたとき、厖大な闇のなかから独り眼覚めている警官の

顔がスーッとうかびあがってきたのを思い出した。未だ若い、稚《おさ》ないようなもの静かな顔つきだった。自分たちの銃によるセンメツ戦決行のためには、いぜんとしてやはり、敵には備わっている肝心な〝何か〟がまだ欠けているか、さもなくば足りていないのだと坂口は考えた。

「挫折」

八月二十一日。夜十一時すぎ、「連合」赤軍組織部の内野久は新宿区歌舞伎町の喫茶店で黒ヘルグループのある人と会合中に公安二課「京浜安保」班の職質をうけ、直後に緊急逮捕された。内野は手錠をかけられたとき「よくここがわかりましたね」といって苦笑した。連合赤軍の発足したこの時点における内野の逮捕は永田ら革左の運動にとって手痛い敗北である。内野は二・一七真岡銃奪取闘争の尖鋭な担い手であり、連合赤軍組織部のリーダーのひとりとして連合赤軍を「新党」へ前進させる巨きな力の主要な一部であった。しかし同時に「銃奪取」のまさに中心に位置していたにもかかわらず、あるいはそれだからこそともいえるが、内野は永田の「銃の闘い」絶対視に「政治第一」の原則をもって対抗しえた幹部メンバー中唯一の存在でもあった。永田の革左は内野の逮捕によって、永田の「銃の闘い」一本槍路線のはらむ危うさを正しく指摘し、孤立はしていてもなんとか革左の闘いを人民の大地に結合させようと努めた一活動家と、かれの代表した革左の思想の一面に辛うじて保たれている「正気」「常識」の声をうしなったといえよう。

八月二十二日。この日は交番調査にあたっている軍メンバー＝寺岡隊、吉野隊、それに坂口が丹沢ベースに集まって調査結果を検討する予定で、永田、坂口、小嶋は電車を使ってベースにむかった。昼すぎに永田らが到着すると、寺岡・前沢組、吉野・高木組はずっと早く着いていて、寺岡は永田らのところへ走りより、内野の逮捕のことを知らせた。永田らは小屋の下の岩のところで立ったまま短く協議した。話し合いはしかし、内野は獄中でがんばってほしい、われわれも銃によるセンメツ戦でがんばりぬこうといいあうにとどまり、内野の逮捕を自分たちの政治的・軍事的敗北と主体的に受けとめる姿勢はみられなかった。逆に一メンバーから、警戒心（闘争心）の不足が逮捕の主因ではないかと、組織が全体として取り組むべき問題であるはずの指導的部分の逮捕＝敗北を、内野一個の特殊な欠陥に解消せんとする意見まで口にされ、これは全員の考えとはいえなくとも、この時この場の全員がいだいていた共通の「気分」を正直にあらわしていた。これで組織部は革左側から川島陽子ひとりになってしまったが、補充についてこの時は話し合いすらしなかった。

交番調査の検討は調査隊メンバーの坂口、寺岡、吉野、前沢、高木でおこない、永田は席を外した。協議の結果、寺岡隊の国道一号線沿いは展望なし、坂口の夢の島、吉野の会津若松はさらに調査の必要がある。最終的に坂口の意見で、夢の島交番をセンメツ戦の対象として決定、坂口、寺岡、吉野、前沢、高木が小嶋の運転する車を使い、集中して調査に取り組むことに決まった。そのあと、永田が加わり懸案事項を話し合った。新小岩アジトの使用は夏休み期間だけという約束なので、今後夢の島交番の集中調査の拠点として使用するため（ただし本当の目的は伏せて）千葉のF氏宅に協力を依頼すること。担当は永田。つぎに寺岡から、センメツ戦準備の一環としてセンメツ戦決行後に予想される「破防法」攻撃にどう備えていくかと問題の提起があった。たとえばこのかん一貫して革左の闘いを支持支援してきた名古屋の中京安保メンバーを敵に対しどう防衛するか。「……今月初め山本（順一）さんのところへ行ってきた高木君の話によると、中京安保の人たちは前進しており、独自に武装闘争を追求せんとしているという。じじつ高木君は山本さんに車を借りたのだが、その車で運転をマスターしようとしていた加藤弟などはそれができなくなったといって猛烈に残念がったらしい。刮目《かつもく》に値する大した息ごみではないか。また同君のような高校生を含め全員が地下にもぐることを覚悟しているともきいた」

永田らが口々に「それなら山岳に入れるべきだ」というと寺岡はわが意を得たと大きくうなずき、「かれらを山岳に入れて「予備軍」として活動させ、まず〈銃の質〉をもってダイナマイト奪取などを闘わせることにしよう」といった。予備軍のキャップは加藤能敬、寺岡が加藤を指揮しよう。加藤はただちに名古屋へ行き、小林房江、加藤倫教、加藤弟、小嶋妹（高校生）を丹沢ベースへ連れてくること。あとで寺岡が呼びだして新任務をあたえ、あわせて

「小嶋さんのことは持久戦で行け。あわてるな」と助言すると、加藤は非常に張り切り、ついこの間まで小嶋和子への片恋でクヨクヨしていたことなど嘘だったみたいに意欲的に活動を開始した。内野久と川島陽子の指導の下にこのかん名古屋で独自に反米反基地闘争をくりひろげてきた中京安保共闘は、このとき山本順一夫妻以外のメンバー全員が革左の山岳ベースのなかにくみこまれることによっていわば「発展的に解消」されたのであった。

この日の午後、森と青砥は坂東らが作戦の拠点とした駒止のスキー小屋に到着した。党中央＝森の登場は坂東以外の植垣、山崎、進藤には不意うちだったので、センメツ戦に向けて調査の日々であるとはいえ、山中にあって親密な仲間気分のままでのんきに過ごしてもいたかれらは一気に緊張感につつまれた。夕食後森が全員を集合させ、厳しい口調でセンメツ戦貫徹の覚悟を迫ったとき植垣らの緊張は高まった。森は革左が通敵分子の処刑にふみきったことを伝え、革左でセンメツ戦が遅れているのはその準備の過程でそれを敗北させる危険のあった分子を処刑していたからだ、酒や睡眠薬をつかってねむらせ、車に連れこんでから殺ったそうだ云々と説明したあと「センメツ戦をやりぬくにはそうした厳しさが必要なんや。おまえらにはそうした態度がない。あまりにもない。いまここで命がけで飛躍することを第一に考えろ」と発破をかけた。ききながら植垣はうなだれてしまい、そうか、われわれの小関良子への対処は甘かったか、やはり処刑すべきだったのかと振りかえった。就寝まえ森と進藤は小屋の外でかなり長く話し、おわってもどってくるとき森が「小関のことを総括しておけ」といっているのがきこえた。「何の話だったんだ」植垣がきくと、進藤は「逃げたら殺すといわれた」といって苦が笑いした。

八月二十二日。治安当局にとって、新左翼各派の呼号する「秋期決戦」の様相の一面を暗示する二件の注目すべき事案の発生した一日である。①未明、目黒区の警視庁職員寮「大橋荘」で時限装置付消火器爆弾が爆発。②夜十時頃、埼玉県の陸上自衛隊朝霞駐屯地器材置き場でパトロール中の自衛隊員が刺殺された。当局は①では爆弾の威力に注目した。寮の分厚い鉄のドア二枚分が凹んだうえコンクリートの枠ごと吹きとばされており、住人によれば爆発の瞬間四階建ての建物全体が地響きしたという。②では現場にのこされた多量のビラ、ヘルメット、旗など遺留品に記されている「赤衛軍」という耳新しい〝署名〟の解釈が焦点となった。①は警察関連施設を標的とした爆弾闘争、②は自衛隊にたいする隊員の殺害と武器奪取をねらった攻撃であり、①も②も犯行の主体は既知のセクトらしくなく「黒ヘルグループ」と概括される〝武闘同好会〟的連中の仕業ではないかと推測された。当局はここへ来て「黒ヘル」らの武器（①）も敵センメツの意欲（②）もホンモノになりつつある事態に衝撃をうけたのであった。

八月二十三日。朝、森の意をうけて青砥は植垣を小屋の外へ呼び出し、六・二四横浜銀行妙蓮寺支店襲撃のさいに使用した車両に散弾数発を置き忘れた廉《かど》で植垣が二ヵ月間禁酒禁煙の罰をくらっていること、にもかかわらず平気で飲酒喫煙に耽っているこの不謹慎はどういうことか？　また、植垣の拘置中の恋人Tが堕ろした子供の父親はほんとうは植垣ではないのであり、森が植垣を消耗させぬために嘘をついていたのだとも明かした。それだけ言うと青砥は茫然としている植垣を置いてサッサと小屋にもどっていった。おれは赤軍派のなかでずっと「知らぬは亭主」あつかいされていたのかと、森の代理人気取りで偉そうな口を利く青砥を笑止と思いつつ、植垣はウソ寒い気持になった。昼すぎ、青砥は植垣の作った鉄パイプ爆弾二本をもって東京へ帰った。この日以降森が直接「坂東隊」を指揮し、交番調査の結果を検討するようになり、植垣らは党中央＝森にたいしてこれまで相対的に保持しえていた実行部隊としての「自主」の気風をしだいに手放さざるをえなくなっていく。

永田らはこの日から千葉F宅を拠点とし、坂口らは夢の島交番を標的に集中して調査、永田は『解放の旗』十九号の冒頭文の執筆に取り組んだ。永田はこのときはじめて「反米愛国路線」という言葉を文の表題に使ったが、「反米愛国路線の放棄」という川島の永田指導部批判に、そうではないぞ、ちっとも放棄してないぞと表明するための「内部むけ」の使用であり、赤軍派との「連合」から「新党」へという永田革左の大方針に動揺なり変更なりがすこしでもあったわけではない。むしろ川島の批判をうけて一層、川島の「家父長的」指導から自立せんとする永田一個の意思は強まったのであり、それがかえって表面は逆様に「反米愛国」の言葉のうえだけの強調となって表現されたとみられよう。永田としては一日でもはやく銃によるセンメツ戦を実現させ、これ以上川島にガタガタ大口をたたかせぬつもりであった。加藤能敬は名古屋の実家に帰り、弟ふたりに「家を出て山岳アジトに入れ」と指示、同じ内容を小林房江、小嶋妹にも伝えた。加藤の弟らは八月中に全員山岳ベースに結集して「予備軍」として活動をはじめた。

八月二十六日。坂口らは交番調査の結果を検討し、永田も協議に加わり作戦の今後をめぐって最終判断を下した。結論、夢の島交番を対象としたセンメツ戦に成功の展望なし。坂口は最初永田の「直感」に、つぎは軍メンバーによる再調査に、坂口の感じていた不足している〝何か〟の捕捉《ほそく》、解決の手がかりを期待したが、所詮虫の好い他人頼みであって、調査が進めば進むほどに作戦の困難の壁が高くなっていくというのが坂口と寺岡らの共有した認識だった。では、どうしようか。みんな困惑して押し黙り、なかでも調査中に体調をくずしてF宅で休んでいることのほうが多かった高木の消沈ぶりが目立った。

「会津若松に転進しよう。われわれの知るかぎり、警備の状況は全般的にこちらとくらべて甘かったと思う」吉野はみんなのダンマリを押しかえすように強い口調でいった。前沢が顔を上げて「調査を全力でやれば夢の島では見つからなかった突破口が見つかるかもしれない。可能性はある」というと、寺岡はそうするかと応じ、高木も黙ってうなずいた。坂口だけが何もいわず、賛否を明かにしなかった。が、寺岡がメンバーに会津若松の交番調査の日程を示し、調査方法について話し合いをうながしたとき、坂口は急に「爆弾を使わなければセンメツ戦は難かしい。自分は夢の島交番の調査をつうじてそう結論せざるをえなくなった。みんなも考えてほしい」といいだして話し合いを激しい口論の場にかえてしまった。寺岡は眼をむいて怒り、

「銃でなければそもそも意味がない。銃によるセンメツ戦の必要がわかってないのか。今になって何てことをいうのだ」とこぶしを振り回し、「われわれは銃を手にし、銃の地平に到り、銃をもって権力とのセンメツ戦にふみきった。それが二・一七以後のわれわれの歩みではないか。今さら爆弾をいいだすのは同志の血の犠牲に支えられた闘いの旗をわれわれから下ろすことに等しい」と吉野がつづき、前沢も同調した。交番調査をつうじてセンメツ戦の実行の困難を具体的に思い知らされた点では坂口も寺岡らも同じだった。問題は坂口がこれまで一貫して〈銃の質〉〈銃の闘い〉をいい、それを寺岡ら実行部隊に押しつけてきた指導部の一方でありながら、いまになって突然、明瞭な自己批

判、すくなくとも同情しうるなんらかの釈明すら抜きにして、ただ目先の必要だけを理由にバクダンを持ち出してきたところにある。この時の寺岡らの反発批判は永田・坂口指導体制が直面した実行部隊の側からの最初の真剣な反対のこころみだったのであり、事はもう会津若松への転進どころの話ではなくなっていた。

永田はなによりもまず、坂口の意見のいつものことといえなくもない無原則ぶりよりもそれをいうときの消耗した様子におどろき、寺岡らの坂口批判の調子の激しさにおどろいた。直ちにまあまあと割って入り「みんなも、そんなに烈しく責めたてずに、坂口さんは身体の工合が悪くてそういったのかもしれないんだし、坂口さんの主張がどういうことか、もっとよくきくべきじゃないの」と坂口をかばい、かつ叱咤した。吉野はバカな、そんな必要があるかという態度だったが、とにかく一応坂口の話をきいてみようという空気になった。坂口は永田と寺岡らの視線を避けるようにうつむき、交番調査の経験をとおして見つけたと思った、自分たちの思考に欠けているそのもののことを何とか語ろうとした。銃によるセンメツ戦をうちだし、警官の殺害を自己目的化したとき、われわれはそれいぜんは有していた潜在的な味方である人々との大事なつながりを断ち切ってしまったのではないか。処刑した二名のためにも敵センメツをやりぬくというリクツは、どこかになにか致命的なカンチガイがあるのではないか。しかし坂口は向山処刑直前の話し合いのとき同様、ここでも自分の考えをほかならぬ永田、寺岡らにたいしてどうすれば説得的に表現できるかついにつきとめられずじまいでおわった。「ようするに爆弾も使用しなければ警官のセンメツはできないのではないかということだ」と苦しそうに呟くので精一杯だったのである。永田、坂口と寺岡らはあれこれ論じ合ったすえ、永田の示した「調停」案を受けいれ、あくまでも銃が中心であるが、なにがなんでも銃でセンメツするというのでなく、たとえば逃走用に手製爆弾を使うことなども考えようという相対的に穏やかな話でまとまった。坂口と寺岡らの間の対立は、ほんとうは「高等数学」でしか解けぬ問題だが、永田はこれを「算数」で「解いてみせ」、対立する双方はそれぞれに不満でありながらも当面仕方のない妥協として了解したのだった。

残る問題は会津若松方面での交番調査に必要な資金をいかに調達するかであり、これは緊急を要した。九月十日に赤軍派との間で互いのセンメツ戦計画を検討しあう会合が設定されており、それまでに速かに調査隊を現地に派遣し調査を進めておくのでなければ、永田らはじぶんの内容を持たぬまま会合にのぞむことになる。ここで永田が持前の実行力を発揮した。面識のあるルポライターE氏に連絡をとり、即、作戦の継続に必要な額のカンパを得たのであった。翌二十七日、寺岡、吉野、高木、前沢は勇んで会津若松に直行し、永田と坂口は山本順一との申し合わせにしたがってカンパあつめのため小嶋運転の車で名古屋に向かうことにした。

森と赤軍派中央軍「坂東隊」メンバーは二十四日、森の指示で作戦の基地を駒止スキー場の山小屋から調査対象にヨリ近い羽鳥湖周辺に移して白河方面の交番調査を本格化させ、二十八日、攻撃対象を国道四号沿いの小田川駐在所に設定したセンメツ戦計画を立てた。森は銃の使用を主張したが、植垣らは、撤退ルートが非常に長いため、警官のセンメツが発見されるまでに可能なかぎり遠くへ撤退する必要があるので、銃よりも音のしないナイフのほうが「正しい」と主張した。森はなかなかナイフによるセンメツ戦を認めようとせず、議論は紛糾したものの、植垣が必死の形相で「かならずナイフで警官をセンメツする」と強調すると最後には森もしぶしぶそれを了承した。革左においては失われかけている銃を武器の一つとして＝目的達成のためにとりうる手段の一つとして位置づける植垣ら実行部隊の比較的「正気」の意見に、この時ばかりは森も一応したがわざるをえなかったという結末だ。

決定した作戦計画。決行の日時は八月三十日午前九時から十時の間とする。植垣はナイフ、坂東はオノ、進藤はヌンチャクとロープ、山崎は銃をそれぞれ持つ。車を駐在所入口に横づけし、植垣と坂東が道をたずねるふりをしてなかに入り、まず植垣がナイフで警官を刺す。警官が抵抗したり拳銃を抜くなどしたら、坂東がオノで警官を攻撃する。進藤はヌンチャクとロープを持って母屋に行き、警官の妻をつかまえてしばる。山崎は銃を持って駐在所入口に待機、必要に応じて制圧しきれないほうに行く。警官をセンメツし拳銃を奪取したあとは、車で羽鳥湖、昭和村を通って撤退する。パトカーに追尾されたり検問にぶつかったりしたら、銃と爆弾でそれらを粉砕する。

八月二十九日。台風がきて、夜には激しい風雨になり、遺憾だが作戦の決行を延期するしかなくなった。三十日午後になると沢が増水し、テントの位置まで上がってきた。急拠、駒止の小屋にもどることに決め、荷物をリュックに詰め、胸まで水につかって沢を下り、車で駒止に向かった。午後九時、小屋着。台風はその夜のうちに通過した。

八月三十一日。坂東、植垣、進藤、山崎は、撤退ルートが台風で通行不能になっていないかどうか調べ、また尾瀬まで足をのばして新しい作戦ベースを模索した。この日は適地を見つけられなかった。

永田と坂口の名古屋カンパ巡行は永田の意気ごみにもかかわらずさんざんな失敗におわった。得たカンパの総額は二十万円。大半が山本順一の尽力によるもので、中には山本が商社をやめたときの退職金も含まれている。永田らの「権力との銃によるセンメツ戦のために」という呼びかけはシンパや友好商社の人々のうちに共感同情の念をかきたてるどころか、ハッとするような嫌悪感や無視ではねつけられ、よくてせいぜい下らなさにあきれたという表情と丁重な謝絶のコトバを得るにとどまった。永田は坂口と連日炎天下の名古屋の街路を歩きまわりながら、時に「こういうことが闘争なんだろうか」とボンヤリ考えることがあった。しかし次の瞬間、そんなことを考えてしまう自分に断崖の底を見おろすような恐怖をおぼえ、あわてて顔をそむけてそんないかがわしい、淫らな考えは打消そうとし、がんばってひとまず打消したのだった。がんばるのでなければ、永田と革左の一二・一七以後の歩みの全部を否定することになり、それは永田にとって死を意味したからである。

九月一日。午後、永田と坂口は丹沢ベースへもどった。山道からそれてベースの小屋へのぼる沢の入口まできたとき、永田らはそこにテントが張ってあり、やわらかな日ざしのなかで女性ふたりが沢水でゆでたフキの皮をむいているのを見た。革左の「予備軍」に編入された小林房江と小嶋妹であり、テントから顔を出した加藤能敬と弟たちがにこにこ笑いながらアイサツしてきた。永田は若々しい新入山者との出会いに、「みんなよく来てくれたわねえ」と一ぺんにカンパ行の消耗がふっとんだみたいにしばらく活発にオシャベリし、別れるとき「これから一緒にがんばっていこうね」と手を振った。かれらは加藤能敬の指揮ですでに早く「予備軍」として「本隊」の小屋の下流の砂地でキャンプ生活をはじめていた。

先にもどっていた寺岡ら調査隊メンバーに迎えられた永田、坂口は、一休みしたあと寺岡と三人でそれぞれの任務について簡単に報告をおこなった。寺岡は交番調査は男だけではやりにくい、警官の巡回コースを確実につかみたいが、アベックでの調査が問題解決につながると思うと報告し、「会津若松でセンメツ戦の展望を何としてもつかみたい」と強くいった。永田は「アベックによる」調査案に同意したが、そうなるとまた資金の調達が第一に問われるのであり、永田らは名古屋の失敗にメゲることなく、ヨリ精力的にカンパ網建設にふるって取り組むべしと確認しあった。永田が下でキャンプしている加藤兄弟らに具体的な任務をあたえてはどうか、「かれらはとても働きたがってるわよ」というと、寺岡はすこし考え「採石場の調査を担ってもらおう。能敬君にいっておく」と了解した。

そのあと寺岡は「今後の交番調査について軍で意思統一したい」とことわって吉野、前沢、高木、さらに坂口と小嶋もあとについて出、小屋のうえの沢のところで会議をおこなった。永田は小屋にのこり、金子らと掃除や荷物整理をした。しばらくすると突然、小嶋の叫び声がきこえて騒然となり、あわてて小屋からとび出して見上げると、小屋のすぐ上の岩場で坂口、寺岡、吉野、高木が小嶋をおさえこんで殴っていた。山からおりようとした小嶋を寺岡らがつかまえ、取囲み、手足をバタバタさせて抵抗する小嶋を叱りつけ、叩き、落ち着かせようとしているのだった。前沢が小嶋に、大声で、

「そんなことをすればどうなるか、あんたがいちばんよくわかってるだろう」といい、永田のところへきて「殺ったんでしょ」といって永田の眼を見た。永田は黙って前沢を見かえした。永田が何もいわないので、前沢もそれ以上いわずに黙った。

「小嶋さんと話し合ってほしい」寺岡は永田に軽く頭を下げた。小嶋は抵抗をやめ、岩場にすわってボーッとしており、永田はそのとなりにすわった。

「どうしてかけ下りようとしたの」永田がきくと、運転や調査のことで批判されるのがおもしろくないと呟いたものの、その理由はいわなかった。永田はそのまましばらく待った。寺岡らはすでに小屋にもどり、永田と小嶋はふたりだけで静まりかえった山の薄暮のなかに姉妹のようにすわっていた。やがて小嶋は一気に静けさを払いのけようとするみたいにしゃべりだした。センメツ戦は闘わねばならぬものであり、自分もそれはよくわかっている。が、いざ

これを闘おうと思うと怖いのだ。闘いたい、しかし怖い。ずっとこれのくりかえしがつづいている。こうしたくりかえしのなかで、しかしそれでも自分はセンメツ戦を闘いたいと思っているし、調査にも全力をあげて協力するつもりだ。……

「センメツ戦を闘おうと思うと怖くなるというのは当然で、私にも気持はよく理解できる。しかし銃によるセンメツ戦の現在における政治的意義をおさえつつ、調査活動を闘争として担っていくなかで、おのずと怖いという気持は克服できるはずよ。小嶋さんのいまの気持、いまの発言はまさにもっともで、決して何かとくべつ異常なものではないと思う。私たちそれぞれみな同じ気持で闘ってるのよ。がんばってほしい」

「交番調査を進めて行けばいくほど怖さは大きくなっていく。克服できるはずというけれど、それは永田さんだから抱ける希望で、私をふくむみんながみんな共有できる思いとはいえないでしょ」小嶋は明瞭にここがといえないものの、じぶんの感じている怖さと永田のいう怖さは根本のところでちがっていると思った。

「怖いという気持とそれでもセンメツ戦を闘いたいという願いは、私たちみんなが闘いのなかで共有している感情だと思う。もしかしたら、これ以上ないほど怖さが大きくなる時は、じつはそのまま怖さが克服され私たちの闘いが人々のこころに届く時とほとんど同時なのではないかしら。もちろんこれは私の願望よ。でも小嶋さんの願望であっても構わないではないか。すくなくともそれは今の怖さを耐えやすいものにしてくれるように思うけれど」

小嶋は自分がかけ下りようとした時を振りかえり、男の同志たちが自分を押さえつけ殴ったが、これは嬉しいことだったといい、「ほんとうに嬉しかったよ」と感慨深げに打明けた。

「どういうこと」永田は眉をあげた。日頃から男同志一般に何かと対抗的に出、感情的に反発を示すことの多い彼女のセリフらしくもなく、またそれをいうときの彼女の調子には永田のケッペキ感を変にジメジメと刺激するいやらしいものがあった。小嶋は「みんなが私のことを真剣にあつかってくれたから」と説明したが、永田のおぼえた不快の念は去らずかなり後まで残った。

「永田さんにはわからない問題を私はもっているのよ。それがあるので私は今一つ、ヒトにもモノにも積極的になれない」

「今一つ積極的になれない問題というのは重要だから、ちゃんと出さなければ駄目よ」

小嶋はしばらくすると思い切った様子で語った。「……私には足の裏にたくさんの青筋がありこれが気になる。だからつい最近までスカートははかずスラックスばかりですごしてきたし、銭湯には絶対に行かなかった。川島陽子さんといっしょに生活していたときも、銭湯には行かなかった」

身構えてきいていた永田はなあんだと思い、同時に先に感じたのと似たかすかな苛立ちをこの時も抱かされた。青筋が何さ。それでも永田は、自分を抑えてコトバを選びながら、

「そういうところに価値観を持たないようにすればいいじゃないの」と私見を述べた。

小嶋は首をかしげ、何をいっているの？　という眼をしたが、やがて急に生き生きした表情になって永田のくそまじめな顔を見なおし「ねえ、もういいでしょ。そんなにイジメないでよ。かけ下りようとしたのは咄嗟のことで本当にそう思ってしたんじゃないんだから」といいさっさと小屋へもどって行く。永田もヤレヤレと腰を上げてあとにつづいた。

小屋では坂口、寺岡、金子らが待っており、小嶋はその中へ首をすくめて笑いながら入っていって「もういいじゃない。もう下りようとしたりしないから」と釈明した。永田がみんなに小嶋の語った内容をつたえると、金子は小嶋の足の裏の話をとりあげ、「私も自分のこの前の歯ではずいぶんイヤな思いをし悩んだ」と、前歯二枚の小さな変形を秘かに長い間他のどんな事よりも気に病んでいた事実を明かし、じぶんが偉い永田とはちがって「価値観」を一部小嶋と共にしていることをしめした。みんなしんと静まりかえり、あとはもう小嶋の「無断下山未遂」を話題にすることもなかった。

就寝まえに永田と寺岡は小屋の外で短く打合わせし、決定した会津若松での「アベック」交番調査から小嶋を外すこと、小嶋には当面車の運転の任務をとき、山岳ベースで銃によるセンメツ戦の政治的意義を学習し、山から下りようとしたことの総括に専念してもらうことにした。

森と旧坂東隊はこの一日、新しい調査・出撃拠点を設置するため探索中のところ、駒止近くの道路工事現場でダイナマイト百二十本、電気雷管九十個を見つけて歓喜してこれを窃取した。森らは若干のダイナマイトと雷管を自分たちの作戦用に残し、あとは山崎に東京まで運んでもらうこと、山崎がもどってくるまでの間に駒止湿原方面に新ベースを作っておくことにした。結果、センメツ戦決行はさらに順延となる。四日山崎がもどり、翌五日からふたたび、今度は湿原に囲まれた森のなかのテントを拠点にして小田川駐在所の調査を開始した。雨のふることが多く、湿原は朝夕、深い霧につつまれた。

九月八日。夜のミーティングの冒頭、森は改まった態度で坂東らに「革命左派とのあいだでセンメツ戦について意見交換することになってるんやが、すぐセンメツ戦を実行できるんか」とただした。「すぐ実行できる」坂東がうけあうと、森は大きくうなずき、山崎のほうを向いて次のように指示した。「調査に行ったとき、東京の行方に森からといって、こう指示しておいてくれ。〈二、三日中にセンメツ戦を決行する。そのあと東京に入るので東京で合流したい〉と伝えること。革左のベースへ行って永田さんに会い、〈これまでの間で合意している双方のセンメツ戦の計画を示し検討する会議の以前に赤軍派として先ずセンメツ戦をやってしまうこと、その「実績」を背景に後日改めて永田らとの会合に臨むと最終決断したのであった。九日、進藤と山崎は郡山市で新たに作戦用の車両を調達した。森と坂東は十日に作戦の決行を予定したが、またしても台風がきて風雨が激しくなり、十日の作戦は延期せざるをえなかった。

九月十日。丹沢ベースでは、朝食のあと永田、坂口、寺岡は午後に予定されている赤軍派との会合をまえに意思一致の協議をおこなった。赤軍派にたいして、われわれのこのかんの会津若松交番調査の結果と現状を「同志的」に報告して意見や感想をもとめ、心を開いて耳をかたむけること。かれらの観点を知ることで未解決の課題に光が差すことがあるかもしれない。第二に、会合は両派指導部（赤軍派＝森、坂東。革命左派＝永田、坂口、寺岡）による協議になるが、こちらからはもうひとり、会津若松交番調査のキャップである吉野にも加わってもらう。吉野君は銃によるセンメツ戦路線のもっとも戦闘的な推進者であり、交番調査においてリーダーシップを見事に発揮していると寺岡は推挙の理由を語り、永田と坂口も大いに賛同した。永田はあとで吉野を呼び、きょうの赤軍派との会合に出るようにとだけ指示した。

ところがいつまでたっても森らは姿を現わさなかった。約束した時間に大幅に遅刻してべつに待ちもうけてもいなかった行方がひとりで軽い感じでやってくると、小屋の入口のところで「森さんが永田さんひとりに話せといったので永田さんと話したい」と汗をふきふきいい、永田は小屋の外に出て話をきいた。「森さんから伝言です」今日明日にもセンメツ戦をおこなう……そのあと東京に入る……東京で合流したい……行方は正確を期していかにも神経質に語ったが、きいていて永田はとくに「合流したい」という表現にどういうことかと強い異和感をおぼえた。センメツ戦の両派同時遂行をめざして互いの計画を検討しあおうと考えて設定した会合をかってに放り出し、そのあと「東京で」いったい何を「合流」しようというのか。

「きょうこの日、センメツ戦の検討をすることになっていたのに、今日明日にもセンメツ戦をおこなうというのはどういうこと」

「そういう約束があったことをぼくは知らないけれど、それなら森さんの伝言はおかしいですね。でもぼくは何も知らないし、そう伝えろといわれただけですから」

永田は行方に小屋の中で休んでいてもらい、坂口と寺岡を呼びだして森の伝言をそのまま伝えた。両名とも何なんだという顔をしたが、そういう話ならとにかく「今日明日」のニュースに注意していようと確認しあった。吉野にはきょうの会合が赤軍派側の事情で中止になったと説明しておいた。行方は前回来たときと同様「こういう所でのんびりしていたい」といったが、実際にはバスの時間にあわせて早々と帰って行った。今度の件はこれまで何度かあった赤軍派の「信義違犯」のうちでも連合赤軍の発足にあたって両派の共闘の内実が問われる場面でのものだけに、また今日永田らにおいて無意識のうちに赤軍派への依存の度が高まっていることから、永田の抱かされた落胆と、森の「巧言令色」への憤りの念は大きかった。

九月十一日。朝六時頃、森、坂東、植垣、進藤、山崎は起き出し、坂東らは出発の仕度をしそれぞれ武器をもって車に乗った。森はテントに残った。坂東らは会津田島、羽鳥湖をへて、九時すぎに国道四号線に出ると、ただちに作戦の態勢に入り、車内には緊張感がみなぎった。しかし植垣ら実行部隊はもともと地方センメツ戦に乗り気でなかったうえ、攻撃対象が無防備で弱い駐在所の初老の警官でもあり、実際はみんな警官センメツへの意欲を内にかきたてるのに苦労していた。

坂東らは車をゆっくり北上させながら、小田川駐在所のまえを通過し、駐在所のなかを見た。警官の姿はなかった。Uターンして駐在所まえにもどり、車を停めてなかをのぞきこんだが、やはり誰もいなかった。どうしようか？ しばらくして坂東が「駒止へもどることにする」と沈黙を破った。帰る途中、坂東は山崎と交代して運転の練習をここころみ、案の定ハンドル操作を誤って車を湖側の急斜面に転落させてしまった。幸い四人全員ケガもなく脱出して道路に這上ることができ、あとはヒッチハイク、バスでやりくりしてだいぶおそくなってやっと駒止にもどった。テントから出てきた森は渋い顔をし、

「どうしたんや。やらんかったんか」といった。坂東は作戦を実行できなかった事情、帰りに羽鳥湖で車をおとしたことを報告した。森は聴きとりながら、渋い表情はかえなかったが苦笑していた。

夕食後、小田川駐在所攻撃「失敗」の総括会議をおこなった。再度の作戦決行はあるかないかが論議の焦点である。坂東ら四人はヤル気そのものが失せていたので、今回の自分らの車の事故やダイナマイト奪取により、駒止ベースと周辺一帯が権力に捕捉、包囲される危険が生じていることを理由に、作戦の中止を要求した。が、森は中止を認めようとせず、失敗の根本を、銃によるセンメツ戦でなくナイフによるセンメツ戦だったため、攻撃的・能動的軍事能力を発揮できず、攻撃よりも撤退に主力をおいた消極的な作戦計画しか立てられなかったところにあると論じ、そのうえで駒止を基地としてあらためて〈銃による〉センメツ戦の決行を主張した。「……ナイフを選択したとき、作戦のこうした失敗はあらかじめすでに決まっていたんや。ナイフであるがゆえに、調査も決行も敵にたいして受身に消極的に撤退的に自身の可能性を限定してゆく道しかひらけない。「たまたま」台風が来、「たまたま」ダイナマイトを見

つけてしまい、「たまたま」警官がいなかったからと敗北をふりかえるのは没主体的だ。作戦計画の要めにナイフを選択せざるをえなかった主体の弱さが、作戦を失敗させる要因をつぎつぎに必然的に呼びおこしたと考えるべきや」「われわれの弱さが台風も発生させた？」植垣はおどろいた顔をした。植垣はいちおう物理学科の学生でもある。「銃を選択できていたら、台風がくるまえに作戦をすませていたかもしれないといってるんや。銃なら台風だって吹きとばすぞ」森はそういって笑った。

植垣らは森の総括を認めたものの、このあたりでの再度のセンメツ戦は危険であり、再度やるにせよ間をおくべきだ、銃によるセンメツ戦ならば機動力を発揮できる東京でおこなうべきだと強く主張した。議論はつづいたが、森は最後に植垣らのヤル気を点検するように確かめたあと、東京でのセンメツ戦の追求＝「転進」案を了解し、翌二十日中にも東京へもどることにした。

コーヒーをのみながら雑談しているとき、森はメンバー個々の人物評をこころみて、「おれと坂東は硬派、植垣は硬派の軟派、山崎はドイツ帰りの遊び人、進藤は不良」と概括し、赤軍派におけるメンバーの階層序列を具体的に明示してみせた。森が旧坂東隊メンバーと共にすごした駒止ベースの二十日間は赤軍派による最初の真剣なセンメツ戦追求の日々であったと同時に、自主独立の旧坂東隊が党中央・森直属の「手兵」に「発展的に解消」されていく意味深い時間でもあったのである。

森の伝言をうけとって「二、三日」経過すると、丹沢ベースの永田らは今度も赤軍派の「大言壮語」だったかと半ば怒り半ば失望をこめて言い合う一方、今回の大法螺が両派間で交した約束への見すごせぬ違反を含んでもいるので、永田としてはぜひとも森にたいし、予告した地方センメツ戦の失敗の総括を要求しなければならないと考えた。永田、坂口、寺岡は協議して、じぶんたちがもはや赤軍派との「センメツ戦同時遂行」追求の約束に拘束されぬことをふまえ、①自派によるセンメツ戦遂行のため、会津若松における交番調査を一層推し進めること。②調査隊の指揮は坂口。警官尾行の「アベック」として寺岡―松崎、吉野―金子の二組。高木と前沢も調査に加わる。松崎は現在大槻とともに本栖湖キャンプ（革左の「武器庫」）にあって銃の防衛にあたっているので、前沢が坂口の指示をもって松崎を呼びにいくこと。③永田は丹沢ベースにとどまり、小嶋の総括作業を「監督」し、「予備軍」メンバーを適宜指導すること。以上のように各自の任務が決まった。坂口らはただちに仕度をして出発した。

九月十四日。「(連合) 赤軍」結成集会が四谷公会堂で開かれた。革命戦線 (赤軍派) と京浜安保共闘 (革命左派) の共同主催である。A紙の一記者は、「……三百五十人ほど集まったが、拍手やヤジのあまり出ない異様に緊張した集会。ひと口でいえば「閉鎖的思考世界での奇妙なヒロイズム」というのが、あの場の印象批評。赤軍側が六・一七明治公園爆弾闘争を〝遊撃戦の開始〟とくりかえし評価してほぼ自認したかっこう。また京浜安保が「赤衛軍」事件を〝警備兵殲滅〟とプラスに評価していたのが興味をひいた」云々と私見を記した。

赤軍・革左両派が集会に提出した「基調報告」本文は八・一八、一九組織部会合のあとに森恒夫、永田洋子がそれぞれ独立に執筆したものであり、一文において両名ともに「統一赤軍」反対の川島豪と獄中革左グループに向かって自身の立場を宣明せんとしている点が特徴的である。

「基調報告」の概要。人民革命軍 (革左) →連合「赤軍」は「鉄砲の軍隊」であるとして、「赤軍」の誕生の時を、七〇年十二・一八上赤塚交番襲撃闘争における人民革命軍戦士柴野春彦の死の時に位置づける。われわれは「宣伝武闘から脱皮するべきであり、政治ゲリラ闘争も六・一七闘争のように「センメツ」の遊撃戦として闘うようにせねばならぬとする。十二・一八→二・一七で「銃の地平」がきりひらかれたのであり、永田は以降の連続M闘争→六・一七爆弾闘争→八・二二自衛隊センメツ闘争について、それら諸闘争は「銃」以外の武器による闘いではあるが、もはや「宣伝武闘」ではなくて敵センメツの意識性に発する「真の」政治ゲリラ闘争であると評価し、それらを「ゲリラ闘争」へ飛躍させる環は「銃」にこそ、かくとくされた「銃の質」にこそあると総括したのであった。

共産同赤軍派→森は、(ア)革左の「反米愛国」にたいして、日帝が米帝に対し「劣位」にあるという規定には一定の理解をしめした上で、日帝が統治能力を失い、米帝への一層の依存によってしか延命できぬ状況へ追いこむという赤軍派の能動的・攻撃的立場を対置した。革左は「反米愛国」路線ゆえ不可避に受動的、待機主義になる。(イ)革左の一国主義と対米民族問題の「戦略化」にたいして国際反革命に対する闘いを自国帝国主義打倒として闘うという世界＝一国の連関の必然を示しつつ、赤軍派のヘゲモニーのもとに革左を批判的に「とりこんで」いくとする。革左は自身の掲げる「路線」に強制されて思考の上でも一国的に自閉していかざるをえない。革左を世界にむかってときはなち、〈上から〉これを統合するのがわれわれの目ざすところである。(ウ)川島豪と獄中革左グループの「(統一)赤軍」反対にたいして、「赤軍」は「新党」への過渡であって、路線問題その他未解決の問題を解決していく機関として位置づけられる。推進されるのはあくまで共闘なのであり、それをとおした相互批判・検証にほかならぬと論じた。(エ)「(連合)赤軍」の当面の任務は「日米帝国主義の一層の侵略・抑圧・反革命とそれに向けた成田侵略空港建設、七二年自衛隊沖縄派兵を頂点とした総力戦陣型に対するプロレタリア人民の総陣型を創出する闘い」であり、とりわけいま成田闘争こそは日帝のなしくずしファシズムに対する農民を中核とする階級闘争の一大焦点であるとみなした。

森は一文をつぎのように結ぶ。「三里塚闘争には各個のゲリラの結合、三里塚ゲリラと東京ゲリラの結合をかちとり、ひきつづく沖縄派兵阻止闘争では東京ゲリラ戦線の形成と沖縄の結合による国際的ゲリラ路線の形成をかちとり、全ての諸グループは革命戦争を今から開始し、ゲリラ戦線に参加せよ。敵を殺せ！　武器を奪え！　武闘を開始せよ！」と。

九月十五日。救対部の池谷透があわてた様子で丹沢ベースにやってきて「困ったことになりました」といい、永田と、いったん交番調査をおえてもどってきている坂口、寺岡に、川島豪発信の長い電報をしめした。読んでみると川島は九月十四日の集会のステッカーが「統一赤軍結成集会」となっていることを問題視し、名称変更したと報告した永田らを嘘つき、だました、欺瞞だなどとくりかえし罵倒して、納得できる対応がなければ「離党」すると息巻いている。永田はこれを、獄外の仲間への思いやりの不足からくるいつもの「事実誤認」の所産と見、またもくりかえされた「脱党」のドーカツと傲慢な唯我独尊に心底腹を立てた。

「私たちは赤軍派に「統一赤軍」の名称変更を申し入れ、赤軍派も了解したのよ。九・一四集会は「連合赤軍」結成集会だったんじゃないの」

「そうです」

「そのことを池谷さんは川島さんにいってくれなかったの」

「それはいってあります」しかしといいかけて池谷は口をつぐんだ。けさ電報を受けとっておどろき、急いで面会にのぞんだとき、川島は話のおわりに池谷にむかって疑わし気に眉をひそめ、九・一四集会の「基調報告」で見るとステッカーの「統一赤軍」が獄外指導部の本音であって、いってきている「名称変更」のほうは手のこんだ偽計ではないのかともらしたのである。池谷はこれを永田にどう伝えるか、そもそも伝えるべきなのかそうでないのか咄嗟には判断がつかずにいた。

「私たちは川島さんをだましてもいないし嘘をついてもいないので、この点もしっかり伝えておいてほしい。ステッカーの印刷のことでは、どうしてこういうことになったか赤軍派に説明をもとめることにする」

池谷は「川島さんはこの件で内部通達を出すことを要求しています。よろしくお願いします。」といって立ち上り、早々と帰っていった。このかん坂口と寺岡はほとんど一言も口にせず、永田と池谷のやりとりを茫然とききながしていただけだった。坂口らは交番調査のことで頭が一杯で、川島の批判言も永田の感情的な反論もなにかどうでもよい遠い世界の雑音のようにしかきこえなかった。

この日、森と坂東は協議して、十月「都市センメツ戦」決行をめざしてただちに都内交番調査にとりかかることを確認した。(ア)今後M闘争はやらない(→米子M闘争敗北にたいする革左の批判の受け容れ。また関西革命戦線によるM闘争批判への配慮として)。(イ)センメツ戦を「裸の」中央軍の突出ではなくて、革命戦線による地下組織建設の闘いと一体の闘いとして追求すること(→さきの白河センメツ戦は文字どおり「裸の」中央軍による、政治との結合ヌキ、革命戦線の闘いとの連続ヌキの闘いであり、「失敗」はその意味からも不可避であった)。(ウ)十月に向けて、革左とのセンメツ戦検討のための会合をあらためて設定すること。九・一四集会「基調報告」でいう〈上からの〉統合へふみだしの具体的一歩として。

同日夜、坂東は西新宿アジトにもどり、待っていた植垣、進藤、山崎に「交番調査をすぐはじめる」と調査対象の各区別の地図をわたした。荒川、北、足立、葛飾、江戸川の各区で、森が指定した調査区域である。「山崎はオヤジさんと住み、その指示で調査活動をしながらこっち（西新宿アジトの坂東ら）との連絡を担当することになった」といい、さらに「金はないがM作戦はやらない。やらないでがんばる。カネとアジトは半合で用意する」と革命戦線による地下組織に立脚して都内でのセンメツ戦を実行していく新方針をしめした。明日以降、地図で所在を確認した交番を調査し、センメツ戦に適した交番を選定する作業に入る。植垣らは新方針をおおむね了承したが、M闘争の中止だけは資金面で部隊としての自主を制約するものと懐疑的に受けとめられた。そこでかれらは森の指示をふまえつつ、自主を可能なかぎり確保するため、①八月上旬に植垣と山崎で取り組んだカンパ、アジト提供者のオルグを再開し、部隊独自の地下組織建設をめざす。②爆弾作りの工具、材料、および製造「工場」を確保すること。③本格的な山岳ベース建設を目標に南アルプスの五万分の一地図を購入、ベースの適地を選定する作業にとりかかること。以上を申し合わせ、坂東はこれを森につたえることにした。

九月十六日。未明、三里塚の三つの団結小屋（駒井野、天浪、木の根）と一坪運動地合計四三四平方メートルにたいして、千葉県による第二次代執行が機動隊、ガードマン、作業員五〇〇〇名を動員、放水車、クレーン車、ユンボ（鉄の爪）などを大挙出動させて強行された。反対同盟農民を先頭にした労働者、農民、学生四〇〇〇名は鉄パイプ、竹ヤリ、火炎ビン、石塊を手に抗戦にうって出、二日間にわたって激闘をくりひろげた。団結小屋死守を闘いぬく一方、ゲリラ部隊は神出鬼没の遊撃戦を展開し、夕刻には、駒井野団結小屋を孤立させるために東峰十字路で配置についていた神奈川県警機動隊三個中隊二四〇名にたいして、遊撃隊五〇〇名が一斉に待伏せ攻撃を敢行し、一小隊三〇名を「完全に粉砕」（三名死亡）したのであった。十八日未明には、高円寺駅前交番（無人）で「成田闘争に呼応して」

缶づめ爆弾が爆発した。当局は「黒ヘル」一味の仕業と見、連鎖的妄動を想定して本格的な警戒態勢に入った。

成田における機動隊員三名の「戦死」は、警備当局のみならず、敵側の左翼諸派、シンパたち、なかんずく一貫して「センメツ戦」を呼号しつづけている連合赤軍メンバーに大きな衝撃をもたらした。永田、坂口、寺岡は緊急に協議して、現情勢はいよいよ強く〈銃による〉センメツ戦を要求しているという評価で一致、会津若松センメツ戦のための交番調査、作戦プランはすでに完成しているので、作戦決行後に想定される事態（「破防法」弾圧）に備え、取り組んでおくべき諸課題について話し合った。(ア)ベース移動のための山岳調査。(イ)半合法部、合法部メンバーを入山させること。越冬の準備。(ウ)必要な資金の確保。永田の提起によりシンパR氏にカンパを要請することにし、下準備を救対部池谷に指示すること。(エ)九月十日に両派合意して予定したセンメツ戦検討のための会合を森が勝手な理由をつけてボイコットした件を、九・一四集会ステッカーの件とあわせて連合赤軍の内実をつくるためきちんと問題にすること。改めて永田から森にセンメツ戦検討のための会合をもとめることにした。永田らはこのとき、センメツ戦の決行日を決められぬまま、あるいは決められぬがゆえにとりあえず、決行「後」に予想される事態への備えに関心をむけるしかなかったのである。赤軍派のほうも事情は似たようなもので、植垣は成田での機動隊センメツに「先をこされた」と焦燥感を味わされ、こうなったら自分らが一日も早く〈上からの〉センメツ戦を提示して「自然発生的」センメツ戦及びその水準にとどまっている諸闘争を牽引すべきだと思いだけは大きく出たが、三里塚でセンメツ戦が実現したにもかかわらず、自分らの地方センメツ戦が失敗したのは何故かと冷静になって振りかえることはなかった。坂東にしても、これを連合赤軍結成の影響が大きくあらわれたものであり、今後は銃による警察官＝権力との「目的意識的」白兵戦が必要になってきていると、情勢を自分勝手に思い描いて思考停止してしまっていただけだった。それが実情、かれらの実力の程度であった。

九月十九日。早朝、山崎が西新宿アジトにやってきて坂東らに森の指示を伝えた。午後〇〇時から「都市センメツ戦」完遂にむけて軍と革命戦線の意志統一をおこなうので集まれという内容である。山崎はこのとき「ここに来るとホッとする」と肩をおとし、坂東に「じぶんがどういう任務をもって活動しているのか、わからなくなってしまった」といって森の生活を世話しつつ活動することの消耗感を訴えた。交番調査は山崎のすぐれた運転技術ぬきに一歩も先へ進まない。坂東は植垣の了解を得て、山崎にかわって植垣が森の生活を支えながら地下組織の建設を担っていくことにした。

午後、森の田園調布アジトにおいて、中央軍から坂東、植垣、進藤、山崎、革命戦線から青砥が出席し、森の主宰で都市センメツ戦に向け党・軍の合同会議をひらいた。森は最初に、地方センメツ戦の失敗の総括をふたたびおこない、軍の能動性―攻撃性を要求する〈銃による〉センメツ戦でなかったことに失敗の根本因があると強調し、「銃はそれを手にしたわれわれに敵センメツのみを要求するが、ナイフはわれわれに敵センメツ以外の何かのなかに遁《のが》れる余地をのこす。ナイフなら敵を刺すだけでなく、たとえばリンゴの皮をむくという選択もあるわけだ。選択の余地なき「銃」に向かって命がけの飛躍をとげること。これが「赤軍」を発足させたわれわれの生き方の指針である」などと語った。植垣ら実行部隊は森の総括を受けいれ、東京での銃によるセンメツ戦の貫徹を決意表明した。森はまた革命戦線が実行した高円寺交番爆破闘争をとりあげて、センメツ戦の観点があいまいなため〈思考―行動の一部に〈遁れる〉余地をのこしておいたため〉無人交番の爆破におわったと総括、青砥もそれを認めた。つぎに誰がどの区部の交番調査を担当するか決めたが、そのさい森は、革命戦線から新たに中央軍に編入されることになっている半合法部の青砥、行方、山田が必要に応じて調査に加わるからと付言し、赤軍派は交番調査をとおして軍の党化、革命戦線の軍化をかちとるのだと張り切った。会議終了後、植垣は森といっしょに青山のマンションに移り、以後は森の生活の世話〈食事作り、買物、洗濯、その他〉をしつつカンパやアジト提供者の確保をおこなう任務に取り組んだ。交番調査は山崎が森と坂東の間の連絡をはかりながら進められていくことになる。

九月二十日。永田と坂口は上京して、森の指定した南青山のマンション八階の一室のチャイムを押した。森は永田らを、うす汚ないトレーニングウェアを着て無精ヒゲをそらない坂東とふたりでにこやかに迎えた。森の知人がヨーロッパに滞在中しばらくの間、ここをアジトとして使っているとのことだった。

「どうしてセンメツ戦の検討のための会議にやってこず、行方氏を寄こしてあういう伝言をさせたのか。約束していたのはセンメツ戦の同時遂行まで展望した計画、準備の検討だったはずよ。どういうことなの」永田は単刀直入に切り出した。森はとまどった顔をして永田の追及をきいていたが、集会ステッカーのことではあれはこっちの手違い、青砥にいっておいたから二度とああいうことはないとうけあったものの、会合ボイコットについては永田の糾問《きゅうもん》にまともにこたえようとしなかった。……なによりもわれわれはセンメツ戦を闘おうとした……山に入り山で生活し敵との生命を賭けた対決に備えた……そこへ台風が来たのだ、ベースのテントが流され、とんでもない目にあった……「われわれは地方センメツ戦の失敗を生かし教訓にし、東京におけるセンメツ戦の調査にとりかかった」などと森は話し、そっちはどうなっている？　と逆に永田らのセンメツ戦調査の進み具合をきいてきた。永田らは会津若松での交番調査の現状を説明し、それからさきはは赤軍派の会合ボイコット問題はうやむやになってしまい双方の交番調査をめぐってやりとりがつづいた。

そのかん坂東は何も発言せず、ひとりで黙ってチョコレートを食べていた。森が、「コーヒーをいれてくれ」と命令口調でいうと坂東はすぐに応じて立ち上った。それが文字どおりの命令だったので、永田は「そんなことはせずに、森さんにやらせればいいじゃないの」と注意したが、坂東は首を振り、「いいのです。自分もアジトに帰れば命令していれさせる人がいるし、その人はその人で同じなのです」と〝駕籠に乗る人かつぐ人〟みたいな説明をした。坂東は途中で着替えてヒゲをそり、男前をすこし上げて出ていったが、センメツ戦調査のためらしかった。この日の会合は、十月中旬にセンメツ戦検討の会議をもつこと、森、永田、坂口の他、坂東と寺岡もくわわること、赤軍派の都市センメツ戦と革左の地方センメツ戦の同時遂行の可能性を追求すること等を申し合わせて終了した。夜おそくなって永田と坂口はいったん丹沢ベースにもどった。

九月二十一日。午前中、永田と坂口は、寺岡に、森らは九月十日の会合ボイコットにたいする私たちの批判に正面からこたえようとしなかったと強い非難をこめて報告した。「森さんは地方センメツ戦を闘おうとした、決行の直前に台風がきたので往生したとさかんに強調したけれども、それで約束不履行のいいわけにはならない。なによりも赤軍派は米子M闘争の敗北によって、私たちとの同志的連帯の証である〈奪取した〉二・一七の銃二丁のうち一丁を敵権力に奪われ、もう一丁もいまだに行方不明という醜態だ。センメツ戦のための会合を理由にならぬ理由をつけて気安くボイコットしたことと、米子で行方不明になったもう一丁の銃の捜索をグズグズイジイジさぼりつづけていることは、赤軍派が克服するべき「思想」的マイナスの表れであると私は思う」永田はつぎの十月の会合では森にたいし、米子M闘争の敗北と地方センメツ戦失敗の実践的総括＝もう一丁の銃を草の根わけてさがしだすこと及び会合ボイコットのまじめな自己批判をきびしく求めたいといい、坂口、寺岡も同意した。

「赤軍派に問題を克服させるためにも、われわれの会津若松センメツ戦をすこしでも早くできたら十月中旬までにやりとげてしまおう」寺岡は強い口調でいい、永田に「赤軍派にたいし、センメツ戦に使うといって手榴弾を二、三個要請してもらえないか」ときいた。永田がこれを了解するとあとはもう実行あるのみという鋭い感じで協議はおわった。午後、永田と坂口はR氏より高額の資金カンパ獲得をもとめて、別件で下山する川島陽子、金子みちよといっしょに上京した。永田らは下北沢駅前の喫茶店に入り、Rの呼び出しを担当した救対部池谷の到着を待った。約束の時間にだいぶ遅れた池谷は憔悴した表情で同じ救対部の尾崎充男と連れ立って永田らのまえに腰をおろした。どうだったときくと、池谷はしばらく黙り、

「Rさんをつかまえられませんでした」といってうつむいた。

「そんなことでは駄目でしょう。会わなければRさんの秘密をばらすぞといって呼び出しなさい。もういちど連絡をとって結果を早急に知らせてほしい」永田は池谷らに気合いを入れ、立ち上らせた。場所をべつの喫茶店に移して待っていると、池谷が電話をかけてきて「Rさんはばらすならいくらでもばらせといった。これじゃとても呼び出すことなんかできません」と訴えるのであった。永田は電話口で泣きだしそうな池谷をなだめはげまし、とにかく都下府中市是政《これまさ》のアジト（半合法部の滝田光治のアパート）で落ち合って池谷から詳しい事情をきくことにした。

夜十時すぎ、永田と坂口はつかれきって是政アジトにたどりつき、待っていた池谷から短くRとの不首尾におわったやりとりの報告を受けた。報告のおわりに池谷がウンザリした様子で「だいたい連れ出せというのが無理なんですよ」と言い放ったとき、坂口は急に「何！」といって目のまえに出してあったぶどうを一粒一粒ではなく房ごと投げ

つけた。一房の葡萄は池谷の顔面を逸れてうしろの壁にグシャと音たててぶつかり、おどろいた永田がまあまあここはすこし落ち着きましょうと割って入った。永田が雑巾、ホウキを手に潰れたぶどうの始末をしている間に、坂口は激情を鎮め、池谷のほうもはじめのフテくされたような態度はあらためて、あとはいつもの調子にもどって三人で雑談した。池谷はこの時、永田らのまえではじめて自分の感情を率直におもてに出し、「革命左派をやめて「もっぷる」（＝赤軍・革左両派の救援対策部が共同して、連合赤軍をはじめとする革命戦争派全体の救援にあたるため設立準備中の新たな救対組織）の活動だけをやろうと思っています。そっちの方がぼく向きだ。それで、赤軍派のUさんともっぷるの権利を半分づつ買おうと話し合っているところなんです」などとしみじみ打ち明けた。このかんずっと獄中の川島と獄外の永田指導部の間でわけのわからない対立争論にふり回されたあげくタフな池谷もとうとう音を上げたということだが、これが永田には通じなかった。「そんなことは考えず、センメツ戦によって前進していこうよ」と空疎な掛け声を発するにとどまり、池谷のもとめていたかもしれぬ獄中―獄外の団結の再建について、この夜けっきょく永田から期待に応えるような実のある発言はなされなかった。

九月二十二日。早朝池谷はそっと出て行き、永田と坂口は九時頃にアジトを出、競馬場近くの客で混み合う喫茶店に入った。永田はそこから森に電話をかけ、寺岡のリクエストである「手榴弾二、三個」の「同志的」供与を要請したのであった。そのさい「銃によるセンメツ戦」のなかで「補助的に使用する」のだからと説明し、永田らの要請があくまでも「銃を軸」という原則の枠内でなされていることを強調した。森は「わかった」と快諾し、「作るとき大きい音がするので、そういう話ならこっちから丹沢ベースへ行き、二、三個作ってわたすようにしよう」と申し出た。永田は了解して受話器をおいたが、これまでと異なって森の応待が不気味なほど「同志的」なのにイカガワシイようなくすぐったいような入り組んだ感じを受けた。これは一つには永田が推察したように、先の永田の会合ボイコット批判がいささか効き目をあらわし、森のうちに自己批判「的気分」くらいは生じさせたという事情もあったかもしれない。が、それとはべつに森にはこのとき革左に対し「同志的」に振舞わねばならぬ強い動機が存在してもいた。都市センメツ戦は森と赤軍派にとってなにがなんでも〈銃による〉センメツ戦でなければならなかった。ところが森らが革左から譲りうけた銃二丁のうち一丁は警察に押収され、もう一丁もさがしだせぬままであり、手持ちの銃は目下シンパが合法的に手にいれてくれた一丁だけだった。森らの喉から手が出るほど欲しい銃をいまも六丁所有している革左はなかなかおろそかにはあつかえない大事な「取引き相手」でもあったのである。

永田と坂口はベースへもどるまえに森の紹介してくれた病院をたずね、ここのところ体調のよくなかった坂口が「青医連の○○です」と自己紹介した物静かな医師の診察を受けた。やはりボタロー管開存症であるが「今すぐどうということはない。二十代は大丈夫でしょう」と保証を得て、永田も坂口もひと安心した。

丹沢ベースには池谷が待っており、到着した永田らにRさんから会ってもよいと連絡がありましたと吉報をもたらした。永田はすぐ会うことに決め、Rを小田原の某旅館まで案内するよう池谷に指示、「私たちはそこでRさんに会い、カンパの要請をする」と伝えた。池谷は急いで山を下っていった。永田と坂口はRと面識のある吉野と川島陽子をよんでカンパ要請のためRと会うことになったイキサツを説明したあと、今日これから私たちといっしょにきてともにRさんの説得にあたってほしいと告げた。そのさい永田は「私たちがさきにRさんを呼び出すのに〝秘密をばらすぞ〟といった点にはふれないようにしよう。これにふれるのは正しくないと思う。銃によるセンメツ戦を闘うということでカンパ要請するのがやはり正しい」と付言した。永田はRが脅しに強いと見、めざすカンパ獲得にはRの左翼的良心に訴えるのが「正しい」、むしろ得策とソロバンをはじいたのだった。これに吉野だけが何か意見をいいたそうにしたもののけっきょく三人とも了解した。

Rとは何の故障もなく会うことができた。Rは中国の文化大革命の評価をめぐって日共から分裂した日共左派の創立メンバーのひとりであり、現在は中堅商社の幹部として広く事業展開につとめている。革左の運動にたいして理解を示しつつも、永田らの武装闘争には一貫して批判的な態度をしめし、マルクス・レーニン主義、毛沢東思想を真剣に学習せよと口をすっぱくしていいつづけた人であった。しかしながらこの日、永田が二・一七真岡銃奪取闘争以後のじぶんたちの歩みを語り、〈銃を軸とした建党建軍武装闘争〉について説明し、かならず銃によるセンメツ戦をかちとると表明してまとまった額のカンパを要請すると、Rは眼に迷いをあらわして考えこんだ。永田はじわじわとR

に詰め寄り、手をかけて体を揺さぶりながら「私たちは十二・一八闘争で柴野さんを虐殺され、指名手配になっても闘っているのだから、決心してカンパして下さい」とここを先途とかきくどき、坂口、吉野、川島も声をそろえて哀訴した。Rは二時間余の話し合いで最後にうなずき、永田らの要請に応じた。永田らはRからえたこの資金で、山岳調査、交番調査を本格化させる一方、越冬の準備、都市アジト開拓などを推し進めることにした。

この日、警視庁警備部は九月二十七日天皇訪欧のさいの警備計画を発表した。爆弾対策に重点をおく。警衛警備総本部を設置して二〇〇〇人体制で警備する等。

九月二十五日。南青山のマンションにおいて、森、坂東、進藤、山崎で調査結果に基きセンメツ戦の標的にする交番の選定をおこなった。植垣は「消耗」中ゆえ作業に加わらなかった。森の生活を世話していく任務に振り回され、とても志していたような自前の地下組織建設の余裕などなく、一方交番調査は植垣と無関係に進んでいくというわけで、とうとう赤軍派における自己の存在理由がわからなくなってしまったのである。革左の高木と赤軍派の植垣は両派の軍の先頭に立って武闘を領導してきた有力メンバーであるが、両名がこの頃、ほぼ同じ時期に「消耗」状態に陥ったことは、連合赤軍結成のマイナス面がもっとも戦闘的だった両名において典型的に露呈したものとみられよう。マイナス面とはつまり結成以前には辛うじて保たれていたメンバー各人の「自主」性の相対的逓減《ていげん》にほかならぬ。

この日、赤軍派革命戦線メンバーが中心となって映画『赤軍―PFLP世界戦争宣言』（若松プロ）上映隊＝「赤バス隊」を結成した。遠山美枝子は隊員のひとりである。また皇居に中核派系の「沖縄青年委員会」の四名が突入をこころみ逮捕された。

九月二十八日。南青山マンションの住人が帰国したので森はべつのアジトに移り、植垣のひきうけた森の生活の世話の任務も終了した。植垣は西新宿アジトでの坂東、進藤、山崎との生活にもどったが、消耗感はおさまらなかった。月末、革命左派指導部永田、坂口、寺岡は会津若松におけるセンメツ戦計画を最終決定し、それに合わせて主要メンバーを新たに配置しなおした。①半合法部のうち滝田光治、岡田栄子、岩本恵子の入山入軍。永田より指示をうけたとき、三名は半合法部の活動に長いあいだ無方針状態がつづいたことに不満を表明し、指導部自身のすじのとおった総括を要求した。永田は「ゲリラ路線を推し進めていく上で半合にどういう活動形態がありうるのか模索する必要があり、模索はいまも継続中である。あなた方も今後、入山入軍の飛躍に基いて私たちとともに半合のうちだすべき方針を考えてほしい」と「こたえた」。これはこたえたのではなく、指導部の引き受けるべき無方針状態の責任を批判した相手＝被指導部メンバーに押しつけ（すくなくとも責任の一半をひきうけさせ）んとする狡いレトリックだが、滝田らはそれ以上追及せず、入山入軍を了承した。無方針状態に苦しんでいるかれらに、このとき入山入軍だけが拠りうる「方針」らしく幻覚されたということだ。②本栖湖キャンプ（「武器庫」）にあって二・一七の〈奪取した〉銃の番をしながら「総括」にはげんでいた大槻と小嶋を銃といっしょに丹沢ベースへ呼びもどす。小嶋は丹沢へもどってくると永田をつかまえて冗舌をふるい、「あっちで時間割を作り、体操したり本を読んだり銃の手入れをしたりしていたのだ。本をきちんと読めたのはとてもよかったよ。大槻さんと向山、早岐のことを話した。大槻さんは向山のことから生涯革命運動に関わると固く決心したといったので、ふたりでこのことをしっかり確認し合った」などと話し、そばにいた大槻に「ねぇー」と同意をもとめ、大槻は顔を上げて深くうなずいた。ふたりとも、大槻は向山処刑のさいの「動揺」について、小嶋は「無断下山未遂」について、永田からそれぞれ総括を求められていたのである。

紛糾は③救対部の入山入軍方針をめぐって生じた。センメツ戦決行後に予想される弾圧に備え、救対部全体を山岳に移してしまうことにし、浜崎真二、尾崎充男、市川明子はただちに入山、チーフの池谷もギリギリの段階で入山と決めていたのであるが、尾崎の入山予定の二十九日、池谷と浜崎もいっしょに丹沢にやってきて、池谷は永田に「浜崎君の入山が今すぐでは救対活動のほうが困ります。ぼくと同様に、センメツ戦決行の直前ギリギリの日まで、救対部で活動できるようにしてほしい」と要請した。「それから市川さんだけれども、彼女は入山について、任務がハッキリしないからイヤだといっています」

とたんにこの場にいたみんなが大いに問題だという顔になり、「市川さんを組織的にどうするかハッキリすべきではないか」という意見まで出て、池谷は緊張して立ちすくんだ。永田は二名処刑についてメンバーからきかれてもこたえぬ方針でこれまできたが、池谷にだけは「それとなく」伝えておいた。池谷は「党員」として救対活動を担っているのだから、処刑まであえてして党が前進せんとしている事実を救対活動をくりひろげていくうえで知っていてほしいという考えからである。市川への「対処」が公けに口にされた今、処刑は池谷にとってはじめて救対部そのもの、自分自身の足元の問題になった。

永田は突然のはりつめた空気におどろき、この問題は関係者だけで話し合うべきだと発言して、永田以下坂口、寺岡、吉野、高木、それに池谷が小屋の外の軍のテントに移動して協議に入った。寺岡、吉野は「重大なことだ」「組織的対処が必要だ」なぞ交々発言したが、かれらは自身のおこなった二名処刑の先例にしばられているのであり、発言のない坂口、高木、池谷も市川の入山拒否のあつかいをめぐって、こころから納得しているわけではない先例にしばられて身動きできずにいる点では寺岡らと同断であった。中で永田ひとりがしばられていなかった。永田としては先例にしばられることを何としてでも避けたい、同志仲間の処刑など二度とやらぬようにしたい。そこで考えると権力はすでに山岳ベースの所在を一定程度知っているし、市川が山岳ベースのことを一定程度しっているというだけであわてふためく必要は毫《ごう》もあるまい。いまはむしろ山岳と都市の結合のほうが大事なのだ。……

「市川さんは次なる闘いによる飛躍によってオルグしよう」永田がいうといっぺんに緊張がとけ、安堵の雰囲気が広がった。寺岡はすぐ顔をあげ、「そうだね。そうしよう」といった。池谷はホッとした様子で、高木もニコニコしていた。永田のおかげでとりあえず、軍の寺岡も救対の池谷もまともに衝突しあい引き裂かれてしまう事態は避けられたのである。この場で吉野のみ納得していない態度だったが何もいわず、けっきょく同意した。吉野はこのとき、二名処刑というむきだしの先例を最高指導者としてつくって、それをメンバーに押しつけた張本人の永田が、にもかかわらずそのことにひとり「しばられていない」現状は、しばられざるをえないでいる吉野らにたいしてきちんとした説明が必要ではないかと考えていたのだ。可能性としてだけなら、吉野の追及いかんで永田は処刑方針の誤りを認め、さらに〈銃と山岳〉の絶対化を軸とした指導の自己批判にふみだしえていたかもしれない。しかし残念かつ当然ながら、吉野にはふみこんで事態をそこまで追いつめていく力量、思考の持ち合せはなかったということである。

南アルプスへ

十月に入り、「センメツ戦近し」でベースの空気の緊迫感が高まったとき、いわばその頂点において高木が脱走騒ぎをひきおこした。以前の小嶋のケースとはちがってセンメツ戦実行部隊の基幹メンバーの演じた騒動だから事態は深刻である。最初は一日の正午すぎのこと、永田が上杉に呼ばれて小屋の外に出ると、高木がうなだれた姿でぼんやりと立っており、上杉がオロオロしながら高木を批判しているのであった。きいてみると高木が上杉に「逃げよう。ぼくはバス停で待っているから、永田さん一人をそこに連れてきてくれ」ともちかけたが、上杉は反対して永田を呼んだのであり、泣きながら問題から逃げてはだめだとくりかえし高木を説得した。しばらくして高木は永田の顔を見、永田が黙って首をふると「わかった」といって小屋にもどった。高木の消耗は八月末の夢の島交番調査の頃からはじまり、九月に入ると永田をつかまえて「半合法部で活動させてほしい」などといったり、「拳銃をもらって一人で関西に行き、遊撃隊を組織しセンメツ戦をやってみたい」といって下山の意志を表明したりしたが、永田はそのつど適当に受け流し、高木の消耗にきちんと対応してこなかった。センメツ戦を実行しさえすれば高木らの消耗をふくむ纏《もつ》れにもつれた万事はいっぺんに解決してしまうというのが永田の究極の信念ないし願望だったからである。ところでしかしその万能の特効薬である筈の銃によるセンメツ戦は、実現めがけてがんばればがんばるほど担い手の高木らの消耗をますます深くしていく「劇薬」でもあったのだ。

十月三日。午後、上杉が小屋に走りこんできて、血の気の失せた顔で「高木君が私をさそって下山しようとし、私がことわると一人で拳銃を持って下山した」と知らせた。永田はすぐ立ってみんなに追いかけるよう指示し、上杉にも気をしっかり持ってかならず阻止しなさいと声を励ましていった。上杉はみんなを追って出て行き、小屋には永田一人が残った。この時はじめて永田は高木の消耗とまともにむかいあったのである。いったいどうしたのか。高木の悩みは何なのか。しかしかなりたってから、坂口が拳銃と弾をいれた布袋を片手にさげもう一方で高木の手を持ち、高木を先に立たせて小屋にもどってくるともうホッとしてしまい、自分が高木の悩みについて考えはじめていたことを忘れてしまった。高木を見つけたときのことをきくと、坂口は「おれが高木君を見つけた。高木君はおれを見ると拳銃を向けてきたが、それには力は入ってないことがわかったので、すぐ拳銃を取りあげることができた。そのあと連れもどしてきたんだ」といい、めげずにやろうやと先輩らしく高木の背中をポンとたたいた。みんなは高木のもちだした拳銃の弾を数えはじめ、一個足りないといってあちこちを捜していた。永田はしょんぼりと立っている高木のそばに寄り、

「センメツ戦に集中し、それによって下山しようとしたことを克服して」ということができただけだった。高木は「銃によるセンメツ戦」一本槍の永田の指導に耐えられず「下山」しようとしたのだが、永田は連れもどした高木に改めてまた「銃によるセンメツ戦」への「集中」をあてがう「指導」しか思いつけなかったのである。

一方赤軍派においては、「自主」喪失の消耗の中でゴロゴロと無為にすごしていた植垣が、十月に入ると「おれも調査に参加させてくれ」といいだして坂東らの調査活動の話し合いに加わった。あれこれ考えるのはやめにして、指導部の指示をひたすら実行するだけの兵士になりきること。それはすくなくとも消耗よりはましであり、小っぽけなこの自分の「死に処」を「銃によるセンメツ戦」として確立することである。植垣は坂東らに調査の対象と状況を説明してもらった。調査対象は北区の赤羽台団地交番、足立区の北鹿浜交番、葛飾区の亀有、新小岩交番で、二十四時間の勤務状況、警官が交番と本署を往復する路と時間を交代で調査していた。植垣は進藤と組んで赤羽台団地、北鹿浜の交番を、坂東と山崎は亀有、新小岩の交番を集中的に調査していくことになる。とにかくまずどんなに小さくともふみ出しの一歩をと植垣は自分にいいきかせた。

十月五日。森は都内某所に坂東を呼び出して打ち合わせをおこなった。交番調査の進捗《しんちょく》状況を聴きとったあと、森は坂東に関西革命戦線の機関紙『赤い星』をわたして読むように指示した。坂東ら中央軍による連続M闘争を振り返り、作戦をとおしておおくの同志仲間を失ったが、その犠牲に値する何ものもわれわれは得られなかったと全面否定

する論文である。「議論の主旨はわからないでもないが」と坂東は首をかしげた。こういう文章をいま、なぜ、このように論争的なスタイルで公けにする必要があるのか、いま一つわからない。

「関西のM闘争批判には背景があり、黙過できないまちがった政治がある」森は『赤い星』論文の背景に、九月十四日の成田における「大衆的武装闘争」のなかでの機動隊センメツ戦をキッカケにはじまった、獄中赤軍派指導部内の対立論争が存在するのであり、M闘争批判は見せかけで中央軍批判の言い換えにすぎないと説明した。獄中にある赤軍派政治局員八木健彦はレーニンに帰るべきだと呼びかけ、塩見孝也のゲリラ戦争路線を「小ブル革命主義のテロリズム」と批判、対して塩見や高原浩之は八木の論を赤軍派の革命戦争路線を放棄するレーニン教条主義の解党解軍主義、民兵主義と反批判した。「われわれは当然ながら塩見支持だが、関西地方委員会は八木を支持して中央軍への結集を拒否し、「独自の軍で」などとやれもしないことをやれるかのような幻想をふりまいている。われわれは関西にたいし、軍と革命戦線の総力をあげてオルグをかけようと思う。その意味からも、われわれの手で一日も早く銃によるセンメツ戦をやりぬくことが必要になっているんや」と森は強調した。

「植垣の調子はどうか」

「昨日あたりから起き出して、交番調査に加わった。植垣が加われば調査は本格的になる。」

森は笑って「あいつはいよいよとなったら断乎として立ち、闘いぬく奴だ」と頼もしそうにいい、「革左からセンメツ戦用に手投げ爆弾を二、三個ほしいとたのまれているが、植垣を赤軍派の軍代表として革左のベースへ行かせ、そこで作ってわたすことにしようと思う。同志的支援ということや。こっちもこれから革左に要請しなければならぬことが出てくるかもしれないし、植垣の眼で革左の山岳ベースをじっくり見させておこうと思うんや」

坂東は西新宿アジトにもどり、調査を了えて帰ってきていた植垣に「森の指示」として、革左の山岳ベースへ行き爆弾の作り方を教えてくること、「向こうで爆弾をほしいといったら作ってやれ。ベースには行方が案内する」と伝えた。植垣は得意分野をまかされたという思いで張り切り、さっそく万力、金ノコなど爆弾製造工具の他、爆弾用の鉄パイプ、ダイナマイト、導火線、雷管などを小型リュックにつめた。坂東はなにか意地悪げに「ダイナマイトと雷管はこっちのものをやる必要はないからな。向こうのを使え」といっていたが、植垣自身は可能なかぎり、共闘のパートナーを援助してあげたいと思った。

十月六日。午後、丹沢ベースにハイキング姿の行方が現われ、永田を呼んで「赤軍派のゲリラ隊の人です」といっしょにきた植垣を紹介した。この人が爆弾教室を開きますと行方は発表するのであった。

「おみやげを持ってきました」植垣はファンタグレープ缶八本とパチンコでとったハイライト六箱をとりだして永田に勧め、「缶は捨てずにとっておいて下さい。爆弾のふた用に使うので」と付け加えた。寺岡がきて、しばらく四人で雑談になったが、永田は植垣が永田の知っている赤軍派メンバーとちがって気取りというものがまるでなく、知識が豊富で、森らと顔を会わすたびにいつも感じさせられた革左を見下すような態度も皆無なのに眼を見はった。ごく自然にかれは「同志的」であるように見えた。

「あなたがほんとうに、銭湯にもどこにでもかならず指名手配写真をはられているあの人なの」

「そうです」植垣は笑いながらこたえた。ちっとも深刻そうでなくのびのびと活動している様子であり、それでいて変装にも丹念に気をつかい、整髪料とクシを常時もち歩くなど注意をおこたらぬふうだった。寺岡はこういう植垣を見てしみじみと「あなたはかならず生きのびる人だね。ぼくも生きのびるんだもんね」と感に堪えぬように述懐したものである。

「さっそくはじめましょう」植垣は立ち上った。爆弾は四個ほしいとのことだった。革左が持っていたダイナマイト、雷管、工具類が用意されると、その場にいた滝田、小嶋、金子、高木、前沢を相手に、植垣講師による「爆弾の製造法」実習講座がはじまった。すぐに帰ることになっていた行方も「このさい、ぼくも教わっておこう」と生徒仲間に加わった。植垣は爆弾を作りながらていねいに作り方を教え、実際にかれらに、外の立ち木に固定した万力にはさんだ鉄パイプに溝を掘らせたりもした。全員、製造法が非常に簡単なことにびっくりしていた。雷管は革左のものを使用したが、革左のダイナマイトは古くてニトログリセリンが滲み出ていたので、持って来た新しいダイナマイトを使用した。みんな熱心に学び、とりわけ小嶋が熱心で、植垣は彼女に「もっとくわしく知りたかったら、ぼくらのところへ一度来るとよい」とすすめておいた。滝田も研究熱心、金子は爆弾を作っているあいだ、いろいろと手伝ってくれた。そうした中で、手配写真で顔を知っていた高木の投げやりな態度がとても目立った。植垣自身まだ消耗のなかにあったから高木の様子に軽い同情とかなり真剣な危惧をおぼえた。

夕食後、植垣はみんなが会議をひらいたりリュックに荷物を詰めたり忙しそうにしているのを見て、食後は爆弾作り＝実習教室を閉じることにし、金子らと雑談した。行方は永田に自分の恋人のことで相談にのってもらっていた。植垣は途中で坂口に呼ばれ、かれらのいう「軍の小屋」へ行くと、寺岡、吉野、高木、前沢が待っており、坂口から赤軍派の白河におけるセンメツ戦失敗の経緯についてこまごまときかれ説明をもとめられた。作戦計画から作戦当日の行動、中止にいたった事情をくわしく語ったが、坂口らは赤軍派が作戦の拠点にした山岳から「失敗」後ただちに東京へもどったことに納得できぬようだった。植垣は話し合ってみて自分たちと革左とでは「山岳ベース」の位置付けがちがうと強く感じた。革左のは根拠地、それも見たところかなり危ういところのおおい「根拠地」である。第一ベースの位置が浅すぎ、人の出入りが激しすぎるではないか。

小屋にもどってしばらくすると、坂口と小声で話していた永田が寄ってきて「私たちは山岳根拠地主義ではない」と話しかけてきた。植垣は最高指導者の永田が一兵士の自分に全く対等に話しかけ、植垣の口にした批判にこたえようとしているのにおどろき、感激もした。赤軍派では最高指導者が下部メンバーに親しく話しかけてくるようなことはほとんどなく、まして疑問に対応してくれるようなことは考えられず、そんなこともわからんのかと軽べつされるのがオチだったから。食事作りのとき、坂口がみんなと一緒になって食事を作っていたが、これも赤軍派ではありえないことだった。

「……人の出入りが激しいのはセンメツ戦を間近にして準備に入っているからであり、山が浅いというが、浅くても安全に使用できる方法を考えていくべきではないか。私たちは山岳ベースを根拠地と考えているわけではなくて、山岳と都市を結合していくつもりであり、その意味で当面は山岳ベースを重視しているのよ」などと永田は語った。植垣は永田のこたえに納得しなかったが、こたえてもらったこと自体に満足した。

ようするに革命左派は女性が中心の組織であり、官僚的・軍隊的上下関係がなく、植垣の「自主」をうち砕いた赤軍派の〈上から〉主義の対極にある〈下から〉主義の家族的集団なのであって、植垣の消耗はこういう革左のベースで優しく癒されたのである。しかし反面、癒してくれた「女性的なるもの」にたいし、きわめて有難くあるものの同時に頼りなさや稚なさも感じ、こんなふうでセンメツ戦をやれるのかと秘かに疑問をいだきもした。また寝るときになって、女性たちが男のとなりであっても平気でどんどん寝てしまうのにおどろかされた。自分のケッペキさに自信がなかった植垣はいちばん隅に寝、行方に頼んでとなりに寝てもらった。

十月七日。早朝、行方はあわただしく帰り支度をし、「こういうところで一、二週間ゆっくりしたいけれど、そうもできない」といつものセリフをのこして山を下りていった。あとにのこった植垣は爆弾作りに励んだが、本人は急いで作業しているつもりでも、まわりの忙しくしている革左のメンバーには随分「ゆっくり」しているな、特に用事もないらしいんだなという印象をあたえた。結局、作業は完了せず、その夜も泊ることにした。が、小屋の隅の位置に他の人が寝てしまったうえ、自分の寝た左隣に金子、右に永田が寝て、両女傑から挟み撃ちされる形になったのには困惑してしまった。左右の気配ないし無気配が気になって寝られぬまま、革左の家族的雰囲気に「乗せられて」ついふたりに手を出してしまった。

翌朝、永田が顔を洗っていると、金子が笑いながら「イヤになっちゃう。植垣君が夜中に顔を手でさわったり、足をさわったりしたのよ」といった。永田も夜中に顔をさわられ、何だろうと思いつつ払いのけるということがあったので、そういうことだったかと事態を認識し、

「私もよ」とうなずいた。すると金子が腹をかかえて大笑いするので永田も笑ってしまった。二人は話し合って、今夜から植垣を男性同志の間に寝かせることにした。

植垣はみんなの態度が急に冷やかになったのを意識して肩身がせまい思いだったが、作業のほうは非常にはかどり、革左にわたす爆弾四個は正午頃までにできあがった。雨がふりつづいており、植垣はそれならばとついでに自分たちの分の鉄パイプに溝だけ掘っていくことにし、夜は隅に追いやられるようにして侘《わび》しく寝た。物事には両面があり、

おかげでそれだけ静かに熟睡できもしたわけである。
十月九日。午後、永田、坂口、川島陽子は上京し、他にも山岳調査等でベースを離れる者らがあり、閑散としたベースで植垣は鉄パイプの溝掘りに専念、夕方までに作業を完了した。すぐ帰る気になれず、留守居役の金子と上杉にことわってもう一晩、丹沢ベースですごすことにした。山は浅くとも、夜空は町では見られぬ光に満ち、仰ぎ見ると失いかけていた闘志がよみがえってくるように思えた。植垣には有難い休暇の日々であったのだ。

永田らは夜、都内某所で約束していたリブの代表田中美津と会い、話し合いをおこなった。リブのメンバーは赤軍派の都市アジト防衛に協力しており、われわれ「婦人解放」を掲げる革左にも同様の協力を願えたらというのが永田らの会合をもとめた動機だったが、肝心の「婦人解放」問題をめぐって話がかみあわぬので弱ってしまった。田中はリズムにあわせて体を動かすことの快楽をいい、性愛感情が最高の倫理だなどと長口舌をふるってそんなものに関心のない永田らを当惑させ、田中のほうもやがて自分が豚にむかって真珠を投げつけていただけと気づき言葉につまった。が、話題が「権力の弾圧」への対処に及ぶと両者の間に橋がかかった。そのへんならば永田らの守備範囲である。

「三里塚の九・一六闘争の現場にリブの者がいたから、彼女らも逮捕されるかもしれない。逮捕されたらどうなるかわからず、困っている」

永田は身を乗り出し「それならこれを機に非合法の活動をさぐり、そういう活動を構築していくべきじゃないの」とアドバイスした。

「具体的にどういうことが考えられるの」

「私たちの非合法の活動を見せてもいい」永田は坂口の同意を得た上でそう申し出た。田中らに山岳ベースの利点を実地にしめして、山岳と都市の結合を追求する永田らの闘いへの支援をもとめようと思いついたのである。田中は「ぜひ見せてほしい」といい、明日永田と坂口が田中と数名の仲間を丹沢ベースへ案内することに話は決まった。

十日。午前中、永田、坂口は小田急新松田駅で田中らと待ち合わせ、丹沢ベースへ向かった。道中の雑談のなかで、田中らから永田の思わず耳を立てた赤軍派の作風への批判的言及があった。(ア)塩見夫人は八〇%リブで赤軍派ではないこと。森がかつて永田にたいし、赤軍派の大した女性活動家としてあげて自慢した何人かはきいてみると、必ずしも森の吹くような「赤軍派」とはいえぬらしいこと。(イ)小西一郎（M闘争を担った中央軍小西隊のリーダー）は野菜いための肉だけを拾って食い、「あとはおまえ食え」というような人間だ。(ウ)中谷正行（前革命戦線議長）にはリブが婦人解放問題で自己批判させた。その他。永田は赤軍派との共闘をとおしてじぶんの感じていた問題を、田中らの話からなるほどと思い当る気持で具体的に知らされたのであった。あの好感のもてる植垣でさえ一面では女性べっ視のチカン男ではないか。しかしながら永田は、だからといって田中らのように、婦人解放の観点の欠落している赤軍派を否定してリブの立場に立つことが正しいとはいえぬだろうと考えた。永田における「政治」の優先順位はあえていってみれば〈銃による建党建軍武装闘争〉が第一、「婦人解放の観点」は第二なのであって、赤軍派の問題はかれらに「婦人解放の観点」を「もたせれば」解決するというのが永田の立場である。「婦人解放の観点」の欠落と一体のマイナスとして赤軍派の「極左的武闘路線」に否定的になっている田中らとのあいだには、もともと対話の成り立つ余地はほとんどなかったといえよう。ベースでは永田、坂口、寺岡、高木、金子、小嶋らが田中らを囲んで非合法活動の問題を中心に話し合ったが、かみあわぬので雑談以上には進まず、たんに田中らに山岳ベースを披露したという「成果」にとどまった。田中らは翌朝帰って行った。

　永田は金子に、永田らの下山後の植垣の様子がどんなだったかきいた。「……小屋に居る人数が少なくなったけれど、植垣君は丹念に手榴弾を作っていた。私たちのところに置いていく分のほかに自分たち用のものも作り、そのあとのんびりすごして帰ったのだけれども、何かおもしろい人ねえ」金子は感心したようにいった。小嶋は永田に「赤軍派に爆弾作りの修行に出してほしい」といってきた。「今のところはダメ」とこたえると、「いつなら修行に行けるの」せがむようにいう。革左にない武装闘争の技術が赤軍派にはあり、技術は学びとるべきであろう。しかし永田は技術以上に武装闘争を闘いぬく思想こそが大事であると考えており、小嶋に「山から下りない」思想（植垣のケースなら「チカンしない」思想）の獲得が先決で、技術勉強はそれからのこととききびしく申しわたした。

この日の夕方、植垣は西新宿アジトにもどり、坂東から「ずいぶんおそかったなあ」と迎えられた。植垣の報告は、革左は家族的で幼稚な感じがし、軍隊的組織性を持っていないようだ。あれではセンメツ戦は闘えぬのではないか。高木という男が消耗していたようだが、革左は女の方が活発で、男は何だかショボくれて見えた。それにしても道路からすぐ入ったところにベースを作っているが（※加藤兄弟、小林ら「予備軍」のテントをさす）あんな浅い山で大丈夫なのか。危なっかしい感じがしたなあ。云々。植垣は報告では見栄をはり、消耗中の自分が秘かに「助けられ」もしたはずの革左の「作風」を〈上から〉一面的にエラそうに批判してみせている。革左に見た「危うさ」は植垣をひきつけるセックスアッピールでもあった事実の総括は避けたのである。坂東は植垣の報告をそのまま森に伝えた。

十月十一日。この日から坂東らの交番調査は植垣を加え、赤羽台、北鹿浜の二交番に集中して進められた。しかしながら植垣らの奮励にもかかわらず、秋期闘争の展開をとおして、警備側がゲリラ的襲撃や爆破にそなえ警官二名定員の交番を夜間は無人に切り換えるなど対策を講じてきたため、調査活動は困難をきわめた。「革命戦争」派のゲリラ攻撃と中核派を要めとする「大衆武闘」派の「暴動」路線は都内を戒厳令下に近い状況にしたが、一方警察側の内部にも緊張＝矛盾をひきおこし、ピストルの暴発事故の多発、自殺者や造反警官を続出させているのであり、またむろんそれに対応するかのように最左翼「革命戦争」派内部にも同質の緊張＝矛盾をひきおこして、武闘の最前線で闘ってきた例えば革左の高木、赤軍派の植垣に大きな消耗を強いるのであった。「脱走未遂」とか「チカン」とか。攻防関係の激化は対決する植垣らと警備側の双方に精神的緊張をもたらし、どちらがそれに打ち克ちのりこえていくかの競り合いと化している。いささか自己中心的であるが、植垣らは情勢をそのように受けとめて自分にムチうったのである。

しかし結局、植垣らも革左の坂口らと同様に、〈銃による〉センメツ戦のための調査を進めていけばいくほど、それの事実上不可能の壁につきあたる。赤軍派の所有する銃は一丁だけだった。それで植垣らは警官が一人で移動する場合を捉えてセンメツ戦をおこなう計画を立てたが、調査が進んでいくほどに、そんな「場合」は空想としてか、奇跡的な瞬間としてしかやってこないことが否応なしにわかってくる。なぜ〈銃による〉なのか、森のいう敵の確実な捕捉によるセンメツ戦だけにこだわる必要はないではないか、交番に爆弾を投げこむ闘争をおこなってもいいではないかという思いが不断に生じ、調査活動は停滞、混乱を余儀なくされ、植垣ら実行部隊の士気も低下しはじめた。事態を憂慮した坂東は、森と会って調査活動の現状を報告し、対策を協議した。森はしばらく考えてから顔を上げ、坂東に、

「銃をもう一丁用意しよう。植垣に新たに銃二丁を使用するセンメツ戦の計画を立てさせろ」と指示した。もう一丁の銃は革左に要請する。われわれはすでに植垣を派遣して革左にたいして爆弾と爆弾作りの技術を「同志的」に供与している。今度は坂東が丹沢ベースへ行き、永田と会い、求められている米子M闘争の敗北の総括を示しセンメツ戦に臨むこちらの決意をのべたうえで、〈もう一丁の銃〉譲渡＝「同志的援助」を要請することにしよう。これはわれわれと革左両派のセンメツ戦の「同時的」遂行に向けた準備の共同としても位置づけられる。云々。坂東は任務を了解、早急に革左と連絡をとることにした。

革左のほうでは、会津若松センメツ戦のための交番調査が坂口、寺岡、高木組と、吉野、前沢組の二隊によって再開されていた。並行して山岳調査もおこなわれ、センメツ戦決行後の事態に備え、かつ越冬も視野におさめてベースを設定することにしたので、調査対象＝静岡方面の二、三カ所と決め、大槻、松崎、小林、加藤兄弟、尾崎らが出発していった。ベースにのこったのは、永田、金子、上杉、それに「総括」中の小嶋である。なお植垣から位置が「浅すぎる」と指摘をうけていた旧中京安保メンバーのテントは撤去されて「予備隊」は名実ともに「本隊」に合流・昇格した。

十月十四日。天皇一行が訪欧旅行より帰国。

十月十八日。沖縄国会開会式。天皇出席のため皇居から国会まで一時は人も車もとだえ、機動隊ばかりとなった厳戒態勢がしかれた。午前中、日石ビル地下の芝郵便局で、小包爆弾が二個爆発。後藤田警察庁長官と今井成田新空港公団総裁あての小包であるから、左翼によるはじめての個人テロ計画だ。夜、警視庁青戸寮で、イタズラ程度のもの

だったが、時限爆弾が爆発した。

十月十九日。午後、坂東は革左の丹沢ベースに到着した。植垣の教えてくれたとおり、遊歩道から折れてしばらく沢沿いにのぼっていくと、秋の陽にてらされた大きな逆三角形の岩が見え、岩の窪みに腰かけた永田がこっちよと手を振った。永田はじぶんのとなりに坂東をすわらせ、あたたかいから小屋でなくここで話しましょうといった。坂東は口下手であって、しかもこの度は革左への銃の要請が任務であるから、どちらかといえば押しが強くないタイプの人間として話の切り出しになかなか苦心を要した。永田は赤軍派から会合をもとめられそれに応じたという立場をくずさず、会合を求めてきた相手が先ず口を切るのを黙っていつまでも待つことができた。永田は坂東の逆で、押しが強い方の人物である。ときおりサーッと通っていく山の風はもうかなり冷たかった。

「われわれは革命左派に銃を要請したい。それできょう来ました。赤軍派はかならずセンメツ戦を闘う」坂東はあまり威勢よくもなく目を伏せたままいった。それからまた重苦しい沈黙がおりてきた。

永田はそのまえにこちらからいっておくことがありますといいだし、「私たちは二人目の処刑をおこないました」とこのときはじめて赤軍派にたいして「二人目」の処刑実行を伝えた。「自分たちに力があれば牢屋にいれておけたかもしれないが、それをやる力もなかったので仕方なくやりました」永田はいって「米子M闘争のさい敵に革左の銃を奪われたことを赤軍派はどう考えているのか、まだきいてさえいないのだから、今また銃の要請といわれてもこたえようがないわね」とアッサリ要請を拒否したのであった。

坂東は「二人目処刑」というめざましい「実績」の突きつけに気圧《けお》されつつも踏ん張って、森との間で意思統一した米子M闘争「敗北」の総括を懸命に語った。米子においてわれわれの部隊の一部は銃をたんに武器＝モノとして所持していたにすぎず、銃による敵の確実なセンメツの目的意識を欠落させていたため、あのような受身一方の降服を結果してしまった。われわれは今度の都市センメツ戦においては、銃による敵センメツにすべてを集中し、かならず……云々。しかし永田には、坂東のならべたてるリクツは二・一七の銃を易々と敵に奪われた失態の手のこんだゴマ化し、言いわけとしかきこえず、銃要請の一本調子なシツコさにたいし苛立ちがつのった。

「ベースに来たとき植垣君は、私と金子さんにチカン行為をした。革左ではこういうことも自己批判によって組織的に解決してきたけれども、赤軍派はこうした問題の解決が非合法活動上必要なことを理解していないのではないか。とにかくこのことだけでも、要請にこたえるわけにはいかない」

「植垣がそんなことをするはずがない」坂東はショックで一瞬、パニックに陥りかけた。「まったく考えられない。植垣は寝ているとき、無意識にあっちこっち動くからカンチガイしたんじゃないか。絶対にありえないことだ」

カンチガイといわれたら話はおわりだが、それでこたえにはならぬし、植垣の弁護にもならない。「銃の要請には基本的に応じることはできない。それよりも私たちは米子M闘争のまじめな総括をきかせてほしいし、植垣君のチカン行為の自己批判もしてほしい」といって永田は今日はもうここまでという態度を露骨に示した。あらためて二十二日頃に森、坂東と永田、坂口、寺岡で会合をもち、双方のセンメツ戦計画の検討をおこなうこと、そのさい永田の指摘した問題について、赤軍派の考えをあきらかにすることにした。

夜、森の待つアジトに報告にもどった坂東は、銃要請をことわられたこと、米子M闘争敗北の自己批判をうまくやれなかったことを知らせた。それから「革左が二人目を殺ったといっていたよ」というと、森は衝撃をうけた様子で「え、またやったのか。もはやあいつらは革命家じゃないよ。頭がおかしくなったんじゃないのか」と暗い顔になってだまりこんだ。これは森がめったに他人に見せることのない「素顔」を思わずさらけだした瞬間である。森は「また」といい「もはやあいつらは」云々と吐き捨てた。かつての「一人目」処刑も「革命家」として可能なら回避すべきだったが、センメツ戦遂行を妨げる通敵分子との闘いとしてこれを見れば仕方ない、やむをえぬ側面もあった。しかし「連合」赤軍の結成があり、両派による「同時的」センメツ戦が日程にのぼってすらいるこの段階にきての「二人目」となると話は別である。とにかく安易すぎないか。やむをえない、仕方ないとおもんぱかる余地が非常に少なくなっているのではないか。森と坂東はこの時の永田の問題多い通告仕方によって、実際には以前「一人目」とほとんど間をおかずに実行されていた「二人目」処刑をつい最近おこなわれたことかのように誤認して大きなショックをうけているのだった。森は永田から「二人目」を通告された今、「一人目」のときには自他に対しあいまいにボカしておいた処刑方針そのものとののっぴきならぬ決着を迫られていると受けとったのである。

「植垣の丹沢ベース滞在中にチカン行為があったというのだけれども、これはどうか。自分は永田さんらの狭量からくるカンチガイだと思う」坂東は革左というのは何だか難かしいなあと首をかしげた。森は植垣の消耗の根元に「女性問題」を見ていたので、カンチガイかどうかについて坂東ほど楽観はできなかったし、森らの銃要請を拒否したとき永田が、米子における敗北で敵に銃を奪われた失策と植垣の「チカン」とを赤軍派のマイナスのあらわれとして一体不離にあつかって、それを拒否の理由にもちだしてきたことは、自派による都市センメツ戦をひかえて困難に直面している森をしばらく考えこませることになった。〈もう一丁の〉銃を要請した森にたいして、永田は〈もうひとりの〉処刑をもって応じてきたのだが、もしかしたらわれわれにいま足りないのは〈もう一丁の〉銃だけでなく、必要とあらば〈もうひとりの〉処刑をあえておこなう革左のような精神の姿勢ではないのか。敵を確実にセンメツする銃と、通敵分子を確実に処刑しきる精神とは、思想上同一であるかもしれないではないか。……

森と坂東は協議のうえ、植垣が提出した二丁の銃による交番襲撃計画は白紙に戻し、新たにプランを練り直すことにした。つぎの革左との会合では森が内部向けに執筆したさきの白河センメツ戦「失敗」の総括文書を永田らにしめし、かれらの批判に対するこちらの回答として了解をもとめること。そのあと森はノートの頁を繰りながら、革命戦線による関西地方委員会オルグ失敗を中央軍による白河センメツ戦失敗と同質の問題とみなして取りあげ、「根本的には、革命戦線における攻撃的―能動的な軍事能力の欠落が原因で、軍としての能力なくしてもはや政治工作はやれぬということだ」と論じて、銃によるセンメツ戦を担いうる軍の建設・軍の党化と一体の、革命戦線の軍化による軍事能力の育成によって革命戦線を再建していく方向を打ち出した。軍の党化、革命戦線の軍化をいかに推し進めていくか？　山岳に「教育訓練センター」を設置し、メンバーの「革命戦士」化をかちとる機関にしたいと森はいった。この方針は、都市での敗退後山岳への後退によって武装を守った中南米ゲリラと、ＰＦＬＰの「軍事訓練センター」の経験に学んだものであり、新方針のもとで革命戦線の青砥、行方、それに遠山美枝子はただちに中央軍へ編入されることになる。

十月二十日。夜、センメツ戦調査に行っていた坂口が高木を連れて予定よりはやくベースにもどった。高木は首に包帯をまいており、それが夜目に白々と細長くいかにも不吉に映った。

「どうしたの」高木を休ませてから永田は坂口に報告をもとめた。

「高木君の運転の車で逃走ルートを実際に走ってみたのだが、車を電柱に衝突させ、高木君は気を失い、寺岡君らも軽傷だったがケガをした。それで前におれの心臓を診てくれた医者のところへ高木君を連れて行き、みてもらい、ゼノール塗布等治療してもらった。寺岡君らは調査をつづけていて、明日もどってくると思う」

技術だけでは「チカン問題」を解決できないし、かといって精神だけで作戦用の車を電柱に衝突させない運転は不可能である。永田において一に精神、二に技術という順位はいぜんかわらぬものの、永田はこの頃ようやく技術の習得を真剣に求める心境になっていた。この時高木の事故の根本因は実際は「技術」になくまさにその「精神」にこそあったのだが。

十月二十一日。国際反戦デーのこの日、午前中共産同さらぎ派が練馬の自衛隊駐屯地に突入し、革マル派が衆院議員面会所に突入した。夜、日比谷の中核派の集会で機動隊と小競り合いがあった。新宿でレンタカーから火炎ビン四〇〇本押収というのがこの日最大のニュースだった。逮捕者は闘争の全体に小規模だったわりには二七七名と多く、マスコミの一部は三里塚における「機動隊センメツ」への「報復警備」だと論評した。しかしながらこの日の諸党派―警備陣の「衝突」はいわば序の段であって、本番は以降連続する「黒ヘル」等による警察施設を標的とした爆弾闘争の展開である。

十月二十二日。永田はベースの小屋のまえで、見送りに出てきたケガのあとでまだ辛そうにしている高木に声をかけ、「しっかり養生して待っているのよ。いいお土産をもって帰るから」と笑った。「まったく異議なし」高木のほうもニコニコ笑って応じ、横にならんだ留守居役の金子みちよ、上杉早苗とともに永田らの姿が見えなくなるまで手を振った。高木は痛めた左膝をかばうようにして歩いたが、ときどき人が見ていない時には痛めてないほうの足を引きずって歩いてしまうこともあり、事情は永田の思っているほど明朗ではなかった。永田、坂口、寺岡が赤軍派指導部との会合のために上京すると、丹沢ベースの住人はしばらくの間金子、上杉、高木、少年の加藤倫教の四名だけとなる。他のメンバーはセンメツ戦の決行が日程に上った現状をふまえ、吉野、前沢、加藤能敬、小嶋は標的とした交番について詰めの調査で会津若松へ、さらにセンメツ戦後の弾圧を想定してベースの移動先を探すため大槻と松崎の両隊が山岳調査に出て行くというようにそれぞれ腰をすえて任務に取り組んでいた。何も永田からいわれるまでもなく、消耗中の高木には今まさに心静かに「養生」に専念できるまたとない機会がおとずれていたのである。

正午頃、永田らは新左翼各派が「秋期決戦だ」と騒ぎ張り切り、新聞各紙が「戒厳令」下におかれた云々と囃したてている首都東京に入り、渋谷駅前からタクシーを使って会合場所である森のアジト＝南青山のマンションへ向かった。街の様子には山岳で新聞、ラジオのニュースをとおして思い描いていたほどの「決戦」ぶりは伺えなかったが、移動中いつもにも増して強い孤立感をおぼえさせられ、小さな動作行為の一つひとつにかれらは老人みたいに慎重を期した。

永田は今度こそどのようにして「連合赤軍」の内実をつくっていくかというつきつめた問題意識をもって会合にのぞむつもりだった。ふりかえると両派ともこのかん共闘を前進させる大事な場面でいったん合意を遂げておきながら、あとになってグズグズと自派の都合や要求をもちだしてそれを理由に折角かちとった貴重な一致を撤回あるいは後退させてしまうという苛立たしい足踏みをくりかえしてきた。たとえば革左は「統一赤軍」から「連合赤軍」へ永田自身も恥入る勝手な名称変更を川島の手紙一本でゴリ押ししたのだし、赤軍派のほうでも自派の都合を大々的に優先して両派による「センメツ戦遂行のための連絡協議」を気楽にスッポカシなどしてくれたわけだ。両派の共闘関係がここにきてここまで「冷却」してしまっている以上、いったん連合赤軍結成の原点にたちかえり、連合の「内実」をしっかり創りあげるところからやりなおさねばならぬ。永田はとりあえずまず、先日丹沢ベースにやってきた坂東とのやりとりのなかでリクエストしておいた米子M闘争の敗北〈革左の「同志的」に譲渡した〈二・一七闘争の銃〉二丁を権力に奪還されてしまった件）の総括と、革左のベース滞在中に赤軍派植垣の示した一部「非同志的」「女性べっ視的」行動について、指導者森の口からわかりにくい小リクツは抜きにして率直に説明してもらおうと考えた。

「ひと月ぶりだな。いいんだか悪いんだか、われわれは互いに相も変わらず、ひと月なんとか無事でいたというこのようだな」森は親しみをあらわしてうなずき、永田らをじぶんの向かいにすわらせると隣室で何かしていた坂東を呼んで、これから会議をするといった。「……われわれはこのかん革左の諸君の提起した問題を赤軍派として正面から受けとめ、解決の路を追求してきている。先日の永田さんと坂東の協議についても報告をうけ、いろいろ考えさせられたところだ。解決できたとまでいわないが、解決への道すじは見えたので、きょうは闘いの現況に即してすこし具体的に話してみよう。一言でいうと問われている総括の核心は「銃」であり、「銃」によるセンメツ戦を担いきる主体の確立である。われわれは九月十日、革左との間で予定していたセンメツ戦のための会合に間に合わず、革左の諸君を失望させ怒らせてしまったけれども、あの遅延にこそわれわれの地方センメツ戦の失敗の根本因が示されていたのだ。われわれはセンメツ戦の遂行を会合に間に合わせるべきだったし、そうできなかったわれわれの弱さが批判されるのは当然だと思う」

森はいつになくしみじみ調で九月地方センメツ戦失敗の経緯を詳しくかなり長く話した。九月十一日、決行の当日、実行部隊の四人＝坂東、植垣、進藤、山崎は全員警官センメツの決意を固めてベースを出発した。なかでも警官を刺す任務を志願した植垣は、車が攻撃対象の小田川駐在所まであとすこしというところにさしかかったとき、白いハチマキをしめ、ナイフを握り、一点をじっと見つめて「警官を殺すぞ、警官を殺すぞ、警官を殺すぞ」と早口に唱えはじめ、静まりかえった車内の緊迫が一気に高まった。警官センメツの決意を固めることは実際に警官をセンメツすることとはむろん次元が異なる。われわれは次元の跳躍を真剣にこころみたのであり、植垣はわれわれの試みの尖端に立っていたのだ。しかし交番に警官の姿はなかった。この時にかぎって何故？　そしてまた警官がたまたま不在だったことが何故、そのままセンメツ戦の中止にいたったのか？　われわれが次元をとびこえて敵センメツの可能性を実現させる唯一の時に「間に合わなかった」からである。何故「間に合わなかった」か？　敵センメツの武器としてナイフを選択したからであり、銃を選択できなかった主体の限界が最後の場面で露呈したものとわれわれは考えている。ナイフだったから、敵センメツの時・場所をわれわれの決意、情熱を絶対の主語にして決定することはできず、敵センメツの成否はおおよそ相手の出方しだい、われわれの力をこえた周囲の状況しだいという結論になってしまう。銃であったらどうか。すくなくとも敵センメツの時と場所はこちらが一方的に選び、決めることができるだろうし、もしかしたらわれわれはあのとき、警官センメツの時・所に紙一重の差で「間に合った」かもしれないのだ。以上から問題は今やハッキリしている。九月地方センメツ戦の失敗は銃を敵センメツの武器として選択できなかったわれわれの不可避の敗北であって、銃を確固として選択し、銃を使いこなす主体の創出こそ敗北克服の唯一路である……

森は大判のレポート用紙に細かい字でビッシリと書きこんだ文書を永田らに見せて「この内容で一致したい」といった。永田がうけとって読み、坂口、寺岡も時間をかけて一読した。森は文書において、永田らにいま長々と語った「敗北の総括」をヨリ詳細に、永田らを閉口させるいつもの難文によって展開し、最後に銃によるセンメツ戦は闘う主体の能動性、攻撃性、組織性を確立させるものであり、党建設の「環」だと強調して一文を結んでいる。

永田は一読してよくわからず、手をのばしてじっくり再読してみたものの、何かうまくハグらかされているという読後感を一層強くした。森は革左の批判に「こたえたい」と殊勝げにいうが、その「こたえ」と称するものは実際はこたえの回避ないしゴマ化しとしか思えぬ部分が多い。第一に米子M闘争の敗北＝革左の銃二丁を敵に奪われた大失策の総括がない。この件で革左への尋常のアイサツすら未だない。それでいて銃、銃と、銃の闘いをコトバの上だけで大層のように振りまわす。第二に、赤軍派が革左との間で合意して設定した「センメツ戦のための」会合に「間に合わなかった」のは、革左とかわした約束の実行よりも、自派によるセンメツ戦のほうを優先したからではないのか。なによりも連合のパートナーである革左われわれを自分らと対等の存在と見ていない点に赤軍派の問題があるのだ。ナイフでなく銃であれば「間に合った」などはいいわけにせよ奇妙なヘリクツとしかきこえぬ。第三、植垣が決死の覚悟をもってセンメツ戦に臨んだことはよくわかった。しかしだからといって植垣のよそ様のベースに滞在中にヌケヌケとしでかしたチカン行為が不問に付されてよいわけは当然ながらない。森の植垣評価はチカン行為において露わにされた植垣の思想の一面にたいして指導者のなすべき批判の責務を回避しており、全体として赤軍派における女性解放の観点の欠落を不意識裡にさらけだしてしまったものといえないか。

森はシビレを切らしたように、読みおえてもハカバカしい反応を見せない永田らに向かって「どうや」と期待をこめた眼をむけた。

「何かピンとこないわ」永田が正直に感想をいい、坂口、寺岡も同調すると、「そうか」と森はうつむいて黙り、非常に落胆した表情を見せた。森は総括文書執筆の苦労を語り、「これは最初赤軍派の内部通達として書きだしたのだが、途中から君たちにも見せようと思い、君たちの提起に全力あげて応えようと努めたつもりなのだ」と永田らの案外な反応に不満そうだった。森がいわなかった文書執筆の目的の主な一つは、まさに革左の永田らを説得して、坂東は失敗したけれども、自派の都市センメツ戦のために必要な〈もう一丁の〉銃をわが手にすることだったのだから、この時の森の不満、落胆はおおきかった。

つぎに森は赤軍派革命戦線が主体となって推し進めている「赤バス上映運動」を話題にし、最近生じた一見些細に見えるが党建設の根本にかかわるある問題に永田らの眼を向けさせようとした。「赤バス隊」は全国各地を巡って映画『赤軍―ＰＦＬＰ世界戦争宣言』の上映会を組織し、赤軍派の革命戦争路線の教宣につとめているのであるが、「反響はかなりある。ただ、福岡の上映会で、三池の労働者の質問に革命戦線の者がこたえられず立往生してしまうという出来事があった。現場の労働者から発せられた、なぜいま組合の個別要求闘争でなく革命戦争なのかという素朴な、しかし根本的な疑問に、革命戦線の指導的部分であるその者が一言も中身のあるセリフを返せなかったという。これは大問題だ」森のいう「問題」をおこした「指導的部分」とは森は言及を避けたが連合赤軍「組織部」メンバーでもある遠山美枝子であった。「やはり革命戦線も軍の質をかちとらなければ一労働者の質問にこたえることさえできなくなっているということだ。われわれは軍の党化と一体に党の軍化を推し進め、あわせて革命戦線の再編をいま待ったなしで考えている」

「同じ課題が私たちにもある。二・一七銃奪取闘争以降、銃によるセンメツ戦をなしとげることが生活のすべてである今日、軍の質がなければ半合法部の活動もやれないというのが私たちの認識だ」

森は革命戦線再編のためのアイデアを二、三熱っぽい口調で語ったあと、ふと思いついたふうに「先の文書では一致できなかったが、軍の質を〈革命戦争を戦う〉主体としてかちとるという点で一致できるなら、共同軍事訓練をやろうじゃないか。どうか」と提起した。坂口と寺岡は顔を輝かせてすぐ同意、森の長話の間ほとんど感情をあらわすことことがなかった永田も、この時ばかりは大きくうなずいて同意の態度をとった。連合赤軍の内実をかちとりたいという永田の念願にてらして、これ以上ない実践的な、閃《ひらめ》きにみちた提案である。

「坂東もただ黙っていないで何かいってはどうか」森が笑いながら促すと、坂東は表情をくずして「自分も賛成。提案は森さんの久しぶりのヒットだ」と和やかに応じ、あとは両派をしばっていた緊張が糸のようにスーッととけて親しみのこもったやりとりになった。とくに日頃無口な坂口と坂東が比較的よく喋っていたのが永田の印象にのこった。

夜十時すぎ、青砥幹夫がマンションに姿をあらわし、永田らとくつろいでいた森のところへきて、ヒソヒソと二人にとって何か意外な知らせも含んでいるらしい話を伝えた。ききおえると森は永田らに「来日中のＰＦＬＰ幹部（中央委員Ｒ・ガーネム）に急拠、会えることになったので、会議を中断させてもらうが待っていてほしい」興奮気味にいい、坂東、青砥を相手に誰が会談に行くか短かく打ち合せした。「おれと坂東で行こう」森はいったがしばらくすると首を振り、「イヤ駄目だ。坂東は残ってくれ。万一を考えると二人とも行くのはまずい」といって青砥と出かけて行った。のこった永田らは十二時をまわったころ、コタツに入ったままそれぞれ適当に寝た。

森は翌二十三日正午近くに山田孝と青砥を連れてもどり、ずっと待っていた永田らにたいし報告と称して会談の様子を冗舌にしゃべりまくった。「徹夜で話した。濃いコーヒーを何回ものんだ。ＰＦＬＰ氏は英語を使ったが、通訳をはさむのがもどかしくなるくらい話ははずんだ。山田君の英語もまあまあだった。……会談の場所を提供してくれた女性がコーヒーをいれてもってくると、ＰＦＬＰのその人はそのたびに立ち上って彼女に敬意を表わした。日本人とはやはりちがうな。何かごく自然に身についてるという感じなんだなあ。……その人はぼくと世話をしてくれた女性にＰＦＬＰのターバンとバッジをくれた。彼は彼女にわたすとき、あなたは勇気ある女性です。御支援に感謝しますといっていた」森はいかにも嬉しそうにプレゼントされたターバンとバッジを披露した。が、会談の内容についてはほとんど語らず、永田の問いにわずかに「教育訓練センター」のことをきいたとか、あちらからは赤軍派では重信房子（パレスチナ滞在中）をどう評価しているのかときかれたなどともらすにとどまった。

夜、会議を再開して合意した共同軍事訓練の細目の協議に入り、日時、場所、参加人員などをだいたい決めた。十二月上旬、一週間ほどの期間に集中しておこなう。場所は革左が用意する。参加者は両派からそれぞれ九名を選抜して出す。選抜の基準は銃によるセンメツ戦を担いうる人材かどうかの一点になろう。最後に森が「共同軍事訓練に向けてお互い切磋琢磨して、なんとしてでもセンメツ戦をやりぬこうではないか」と結び、会議をおわらせた。永田、坂口、寺岡は別室に移り、フトンをしいて寝支度をしたが、森、坂東、山田、青砥はそのままのこって「赤軍派として」の協議をおそくまでつづけた。

「……ハッキリいってＰＦＬＰには哲学がない。闘争経験はいっぱいあるが。トロツキーのことをきいても知らなかったし、かれらの思考は一民族一国家の枠組の内で終始し、われわれが連合赤軍結成をとおして獲得しつつある主体を世界革命へ飛躍させる死―復活の論理を欠いている。われわれには哲学があるのだから、かれらの経験を理論化していく必要がある」森はＰＦＬＰの経験と意見のなかでとりわけスパイのとりあつかいと、キャンプでの軍人の教育問題について強い関心をもって聴いた。ガーネム氏は「組織の重要性」を強調し、スパイや脱落者の問題を解決していくうえで、前提として指導部と兵士の「政治交流」の組織的保証がいかに大事か実例をあげて縷々説明してくれた。「いい学習になった」森は感慨ぶかげに打ち明け、「それで赤軍派の当面の方針ということになる」と坂東らに次のように指示した。北鹿浜交番を攻撃対象としたセンメツ戦のための調査にあらためて、体勢を強化として取り組む。当然ながら断固銃によるセンメツ戦でいく。革左はわれわれの銃要請にたいし諾否を留保していて、まだオルグに時間がかかりそうだから手持ちの銃一丁でとにかくやる。名人のように創意工夫してくれ。山田君と青砥は革命戦線の任務と並行して坂東の指示のもとで交番調査に加わること。それからもう一つのテーマ、われわれの「教育訓練センター」の設定だ。山岳に軍の質獲得の透明な時空＝軍事訓練と学習の拠点を建設すること。そのための山岳調査にとりかかること。これは植垣が適任だと思うが早急に検討をたのむ。

十月二十四日。未明、都内各所で「爆発物らしい」ものがほぼ同時刻に爆発し、いよいよ来たかと警察、報道関係の間に衝撃が走った。標的とされたのはいずれも警察署か交番六ヵ所で、三ヵ所で爆発、三ヵ所では未発だった。一時は東宮御所、国会議事堂、東大等もやられたという情報が流れ、「爆発音」だけによる通報は二十ヵ所にものぼったため、警備、公安担当者はマンガに登場させられた警察官のように終日右往左往した。警備当局は事態を「黒ヘル」と呼ばれる複数の小集団による「連続爆弾闘争」の開始と深刻に受けとめ、午後には警視総監以下各部長が異例の緊急記者会見をひらいて総力をあげて爆弾対策に取り組む方針を発表した。

永田、坂口、寺岡は森らのまだ眠っているうちに起きだし、寺岡は「友人に会ってカンパ要請をしてくる」と先に出て行き、永田と坂口はそのあと出て丹沢ベースへ向かった。小田急江の島行の比較的すいている車中に落ち着くと永田は新聞に丹念に目をとおした。「未明の首都、警察施設を狙って連続爆破か」と大見出しをつけた記事を読んでから同じ面の下段の小さな記事に目がとまったとき、永田は思わず「ええっ」と大声を出してまわりの注目を集めてしまった。坂口がきつくとがめたが、今は車内マナーを守って品よく澄ましている場合ではなかった。記事によると二十三日夕方「指名手配中の猟銃強盗犯のひとり」高木京司が上杉早苗と一緒に名古屋市内で交番に出頭して逮捕されたというのであり、事実としたらあの高木が脱走したのであり、永田の革左はいま高木もその中心にいて闘った二・一七銃奪取闘争いらい最大の危機に直面しているのであった。永田と坂口はこのままベースへもどって大丈夫かどうか短く話し合った。高木の逮捕（投降？）によって権力は丹沢ベースを捕捉し、包囲にかかり、包囲をせばめ、既に包囲を完成させてしまっているかもしれなかった。最終的に永田が決断して、とにかく何としてでもベースにもどり、みんなと心を合わせて問題の解決に取り組もうと決め、大急ぎにいそいでベースにかけもどった。

ベースでは金子が指揮をとって移動準備の最中であり、みんなは一致協力して銃を運ぶリュックを作っていた。金子は永田らの顔を見ると当面まず大井川上流井川近辺に移動することに決めたと落ち着いた口調で話した。銃は今夜中に山ごえして運び、他の荷物は車を使って運ぶ。滝田君が車の手配で下山した。この方針を、山岳調査に出ている大槻さんらには加藤（倫教）君が伝えに行くが、交番調査のメンバーには永田さんらから連絡をとってほしい。自分はここにのこって滝田君の帰りを待ち、車でのこりの荷物を運ぶことにする。永田さんは『解放の旗』（革左機関紙）編集関係の荷物を早急に移動させられるよう整理しておいてほしい。云々。永田と坂口はすべて了解し、本、ノート類の整理に大車輪で取り組んだ。本は全部持っていくことにし、ノート類を調べていくと高木のノートも出てきて、最後のほうに高木の筆跡で「本当にすみません。しかしどうしても一時組織から離れてみたかったのです。でも必ず闘いつづけるから今後のことを見ていて下さい」などと「有終の美」を飾るというか「イタチの最後っ屁」を放つというか書き置きめいた一文があった。永田は二、三回読みかえしたあと坂口と金子にそれを見せた。

金子は永田らが不在の間の丹沢の状況を次のように語った。永田らが下山した二十二日、ベースには金子、高木、上杉、加藤倫教がのこった。高木は岩場で日なたぼっこをするといって出て行き、金子と上杉は上杉の誕生日用にドーナツを作ることにしその準備をした。加藤はノートをとりながら毛沢東選集を読んでいた。揚げ物の準備がすむと上杉は外で干すからとシュラフを持って出て行ったが、それきりなかなかもどってこない。十分。二十分。二十五分。三十五分。……金子は立ち上り、加藤を促して手分けしてベースの周辺一帯をせわしく見てまわった。ふたりの姿はなかった。この大したカップルは自分たちのやりたいことをかなりうまくやってのけたのだ。シュラフを持ちだすときに下山用の衣類もかくして持ちだし、あとで調べると上杉が担当していた日常の収支の金がなくなっているので、それも持って逃走したのではないか。万事が計画的であった。金子はただちにベース移動で対処しようと決め、加藤には妙義山へ山岳調査に出ている大槻、小林房江、尾崎充男を呼びかえしに行くこと、夜になってカンパ集めの任務からもどった滝田にはレンタカーの借り出しを指示し、あとは三人で夜一夜体力の限り荷物整理、荷作りをした。翌二十三日早朝、滝田と加藤は下山、金子は荷物整理をつづけた。夕方、井川方面の山岳調査からもどった松崎礼子、小嶋妹、加藤弟がすこし休んだあと作業にくわわる。移動先は井川にしたいというと松崎は絶好の場所があると太鼓判を押した。それからが今日になる。

「ここは私たちでやるから、あとは任せてくれて大丈夫よ」金子は指導部としての方針の速やかな策定をもとめ、永田、坂口もこれを了承、下山して打開策を立てようと決めたが、早朝別れた寺岡がいつまでももどらず、悪いことばかり想像して永田はへとへとになってしまった。夜十時すぎ、ようやくもどった寺岡は高木のことを知らされると非常におどろき、急に「銃を移動させる人に声をかけてくる」などといいだして沢をかけのぼり、途中で自分のしようとしていることがかならずしも時宜にかなった振舞いとはいえないと考え直したらしくすぐまたもどってきた。高木らの脱走にかんして永田の説明をきいている間に寺岡も冷静さをとりもどしたようだった。かれらは今、権力との競り合いのただ中にあって、まさに各人が自分の任務の完遂に徹すべき時だった。

永田、坂口、寺岡は下山して麓の旅館に一泊し、話し合った。「金子さん指揮によるベース移動と並行して、山岳ベースからいつでも都市へ移れるように都市アジトを用意しておく必要がある」永田はこれは緊急にやろうと強くいい、坂口、寺岡も同意した。都市アジトの緊急設定に関連して実績も知識も豊富な赤軍派に協力を依頼しよう。赤軍派の所有している都市アジト網の一部をとりあえず一時借用させてもらえないかどうかあたってみること（永田が担当）。坂口は交番調査隊のキャップ吉野に連絡し、井川へのベース移動を伝えること。会津若松での交番調査は一たん中止とする。永田、坂口、寺岡は明二十五日、加藤能敬が最近開拓した西新井のアパートの一室＝革左のもつ唯一の「都市アジト」に集まり高木の脱走について総括の会議をおこなうことにする。

十月二十五日。朝、西武池袋線椎名町駅ホームの金網の交番裏にあたるところに「スポイトを使った」鉄パイプ爆弾が不発のままブラ下げてあるのを駅員が発見、きのうの「連続爆破」の延長戦ないし無気味な余韻とみられてまた騒ぎになった。警備当局は緊急署長会議を召集し、公安部長の提起により刑事部捜査一課の機動捜査班で警部補以上を公安部併任として公安の指揮下に入れた。くわえて爆弾捜査の発動をスムーズにするため、現場にもっとも近いところにいる公安部の課長代理（右翼、外事、労働を問わず）をまず現場に派遣して現場責任者にし、そのあと公安一課長に引き継ぐという新体制を打ち出す。担当記者らはこれらを場当たり的「対策」であって、警備、公安もいささかうろたえ気味かなと観察した。

永田は旅館を出るとはじめて事前連絡なしに直接、先に森らと会合した南青山のマンションに出向いて状況を説明のうえ赤軍派から支援を求めようとした。が、室の重いドアは施錠されており、決めておいたとおりの間隔を正確にあけてチャイムを鳴らしても人の出てくる気配はない。それから夜おそくまで永田はマンションの周辺にとどまり、時間をつぶす喫茶店を適当に取り替えながら、赤軍派の誰かが姿を現わすのを待ち見はりつづけた。待っているとき、永田らを厄介な破目に追いこんでくれた高木の顔が一度や二度でなくこころに浮びあがってきた。高木の甘ったれた「書き置き」は仲間にたいする裏切りの言い訳で許せないけれども、一方で永田には二・一七闘争からずっと大切な同志でありつづけた高木の必死の声もそこからきこえてくる気がするのであり、永田の気持はますます行き場がなくなるのだった。夜十一時頃、永田は赤軍派との連絡協議はあきらめてアジトにもどることにした。帰りの車中で永田はぼんやりときょう赤軍派に会えなかったのはいいことだったかもしれないと考えた。革左と赤軍派は「同志的」支援関係のもとにある。しかしだからといって、永田がきょうのような気持のまま赤軍派に会っていたとしたら、「支援」は得られたとしてもそれはもはや「同志的」とはとてもいえぬ何かに変質・堕落してしまっていたであろう。永田はあくまでも赤軍派と森のよき「同志」でありつづけたかった。

永田は西新井アジトにたどりつき、待っていた坂口、寺岡と指導部会議をおこなった。永田らは革左の武闘路線（二・一七銃奪取→山岳ベース設定→連合赤軍結成→処刑→銃によるセンメツ戦へ）そのものを問い直すことは「できない」ので、自分たちの指導の問題として高木の脱走を自己批判的に取りあげることができない。といって早岐、向山の時のように全責任を脱走した高木個人に預けてしまうことも「できない」。高木は銃奪取―処刑方針にたいしもっとも断固とした支持者であり実行者のひとりだったから。したがって三人とも脱走の理由がわからず、説明できず、頭をかかえこんで悶々とした。やがて寺岡が顔を上げてポツリポツリとじぶんの考えを語りはじめた。武闘路線そのものは依然として全く正しい。しかしそれの推進にあたってわれわれの指導の中身に足りないところはなかったか。高木の脱走はわれわれの正しさにもかかわらず、一方でわれわれの埋められぬままできたその足りない部分によってひきおこされたものといえないか。「……ぼくの自己批判としていうのだが、銃によるセンメツ戦をいいながら銃の練習すらしない。世界革命をいいながら言いっ放しで、これを理論化する努力もしない。「実践」第一をいいながら言うだけというこの間の不毛が高木を脱走させた要因の一つだと自分には思える」

「そうかもしれない。とりわけ世界革命の言いっ放しは赤軍派にもひかれていた高木には幻滅だったかもしれない」

永田はうなずいた。寺岡の「ぼくの自己批判」は二・一七闘争以降ここまで革左を引っぱってきた永田の指導の「足りない部分」の批判的指摘でもあって、それは永田にもわかっていた。寺岡が正しく看て取った永田の指導の「足りない部分」は、しかしながら永田ひとりが責を負うべきマイナスではなく（永田は川島豪のような「独裁者」ではなかった）革左の現指導部を構成する坂口と寺岡も分担して引きうけ、ともに解決を求めるべき指導部全体の課題であろうと永田は考える。今後足りないところをどう補っていくか。さしあたって具体的に何からはじめるか。「寺岡さんと坂口さんも考えて良い案出してよ」永田は押し強くふたりをせきたてた。

　永田指導部がうちだした新方針は以下のとおり。①銃の訓練、銃の操作技術の組織的獲得をめざすこと。赤軍派との間で合意している共同軍事訓練参加を軍メンバーの脱走の実践的総括と位置づけ、われわれの飛躍の機会にすること。②世界革命の「理論」化。毛沢東思想に依拠しつつ、森の『銃火』論文をはじめとする赤軍派の諸論文を学び批判的に摂取すること。③山岳と都市の「結合」を推し進めること。都市にマンションを確保して討論・学習のできる指導部アジトを設定したい。都市アジト網建設には知識も経験もある赤軍派に協力を依頼する。④共同軍事訓練に参加する選抜メンバーは永田、坂口、寺岡、吉野、前沢、加藤（能敬）、金子、大槻、松崎である。また寺岡の推挽《すいばん》と永田の積極的同意により、吉野を「常任委員」とし指導部の一員にくわえた。後日永田が直接吉野本人にこれを伝えること。……決定した新方針は第一に森と赤軍派への依存の増大があり、第二に「銃によるセンメツ戦」路線から「脱走」した高木（と上杉）との対比で、吉野―金子ペアの評価の上昇＝路線にもっとも忠誠なるペアとしての規範化が見られる。永田指導部は内から「銃によるセンメツ戦」路線のさらなる純化によって、外にたいしては赤軍派の知識と経験への一層の依存にふみきることによって自身の指導の危機を乗りこえんとしたのであった。なお、党・軍の総力をあげて追求してきた会津若松でのセンメツ戦は計画と調査の中心に高木がいたため中止と決まった。

この日坂東は西新宿アジトに行き、植垣、進藤、山崎にたいし、わが方の「教育訓練センター」をどこに設置するかただちに検討に入れと指示した。植垣らはすでに以前南アルプスを候補地として考え、山梨県西部の黒柱河内《つづらごうち》川上流付近に注目していたから、これを森さんに伝えてほしいとこたえた。南アは山が深いから長期間の使用が可能であり、かりに警察に発見、包囲されても十分闘えるし、ここを基地として米軍北富士演習場を対象に武器奪取闘争も展望できる。植垣らはこのときこれとはべつに革左との共同軍事訓練の予定をきかされていたが、場所は革左が用意するということで、南アを候補地として推挙したときは共同軍事訓練のことは全く考慮していなかった。そのあと坂東は「北鹿浜交番の調査を再開する」といい、銃一丁でやるしかないので「創意工夫」しよう、新鮮なアイデアを出してくれと検討を促した。調査のポイントは交番内に警官が一人だけになる時間帯の厳密な確定で、話し合いは遅くまでつづいた。

十月二十六日。坂東は植垣らとの協議の結果をもって森のところに行き、新たな指示をうけて夕方西新宿にもどった。植垣は山田孝とともに南アルプスへ山岳調査に出発し速かに「教育訓練センター」の適地を見つけてくること。森は植垣の軍事にかかわるすぐれた能力と豊富な経験に党の「戦略ベース」獲得の任務を委ねると同時に、その実力を得意分野で発揮させることで革左からも問題視されているこのかんの「消耗」状態から植垣を立ち直らせようと配慮したのであり、山田の同行はそうした配慮の遠回しではあるが眼に見える表現でもあった。一方植垣は張り切って任務を了解したものの、幹部の山田の同行は意外であって党中央のうっとおしい無用の介入とうけとらざるをえず、いささか迷惑に感じた。夜、その山田が登山用の衣類と登山靴をもって西新宿アジトに重々しい姿を現わした。「党の監督」による山行の始動である。

この日午前中、革命左派人民革命軍・交番調査隊キャップ吉野は永田らの待つ西新井アジトにやって来て、永田から高木の脱走の経緯と新方針について説明をうけた。そのさい吉野はセンメツ戦中止の決定に「高木の脱走がまちがいなら理論上はセンメツ戦の中止もまちがいではないか」と反対意見をのべたものの、会津若松の調査に深く関与した高木は権力の手中にあり、いまは一時後退が理論上正しいという永田、寺岡の説得に最後は応じて指導部の新方針を了承した。夕方、坂口、寺岡、吉野はアジトを出て移動先井川へ向かい、永田ひとりがあとに残った。永田の任務は、都市アジトの拡大をはたすこと。高木らの脱走、逮捕の件で救対部の池谷らと会うこと。赤軍派と連絡をとること等である。

十月二十七日。植垣と山田はまる一日かけて南アルプス調査行の準備をした。夜、坂東が中心となり、植垣の不在の間の交番調査のプラン、スケジュール、メンバーの任務分担などを論題に協議をおこない、植垣と山田がもどってくるまでに坂東、進藤、山崎、青砥で北鹿浜交番内に盗聴器を仕掛けておくことにした。

十月二十八日。早朝、植垣と山田は西新宿アジトを出発し、中央線で甲府まで、甲府から身延《みのぶ》へ、身延からは奈良田行きのバスに乗り、午後三時頃、調査の起点となる新倉《にいくら》で降りた。新倉は黒柱河内川と早川の合流地点にある部落で南アルプスの登山口だが、植垣らは黒柱河内川の河口からすこしさかのぼった崖下の岩蔭の砂地にテントを張り、とりあえずそこを調査の基地とした。

夕食後、山田はリュックから大事そうにウィスキーの壜を出し、小さな紙コップを二個じぶんと植垣のあいだに置いて「まあ、ゆっくり行こうや」と笑顔で語りかけた。重苦しい党幹部の山田が植垣の眼前でいきなり話の分かる、酸いも甘いも噛み分けた良き先輩に変身したのであった。酒をくみかわし歓談しつつ、森や坂東相手ではこうした機会はとても望めぬので、植垣は思い切って自分の消耗の主因である森の部隊への介入にたいする意見を幹部でもある山田にぶっつけてみようと考えた。「地方センメツ戦失敗の原因の一つに森さんのぼくらの部隊への介入の問題があると思います。ぼくらは森さんになによりも思想的、理論的指導をこそもとめているんですが、そのほうは森さんはやらずぼくらの部隊を直接指揮しようとするから、ぼくのやることはなくなって消耗してしまうし部隊としての行動力は落ちてしまうことになる。軍の作戦は前線に立つぼくらにある程度まで自主的にやらせ、客観情勢に即して柔軟にやっていく必要があるのではないか。中央軍のなかでぼくらの部隊だけが無傷でのこっているこの事実をもうすこし尊重してもらっていいのではないか。ぼくは銃によるセンメツ戦に全力を集中していきたい。そのためにぼくらの自主の組織的保証がほしいのです」

山田はきいているだけで特に何もいわず、「おまえには期待しているよ」とつぶやくにとどまった。植垣は意気ごみがはぐらかされた感じで失望したが、いいたくてもいえなかった真情の一部をおもてに出すことができてせいせいもしたのである。山田は子供の写真をとりだして見せ、植垣がかわいいですねと愛想口を利くととても嬉しそうに声を出して笑った。明日からはすこしリラックスしてやっていけそうだと植垣は思った。

十月二十九日。中核派全学連松尾委員長は「十一月沖縄決戦」に向けて記者会見をひらき、そのなかで「…六・一七明治公園爆弾闘争から九月三里塚、十月闘争の過程を考えると、警官三人の死では足りないくらいだ。階級闘争に死はつきもので、結果として死んだというのでなく、〝殺すべき〟というのがわれわれの立場だ。十一月は首都機動隊センメツ戦をやる。これは必ずやる。十一・一四がヤマになるだろう」とぶち上げた。記者たちは中核派得意の大言壮語で、吹きまくった大ボラのオトシマエをどうつけるか面白い見ものだと嘲笑的に言いあったが、七一年十一月「沖縄決戦」の主要な部分を思想的・実践的に担う中核派のリーダーがホラであれ何であれ「結果としての死」ではなく〝殺すべき〟と公言したことは想定される事態の由々しさを示すものといえよう。中核派と連合赤軍の差異は今や「銃か否か」にまで局限された。「大衆暴動」路線の中核派は権力の「目的意識的」センメツを目標としてかかげることによって、この十一月にかんしてはすくなくとも銃の連合赤軍、爆弾の黒ヘル＝「革命戦争」派のほうへ大きく近づいたのである。

同じこの日、南アルプスの赤軍派中央軍植垣、山田は黒柱河内川をさかのぼって一キロほどのところで大きな滝に行手を阻まれ、やむをえず渓谷の急斜面をのぼり地図にのっていない尾根道に出た。尾根からは黒柱河内川の上流まで見わたすことができ、上流奥に黒柱岳（二五四〇メートル）がそびえていた。植垣らは明日から尾根道をたどって黒柱河内川上流を調べることにした。

十月三十日。植垣と山田は川原のテントをたたんで重いリュックを背負い尾根にのぼった。調査の本格的開始である。

十月三十一日。早朝より植垣らは行動をおこした。尾根道をしばらく行き、道が二手に分れているところで小休止したとき、尾根道とはべつの道から森林伐採の作業員たちがやってくるのに出合った。植垣らが大学の山岳部ですと自己紹介するとかれらは人のよさそうな笑顔になり「十月で仕事がおわって村に帰るところだ。この奥に飯場があるから泊るんだったらそこに泊ったらいい」とすすめてくれた。植垣らは話し合い、かれらの勧めを嘉納することにした。冬期間中伐採作業がないということならわれわれはそのかんそこを自由に使えるということだ。ふたりは教えてもらった方角をめざして進んだが、夕方になり飯場まであとすこしという地点で停止、テントを張って休んだ。

この日の夜、リブの活動家で赤軍派中央軍行方正時の恋人でもあるN（二二）は数年ぶりに帰郷して兵庫県尼崎市浜田町の実兄宅を訪れ、兄夫婦とおそくまで歓談しそのまま一泊した。翌日Nは兄嫁が買物に出たあと「ライフルをちょっと借りて行きます。悪いことには決して使いません」と書き置きして姿をくらました。Nと一緒に兄所有のマスターオートマチック自動五連ライフル一丁、実包五十発も消えている。Nはこのかん恋人行方が敵に奪われた銃をとりかえそうと探しつづけて及ばず、苦しんでいる姿に同情して思い切った行動にうって出たのであった。

十一月沖縄決戦

警備側は「沖縄国会」を政治焦点とする秋期の治安情勢に臨んでCR作戦と称する地域住民対策を立案し、十月に入って実施した。「PRは一方的、CRは対話である」と称し、都市を主戦場とする過激派集団＝中核派が主体の「大衆暴動」派と黒ヘルグループによる「ゲリラ」的爆弾闘争の〝自然発生的〟ないし〝目的意識的〟連繋に対抗して、警察と地域住民とのあいだに、「連帯」とまではいわないが、よき共同・協力の関係を推し進め、強化、確立せんとしたのである。「十一月決戦」を目前にした今日CR作戦は成果をあげており、過激派集団の地域住民からの分断―孤立はかなりの程度まで達成されつつあると当局は自己評価した。ただ一方で、この作戦は警備陣が連日、住民による爆弾あるいは不審人物のガセ情報にふり回されつづける状況をも現出させた。たとえば電気毛布のタイムスイッチや洗濯機のコンデンサーなどが爆弾では？　と一一〇番がくる。しかしこれはむしろ警察にとって「ありがたい」状況なのだと当局は説明する。振り回される警察の迷惑は治安情勢にたいする住民の関心の高まりの結果でもあるからだ。ＣＲ作戦は「状況」の真の主体である地域住民をして中核派や黒ヘルたちの盲動に「振り回される」警察の側へしっかりと結集させたのであり、一連の爆弾空騒ぎもかえって警察の存在理由増大の物質的根拠となったといえよう。

決戦の十一月を、では中核派と黒ヘルはどう戦うか。なかんずく銃と山岳の連合赤軍は都市部において地域住民と「連合」した警察権力とどう対峙していくのか。

十一月一日。早大革マル部隊が杉並の長谷川英憲（区議、中核系）事務所を襲撃し、襲われたうち二名は重傷を負った。革マル派による中核派攻撃はこれで三日連続である。中核派がリーダーのひとり松尾の口をとおして宣言した「権力とのセンメツ戦」としての「十一月決戦」構想にたいして、革マル派が「結果として」警察と連携し、一方はＣＲにより、他方は「ゲバルト」によって挟撃して地域住民からの分断・孤立化をはかろうとこころみる構図だ。公安の学生対策担当は記者らに、連中の自滅なんだから結構じゃないの、何かあったら上のほうをやるけどといい、過激派の「内ゲバ」事案について警察のヤル気のなさを露骨にしめした。

永田は足立区にある西新井アジトに救対部の池谷と浜崎を呼びだして高木の脱走について党としての総括と新方針を伝えた。池谷は永田の説明のうち「世界革命の理論化」という赤軍派風な、したがってかなり借り物的と感じられる言辞に耳を立てた以外は簡単に同意した。永田が獄中の高木の様子をきくと池谷は高木は動揺しているとだけいった。高木の脱走とそれをうけてのセンメツ戦プラン中止は池谷にとって、救対部がこのかん振り回されつづけた永田指導部の「銃によるセンメツ戦」一本槍路線、赤軍派との「新党」追求路線の破産、すくなくともその一頓挫を意味している。池谷らは獄中の川島による永田指導部批判のコトバにこの頃一層の説得力をかんじはじめていたのである。

そのあと加藤能敬がアジトにやってきた。永田の指示により、永田とともに目下の革左の懸案の一である都市アジトの拡大を先頭に立って担うためだった。永田が共同軍事訓練への参加を伝えると感激の表情をうかべ、都市と山岳の「ヨリ積極的な」結合という新方針にはそれこそぼくの使命ですと張り切った。加藤は半合法部時代に開拓しかけたアジトの一覧表を作り、永田と話し合ってどこにあたってみるか決め、明日から永田とともに行動をおこすことにした。

南アルプスでは、植垣と山田が作業員らに教えてもらった甲府パルプ社所有の飯場にたどりついていた。深い谷間の小さな平地にあり、小屋はがっしりと大きな縦長の直方体で食料も豊富に備えており、森のもとめる「教育訓練センター」「戦略ベース」として格好の物件だと植垣らは観て取った。ふたりは以降六日に下山するまで小屋に滞在して周辺の調査にあたった。

十一月二日。永田はこの日になってやっと、救対部池谷をつうじて赤軍派から、会合の日時、場所を決めたいのでこちらへ連絡するようにと電話番号を教えられた。夕方五時すぎ電話するとそこは新宿の喫茶店で、出てきた相手の坂東が開口一番、「今度デートしたいんだけど」などと口走ったのにはいささかたじろがざるをえなかった。永田はこれまでの人生で「デートしたい」という表現を使われたことがなかったうえ、坂東の言い方がまたいかにも言い慣れぬことを仕方なく（つまり〝義〟のため）いっている感じだったので秘かに可笑しかったが、一方で赤軍派はこんなふうにこまかく神経をつかって電話しているのかとも思った。永田は「デート」を快諾し、それを明日永田のアジトで「する」ことにした。

森と坂東はよく晴れた文化の日の午後、永田と加藤のいる西新井アジトをたずねてきて、がらんとした六畳一間の室で机をはさんで向かい合った。井川ベースから坂口はまだ到着していなかった。加藤が立って出ていく用意をしたとき、永田は物問いたげな客人に「彼も共同軍事訓練に参加することになっているのよ」と紹介した。森は加藤を呼びとめてしばらく何か話した。

「高木の脱走のことをきこう。脱走にいたった事情と、革左としての対処方針を知りたい」森は加藤が出て行くと単刀直入に切りだした。革左はかつて二名の脱走者＝通敵分子を出し、処刑によって辛うじてかつ断乎として銃の闘いと山岳ベースを防衛したのだった。今度の高木のケースではどうか。高木は二・一七真岡銃奪取闘争から今日まで一貫して軍の闘いの中心に位置している有力な存在であって、今回はそうした人物による、大成功した大脱走、手ぐすねひいてまっていた敵権力への思い切った大投降なのである。森は永田からとにかくまず、軍の中核分子高木の消耗→脱走を阻止できなかった革左指導部の「敗北」の総括をきいてみたいと思った。革左の失態は連合赤軍の失態であり、赤軍派の問題でもある。

永田はメモを見ながら、坂口、寺岡と話し合ってきめた対策の内容を伝えた。銃の訓練を重視しかちとっていく、世界革命の理論化に取り組む、都市と山岳の結合を推し進める、云々。私たちに欠けていたのは第一に銃の「武器」としての側面との実践的な結合であり、第二に根拠地としての山岳の外部＝都市への働きかけの努力工夫であった。永田は高木脱走のショックにより、これまでの結果としての山岳根拠地主義と「奪取した」銃の精神主義に偏した位置付けの多少の修正にふみだすというわけだ。「……私たちは共同軍事訓練を、高木の脱走で露呈した自分たちの不十分性を克服する場としても考えている。武闘の技術と経験を豊かに持ち、都市アジト建設に実績ある赤軍派にしっかり学びたいと思う」

森はきいているうちに苛立ちがつのって、うわべの平静を保ちつづけるのに苦労した。永田の打明け話は向上心ある苦学生のまじめな「今日の反省」を思わせて殊勝だけれども、いったい革左のリーダーともあろう者が直面している危機の性質を定期試験のいつもの不成績だくらいにしか受けとめていないとしたら、森にはそうとしか思えないのだが、連合の仲間であるわれわれはどうすべきか。永田らの指導の失敗が確実にひきおこすであろう厳しい事態を示し、いますぐの具体に即した対処を求めるべきではないか。永田が都市との結合がどうのと今さら悠長な小リクツをならべている間にも、敵はわれわれのスキを衝いてもうすぐそこに迫ってきているかもしれないのだ。

永田の話に区切りがつくと、森は「そうか」といって黙った。それから姿勢を正し、改まった口調で「高木が逮捕されたのだから、近いうちにいずれ二名の処刑のことがおもてに出るだろう。どうするんや」と問い質した。森の想像裡では脱走した高木が警察のすてきなアイドルになり、警察の誘導のままに良い声で唄いはじめ、唄いまくり、高木の熟知している二名処刑の事実関係は警察とマスコミの共謀合作によって過激派の陰惨なる仲間殺しにつくりかえられ、それが連合赤軍のみならず、現に進行中の「沖縄決戦」総体に測り知れぬ損害を及ぼし拡げていく悪夢のような場面が現われては消え、また現われた。

永田には森の指摘も指摘の背後にある懸念も全く思いもよらぬものであり、思わず森の顔をまじまじと見た。第一なぜ「おもてに出る」のか。「出る」と決めてしまうのか。たしかに高木は脱走し、警察の手中にあって「動揺」もしているようだ。しかし、永田にとって高木は単に脱走した一分子というだけのものではないのであり、永田らとともに二・一七闘争を闘い困難な日々を共にしてきた、弱くもあれば強くもある現に必死で内苦奮闘しつつある高木という個性なのである。脱走したからといってただちに組織の秘密をバラすと決めつけてしまうのは人間の見方として短兵急にすぎる。永田は同じく脱走といっても、早岐、向山と高木のケースは区別して間に線を引いていた。高木は早岐と向山の処刑を先頭に立って担ったのだから、その高木の脱走は、早岐、向山とちがってじかに敵への投降に一面化・単純化することはできぬと考えていたのである。またかりに森の恐れるとおり結局「出る」としよう。それはあってほしくないが可能性はつねにある。でその時われわれはどうするか。そういうバクロを含む敵の攻勢の全体にたいして工夫をめぐらして戦うと言うしかないではないか。どうするときかれても他にどうしようもないのだ。

「機関紙に処刑は正しかったと書き、敵のバクロに先んじて、こちらの主導の下で事実を公表すべきだ」森はいって、これは高木の脱走にともなって想定される新事態の危険性を減少させんとする提案であるとつけくわえた。「出る」＝敵が「出す」のを待っているのではなくこちらから、敵が出してくるまえにわれわれが主体となって「出す」。われわれは革命戦争を推し進めていく上でそれを挫折させる恐れのある内部の敵対分子を処刑した。二名にたいする措置の正しさは革命戦争の大義とやがてもたらされる人民の利益が証明するであろう。云々。ところでしかし、森にはあるらしい正しさの確信が永田には自分でも遺憾に思うがじつは「ない」のだ。処刑はあの時点では仕方のない決定であるが、永田らに力量があれば回避できたかもしれぬ、あくまでもやむをえない「次善の」選択だった。正しさの確信のないまま敵の面前で事実を公表してどうする。事実の公表とは事実の正しさを敵と争うことにほかならない。確信のない永田にそういう戦いはやれぬということだ。

それから「先に」出すと森は強調するが、その「先に」とはどういうことか。高木の脱走—逮捕によって処刑の秘密が敵の手でバクロされてしまう危険が生じている。それはその通りだ。しかしバクロされる危険はまだ可能性のレベルにとどまっているのであり、到来して対決を迫ってくる現実そのものではない。ところが森はいまのところ未だ可能性にすぎぬ危険におびえるあまり、守るべき秘密を自分のほうから先に（「主体的に」！）バクロに打って出ることによって、敵の手で実際にバクロされてしまう耐え難い現実を「はねかえすことができる」と主張するかのようである。永田は森提案を受けいれがたいと思った。敵に抗して守るべき秘密は可能なかぎり守りつづけるのがつまるところ「常識」の立場であり、革命家の任務であろう。

「私たちは出さない」といって永田は口をつぐんだ。森は「正しかったのだから正しかったと出すべきだ」とくりかえしたが、永田が黙りつづけるとそれ以上いわなかった。森における「正しさ」の確信もその程度のものだったわけである。あるいはまた永田の断固たる態度が森の高木の件で繊細にすぎた動揺をやや落ち着かせたということだったかもしれない。

坂口が到着すると本題である共同軍事訓練のことを取りあげ、指導部会議になった。ナップザックに白のスニーカー、白いジャンパー、紺のジーンズといった坂口のあまりらしくもないいでたちを見て森はわらい「口ぶえ吹いて軽くハイキングしに行くという格好だな」といい、坂口も笑ってうなずいた。

「高木らの脱走から、私たちのほうで共同軍事訓練の場所を提供できなくなった。それで赤軍派のほうで場所を用意してほしい」と永田は申し入れた。先の会合では森は赤軍派として山岳ベースを設ける意向を物々しく述べていたのである。

森は坂東に「こっちの山岳ベースは使えるか」とききい、坂東はしばらく考えてから「たぶん使えると思う」と調査に出ている植垣の力量に期待してこたえ、森は「よし、こっちで用意しよう」とうけあった。しかしそのあとは永田がいくらきいても山岳ベースの所在をハッキリいおうとしなかった。実際は山岳調査に出た植垣がまだもどらず、したがって報告もうけていない以上、森はいわないのでなくいえないのだが、日頃から赤軍派に対等に待遇されていないと感じがちな永田の疑い深い目には、森のアイマイな発言は赤軍派の魅力のない一面であるセクト的尊大さのあらわれと映った。「ものすごく険しくて山の奥深くにあり、行くのに大変らしい」とか「永田さんは歩いて行けないだろう。そうしたらリュックの中に入れて背負っていってやろう」とかいう森の内心は尊大の反対で、うわべをとりつくろっていたにすぎぬのだが。

参加メンバーについて話し合ったとき、森は「いぜん「どうして私を軍に入れないの」と反問してきた女性も参加させる。彼女の参加は女性兵士の育成としても考えている」と語った。革命戦線の女性リーダーであり「幹部夫人」のひとりでもある遠山美枝子を銃によるセンメツ戦をめざす赤軍派の「女性兵士」第一号としてデビューさせること。それによって森は革左にたいして遅れを自覚している「女性解放問題」への赤軍派の関与を実践的・積極的に示していこうと考えた。

森は七二年沖縄〝返還〟にともなう自衛隊派兵と、森、永田、坂口ら十名が「特別指名手配」になったという記事を話題にし「敵とわれわれ「革命戦争」派との対峙は新段階に入った。爆弾闘争の連続する現状はわれわれに一層強く、銃によるセンメツ戦の貫徹、勝利を要求している」と述べ、永田らも異議なしと声を揃えて応じた。夕方までに協議は終了して森と坂東は帰って行った。永田は坂口に、坂口が不在の間の森とのやりとりについてつぎのように正確とはいえない報告をした。「森さんは二名の処刑を正しかったとして『解放の旗』に出すべきだといったけれども、出さないとこたえておいた」と。坂口はこれに何もいわなかった。

十一月四日。永田と坂口は寺岡、吉野と合流するため静岡に向かった。アジトを出るとき永田は加藤に「小嶋さんが車で行くから待ち合わせして、ふたりで丹沢ベースへ後片付けに行くように」と指示した。午後、永田らは静岡駅前の喫茶店で寺岡、吉野、それから小嶋と無事合流できたのだが、久しぶりに会う小嶋が蒼白な顔でフラフラと寺岡に支えられながら現われたのを見て、永田はハッとして思わず腰を浮かせた。寺岡は小嶋のとなりにすわって肩をおとし、「小嶋さんは高木の脱走に大きなショックをうけたようだ。高木が使っていたマフラーをしてみたり、高木からいっしょに逃げてくれといわれれば自分もそうしていたといったりした。しかしいまは自分はがんばっていくと表明しているので一応安心しているが」と事情を説明した。

高木と小嶋は森のいう「二名の処刑のこと」にかかわって消耗し、銃によるセンメツ戦への集中で消耗を克服しようとしてきた二名である。残った小嶋には脱走した高木の分までがんばってもらわねばなるまい。それが「恋と革命」の一本道ではないか。永田は小嶋の顔をまっすぐ見て高木の脱走について話し、小嶋をふくむ同志仲間の信頼を裏切った高木を強く批難する永田のコトバに小嶋も最後はうなずいて同意をしめした。すこし安心した永田は口調をかえて小嶋に加藤能敬と落ち合って丹沢ベース跡の整理をやりとげるよう指示した。加藤は将来小嶋との同志的結婚を望んでいるのだから、任務をつうじて弱った今の小嶋を励ましてしっかりさせてくれるだろう。小嶋はまだ半ば夢のなかにいるようにフラフラと立ち上がり店を出て行った。

夜、永田、坂口、寺岡、吉野は静岡市内の旅館に泊り、会議をおこなった。最初に永田から吉野に常任委員会＝指導部入りを申しわたした。吉野は笑って「異議なし」と応じ、寺岡は「これからは常任委員の自覚をもって、軍を一緒に指導していこう」と激励した。つづいて寺岡の提起により金子、大槻、松崎、加藤能敬を「党員候補」とし、今後党員候補の自覚をもって課題に取り組んでもらうことにした。共同軍事訓練参加への「選抜」と一体の「昇格人事」というべきで、永田指導部のかれらにたいする期待は、山岳を基軸としつつ都市との結合をヨリふみこんで推進せんとする新方針への貢献にほかならない。新「常任委員」「党員候補」らは革左のなかでは相対的に「都市」派であり、また加藤以外の全員が「二名の処刑」作戦に関わっている。最後に、明日のうちに南アルプス入口の井川から静岡を流れる安倍川上流の牛首にベースを移動させること、そのため翌朝早く寺岡と吉野が井川ベースにもどる、永田と坂口は東京—静岡の中間あたりにマンションを借り指導部アジトを設けること、等を確認した。

十一月五日。永田、坂口は早々と旅館を出て藤沢市周辺のマンションを物色したものの、適当な物件を見つけても「訳あり」の永田らでは借りる手続きをとることができぬとわかった。坂口が友人に会いマンションさがしを依頼することにして、永田は単身牛首ベースに向かった。夕方、待ち合わせ場所で前沢、小嶋妹といっしょになり、ベースまでの道中ふたりの話から、井川への移動が大変だったこと、高木の脱走についてみんなで話し合ったこと、牛首ベースは廃屋で、そこに寝とまりしながらその奥に小屋を作っていること、等を知らされた。永田らがベースに到着すると全員が永田らを待って夕食をはじめる態勢になっていた。このとき永田を迎えた同志仲間は寺岡、吉野、金子、大槻、松崎、川島陽子、小林房江、加藤倫教、加藤弟、それに前沢と小嶋妹である。寺岡が大声で「いただきまーす」といって食事がはじまった。メニューは麦飯と近くでとったキノコの味噌汁。

永田は食事のあと改めてみんなに高木の脱走について話し、今後は銃の訓練を重視し世界革命の問題の理論化にもつとめると新方針を伝えた。全員同意の態度だったが特にこれといって発言もなく、みんなの話はもっぱらガヤガヤとベース移動中の出来事が中心になった。永田は軽く不満で、都市における権力との恒常的な対峙の緊張からこうして免れていられる愉しいプラスの反面に、自分たちのある狭さ、物足りなさを漠然と感じた。赤軍派とのこのかんのやりとりを経て、高木脱走にともなう新体制作りに向け、永田はしらずしらずこれまで問題にしないできた革左の一面を批判的に見なおす方向へ歩みはじめていたのである。就寝まえに、廃屋にあったドラム缶風呂にかわるがわるみんなで入り、人らしい気分を味わったのは重畳《ちょうじょう》であった。

十一月六日。坂口はベースへもどり、永田にマンション確保はうまくいかなかったと報告した。小屋建設は寺岡の指揮のもとに骨組みができあがり、そのかん永田は川島陽子とふたりで廃屋の掃除、食器洗い、食事作りを担当した。『解放の旗』一二〇号発行の準備もはじめた。

永田が廃屋にひとりでいたとき、小嶋和子と加藤能敬が大リュックを背負い両手に大きな紙袋をもって丹沢ベースからもどってきた。静岡の喫茶店では放心状態だった小嶋は、永田があたえた加藤との共同の任務をとおして、以前のめざましい元気、活発さを取り戻しており、てきぱきとリュックの荷物を整理すると威勢よく「私も小屋建設に加わる」といって出て行った。迂闊《うかつ》な永田はまあよかったと安堵しただけで、小嶋と加藤が丹沢での任務中に「男女の仲」になったことには気づかなかった。

この日、行方正時は西新宿アジトに行き、坂東と会って、恋人Nからゆずり受けたライフル一丁、実弾六〇発を「われわれの軍のために。革命戦争勝利のために」といって献納した。あとでこれをきいた森は笑みをうかべ「行方も若干総括できたか」と評価してみせた。

十一月七日。南アルプスでの山岳調査を成功裡におえた植垣と山田は夕方六時すぎ、さすがにくたびれた様子で西新宿アジトにたどりついた。室には坂東、進藤、山崎の他に、青砥と行方までいて、山崎は手に包帯を固く巻き、つまらなそうな顔をして植垣らを見上げた。「どうしたんだ」植垣がきくと、坂東がひきとって「北鹿浜交番に山崎が盗聴器を仕掛けようとしたんや。そこへちょうど巡回の警官がやって来て職質を受け、山崎は盗聴器の入った袋を警官めがけて投げつけ、相手が怯んだスキに逃げたんやが、その時にケガをしたんや」とこたえ、今度のプランは中止だとくやしげにいった。

植垣は山岳調査の結果を報告し、冬の間は使用しない伐採小屋を見つけたことを話した。すると坂東が「そこは革命左派との共同軍事訓練に使えるか」ときいてきた。「共同軍事訓練は高木が脱走して名古屋で逮捕されてしまったため、革左のほうで場所を用意できなくなってしまったんや」

「十分使える」植垣がうけあうと坂東の顔はパッと明るくなった。その晩山田は西新宿アジトに泊まり、調査した南アの状況全般について遅くまで坂東と話しこんだ。

十一月八日。早朝、山田は調査中にふたりが身につけていた衣類を大リュックにつめこんで自宅に帰った。坂東は森のところへ植垣らの調査結果をもって出かけたが、夕方もどってくると、坂東、進藤、植垣は先発隊としてただちに「新倉ベース」（赤軍派の「教育訓練センター」＝植垣らの発見し、これから冬いっぱい無断使用する予定の伐採小屋とその周辺一帯を森がそう命名した）へ行けという森の指示を伝えた。三人は早速、山行の準備にとりかかった。

この日の夜、牛首ベースでは永田と吉野が金子、大槻、松崎を小屋の外に呼びだし、党員候補にすること、赤軍派との共同軍事訓練に参加することを伝えた。三人とも永田の指示をそれぞれの人柄にふさわしい感動をもって了承した。そのあと永田は三人に一人ひとりかれらの取り組むべき総括の課題を具体的に示した。大槻にたいして「山に入って非常にがんばっているけれども、がんばっているその立場から六九年九月の愛知外相訪ソ訪米阻止闘争での逮捕・自供問題（大槻の自供によって、当時恋人だった岡部和久の逮捕をはじめ組織は一定の打撃をうけた）を自己批判してほしい。この自己批判をみんなのまえでハッキリさせることは党員として闘っていく上で重要だ」。大槻はじっと考えてからうなずいた。金子にたいして「六九年十月以降連続して進めた「政治ゲリラ闘争」に救対部の立場から反対したこと、二・一七闘争後の「中国行き」方針に根拠地問題をヌキにして反対したことを総括してほしい。評論するのでなく軍の主体として思考するようにしてほしい」。金子はちょっと首をかしげてきき、うなずいた。松崎にたいして「寺岡さんがあなたの自立を強く望んでいるのでがんばってほしい」というと松崎はわかっているという様子で笑った。総じて永田は戦いの中軸とならねばならぬ「横国三人娘」に対し、金子は吉野との、大槻は獄中の岡部との、松崎は寺岡との「同志的」結婚関係をとおして、女性として人間としての自立＝革命戦士への飛躍をめざして総括を深化せよと指示したのであった。

十一月九日。永田は加藤能敬、小嶋和子とともに下山して小嶋の運転する車で上京した。目的は十二・一八上赤塚交番襲撃闘争（柴野春彦の「虐殺」死）一周年記念集会の件で救対部池谷と打合せすること、『解放の旗』二〇号の冒頭文を書きあげること、赤軍派と連絡をとること。加藤と小嶋の任務は都市アジトの拡大、偽造のための免許証をシンパにたのんで入手すること、シンパ宅に預けてある缶詰その他食料をベースに運ぶこと等である。

永田は大塚駅前で下車し、加藤らと東京での連絡方法を確認してからそこで別れ、駅前の喫茶店から池谷に電話をかけた。池谷は逮捕・調べ中の高木と上杉の現状を報告し、上杉は完黙でがんばっているが、高木のほうは動揺はなはだしく弁護士を通じて「すでに移動したベースについては喋るがいいか」といってきている。どうしますか？「それはダメ」永田はいった。「高木を脱走にいたらせた動機のうち、比較して一番高いと思える部分を大切にしろといって説得しなさい。それが権力の攻撃にたいして高木自身を守る唯一最良の方法なのだから」と。つづいて永田が「十二・一八集会のことで打ち合せしたい」というと池谷は「いいですねえー」と急にカン高くなった声で応じたが、永田が会う日を指定するとどの日をいってもダメですダメですとことわりつづけ、何が何だかわからぬままつぎの連絡方法を決めることもなく一方的に電話を切ってしまった。永田は面喰って、知らぬ裏道にふいに迷いこんでしまったような思いを味わった。が、これを永田との打合せの拒否とこのとき受けとったわけではむろんなく、十二・一八当日までだいぶ間もあり会う機会はいくらでもあるからと単純に考え直して、池谷の声に一瞬かんじた「異変」にこれ以上こだわるのはやめにした。その夜は池谷との打ち合せのために予定していたアジトに泊った。

十一月十日。沖縄返還協定粉砕・協定批准阻止をめざして「沖縄ゼネスト」の日。現地沖縄では全軍労九八・九％、県教組八七・二％、官公労七八％の高率スト権をもって五七組合一〇万が総決起し、バス六七五台、電信電話七〇％、幼稚園、小中高六一六校の休校、四大学ストをかちとった。午後四時、与儀公園を出発したデモ隊二万名は米軍基地に火炎ビンを投げつけ、機動隊の輸送車を破壊、社共指導部の〝解散指令〟を完全に無視し去って闘いぬいた。警備の機動隊員一名（四八）が火炎ビン攻撃によって焼死した。

本土では社共、総評を含めた全国四二都道府県、三二六ヵ所、十数万名が集会、デモ、遊撃戦を展開。十一月沖縄決戦にむけて総決起した。中核＝第四インター連合は芝公園に二〇〇〇名を結集して「十一・一四批准国会爆砕、渋谷大暴動」の意志一致をおこなった。中核派全学連委員長松尾は「機動隊の命はあと三日！」などと「劇画調」にアジったあと集会中に破防法違反容疑で逮捕された。沖共闘六〇〇〇名は明治公園で集会のあとデモに移ったが、直後に工事用ブルドーザーに火を放ってバリケードにし市街戦をくりひろげた。共産同叛旗派二〇〇名は宮下公園で、革マル派一五〇〇名は日比谷野音でそれぞれ集会、デモをおこなった。

この日の早朝、永田は加藤と小嶋のいるK氏宅へ行くためアジトを出た。途中電話して場所をきくと、加藤はこれから迎えに行くといって待ち合わせる喫茶店を指定した。それでそこへ行って待っていたところ、約束した時刻に一時間以上も遅れてやっと加藤が現われたので、どうしたのとややきつく質《ただ》したが、グズグズと言を左右にして理由はいわなかった。永田は改めて、加藤に党員候補にすること、共同軍事訓練への参加を正式に申しわたした。加藤は緊張した表情になり「一生懸命に戦う。銃によるセンメツ戦を自分も担いたいと思っている」と頼もしいところを見せた。

永田は加藤とK氏のアパートへ行き、室に備えられていた『中国通信』その他に目をとおして自分に勢いをつけてから、気持を集中して『解放の旗』一二〇号の冒頭文を書きはじめた。そのかん加藤と小嶋はコタツにもぐって横になり、腑が抜けたようにゴロゴロと休んでいた。夕方になってようやくノソっと起きだしたが、何かするでもなくボサーッとしていて、察しの悪い永田が「きのう別れてからいままで何をしていたの」と野暮な質問をすると別に何もとふたりは首を振り、わずらわし気な風情を見せた。やがて加藤は「運転免許証のことで友人に会いに行く」といって出かけ、その晩は帰ってこなかった。夜、永田らは勤務先からもどったK氏といっしょにTVニュースを見、沖縄ゼネストについて感想をいいあった。K氏は沖縄人民の「大衆的武装闘争」への共感を語り、永田らのセンメツ戦追求には懐疑的な意見を口にした。

十一月十一日。加藤は朝早くもどってきて「運転免許証の目処がたち、アジト拡大への展望も見えた」と報告した。加藤と小嶋は車に食料を積んで牛首ベースへもどることにし、ふたりの出発したあと永田はK氏が紹介してくれたアジトに移って冒頭文の仕上げに取り組んだ。

赤軍派中央軍坂東、植垣、進藤はこの日の早朝、銃、弾、本その他をつめこんだ重い大リュックを背負って西新宿アジトを出発し、新倉へ向かった。雨がふりつづいていた。三人とも、今後ふたたび西新宿アジトを見ることはなかった。

十一月十二日。東京都公安委員会は十四日の中核派の集会、デモを禁止し、声明を出した。会見で阿部委員長は「極左暴力集団についてはマスコミも破壊はよくないとおっしゃっていただいているし、最近の社説などみてもありがたく思ってます」と話す。記者から「中核は許可、不許可にかかわらずやるといっているが、禁止のメリットは」という質問に、警備部長が「ヤジ馬、市民、ノンセクトをあてにしているのだから、禁止措置でこれらが消極的になり、中核を孤立化できる」とこたえたのに対し、本多警視総監は「あれは集会やデモでなく、破壊行為を計画しているのだということを市民に知っていただくのがメリットである」ともう少し大人な言い方をした。中核派の〈コザ暴動を渋谷に〉作戦に対抗して当日は一二〇〇〇人の警官のうち三三〇〇を渋谷に張りつけるという説明に、一記者が「足らないのではないか。増やしたら」と口走って会見場に苦笑をさそった。

永田は〈「銃」を軸にした遊撃戦を戦いとれ〉と表題した『解放の旗』二〇号冒頭文を書きあげた。「なによりも

「銃」を軸にした遊撃戦を担いうる人民革命軍の強化と、この強化から連合赤軍の内実をかちとっていかなければならない」と主張して、あとはひたすら反米愛国路線を獄中の川島グループむけに、コトバの上だけであったが強調した。また森と電話連絡し、十八日に再度電話連絡をおこなうことに決めた。

十一月十三日。「十四日の件」で中核派が記者会見、スポークスマンのKが声明を発表した。機動隊センメツは天の声。強行採決をただ待っているような闘いはナンセンスだ。沖縄問題は構造的には革命によってしか解決しえない。日本革命を一歩でも二歩でも引きよせる闘いにしたい。渋谷の戒厳状態は権力、佐藤政府の恐怖の現われであって、緒戦におけるわれわれの勝利を意味する。戦後を画する闘いとして全力で取り組む云々。

この日正午頃、坂東、植垣、進藤は赤軍派の「新倉ベース」の要めとなる南アルプス黒柱岳《つずらだけ》山中の飯場小屋に到着した。一休みしてから小屋の周辺を見てまわった坂東は「これならいくら射撃訓練をやっても大丈夫だ。ただ雪がふるとどうかな。閉じこめられてしまいそうだな」と感想をのべた。昼食のあと、坂東らはストーブにあたりながら今後の行動予定を話しあった。まず、新倉から尾根にのぼったところにある小さな作業小屋から一番奥になるこの飯場小屋まで大小五つの山小屋があるので、最初の小屋を起点に第一の小屋、第二の小屋……と命名し、一番奥の第五の小屋とその手前の第四の小屋を使用しようと決めた。第五の小屋から麓に通じている電話線を利用して第五―第四間を電話連絡できるようにするとともに第五にあったトランシーバーを活用させてもらうことにした。さらに、第五の小屋から尾根に通じる道を作り、いつでも転付峠に出られるようにすることにし、地図で調べ、どう道を作っていくか検討した。坂東らは小屋にある作業用具を調べたうえ、明日から道作りの作業にかかることにした。

そのあと暗くなるまで、ライフル銃と散弾銃を試射し、射撃訓練に適当な場所を探した。ライフルは安定して正確に撃つことができ、実戦に最適と三人が三人とも肌で感じた。

十一月十四日。協定批准阻止闘争は社共をふくめ全国三十二都道府県、八十ヵ所、十万名を結集してくりひろげられた。とりわけ中核派が領導した労学市民と武装軍団は機動隊の厳重な警備網を突破して「予告」どおり七時間余にわたって〝渋谷大暴動〟を貫徹した。午後三時を期し代々木八幡から進撃を開始した正規軍三五〇名は、NHK放送センター裏の神山交番付近で機動隊一個小隊三〇名を粉砕（うち一名が翌朝死亡。新潟県警から派遣された応援部隊の一員であった）、さらに渋谷駅前東急本店に進出して輸送車を炎上させ、機動隊と白兵戦を展開した。また井ノ頭線神泉駅で機動隊二個小隊六〇名と遭遇して肉迫戦闘を演じ、その後も新しい部隊を加え三回にわたって神泉攻防戦をくりひろげた。夜に入ると、道玄坂、宮益坂下では正規軍、背広姿のゲリラ隊、市民あわせて五〇〇〇名が看板をはがすわ、車をひっくりかえしてバリケードを構築するわ、放火するわで二時間余にわたって機動隊とバリケード市街戦を展開し、その後戦線は原宿、恵比寿、桜ヶ丘、駒場駅へ拡大した。逮捕者三一三名。この日商店街の自警団は警備側に全面協力して奮闘したが、CR作戦の成果がここへきて大きくあらわれたものとみなせよう。総合警備本部閉鎖後公安部長は「中核派は全力を投入したけれども警視庁情報の勝利でその暴動計画は粉砕された」と勝利宣言。が、余力はのこっているから、十九日にもう一戦やるかもしれないと付け加えた。

永田は夕方「戒厳令」下の都内を脱出して牛首ベースにもどったが、ベースは跡形もなかった。何かあって急拠移動したなと判断してその夜は山道で野宿した。ひと晩中寒くて眠れなかった。

十一月十五日。永田はうつらうつらしながら夜明けを待ち、明るくなりかけるとすぐ下山した。藤沢まで行きK氏のところへ何か連絡が入っているかもしれぬと考えて電話してみると、永田への伝言があった。十二日から十七日までの間朝の九時島田駅前の〇〇方面行きバス停で待つという内容だった。永田は静岡にもどって駅近くのビジネスホテルに泊り、明日待ち合わせ場所に向かうことにした。

新倉ベースの坂東、植垣、進藤は道作り、まき作りの作業を進める一方、夜は銃の肩付け訓練、体育訓練や、『星火燎原』の学習、軍事問題の討論をおこなった。進藤は熱烈な討論家で、山に来てからも討論となるとオンドリみたいに張り切ったが、道作りやまき割りなど作業には著しく積極的でなく元気もなかった。坂東と植垣は西新宿のときにはさほど気にならなかった進藤の熱心と怠惰のそうしたアンバランスにしだいに批判の目をむけるようになっていく。

十一月十六日。永田は出迎えの大槻、加藤倫教と無事合流し、バス停でバスを待っているあいだ大槻から山岳ベースの現状の説明を受けた。牛首ベース小屋建設の現場に「山の管理人みたいな人」が現われ、質問したり感想を述べたりしたあとのんびり帰っていくという椿事が発生したので、ただちに移動と決め、完成間近だったベースを大いそぎで整理したのだという。「私たちはとりあえず井川ベースへもどり、それからすぐ三組の調査隊を編成して次の移動先の山岳を探しに出た。永田さんを迎えに行くのは私が希望した」

夜九時頃、永田らは井川ベースに着き、金子みちよ、川島陽子、岡田栄子、加藤能敬、小嶋妹に良かったという顔で迎えられた。この時間小嶋和子は車で山岳調査隊を送って行っていて不在であった。食事のあと雑談していたとき、永田はベースにのこった者の任務をきいた。別にないという返事に「そういうことなら」と永田はかねて自分らに必要と考えていた一案を提示したのであった。山岳調査メンバーがもどってくるまでのあいだ、山にとじこもって「嵐が過ぎ去る」のを虫のように待っているのではなく、人間らしく嵐の突破にとりくもう、下山して都市で積極的に活動し、都市アジトの拡大、シンパとの接触を進めよう。これは高木の脱走の総括実践であり、権力の弾圧をはねかえして都市と山岳の結合をかちとる闘いである。みんなは顔を上げて異議なしと唱和した。ベース全体をおおっていたやや後向きな気分はサッとふきはらわれ、全員活発に明日の出発の準備をはじめた。

この日、朝霞の「赤衛軍」事件（自衛隊員刺殺）で日大生二名が逮捕された。

十一月十七日。早朝、永田と加藤倫教以外の全員が下山、それぞれ勇んで都市での活動に向かった。夕方、小嶋が大きな押麦の袋をかかえて小屋に入ってきて「この麦は安かったので思い切って買った」といった。この日の午前中、赤羽、目黒の交番に爆弾がしかけられ、処理班が出動している。鉄パイプ爆弾なので公安二課「赤軍」班は赤軍派の仕業と推測し、「何とかひとりでもつかまえたいなあ」と、京浜安保や黒ヘルとちがってなかなか身柄のとれない赤軍派追及の現状を嘆いてみせた。たしかに目下のところ山にいるだけ、銃をかかえこんでいるだけの革左にたいして、森の赤軍派は都市の前線との実践的結合の具体において一日の長があったのである。

十一月十八日。永田は森との電話連絡のため小嶋運転の車で静岡に出、約束の時間まで小嶋と喫茶店に入って時間をつぶした。永田が紅茶に口をつけ一息ついたとき、小嶋は急に表情を暗くして挑戦的な口調で「私はね、この頃ずっと逃げることを考えている。帰って自分の運転で家業を手伝い、兄を助けたいと思っている」などといいだして永田をおどろかせた。私には行動力があるからヒッチハイクでも何でもして、帰ろうと思えばいつでも家に帰れる。帰って自分の運転で家業を手伝い、兄を助けたいと思っている」などといいだして永田をおどろかせた。しかし冷静に振り返ると、小嶋はたしかに一回山からかけ下りようとしたが、そのあと単独行動の機会は何回もあったのに、だからといって逃げたりなぞ事実してはいない。チラッとそう思ったにすぎないものをきょうの気分の他人にはわかりにくい加減で大きく誇張していっているのではないか。その手の誇張なら小嶋は前科数十犯だと永田は考え、その暗い表情に彼女の今のある真実、ある訴えがうつしだされていることをふみこんで視つめようとしなかった。

「そんなことはいわずにがんばって闘いつづけ、建党建軍を前進させていこうよ」と元気づけたが、小嶋は顔をそむけ沈んだ様子のままだった。約束の時間になると永田は森に電話をかけ、明日都内中目黒駅近くの喫茶店で会い、共同軍事訓練の最終打ち合せをすることにした。

十一月十九日。永田は早朝、小嶋運転の車で上京し、約束した喫茶店で森と会った。森は共同軍事訓練の場所のことから話し、「場所はこちらの方でＯＫだ。身延線で身延まで行き、駅前から奈良田行のバスに乗り新倉まで行く。ただ新倉のバス停のすぐそばに交番があり、われわれの指名手配ポスターがベタベタ張りめぐらされているので、一つ手前で降りてそこから新倉まで歩いてもらう。食料は用意しないでいいが、山がとても深いからそのつもりできてほしい」

「どこの山なの」

「ちゃんと迎えに行く」森はいい、それ以上説明してくれなかった。食料の用意は必要ないとうけあう一方、山は深いのでそのつもりで来いと求めるのは永田でなくともわかりにくい。森の説明不足と永田によるその受けとめ方は、肝心の共同軍事訓練の場所について、「都市」の赤軍派に対して山の経験を自負するがゆえ、革左のメンバーの認識をかえって誤らせてしまうことになる。

森は協定阻止闘争に言及した上、沖縄「返還」にともなう自衛隊の沖縄派兵を阻止する闘いが必要であり、われわれ赤軍派は熊本でこの闘いを組織する計画だが、そのためにも当面〈銃によるセンメツ戦〉をかちとる必要があると強調した。言いたいことをいうとすぐに立って出て行こうとするので、永田はあわてて呼びとめ「きょう一晩、私たちが泊るアジトを提供してほしい」と頼みこんだ。森はすこし考え、何本か電話をかけたあと「決まった」といって都内の地図を出し、「この道路の交差点のところの電話ボックスから電話すれば、迎えの者が来る」と指示した。きょうの森ははじめからおわりまで非常に急いでいる様子だった。

夜七時すぎ、永田と小嶋が待っているとロングヘア、黒太縁メガネの青年が小走りにやってきた。赤軍派中央軍の山崎順であった。山崎は黒いモヘアのセーターをふんわりと着、言葉づかいも物腰も何かとても「スマート」で、永田は話していて赤軍派だなあ、都会人だなあとしみじみ感じ入った。永田らの今夜の宿は山崎の友人とその姉の住むマンション五階の一室だった。山崎は永田らのために眼のさめるようなきれいな色のピーマンとソーセージをたくさんいれたスパゲッティを作ってくれた。食事のあと雑談したが、山崎は永田らに問われるままに地方センメツ戦、都内センメツ戦の失敗について説明し、最後に永田に「早く山に行きたいと思っている。ぼくはこのマンションでもう何日も待機しているだけだ。闘いのかたわらで、しかも闘いと交わることなくただ過ぎていくだけのこうした時間は消耗で、厭でたまらない」と感情をこめて打ち明けた。永田は山崎のコトバにそうだろうと共感し、この一見ライトな〝都会〟派の心情に親しみをかんじた。

この日、中核派＝第四インター連合は午後六時から日比谷野音に一万名を結集し、「十一・一九沖縄―入管国会粉砕、返還協定批准阻止総決起集会」を開催した。約一時間で集会を終えてただちに行動開始。が権力は事前にデモを禁止しておき、さらに公園の各入口に阻止線をはって封鎖するという「破防法的弾圧」にうって出た。闘争はまず日比谷門—銀座への血路を開くため、日比谷門阻止線突破の戦いとしてはじまった。石、火炎ビン、爆発物を投てき、丸太と竹ザオによる「肉弾戦」が展開され、警備側のバリケードに火がつけられた。直後に公園内のレストラン松本楼にも火が放たれ、五〇メートル余にたっする火炎が夜空を焦がした。機動隊は公園内に一斉に突入し、各所で衝突、大量逮捕がはじまる。この〝日比谷暴動〟と呼応、別働隊は数千名の群集とともに丸ノ内—銀座—晴海通り一帯を制圧し、各地でバリケードを構築して気勢をあげた。また沖共闘三〇〇〇名は礫川《れきせん》公園で集会後明治公園まで戦闘的デモをくりひろげて各地で機動隊と衝突、東大駒場から出撃した一五〇〇名の行動隊は〝渋谷武装制圧〟をめざして駒場駅、山手通り、栄通りでバリケード市街戦を展開した。革マル派二〇〇〇名は明治神宮外苑→清水谷公園で集会、デモ。ベ平連八〇〇〇名は清水谷公園→日比谷公園で集会、デモ。その他。この日深夜までに逮捕者は一八八六名にたっした。

十一月二十日。朝、小嶋が「運転免許証がない」とさわぎだし、山崎にも手伝ってもらって部屋中さがしたが見つからなかった。中目黒に置いてきた車の中かと考え、永田らは山崎のせっかく用意してくれた朝食も放りだして急いでマンションから走って出た。徹底的にさがしたものの車のなかにもないことがわかり、小嶋はおびえきった眼を永田に向けた。無免許で車を使って帰るか、新幹線をつかうか選択の場面に立たされた永田は、小嶋が「今夜山岳調査に行った坂口さんたちを迎えに行くことになっている」というのをきき、決断して「車で行こう」と小嶋に〝正面突破〟を指示した。免許証なしにスピードをあげてパトカーなどもしきりに通る東名高速を走らせる気持は豪傑の永田にも格別なものであり、何事もなく静岡に着いたときには心底ホッとしてふたり顔を見合わせた。

夜おそく駅前の喫茶店で坂口、前沢、松崎、吉野、岩本恵子と合流し、それから全員車に乗りこんで小嶋の運転で井川ベースをめざした。が、今度は途中で車が動かなくなってしまった。借りた車は中古のライトバンで、しばしば癖みたいにつまらぬ故障をおこすのだった。永田らには車の修理をうまく正しくやれる人材もなく、その晩は河原にテントを張って一泊した。

十一月二十一日。河原で朝食のあと、小嶋と前沢は車の修理を依頼するために残り、他の者はバスで行くことにした。バスに乗ってしばらくすると、小嶋と前沢の乗った車がクラクションを鳴らして追いこしていったので、永田らは途中下車して乗り換えて井川ベースへ向かった。

ベースでは山岳調査の寺岡、滝田、尾崎充男、加藤弟の組がすでにもどって永田らの帰りを待っていた。永田らは移動の準備にとりかかる一方、永田、坂口、寺岡、吉野で、三隊それぞれの調査結果に基いて移動先を検討したが、どれも一長一短、論議の余地がのこるので、明日にもう一度みんなで話し合って決めることにした。永田は金子らに東京での活動を指示したことを報告し、また『解放の旗』二〇号の冒頭文をしめしてこの内容をもって共同軍事訓練にのぞみたいと述べた。坂口らはこれを了解した。さらに共同軍事訓練をめぐって森との打ち合せを報告し、赤軍派の山岳ベースは「深山幽谷」にあるかのようにいっていたがと話した。寺岡は地図を広げて待ち合せ場所「新倉」の位置をたしかめると、「どの山だろう。このあたりの山の標高からして森さんがいうほど大変な所ではないだろう」と意見をいった。南アルプスと寺岡らの知る丹沢山系のスケールのちがいを標高だけで推し測るのは乱暴すぎるが、坂口も吉野も寺岡意見に特に何かいうこともなかった。

夜、都下府中市の革左「是政アジト」において、永田の指示により都市での活動のため集まっていた加藤能敬、岡田栄子、小嶋妹、M（滝田光治の恋人）がふみこんできた公安二課「京浜安保」班の係員らに逮捕され、あわせて拳銃の実弾数発も押収された。指名手配中の川島陽子はアジト近くの駅改札口を出たところで逮捕。金子は遅れてアジトに到着し、待ちかまえていた刑事にたいし近くにあった熱湯を浴びせるなど実力抵抗に出てその場を逃れ、大槻はつかまえようとした刑事への岡田の「関係のない人は逮捕するな」という一喝によってやはり逮捕を免れている。公安部は以前から革左の半合法部メンバーの出入りする「是政アジト」を捕捉して監視下においていた。川島陽子と旧中京安保メンバーの面は割れており、公安にとって旧知の面々が大量集合したこの時をねらって逮捕の網を投じたということで、高木の逮捕に続き対革左攻撃の第二弾である。逮捕者五名のうち加藤能敬と岡田は三週間後に「処分保留」で釈放され、以降は都市と山岳の間をとことん「泳がされる」運命になる。

十一月二十二日。永田らはマイクロテレビのニュースで是政アジトにおける川島、加藤以下の逮捕を知った。どうしてアジトが権力に捕捉されてしまったか理解できず、また拳銃の実弾も押収されている以上、加藤らの早期釈放も考えられない。永田らには自分たちの指導方針への懐疑がなく、権力の動向を具体に即して分析する力量がないから、アジト捕捉→逮捕の原因理由もおのずから、口には出さぬが逮捕された個々のメンバーの一部の抱えるよわさ、不行届のうちに求められることになるのであった。「つかまったみんなは完全黙秘でがんばるだろうから、それにこたえるためにもベース移動に全力をあげよう」寺岡が声をはげまして呼びかけると、この場にいた全員＝永田、坂口、吉野、前沢、松崎、尾崎、滝田、加藤倫教、加藤弟、小嶋は異議なしと応じた。永田はこの時、逮捕されたMの恋人の滝田、同じく逮捕された小嶋妹の恋人の加藤弟の態度に注目したが、両名とも動揺しているふうがないのにホッとした。

全員でベースの移動先を検討し、吉野と岩本恵子が調査した群馬県の榛名山への移動を決めた。吉野らによれば、ベースに予定した位置には温泉旅館だった廃屋もあり冬を越すことも可能、山岳への出入りも比較的容易である。移動にさいし銃は山ごえして運ぶことにして寺岡、吉野、前沢、松崎、尾崎、加藤倫教が担当、他の者は荷物をできるだけ持って電車を乗り継ぎ榛名へ向かうことにした。

会議のおわる頃、くたびれた様子でもどった金子は「みんなつかまっちゃったよー」と嘆声を放った。金子にも是政アジトがどうして警察にキャッチされてしまったかわからず、「私が逮捕されなかったのは活動のため一日歩きまわっていて、アジトにもどるのが夜遅くになったからよ。片野さんから受けとった拳銃の弾と運転免許証を是政アジトにおいておいたから心配だなあ」といった。革左結成時からのシンパ片野がこの日恋人とともに逮捕されていたことを永田らはあとで知った。しばらくして大槻節子も帰ってきた。大槻の報告「私はアジトの近くまでシンパのAさんに車で送ってもらった。カンパで得た毛布などを抱えてアジトに入ろうとしたら、すでにガサ入れの最中で、廊下や階段に角を生やした刑事がウヨウヨ蠢いている。ひとりが中に入ろうとした私を見ておまえは何だ、何しにきたといって逮捕しようとしたけれど、岡田さんが関係ない人まで逮捕するなと抗議してくれたので、その場を離れることができた。尾行されるかもしれないと考え、慎重に、注意しながらもどってきた」

永田、坂口、寺岡、吉野は是政における大量逮捕について協議し、教訓はなにかと考えた。是政アジトへのメンバーの大量集中がそのまま大量逮捕につながった。われわれにおいて依然として都市アジト開拓が極く貧しくしかなされていない現状の恥かしい反映であり、われわれはヨリ積極的に都市アジト拡大に取り組む必要があろう。同じように是政アジトを舞台にした闘いでも、一方には遺憾ながら逮捕されてしまった川島さんらがあり、もう一方には逮捕をはねのけてもどってきた金子さん大槻さんがある。われわれは今後都市で活動するときには、ただアジトにこもっているのではなくて金子さんらのように積極的に打って出てよく活動すべきだ。

「小嶋さんが元気がないんだ」寺岡がいって首をかしげたとき、永田は忘れてしまっていた何か大事なことを急に目のまえにつきつけられでもしたようにハッとした。こみあげてくる不安を抑えながら、永田は先日小嶋が自分に「私は逃げることを考えている」といったことを話した。話してみると先日とは逆に小嶋がほんとうにそう考えているると思えてくるのだった。

「逃げることを考えていると口にしたことを重視せず、ただ放っておいてはダメじゃないか。逃げることを考えているに相違ない。だから元気がないのだ。小嶋さんの荷物を調べよう。きっと逃げる準備がしてあるだろう」寺岡と永田は小屋の隅へ行き、眼を卑しく光らせて小嶋のリュックを調べた。リュックの中身は高木のしていた赤いマフラーと地図と懐中電灯だけであって、逃げる準備が「してある」などといえなかった。しかし、脱走した高木のマフラーはそこにあり、小嶋はかつてそのマフラーを首に巻いて「いっしょに逃げてくれといわれれば自分もそうした」と告白したのである。いまも、やはり「逃げる」ことを考えているのではないか？　高木へのまちがった恋がいまの小嶋をヨリ一層ふかく支配しつつあるのではないか？

永田らは協議を再開したが、永田は「逃げる準備」などなかった事実に触れぬまま坂口と吉野にたいし「小嶋さんには気をつけたほうがよい」と注意を喚起した。「ベース移動中に逃げようとしたら私たちでとにかく押さえつけよう。押さえつけるときには滝田、加藤弟両君にも協力してもらおう。これは今度の大量逮捕で打撃をうけているだろう両君にとって、総括実践にもなるはずだから」ふたりには私から話すと永田はいった。寺岡、吉野は同意をしめしたが、坂口は腕組みをして黙りこんだ。永田はこのとき、同志である小嶋を一時的にとはいえ、永田ら指導部と被指導部メンバー（「恋人」を権力に奪われてしまっているにもかかわらず、小嶋とはちがって暗くもなく動揺もみせない滝田、加藤弟）の双方にとって警戒すべき問題分子とみなし、同志仲間から切りはなして監視、抑止の対象として定立したのだった。

永田が滝田と加藤弟を呼ぼうとしたとき、坂口は急に立ち上がって「おれにまかせてくれ」といい、固く決心した顔で小嶋のボーッとすわっているところへ行くと、彼女の手をつかんで川まで引きずりおろし、「夢中になって洗濯しろ」と命じ、坂口自身もとなりにしゃがんで洗濯をはじめた。小嶋が自分の下着から洗濯しだすと坂口は青筋立てどなり、「そんな悠長にするな。自分のもの以外からはじめろ」とそれを強制した。

「何するのよ。わかったから離してよ。痛いじゃないの。こうすればいいんでしょ」小嶋は大声でいいかえし、坂口に負けずにもの凄い勢いで洗濯をはじめた。

全員ふたりをとりまいて呆気にとられたように黙ってみていた。永田も事のなりゆきの意外さにおどろかされ、ふたりの側近くでヤキモキしていたが、坂口はくりかえし「心配しないであっちへ行け」といった。永田は小嶋がおとなしく洗濯するようになったのを確認してから小屋にもどり、滝田と加藤弟を呼んで「小嶋さんが逃げるようなことを考えているといったから、榛名への移動の間に逃げようとしたらとり押さえてほしい」と指示した。ふたりはうなずいて了解した。

坂口は洗濯物をかかえてもどり、木の枝にかけて干しながら、永田と寺岡に「グズグズしているから逃げることを考えるのだ。おれにまかせてくれ。おれにはいささか自信がある。小嶋さんはあのあとも今も夢中で洗濯しておりよくやっている」と保証した。小嶋も洗濯物をかかえてもどってきて、それを干しながら坂口に「わかったよ。やればいいんでしょ」大声でいい、永田に「急に凄い形相になって凄い力で引っぱっていくんだもの、ビックリしちゃう」と訴えた。坂口は小嶋を同志愛をもって励ましたのであり、もう小嶋＝問題視は不用、彼女を仲間の輪のなかへもどしてやれといっているのだが、永田は問題視をただちにひっこめようとはしなかった。永田の見るところ、小嶋にたいして、坂口の同志愛だけでは高木の赤いマフラーと比較してまだ指南力が足りない、安心できないと思われた。

この日、赤軍派「新倉ベース」では坂東らのがんばってきた道作りが尾根まであと半分というとき、森、山田、山崎が「這這の体」で第五の小屋に到着した。森は山田の事前の説明が大げさすぎたので、荷物を不必要にたくさん持ってきてしまった、問題だと文句をいった。山田は笑っただけで、とくに弁解もしなかった。

十一月二十三日。永田らは何組かに分かれて榛名山へ向かって発ち、途中、小淵沢でテントを張って一泊した。南アルプスでは新規に森らも加わって道作りをおこなった。植垣らの自主的に立てた計画に沿った活動はこの日をもって終了し、以後は森の専断的な指揮による活動の毎日となる。

十一月二十四日。榛名への移動中、小嶋には永田の秘かに予想し警戒していたような逃亡の気配などまったくなかった。このかん永田は小嶋につきっきりでキメこまかく相手しつづけ、榛名湖まで無事たどりついたときには心の底からホッとして、やっと坂口の洗濯教育の成果を落ち着いて振りかえり、素直に有難く思う気持になれたのであった。

永田ら電車組は既に着いていた山ごえ組の寺岡らと温泉小屋の廃屋で合流した。寺岡は永田を見ると「ようやく来たね」と笑顔になり、「ここで寝起きしながら、このすこし下のなだらかな斜面に小屋を建てる。がっしりした大きなものを作りたい。小屋作りには廃屋の床板や雨戸なんかを使うことにする」などと説明した。永田、坂口、寺岡、吉野で簡単に会議をし、『解放の旗』二〇号のガリ切りを滝田、加藤弟にさせること（恋人を権力に奪われたかれらにがんばりぬいてもらうためにも、「総括援助」として）、謄写版を購入して印刷もおこなうこと、また共同軍事訓練には逮捕された加藤能敬のかわりに滝田を参加させること、明日より小屋建設にとりかかること、等を決めた。

南アルプス「新倉ベース」では、森らの到着以前に植垣らが立てた予定の行動は無視され、森の主導による射撃、体育など軍事訓練がはじまった。訓練の日々をとおして、森は進藤にたいして一層批判的になっていくが、こと進藤の評価に関するかぎり、坂東、植垣、山崎も、古い仲間である進藤でなく、旧坂東隊の「自主」を認容しようとしない党中央＝森の側に仕方なくしだいに立つようになっていく。

十一月二十五日。早朝から小屋建設がはじまり全員はりきって作業に取り組んだ。食事作りは金子、松崎が担当し、永田も手伝った。滝田と加藤弟は永田の課した総括実践＝『旗』二〇号のガリ切りに懸命に集中した。永田は午後高崎に出て赤軍派と電話連絡し、共同軍事訓練の最終確認をおこなった。電話には青砥が出て、永田が予定どおり新倉に行くと伝えると、「十二月一日の午前十一時頃、新倉の鉄橋をわたったところまで来て下さい。そこまで迎えに行くそうです」と落ち合う場所、時間を指定した。つづいて「身延駅前にも指名手配ポスターが大量にはってあり、駅改札口で降りる客の顔を一人ひとり確かめている刑事がいたと報告が入ってますので、十分注意願います」といい、最後に川島陽子の逮捕にふれ「逮捕されたときの川島さんの服装は軽装でしたが登山服のまま逮捕されたのではないですか」と訊いてきた。「登山服のまま行動していたわけではない。スカートをはいていたはずよ」永田がいうと青砥は安堵した声になり、「よかった。軽装だったので気になりました」と打ち明けた。夕方、榛名へもどって坂口に身延駅の件を伝えると、寺岡が「大槻さん松崎さんの二人を先発させ、身延の状況を確認してから、残りの者が行動をおこすことにしてはどうか」と提案し、永田らはこれに同意した。

山田孝は上京して新倉ベースの青砥、行方、遠山をベースへ連れてくるために下山した。そのさい山田が身延でおこなう東京の青砥との電話連絡の内容（共同軍事訓練をめぐって革左の現況等をふくむ）をベースの森に伝えるため、進藤もいっしょに下山して身延まで同行することにした。ふたりは早朝出発した。

十一月二十六日。正午すぎに進藤はベースにもどり、森にたいし革左が予定どおり新倉へくること等を報告した。その夜、進藤から会計報告をうけた会計担当の植垣は、報告が残金と合わぬので、下山後の行動をくわしくただし、説明のつじつまが合わないところでズバリ「酒をのんだんだろう」と指摘すると、「身延で電話連絡したあと、山田さんと飲み屋に入ってワリカンでのんだ」進藤はあっさり自白した。植垣はのんだならのんだでいいから、ちゃんと報告しろよといった。

側でふたりのやりとりをきいていた森が進藤に「おまえは金を使うことに楽しさを感じるか。それとも金を持つことに楽しさを感じるか」ときいた。進藤はすこし考えて「使うことに感じる」とこたえた。すると森は「やっぱりな」と、それがあたかも進藤の資質の悪さをしめすしるしかのような態度をとった。浪費家か守銭奴か。もちろん「持つ」ことだって悪は悪だ。しかし森は自分の好みとしてあえてどちらか選ぶということであれば、すきなだけ金を使って消費を楽しむ普通のブルジョア生活より、金を「持つ」ことで得られる力を背景に、野方図に消費をコトとする悪い普通の連中を上から統制することのほうを「楽しいと思う」タイプなのである。同じ質問を自分がぶつけられたらどうか。結構悩むなあと会計係植垣は思った。

十一月二十七日。全員で銃の分解掃除をしたとき、散弾銃を掃除していた植垣は銃身の内部に多数の傷がついているのを見つけ、調べてみるとそれらは散弾実包につめかえてあるボールベアリングが発射されたさいについたものであるとわかった。今後はボールベアリングはやめて鉛の改造弾を作ることにした。

森は進藤を指さし「銃の手入れはおまえが担当だろう。ところがこれまで一貫して全然銃の傷に気づいていない。銃を大切にしようという気持がそもそもないからや」と、一週間の禁酒禁煙の懲罰を課そうとした。

「それはひどい。禁酒はとにかく禁煙はイヤだ」進藤が拒否すると森は怒りだし、批判を進藤の言動全般に拡げていった。植垣らは進藤を擁護しようとはしなかったものの、禁酒禁煙の懲罰には批判的で、植垣自身それを守らなかったイキサツもあったので、「懲罰は禁酒禁煙のような非生産的なものはやめ、もっと生産的なものにしよう」と割って入った。では、何が生産的か。われわれに不足がちなのはつねになんといってもマキである。それで植垣が「一週間毎日、みんなより一時間よけいにマキ割りをやったらどうか」と提案すると、進藤は「マキわりならやるよ」とうなずき、森も了解して植垣に進藤のマキ割りを監督するよう指示した。

こうして植垣らは禁酒禁煙などいう近代以前的罰則の廃止を「かちとった」のであり、それは結構なことだった。しかしながら同時に、毎日進藤ひとりにマキ作りを一時間よぶんに課すことで全体として、同志仲間の連帯から進藤を排除し差別する空気を醸成していくことにもなるのである。森はまた高校時代剣道部主将をつとめた自身の経験をふりかえり、体育訓練のなかに格闘の練習を取りいれることにし、ベースの雰囲気をしだいに暴力的なものに変えていった。植垣らは軍事能力の向上につながるだろう位に単純に考え、ボクシング、柔道、空手など格闘技（のようなもの）の練習に熱中した。

十一月二十八日。永田ら指導部は共同軍事訓練参加メンバーを温泉小屋の廃屋の一つに集合させ、意志一致をおこなった。永田、坂口、寺岡、吉野の他、前沢、滝田、金子、大槻、松崎の九名である。『解放の旗』二〇号＝銃によるセンメツ戦を推進することによって連合赤軍の内実をかちとる立場から参加すること、われわれの参加は高木の脱走の実践的総括でもあること、共同軍事訓練をとおして、銃の闘いと山岳ベースの位置付けについて赤軍派との間で強固な一致を遂げること、等を全員で確認した。

夕食のあと、永田から榛名ベースに残るメンバー（岩本恵子、尾崎充男、小嶋和子、小林房江、加藤倫教、加藤弟）にたいしても、共同軍事訓練の日程、参加メンバーの氏名、革左・人民革命軍としての訓練参加の獲得目標を正式に発表した。そのうえで永田は、残留メンバーのキャップに岩本を指名し、永田ら九名が不在中の各人の任務を次のように指示した。全員にたいし、岩本が中心となって可能なかぎり小屋建設を進めておくこと。尾崎は上京して『解放の旗』二〇号の原紙と印刷済の一枚を救対部池谷にわたすとともに、十二・一八（一周年）集会の打ち合わせをしてくること。尾崎と小嶋は名古屋の山本順一に協力を依頼し、井川ベースの荷物を（山本の車と運転で）榛名へ運んでおくこと。

廃屋の風呂をわかして交代で入浴することになり、自分らの番を待つあいだ永田、坂口、寺岡は雑談的に会議をした。そのなかで寺岡は、永田も坂口も「またか」という思いできいたのだが、「（妻である）松崎さんがぼくに頼ってしかたがない」とこぼしてみせるのだった。寺岡は松崎に女性として人間としての自立を望んでいるのであろうし、そういう寺岡の気持は正しいし永田にも同情できる。しかし問題は松崎が寺岡にたいして、ほんとうに寺岡がぐちるほどに「頼ってしかたがない」のかどうかであって、永田も坂口も、寺岡にぐちをこぼさせることの多い「非自立的」松崎と永田らの知る松崎とは、どう考えても同一人物とは思えない。こと松崎に関するかぎり寺岡の話はいささか不当な誇張があると永田はこの時強く感じた。

永田は風呂に小嶋、小林と三人で入り、久しぶりの入浴だったから、徹底的に身体を洗い、互いに背中を流し合うなどした。そのさ中に小嶋はふいに永田に向かって正面を切ると、強い口調で「私が共同軍事訓練に行けないのは何故。私が行く人より遅れているってこと。どうなの」といいだした。

「そういうわけではない」永田は口ごもった。

「私にはたしかに問題があるよ。それを克服するためにも共同軍事訓練には是非とも行きたかったのに」小嶋は訴え、さらに自分はこれまで誰よりもよく永田の指導についてきたつもりだと叫ぶようにいったとき、小林がこれも強い口調で、

「そんなことをいってはいけない。私はここに残って自分の問題を克服するんだ」と叱った。小嶋は黙ってしまい、勢いも荒々しく仇を討つみたいに身体を洗いまくったが、洗いおわるとサッパリした顔になって永田の顔を見て「わかったよ」とうなずいた。小林は小嶋の中京安保時代からの仲間であり、卒業した同じ短大の先輩でもあった。永田は現在の小嶋に脱走の危険はないと評価しているものの、指導部による注意は依然必要とみていた。旧中京安保出身のメンバーは小嶋の問題にかんしてのみならず、永田の指導全般を下からよく支えつづけていて、小林はその忠誠組の中心的存在だった。

十一月二十九日。夜、赤軍派「新倉ベース」において、森はじぶんたちが共同軍事訓練に臨む姿勢について話した。「われわれは共同軍事訓練をとおして連合赤軍の「統合司令部」建設＝指揮の共同を理論・実践両面で具体化し、センメツ戦の戦術原則をかちとる決意で臨みたい。その意味からも、革左の理論的実践的マイナスの由々しい露呈として①高木の脱走、②是政における大量逮捕のきちんとした総括を要求せねばならぬ。なかんずく②であるが、権力による包囲➡逮捕攻撃に直面しながら、包囲の突破をこころみようとしなかった主体の〈受動性〉こそ大問題であって、これこそは革左のセンメツ戦の進展を内から阻んでいる軍事的能動性・攻撃性の欠落という病にほかならぬ」では、病因はどこにあるか？　根本的には革左が「反米愛国」路線をかかげていることにある。したがって米帝にたいし一貫して常に〈受動的〉でしかありえぬ位置に拘束されており、それが革命戦争推進にあたってかれらのこえられぬ限界になっているのだ。「愛国」だから自国権力と本気でセンメツ戦はやれない！　米帝の世界支配にたいして一国的

にしか対しえない！　反米愛国は革左を閉じこめ身うごきできなくさせている思考上・行動上の「魔法陣」だ。……森は最後に植垣らに「共同軍事訓練では革左に対し、かれらを同志的に厳しくしかも寛大な兄のように指導する決意をもってあたれ」と気合いを入れた。

十一月三十日。大槻節子と松崎礼子は榛名ベースを発ち、新倉へ向かった。永田ら本隊の七名は翌日出発の予定である。「新倉ベース」では、森が植垣に「革命左派の者が明日午前十時に新倉の鉄橋に来るから、そこまで迎えに行ってくれ」と指示した。植垣はシュラフ、にぎり飯、水筒（五リットル入り）、トランシーバーなどをリュックに入れ、昼すぎ第五の小屋を出発、その夜は第三の小屋に一泊した。

共同軍事訓練

十二月一日。早朝、植垣は第三の小屋を出発し、やわらかい日ざしを浴びながら尾根までのゆるやかな斜面をのぼって行った。三十分ほどして尾根道に出ると、真新しいテントが二個張ってあり、一つのテントのまえに山田、青砥、行方の三人が立っていた。植垣は「おう、来たな」といってかれらとあいさつを交わした。するともう一つのテントから派手なスキースタイルの女性が出てきて、植垣に「バロン（植垣の愛称）、久しぶりね」歌うように声をかけた。この深いアルトの声の持ち主は遠山美枝子であった。「あれ、遠山さんですか。二月以来だから十ヵ月ぶりですね」植垣は如才なく応じたが、森のいう入軍した唯一の女性というのが遠山であると知ってかなり落胆し、疑問も感じた。軍に入ってやっていけるのか、かえって足手まといになるのではないか。赤軍派では遠山のような「幹部夫人」は特別あつかいされているので、そういうあつかわれ方が前提の「入軍」だとしたら、作戦の現場にいる植垣らには、ただ嵩張《かさ》って不生産的な物体がごろっと転がりこんできたというだけの迷惑な話になる。しかしまあ、森さんにはまた何かべつに考えがあるのかもしれない。植垣はそう思い直してひとまず不安を打ち消そうとした。

かれらとしばらく雑談したあと新倉へ向かった。午前十時まえに新倉の鉄橋に到着し付近を往ったり来たりしていると、橋のそばにある小屋の入口に小柄な女性が二人ちょこんとすわっているのを見つけた。植垣はあれがそうかなとそちらへ行き「君たち、革命左派の人ですか」と声をかけた。女性の一方がうなずいたので「迎えに来ました。ぼくが誰か知っていますか」と自己紹介しようとしたとき、もう一方の女性が「知っています」生き生きした眼をあげた。これが大槻節子であった。早速彼女らを連れて山に登ろうとすると、大槻は「待って下さい。あとからくる人たちと連絡することになっていますから」といった。先発した大槻らから新倉周辺について状況報告をうけて本隊は行動をおこす予定だというのである。植垣は了解し、この日は彼女らの持っていたテントを黒柱河内川河口の岩かげに張り、そこに泊ることにした。テントを張りおえたあと大槻は連絡のため身延へ向かった。

本隊の永田ら七名は高崎駅前の喫茶店で午後三時頃、大槻から「身延駅は安全」と電話連絡をうけ、こちらは明二日午後一時頃新倉に着くと伝えた。永田らは信越線で小諸へ行き、小海線に乗り換えて八ヶ岳高原の清里駅で降り、近くの山小屋に一泊した。

十二月二日。朝食後、植垣は革左の本隊の到着するまえに自分たち三人の荷物を尾根まで運び上げておこうと考え、大槻と松崎に指示して出発の準備をした。そのとき、はじめて、ふたりとも水筒を持っていないことに気づいた。われわれはこれから南アルプス山系の一峰黒柱岳（二四五〇メートル）の奥深くへ登山しようというのであり、そこらへんの里山を愉しくブラブラ散策するわけではない。大槻の話ではあとからくる本隊も「たぶん水筒は持ってこない」という。植垣は思わず、

「水筒がなければどうするの？　尾根伝いに歩くときいていなかったの？」といってふたりの顔を見た。

「山が深いときいていたけれど、私たちはふつう水筒を使わないし、なくてもがんばる」大槻はいい、松崎も同意見らしかった。植垣は大槻らのおそらくはこのあたりの山への無知に基く壮語に内心あきれたものの、当面は自分の水筒で何とかなる、あとはトランシーバーを使って上と連絡をとり、水を持ってきてもらえばいいと判断し、出発することにした。ただ、大槻のかわいい顔した大言壮語はすこし憎たらしくもあるので、尾根道へののぼりにさしかかったら、わざとピッチを早くしてのぼって大槻らのガンバリの程度のテストをしてやろうと植垣は思った。午前八

時、出発。大槻らのガンバリは、しかしながら意外にも、なかなかのものであった。

午後一時、榛名からの永田一行は新倉の一つ手前のバス停でおり、待ち合せ場所へ向かって歩きはじめた。しばらく行くと新倉の鉄橋と、鉄橋を手を振りながら小走りにかけてくる大槻、そのあとをゆっくり歩いてくる男の姿が見えた。男は特徴ある笑顔からすぐ「バクダン先生」の植垣とわかった。永田らは鉄橋をわたり、山道の入口のところまできてようやくそこで植垣、大槻とコトバを交わした。大槻は元気一杯で、すぐ金子の大きなリュックを受けとって背負った。植垣はあいさつがおわると、永田に、「水筒を持ってきましたか」ときいた。

「持ってこない」と永田はこたえたが、それをいう表情があまりにもアッケラカンとしているのに、植垣は改めて「この人たち」の言動の奇妙な稚なさ、自分らとの間のふしぎなズレを感じさせられた。これではどうもしかたがない。

「まあ何とかなるだろう。とにかくここをのぼりきったところで一泊するから、そこまでがんばって下さい」植垣は遠慮する永田のリュックをいいからいいからと受けとって背負うと、「永田さんらを迎えに行くまえに、ぼくら三人は先にのぼって荷物を上に置いてくることにしたんですが、途中で松崎さんがバテて上で休んでいます。大槻さんはのぼっても平気で、ぼくがみんなを迎えに下りていこうとすると私も一緒に行くといったのでおどろきました。すごいですね」など楽しそうに話した。一時半頃、永田らは植垣、大槻を先頭に登高を開始した。植垣は永田らが途中でへばらないか注意していたが、妊娠七ヵ月の金子、体調がよくないという永田を含め誰ひとりへばらぬのを見て、困った人たちでもあるが、健脚かどうかという一点では赤軍派より革左が上だと認識し、秘かに舌を巻いた。

午後三時五十分、全員尾根道に出た。植垣の指示でテントを二つ張り、枯れ枝をあつめて火を焚き、植垣持参の水筒の水を容器に移してわかし、革左が持参した食パンとみかんの缶詰で食事をした。このとき植垣はもう一度、水筒なしにどうするつもりだったのかきいた。水筒の必要は事前に森から革左へ当然伝わっている筈と植垣は思っており、それにもかかわらず「あえて」持ってこないのは、革左に何か特別な考えでもあるのか、あるならきかせてほしいと思ったからである。が、革左のメンバーは口々に「水がなくてもがんばる」といいはるだけで、植垣の疑問のこたえは得られなかった。そのなかで吉野が「ぼくたちは沢伝いに歩いてベースを設けてきたので水に不自由したことがなく、今回も同じように考えて水筒の必要を感ずることなく来てしまった」と辛うじて唯一、植垣にも理解できる弁明をしてくれた。

「トランシーバーでベースと連絡がとれますから、途中まで水を持ってきてもらうことにします」植垣はいい、トランシーバーで第五の小屋を呼び出して事情を説明し、明日の朝、水を持ってきてくれるよう頼んだ。小屋の坂東は簡単に「了解」とだけこたえた。

この夜、森はストーブのまわりに坂東、山田、進藤、山崎、青砥、行方、遠山を集め、革左の「水筒」問題をとりあげて森いうところの同志的批判を展開した。「……水筒の件は高木の脱走、是政の大量逮捕と一連の、われわれが問題にし、ともに解決をめざすべき今日の革左のマイナスの集中的表現であって、偶然生じたうっかりミスと片づけるわけにはもはやいかない。高木は革左の軍の先頭にいた人物であり、その高木の消耗は一個人の事件にとどまらず組織の危機のはじまりであり、指導部による強力な体系的な指導がもとめられていた。ところが高木はいとも易々と脱走してしまった。永田さんらはこの件で必要な指導を放棄していたのではないかと疑わざるをえない。第二、半合法部のメンバーが頻繁に出入りするアパートに、あろうことか指名手配者を含む軍・非合法のメンバーが都市での活動と称して一斉に大量に集合してしまう。そしてあっさりまとめて逮捕されてしまう。権力の包囲にたいする認識の甘さ、粗《あら》さに加え、茶の道千利休でもあるまいに逮捕時の淡泊なしぶい受身性は革命戦争の将来を危うくするものである。最後に水筒だ。山の革左が現実の山を見ず、タカをくってあるいは無邪気に、ノーガードで平然と知らぬ山に入ってくる。パンツ一丁で火事場にとびこむ革左の無理論とせまい経験主義がかれらの現実認識を大甘にし、至る所でつぎつぎに危ない失敗を演じさせているのだ。われわれはまず、革左の「政治生命に関わる」ものとして水筒問題の自己批判を要求しようと思う」

森は進藤と山崎に、明朝、水を持って革左を迎えに行くこと、そのさい山にたいする革左の甘さを指摘し批判するよう指示した。

十二月三日。永田らは空が明るくなった頃に起き出し、あたり一面うっすらと白いのを見て、夜中にすこし雪が降ったことを知った。朝食は持参した食パンの残りですませたが、これで手持ちの食料は底をつき、一方で永田らのまえにはきょう一日午後おそくまで長い山歩き尾根道歩きが控えているのであった。「すると、昼食も必要なのか」植垣は首を振り、再びトランシーバーを取りあげて握り飯を持ってくるよう追加の注文を伝えた。永田はこの時、二度手間をかけてしまったと身の縮む思いがし、植垣に自分たちの不行届をわびた。ここへきて永田はやっと、赤軍派の山岳ベースの位置について正確に把握できず、登山の用意も十分でなかった責任は、しっかり伝えてくれなかった森にだけでなく、自分たちのほうにもあったとひそかに認め、このかん自分の心のどこかに隠れていたのかもしれない赤軍派への甘えを悪い芽のように断ち切らねばならぬと考えた。「新党」を視野におさめた赤軍派と永田の最初の闘いは、このときここからはじまる。

午前七時出発。尾根道歩きがつづく。十時頃、尾根道からそこで分れていく地点に着き、小休止していると、革左のメンバーにとっては初対面である進藤隆三郎と永田だけは再会になる山崎順が大きな水筒を持ってあらわれ、これをといって植垣にわたした。永田らが礼をいおうと腰を上げたとき、進藤はぐっと胸をはり、「あんたたちどうして水筒を持ってこなかったんだ。山に入っていながら山にたいする考えが甘いよ」と威勢よく批判しだした。山崎も自己批判すべきだとあとにつづいた。永田はアイサツぬきのイキナリの批判を無礼と感じ、水を飲む気にも自己批判する気にもなれず、他の者も誰ひとり自己批判なぞしなかった。進藤、山崎はさらに批判をつづけ、これ以上二進も三進もゆかぬ気まずい雰囲気になったとき、植垣が「もういいじゃないか」と割って入った。すると進藤と山崎はそれを待っていたようにサッと親密な対応にかわり、みんなと一緒に楽しそうに歩きはじめた。無礼な批判も親しげな仲間気分もともにふたりの本当なのであろうが、前者から後者への極端な変り方に、永田はふたりのではなく赤軍派特有のセクト的な打算を少し感じた。

午後一時頃、第四の小屋に到着した。青砥幹夫が一行を待ちかまえていて、またしても挨拶ぬきで水筒批判を一席ぶった。永田らはうんざりして顔をそむけ、もちろん自己批判なぞする気にならなかったが、青砥が持ってきてくれた握り飯のほうはみんなでおいしくいただいた。青砥も先の進藤、山崎同様、一席ぶったあとは晴れ晴れした表情にかわり、永田らといっしょに談笑しながら食事した。休憩一時間、永田らは準備をおえ、赤軍派「新倉ベース」のセンター＝第五の小屋めざして出発した。永田は坂口とともに長い列の最後尾について慎重にのぼった。岩場にかかった木橋、崖沿いの細道など、いくつかあった危険な個所も無事通過して進んで行くと、やがて深い渓谷に囲まれた大きな沢に出、沢に沿ってしばらく行ったところから、林間の切り開いた平地に縦長のがっしりした飯場小屋が見えた。赤軍派の山の本拠である。これでゆっくり休めるというのがこの時の永田の正直な気持だった。

午後三時三〇分、最後尾の永田、坂口が第五の小屋に到着した。ところが小屋の外には誰もおらず、しんと静まりかえり、赤軍派のセンターは仲間に向かってひらかれているのでなく、冷たく鎖されているように感じられた。押して入っていくと一瞬、永田は足がすくんだ。小屋の中は険悪な空気が張りつめており、ストーブを囲んですわったみんなの中心には森がいて、とても友好的とはいえない視線を永田に向けてきたからである。永田、坂口がそっと腰をおろすと、一時中断していた論争が再開されたが、テーマは依然としてしつこく水筒問題であり、水筒をめぐっていつまでも不毛な押し問答のくりかえしであった。しかもきいているうちに森の主張は、さきの進藤らの挨拶代り批判とはちがって、たんに水筒を持ってこなかった不用意を難ずるというより、水筒をいわばトッコにとって、批判を革左の組織・運動の全体に不当に拡大し、党派としての革左に屈服を迫るものらしいとだんだんにわかった。とすれば自己批判などとんでもない。「水筒がなくてもがんばる」といいつづけいいつのるしかないではないか。

険しい対立がつづき、共同軍事訓練は中止するしかないかという雰囲気になりかけた頃、ずっと黙っていた永田が発言を求めて立ち、「やはり水筒を持ってこなかったのは誤りだから自己批判します」といい、つづけて「今後気をつけるが、そうした不備などに精神力で対応することは私たちの闘いにとって大いに必要だと思う。このことを無視して批判するのは正しいとはいえない」と赤軍派にも釘をさした。批判の本山の森は肩すかしを食ったような顔をして黙った。永田は共同軍事訓練の中止だけは避けようとして格好だけ自己批判してみせたのであり、森も永田の「自己批判」が森の求める自己批判ではなくて、むしろその拒否の表現であることを半ば察知しつつ、共同軍事訓練の中止は避けたいという一点で、今この場では一応批判追及をおさめたのであった。

雰囲気の変化はまたきわめて急激で、両派はセキを切ったように和気あいあい言葉をかわしあい、互いに笑顔の交流がはじまった。永田は『解放の旗』二〇号を赤軍派メンバーにわたしたが、そのさい赤軍派唯一の女性遠山美枝子と挨拶をかわした。遠山は〝唯一の〟ということにコダワリすぎているようにも見え、やや固苦しい、「権高な」人というのが永田のいだいた最初の印象だった。また、進藤が「反米愛国路線というのがよくわからないんだよね」と説明を求めるので、「革命の問題は権力の問題なのよ」と米軍基地の存在などを話した。進藤は熱心にきき入り、先の水筒騒ぎが自分の本意でないこと、革左に同志の感情をいだいていることをしめそうとし、永田も進藤に親愛感を持った。ところが進藤が誰かに呼ばれて出て行くと、森が永田のところへきて「問題のある進藤と笑いながら話しているのは問題だ。みんながそういっている」などと耳うちし、永田を当惑させた。その問題が何なのか説明しないまま、進藤には問題があるといい、永田のよく知らぬ進藤について、森と同じ意見＝偏見（かもしれないもの）を抱かせようと強いてくるのだが、森や「みんな」の意見は私の意見ではないのだし、森のしたことはそもそも本人不在の時をねらってなされた不明朗な蔭口ではないか。立派ではないぞ。永田はそう考えて、せっかくの御忠告だが、だからといって進藤への自分の感情をあらためようとはつゆ思わなかった。

六時すぎ、植垣は進藤、行方に指示しながら、夕食作りにとりかかった。そのさい一ヵ月分のワカメが半分近くなくなっているのに気づき、山での食料の無計画な使用は大変な問題であるから、思わず「誰だ。こんなにワカメを使った奴は」と大声を出した。するとストーブのまわりで森、山田、永田、坂口と雑談していた遠山が台所に顔を出し、「私よ」といって笑い、またもどっていった。植垣は問題の重要さが全然わかっていない彼女の態度に腹が立ったがもう何もいえなかった。やはり「幹部夫人」なのであり、遠山をそのようにふるまわせているのは森を頭目とする植垣の赤軍派なのである。

夜、両派顔合せの最初の全体会議をおこなった。森が司会をつとめ、共同軍事訓練開始の挨拶をしたあと、赤軍派と革左の代表がそれぞれ共同軍事訓練にのぞむ自派の抱負を語った。赤軍派は森の指名により坂東が立って身体を前後に揺すりながら弁じたが、一種の調子をつけた新左翼特有の長々しいアジ演説で、内容のほうも革左のメンバーにはだいたい珍文漢文だった。革左の代表挨拶は永田。七二年沖縄ニセ返還への遊撃的蜂起に備える銃によるセンメツ戦を闘いとるものとして、連合赤軍の内実をかちとるものとして、共同軍事訓練をかちとりたいとこちらは比較的簡潔に述べ、それから全員が順に自己紹介と決意表明をおこなった。

これといって特に注目すべき発言もなかったが、永田は赤軍派唯一の女性であり、「戦闘的で活発」と評判もきかされていた遠山の発言には、何を語ってくれるかと大いに関心をいだいた。が、案外にも、遠山は自分の順番になるとつまらなそうに立ち上り、「私は革命戦士になるんだ。今はそれしかいえない」といっただけですわり、共同軍事訓練について発言は何もなかった。あんまり簡単すぎて、「女性兵士」の問題に何一つ触れず、共に闘う革左の存在を無視したもので、永田は期待の大きすぎたせいもあるが反発をおぼえざるをえなかった。遠山はそのうえ、他の人のそれぞれに真剣な発言のさなかに、ブラシで長い髪をとかしたり、きれいな指輪をした手をヒラヒラさせたり、リップクリームをぬったり、ゴロリとねころがってみたりと「わたしひとりはべつものだ」といわんばかりの花々しい女王様ぶりを初対面の革左のまえにとくとくと披露してみせた。こういう遠山のふるまいを平然と放置し、逆に何か「評価」すらしているように見える森の赤軍派とは何なのか。永田は「女性兵士」の問題に関わって森の指導のあり方に根本的な疑問を持った。会議は明日、銃の使用訓練をおこなうことを確認して終了した。

これから就寝というとき、赤軍派は自分たちだけでストーブのまわりに固まってさっさと寝てしまい、結果としてであるがお客の革左たちを小屋の隅へ追いやってしまった。「しょうがない。まあいいや。われわれも寝るか」寺岡がいい、シュラフをとりだし小屋の隅にひとかたまりになって寝ることにした。永田らは一瞬、金持の親戚を訪問して冷たくあしらわれた貧しい親戚のような気分を味わったのである。金子が「赤軍派から女性兵士が一人参加するときかされて楽しみにしてきたのに、失望した」というと、シュラフの中で革左の全員が深くうなずいた。

十二月四日。静かな薄明るい光のなかで、永田は気持良く起きだした。前夜のうっとおしい不快はどこかへ消えてしまって、悩みの類はもうなかった。永田とて悩むこともあるが、どんな問題であれ長くは悩まぬのがつねに永田の人格の個性的な一面である。朝食後、銃の訓練のために全員奮い立って外へ出て行き、永田もいっしょに出て行こうとした。すると森が「永田さんはちょっと残ってくれ」というので、永田は坂口、寺岡に断わって小屋にのこり、森の話をきくことにした。

森は昨日とはうってかわってにこやかに「同志的」に話しはじめ、「共同軍事訓練に参加した赤軍派九名は全員革命戦士としてやっていける」と大きく出てひとりひとりについて評価をしめし、指導部は森、坂東、山田、青砥の四人でやっていくとした。つづいて「米子M闘争で〈二・一七の銃〉を権力に奪われたことをハッキリ自己批判する。また青砥は石黒さんとの関係を自己批判しており、植垣も丹沢ベースでの痴漢問題を自己批判している」といったあと、改まった口調になり、「われわれ赤軍派はかならず銃によるセンメツ戦を闘いぬく決意である。われわれ赤軍派はここで革命左派に銃の要請をおこなう」と表明した。

森は赤軍派として、革左にたいして「自己批判する」とともにもかくにもはじめて明言した。これは画期のことで、評価できる。しかしながら一方、米子M闘争敗北をどう自己批判しているのか、青砥と植垣のしたという自己批判の中身はどうなのか、ふみこんだ説明はないのだから、森と赤軍派が同じ誤ちをくりかえさぬ保証は依然として、ほとんどないと永田は考えた。その上で、今回で三回目にもなる赤軍派の「銃要請」にたいしどうこたえていくか。なによりも可及的速かに、自己批判の中身をハッキリさせてもらおう。銃は永田らにとって強力な武器であるとともに、ヨリ以上に〈奪取した〉ところの銃、すなわち永田らの私をすてて追い求める革命の理念の絶対表現でもあるのだ。赤軍派がそういう「銃」を連合赤軍の「内実」として共有しえたとき、はじめて〝武器として〟の銃も両派の共有財産になるであろう。したがって、今はまだまだである。「……銃は連合赤軍の共有財産にしたいと思っているから、要請には同志的にこたえたいが、どのようにしたら共有財産にできるかという問題がのこっているので、回答は留保する」

森はしばらく考えて「わかった」といった。

「赤軍派の九名は全員革命戦士としてやっていけると森さんはいうけれど、そういえるのかどうか。青砥、植垣両氏の自己批判といわれてもよくわからないし、遠山さんはどうして山に来てまで指輪をしているの。合法にいたときの指輪をしたままで、革命戦士としてやっていけるといえるの」永田は合法・半合法（救対、革命戦線）から非合法（軍）に移るさいには髪形、歩き方、指輪など刑事に把握されやすい特徴を変えることは常識と考えており、革左では全員そうしていた。赤軍派においても永田の見るかぎり同様であり、むしろ赤軍派のほうがやかましい位で、革左の者にまで服装とか、髪形とかにかれこれ文句をつけていたものだ。それだから、そんなにうるさい赤軍派で革命戦士になろうという遠山がしれっと指輪したままでいることは、おかしな話であった。

「女の人のことには気がつかなかった。青砥も大きな指輪をしていたが、それはとらせたのだ」

「私は女の人一般についていっているのでなく、遠山さんの指輪を問題にしているのよ。だから「気づかなかった」というのなら、遠山さんを指導する立場にある森さんの不注意だとしか思えない。もう気づいたのでしょうから、遠山さんをしっかり指導してほしい」永田は森の弁解はとりつくろいにすぎぬと見ていた。遠山は獄中の赤軍派最高幹部高原浩之の「夫人」である。森はたんに気がつかなかったのではなくて、森の「夫人」もそのひとりである「幹部夫人」にたいするほとんど無意識の習慣と化していた特別あつかいによって、見えるものも見ず、気づいて当然のことにも気づかぬ状態にいたのではないか？

「わかった」森はうなずいた。永田はこれで森は遠山に指輪をとらせるだろうと思った。

永田は小屋を出て射撃場へ行き、訓練に加わった。坂東、植垣、進藤がみんなに銃の肩付けや射撃の姿勢を教えており、永田が坂口のところへ行き練習をはじめると、進藤が永田を「お母さん、お母さん」と呼びながら、射撃の姿勢などをじつにていねいに上手に教えてくれて有難かった。午前中で練習は終了し、小屋に引き上げてから永田は坂口、寺岡、吉野を小屋の隅に呼び、森から銃の要請があったこと、回答を留保したことを報告した。加えて森にたいし、革命戦士として「やっていける」赤軍派九名のなかに、山に来ても指輪をしている遠山をふくめるのはおかしくないかと疑問を呈しておいたとも話した。三人とも、遠山さんは何かおかしいなあと永田の疑問呈出に理解を示した。

午後は、マキの消費が激しいからと植垣の提案により両派共同でマキ作りをすることにした。メンバーは赤軍側→

植垣、進藤、山崎、行方、青砥。革左側→前沢、滝田、金子、大槻、松崎。山の上から一抱え以上もあるダケカンバの倒木を小屋のそばまで転がして落とし、それをノコギリで七、八〇センチ間隔に切り、切ったものを大きなマサカリで割るというかなりの重労働を要する作業だった。金子、大槻、松崎は転がり落ちてきた大木をノコギリで切るところまで転がして運び、山崎はノコギリで切り、青砥は「体をきたえるぞ。マキ割りで建軍だ」といいながらマサカリを振りおろすなどし、各人が夕方になるまで奮励した。

このかん永田は坂口、寺岡、吉野と小屋の隅で雑談的に協議をつづけ、一方の森は坂東、山田、遠山をストーブのまわりに集め、さきの永田との話し合いについて報告した。「銃の要請にたいして革左は留保するといってきた。理由はまだわかりにくいところもあるが、センメツ戦にのぞむわれわれの決意、覚悟の程度を見極めたいということのようだ」森は正直なところ、遠山の「指輪」が何故、それほどにうれうべき問題なのかよくわからず、指輪をとる・とらぬは銃の闘いを前進させることとはまたべつな問題であり、要はわれわれの闘いにむかう信念の強固を革左に対し説得的に示すことだと考えた。そこでまず、全体会議において、①革左の十二・一八以降今日にいたる闘いを〈銃〉の観点から評価＝総括しきって、革左の求める米子M闘争敗北の自己批判をハッキリしめすこと。青砥と植垣に、求められている自己批判をおこなわせること。そのうえで、②革左に対し「高木脱走」「是政大量逮捕」を、軍事的能動性・攻撃性の獲得という観点から、あらためて厳しく問題にすること。森はこの時、坂東らにも遠山個人にも、永田の遠山「指輪」批判のことを伝えていない。①②で永田への「本質的」な「こたえになるから」と勝手に判断したのである。

夜、森の司会で再度全体会議がおこなわれた。森は張り切っており、低い重みのある声で雄弁に語った。「革命左派の十二・一八上赤塚交番襲撃闘争は日本革命戦争の開始を内外に宣言した戦闘であり、敵との攻防関係が殺すか―殺されるかにあることをつきだすとともに、センメツ戦を勝利させるにはまず銃による武装をかちとらねばならぬことをあきらかにした。二・一七真岡銃奪取闘争は十二・一八における戦士柴野君の戦死、拳銃奪取未遂の実践的総括として闘われたが、それによって奪取した銃は敵の集中した弾圧をひきだし、殺すか―殺されるかの戦争状態を形成し、奪取した銃を守る闘いを要求したのである。われわれ赤軍派は米子M闘争の敗北の過程でそのような、戦士の血と苦闘の生ける証である〈二・一七の銃〉を権力に奪われたことをここでハッキリと革命左派にたいして自己批判する」と。きいていて永田は、十二・一八闘争、二・一七闘争の、自分たちではとてもこうは打ち出せなかった派手な「理論的」評価に単純に感心し、今度の自己批判は信用してもいいかという気持になった。永田は昔からインテリの「理論的」甘言に弱くて、森の甘言によって、二・一七闘争以後の実際には後退につぐ後退、メンバーの脱走、脱走未遂のくりかえしに振り回されっ放しだった消耗な日々を、そのまま革命戦争勝利に向かっての「血と苦闘」の精進として肯定してもらえたかのように誤って感銘したのである。

森は青砥と植垣を指名して自己批判せよとうながした。青砥は考え考え苦しげに、革左の石黒（和田明三の妻でもあった）との関係は革左に迷惑をかけ、両派の共闘関係を破壊しかねぬものであって間違いであり、謝罪したいと語った。つづいて立った植垣はいっそう考えこむ様子で、地方センメツ戦失敗の直後にはじまった自分の居場所がない働き場所がない消耗感を述べ、克服できないまま革左の丹沢ベースでの痴漢行為へ逸脱してしまった、革左のみんなと革命戦争の大義のまえでこの自己を根柢から批判したい、そしてもう一度、今度こそ必死でセンメツ戦を闘いぬきたいといった。

「消耗や逸脱にはTさんのこともあったのではないですか」しんと静まりかえった中で大槻が植垣の自己批判にコメントした。植垣はこのかん大槻と二人だけで居たときに、恋人Tとの出会い、別れについて打ち明けたことがあった。「うーん、それもあるけど」といって植垣はさらに考えこんだ。大槻は植垣の恥かしい逸脱をいきなり非難したりせず、理解しようとし励まそうとしたのであり、このときから彼女は植垣にとって特別な人となる。肝心の永田は両君の自己批判にたいし、青砥には納得せず、植垣のは言いわけ的と判決した。しかし自己批判しようとする姿勢をまず評価すべきであり、そうした姿勢があればもはや二度とこの手の問題はくりかえされぬだろうと思って何も発言しなかった。

森はつづいて坂東を立たせて都市での交番調査の失敗の総括を語らせた。都内での交番調査で盗聴器をしかけようとして失敗したが、これは「軍事芸術（技術）」の追求の一つであると主張、関連して「軍事体育学」の必要を熱心に論じた。坂東と赤軍派は表現は未熟ながらじぶんたちの失敗を「技術」「訓練」の面に即して振りかえってみせることによって、失敗をこれまでつねに「精神」のせいに一面化し、結果「精神修養」だけが今後も活動方針になってしまいかねぬ革左のせまさ貧しさを指摘しようとしたのだが、永田らは坂東の話を他人事のように、異趣味者の独合点《ひとりがてん》な失敗談ないし自慢話のようにきき流してしまった。森は坂東の話に二、三補足しながら、革左には脱走、逮捕の連続する自分たちの現状に危機感を持ってもらわねばならぬと思った。

「高木の脱走、是政での大量逮捕について、革左としての総括をきかせてほしい。脱走、逮捕ともに、山岳ベースと銃の闘いを危うくするものであり、根本的な対処が問われていると考えるがどうか」

「銃と山岳ベースの防衛は山岳と都市の結合のヨリ一層の推進こそがカギである」永田は革左で確認した総括を語った。「高木の脱走は私たちに、山岳ベースと都市アジトの結合の今すぐの必要を実践的につきつけてきた。山ごもりではなくて、都市での闘いとの結合、連携をとおして山岳ベースの闘いを位置づけなおすこと。私たちは都市アジトの拡大に取り組み、都市との結合を推進しつつある」

「都市と山岳を結合するという方針は一般的には正しい。問題は革左による正しさの実践的追求が、都市アジト拡大を担った加藤君らの一挙の大量の逮捕をもたらしてしまったこの結果をどうとらえなおすかで、そこをききたい」

「山にこもるように一つのアジトにこもってしまった私たちの一部の消極性が原因の一つだったかもしれない」

「つかまり方があまりにも受身的で気になる。のみならず、都市での権力との攻防関係の分析が弱く、警察の包囲の可能性を全く考えに入れずに一つのアジトに同窓会みたいにゾロゾロ集合してしまう。見ていてほとほと危っかしくて、これでセンメツ戦をやれるのかどうかはなはだ疑問だ」

「森さんはそのように、私たちが山岳と都市を結びつけようとしていること自体に反対してるみたいにいうが、この結合はどうしても必要である。今回の逮捕は結合の追求の途上で一つのアジトに集中してしまったことによるので、アジト開拓をもっと積極的にやり、一つのアジトに集中しないようにせねばならぬと考えている」

論議はかみあわぬままでおわり、就寝となった。なお、会議中の遠山の態度は昨日とくらべて穏当なものだったが、革左のメンバーにたいしては依然セクト的、対抗的に終始した。遠山の考えではそうすることが森の指示に忠実な正しいふるまいだったからである。

この日、中核派の拠点校である関西大学において、革マル派の襲撃により、ビラまき中だった辻（京大）、正田（同志社大）の二名が虐殺された。中核―革マルの「内ゲバ戦争」がはじまる。

「遠山批判」・危険な罠

十二月五日。 朝から大雪で、まる一日降りつづいた。この日は室内で軍事訓練をおこなうことにし、射撃の姿勢の訓練からはじめて体操、格闘とメニューをこなしていった。訓練には革左側は永田以下全員が参加したが、赤軍派の森と山田が台所のテーブルのところで話し合いをつづけていた他、遠山は訓練の最初のほうにちょっと加わっただけであとは台所とストーブのところを往ったり来たりしてすごした。

夕方、訓練とマキ作りを終え、全員がストーブのまわりに集まっていた頃、雑談から全体会議になり、森が永田ら革左メンバーを見まわして、「きのうの高木の脱走や是政の大量逮捕の総括はぜんぜん総括になってない。いったい、どう考えてるんや」と総括を再度要求してきた。革左側はまたかとウンザリして黙りこみ、うつ向き、ただ全身を固くした。そこで永田が再び昨日のべたのと同じ内容を総括としてくりかえすしかなかった。むろん森は納得せず、高木の脱走を「許し」、是政での大量逮捕に「甘んじ」ている革左の現状の危うさを指摘して総括要求をくりかえす。しまいにはこれ以上どうしろというのかと開き直った永田は「私たちの闘いの不十分、失敗にたいし、革命戦争を共に担っていく立場に立って、たとえば都市アジトの開拓をどう進めていくかと共に考えていくようにすべきであって、それが連合赤軍を結成した私たちにもとめられる姿勢ではないのか。ところが森さんはただ総括になってないと頭ごなしに否定するだけだ。ハイ仰せの通りですとどうしていえますか」やや感情的に反論した。やがて夕食の時間になり、会議は中断した。

夕食のあと、ストーブのまわりで何人かが雑談していたが、このとき永田は遠山がまだ指輪をしているのに気づき、思わず強く、

「遠山さん、どうして指輪をしているの。森さんからとるようにいわれたんじゃないの」と注意した。遠山はビックリした顔をして黙り、怪訝《けげん》そうに森のほうを見たが、森は何も言わずうつむいた。それで永田は質問をくりかえした。遠山はこたえようとしなかった。森はまだ遠山に指輪を外すよう指示していないのか、あるいは遠山が森の指示にもかかわらず彼女だけの理由で指輪を外さずにいるのか、いずれにせよ事情を説明してほしいと永田は思った。ところが森は黙りこんでこたえようとせず、遠山もこたえず指輪を外そうともしない。永田はふたりの解し難いダンマリに直面して、遠山の指輪はもはやたんに指輪の問題なのではなく、連合赤軍の「内実」に関わる重要な問題ではないかと思いこむにいたった。いつのまにかみんながストーブのまわりに集まって、全体会議の形になっていた。

永田は森にたいし「赤軍派は私たちの、高木の問題や大量逮捕問題の総括に対して総括してないとくりかえすけれども、それをいうなら、遠山さんが山に来ても指輪をしたままでいることこそ問題であり、このことを許している赤軍派のほうこそ問題じゃないの」と決めつけ、遠山に「決意表明のとき、あなたは『革命戦士になる。今はそれしかいえない』としかいわなかった。いったい何で山に来たの」と質問した。

「革命戦争をさらに前進させるために、自ら軍人になり革命戦士になる必要を理解したから。世界革命戦争の持久的対峙段階においては、先進国での革命戦争の発展がなによりも重要であると思ったから」遠山は敗けるものかという顔をして語り出したが、用語も中身も森の口真似で、遠山が女性兵士として何故山に来たのかを語ろうとするものではなかった。

「私がききたいことはそういうことじゃないのよ。遠山さん自身のことをきいているのよ。何で山に来たの」

遠山はしばらく黙り、それから「何をいえばいいの」と眉間にしわをよせた。

「遠山さん自身がどのような気持で山に来たのかということなんだ。遠山さんはじぶん自身のことをちっとも語っ

ていない」寺岡がいうと、大槻も「私たちが赤軍派の女性兵士で知っているのはTさんでした。私はTさんを尊敬しています。だから、赤軍派に新しい女性兵士が居るとバロン（植垣）氏からきいてとても期待していました。私たちがききたいのはそういうことではなくてもっと実際的なことです。何で、どういう生活のなかで女性兵士になろうとしたのかということです」といって遠山を「援助」しようとした。

「だから、革命戦争を担っていくために軍の質を獲得し、軍の質で活動しなければならないと思ったから」遠山がこたえると、坂口がじれったそうに「ちがうんだなあ。もっと現実的なことなんだがなあ。いってることは超現実的なんだなあ」といった。遠山は再び黙りこんでしまった。遠山は真剣に「軍の質の獲得」意欲を語っているつもりである。それが革左の永田らには遠山の外そうとしない「指輪」にてらして「超現実」の「大言壮語」としかきこえないのが遠山にはわからない。

森は遠山批判が拡大しはじめると坂東、山田、青砥を小屋の脇のほうに連れて行って話し合っていたが、この頃会議の場にもどり、これまでとはちがって対立を調停しようとするかのような態度で「革命左派の遠山さん批判は、結果だけを学ぶのではなく、結果にいたる〝方法〟の問題として学び、作風・規律問題として解決していく」と述べた。永田は森らが自分たちの遠山に対する批判をなんとか受けとめようとしているらしいとはわかった。が、肝心の森の発言内容が高遠すぎてどういうことかわからず、また学ぶ、解決すると口ではいうものの、実際に指輪をとらせるわけでもないので、けっきょく森はこの場をとりつくろってるだけだ、全然わかってないじゃないかと思った。

「いったい何で山に来たの」永田は再び質問したが遠山はこたえなかった。こんな風である遠山は、そもそも山をどう位置づけているのかと不審に思い、

「山をどのように考えているの」ときいた。「山も都市も同じと考えている」遠山はハネかえすように強くいった。山、山とじぶんたちのせまい経験を大層のように振り回して他人を決めつける永田に遠山は反発していた。都市こそ戦いの最前線であり、その都市に出てきたとたん屁間《へま》ばかりしでかしている革左が、一片のまじめな自己批判も示すことなくただ山、山とさわぐのは、それこそ独善的なセクト主義ではないか。

永田は森、坂東に「赤軍派は山と都市を同じと思っているの」と確認をもとめた。森ら赤軍派メンバーは一斉に首を横に振って「そんなことはない」とこたえ、森は「山は軍事訓練と政治討論に集中する重要な場であり、当面の闘いの環であるから、都市と同じとは思っていない。われわれは長く山にいるつもりで入山したのだ」と言明した。これで永田は、山岳ベースの位置付けについて森らと遠山の間では意思一致がなされていなかったこと、すくなくともこの件で森らは赤軍派として遠山を防衛しようとはしていないことを見てとった。植垣、進藤、山崎らも、最初のうちは「いったい何が問題なんですか」と頭をかしげたり、「遠山さんは山に来たばかりだから」といってかばおうとしたが、しだいに革左の遠山批判の行方に注目し、遠山さんは何で革左の問いかけにこたえようとしないんだと遠山の言語態度に批判的な目を向けていく。中でも植垣には「遠山批判」はやっと見出した自分の壁の突破口と思えた。

何で山に来たのかという批判と、遠山のしぶといだんまりがつづいているとき、大槻が発言をもとめて立ち上り、「六九年九・四愛知外相訪ソ訪米阻止闘争で逮捕され自供したとき、私はキタロー（獄中にある岡部和久の愛称。大槻の元恋人）を権力に売った。私が自己批判しなければならなかったのはこのことだった。私はこれまでこのことをみんなのまえでハッキリ自己批判できなかった」といった。「こういう誤りをハッキリ認めて闘っていかなければならないと思う。遠山さんも自分の誤りをハッキリ認めなければならぬのではありませんか」

「よくいった。それをずっとわれわれは待っていたのだ」寺岡は大きくうなずき、永田らも大槻の思い切った発言を歓迎した。しかしきいていた赤軍派の坂東は、べつに口に出しはしなかったが、大槻と寺岡らの掛け合いを何だただ悪うございましたとあやまってるだけのことじゃないか、ワザとらしいまねをしてイイ気なもんだと反発した。大槻の自己批判は一面で昨日の植垣のチカン自己批判に私的にこたえようとしたものであり、その意味では「イイ気な」要素が全然ないというわけでもなかった。

合法部で活動していたとき遠山と会ったことのある金子は、「遠山さんは共同軍事訓練でも合法時代と同じ組織名を使っているがどうなのか。髪形も同じだ」と指摘した。

「どうして髪を切らないの」永田は遠山の朝晩の丹念なブラッシング風景にだいぶ閉口させられてもいたのである。

「いぜんは髪が短かったし、警察もそれを知っているので、髪をのばしてアップにして変装するつもりでいる」「髪をのばすならカツラを使えばいいじゃないの。髪形はアップにする位でなく大いに変えるべきじゃないの。合法時代と同じ髪形でいる時があるようでは「女性兵士」として話にならないじゃないの」永田は批判し、さらに大槻が「私も長い髪だったけれど、半合法に移るとき切った」というと、遠山は黙ってしまった。永田は遠山がこうまでして頑張って指輪をとろうとしないのは、もしや高原との結婚のさいの結婚指輪だからなのかと思いつき、だったら同情の余地もほんの少しあると考えそれをいうと遠山は首を振り、指輪を見ながら「ううん、そうではない。この指輪は母がお金に困った時に売ればいいといって買ってくれたものなの」とこたえ、依然としてやはり指輪をとろうとしなかった。この場合、同情の余地などはじめからなかったのだと永田はようやく確信した。赤軍派には根本的、致命的に「女性解放」の観点が欠けているのであって、遠山のカンチガイした「女性兵士」ぶりはその必然の結果である。この頃になると森は坂東、山田といっしょに会議を中座して台所へ行き、そこのテーブルでかれらだけの協議をはじめていた。遠山はときどき追及の場から抜け出して森らのところへ行ったが、その度に追い返されてもどってきた。革左による遠山批判は赤軍派全体への問題提起でもあるのだから、永田は森らのこうした無届無断退出に非常に不満で、いきおい批判の調子もきつくなっていく。

「女性兵士は男性兵士以上に努力しなければならないのにそのことがわかっていない」永田は追及した。「あなたはストーブのところに足を組んで腰をおろし、男性同志にあれをしろこれをしろと命令しているだけで、じぶんでは何一つ、仕事なんてしてないじゃないの。それじゃあ自分免許の女王様の振舞いであっても、女性兵士としてがんばっていこうとしているとはとてもいえない」

遠山はやはりこたえず、こたえようともしなかった。永田はたまりにたまった不満を爆発させ、「あなたはこの山にきて何をした。何もしてないじゃないの。小屋はあるし食料もあるし、何の苦労も要らないじゃない。赤軍派は苦労していないのよ。私たちが何であんなに苦労してきたのかわからなくなる。山の生活はそんな簡単なものじゃない。このままではとても一緒にやっていけない」と泣きだし、昨日会議中に寝そべった遠山に革左として対抗するように、そばにしいてあったフトンにごろっと横になってしまった。永田はそのまま寺岡、金子らのおこなう遠山批判をきいていたが、やがてスーッと眠った。

森は明け方まで坂東、山田と台所協議をつづけた。つまるところ「女性問題」こそは赤軍派と森にどこまでもつきまとってくる、あつかい方をまちがえたら革命の党として致命傷になりかねぬ試練、危険な罠であった。森の不用意にしでかした誤った「新」人事＝「自由恋愛」男の青砥を「指導部」の一人に予定したこと、遠山を「唯一の女性兵士」候補と誤認して入軍入山させてしまったことをまずどう修正していくか。永田と革左は遠山の言動の批判をとおして、赤軍派の「組織としての」無意識（組織の幹部と幹部夫人への特別あつかい）をあばきだしたのであり、そうした恥かしい無意識があんな青砥を「指導部」にしようとし、こんな遠山を「唯一の女性兵士」かのごとく錯覚したと指摘しているのだ。よし、わかった。われわれは革左の遠山批判の要めの部分を基本的に受けいれよう。青砥については石黒とのけしからぬ関係を自己批判させるのみならず、指導部入りは無期延期とする。問題は高原夫人だが、われわれの指導の自己批判として「唯一の女性兵士」という評価は撤回し、彼女にはゼロからやり直してもらう。いったん軍から彼女を切りはなして、山岳ベースにおける独りの位置から自力で「軍人としての資格」をつかみとってもらうことにしよう。「したがって」と森はいった。いまも続いている革左の批判追及から彼女を赤軍派として防衛することはしない、遠山さんにはひとりの革命戦士としてしっかり革左の批判を受けとめてもらいたい。森はこの時をもって、革左による遠山批判から自身と赤軍派を「防衛する」ために、遠山批判の対象を遠山個人の欠陥にだけ限局するみち、事実上連合赤軍から遠山個人を切り捨てていく道にふみこんだのであった。

十二月六日。朝、久しぶりでよく眠った永田は元気一杯に起きだし、革左のメンバーをつかまえてきのうあれからどうだったときいた。みんな「同じことのくりかえしだった」「遠山さんは批判を受けいれようとしなかった」など口々にいって、サジを投げたという顔をした。「路線が違うのだからもうこれ以上は批判できないと思うけれど」永田が水を向けると、「いや、批判はやはり必要だ」滝田がいい、他の者も同様の態度をとった。私たちは一致しているなと確認できたので永田はあらためて、それで行きましょうと心を決めた。

全員がストーブのまわりに集まったとき、森は問題の決着をはかりたいとつぎのように語った。「前の晩、台所にいたわれわれのところに遠山さんが助けを求めにきたとき、共産主義者として自分でこたえろといって帰した。これは革左による遠山さん批判を作風―規律の問題として解決すべきであり、結果だけを学ぶのでなく結果にいたる方法を学ぶべきだと考えたからだ。われわれは台所で作風―規律問題の解決とは何なのかと考えていたが、それが革命戦士の共産主義化の問題であるとやっとわかった」それから永田に「赤軍派だけで討論したいので少し時間がほしい」といい赤軍派のメンバーを連れて小屋の外へ出て行った。永田らは依然として森のコトバがよく理解できず、何かハグらかされてるような思いを抱いたままあとにのこされた。

雪はやんでいたがかなりの積雪で、風が強く非常に寒かった。森らは小屋の裏口側の空地へ行き、一、二、ドス、ドスと足踏みしながら小集会をした。「遠山さんへの批判は赤軍派全体への批判でもある。全員で責任を持って遠山さんの問題を解決していかなければならないし、他の者も同様に自分の問題を解決していかなければダメだ。遠山さんはもっと素直になって革命左派の批判にこたえるようにしろ」森は強くいい、植垣らも「そうだそうだ、何だきのうの態度は」と同調し、森が「まだ指輪をしているのか。いいかげんにはずせ」とどなると遠山はあわてて指輪をはずしポケットにしまった。森は革左のおこなった二名の処刑に触れて「革左ではこのような闘いを経て山を守ってきたのだから、革左の批判にイイ加減な気持で対応してはダメだ。総括できぬまま山を降りる者は殺す決意が必要だ」自分にいいきかせるようにいったあと、語気を強めて「われわれは遠山さんが総括できるまで山を下りない。山を下りる者は殺す」と宣言、全員「異議なし」と唱和した。

このかん永田らはストーブのまわりにすわり、なかなか戻ってこない赤軍派に不満不信をつのらせていた。寺岡が沈黙を破って「赤軍派は一体、遠山さんを総括させる気があるんだろうか」と首をかしげると、永田は「山で必ず総括させるよう要求する必要がある」といい、みんなもこれに賛成した。森は「結果だけを学ぶのではなく方法を学ぶべき」だなどとゼイタクなことをいうが、とにかくひたすら目に見える「結果」＝遠山の指輪外し、自己批判的総括を求めている永田らには、森のならべるリクツは「結果」から逃亡せんとする怯懦《きょうだ》千万な本心の手のこんだ表現としか思えぬのだった。

ずいぶん経ったと思える頃、赤軍派メンバーが雪まみれになってもどり、ストーブのまわりにすわった。森が立ち「われわれは革命左派の遠山さん批判を受けいれる。われわれは責任をもって遠山さんを総括させ、遠山批判をとおして提起された問題を作風─規律問題として解決していく」といったあと、胸を張って声を大きくし「われわれ赤軍派は遠山さんが総括できるまで山をおりない。山をおりる者は殺すと確認している」と決意をしめした。赤軍派メンバーは全員大声で「異議なし」と叫んだ。

殺すなどとまた赤軍派の大ボラかと永田は身体を退いた。森には離脱者の「処刑」が話題になったとき、「スパイや離脱者は処刑すべきではないか」「離脱者は殺すと確認している」と激語して永田らを処刑実行にかりたてておきながら、自分たちは処刑を回避してしゃあしゃあと照れもせず、永田らに「言行不一致」の徒と不信感を与えた過去があった。「殺す」などといってもどうせコトバの上だけの景気づけに決まっているのだ。しかしそういう気持でがんばってくれるということなら文句はない、結構だと思い、永田は森の大言壮語になにもいわなかった。つづいて森は革左の遠山批判から「学んだ」というそのもの、森のいう「方法」について具体的に語った。「作風─規律問題の解決こそ革命戦士の共産主義化の問題であり、『人の要素』の問題であり、党建設の中心的な問題である。これは塩見（赤軍派議長）が大菩薩闘争の再総括として提起した問題なのだ。今日まで自分らはこれをどのように解決するかわからなかったが、銃によるセンメツ戦の地平にいたってやっとそれがわかり、はじめて塩見の提起にこたえられるようになった。革命左派が遠山さん批判において実践的にしめした自己批判─相互批判の作風は、塩見のいった共産主義化の自然発生的な姿である。われわれは革命左派の自然発生的な共産主義化を評価するとともに、それを目的意識的なものに高め上げ、目的意識的共産主義化の観点から連合赤軍のメンバー個々の革命運動にたいする関わり方を問題にしていかねばならない」。森は今後は遠山批判の「結果」＝遠山一個の総括を問題にするのみならず、〝自然発生的〟「方法」を目的意識的に連合赤軍の個々人に適用し、個々のメンバーの革命運動へのかかわりを問題にしていくぞ、総括を要求していくぞ、それが革命戦士の共産主義化の唯一の道だぞといっているのだ。赤軍派がとにかく遠山批判を「受けいれた」と単純にうけとめた永田は、森がつかんだという「方法」、「目的意識的」共産主義化なるものの危険な側面に、この時は他の者たち同様全く気づいていなかった。

赤軍派の一人ひとりが立って、遠山さんを必ず総括させると決意表明していく。「赤軍派だけで外で話し合ったとき、みんなに指輪をとれといわれて遠山さんは指輪をとったがそれをポケットに入れた。ぼくなら革命左派のみんなからいわれたときにすぐとるし、ポケットに入れたりせず雪の中に捨ててしまうところだ」と山田。遠山は頑張って総括すると真剣な表情でいったあと、「『ねばならない集』を作る」と一言いった。会議中寝そべってはならない。指輪は外さねばならない。ブラッシングは控え目にせねばならない。……ねばならない。遠山は永田らの批判を赤軍派では経験したことのない、口やかましい先生らによるあたっているかもしれないがどうでもいいことも多いお説教のように受けとったわけであるが、これにみんなが一斉に「それでは何にもわかっていない」と批判の声をあげた。植垣は決意表明のなかで森の提起した「共産主義化」の問題に言及し、この「方法」によって、センメツ戦失敗に強いられた消耗から一個の革命戦士へ飛躍転換する糸口がつかめそうだと希望を語った。みんなの最後に行方が「遠山さんを必ず総括させる」と発言すると、森は待ちかまえていたように「おまえ自身が総括すべきことがあるのに、そんなことをいえるのか」とさえぎり、行方批判をはじめたのである。いま遠山批判が主題であるのに、森はまた問題をごま化しにかかり、遠山批判をアイマイにしてしまうつもりかとうたがった永田は、「行方さんは一生懸命闘おうとしているのだから何も問題はないじゃない」と注意した。「赤軍派のことだから黙っていてくれ」森はいい、遠山の場合とちがって永田の発言を受けいれようとしなかった。が、ここはひとまず行方批判のホコをおさめることにした。

「赤軍派が遠山さんへの批判を受けいれなければ連合赤軍としていっしょにやっていくことはできない、共同軍事訓練の場から去るしかないと思ったけれども、去るわけにもいかず何とか解決しなければならないと思って苦しんだ」永田は涙声になり、すこし黙った。それから森の顔をじっと見て「遠山さんを必ず総括させるといったが、コトバだけでなく必ず総括させてほしい。総括できるまで山からおろさないでほしいし、なるべく早く総括させてほしい」と念押しした。

森はとっさに、二名処刑の「実績」を背景にして総括を要求してきているなと思った。永田はこちらの決意表明をほんとうはまだ信用していないようだ。では、われわれが遠山を「なるべく早く」総括させようとし、しかしながらかりに時間切れで総括させられなかったとしよう、その時は「ほんとうに」殺せと要求しているのか？　森は大きな圧迫感をおぼえ、しばらく黙ったあと顔をあげて「もちろんだ」とうなずいた。そうするしかなかった。「必ずそうする」

遠山問題が一応の解決をみると両派間に「連合赤軍として」の団結の気運が高まった。朝食後、昨日は大雪のため中止を余儀なくされていた実射訓練をおこなうことにした。森の指示により、植垣は志願した大槻とふたりで射撃場と見はり台のあいだの雪かき（積雪五十センチ余）を、永田は小屋（本部）にとどまって射撃場と見はり台のあいだのトランシーバーによる連絡の中継を担当することになり、他は全員、革左がもってきた自動五連の散弾銃と実弾を持って射撃場へ向かった。これから全員が散弾銃に実包二発を装填し、二〇メートルほど離れたところにある切り株を標的にして撃つのであった。

見はり台に行った植垣から本部の永田へ予定時間より少し早く「異常なし。ぼくは今から見はり台に大槻さんを残し、そちらへもどります」と連絡があった。やがて前沢がもどってきて「これから大槻さんと交代する」といい、ストーブですこし暖まったあと小屋を出て行った。入れかわるようにして遠山がもどり、永田の顔を見ると「お腹のところで銃を持って撃ったが、その反動でお腹を打ってしまった」といった。しかし見ていると遠山はたんにストーブにあたって話をするだけで横になるわけでもなく、もどってくるほどのことだったのかと思い、「一二・一七闘争の〈奪取した〉銃と弾を使った実射訓練を軽視しているからお腹を打ち、しかも戻ってこなくともよいのにもどってきたんじゃないの」と批判的に指摘した。遠山は顔をそむけ何もいわなかった。永田もそれ以上いわず、あとはときどき雑談した。

植垣がもどり、ジャンパーやズボンの雪を払いおとしてストーブにあたった。「雪かきに行ったとき、大槻さんがぼくに負けずに雪かきをした」植垣は感心したようにいい、立ち上ると実射のため射撃場へ向かった。しばらくして大槻も小屋に顔を出し、射撃場へ急いだ。交代の者が来たので永田も実射訓練に向かったが、射撃場への道は沢沿いの岩場で氷が厚くはっており、雪かきはしてあったものの足元に細心の注意を要した。すでに植垣も大槻も実射訓練をおえていて、残るは永田ひとりだった。実射ははじめての永田が銃を受けとると寺岡が寄ってきて、笑いながら耳もとで「射った反動でひっくりかえるようなことはしないでね」とささやいた。永田は笑ってうなずき、射撃の位置に立った。全員が革左のリーダー、遠山批判のアジテーター、和式江青の小柄な姿に注目していた。進藤が射撃の仕方をおしえてくれ、永田は進藤の教示どおりにつづけて二回撃った。標的の切株のまわりに雪がパッととびちった。実際には周囲が心配し、秘かに期待もしたかもしれないような、反動で永田がひっくりかえるといったおもしろい光景は見られなかった。「一二・一七闘争の」銃を実射した永田の感激は大きかった。

夕食後、実射訓練をめぐって総括の全体会議。各人が実射の感想をそれぞれ語ったが、赤軍派のあるメンバーが発言の中で訓練を放棄して小屋へ帰ってしまった遠山を批判すると、会議はまたしても遠山の言動を問題としてとりあげて、ただし今度は批判する側が森と赤軍派に入れ替ったいわば第二「遠山批判」集会に切り換わった。「これが訓練でなく実戦のさなかだったら遠山さんはどうなっていたと思うか」彼は追及し、遠山が腹を打って生理がとまらなくなり、近くにいた革左の女性メンバーに生理用品を持ってないかとねだった事実も「女性兵士」として覚悟や用意の不足をバクロするものだと問題視された。本人は打ち明けなかった事情をこのとき知った永田は、あらためて「準備の不足、体調の不良は、精神のガンバリでできるかぎり補おうとするのが私たちに求められる心構えだと思う。遠山さんはがんばってふみとどまるべきであり、訓練を放棄すべきでなかった」と持論を展開した。ところで、しかし、赤軍派の主導する第二遠山批判は、先の永田らの「自然発生的」批判とはちがって、たんに目先の実射訓練での不始末の追及にとどまらず、しだいに森いうところの共産主義化の観点から遠山個人の革命運動にたいする関わりの中身を厳しく問いただしていく「目的意識的」批判へ「高められ」ていくのであった。赤軍派の内幕なぞよく知らぬ永田らはただ黙って森の長いこまかい遠山追及を傍看しているしかなくなったが、これがじつは永田らにとってなかなかの見もの、ききものだったのである。

森は一九六九年秋赤軍派の計画・実行した武装闘争を取りあげて「五反田の交番襲撃は大体ヤル気がなかったんだろう」と批判した。遠山は手をにぎりしめ「ううん、そうではない。私は九・三〇「東京戦争」で死ぬんだと思って闘おうとした」とこたえたが、森は納得せず、同じその時期に遠山が高原と結婚している事実をあげ、「どうして高原と結婚したんや」と問い、遠山がこたえずにいると鋭い口調で「おまえは高原と結婚するまえは消耗してほとんど活動しなかったのに、結婚したら急に活動するようになったがどういうわけや。どういう飛躍があったんや」と追及した。遠山はビックリした顔をして黙りこんだ。「どうして黙っている」「好きで結婚したのとちがうんか。何のためなんだ」などと赤軍派メンバーが口々にいいたてる。

森はつづいて遠山が当時、塩見、高原らによって構成されていた赤軍派指導部の「秘書」だったことに注目し、「どうして秘書になった」とき遠山が黙っていると「高原にいわれて秘書になったんとちゃうんか。いつも高原、高原だ。おまえ自身はどこにいるんや」と批判した。またその高原の七〇年六月の逮捕にふれ「逮捕された高原がいったん釈放になったあと、どうして高原と会ったんや」と追及、遠山が逮捕された時の状況をききたかったからといいわけすると「嘘をつくな。あの時高原と会うことは組織的に認められていなかったはずだぞ」と声を荒らげた。青砥は「会いたくて会ったんだろう。正直にいえ」と責めたて、植垣も「大槻さんは自供のことを権力に売ったとまでいって自己批判してるんだぞ。遠山さんがそのとき、自分の感情を優先して高原さんと会ったことで高原さんが逮捕されたこと、組織のこうむった打撃の大きさに気づかないのか」などと追及したが、遠山は黙っていた。高原の逮捕後活動から遠ざかった遠山はしばらくして救対活動をはじめたが、動機は？　イキサツは？「高原が獄中から指示してきて、それで救対をやってきたんじゃないのか」森は決めつけるようにいった。さらに七一年秋の関西革命戦線のオルグ失敗、赤バス上映運動で炭鉱労働者の質問にこたえられなかったことなど、森の遠山批判はつづく。森のくりひろげた第二遠山批判とはつまるところ、遠山の「指輪」「訓練放棄」という表面「うっかりミス」の根本因を獄中の赤軍派最高幹部高原との結婚関係のうちに、それへの非自立的依存心に見出し、結婚以後の遠山の歩みのすべてをそうした観点からのみ解釈して、遠山にそれを受けいれさせんとするものであった。

永田は森らの遠山追及をそういうこともあったのかと圧倒されるような思いできいていた。しかし永田らの遠山批判は同時に遠山を「特別あつかい」して遠山を誤らせた赤軍派全体への批判でもあったはずである。にもかかわらず、森の第二遠山批判が遠山への「目的意識的」追及のかげにかくれて、遠山を特別あつかいした恥かしい自己の内省をあいまいにしているかもしれぬ点に、永田は批判の眼を向けていない。そもそも森の「夫人」自身が遠山同様、組織のなかで特別あつかいをうけてきた「幹部夫人」ではないのか。気にくわない遠山を手きびしくやっつけているからということで永田が森の指導責任を不問に付したのだとしたら、永田も自負しているほどに公正とはいえないのである。

「行方、おまえは遠山が腹を打って小屋にもどろうとしたとき、とめようとせず、大丈夫かひとりでもどれるかと心配して送っていこうとしたが、これをどう総括してるんや」森にいわれて行方はビックリした顔になって黙り、「あのときぼくがとめなかったら、そのまま送って行ったんだろう」山崎が追及すると考えこむようにうつむいた。森は「きょうおまえにはみんなとちがって一発しか撃たせなかったが、どうして一発しか撃たせなかったかよく考えろ」といって、それ以上は追及しなかった。永田はきいていて行方のしたこと（しようとしたこと、そして制止されたのでしなかったこと）はそれほど問題とも思えず、むしろ革命左派と赤軍派による共同軍事訓練、実射訓練であるのに、赤軍派の森の一存で「一発しか撃たせなかった」ことのほうに問題を感じたが、先に行方の総括問題についてはは「赤軍派のことだから」黙っていてくれといわれていたので、何もいわなかった。森にとっては、遠山の問題はもはや「赤軍派のこと」ではない。しかし行方の問題＝遠山を「送って行きたくなる」心情は今のところまだ「赤軍派のこと」であるわけだ。

そのあとは両派和やかに往き来しあっての雑談になった。永田は赤軍派の者から「いつ頃から革命運動にかかわったのですか」と問われて「六三年の日韓闘争から」とこたえ、往時を語っていると、森が「ずいぶん古いことをいっているなあ」と割りこんできてその時分のことを楽しそうに語りはじめた。永田はそれを雑談と思い、ストーブのそばのフトンに横になってきいていたがそのうち眠ってしまった。当人にそんなつもりはなくとも、ストーブのそば近くの「幹部席」でまっ先に横になって眠りに入る「女王」は今や永田であった。

十二月七日。朝九時頃、永田はあんまり静かすぎてそれにひかれるように眼をさました。誰も起きておらず、小屋のなかは何の動きも音もなかった。永田はもうしばらくうつらうつらしたあと、十時すぎには起き出した。ストーブの火をおこしているとき、森が起きてきて「まったく、恐ろしく寝つきがいいなあ」詰《なじ》るようにいい、「せっかく明け方までかかってブント時代＝六〇年代階級闘争の総括をしたのに」と嘆いてみせた。それで永田は自分の寝たあとも今朝までずっと会議がつづいていたことを知った。

永田と森がストーブのところで六〇年安保の樺さんのことなどを話していると、山田、大槻、植垣、山崎がポツンポツンと起きてきてストーブのまわりに集まり、やや家族風な雰囲気になっていく。この何となく身を寄せ合いいたわり合っているような感じは悪くなかった。

「山田、おまえは何で革命運動にかかわったんや」森がきくと、「おれは論理的なものにひかれて革命運動に入った」山田はこたえたが森はそれに不満げで、

「おまえはこれまで活動を楽しいと思ってやってきたか」ときいた。

「楽しいと思ったことは一度もない」

「そうやろう。論理的なものにひかれて革命運動に入ったというところに問題があるんや。共産主義的人間性を求めて革命運動に加わっていくべきなんや。共産主義化をかちとればきっと活動も楽しく思えるようになるはずや」森は力をこめていった。山田というより自分自身にいいきかせ、じぶんを鼓舞するかのようだった。「共産主義的人間性」とはどこか夢のような世界にある特別な何かなのではない。今、ここに、「遠山批判」第一第二によってかちとられたわれわれの団結と連帯の感情のうちに存在しているそのものである。森はこの実感この希望を、山田が森ほどに強く抱いてくれていないように見えるのがすこし不本意だった。

共同軍事訓練最終日のこの日、永田らは榛名ベースに帰る予定でいたが、森から、午後両派二名ずつの代表による

ライフル（赤軍派所有）と拳銃（革命左派所有）の射撃をおこない、そのあと共同軍事訓練の総括会議を開いてはどうかと提起があった。永田は了解して坂口、寺岡、吉野に誰を革左代表にするか相談し、「大槻さんと滝田君が非常にがんばっているから、一層の奮励をという心で二人を私たちの代表にしよう」永田が提案すると坂口らはすぐ同意した。代表射撃選出のことを、大槻はニコニコと、滝田は沈着に受けいれた。

昼食後、全員が射撃場へ向かった。そのさい永田は、実射訓練のときには立てていた見はりを、代表射撃では一片の説明もなく立てようとしないことに疑問を感じた。赤軍派の代表は坂東と植垣。はじめに植垣と大槻がライフルで、つぎに坂東と滝田が拳銃で射撃した。坂東、植垣の射撃は技術的に高度なものだったが、どうして大槻も滝田も坂東ら赤軍派の武装闘争専門家になかなか負けてなぞいなかった。小屋にもどったとき、森は永田、坂口、寺岡を呼び、「赤軍派と革命左派の代表の選び方が全然ちがう。われわれはセンメツ戦を第一線で直接担う人を選んだのだが」と革左の選抜基準に批判的に関心をしめした。

「センメツ戦のための射撃訓練はこれとはべつに集中しておこなえばいいのであり、何もセンメツ戦を直接担う人が代表射撃に出る必要はないのだ」寺岡がこたえると森は首を振り、わかりにくいなと一言いって黙った。永田はこのとき、森は代表射撃で赤軍派の軍事能力を誇示せんとして革左の代表人選に「はぐらかされた」と感じたんだろう位に観察していたが、森はもうすこしまじめで、軍人の基準をめぐって革左の「精神」重視が「技術」の軽視と一体であること、また革左の「軍責任者」寺岡の「こたえ」が自分たちの今後致命的な結果をもたらすかもしれぬ由々しい不十分を空疎なセクト的ハッタリでとりつくろおうとするものであることに改めていささか危惧を覚えての発言だった。森もこの手のハッタリは自分の持ち味の一つだからすぐピンとくるのである。「永田さんと坂口君はもう二、三日ここにのこり、両派で革命戦士の共産主義化の問題を詰めておきたいと思うがどうか」森はいい、永田らはそうすることにした。さらに、革左のお金で赤軍派が両派共同のアジトを都内に設定すること、革命左派の持ってきた散弾銃一丁をつぎに会うときまで赤軍派に預けること、等を決めた。

総括会議では感激的な発言がつづいた。滝田「代表射撃を一生懸命やった。共同軍事訓練は楽しかった」。寺岡

「一発の銃声が何人もの、何十人、何百人もの党員を創り出すだろう」。吉野「実射訓練のとき、標的にむかって、センメツの対象の警官の顔を思いうかべて撃った」。大槻は九・四闘争で逮捕されたさいの自供問題をあらためて再度総括してみせた。坂東「爆弾の教本を植垣とふたりで必ず作る。赤軍派では他の部隊はすべて逮捕その他で壊滅したのに、どうして自分たちの部隊だけが生きのこったのか、よく考えてみたい」。進藤「おれはとにかくセンメツ戦を闘いたいのだ」。

永田は肩をおとしてうつむき、会議の全体として盛り上った雰囲気に水を差しかねぬ沈んだ口調でボソボソと話した。「こういう形で共同軍事訓練がおわっていいのかどうかよくわからない。全員の実射のときには立てた見はりを代表射撃のときには立てない。これがどういうことか考えてみたい。共産主義化についても今後よく考えてみたい」と。何だか事態をハッキリ把握できないまま、森のペースとコトバに乗せられて自分が必ずしも望んでもいない場所へ連れて行かれてしまいそうだという感じが強くし、いったん事態のこうした進行をとめて、自分の頭でこの異和感、不安感の根本をとらえかえしてみたいと永田は思う。たとえば「見はり」の問題であり、永田らがおこなった遠山批判と、森と赤軍派による「第二」遠山批判の間の共通と差異を突っこんで考えてみること。訓練では立てた見はりを代表射撃では立てないという「飛躍」は、まずわれわれが団結して立ち向かうべき敵にたいする用意、警戒心の後退を意味するであろう。森は自分たちの「第二」遠山批判によって永田らの〝自然発生〟的遠山批判を「高めた」という。しかしその「高め」方には、「見はり」の安易な省略に似た、必死で取り組まねばならぬ現実の課題からの逃避の機制が働いていないか。遠山にたいする「特別あつかい」は「第二」批判において裏返しの形でつづいているともいえるのであり、赤軍派の中の「遠山」的なものはいぜんとして秘かに温存されたままなのではないか。

森が最後に発言した。「十二・一八闘争は日本革命戦争の開始であり、二・一七闘争は十二・一八闘争の実践的総括である。二・一七において〈奪取した〉銃でセンメツ戦をやろうとしたからこそ、革左の同志諸君は銃を守るために退却した山岳で共産主義化の闘いの萌芽を組織しえたのだった。したがってメンバーの共産主義化はなによりもまず人↔銃を意識的に結合させておこなわなければならぬ。この銃は〈奪取した〉銃であることによって、敵を確実にセンメッする武器であるとともに、その目的達成のためわれわれ個々に共産主義化を迫り、センメツ戦へ前進させる革命の絶対理念の具現でもあるのだ」

森は銃にたいして命がけで守るべき価値を付与し、その「銃」によって、その「銃」との「結合」によって、「人」を作るやり方を、共産主義化の〝方法〟として示す。すなわち絶対の理念と化した「銃」の意志（命令）に従い、それをひたすら実行せんとするだけの主体に「人」を作りかえること。森は率先して自分がまずそういう「人」になろうと心に誓った。永田の「遠山批判」に直面させられて、連合赤軍における森と赤軍派の主導を今後も維持推進していく〝方法〟はこれしかないというのが森のたどりついた結論であった。森らは今「遠山」のような人物が「特別あつかい」されて誰もあやしまなかったのんきな古き良き赤軍派、それと結びついていた古き良き「私」とキッパリと別れねばならない。

森は自分の生い立ちを語り、赤軍派が結成される以前の共産同（ブント）時代の総括を語った。長い長い物語だった。が、途中で急に流暢につづいていた雄弁がとぎれとぎれになり、声音も変り、ついには話が切れてしまったので、永田らが思わず注目すると、森は涙をながし胸を震わせているのであった。つられて何人かが泣きだし、何か変だと思いながらずっとうつむいていた永田は、森らの唐突な涙とおえつのコーラスに居たたまれぬ恥ずかしさを感じて一層深くうつむいた。誰かが感涙にむせぶ声で「諸君、この日を忘れるな」といった。涙のコーラスの一員である寺岡が立ち上り、「みんなでインターナショナルを歌おう」と提起、仏頂面の永田を含め全員立ち上って腕を組みインターを合唱して会議は終了した。

革左の七名はただちに帰り仕度をした。そのさい寺岡は持ってきた散弾銃一丁を永田にわたし、永田からそれを森にわたした。森は神妙な顔をして「それでは次に会う機会まで預かる」といった。〈奪取した〉銃こそは連合赤軍の「内実」を体現する革命戦争の理念の生ける表象である。森と赤軍派の革左にたいする「銃要請」は共同軍事訓練の試練をへて、この時ようやく「一時預かる」と期限つきでかなえられたのであり、いいかえると〈奪取した〉銃は今のところもう一つまだ両派の「共有財産」になりきってはいないわけである。

夕食までの間、森と永田、坂口、寺岡はストーブのまわりで雑談したが、そのなかで森は「大槻さんの総括会議での発言は党としての発言ではない。問題だ」といいだした。永田と寺岡は「そんなことはない。公けの場ではじめてあのようにハッキリと自己批判したのだから大きな飛躍として評価すべきだ」交々いって反対した。森はゆずらず、問題だといいつづけ、寺岡が食事をとりに出て行くと今度は永田、坂口に「寺岡君と吉野君の発言も党としての発言ではない。何だあれは。ただの町の兄ちゃんの声ではないか」と難じた。失礼なことをいうと気を悪くした永田は革左のメンバーが食事中の台所の食卓のところへ行き、寺岡に「森さんがいろんな人の発言を党としてのものじゃないといっている」と伝えた。寺岡は苦笑しながら「そんなことをいったら、森さん以外の全員が党としての発言じゃなかったということになるさ」と森の「挑発」に取り合う様子を見せなかった。それで永田も森の発言を忘れることにしたが、実際はこの時すでに早く、森が永田の「遠山批判」からつかみとった〝方法〟（共産主義化の観点に立って個々のメンバーの問題を取りあげ、解決に向けて自己批判を求めていく働きかけ）を、遠山、行方など赤軍派メンバーにとどまらず、革左のメンバーの上にも適用し、総括を要求していくプロセスがはじまっていたのである。

夕方、革左の寺岡ら七名が出発した。七日のうちに第四の小屋に移り、一泊してから下山する予定で、坂東と植垣が七名を道案内するとともに帰りに雪上の足跡を消してくるため同行した。進藤、行方、青砥も、第四の小屋までいっしょに行く。第五の小屋には森、山田、遠山、山崎、それに永田と坂口がのこった。

森はストーブのところに永田を呼び、「進藤には問題がある」という。

「進藤さんはどうして反米愛国かときいてきたりして路線問題にも関心を持っているし、会議中は熱心にメモをとっており姿勢が真剣じゃないの」

「メモしてるといったって誰のメモをしていると思う。ぼくの発言をメモしているだけだ。何のためか。ぼくの発言をなぞるためであり、うまくなぞって指導部になろうとしているのだ。だいたい進藤はどうして自分を指導部に入れないんだと言った位なんだ」森は永田のうちに他人の俗物根性に強く反発する傾向を見てとっていたので、永田と進藤批判を共有せんとしておもに進藤の「俗物的」側面を強調して説得につとめた。が、いえばいうほど永田が厭そうな顔になるのを見、進藤のことはもう少し先の課題にしておくこととした。

夜七時頃、青砥、進藤、行方がもどってきた。かれらはストーブに寄り冷えた身体を暖めながら雑談していて、永田も仲間に加わった。その中で永田は「総括会議で森さんが泣いたのはおかしいんじゃない」といってかれらの顔を見まわした。泣いている場合でなく、もっと事柄をしぶとく考えつづけるべき時ではないか、と永田自身は思っていたからである。進藤がうなずいて「ぼくもオヤジさん何で泣いたんだろう、へんだなと思って、それを坂東さんやバロンにいったところだ」といい、青砥や行方も同感のようだった。みんながみんな森の涙に共感していたわけではないことが確認できたものの、この話はこれ以上は進まなかった。

両派指導部会議は坂東がもどってからおこなうことにし、森は永田、坂口相手に中国革命戦争の記録『星火燎原』を取り出して熱っぽく語った。「学習するためにこれを新倉ベースへたくさん持ってきている。われわれは中国革命戦争の歴史を学ぶのだが、学ぶとはわれわれの現在を革命戦争の歴史に照らして歴史の教訓をつかみとり、現在の切実な課題の解決へ向かわんとすることだ。自分は今、毛沢東の秋収《しゅうしゅう》蜂起から井崗山《せいこうざん》に至る闘いに注目している。革命左派は毛沢東思想を掲げているのだから、中国革命戦争の歴史に関心を持つべきだ」。永田、坂口は森の話を興味深くきき、森が「『星火燎原』を一冊あげよう」というと、永田と坂口は「この本を組織的に学習しよう」と言い合った。

十二月八日。坂東は午後になってももどらず、森、山田、永田、坂口の四人で指導部会議をはじめてしまうことにした。もっぱら森ひとりが話し、永田らは聴き手にまわった。まず両派指導部の構成の確認である。「赤軍派のほうはやはり青砥は外す」森はいい、外す理由は示すことなく森、坂東、山田の三人でやっていくことにすると言明した。「革左はこれからも永田さん、坂口君、寺岡君、吉野君の四人でやっていくのか」ときき、永田がそうだとうなずくと不可解そうな顔になって「わかった」といった。山田については「片腕になってもらう」と紹介し、山田本人も「共産主義化をかちとり、かならず革命戦線の再編をかちとろうと考えている」と抱負を語った。森はまだ帰っていない坂東にたいするかわらぬ信頼を表明し、永田と坂口が何もいわずにいると坂口に「共同軍事訓練ではあまりしゃべらなかったな」と笑顔で話しかけた。坂口も笑顔になってうなずいた。

それから森は十二・一八上赤塚交番襲撃闘争以降、今日に到る革左の「自然発生的」歩みを引用しながら、銃によるセンメツ戦論を本格的にくりひろげた。「十二・一八闘争は戦士柴野君の果敢な闘いと戦死によって、われわれと敵との攻防関係が〈殺すか、殺されるか〉の段階にたっしている事実をつきだすとともに、センメツ戦を勝利させるためにはまず銃による武装をかちとらねばならぬことをハッキリさせた。二・一七真岡銃奪取闘争は十二・一八の「敗北」の実践的総括であり、それによって奪取した銃は敵の集中的弾圧をひきだし、〈殺すか、殺されるか〉の戦争状態を形成し、奪取した銃を守る闘いを要求した。革命左派の諸君は自然発生的にであれ山岳への撤退↓山岳ベースの建設をとおして「銃を守る闘い」に挑戦してきたのであった。では二・一七における奪取↓撤退の実践的総括は何か。奪取した銃による権力とのセンメツ戦である。これは銃をにぎる主体の共産主義化を党建設として目的意識的におこなうことによってはじめて勝利できる。奪取した銃によるセンメツ戦は、その反復推進によって味方の武装を発展させ団結を強化し、プロレタリア独裁の樹立をもたらす。奪取した銃によるセンメツ戦の実践的総括はプロレタリア独裁の樹立である。鉄砲から権力が生まれるのであり、銃によるセンメツ戦からこそプロ独が創出されるのだ」したがってまさに当面の闘いの中心は山岳における主体の共産主義化の目的意識的推進にほかならぬ。二・一七以降革左・赤軍の両派はそれぞれ銃によるセンメツ戦の勝利をめざす一方、実際にはそれの失敗挫折を「反復推進」してきたのだが、この壁をどう乗りこえていくか。二・一七の実践的総括＝銃によるセンメツ戦の勝利はいかにして可能か。森は求めていたこたえを共同軍事訓練において、永田による「遠山批判」＝自然発生的な共産主義化の実践のうちに見出したと思った。これを目的意識的にやりぬくなら、すでに銃を手にしているわれわれは〝勝利する〟主体に飛躍できるのではないか。

永田は森のコトバを目が覚めるような思いできいた。森の論は永田らの掲げている〈銃を軸とした建党建軍武装闘争〉の自分たちではなし得なかった見事な理論化であり、もう疑心は捨てて、まっすぐに森のいう「目的意識的」共産主義化の道を行こうと永田は考えた。森の論はメンバーの脱走や大量逮捕の現実に直面して身動きできずにいた永田に、とにもかくにも一つ新たな行動方針、未来への展望に似たものをあたえたのであり、結果、森の言動にたいする何か変という自分のほんとうは正しいのかもしれぬ直観のほうを逆に「理解不足だったのだ」と反省し、これまでは反発していた森の進藤、行方批判にも反対しなくなった。夫の坂口のほうはどうだったか。正直、はじめからおわりまで珍文漢文で、しかもよくわからぬまま奇妙な不安ばかりが心にひろがっていく。赤軍派新倉ベースにおいて、自分もその中に組みこまれているこの事態が、もはや自分には理解不能な別の次元に移されて、どうすることもできなくなっているという無力感である。あくまで感じだが、森の「理論」にはなにかじつにいかがわしい「省略」があった。にもかかわらずその「怪弁」は坂口と坂口をとりまく現実を坂口にはわからぬ仕方である方向へ現にうごかしはじめているのである。

森は青砥に「雑談ばかりしていないで、みんなと討論して遠山と行方を総括させろ」と指示、青砥はストーブのまわりで遠山や行方に厳しく総括要求をはじめた。

夜八時すぎ、革左メンバーを送って行った坂東と植垣がもどり、夕食のあと坂東は指導部会議へ、植垣はストーブのまわりの青砥、山崎、進藤、行方、遠山の話し合いの仲間に加わった。森は坂東に不在の間の会議の内容を伝えたあと、青砥らのところへ行き、十二・一八以降の革左の闘争の総括に基いて「銃によるセンメツ戦」論を展開した。熱心にきき入った植垣は、森のいう共産主義化をなによりも自己のブルジョア性の克服の要請と理解したので、まずもって自分の欠点や誤りを容赦なく総括せねばならぬと考え、となりの進藤に「進藤よ、おまえには総括しなきゃならんことがあるが、横浜時代を振り返ってみれば、おまえにもおれにいいたいことが一杯あるだろう。どんどん批判してくれ」といった。「うん、あるある」進藤がいって植垣を批判しようとすると、森が急に「なにいってるんだ。おまえにバロンを批判する資格があるのか。バロンを批判するまえに、おまえ自身の総括をしろ」と血相変えてどなった。植垣らはビックリし黙りこんでしまった。

森は植垣にあらためて地方センメツ戦の失敗の総括を要求しながら、「環の環としての銃」論を展開した。革命戦争の環はセンメツ戦であり、その政治的表現は「殺すか、殺されるか」、その軍事原則は「敵を消滅させ、味方を保存する」である。センメツ戦勝利のためには、敵を正確に指示し確実にセンメツすると同時に、自己を防御し保存する武器によるセンメツ戦でなければならない。ナイフはどうか。敵を正確に指示し確実にセンメツするが、自己を防御し保存することはできない。したがってナイフによるセンメツ戦は消極的になり（白河での作戦は敵センメツではなく自己の防禦、保存に主眼がおかれた。ナイフだからそうするしかなかったんだと森は指摘する）、担い手に共産主義化を要求するまでにはいたらない。爆弾はどうか。自己を防禦し保存するのみ。敵を確実に指示することも確実にセンメツすることもできない。したがって爆弾闘争は主体の共産主義化の必要に直面せず、無政府主義的テロリズムに陥る（「われわれの六・一七闘争はその負の側面において秋期の連続爆弾闘争をひきだし、かつ秋期闘争に限界を付した」）。銃は敵を確実に指示し確実にセンメツすることも、自己を防禦し保存することもできるから、その〈正しい〉使用のために主体の共産主義化を要求する。したがって銃こそ「環の環」である。「……銃はそれをにぎりしめる主体に共産主義化を要求するが、ナイフはそこまで主体を追いつめない。銃はわれわれに命ずる。〈奪取した〉銃の体現する革命の絶対理念へのおのれを無にした全的献身を求める。銃によるセンメツ戦の勝利は、主体の共産主義化の獲得と時間的に同時、思想的に一致すると考えよ。われわれは極限まで追いつめられなければならず、それがそのまま革命の絶対理念へ自己を限りなく近づけていくことにつながるのだ」

植垣は森理論をきいて、コトバのうえではスッキリまとまっていて単純明快、なるほどと思わされた。が一方、あんまりスッキリしすぎており、はたして自分らが直面している現実（センメツ戦の連続挫折、担い手の消耗、敵による包囲の拡大深化）と、自分らのそれらへの関わり方をそんなに単純化していいのかと不安ものこった。単純化は現実の困難の解決というよりインペイに近いのではないか。植垣は森の示した希望を信じたいが、疑惑も消えてくれぬのだ。

森はそのあと遠山を批判し、きみはいつも女性であることを意識して活動していると決めつけた。遠山はそんなことはないと首を振り、「私は自分のことを男おんなと思って活動してきた」といって森の決めつけに反対した。森のこの遠山批判「第三」は永田ら革左の「婦人解放」論を女性であることの自己否定の徹底と理解（「単純化」）して、それを遠山批判―総括要求に取り入れたものだった。永田は森の追及をきいていて「どこかちがうな」と感じたものの、感じただけで発言はしなかった。

十二月九日。森、坂東、山田と永田、坂口でひきつづき指導部会議。森は共産主義化をかちとって党建設を進めるとしきりに強調した。永田は二・一七以降じぶんたちには思想問題解決、反米愛国路線の止揚が問われていると考え、一心に解決―止揚を求めて得られず、その未解決こそがセンメツ戦挫折の主因と考えてきたが、ここへきてようやく、森の示した共産主義化をかちとって党建設を進めるという提起が求めつづけた解決への唯一路であり、連合赤軍の内実をかちとり、「新党」への道を切りひらくことになると悟得したのであった。永田は感動を面《おもて》にあらわし、「それでは、私たちの結成した連合赤軍は、これまで思っていた以上に高い質をもっていたということになるんじゃないの」と思わず口にした。森手製の「鏡」に映し出された永田自身と革左の顔は自分で「思っていた以上に」美人に見える。

「そのとおり。だから赤軍派の遠山、行方、進藤は未だ連合赤軍兵士の資格を持っていないのだ」

「それならなるべく早く総括させて、連合赤軍兵士の資格をかちとるようにしてほしい」永田はそば屋の店主を急き立てるような言い方をした。ザル三枚さっさと持って来いだ。革左の仲間のうちに「連合赤軍兵士の資格」を持っていない者がいるのかいないのかと、ちょっと思案してみるということすらこの時はしていない。

森は「共産主義化をかちとって党建設を進めるため、両派指導部が集まって政治討論をおこなう必要がある」といって、毛沢東『実践論』を党建設の方法論として評価する、毛沢東『軍事論文選』には弁証法があると述べ、「『実践論』の学習会をしよう」と提起した。永田らが賛成すると森はたたみかけるように「塩見が提起してきた過渡的綱領で一致したい」といいだしたが、過渡的綱領についての説明がいつまでたってもなされないので、この話は話のままでおわった。

指導部会議のおこなわれている間、植垣ら赤軍派被指導部メンバーはまき作り、食事作り、風呂わかしなど、いまは遠山も加わって懸命に作業していた。森は行方がストーブのそばでナイフの柄を削っているのを見つけると、永田らに向かって行方批判をはじめた。行方はナイフによる実戦を想定してしっかり握ることができるように柄を削っていたのだが、森はこれを格好づけ、ポーズと見たのである。森は行方を呼びよせて「共同軍事訓練で銃を一発しか撃たせてもらえなかった理由がわかったか」とただし、たちまちうなだれてしまった行方を叱りつけるように批判し、追及を開始した。厳しく長い追及にみんながシーンとして注目していると、森はゆっくり立ち上って銃を置いてある部屋へ行き、ライフルを持ってもどってきた。そして正座している行方の膝のうえにライフルを置き、そのまえに片膝ついてしゃがんで「銃によるセンメツ戦」論をやや文学的に長々と語った。「……おまえが今持っているライフルについて考えてみろ。もともとそれはどういう銃だったか。もとは銃砲店の店頭に飾られ、そのあとはレジャーで鳥撃ちに使われていた〈死せる〉銃にすぎなかった。しかしひとたびわれわれの手で奪取されるや否や、〈死せる〉銃は復活をとげ、〈生ける〉銃＝「奪取された」銃になった。しかしながら、その銃をたんに武器として所持していたり天井裏にかくしていたりするだけなら、生きて成長し飛躍をとげる可能性は断たれ、味方の団結を強化し共産主義化をかちとる銃にならない。それではこの銃が可哀相だ。味方の団結を強化し共産主義化をかちとる銃にするためには、その銃を使用してセンメツ戦を開始しなければならない。銃がおまえを変えるのではなく、おまえが銃を変えるのだ。おまえが総括をなしとげ、センメツ戦を担いうる革命戦士に飛躍したとき、それまでは単に武器だった銃が革命戦争を勝利に導く諸王の王に転換するのだ。ところがおまえは格好だけで主体的に闘おうとしないから、その銃はいつまでたってもただの武器にすぎない。総括できれば、その銃はただの武器＝モノであることから解放され、おまえを無限に自由にする革命の絶対理念に転じて、センメツ戦勝利を確実なものにするはずだ」云々。森の話の途中から行方は泣き顔になり、膝の上に置いていたライフルを両手で抱くようにしてかかえこんだ。永田は追及はもういいのではないか、銃の訓練をし、その中で考えさせるようにしたほうがいいのではないかと思った。

「銃の訓練をして考えさせ総括させたほうがいいんじゃないの」永田がいうと行方は永田のほう見てうなずいた。森はなおも追及していたが、やがて行方に「外で銃の訓練をして総括してこい」と命じ、つづいて遠山と進藤に「何が問題になっているかわかっているのか。おまえらも外で銃の訓練をして総括してこい」とどなり、植垣に「バロン、遠山の銃の訓練を指導しろ」と指示した。植垣はあわてて遠山を連れて地吹雪になっているおもてへ出た。

夜の指導部会議は、明日永田、坂口が下山の予定で、今後の日程、課題の確認など、「まとめ」の会議となった。①次回の指導部会議について。十二月二十日、赤軍派から森、坂東、山田、革左から永田、坂口、寺岡、吉野が出席し、場所は革左が金を出し、赤軍派が確保する都内のマンション。二十日までにマンションを借りられぬ場合は革左の榛名ベースでおこなう。会議をマンションでやれるかどうかの連絡方法も決めた。②次回二十日までに両派がやっておくべき「宿題」。赤軍派→共産主義化による党建設とは具体的にどういうことなのかハッキリさせるとともに、遠山、行方、進藤を総括させておくこと。革左→榛名ベースの建設を完了させること。共産主義化の観点から革左の党史を総括しておくこと。「党史の総括はぼくがやる」と坂口が申し出た。また森から「革左は毛沢東思想を掲げているが、ひとりひとりがどうして毛沢東思想を掲げたのかあきらかにし、それを総括してほしい」と要望があった。永田も坂口も、自分らの力量をかえりみず気軽に受けあった。③両派は共同軍事訓練の成果をふまえ、十二・一八一周年記念集会のアピール文を書くこと。

会議後の雑談のなかで、永田らは「これまでは連合赤軍からどのようにして新党を展望するかハッキリしなかったが、森さん提起の「共産主義化による党建設」論によってそれがわかった」といいあった。連合赤軍の指揮権は今後「共産主義化」論をうちだした森と、森の論を積極的に受けいれた永田の手に委ねられることになる。

十二月十日。朝、永田と坂口は榛名ベースに帰る準備をした。赤軍派メンバーが下山の途中で食べる握り飯を用意してくれるというのは有難かった。遠山もくわわり、湯気のたつ熱い飯でせっせと作っていたが、永田はそうした遠山と赤軍派の様子を見て、永田らの求めつづけた「自己批判」をやっと確認できたと思った。帰って行く永田、坂口を青砥と山崎が途中まで送ってくれるとのことであった。

出発まえに森は永田を台所のテーブルのところに呼び、にこやかに語りかけてきた。「意識的な共産主義化の必要性をハッキリさせることができたのはわれわれにとって決定的だ。永田さんと革命左派は自然発生的ではあるが大切なもの＝この現実の核心へただちに推参しうる〝自然〟の突破力を持っているのだ。それがわかった今、ぼくは永田さんをはじめて共産主義者と認める。永田さんは田宮高麿（よど号ハイジャック闘争のリーダー）と同じだ。それが今回わかった」。永田は森の擽《くすぐ》ったいような言葉を、永田個人の評価であるのみならず、革左を共産主義的組織として認めるという表明と受けとめ、これまで一貫していた赤軍派のゴーマンなセクト的対応の自己批判、放棄の意志表示と見てうれしくもあり、このときは森の言葉のもう一つの面、今後は革命左派の有している「自然発生的」な〝大切なもの〟を「目的意識的」に「高めて」いくぞという決意表明が革左のメンバー個々に及ぼすことになるかもしれぬ影響の中身については、事情やむをえなかったとはいえやはり慎重に考えることをしていない。

永田と坂口は青砥、山崎といっしょに新倉ベースをあとにした。尾根歩きの山道になるところまできて小休止、ここで別れることにして、四人でにぎり飯、缶詰の食事をとった。食事中に山崎が「どうして遠山さんは革命左派に同志的に対応しなかったんでしょうね」といい、永田がうなずいて「青砥さんや植垣さんのように素直に非を認め、自己批判するといいさえすれば、私たちはそれでいいのに」というと、青砥は首をすくめて苦笑した。

永田は青砥、山崎と別れたあと、尾根道を歩きながら坂口に「森さんが私や革命左派を共産主義者、共産主義組織として認めるといったわよ」と、浮き浮きした調子で伝えた。坂口は何もいわなかった。尾根道の中間点あたりにさしかかったとき、坂口はイキナリ富士山の全姿に遭遇し、その山頂が笠雲にスッポリおおわれているのを見て、目のくらむような凶々しい予感にとらえられた。ああ、厭なものがおれたちの前途に待ちかまえている。共同軍事訓練のあいだずっと坂口の感じていた得体のしれぬ不安が、視界の突然ひらけたこの瞬間に、富士山頂に「笠雲」をいわば投射したのだった。それからずっと坂口は顔を上げず、追われるように逃げるように山道を急いだ。

夜、身延着。甲府行の電車はおわっていたので身延の旅館に一泊した。

青砥と山崎は夕方、第五の小屋にもどった。その夜赤軍派メンバーはストーブにあたりながら共同軍事訓練の成果について話し合ったが、うるさい革左がやっと出て行ってくれた解放感から、遠山が以前と同じ調子で森に「ねえ、オヤジさん。総括はどうやってやるのよ。教えて」とねだった。

森は急に怒りだし「何いってるんだ。全然わかっていないじゃないか」とどなった。「総括は口先で、型どおりやればいいってもんじゃないんだぞ。自分にとって何が決定的な問題か、銃の訓練をしながら自分で考えろ」

遠山はビックリした顔をして立ち上り、銃を取りに行った。森は行方、進藤にも銃の訓練を命じた。そのあと森のモノ凄い剣幕に唖然としている植垣らに「かれら三人は遅れており、甘やかしてはダメだ。みんなでかれらが総括できるよう指導しなければダメだ」と強くいった。植垣らは就寝時間まで、かれら三人の射撃の姿勢訓練を監督しつづけたのであった。

第九章　生者と死者と

「共産主義化」と総括

十二月十一日。永田洋子ら革命左派メンバーの去った小屋のなかは以前の赤軍派の仲間同士の気分が小さな鳥みたいにそっともどってきていた。森恒夫も知らず知らずホッとしていたのだが、眼に入った遠山美枝子や進藤隆三郎、行方《なめかた》正時の様子にとてもホッとしているどころの段ではない正しくないリラックスぶりを看て取ると、あわてて気を引き締めた。朝食のあと、森は立って台所に行こうとした遠山を呼びとめ、「今日から一日一日が大事だからきちっと意思一致しておく」といってみんなをストーブのまわりに集合させた。まずは各人の「総括」問題をめぐって再度の念押し、注意の喚起である。

「求められる総括とは過去をふりかえってああだった、こうだったと並べたてるだけでは駄目なんだ。そいつは小学生のD評価作文、老人の思い出話にすぎず、われわれは今日小学生でも老人でもない。革命戦士への飛躍を唯一絶対の課題に立てた上で、これまでの闘争実践に自分がどうかかわったか、いま・ここの位置からそのかかわりをどうふりかえり、問題を見出していくか、さらにそれをどう解決、止揚していくかハッキリさせることが肝心なのだ」森は進藤、行方、遠山にたいして、「自分の飛躍にとって何が決定的な問題か、自分の力で見つけだせ。それには討論だけでは不十分、銃の訓練をとおしてよく考えろ。銃をにぎりしめ、センメツ戦の尖端に立ったとき、はじめて見えるかもしれない何かをいまここで思いを集めて見るように努めろ。必死になって努めろ」と指示した。進藤と行方は銃を持って外に出て行き、遠山も片づけ仕事をすませてからすこし遅れてよっこらしょと銃をかついで出て行った。森は腕組みをし、鋭い眼付きでかれらを見送った。

森は坂東国男らに「このあとかれらを一人ずつ適当な時に呼んで総括をきこう。そのさいかれらに総括の内容を教えることはしない。助け舟は出さず、あくまでかれら自身に考えさせる。お互いに温かくし合うのでなく、振り切ってあえて「冷たくし合う」こと。そうしたあえておこなう転倒こそがセンメツ戦の時代の共産主義化の立場における同志愛だ」と説示した。全員異議なしと了解。声を揃えたかれらにこのときそこまでの自覚はなかったであろうが、旧坂東隊の坂東、植垣康博、山崎順と旧革命戦線の山田孝、青砥幹夫は以降、進藤、行方、遠山ら問題ある旧同志にたいしてどこまで断固として冷酷無慚《むざん》にふるまえるかでじぶん自身の総括の進み具合＝同志愛のレベルを森によって測られる「転倒」の世界に踏み込んだのである。

最初に遠山が呼ばれてじぶんをぐるりと囲んだ森、山田、植垣、青砥と向かいあってすわり、山田から「銃をにぎりしめて何を考えた」と問われた。ここに不在の坂東、山崎は外で進藤、行方の銃の訓練の監督指導にあたっている。しばらく息苦しい間があり、遠山はやがてしっかりした口調で「生まれかわった気持でゼロからやりなおしたい」といって口をつぐんだ。森らはそのあとを待ったが、あとは一言もなくただなんとなく間が悪い沈黙がつづく。植垣ががまんできなくなって「それだけじゃあ総括にならないだろう」と音をあげ、他の者は仕方なさそうにグズグズと笑った。しかるに森だけは笑っておらず、遠山の口にしたコトバをじっと量るように視線を遠山に向けていた。森さんには真意が伝わっていると遠山は思った。昨夜眠れぬまま一晩中、森が自分に要求する総括の「内容」は何なのかと考え、明け方になってやっと鍵言葉は〝ゼロ〟、求められているのは切り捨てる決意だと思い到った。獄中の「夫」高原との関係への依存を断つこと、もっと徹底していえば銃によるセンメツ戦に向けて高原との結婚関係そのものをその中にある「古き良き」ものを含め全清算していく覚悟を固めること。要は忠誠の対象の一本化である。いつまでにどこまでやれるか正直覚束《おぼつか》ないけれども、森さんは自分のガンバリをちゃんと見ていてくれるだろう。このとき遠山は秘かにそう確信した。

行方は山田から総括を語るよう促されるとたちまちうなだれてしまい、何もいおうとしなかった。森と山田が入れかわり立ちかわり質問して話をさせようとしたが、やはり何もいわなかった。「総括できていない。銃の訓練をつづけろ」森の指示に行方は安堵の表情を見せ、銃を持っていそいそと出て行った。

最後は進藤である。「じぶんはこれまでイイ加減な気持で活動してきた。たとえば寿町で植垣たちといっしょに……」進藤が語りだしたとたん、森は手を激しく振って「違う違う。だめだ。」とさえぎり、進藤の戦線逃亡した「女房」小関良子との関係を取りあげて語気強く批判した。「じぶんの問題から逃げるのに総括を利用しようと思うな。もっともらしい打ち明け話で事のうわべをとりつくろおうとしても、われわれはおまえを逃がしはしない。いいか、小関とおまえは権力との攻防の重大な局面で赤軍派を大へんな危機に直面させたんだぞ。このことの総括にふみこまないでズラズラばか話してどうする。もっと死にもの狂いになって考えろ」と。進藤は何かいいかけたが考え直し、再び銃を持って出て行った。森は外に居た坂東、山崎も呼び入れて、遠山、行方、進藤にたいして森の求める総括の「内容」＝かれら各々の解くべき決定的な問題をつぎのようにしめした。遠山＝活動家として根本的に男性同志への依存で一貫していた自己の内の「女性」との訣別。じぶんは「中性人間だ」などいう言い草は問題の回避にすぎぬ。「目下《めした》の」男性同志は「アゴ」で使い、「目上の」男性同志には「かわいい秘書」役を演じるのであって、遠山にとって男性同志は多くの場合露骨に「利用対象」でしかない。行方＝女性関係の持ち方がきわめて不誠実。この点の未総括が行方の、軍兵士としてのヒヨワさをきたした主因である。雑談はするが自分が問われる討論の場面になると黙りこんでしまう、格好はつけるが口先だけで、実際の行動力はない、自主的判断力を欠く、等。進藤＝逃亡・通敵分子小関良子との「結婚」関係のまじめな自己批判がない。ないどころか、逆に小関の通敵行為について組織の責任のほうをいいつのるところから見て、進藤の現状は求められている自己批判のサボタージュであり党の指導への反抗とみられよう。進藤のこうした個人主義、安易な無政府主義的心情は闘争の現場においてしばしば露呈した日和見主義と一体である。云々。

夜、植垣は青砥、山崎とともに森の指示を受けて遠山、行方、進藤からきょう一日の総括を聴き取ったあと、思い切って「とにかく寒いからみんなで一杯やろう」と提案し、森に「いいでしょう」と了解をもとめた。戸惑った表情ながら、う、うんと森もうなずいて、全員でドンブリに一杯ずつ小屋にあった焼酎を呑みつつ雑談した。総括は総括だが、進藤らにせよ仲間は仲間であって、南アルプス新倉ベースの冬の夜にはすこしは温かみも必要なのだと植垣は考えた。遠山、進藤、行方は意気あがらぬ風だったものの、進藤と行方は談笑していた。

十二月十二日。榛名ベースにもどった永田と坂口は、高崎市で購入した大量の食料、工具、読書会用の文庫本『実践論』数冊などをつめこんだ袋を分けて持ち、先に帰って新しく小屋建設に取り組んでいる寺岡らと再会した。「仮本部」である温泉小屋の廃屋には寺岡恒一、吉野雅邦はじめ前沢虎義、滝田光治、金子みちよ、大槻節子、松崎礼子、岩本恵子、小林房江、小嶋和子、尾崎充男《みつお》、加藤倫教《みちのり》、加藤弟の他、なぜか山本順一が当然みたいな顔をしてデンとそこにいて、永田をいささかたじろがせた。きいてみると小嶋と尾崎が入山入軍を「オルグした」という話で怪訝《けげん》の思いは一層強まった。

「私たちは赤軍派との共同軍事訓練をやりとげてきました」永田は報告のなかで共産主義化をかちとって党建設を進めるという一点をくりかえして強調した。するとまた山本が乗りだしてきて「ウーン、なるほどそうだ。共産主義化をかちとって党を作るというのは他派にはないしこれまでどこにもそういう考えはなかった。よしっ、これは面白いぞ」と膝を打って独りで合点する。ようするに山本はとれたての大きな魚みたいに元気一杯だった。寺岡は「ぼくらは先にもどり、共同軍事訓練の成果を張り切ってみんなに報告しようとしたのだが、サテ何を報告したらいいかわからず困ってしまった。永田さんの今の話でやっとわかった。ぼくは共産主義化をかちとって党建設を推進するということをしっかり押さえていなかったのだ」と発言して、これが共同軍事訓練に参加した革左側の軍リーダーにとってさえ、ふりかえって何だかわからぬところの多い経験だったことを正直に打ち明けてみせた。永田はまた赤軍派に中国革命戦争の歴史を学ぶようにと『星火燎原』をプレゼントされたことをいい、「森さんから、革左の各々がどうして毛沢東思想を掲げたのかハッキリさせ、総括を示してほしいと注文があった」と伝えた。「どうしてと詰め寄られてもねえ」金子は笑い、でも考えてみる必要はあるわねとうなずいた。

ベース残留部隊キャップの岩本から小屋建設の進み具合など永田らの不在の間のベースの状況の全般的な報告があり、そのあと小嶋が立って「順ちゃん（山本）を入山入軍させるオルグをした。私たちでがんばってなしとげた」と嬉しそうに報告した。

「確認しておきましょう。山本さんに連絡をとって、井川ベースから荷物運びを手伝ってもらうようにと私はいったけれども、入山入軍させるようにとはいわなかったわよ。それはまた別の話でしょ。どういうことなの」永田がきくと小嶋は尾崎と顔を見合わせ「私たちはそのように理解してしまった。でも順ちゃんはすぐ入山入軍の決意をしたので」と口ごもった。永田は少し考えて、小嶋らの誤解に発した「オルグ」だったが、たしかに入山入軍の山本の決意はホンモノらしいし、この場合入山入軍を認めぬ選択は手続き上は正しいというだけで、ええいと例外を認めてしまうより結果はまずく出るかもしれないと最終判断した。

「それなら山でいっしょにがんばっていこう」永田が改まった口調でいうと、山本はあたりまえじゃないかという顔をしてとくになにもいわず、寺岡がわきから「山本さんは奥さんに赤ちゃんが産まれたばかりで、その顔をじっくり見ることもなく断固として入山したんだ」と感にたえぬようにいいそえた。

尾崎は池谷透に会うことができなかったと非常に不本意そうに報告した。「あれからすぐ上京して、池谷さんと会う手筈をとったのです。設定されている十二・一八「日本赤色救援会（もっぷる）復権・柴野虐殺弾劾追悼一周年集会」について打ち合わせしたいと。ところが池谷氏は約束の場所にやってこない。それで集会の準備がどうなっているのかさえわからないままいったん引きあげざるをえなかった。まったくどうなってるんだか、頭にきますよ」

永田はこの件はあとで検討することにし、「共産主義化をかちとって党建設を進める立場に立ち、とにかく小屋建設を一日も早く完成させよう」と会議をしめくくり、「異議なし」と立上った寺岡が全員に明日からの作業スケジュール、各自の分担を指示した。

この日、南アの赤軍派ベースではマキがなくなったので全員で奮励してマキ作りをした。そのさい植垣らは森の指示により、マキ作りの実践をとおして、遠山、行方、進藤の作業が「総括している」ものかどうか検分することになった。三人はそれぞれに健闘したが、植垣らは三人の作業ぶりをさほど評価しなかった。とくにショイコで柴を運んでいた遠山が山の急斜面で何度か転んだのに注目して植垣らはその様子が不格好で狸みたいだと笑い、「共産主義化をかちとって党建設を進める」立場から、柴を背負った狸という意味で遠山に「カチカチ山」というあだ名をつけて遠山の現状にたいしてきびしい評価をしめした。遠山のほうでも決して負けておらず、「何さキャーキャーと。小猿の癖して」など笑って言い返し、おおむね黙々淡々と作業に励んだ。

十二月十三日。早朝より寺岡の総指揮で全員小屋建設に取り組んだ。永田は金子と温泉小屋の廃屋に残って風呂場跡の片づけ、マキ作り、食事作りなどを担当し、午後は作業の指揮を前沢に委ね、永田、坂口、寺岡、吉野で指導部会議をおこなった。まず十二・一八上赤塚交番襲撃闘争一周年集会にたいする党及び軍の対応の仕方を話し合い、党及び軍のアピール文を集会に送り、じぶんたちの立場を宣明することと決めた。党アピールは坂口、軍アピールは寺岡と吉野が執筆することにし、かれらの執筆している間に永田は寺岡、吉野に両君が去ったあと二十日からの両派指導部会議の大体の内容を報告した。赤軍派が遠山、行方、進藤の総括を銃の訓練と一体に実践的に進めているときくと寺岡は大きくうなずき、われわれも夜には銃の姿勢訓練をやろう、小屋建設を完成したら早速実射訓練のできる山岳の調査にかかろうと提起した。調査にはよくがんばっている尾崎、加藤倫教があたる。十二・一八集会の党・軍アピールは明日大槻、滝田に持って行ってもらうこと。両君は共同軍事訓練において革左側では最優秀の成績をかちえた二名である。尾崎は再度上京、池谷に会って十二・一八集会の準備状況を聴きとり、銃によるセンメツ戦の観点に立って集会運営にあたるよう要請すること。合法（救対）部代表の池谷がなぜ集会をめぐって永田や尾崎との打ち合わせを拒否したのか意見を出しあったが、結論は出ず、尾崎―池谷の再協議の結果をまって改めて考えることにした。夕食後の全体会議で坂口、寺岡、吉野はそれぞれ自分の担当した十二・一八アピールの内容を話し、あわせて寺岡から射撃訓練のための山岳調査を発表して、担当者に尾崎、加藤（倫）を指名し、両君は立ってみんなの拍手をうけた。そのあとは酒宴になり、とりわけ岩本、前沢、山本がタチのよい酒豪らしくフワーッと楽しんでいる様子をみて永田はようやく、じぶんは仲間たちのなかに帰ってきているんだとしみじみ実感した。

南ア新倉ベース。この朝はやく森は進藤ら三人組に銃の訓練を命じて小屋の外に出したあと、山田が十二・一八集会のアピール文を書きあぐねているのを見て、山田君を援助しよう、われわれで一致している「銃によるセンメツ戦」論の観点から赤軍派の闘いの総括をそれぞれしめすことにしてはどうかと提起した。植垣らが了解すると「進藤、行方、遠山は総括できていないのだからこれに参加させる必要はない。参加させればわれわれの総括をじぶんの総括に盗用するだけで、かれらのためにならない」森は断定的にいって、予め赤軍派の総括からかれらの存在、経験、思考を排除してしまいそのうえで山田以下に各々十二・一八集会への「挨拶」という形で自身の総括を語るよう指示した。

山田は腕組みをして長いあいだ黙りこみ、けっきょく一言もコトバらしいものを発することができなかった。山田の経験は組織活動が中心で、軍事にはだいぶ遅れて最近になってようやくかかわっている。中央軍の坂東、植垣なみに銃の闘いの先頭に立つ自分を生き生きと空想できるようになるにはもう少し時間がかかりそうだった。坂東は旧坂東隊の作戦指導に森が直接乗りだしてきた九月「白河センメツ戦」のところで絶句してしまった。青砥の総括は六・一七明治公園爆弾闘争でとまってしまった。植垣はM作戦の総括で混乱をきたしてその先へ進めなくなった。山崎ただひとり、旧坂東隊への参加から共同軍事訓練の手前までスラスラとよどみなく語りおえた。中央軍にあって山崎だけは森による「銃の闘い」の強調に抵抗感をおぼえざるをえぬような自身の軍事の経験、思考が比較的に少なかったか軽かったかしたので、そうした軍メンバーとしては一面のマイナスが「挨拶」では逆にプラスに働いたともいえよう。背負っている荷物の相対的軽さゆえ、とりあえず他のメンバーより気楽に森の要求に応じられたということだ。

「なんだ、最後まで挨拶できたのは山崎だけか」森はそういって笑い、赤軍派の総括を語りはじめた。長い長い、赤軍派の闘争とその挫折、それから再起の夢を描く物語だった。①一九六九年。四・二八沖縄闘争のあと本格化した共産同内の分派闘争は大衆運動の延長上に武装蜂起しようという立場からのものだったため、共産主義化による「上からの」党建設として目的意識的に推し進めていくことができなかった。したがって分派闘争も不徹底におわった。事実としてわれわれは独立せる赤軍「新党」でなく、共産同（内）赤軍派という中途半端な姿にとどまったまま今日にいたっている。②六九年秋の前段階蜂起は「実行」部隊と「軍事技術」部隊が分離して、人の要素と武器の要素が分離したため、蜂起の主体の共産主義化（主体における人と武器の「相即」の確保）をかちとれずに挫折した。十一月、われわれの部隊が大菩薩峠で軍事訓練中に機動隊に包囲された早朝、武器を手に包囲を突破せんと試みた者は一人としてなく、単に逮捕を免れようとパンツ一丁ユカタ一枚で逃げ回った不思議な戦士が大半であった。むろんみんなつかまった。七〇年前段階蜂起においてもおなじ誤ち＝「人」と「武器」の分離が無反省にくりかえされ、主体の共産主義化をかちとれず挫折し、右に大衆運動主義、左に無政府的ゲリラ主義（ようするに「戦士」の「紳士」化と他方のゴロツキ化）を生みだした。③七一年。前年末の革左の十二・一八闘争をふまえ、（ア）センメツ戦の準備としてM作戦を実行した。が、われわれはセンメツ戦を「奪取した」銃と主体の共産主義化によっておこなうのでなく、「奪取した」カネと軍の機動力によっておこなおうとしたため、武器の要素（「銃」か否かの決着）を欠落させたのみならず、人の要素（戦士の規範の確立）も欠落させ、作風—規律の乱れによる連続逮捕によってセンメツ戦を失敗させ、さらには逮捕後「連続全面自供」まで発生させた。（イ）旧坂東隊はM作戦をセンメツ戦の準備ではなくてカネを得るためだけの作戦に変質させ「流賊」主義におちいった。その総括がないから植垣は消耗するのであり、進藤にいたっては「流賊」自体だ。④センメツ戦挫折の総括として。（ア）大阪部隊の作戦は「殺るか、殺られるか」の銃によるセンメツ戦であったから主体の共産主義化が問われたが、銃を単なる武器（モノ）としか位置づけられなかったため、共産主義化にこたえられず（主体と「銃」の相即＝一体化をかちとれず）敗北した。（イ）六・一七爆弾闘争は爆弾によるセンメツ戦だったため、敵を確実にセンメツできなかったのみならずこれ以降、目的意識的な建党建軍を欠落させた無政府的な（「黒ヘル」式の）爆弾闘争の展開をのみ現出させた。（ウ）白河センメツ戦はナイフによるものだったため、共産主義化が徹底的に問われることがなく、作戦主体も「消極的」になり（作戦思想が「撤退」＝味方の保存重視に傾き）失敗した。（エ）東京センメツ戦は銃によるセンメツ戦だったため共産主義化が問われたが、銃を単に（アのケース同様）武器としてあつかって軍事技術の向上のみによって壁を乗りこえんとして失敗した。云々、云々。

「……主体の共産主義化の目的意識的推進こそは銃によるセンメツ戦への飛躍を可能にし、党建設をかちとる唯一の途である。「情勢」がわれわれを動かし、現実生活の中身を決定するのではない。われわれによる共産主義化の闘いが客観世界に革命の法を布き、人間と世界を再生復活させるのだ。この道を最後までとことんあるきぬこうではないか」森が語りおえたとき、山田らは我に返ったように「異議なし」と唱和した。旧坂東隊の坂東、植垣、山崎、革命戦線の山田、青砥と、それぞれに自立的、自由だったはずの主体のうえに、森恒夫が絶対の指導権を確立した瞬間である。

十二月十四日。山田はアピール文を書き上げられないまま正午まえに上京した。そのさい森は進藤、行方、遠山にたいし、下山する山田を第三の小屋まで送って行き、帰りに「総括として」雪上の足跡を消してくるよう指示した。四人が出発すると森は植垣らを集合させ、進藤ら三名の逃亡を警戒する必要を強調し、かれらからナイフ、金をすべて取り上げ、爆弾と金をかくすよう指示した。植垣らはおどろいたが、「総括できていないかれらを総括させるための援助であり指導の一環だ」という森の説明で了解、三名のリュックや荷物を調べてナイフとカネをぬきとったあと、弾薬は天井から吊るしてある包みの中に、カネは床下にかくした。夜十時、進藤らは歌をうたいながら陽気にもどってきた。銃の訓練だけという行動の限定から束の間解放されたかれらの喜びが植垣らにも伝わってきたが、大事なのはあくまでも総括である。植垣らがことさら冷やかにかれらを迎えたものだから、小屋に入ったとたんかれらはサッと静かになった。あとで森は進藤らに総括をきいた。かれらは雪の上の足跡を消す作業にこれまでになくしっかりと取り組むことができたと交々語った。そしてそれだけだった。森は無表情にきいているだけで何もいわなかった。

この日、榛名ベースでは、早朝大槻と滝田が十二・一八集会アピール文を持って上京した。救対部にこれを手交し集会での発表を指示するとともに、シンパと会ってオルグ、カンパ活動等にあたる予定である。他は全員小屋建設の作業に集中した。

十二月十五日。夕方までに小屋がほぼ完成したので荷物を廃屋から小屋へ移した。永田は荷物運びに数回加わり、そのあと小嶋にさそわれて、廃材を利用してつくった小屋の板壁の隙間をふさぐために、新聞紙を切り、小麦粉をといてつくった糊をつけ、それで目張りをした。作業しながら小嶋は自分たちの力だけでつくりあげた小屋への愛着と「仲間のみんな」のためにする目張りの作業のやり甲斐を話し、作業がおわったころには永田にこのかん考えつづけていたという自分の問題を口に出して「総括」を語った。……私が逃げることを考えているといったのはじぶんのなかにブルジョア思想が入ってきたからだ。だからこの侵入者と闘い最後まで山でがんばる。さもなくば坂口さんがいうように、何千万の人民に貢献できないものね。……小嶋は脱走した高木への「片恋」（＝「ブルジョア思想」）と共に生きるのでなく、永田らとともに山にふみとどまって闘う決意をようやく明言したのであり、小嶋は総括している、もうこれでいいと永田は思った。小嶋のコトバを坂口、寺岡、吉野に伝えたところ、寺岡は「ほういいじゃないか」と顔を上げ、坂口、吉野も笑って同感の態度をとった。

夕方、移動の完了した小屋の土間で金子と松崎がすわって深刻そうに何か話し合っていて、永田がそばに行くと松崎が振り向き「寺岡さんと吉野さんから依然としてまだ寺岡さんに頼っており自立していないと批判された。私はがんばっているつもりだから何ともわりきれない」と訴えた。「特にそう問題にするほどのことかと思うけれどねえ」永田はいって寺岡の何かのカンチガイとしかおもえぬ恒例の愚痴に疑問を呈し、松崎の不満に理解をしめした。金子は吉野と寺岡から、（ア）共同軍事訓練で実射できなかった不満を吉野にぶつけ、銃の肩付などをちゃんと教えろと迫ったこと。（イ）新倉ベースからの帰りに転んで出血したのを隠していたことの二点を批判されたという。永田は金子が「夫」吉野に「実射させてもらえなかった」事実に注目し、金子とともに、腹はダメでも肩に付けての実射は可能ではないかと考え、妊娠中を理由に実射訓練から退くことを拒んだ金子の闘志を諒《りょう》とした。しかし一方「母体」への配慮に発した吉野の批判も理解できるので、山で子を産む金子の決意を評価しつつも永田は「シンパのところで出産することもできる」ことを頭にいれておくようにと注意し、金子も了解した。

夜、小屋の板の間で、寺岡、吉野が尾崎、加藤兄弟らに銃の肩付けを教えた。

南アルプス新倉の赤軍派ベースでは、森は朝早くから進藤、行方、遠山に銃の訓練を命じて外に出し、青砥、山崎、植垣を集合させると革命左派指導部との会議のために一週間ほど革左のベースに行ってくると伝えた。森と坂東（と山田）が不在の間ここ新倉ベースでは進藤ら三名の活動を銃の訓練に限定して他の活動は一切させてはならぬこと

（「たとえば遠山だ。遠山を台所に割拠させるな。ベースの「主婦」をさせるな。銃の訓練の一点にしがみつかせろ」）。かれらの総括についてはきくだけにとどめて内容を教えてはならぬこと（「革左のベースからもどったらじぶんがかれらの総括を点検する」）。植垣らは了解したものの、森の居ないベースで森の指示をどう実行にうつしていくか、そう簡単な宿題ではないぞとこのかんの日々を振りかえって考えた。共産主義化の闘いのベースといえど〝日常〟はあり、日常の雑事は人手を要するのであり、一方日常の要求から断たれた「銃の訓練」が進藤らの総括をどこまで前進させられるものか、植垣には疑念があったのである。

夕食のあと、森は三名を呼んで総括をきいた。植垣、青砥、山崎、それに坂東も、森の左右に居並んでかれらの話にきき入り、かれらの表情態度を観察した。進藤は問われている自分の「個人主義的」行動、とりわけ金銭面の問題などをしっかり総括して革命戦士となり、革命に貢献したいと語った。遠山は「夫」高原との関係への依存という指摘について、いまは素直に受け入れようと思うといい、「私はこれまで批判されるたびに古い自己、共同軍事訓練以前の自己を守ろうとして汲々としていたけれども、やっとそういう〝自己〟から脱け出して、革命戦士としてゼロからやり直す決意ができました」と森らのはじめて見る明るい顔になって話した。行方は共同軍事訓練のさいにもそれ以後も総括をもとめられるとたちまちうなだれてしまい、一言もしゃべれずにきたが、このときはじめて意外なほどしっかりした口調でじぶんの問題を語り、じぶんはいままでつねに先頭に立って闘う人のあとから「ついていく」関わりに終始した、革命戦士になるにはじぶんが先頭に立つことだ、そうしたいと決意を披歴してみせた。話をききおえた森は「三人とも総括は進んでいる。総括の鍵はつねに一貫して銃を握りしめるこの私だ。この私の光に照らしてみればかならず総括すべき問題の核心に到りつき、解決は時間の問題になる」と声を励ました。

夜十一時すぎから、植垣の提案により、明日革左との会議に出発する森と坂東の「歓送会」をおこなった。ドンブリ焼酎をくみかわしながら楽しい雑談がつづき、やがて陽気になった植垣が胴間声《どうまごえ》張り上げて歌をうたうとみんなが次々にうたいだした。森はみんなに『アヴァンチ・ポポロ』というイタリアの革命歌を教え、また自分の好きな歌だといって岸洋子『希望』を三番までうたい、酔った植垣らにふーん、森さんが希望ねえと一瞬鬼が女学生だったような意外感をあたえた。遠山は『希望』を歌う森をひとり憧れの眼でじっと見つめた。

十二月十六日。榛名ベースでは早朝、尾崎が十二・一八集会の件で合法(救対)部代表池谷透に会うため上京した。「こんどこそ何が何でも池谷さんと話す」出て行くとき尾崎は思い決した表情を見せた。山本も坂口の指示を受けて上京した。任務はさきに革左で購入した車の名義にシンパの名を借りること、「中国行き」の可能性をさぐるため某氏と会うこと、その他である。坂口は昼すぎから「革命左派の歴史の総括に取り組む」といってコタツに入り、革左のルーツである毛沢東派グループの理論誌『警鐘』のバックナンバーを読みはじめた。永田はバスで伊香保に出かけ、赤軍派山田との電話連絡をおこなった。山田は「両派指導部用のマンションは二十日までにできそうだが未だなので、指導部会議は榛名でやりたい。森さんらは二十日午後二時頃榛名のバス停に行く予定。お出迎え願う」といってきた。永田は了解して電話を切り、ベースに急いでとってかえすと坂口のいるコタツのところに寺岡、吉野を呼んで赤軍派との指導部会議はマンションでなくこちらでやることになった、二十日に森、坂東両氏がくると報告した。「それなら、ここと土間の間をカーテンで仕切り、指導部会議がやれるようにしよう」寺岡は吉野に手伝わせて天井からビニールシートを吊り下げ指導部会議用の特別な空間を創った。力を合わせてみんなで建てた革左の小屋の中は、あくまで一定期間、それも会議用にと目的は限定されているが、寺岡の発案で垂らした薄汚れたビニールシート一枚によって、指導部用(コタツ→板の間)―被指導部用(ストーブ→土間)という対称的な二色の世界に画然と分割されたのであった。

新倉ベースでは昼すぎ森と坂東が指導部会議のため第五の小屋を出発した。植垣と青砥は森の指示により、第三の小屋まで森らに同行した。午後四時頃、第三の小屋に到着。森はここで植垣、青砥に向かってあらためて、森らの不在の間、進藤ら三名を甘やかしてはならず、きびしく対するようにと念を押し、特に遠山について、彼女が組織にはからずパレスチナ在の重信房子に組織の金を送ったはずだから事情を問いただし、きちんとした報告文を書かせておけと指示した。森は植垣を鋭く見つめ、「遠山がおまえを誑《たぶら》かし取り入ろうとするかもしれないから気をつけろ。甘い態度をとるな」と注意した。そういう人間の見方をするかと植垣は秘かにおどろいたが、遠山が見かけほど単純な人物でないことはうすうす感じていたのでいちおう了解し、遠山にはきびしく接するようにしますと表明した。暗くなってきた頃、植垣と青砥は森らと別れ、雪上の足跡を消しながら元来た道をもどっていった。夜九時第四の小屋着。一泊することにしてその旨第五の小屋の山崎に電話連絡した。

簡単に食事をし、マタタビをひたした焼酎をのみながら、ふたりは弘前大学の同学年で弘大闘争を共に担った昔にかえり、森も坂東も、遠山らも居ない訪れることが今後ないかもしれぬこの機会に、なかなか口に出せずにいた本音を打ち明けあった。青砥は六・一七爆弾闘争を戦士としての自分の「核」となる経験だと語り、「以後は組織活動が中心になり、植垣に遅れをとったが、これから遅れをとりもどして更に先へ行く」という。植垣は共同軍事訓練のさい革左の大槻節子を好きになってしまったと告白し、こういう場合どうなのか、やはり総括を問われることになるんだろうかと青砥の意見をただした。「そんなこと知るか。おれ自身はもう革左の女はコリゴリだ」青砥はいって、おまえもよくやるよと苦笑した。植垣としては話のわかる青砥に大槻のことをぶつけてみて、進藤ら三人に厳しく総括要求している自分の立場にとって大槻へのこの恋がどこまで「許容」されうるものか青砥の反応から確かめたかったのだが、結果は不得要領だった。今後の植垣には、共産主義化の観点に立って進藤らに総括を要求する立場と大槻への真剣な恋を「両立させる」努力工夫が課題となる。あーあ、うるさい事だとショーチューの酔いのなかで植垣は嘆息した。

「おれたちはこれからどうなるんだろう」植垣は首をひねり「進藤らは総括できるんだろうか。総括できなかったらオヤジさん、どうするつもりなのか。総括できるまで山をおりないなんていっていたが、このままでいくとおれたちは山からおりられなくなるんじゃないか。東京でやらねばならぬことが沢山あるし、新宿のアパートの部屋代も払わなくちゃならんしほんと困ったよ」青砥もうなずき「おれだって連絡しなくちゃならんところが沢山あるからなあ。あいつら三人のおかげでえらいことになってしまったなあ」とさかんにぐちった。

十二月十七日。榛名ベースでは寺岡が先頭に立ち、赤軍派との指導部会議の成功を念じて小屋建設の仕上げを急いだ。昼すぎ尾崎が救対部キャップ池谷との会合をすませてもどり、永田に報告をおこなった。十二・一八集会は「主催」がこれまでのように両派の大衆組織である京浜安保共闘・革命戦線ではなくて革命左派・赤軍派になっている。指導部との打ち合せをヌキにしてこの変更、この独断専行はどういうことかと追及したところ、池谷は（ⅰ）十二・一八の闘いで亡くなった戦士柴野春彦は革命左派の「党員」だったのだから、主催者名の「変更」によって事態はむしろ正常化されたと考える。（ⅱ）打ち合せの「拒否」というのはいいがかり、ないしいいすぎで、集会を設定したわれわれの立場は十二・一八集会への『獄中アピール集』を見れば了解してもらえるだろう。そういってアピール集を尾崎にわたし、そのまま席を立った。「……池谷さんが何でああ突っ張るのかほんとうのところはよくわからない。とにかく高圧的で頭にきました」

「すこし検討してみましょう」永田はアピール集を受けとってコタツのところへ行った。依然として『警鐘』を読んでいるだけの坂口に「革左の歴史的総括は二十日までにすこしはできそう」ときくと「無理だな」一言いって黙り、頼りないことおびただしく永田はそんなことでは困るじゃないのと少しきつくいい、心をひきしめてアピール文を読みはじめた。永田との打ち合せを拒否した明白な事実を平然と突っぱねる池谷。こうした不思議な自信の背後には『獄中アピール集』があり、獄中の何かとうるさい諸メンバーとその中心にいる忌々しい川島豪の存在があるのだ。文章を読みすすめていくほどに、なかんずく川島と岡部和久のアピール文の中に問題が全部ハッキリ出ていると永田にはおもわれた。川島のは短文の電報でたんに「赤色救援会の結成を祝う」とあるだけ、十二・一八闘争に何の言及もなく、現指導部の掲げる建党建軍武装闘争について一言も語らない。岡部のものは長文であって、「反米愛国路線について毎度定番の空疎な冗舌をふるう一方、永田らを念頭において「獄外メンバーは〈銃を軸にした建党建軍武装闘争〉などと大口を叩くが、二・一七真岡銃奪取闘争後、今日までの長期間、たたいた大口の半分くらいにも何か気の利いた実践をなしえているか。銃どころか、爆弾闘争の一つでもやってみせたか。何もやっていない。空砲の音すらきこえてこない」と批難した。永田は岡部のこの「爆弾闘争の一つでも」という獄外の苦労を無視した一種ゆるんだ語気に非常な怒りをおぼえた。爆弾一個でも投げてみせれば「闘争」だ、もうそれでいいんだということか。〈銃を軸とした建党建軍武装闘争〉の立場からは爆弾闘争至上主義に反対せねばならず、銃の地平においてこそ問われた根拠地問題—思想問題を解決していかねばならない。川島も岡部も、状況の真理が〈銃〉にほかならぬことが視えず、銃奪取をめざして戦闘中に斃れた柴野らの十二・一八闘争の意義もまったく理解できていないのだ。

永田はこれら獄中アピールに通底する誤った「思想」と池谷が打ち合せを拒否して勝手に革命左派を名乗って十二・一八集会を準備したことは因果の関係にあり、池谷は自身がついに獄中川島らのまちがった指導に全面降服した事実を誰の目にもわかる形で明らかにしたのだと判断した。したがってこの十二・一八集会には〈銃〉の観点がない。悪い川島と愚かな池谷の上演せんとしている「十二・一八日本赤色救援会復権・柴野虐殺弾劾追悼一周年集会」なるものはつまるところ魂を入れ忘れた白目のダルマにすぎぬ。……永田は坂口にじぶんの判断を説明し、ハッキリとではないがとりあえず同意を得た。さらにコタツにもどってきた寺岡、吉野にも獄中アピール集をしめしながらじぶんの考えを伝えると、吉野はわかったといい、寺岡は意気ごんだ様子で「われわれの山岳ベースで十二・一八集会の前夜集会をやろう」と提起、一同大賛成した。

夕食後、前夜集会を開き、司会の尾崎は「銃をもて！　銃をもて！　銃をもて！」とアジって十二・一八集会の意義を強調し、メンバーにたいし集会に臨む自身の決意の表明をもとめた。全員銃の問題にふれて決意を表明し、中には共産主義化について言及した者もいた。最後に永田が立って、獄中革左グループと池谷救対部の手による十二・一八集会「ねつ造」を糾弾し、対抗策をしめす激しいスピーチをおこなった。十二・一八闘争は闘う主体に〈銃〉の問題をつきつけた戦闘であり、その意味で党の闘いである。したがって集会が〈銃〉の問題をヌキにして勝手に党の主催にされてしまったこの事態をそのままにしておくことはできない。革命左派「主催」とされてしまった以上〈銃〉の観点をハッキリ打ち出す集会に改めねばならない。そのために、山岳ベースから軍の代表を送り、〈銃〉の観点を打ち出す必要があると思うがどうか。全員力強く「異議なし」と叫び、中でいちばん積極的に賛同した前沢、岩本両名を集会に派遣して発言をかちとることにした。前沢と岩本はただちに集会に向け発言の原稿を書きだし、指導部永田、坂口、寺岡、吉野は話し合って、赤軍派は十二・一八集会の「主催」名が革命戦線ではなく赤軍派になっていることを知っているのかどうか森らがきたときに確認しようと決めた。

新倉ベースでは、この日午前十時頃植垣と青砥が第五の小屋に着くと、迎えた山崎は植垣らの不在中進藤ら三人が山崎の指示に全く従おうとしなかったと怒りをこめて報告した。植垣は進藤らに向かって「総括したくないのなら勝手にしろ。損するのはおまえら自身だからな」と突きはなし銃の訓練をつづけろと指示した。三人はウンザリした顔で銃を持って外へ出て行く。植垣、青砥、山崎は協議して、森の指示にしたがって進藤らに甘い態度をとらぬこと、かれらには銃の訓練と結合した「総括」だけに集中させ、食事は植垣ら三人で分担して作ること等を確認した。

昼すぎ、遠山を小屋の中に呼び入れ、青砥が中心になって遠山と重信房子の連絡の具体を問いただす。重信との間の組織の連絡ルート以外に「私」にルートをもっていたのかどうか。どういう連絡をおこなっていたのか。送金はどういう送金だったか等。遠山にたいして、重信から受けとった手紙の内容、送金の理由、金額などを紙に書かせ、それを青砥が封筒に入れて所持しあとで森にわたすことにした。夜、植垣らは進藤らが銃の訓練をしながら考えたことをきき、あとはみんなでドンブリ一杯ずつの焼酎をのみながら、一時間ほどはもう総括のことなど忘れて無礼講、きょう一日の心的収支のバランスをはかった。植垣らはこうした一日のすごし方を、森の指示の「拡大」解釈になるかなと感じてはいたものの、決して「誤解」とは考えていなかった。

十二月十八日。早朝、前沢と岩本は一二・一八集会に参加のため榛名ベースを発った。前沢らの発言原稿は未完だったが、出て行くとき「ちゃんと発言してくる」と前沢は握りこぶしを作って請け合った。永田以下ベースのメンバーはそれぞれ小屋建設の仕上げ、『実践論』読書、射撃の姿勢訓練など日課に取り組んだ。

午前十一時二十三分、東京警視庁のＮＯ２土田国保警務部長（四九）の私邸（豊島区雑司が谷）で小包爆弾が爆発し、開封した夫人（四七）は即死、四男（十三）が重傷を負った。この日午前中土田邸に届けられた七個の小包のうち一個が爆発したものであり、差出人には昭和十八年内務省採用組の同期生久保卓也防衛庁防衛局長の名前を使用、同期生からの「お歳暮」をよそおった凶悪な個人テロであった。かけつけた記者らの多くは土田夫人の悲劇を一年前京浜安保共闘のおこした上赤塚交番襲撃事件と結びつけ、京浜安保の最高幹部柴野春彦が射殺された件をめぐって当時土田が会見で「警官の拳銃使用は正当」と断言したことが京浜安保の報復を呼んだのではないかと「常識」的に推測をめぐらした。

午後四時すぎ、土田警務部長の記者会見がＴＶ放映され、土田は終始冷静な口調で五分間、「私は犯人にいう。君らは卑怯だ。家内には何の罪もない。家内の死が警備の第一線で働いている警察官の身代わりと思えば、あきらめはつかなくとも、覚悟を新たにして課題に取り組むことはできる。もう一言いいたい。二度とこんなことはおこしてほしくない。君らに一片の良心があるならば。私はそれはきっとあると信じ期待もしている」などと語った。

永田らは夕方のラジオニュースで土田邸事件と土田夫人の死を知り、事件が十二・一八闘争の報復としておこなわれたという解説をきかされた。永田はニュースを素直に喜ぶ気になれず、解説にはちょっと待ってよ、早のみこみしないでと思わず体を乗りだす気持になった。権力とのセンメツ戦が権力そのものとはべつである「夫人」の死をもたらしてしまった事実にどうしても納得がいかないのだ。けっきょく問題はまたしても〈銃〉か否かの決着にかえってくるのであり、これがかりに爆弾でなく銃だったら権力そのものだけを確実にセンメツできたのではないか。「……この爆弾闘争は私たちに銃によるセンメツ戦を要求しているのだと思う。くわえて銃によるセンメツ戦をいかに戦うか、革命戦士のかちとるべき「倫理規範」を提起してもいるのではないか。敵は「夫人」や「息子」ではない。敵権力に「良心」を云々させたのはわれわれの闘いの弱さである。とにかく銃によるセンメツ戦の戦術原則をもっとつっこんで検討してみよう」永田の発言に寺岡らも同調的な態度をとった。

夜六時から十二・一八集会が板橋区民会館で開かれた。警備側は会場の前に装甲車、投光器、放水車を配置して、機動隊員が垣根を作って参加者一人ひとりを入念にチェックし、公安も視察、尾行要員を相当数出してきた。参加者は百人足らず。集会では、赤軍派中央軍アピールが終始〝銃〟を語る一方、京浜安保獄中組のアピールは〝政治の不足〟を反省していたのがクッキリと対照的で、マスコミ、公安関係者の注意を引いた。なお集会のはじまる直前、軍代表の前沢、岩本が関係者控室に入り、救対部池谷と会って話し合った。前沢らは銃の観点を打ち出すため軍アピールを会場で読み上げさせろと要求したが、「急に今からでは、読み上げさせたくてもその時間の余裕がない」池谷がいうと話し合いは口論にかわった。最後に前沢は受けとった集会基調報告パンフを丸めてテーブルをバシッとたたき、

「おまえたちは分派だ。もう二度と革命とかいうな」と叫んで岩本を促し席を立った。

十二月十九日。新倉ベースでは植垣らが話し合い、森の指示では禁止されている進藤らとの「総括討論」を再開させることにした。進藤らは銃の訓練をつづけるだけ、植垣らは黙って進藤らの「総括」に耳をかたむけるだけ、「総括要求」する者とされる者の間にはどこまでいっても絶対にこえがたい線が引かれてしまっているのだが、その線が総括の前進を阻んでいないか？　互いにほんの少しこの線をこえてみてはどうかと植垣が示唆し、青砥、山崎の同意を得たのであった。それでまずこの日の午後、行方をストーブのところに呼び、三人で質問しながら総括をきいていったが、植垣が何で革命運動にくわわったかときくと「プロレタリアの解放のためかなあ」とこたえる。植垣は重ねて「プロレタリアとは一体何か」と質した。これに行方はこたえられず、その後はいくら質問してもこたえなくなり、いつの間にかストーブのそばでうなだれたまま正座してしまった。三人は「座禅でもはじめたのか」といって笑ったが、植垣は行方の笑止であり哀れでもあるような正座姿を眺めているうちに、このおれだってプロレタリアとは何かなんてわかっちゃいないんだと振り返る気持になった。植垣は行方の正座に直面したとき、行方を正座に追いこんだ、総括要求「する」自己の「資格」をかすかに疑ったのである。しかしだからといって、そうした懐疑をみんなの前で口に出し、行方と同じ平面におりてともに苦しんで「プロレタリアとは何か」を自分の頭で考えていこうとはしなかったし、できもせず、ただ夜になると行方を「正座」から解放して仲間のなかにもどし、ドンブリ一杯の焼酎をやりあい肩組んで合唱することができただけだった。南アルプスでは以降毎日順に一人ずつ、植垣らと進藤らの「総括討論」の日々がつづく。銃の訓練と夜の酒宴もそれなりにきちんと。

十二月二十日。正午すぎ、小嶋和子と小林房江は榛名湖バス停前に行き、一時間ほどして小屋にもどって「来たよ」と報告した。おもてに出てみると森と坂東は「営林署員」をよそおって濃いグリーンのジャンパーを着用し、大リュックを背負いエッチラオッチラ坂道を下りてくる。永田は挨拶をかわし、「客人」ふたりを案内して指導部会議用のコタツに入って一服してもらった。

永田はまず「共産主義化の観点から革左の歴史的総括に取り組んだが、私たちはやれなかった」とまっすぐに伝えた。それから革左にとってもう一つの懸案である十二・一八集会問題を取りあげ、森に『獄中アピール集』を示しながら、「集会が革命戦線と京浜安保共闘の主催でなく、赤軍派と革命左派の主催になったことを、赤軍派は知っていたの」ときいた。「知らなかった」森はかぶりを振った。が、それと知って永田のように怒りだすということもなかった。赤軍派は今のところまだ自派の大衆組織との間に一定の信頼関係を保つことができているらしいなと永田は観察し、自らとひきくらべてやや感心した。

「永田さんと坂口君が帰ったあと、南アルプスでの毎日は非常に楽しかったし、遠山らは総括した。われわれのほうでも十二・一八集会をやった。はじめに山田にしゃべらせたが途中でつっかえて黙りこんでしまった。それでみんなにしゃべらせ、そのあとは坂東も手伝って十二・一八集会へのアピール文を書かせた。夜はみんなで酒をのみ、これがまた楽しかった。快い気持になった」森は心から楽しそうに語った。永田は例によってセクト的「大言壮語」が多いだろう森の話をこのときはそのまま受けとった。たしかに森の報告の全部が嘘やハッタリというわけではなくて、南アルプスの生活が「楽しかった」というのも森の経験の真実の一面である。しかしなんといっても森の報告の核心部分が「遠山らは総括した」と真赤な大嘘なのだから、永田がこれを真に受けてしまったことでのちに森の支払わされるハッタリの代価はそうとうはね上らざるをえなくなる。

廃屋から運んできた縦長の食卓につき、森と坂東を上座にすえた気持で歓迎夕食会がはじまった。外は真っ暗で、小屋の中にはたくさんのローソクをともした。食事のあと永田は森と坂東が共産主義化をかちとって党建設を進める方向で両派の戦いを総括し、銃によるセンメツ戦の展望をきりひらくためにやってきたと紹介し、つづいて順番に一人ひとりが発言して歓迎の意をあらわした。発言のなかでは、小嶋が深刻な顔で「私のなかにブルジョア思想が入ってくることと闘わねばならないと思っています」と語り、自己の問題を総括せんとしてたんなるアイサツ以上の必死らしい決意を表明してみせて目立った。おわりに永田は客人二人にスピーチをもとめた。「両派の政治討論のために榛名ベースにきました。あとは坂東君が発言する」それだけいって森はとなりの坂東を促す。坂東は身を乗りだしハンドマイク握った新左翼調でわれわれわー、〇〇をーとかなり長く話したが、永田らには何をいっているのかよくわからなかった。

永田らは指導部会議のためにコタツのところへもどった。兵士メンバーは土間におりてストーブにあたりながら和気あいあい雑談しており、森もストーブの近くに行ってしばらくたばこをすいつつかれらの話をきいていた。やがて指導部会議のコタツにもどってきた森は何かさもおもしろそうにメモをとっていたが、急に気づいたというように夕食会での小嶋の「私のなかにブルジョア思想が入ってくる」という発言を取りあげ、

「何だあれは。あんなことをいっているようでは全然問題がわかってない。革命戦士の言葉ではない」と断じて笑った。

「どうして」永田は森の口調がいかにも軽べつ的で愉快でなかった。

「ブルジョア思想とは闘うべきなのに、自分の中に入ってくるなどと口にしてしまうのはこの闘いを放棄したものである。闘いからの逃亡を闘いへの「決意」かのように逆立ちさせいいかえて自他に合理化しているのだ」

「入ってくるという表現が適切かどうかわからないが、小嶋さんは井川ベースに居た頃逃げることを考えているといったことがあり、そのことを総括しようとして自分の中にブルジョア思想が入ってきた、それと闘うんだと表明したのよ。総括しようとしてがんばっている姿勢をまず評価すべきじゃないの」永田は反論し、寺岡も同じ主旨をのべてつづいた。

「小嶋さんの発言を問題と思わないのも問題だ」森はいい、「これは闘う主体の、敵の攻勢（思想）にたいしてただ待機して挙句は立ちすくんでしまう思想と行為の「受動性」をどう乗りこえていくかという問題なのだ。敵が入ってくるのでそれと闘うのではない。敵はたえずわれわれのスキをついて入ってこようとする。われわれはそのまえに、敵に先んじてこちらから攻勢に出、入ってこようとする敵の意志をうち砕くことに全力を集中する。これが銃によるセンメツ戦の核心をなす思想である。小嶋さんはどうか。入ってきたと認めてしまった段階でそのときすでに闘いを放棄し、闘いの尖端から脱落しているのであり、「評価」などできない。入ってきたと考えかつ口にしてしまった「私」こそが敵の正体であり、それとの必死の闘いに赴くことが小嶋さんの総括の出発点になるのではないか。……」

「そんなに問題だと思うなら、森さん自身で本人にわかるように直接批判すればいいでしょ」永田が苛立っていうと森はそれ以上小嶋を批判しなかった。小嶋について森はすでに以前、二名の処刑に関わったメンバーのひとりであり、脱走した高木と同じような問題を抱えていると永田にきかされていて、ベースに入ったときからとくべつな関心を向けてもいた。森ははじめからある先入観をもって小嶋を見ていたのだ。

メモをとりおえた森は、つぎに小嶋以外の革左のメンバー一人ひとりを取りあげて、先の歓迎会やその後のストーブ雑談での言語態度を材料に、永田をいよいよ不快にさせるような「失礼な」評価を下していく。金子を全面評価した以外はすべてに批判をくわえ、嫌味なコメントをならべたてた。批判の基準は男には「軍人的」かどうか、女には主として男との関係において「自立的」かどうかでわかりやすかったが、あまりにも割り切った図式的わかりやすさが革左のメンバーの個々人を仲間として知っている永田に強い異和感をおぼえさせた。坂口らのほうを見ると、坂口も寺岡も吉野も森の一方的な決めつけをただ姿勢を正して拝聴しているだけだった。森が尾崎を槍玉にあげいかに「軍人的」でないかとこまかい批判をくりひろげているとき、永田はとうとうがまんできなくなって「ちがう、ちがう」と激しく頭を振った。

「ではどうなのか。どうちがうのか。ぼくはまだほんのすこししか見ていないのでわからないのだから、訂正してくれてよい。訂正すべきではないか」

「みんな一生懸命銃によるセンメツ戦をかちとるためにがんばっている。軍人らしくないという赤軍派の基準だけを振り回して私たちの生きてがんばりぬく姿勢・努力を全否定するのは評価として一面的すぎる」永田はとりわけ尾崎について、「彼はかつて『反米愛国』復刊号を加藤能敬《よしたか》さんといっしょに出し、一時アイマイな「武闘一般」のなかへ後退しかけた人だけれど、入山入軍にさいしてこれを自己批判しており、入山以降の実践をとおして武装闘争の実践と無関係に二段階革命を強調したことを克服しつつある。私たちは尾崎さんに実射訓練のための山岳調査を担ってもらうつもりでいるのよ」と革左の評価をそのまま伝えた。また金子について、やはり革左の評価を対置する立場から森による全面評価にも反対し、森の知らない金子の問題点を示した。六九年秋、救対の立場を優先して「政治ゲリラ闘争」に反対したこと、さらに七一年三月「中国行き」方針にたいし根拠地問題ヌキに反対した例をあげ、彼女には軍の決定した方針をめぐって「客観主義」的に評論する傾向があると永田は指摘した。森は永田の反論によって尾崎の「軍人らしくない」という評価を訂正する必要を感じなかったし、金子批判のほうも金子の「自主自立」の個性を永田自身認め評価した上での批判的注文だというようにここは理解して、「わかった。参考になった」とひとまず月旦を打ち切った。

森はあらためて共同軍事訓練における「遠山批判」の意義を語り、赤軍派としての女性問題への取り組みに言及して「今後は女性の問題にも関心をもつことにした。これまで関心をもたなかったのは自己批判的に考えているが、生理のときの出血なんか腰が引けてしまうし気持が悪いじゃないか。だからそういうこともあったのだ。しかしもうそれではやっていけないとわかった」と打ち明けた。永田は森の「告白」に女性の性を笑われているみたいで抵抗感をおぼえたが、森のほうは笑うどころか大まじめであった。森は永田らによる「遠山批判」をうけて自分たちの「女性問題」回避の根底に「女性という性」への根深い恐怖＝「気持悪さ」が存在していることを自覚させられたのであり、それの克服をもとめて「女性という性」をとりあえずその「生理」にだけ一面化し、根源的な「気持悪さ」をもうすこし耐えやすいものにしようとしているのだ。「女性という性」への恐怖は依然としてありつづけるが、「生理」への「気持悪さ」だけのことならいずれ慣れてしまえると森は内心高を括った。雑に見えても、まずはここからである。

永田があいさつに困って黙っていると森は「挑発」するように、

「女はなんでブラジャーやガードルをするんや。あんなもの必要ないじゃないか。それに非合法の女の変装で若い女の格好をし、化粧したり都会の女の装いをするのはおかしい。農家の主婦や娘の格好をすべきで、まえからぼくはそう思っていた。山を当面の拠点にする以上これは大原則だ」

「ブラジャーやガードルを必要ないとはいいきれない。私も使うときがある」

「そうか。なにしろ教えてもらわないとわからないのだから教えてくれ」

「非合法の女性の変装のこと。都市に出て行く以上は都会の女性の装いをするのは必要であり、農家の主婦、娘の格好といってもよくわからないのだから、すぐできるわけがない」永田は森の新奇な「女性問題」論の空論性を指摘したが、森は首を振り、

「山を当面の拠点にするという決定からするとそんな生ぬるいことはいっていられない。問題はその必要を認めるかどうか、われわれの心身の奥深くどこまで共産主義を貫徹できるかだ。ぼくなんか、今後は都市に行くときは背広でなく作業服を着、ポケットに折畳み式のモノサシなんか入れて行こうと思ってるんや。女もそうできる。とにかく、このベースから高崎や伊香保へ行くときは農家の主婦、娘の格好で行くようにすべきや」と主張した。森の主張は反論がなかったことによって通ってしまい、革左の女性メンバーが農家の主婦、娘の格好とはどういうものか調査研究することになった。結果は穏当で、自分たちがベースに居るときの格好が農家の主婦、娘の農作業中の格好にほぼ近いというものだった。

「どうして生理帯が必要なんや。あんなものいらないのではないか」森の追及はますます急である。「出血量は個人差があるが、どの人も必要だと思う」永田のこたえに森は黙ったが、同じ主題をべつの角度から「今後トイレで使うチリ紙は新聞紙の切ったものでいいんじゃないか。チリ紙などもったいない」などといいだし、永田は重ねて「女性は生理のときにはチリ紙が要るし、新聞紙では困ることもある」とさとした。「それでは、なるべく新聞紙を使うようにしよう」森がうなずくと、寺岡は森の主張に同意してストーブのところで話していた被指導部メンバーのところへ行き、「これからはチリ紙でなく新聞紙を使うようにしよう」と呼びかけて一同の当惑をさそった。以後しばらく新聞紙が使われたが、しだいに使われなくなってけっきょく旧に復した。当然である。

「女性問題」論の締め括りに森は「山を拠点にする以上、今後はパーマを山でかけるようにすべきだし、カットもそうすべきだ」と提起、これには永田以下全員が同意し、パーマをかける道具の購入を決めた。山岳ベースを永田の革左よりもっと徹底してうちたてんとする抱負をもって榛名ベース入りした森はこうして最初の一歩を踏みだしたのであった。

夜十一時すぎ、被指導部メンバーはシュラフにもぐりこんで眠り、森はカーテンのこちら側で「会議は徹夜でやろ

う」と張り切って翌二十一日未明までしゃべりまくり、中国革命戦争の歴史的総括をとおしてじぶんたちの共産主義化の闘いを「理論的」に位置づけようとこころみた。すなわち、一九二七年十月「秋収蜂起」から井崗山（山岳根拠地建設）にいたる毛沢東の指導に牽引された「紅軍」の闘いは（ⅰ）コミンテルンの誤った指導にたいする党派闘争＝実践的総括の意義をもつ（永田は、誤った「コミンテルン」を獄中の川島グループ、正しい「紅軍」を自分たち山岳の獄外指導部と軍に擬してきき、大いに共鳴した）。（ⅱ）この闘いの核心は「三大規律・八項注意」の提起＝革命戦争を担う主体の倫理規範の獲得である。連合赤軍の直面している共産主義化の課題は歴史的手本として「三大規律・八項注意」の段階に照応する。（ⅲ）マルクスは「共産主義とは大量の共産主義者の輩出である」と喝破した。以上より、共産主義化の解決が問われているわれわれの現在は中国革命戦争の歴史においては秋収蜂起から井崗山の闘いに照応するといえよう。われわれはこうした主体的観点から『毛沢東選集』『コミンテルン・ドキュメント』（一九一八年結成のコミンテルンの諸論文の集。全三巻）を学習する必要がある。……永田は森の話に目を輝かせてきき入った。惨めな部分も多いじぶんたちの闘いを森は、森だけが中国革命戦争と紅軍の「権威」の光をあてて「理論的」に全肯定してくれた！　永田は森が毛派の自分ら以上に深く毛沢東思想を理解していると考え、理論的指導者として信頼の気持を強くし、「女性問題」論への抵抗感はこれでかなり少なくなった。永田、坂口、寺岡、吉野は話し合い、『コミンテルン・ドキュメント』を早急に購入すること、手元にある『毛沢東選集』『星火燎原』を学習し、自分たちで共産主義化の問題をしっかりつかむことを確認した。

あとは雑談になり、そのなかで永田はあらためて十二・一八集会問題を取りあげ、川島と岡部の集会アピールには銃の観点がないと批判した。森はうなずいたものの特に何か意見をいうということもなかった。ただ、銃によるセンメツ戦方針にふれて「政治治安警察が市民社会末端にまでその攻勢を拡大せんとしているのだから、末端の警官のセンメツはますます必要になっている」と強調し、永田はこれをうけて、かすかに残っていた警官センメツという殺人への最後のタメライも捨て去った。「理論」は永田にとってつねに私の迷いを吹っ切らせるために権威がふるう万能の太刀であった。雑談はそのあともつづいたが、永田はいつの間にか眠った。

十二月二十一日。正午頃、前沢と岩本が十二・一八集会からもどった。前沢は指導部会議のコタツのところへきて、会場に行ったが池谷らと論争しただけで発言をかちとれなかったと報告し、永田に集会の基調報告パンフを「御土産」といってわたした。永田らはそれを見ていたが、森はパンフの表紙を目にしたとたん「こりゃあ問題や」と大声を出して永田らをおどろかせた。森は指で示しながら「銃をにぎり、銃口を向けているのは誰か。この表紙では警官がわれわれに銃口を向け、撃ってきているではないか」という。パンフの表紙絵は警官が拳銃を正面に向けて引金を引き、銃口が火を吹いている図柄だった。「こういう表紙を出してしまうこと自体が敗北主義なのであり、銃によるセンメツ戦の勝利を全く考えぬものだ。敵に射殺された「被害者」の位置から戦うのでなく、敵の銃撃に先んじてもっと速くもっと強力に「奪取した」銃でもって敵を打倒するのがわれわれの「銃によるセンメツ戦」の立場ではないか。もっぷる（赤色救援会）はこれまでの赤軍派、革命左派の闘争の遺産を私物化し、獄中の両派戦士救援の名目で陰険コーカツに支持者を獲得せんとしており、汚いブルジョア政治だ」と論じた。きいていて永田は、とくにパンフ表紙の森の読解に千里眼の実験を見せられたような感銘を受けた。川島や池谷らの誤った「思想」はどんなにとりつくろっても「表紙」絵で不意識にバクロされてしまうというわけだ。

指導部会議は夕方までおこなわれ、森は昨夜から引きつづき、中国革命戦争の総括と重ね合わせて共産主義化の理論的位置づけをすすめた。そうして自信をこめて「秋収蜂起から井崗山にいたる闘いによってこそ革命戦争を堅持できたのだから、中国の建軍記念日は南昌蜂起の八月一日ではなく秋収蜂起の十月にすべきである」と断定したとき、これまで一言も意見らしいことをいわなかった坂口が顔を上げ、「それはおかしい。中国革命戦争の歴史と中国人民にたいしていいすぎ、踏みこみすぎでないか」と疑問を口にした。坂口にとって中国革命と中国共産党はふりあおぐ権威であり、無私の貢献でのみかかわるべき唯一絶対の対象である。そういう坂口から見て、森がその「主体的」思考に基いて相手が中国革命であれ毛沢東の共産党であれ自在に解釈して議論をくりひろげる姿は、正直うらやましくなるときもあった。しかしながら中国革命戦争の歴史の勝手な解釈を絶対化して、「外なる」歴史の事実の変更まで直線的に要求するとなると話は別である。事実すら歯止めにならぬなら森の思考はもう何でもやれてしまうということではないか。坂口の知る限り、森という人は、何でもやれてしまう境涯の中で正気を保っていられるほど強い人ではない筈だ。

「南昌《なんしょう》蜂起は都市で蜂起したあと農村根拠地の展望をもたなかったために敗北して消え去った。一方毛沢東の指導した秋収蜂起は明確に農村根拠地の展望をもち、井崗山へ進撃していくとき〝三大規律・八項注意〟を提起して紅軍の根底を創り上げた。これは解釈でなく事実の説明である。事実が南昌蜂起でなく秋収蜂起を建軍記念日として指し示しているとぼくは主張するのだ」森は語気強くいって坂口の疑問を退けた。永田はふたりのやりとりをきいて、坂口は依然川島の古い指導の延長線上にあり、毛沢東思想と中国革命戦争の歴史を外なる権威として固定化し自分たちをそれに「合わせて」いくべきだと考えているが、「銃の地平」に立つ今日のわれわれは、外なる権威をじぶんの思考と経験の「内」へ組みこんでわれわれ自身がまさに一個の新しき「権威」となって生まれかわり、敵のめぐらした壁を乗りこえていくべきではないのかと思った。永田らは森の主張＝秋収蜂起から井崗山の闘いの眼目を「三大規律・八項注意」の創出に見いだした論をめぐって話し合い、消極的な坂口を含め全員一致で主体の共産主義化を日本革命戦争を勝利させる核心的な闘いであると位置づけ、今後の闘いにおける森のリーダーシップを喜々として（坂口だけは渋々と）承認したのであった。

主体の共産主義化をどう進めていくか？　森は「赤軍派と革命左派がそれぞれ別個に共産主義化をかちとるというようにするのでなく、銃と連合赤軍の地平でかちとっていくべきではないか」といった。すると永田が間髪をいれず「それなら〈われわれになった〉という立場から共産主義化の問題を追求していくべきではないか」と提起し、森にいっそうふみこんだ決定をもとめた。森はしばらく黙った。このとき南アルプスの新倉ベースがこころによみがえり、銃の訓練だけしている進藤、行方、遠山が永田のいう〈われわれ〉に入れてもらえるかどうか、とても入れてもらえないなとちらっと思ったのである。それから「もちろんだ。そうすべきだ」と森はこたえた。

〈われわれになった〉の確認によって指導部会議は一時和やかな空気が漂い、リラックスした雑談的なやりとりに

かわった。森は坂東に友情のこもった口調で、

「坂東はどうして結婚しないのだ。結婚しても闘っていくという行き方が指導者に必要なのではないか」といった。

「べつに結婚しないと決めているわけではない」坂東がこたえると、永田は待ってましたとばかりにグイと割りこんで「われわれになったのだから、坂東さんは岩本恵子さんと結婚したらどう」とせわしく提起してきた。坂口は「それはいい」と元気よくいい森も賛成して、アレヨアレヨという間に〈われわれになった〉両派のあいだにバタバタと思いもかけなかった結婚話が持ち上ってしまった。〈われわれになった〉は感動的な一致であるが、あえていうとまだ言葉の一致にすぎない。森と赤軍派には大言壮語の傾向があると永田は考えた。しかし赤軍派の坂東と革左の岩本の「結婚」を成立させれば、赤軍派との言葉の一致は現実の一致となり、連合赤軍の内実をつくり、「新党」の夢の生ける象徴となろう。永田は独り勝手に感激して、じぶんの誰もたのみはしなかった仲人働きが坂東と岩本の感情を無視し、「結婚」を手段・道具視して火事場泥棒みたいに自分の目的を達成しようとしている点、しかもそういうやり方が永田の確信する目的の正しさそのものを疑わしいものにしてしまいかねぬ点を、内省することはなかった。永田はこのとき、さきに森が女性を「生理」一般に解消したのと同質の暴力を「結婚」にたいしてふるったのである。

「結婚するとなれば相手は永田さんが一番ということになるんだろうけれど、もう相手がいるからだめだし。御免ね、オチョくって」坂東はそういって苦笑し、困惑をあらわした。永田は坂東が困っている間、ストーブのまわりにいた前沢、尾崎、加藤兄弟、金子、松崎、岩本、小林、小嶋のところへ行き、共産主義化の位置づけについて説明し、赤軍派と革左が〈われわれになった〉という確認をかんたんに話したが、反応は上々だった。呼ばれてコタツにもどると寺岡が「みんなに〈われわれになった〉ことを雑談でなくきちんと報告したほうがいい」と注意した。永田が同意して、夕食後全体会議をひらき、革左として赤軍派と〈われわれになった〉ことを確認することに決めた。永田は指導部会議の決定をふまえ、岩本をコタツのところに呼んで坂東との結婚を前置きヌキで提起した。岩本は首をかしげてしばらく考え、「私は日大全共闘のある人に好意をもっていて」などとモソモソいいだした。「その人と結婚したいの」永田がふみこむと「そこまでは」と岩本は口をつぐんだ。「そうでないなら坂東さんとの結婚を考えてみてはど

う」と永田は申しわたし、夕食までの間ふたりだけで話し合ってもらうことにしてコタツからはなれた。坂東と岩本はとまどいながら差し向かいの話し合いをはじめた。

夕食後、革命左派の全体会議が開かれた。この時点では赤軍派の森と坂東はあくまでゲスト、会議のオブザーバーという地位にある。冒頭、永田が共産主義化の位置づけを語り、赤軍派と革命左派が〈われわれになった〉ことを報告した。全員黙ってうなずき、疑問も異議も出なかった。イキナリ〈われわれになった〉と宣言されても言葉だけで、ムードとしては何となくわかるがその中身は不明なのだから当然の反応であった。永田はつづいて森にたいし、赤軍派として〈われわれになった〉ことへの挨拶を要請した。森は最初、僚友の坂東が「結婚」話に怯《ひる》んでしまったのと同じようにもじもじと遠慮していたが、そこまでおっしゃるならという思い入れでゆっくりと語りだし、共産主義化の位置づけと、〈われわれになった〉と表現された両派の関係の「飛躍」の意義を文学的表現をさかんに駆使して説明し、きいていて永田はうまいなあと感嘆してしまった。最後に森は共同軍事訓練のさいの永田による「遠山批判」を評価した上、笑いながら「この時にはじめて永田さんを共産主義者と認めた。その時からもう永田さんと離れまいと思った」と永田のほうに手を差しのべた。そして「革命戦士の夫婦として認められるのは永田さんと坂口君の場合だけであり、ぼくを含めてあとの者はそうとはいえない」といい長い「挨拶」をおわらせた。森にとって永田による「遠山批判」は赤軍派批判であるのみならず、森の「夫人」との結婚関係にたいする批判のつきつけでもあった。坂東と岩本が「結婚」させられるように結婚したわけでは決してない自分と「夫人」の関係のほうがじつはまちがっているのかもしれないと思えてしまうほどに、一貫して永田の言動には抗し難い人間的迫力が感じられたのである。おのれを知らぬ永田のほうは森の話をたんに照れくさい気持できき、きき流しただけだったが。

被指導部メンバーは永田と森の提起にこたえる形でそれぞれ発言し、おおむね中国革命戦争の歴史への関心や〈われわれになった〉この新事態への期待を語るものだったが、中で小嶋だけは、みんなと同様の期待をのべたあと、自分の総括に関連して「二人の時に立ち会っていてうれしかった」と一言いった。するとそれまでオブザーバーらしく大人しく控えていた森が急に身を乗り出し、

「ちょっと待った。そんなことといっていいのか」と強い調子で注意した。小嶋はピクッと身体を固くし「よくなかった」といってうつむいた。このやりとりで永田ははじめて小嶋の口にした「二人の時」というのが二名処刑の「時」を指しているとわかった。全体会議の場で森が革左のメンバーを直接批判（指導）した最初の場面であるが、この件はこれだけでおわり、さらに他のメンバーの発言がつづいた。森がこのとき思わずゲストの位置からふみだしてしまったのはなによりも、革左と赤軍両派指導部の厳重に封印している「党の秘密」を薄笑いうかべながら口にしかける小嶋に非常な危うさを感じたからだった。「うれしかった」とはどういうことだ？　森の小嶋を視る眼はこれで一層（そして決定的に）厳しくなっていく。

コタツのところにもどった永田らは照れくさそうな坂東から「岩本さんと結婚することにした」ときかされて、「よかった」「われわれになったのね」などとふたりの決心を口々に歓迎した。夜も更けて雑談のつづいているさなかに小屋の戸が開き、上京中だった滝田が帰ってきて、そのあとに白いコートを小粋にはおり、髪にパーマをかけた加藤能敬の小柄な姿が現れたのでメンバーの間にざわめきが広がった。加藤は十一月二十二日是政アジトで逮捕されて拘留中のところ、本人も関係者も意外だったが十二月十五日にどういうわけか釈放され、十二・一八集会の準備を手伝ったりしたあとこの日滝田といっしょに小嶋や弟らのいる榛名ベースへやってきたのだった。永田は土間にかけ下りて握手の手をさしのべ、「帰ってきたのねえ」と弾んだ声で喜びをあらわした。加藤は顔をそらして「ええ」と軽く頭を下げた。

永田がふたりをコタツのところへ連れて行こうとしたとき、加藤は手を振りはらい、いきなり声を張り上げ、「山が危ない。集会への対応に問題がある」といって『意見書』なるものをさしだした。小屋に居た者は一斉に加藤に注目した。永田が一読したあと、坂口、寺岡、吉野の順で読み、最後に赤軍派の森まで手をのばして受けとって読んだ。『意見書』は「大槻、滝田は指導部に絶対の信をおくものである」と書きはじめている。『意見書』の「文責」は党・軍のアピールを持って集会に参加のためこの十四日に上京していた大槻と滝田であった。加藤は腹に力を入れて緊張した声で一語一語読みあげていった。……前沢、岩本同志が突如十二・一八集会に現われ、集会の主催から革命左派の名をおろすこと、「革左の基調報告」の提出、集会における軍代表の発言を要求した。それに反対した合法部にたいし「陰謀」「分派活動」という言葉を使って批難したことは、同志間にあるべきやりとりの相として問題だったと指摘せざるをえない。そもそも革左が集会の主催になっているのは亡き柴野同志が革左の党員だった以上当然であり、また集会は予め合法部が指導部と連絡とりつつ準備されたものであって、合法部が勝手に集会を左右したり、設定、準備の過程で由々しい手落ちがあったとも思えない。……そうして最後に『意見書』は「いまこそ獄中—合法—非合法の連帯を強化せねばならない。大槻、滝田は指導部が合法部にたいして、前沢、岩本同志を集会に派遣して集会を混乱させ、「分派」「陰謀」等と決めつけたことを自己批判すべきだと考え、自己批判を要求するものである。建軍武装闘争の更なる発展を願って。この意見書は加藤、岡田同志の同意を得ている」と一文を結ぶ。大槻、滝田は共同軍事訓練において革左側で高い評価を受けた二名であり、加藤能敬と岡田栄子はともに是政アジトでの逮捕にもかかわらず、獄中闘争を経て最近釈放を「かちとった」二名である。その優秀な四人が十二・一八集会問題をめぐって永田指導部の反対＝獄中と合法部の側に立ったのだから、ここは永田の指導の力と内容が問われるところだ。

永田は『意見書』には事実誤認がありそれを指摘すれば問題は解決すると考え、加藤らに「意見書には事実の誤認があるけれども、あなたたちの判断・意見は前沢さんたちから話をきいた上でのものなの」ときいた。

「前沢君らとは接触できなかった。判断材料は池谷君からきいたことが全部です」滝田がこたえると、永田は十二・一八集会の位置づけ、設定をめぐって池谷のコトバだけを材料に判断を下してしまうことがいかに不当か、事実をあげて指摘した。(ⅰ)池谷は十一月以降、十二・一八集会に関する指導部との打ち合せを拒否しつづけたこと。(ⅱ)集会の主催名が革命左派になったことは集会の直前にはじめて、池谷から(尾崎をとおして)知らされたこと。(ⅲ)それを受けて決めた指導部による前沢、岩本の集会への派遣は、池谷らの言動を「分派」「陰謀」と規定したからではなくて、指導部との打ち合せのないまま集会主催名を革左にされてしまった以上、それなら最低限この集会で銃の観点から発言をかちとる必要があると考えての決定だったこと。「以上が事実である」と永田はいった。「まちがった事実から出発して獄中—合法—非合法の「連帯」を希求しても正しい意見書にはならない。事実を見つめてほしい」

「そういえば池谷君はぼくらとの会合にも来なかった」と滝田。

永田は共産主義化の位置づけと〈われわれになった〉この間の状況を簡単に説明し、「これらにこそ銃の観点があり、池谷さんの十二・一八にはそれがない。銃の観点があればこういう意見書を出すことはなかったのだから、事実誤認から出発して、指導部と獄中―合法との間に事実に反する対立関係を先走って空想した意見書を出したことを自己批判してほしい」ともとめた。滝田はすぐ「意見書を出したことを自己批判する」といい、加藤も一応「わかった」といった。やりとりを傍観していた森は初対面の印象はヒヨワな少年のようだった加藤がほんの二た月ほどで太々しい反抗児に文字どおり豹変をとげているのに興味を引かれ、この「飛躍」の環はなにかと考えてみた。

「つぎに取調べのときの報告をする」加藤は机にメモをひろげ、本人や岡田、家裁送致となった小嶋妹の獄中闘争の状況をくわしく語った。三人とも「完全黙秘」である。取調べのさいのやりとりをとおして権力が山を使っていることを知っているらしいと直観し、もう山は使えぬのではないかと自分は思った。

「権力が私たちの山の使用を知ったからといってただちにこれを使えぬということにはならない。創意工夫して山を使いながら、一日も早く山と都市をしっかりと結びつけていけばいいのよ」永田は加藤の神経の細すぎる動揺を諌《いさ》めた。「ぼくは取調べ中もう山は使えぬのではないかとほんとうに心配した。永田さんからそういわれてみればなるほどそのとおりだ」と加藤は了解した。そのあと寺岡が加藤のメモを読み、さらに森がこんども手を出して受けとって読んだ。

夜十時頃、小屋の外のやや離れたところでガサガサと音がして、何か大きなモノがこちらへ近づいてくるようにきこえた。すわと全員緊張し待機の態勢をとったところ、その大きなモノはガタガタドンドンと湖のほうまできこえそうな不躾な騒音をあげながら小屋のなかにあばれこんできた。姿を現わしたのは大あわてにあわてた様子の山本順一であった。山本は一同に向かって訴えるように「山でいっしょに闘おうと思って妻と赤ちゃんを連れてきた。いま温泉小屋の廃屋に待たせてある」と文字どおり叫んだ。山本は頭を丸坊主にしていた。

永田は胸をなでおろしたものの、廃屋に夫人と子供を置いておくのはベース防衛上まずいのですぐ小屋へ連れてくること、山本出現のすこしまえにガサガサと大きな音がしたから、ベースの出入口二ヵ所に異常がないかどうか調べることの二点を山本に指示した。山本を先に立てて二、三の者が小屋を出て行った。

山本らを待つあいだ、永田は加藤、尾崎ら被指導部メンバーが話し合っている間にすわってせわしい気分で色々考えていた。とくに山本一家の不意撃ち「入山」には、客人の森、坂東への手前もあり、どう筋道のとおった対処を打ち出そうかと頭が痛かった。そういうときに加藤が「完黙したといったけれど、実は刑事と雑談したんだ」と気楽な調子でいい、つづいて尾崎が「高崎にもどる途中、警察に尾行されているかと思える時があったので、山のメンバー全員が逮捕されてしまう事態を想定して、備えとして池谷さんに会ったときに銃を埋めてある場所の地図をわたす手筈をとったのだ」などと平気でいいだしたものだから、永田はひどくおどろかされた。

「なにぃ！　雑談したという報告をどうしてしなかったの。銃を埋めてある場所の地図を池谷さんにわたしたことをどうして報告しなかったの。だいたい銃の場所を池谷さんに教えるなんて大問題よ」永田が叱りつけるとふたりはビックリした顔をし、急にションボリした様子でうなだれてしまった。「今のことはちゃんと自己批判するように」永田はいってふたりがうなずくと、それ以上は批判しなかった。

山本らは山本夫人と赤ん坊の頼良《ライラ》をたくさんの荷物といっしょに連れて練り歩くように小屋にもどり、ベースの出入口を調べに出たメンバーももどってきて「異常なし」と報告した。永田はとにかく山本に、これはいったいどういうことなんだと説明を求めた。「東京での任務（坂口の指示による「中国行き」の可能性の追求）をやれず、しかしベースにもどるまでにまだ日にちがあったのでいったん名古屋に帰った。妻と話し合って妻と子を山に呼ぶことに決めたが、住居の整理その他で時間を要したためベースに帰ってくるのが遅れてしまった。自分は妻と赤ちゃんといっしょに山で闘っていきたいと思っている。妻もそうだ」山本は語り、夫人もうなずいた。とたんにみんなはガヤガヤいいだし、坂口は不機嫌に押し黙り、森はわきから「問題ではないか」といった。山岳ベースの実際を知ってしまった夫人をそのまま名古屋に帰すわけにはいかないと考えていた永田は、名古屋での現在と将来の生活を捨てて山を選択したかれらの決意をまずもって評価すべきだと思い、「やっぱり私たち、歓迎すべきよ。山本さんと佑子さんがいっしょに山でがんばっていくと明言している以上そうすべきではないか。ただ任務中だったにもかかわらず自分だけの判断で夫人と頼良ちゃんを山に呼ぶことに決め、ベースに連れてきた非組織性はきちんと自己批判してほしい。今後こういうことがないようにしてほしい」といって、みんながうなずくと山本夫妻に決意の表明をもとめた。

「われわれはこれから赤ちゃんを連れて入山しはじめての経験に向かうわけであるが、みんなとともにがんばってゆきたい。赤ちゃんを連れたわれわれはみんなとちがった立場から山の闘いにかかわり、闘いの中身を豊富にするであろう」永田が自己批判を促すと「もうすんだことだ。……自己批判する」山本は口を濁すようにボソッといった。山本夫人は「みなさんにいろいろお世話になりますが、いっしょにがんばってゆきます」と表明した。山本一家の「みんなとはちがった」立場はこれでなんとなくベースに受けいれられたようである。永田はみんなに赤軍派坂東と革左岩本の結婚を報告、寺岡の音頭により山本一家と新カップルの前途を祝して〈われわれになった〉全員が肩くみインターナショナルを合唱したのだった。

指導部会議のコタツにもどったとき、森は永田に「小屋に入ってきたときの山本君の様子はだいぶ泡喰っていたからベースの出入口を見てきただけでは不十分だ。伊香保、高崎の方まで異常がないかどうか調べるべきだ」と指摘した。なるほど自分たちは甘かったと思った永田は、松崎らに伊香保、高崎方面の状況を調べてくるよう指示した。つづいて森は前沢を呼んで「ほんとうに「分派だ」といったのか」とただす。前沢が「だって、ぼくらの発言はさせないというから、それなら分派だと思ったのだ」と口を尖らせて抗弁するようにいうと、森はおもしろそうな様子になり「よくいった」と評価した。永田は何もいわなかったが前沢の顔を見て軽くうなずいた。

「山本君だけれども」森は首をひねって「丸坊主にしてきたり生後間もない赤ちゃんを山に連れてきたりしたのはそれなりの決意の産物で評価しなければならないが、もうすんだことだなんていっているのは何だ。能天気すぎやしないか。商社を罷《や》めて山に入ったことは評価するが、何かよくわからない。まあいいか。今後よく見ていけばわかるだろう」という。また加藤の報告にふれて「彼が取調べのときに雑談したといったことをあれでおわらせるのか」ときき、永田がうなずくと「逮捕、取調べの状況をもっとくわしく問いただすべきだ」と意見をいった。永田はちゃんと総括しなさいということだろう位に考えて簡単に了解した。ところが森はさらに「銃の場所の地図を池谷君にわたした件で、尾崎君にただ自己批判しろというだけでは駄目だ。地図を再現するように書かせろ」とたたみかけてくるので、永田は坂口、寺岡と顔を見合わせてしまった。じぶんたちはこれまでこの種のたいていの場合、自己批判するようにの一言であっさり済ませてきたからである。永田は急き立てられるようにして尾崎に池谷にわたしたのと同じ地図を書けと指示、何か書いていた尾崎はやがて「これしか書けない」とすまなさそうにその紙片を差しだした。じつに簡略なもので、それだけではどこに銃が埋めてあるかわからなかった。森は尾崎を呼んで「これだけなのか？ここの名を書いたのではないか」などいろいろこまかくききただし、最終的にこの地図では池谷がどんなに鋭い人物でも絶対に銃を見つけることはできないと判明し、森と永田は変な工合に一安心したのであった。十一時頃、伊香保まで車で行っていた松崎がもどり「伊香保はいつもの伊香保で、パトカーも警官もいつもより数が多いということはなかった」と報告、森は二、三質問してから了解した。

短く全体会議を開き、永田は加藤に逮捕→取調べのヨリつっこんだ総括を、尾崎には池谷に銃の場所の地図をわたしたことを、山の全員が逮捕されるなどととんでもない想定に耽ったことと合わせて総括するようもとめた。尾崎は「のっけから全員の逮捕を想定などしてしまった不明を、また銃の観点のない池谷さんに銃を埋めた場所の地図をわたしたのみならず、わたしたその地図がいい加減であって、事柄をいっそう混乱させてしまった二重の不手際を自己批判します」と発言した。加藤からは待ったが発言がなかった。このあと被指導部メンバーは就寝し、永田らは翌朝まで徹夜で指導部会議をつづけた。

「六〇年代の階級闘争の追体験をおこなう必要がある」と森は主張した。また過ぎし戦《いくさ》の手柄を語るのかと永田はうんざりし、赤軍派と〈われわれになった〉革左にとっては「スターリン問題」のほうが重要であり、スターリン全面肯定で来ている革左にたいして、反スタ・トロツキズムの出自を持つ赤軍派から本音のいまのスターリン評価をききたい、学びたいと永田は考え、「森さんは秋収蜂起から井崗山の闘いに注目してコミンテルンの誤った指導にたいする毛沢東の紅軍による実践的総括だといったけれど、それならさらにふみこんでコミンテルンの総本山＝スターリンへの評価そのものをハッキリさせるべきじゃないの」と水を向けた。とたんに森は口をつぐみ、黙りこんでしまった。これまで森は永田らとのやりとりにおいて「反米愛国路線」「スターリン問題」が持ち出されるときまってニンニクと十字架を見せられたドラキュラみたいに不機嫌に顔をそむけてしまうのが常で、いまも依然かわっていなかった。それで永田は仕方なく自分から『国際共産主義運動の総路線についての論戦』のなかの「スターリン問題について」を読みあげ、問題を提起した。スターリンの誤りの中国革命への影響が「一九二〇年代末期と三〇年代全体にわたり、かつ四〇年代初期、中期において」あらわれたが、毛沢東らがそれを克服、中国革命を勝利に導いたと中国共産党が総括していることについて、秋収蜂起から井崗山にいたる闘いもまさにそうした闘いとしてあったのではないか云々。永田の熱弁にもかかわらず永田提起に共感的だったのは寺岡ひとりで、坂口も吉野も関心をしめさず、森にいたっては出来のよくない院生の発表を仕方なくきく教授のように永田に勝手にいわせておくという態度をとっていた。これでは討論にならなかった。永田が最後に「スターリンの全面否定も全面肯定も共に誤りであり、今後具体的に解明していこう」というと森以下全員がヤレヤレという顔になって心から同意を示した。

森は張り切って自らいうところの六〇年代階級闘争の追体験をとうとうと語りはじめたが、スターリンの全面否定も全面肯定も誤りだという会議の結論に独り満足した永田は、森の話をほとんどきくことなくすぐに眠ってしまった。

十二月二十二日。正午すぎに指導部会議がはじまった。引きさつづき森の六〇年代追体験であるが、昨夜永田は話の出だしで眠ってしまっていたので森の「立板に水」のような話の展開になかなかついていけずひそかに困った。それでも二、三永田の関心を唆《そそ》った内容があった。森が獄中の赤軍派指導者塩見孝也について「共産主義化を提起したのは塩見であり、これは一貫して武装闘争をめざし〈上から〉の党建設を進めたからこそである。したがって塩見は大切な同志だ。対して革左の指導者川島豪はどうか。共産主義化のことなど全然考えもせず、統一赤軍結成に反対するような誤ちを犯しているではないか」というと、永田は全く異議なしと思い、森が永田の気持をよく理解してくれていると心強く感じた。森は一方で獄中赤軍派において塩見の対立者である八木健彦による「ゲリラ闘争路線」反対の論を「解党解軍主義」と烈しく批判し、坂東に向かって何か力んだ様子で「八木とは徹底的に闘うからな。容赦しないからな」とくりかえした。「解党解軍主義」というのだから永田として森の八木との闘いに何ら異議はなかったが、また格別それ以上のこともなかった。

このかん被指導部メンバーはストーブのまわりにすわって話し合っており、滝田がみんなに大槻といっしょに上京中の出来事を報告しているようだった。滝田が話のなかで、大槻さんはG君に電話を入れてからベースにもどってくるといったとき、永田は急に立ってストーブのところへ行き、Gのところの電話は使わぬようにしているのよと注意を喚起した。Gはすでに逮捕されている内野久がアジト提供者としてオルグした人物であり、逮捕時に内野はGの電話番号を所持していたと推定されるので、大槻がGに電話するときいて永田は非常におどろかされたのであった。永田の指示を受け、松崎と小林はただちに支度して大槻がそうしたまちがった行動に出るまえに山に連れもどすためベースを発っていった。Gは池谷や獄中川島グループに近い「思想」の人物でもあった。未だ漠然と「団結」一般に幻想を抱いているらしい大槻を可能な限り速やかに池谷らの有害な影響から隔離する必要があると永田は考えた。

兵士メンバーらの雑談はそのあともつづき、楽しげな雑談はやがて闘争歌の静かなコーラスにかわった。カーテンごしにいい雰囲気が伝わってきて永田も楽しくなるほどだった。ところが革左のベースのこういう調子（森は「仲良し主義」と批判的に表現する）が森には根本的に気に喰わぬらしいのだ。森は眉をひそめ「民青みたいだ。歌はもっと力強くうたうべきだ。そうでなくあのようにうたうならやめるべきだ」といい、永田はべつにいいじゃないかと思って黙っていたが、まずい、まずいとうるさく批難をくりかえすので土間のほうへ行き、「歌はもっと力強くうたうべきで、そうでなく歌うのならやめるべきだってよー」といってコタツにもどった。なかなか美しかったコーラスはいったんやんだ。が、しばらくするとこんどは指導部の意向を酌《く》んで力強さを心がけた戦闘的な合唱となり、なかでも加藤が全体をリードするように大きな声でのびのびと唱い上げた。森はまた「うーん、まずい。非常にまずい」と顔をしかめ、「だいたい総括すべき加藤君があのようにうたっているのは問題ではないか」と怒った。「みんなにやめるようにいうべきだ」寺岡もいった。指導部会議など屁とも思わぬかのような加藤の歌声に寺岡も不快だったのである。「私にはいえない」永田がいうと、寺岡は「じゃぼくがいう」と立って行き、「ようおまえら、そんなふうに歌ってるんならやめろ」といささかドスを利かせてだまらせ、ざっとこんなもんだという表情でコタツにもどってきた。

「よくいえるわねえ」永田が軽い批難をこめていうと、寺岡は「ぼく、平気」とこたえた。森はわきからふたりを見ていて、永田の「仲良し主義」は筋金入りだが寺岡の「官僚主義」はニセモノらしいなと思った。問題をとりあえず解決してみせた寺岡でなく、そこに問題を見ようとしなかった永田のほうに、不本意ながら森はホンモノを感じたのである。

森は加藤の合唱とともに、被指導部メンバーの雑談のなかで耳にした小嶋の発言を取りあげて問題視した。小嶋は加藤を相手に「私、このかん（加藤がつかまっていた間）変ったんよ。明るくなることにしたの」といっていたが、森は小嶋の口まねをしながら「明るくなることにしただと。全然総括をわかってないじゃないか」と軽べつ的に批判した。先に（二人のときに立会っていて）「うれしかった」と口走ったのと同質で、自分のかかえている問題からの不真面目な逃避である。ただ森が小嶋批判の中身をそれ以上ていねいに説明しようとせぬため、永田らには森がなにかと小嶋を問題にする真意がよくわからなかった。

夕食のあと全体会議で、永田は『国際共産主義運動の総路線についての論戦』の内「スターリン問題について」について語った。私たちは権威＝テキストを伏し拝むようにしてでなく、じぶん自身の共産主義化を確固としてなしとげる立場から学習するのでなければならない、権威は外に安置しておくものではなく、私たちの闘いのうちにくみこむことができてこそ私たちのもとめる飛躍も可能になるのだと論じた。それから加藤を指名、「逮捕されたとき、取調べのときのことを総括してほしい」と促した。

「完黙したと報告したが雑談はしました。雑談したのに完黙したといったことを自己批判します」加藤は神妙な面持ちでこたえた。永田はうなずき、あとは今後の実践のなかで総括していけばよいと思った。

「それでは駄目だ」森は身を乗りだして強い口調で加藤の追及をはじめた。森ははじめからこの全体会議に革左の生ぬるい、有害な、いささか「狡猾」とすらいえぬこともない「仲良し主義」に決着を付けるつもりで臨んでいたのである。かれらの小屋はローソクの暗い明りの中でしんと静まりかえった。森は逮捕の時点にもどって追及し、「警官が是政のアパートに入ってくるまで、どうしていた。気づかなかったのか」と訊く。

「気づかなかった」

「警官が入ってきたときまず何をした」

「もっていたメモをのみこんだ」

「警官と闘って包囲網を突破しようと思わなかったか」

「そうは思わなかった。ただ部屋に居たメンバーを励まさなくてはと考えた」加藤がこたえると、森はどうして警官と闘い包囲を突破しようとしなかったか、そういう条件はほんとうに全然なかったのか、加藤らがその日、「是政アジト」に集合するにいたった経緯、アジト周辺の状況、警官が入ってきたさいの眼にし耳にしえた範囲での包囲攻撃態勢の具体等を詳しく問いただしていく。加藤のこたえはしだいに苦しげにアイマイなものになり、森の追及を息を詰めて見守っていた永田をふくむメンバーの間に加藤は何故、包囲を突破しようとしなかったのかと批判的な空気が拡がっていった。そうしたなかでひとり金子が「でも四月三日、越谷アジトで和田（明三）君が逮捕、ガサ入れされたとき、加藤君はみんなから離れて漫画を読む格好でボク関係ありませんという顔をしていたけれど、こんどはすくなくとも甘くもないメモをのみこみ、みんなを励ましている。大きな進歩ではないか」と弁護したが、森は首を振り「そんなことは問題にならない。銃＝センメツ戦の地平に立って今問われていることは唯一、警官と闘い包囲網を突破しようとし、かつそれを実際にやりとげることだ」と一蹴して加藤の追及をつづけた。警官の包囲網の突破を空想ないし祈念するだけでなく実際に突破できた者など目下のところこの場に誰ひとり居はしないのであり、森は未だこの世に出現していない「革命戦士」の理念像を如意棒《にょいぼう》みたいに振り回して実際に自分なりに闘ったこの世の加藤をコトバの上でだけ全否定「できている」にすぎない。にもかかわらず永田を筆頭に革左の仲間のほとんど全員が森のコトバ＝理念の闘いの側につき、誰もやれていないしこれからもやれるかどうかわからぬ闘いをやれなかったといって加藤に批難の目を向けるのであった。どうして包囲網の突破をこころみなかったのかと。

森は加藤の取調べ時の追及に移った。「センメツ戦の時代の対権力関係においては雑談したら完黙にならない。ここは絶対の線だ。したがって獄中での闘いは自分が逮捕されてしまったというあってはならぬ事実の自己批判から出発する。形式的に完黙を守っても闘いにはならない。ふりかえってどうか。闘うことがどこまでできたと考えるか」

「逮捕後二、三日たった頃刑事の雑談に応じましたが、このままだとピンチになると思い、意識して権力を怒らせるようにふるまってそれ以後は完黙しました」

「それがだめだというんだ。君は権力の包囲を突破しようと考えず、メモをのみこみまわりを励まし、そうして結局だまって逮捕を受けいれる。刑事の取調べ自体の否認をつらぬくのでなく、刑事相手に思わず雑談してしまったあと、形式的「完黙」に逃げこんで、雑談してしまった自分を自分から切りはなそうとする。逆なのだ。雑談してしまった自己と徹底して向き合うことが君の総括の起点になる。どんな雑談をしたんや」

「刑事は弟たちのことをきいた。東京にいるんだろうともいわれた」

「それにどう対応した」

「黙っていたが、弟たちのことがもちだされたのには少しおどろいた」

「黙っていても、雑談のときの態度表情から刑事は自分の欲しいものをいろいろひきだすぞ。刑事にどういう態度をとったのか」

加藤はしばらく考えていたが、そのうち非常に悲し気な表情をした。刑事はたしかに加藤の態度から欲しかった肉の二、三片を手にいれたのだと森は観察し、ふたりのやりとりを見ていた永田らも、森の追及がこのとき加藤から、じぶんたちではとても見ることのできなかった革命戦争の成否と結びついている事実を「ひきだした」かのごとく感じた。加藤がこたえられなくなると、森は追及の方向をかえて、

「他には。思い出したことは何でも」

「刑事からそれとなくという感じで、いま思いかえすと策略的に車の書類を見せられた。革命左派の購入した車が

キャッチされているなととても心配になった」

「そのときの加藤君の様子から刑事は口にされたコトバよりもはるかに雄弁なコトバのコトバをききとったろう。君が態度にあらわした心配は、待ちかまえていた刑事に伏せているつもりの心配の原因を伝えてしまっているのだ。逮捕されたら外を信頼し、何をいわれても何を見せられても彼我の間に絶縁の壁を築き、そのこちら側で自己を絶対の無に沈めきること。獄中での外への「心配」は有害無益だ」森の追及は加藤からさらに「刑事から茶を出されて〝どうも〟といいました」「留置場ではいつも小嶋さんのことを考えていました」などというめざましい発言をひきだし、最後に「釈放されたことをどう思ったか」ときいた。「考えてもいなかったのでおどろいた。そのときは、ただちに再逮捕されるものと思って覚悟していた」

森はよしというように大きくうなずいた。権力による「釈放」にたいし、再逮捕への覚悟をもってこたえた加藤の姿勢を、「総括」の可能性をしめす「戦闘的・能動的」要素として評価したのである。森は追及をおわらせると全員に向かって「それぞれが自身の革命運動への関わりや、自分が抱えている問題を総括するように」と指示した。革命左派にたいする森の指導の本格的開始であった。

「……革命左派はたしかに自己批判〜相互批判のよき作風を作りあげてきた。それは評価している。しかし成果はどうか。多くの場合、表面的でおわっており、先のような総括要求はやられていなかった。今後は加藤君にたいする先の総括要求のように目的意識的共産主義化の観点から、あのように総括要求すべきである」森は指導部会議の冒頭、じぶんのおこなった加藤追及を総括要求→共産主義化の「テキスト」とするよう求め、永田らは森の気分の昂揚にのみこまれるようにしてこれを受けいれた。とりわけ永田は森の追及の鋭さと追及がひきだした思いもよらぬ加藤の「真実」の数々に圧倒され、これまでの自分の自己批判要求は浅かったかと振りかえっている。永田の回心がはじまったのである。

森は永田に「指導部会議の内容をそのつど被指導部の者に話しにいくのはどうしてなんや」ときいてきた。「指導部会議の内容は〈われわれになった〉ことの内実であり、可能ならみんなにレジュメを作ってすぐわたすべきだと思っている。まだ作っていない今は、会議の内容をできるだけ伝えたいと思っているから」永田がこたえると森はフーンといっただけで黙った。永田の「仲良し主義」は依然として一部健在だった。会議は二十三日未明になるまえにおわり、森は久方ぶりにぐっすり眠った。

党史、対立と統一

十二月二十三日。朝、森は永田にきょう山田が来るので榛名湖バス停へ出迎えを頼むといった。永田はいいわよといってくれた金子に依頼したが、そのさい金子が「山田さんは何時にバス停に来るのですか」ときくと森は変な笑い方をして「何時にくるかわからない。今日中の何時かにくるということや。たぶん正午頃にはくるであろうがくるまで待っていてくれ」などと雑なことをいってそっくりかえった。「そんな待ち合わせはないでしょ。いい加減すぎるんじゃないの」永田がなじると、森は「党活動を優先すればそういうこともあるんや。自分を党活動に合わせるのでなければしゃあないやろ」ウルサイなあという顔をした。「党活動」の一語に説得された永田は「他に行ける人がいないから金子さん、大変だけど行ってくれる」とあらためて頼みこみ、「それならそうする」金子はうなずいて午前中に出かけて行った。

指導部会議は山田の到着を待つ形となり気持の入らぬ雑談がつづいた。会議は森による六〇年代階級闘争「追体験」の途中であり、じぶんたちの「党史」を用意できず、じぶんのほうから提起していく内容をもたぬ永田ら革左側は不本意ながら、会議の進行を森と赤軍派の主導に委ねその都合に合わせるしかなかった。山田は夕方になって金子といっしょに到着し、コタツのところにきて早速森に何やら報告していた。ききおえると森は永田らに「共同のマンションはできた。風呂はないがキッチン、トイレ付きだ」とだけ伝えた。それから山田はだまってあたりまえみたいな顔をして指導部会議に加わってきたし、森も事情不案内のはずの山田にたいしていまここが〈われわれになった〉新規の場であることを全然説明しようとしなかったのだが、永田は森と山田のこうした対応に不満であり、奇異にも感じた。

夕食のあと、新たに山田の加わった指導部会議が正式に発足し、森の六〇年代追体験のつづきが語られていく。永田はこの会議から、森の追体験をこれまでのように赤軍派のこととしてでなく〈われわれになった〉立場においてきくことにしようと志し、熱心にノートをとりはじめた。するとたちまち森の話のなかで、第二次ブントが六八年「八・三論文」において現情勢を「日米共同反革命」と規定し、「日米両帝国主義軍隊解体」を打ち出したときかされて、永田は大きな衝撃を受けた。革左による新左翼（第二次ブントから赤軍派まで）批判はけっきょく「アメリカ帝国主義打倒を打ち出していない」の一言に尽きるが、森のコトバがそれを事実と「理論」に照らして軽くはねのけてしまったからだ。永田は森の追体験を他人事と考えてたんにきき流してきた時間を悔い、革左の新左翼批判＝「日帝打倒・安保粉砕の諸君」という高を括った物言いは正しくなかったと自己批判した上、「六〇年代階級闘争の追体験を再度、はじめから語ってほしい。今度は問題意識をもってきくから」是非とかきくどいた。

「冗談じゃない。人が話しているときスースー寝ていたくせに。この追体験は共同軍事訓練のときに徹夜で話したのに永田さんははじめから寝ていたんだぞ。二回しゃべっているのだからもうくたびれた」森はそう愚痴ったあとしぶしぶリクエストに応じた。……六〇年安保闘争の総括論争をへて、第一次ブントから六六年第二次ブント結成へ。そのかんの歴史は「党内闘争」史であり、森は〝血で血を洗う〟党内闘争をこそブントの生命の核をなすものとみなして全肯定したのであった。「路線闘争の一貫した堅持によって赤軍派は〈上からの〉党建設を追求できたが、それは「党内闘争は党に生命を与えるものであり、建党建軍の基礎をなす」からであって、その点革左の場合はどうだったか。一貫して「自然発生的」であり「受動的」であり、〈下からの〉党建設にとどまっているではないか。断固戦闘的にがんばっていけば党ができると思いこみ、けっきょく「戦闘団」的団結の水準に停滞しつづけているではないか。だからこそ、赤軍派は目的意識的な共産主義化を提起できたけれども、革左は自然発生的な自己批判―相互批判しか組織できなかった」森は「自然発生的」にとどまっていた革左の遠山批判・加藤批判を「目的意識的」に高めたところの赤軍派による第二遠山批判、加藤批判の延長上に〈われわれになった〉新しい「党」を展望してほしいと熱をこめて語った。

永田は振りかえっていま、じぶんたちが森のいう〈下から〉主義であったこと、そのマイナス面が一・一七闘争以後露呈したと認めざるをえない。しかし同時に新たに提起された共産主義化の闘いをとおして、われわれの深い〝自然〟を高い〝目的〟に向かって〈下から〉飛躍させることは可能な筈だ、マイナスはそのままプラスに変換可能なのだと、森の話から希望を得たようにも思った。それで「……もっとも路線闘争＝党内闘争を回避してきた革命左派ともっとも路線闘争に必死になってきた赤軍派とがそれぞれ独立に武装闘争を追求し、銃の地平にいたって共産主義化が問われるなかでついに必然的に出会ったといえるのではないか。それだから、これまで新左翼諸派間でくりかえされてきた「野合」とは異なって日本階級闘争史上はじめて革命組織の真剣な統合が可能になったといえるのではないか」云々と永田は感激を面《おもて》にあらわした。「自然」＋「目的」＝センメツ戦に勝利する「党」という森の論の誤読に基く永田得意の算数であった。

森追体験は第二次ブント結成後の動向に進み、六七年十・八闘争と学生山崎博昭の死、以後「激動の八ヵ月」の街頭実力闘争の日々をブントが「組織された暴力とプロレタリア国際主義」と総括することによって、六八年三月ブント第七回大会で「綱領」的論文＝「一向過渡期世界論」（一向健は塩見孝也の筆名）を提起したこと、それが八・三集会において「八・三論文」としてまとめられたこと等々。森は八・三論文について詳しく語り、山田にも語らせたが、永田には話が空漠として大きすぎてついていけず、坂口らは世界革命の抽象的連呼に閉口して眠気をおさえるのに四苦八苦していた。二十四日未明に森の話は終了した。寝るまえに森は加藤と小嶋をちっとも総括しようとしていないと批判した。どうしてそう見るのか説明がなかったので、森の批判はたんに批判したというだけでおわった。

十二月二十四日。正午近くより指導部会議。森は追体験をつづけ、六九年四・二八沖縄闘争において第二次ブントが「一向過渡期世界論」を拠り所に共産主義突撃隊を組織し、未発におわったものの権力とのセンメツ戦を公然と掲げて爆弾闘争をたたかおうとした事実を強調した。革命左派の結成は四・二八の直前のことであって、まだようやくこれから新左翼の街頭実力闘争に加わっていこうかという状態だったのだから、森の話をきいて永田はじぶんたちの立ちおくれを大きなショックとともに実感させられた。「革命左派は階級闘争の最先頭に立つのが党としての闘いだといっていたが、四・二八ですでにセンメツ戦をかかげていたところがあったのにかかげなかったし、そのことを自己批判もしなかった」永田がいうと寺岡は同調する発言をし、坂口、吉野もうなずいた。

森は革左が四・二八闘争における反戦青年委員会の「行動隊」に学んで六月末「反米愛国行動隊」を結成したことを知っていた。「四・二八に臨んで反戦青年委員会が行動隊を組織したのにたいし、われわれはヨリ意識的に共産主義突撃隊を組織した。革左はどうして反戦青年委の行動隊を手本にし、共産主義突撃隊に学ばなかったのか。このことはのちに革左の推し進めていく「政治ゲリラ闘争」が宣伝・煽動のための武装闘争であり、センメツ戦の意識をもった武装闘争ではなかったことと直接繋がっていると自分は考える」永田は森の指摘をそうだったのかという思いで受けとめたが、寺岡はこの頃から永田以上に積極的に森の意見に同意しはじめた。軍責任者として寺岡はじぶんが苦労させられた川島の指導による「政治ゲリラ闘争」について、秘かにずっと抱きつづけていた疑問に、いま森の追体験の言葉がこたえてくれていると思った。吉野は淡々としており、坂口だけは何か反論があるぞという顔をしていたが、相変わらず発言はなかった。

森は永田に質問しながら、政治ゲリラ闘争にはセンメツ戦の観点なし、したがって川島の主唱した武闘は格好だけの「宣伝武闘」にすぎないとくりかえした。永田は質問にできる限りこたえようと努めたものの、全部にはこたえられぬので、機関誌『解放の旗』のバックナンバーを森にわたすことにした。森は政治ゲリラ闘争を位置づけた七号を読むと鬼の首でもとったように「これのどこにセンメツ戦の観点がある。まるでない。川島のかかげた武闘の正体が宣伝武闘であることはこれでハッキリした。だからこそ川島は「統一赤軍」に反対し、共産主義化の必要に気づくこともなく、十二・一八集会には赤色救援会の結成を祝うなどと頓珍漢、無内容なアピールを平気で送ってきたのだ」と主張した。きいていて永田は森の考えに同調しつつも、森によるいわば早口にすぎる批判の展開にいささか混乱を味わった。たしかに川島にはセンメツ戦の観点がなく銃の観点もなかった。しかし銃の地平に立つ現在から、森が革左の過去の闘いを全否定していくその速度が「不当に」（と永田は感じた）早すぎて、中間をとばしすぎて、すぐにはついていきかねるのだ。もう少し加減できないかと永田は思った。

森が『旗』のバックナンバーを検討し、会議が中断している間に、永田は土間におりて行き、ストーブのまわりに居た被指導部メンバーに、政治ゲリラ闘争を定式化した『旗』七号にセンメツ戦の観点がないという森の指摘を伝え、みんなもいっしょに考えてほしいと呼びかけた。金子が「すぐ（七号の）読み合わせをしよう」といってその準備がはじまった。

永田がコタツにもどると森は顔をあげ、「九号の冒頭スローガン〈米日反動の侵略戦争を国内革命戦争で打ち破れ！〉は永田さんが打ち出したものだ」などといいだした。これには坂口も黙っていられず「ちがう。それは川島さんだ」と事実をもって反撃したが、森は首を振り「そうでなければおかしい。たとえ「事実として」は川島が打ち出したのだとしても、それと九号で打ち出した内容とは根本的にちがう」といいはった。川島の「武闘」は宣伝武闘にすぎないが、九号で打ち出されている武闘は宣伝武闘ではなく、執筆も永田である。当時の永田が「事実として」は獄中の川島の指示にしたがって書いていたつもりでも、永田の書きあげた九号はすでに当時から無意識のうちに「自然発生的」に川島の「武闘」の限界に接してその先へふみだしかけているのだ。それが森の読みなのである。永田は田宮高麿と同じで、おのれを知らぬ「無意識」の人だ。「九号は私が書いたけれど、〈米日反動の……〉は川島さんがうちだしたのよ」永田はとまどった表情をうかべた。

「それはおかしい。考えられぬ。九号の内容は川島とはちがう」森は強い口調で断定し、永田と坂口は気圧《けお》されてしまってそれ以上はもういわなかった。

森は追体験を再開し、四・二八闘争の「敗北」の総括から六月アスパック闘争を経て第二次ブント内の対立が決定的となり、秋期武装蜂起に向け「赤軍」創設をうちだした部分とそれに反対した部分との暴力的衝突（七・六事件）にいたる過程の説明に入った。説明はやがて、第二次ブント分裂→赤軍派誕生の内輪話にとどまらず、森という一個の人物の人間性と生き方の真実をなんとか語り伝えようとする「告白」の性質を帯びてゆき、永田らは強い関心をもって聴きいった。森は当時「赤軍」創設をめざす塩見のグループに属して活動しながらも、同盟の分裂の回避を願って対立する双方の説得に奔走していたのだが、ついに七月六日両派の対立が暴力的衝突に至り、これで革命の勝利にかけていた自分の夢のすべてが崩れ去ってしまったと感じた。七・六当日、塩見、田宮ら「赤軍」グループは森も幹部メンバーのひとりとして加わって明大和泉校舎にたてこもったブント内右派グループにたいして武装襲撃をおこなった。しかし部隊の校舎突入の直前森はとなりにいた後輩のA君に「おれは分裂は嫌いだ」とだけいいのこしてサッと姿を消してしまう。赤軍派結成に向かう真剣勝負のこの場面で、森は独り「戦線逃亡」したのであった。「じぶんは実家に帰り、それからまる一と月のあいだ寝てくらした。父は何もいわずに寝かせておいてくれた。八月末、塩見、田宮のグループは共産主義者同盟赤軍派を結成し、秋期決戦―「革命戦争」方針を打ち出した。じぶんにも、まだやれることがあるかもしれないとこのときかすかに思った」森は東淀川区の町工場に入って旋盤工として働きはじめ、得た賃金の一部を毎月田宮をとおして赤軍派にカンパした。そのかんに赤軍派のなし得た現実の「秋期決戦」＝けっきょく不発におわった東京戦争、大阪戦争、十一月初めには大菩薩峠での大敗北があった。同月下旬、工場の勤務からもどった森のところへ、使者の某君を介して田宮から呼び出しがかかった。森は田宮の指示を受け、自己批判書を書きあげると革命戦争においてのみ生き死ぬ「一兵卒」としてただちに上京する。

戦線復帰にあたって森が赤軍派議長塩見孝也あてに提出した自己批判書の内容は大略以下のとおりであった。七・六のブントの分裂→党内闘争の暴力的衝突への移行を直接の機とする森の戦線逃亡は、①じぶんの関わっていた統一戦線問題（革命戦争派の広範な結集）が組織的に対象化されず、また分派闘争の方向はハッキリと〝別党〟コースをとるべきで、新党活動の準備こそ環と思っていたところ、闘いの目標が党内の主導権獲得へ縮小されたことによって消耗してしまったこと。②一方でじぶんのなかの小ブル日和見主義によって、日々他からのリンチを考えねばならぬ党内闘争の状況から逃走せざるをえなかったこと。「……自分は赤軍派の闘いの前線にもどったとき、あらためてこんどこそ革命戦争を担いぬく〝別党〟＝新党の創出を徹底して追求すること、今後の自分には天にも地にもこの課題からの逃げ場は絶対ないと思い定めた。そうしてフェニックス作戦、ペガサス作戦等々無我夢中で走った一年間があり、十二・一八における君たちとの出会いがあった」森は感慨深げに永田らの顔を見まわし、それから主に坂東と山田を相手に結論を付けるように「ようするに七・六「衝突」は思想的に不徹底だったのであり、あのとき別党コースをもっと徹底していれば自分は戦線逃亡することはなかった。しかしながら、別党コースの徹底には共産主義化の観点が必要だったということだ」と語り、じぶんの総括をおわらせた。ハラハラしながら息をつめてきいていた永田は森さんが総括できてよかったと心から思った。そろそろ夜九時をまわろうかという頃だった。

土間にいた被指導部メンバーが興にたえぬというふうにまた歌をうたいだした。このときも加藤は全体をリードするように大きな声で楽しそうにうたい、永田も楽しくなり歌に合わせて無意識に首を振った。が森は強い調子で「あの歌はやめさせるべきだ。だいたい総括すべき加藤君があのようにうたっているのは問題だ」といい、寺岡がすぐ立って行きやめさせると、かさねて「加藤君と小嶋さんはちっとも総括していない。これは大問題であり、許されることではない」と批判した。森は加藤と小嶋がだらしない形で「恋人同士」なのであって、このかんのベースにおけるふたりのふるまいをおおむね場所柄を分きまえぬ図々しいイチャツキであり、総括の放棄であると観察しており、坂口らも森に同意する発言をした。永田は森の批判に抵抗をおぼえたけれども、共産主義化の観点からするとふたりにはしっかり総括してもらわなくてはならないのかと思い直し、

「加藤さんと小嶋さんのふたりに討論させながら、きちんと総括させよう。そうすればふたりともいっしょに総括できるのではないか」と提起した。永田のロマンチックな見方では、小嶋の問題は脱走した高木へのまちがった「片恋」であり、一方の加藤は小嶋への自分の「片恋」を「同志的結婚」へ高めていく聖なる課題を負っているのである。二人には成長してもらわなくてはならない。森は永田の提起に同意したが同時に「ふたりは作業から外して総括に専念させる」とヨリ厳しい条件をつけた。南アルプスにおける赤軍派の進藤、行方、遠山のケースと同様、加藤と小嶋はベースの仲間との共同共働からここでこのときから切り離されることになる。革左でははじめてのことだったので永田はためらったものの、とくに反対意見をいいだす者もなかった。「明日から作業には加わらず、ふたりでちゃんと総括しなさい。メモをとりながらふたりで考えるといい」永田が加藤と小嶋に指示すると小嶋はすぐ「そうだね。

そうする」と素直に応じた。

森の追体験は七・六総括でとまってしまい、あとは雑談的に獄中の赤軍派メンバーの人物評価をあれこれと語った。とりわけ塩見にかんして大切な同志であると強調し、「塩見も長く獄中にあって実践から離れているので銃の観点があるとはいえない。が、塩見には銃の観点をわかってもらうし、きっとわかってくれる人だ。銃の観点からする批判をかならず理解し、自己批判をしめしてくれるだろう」という。上野勝輝について「明日の地球を回すのはわれわれ赤軍派だと宣言した人。夢を現実に生きている人だ」。高原浩之について「かつてどうせ闘うなら天安門に並ぶ位になりたいと口にしたが、権威主義、権力主義だ。ぼくは革命のあと天安門で答礼とは思わない。田舎で農業でもやりたい」云々。赤軍派人物月旦は二十五日未明まで長々つづいたが、永田は途中で眠ってしまった。


十二月二十五日。午前中、加藤と小嶋は土間の近くに机を出して向かいあってすわり、ノートを広げて何か話しあっていた。永田はこれを見て深くうなずき、「総括しているな」と頼もしく思った。

指導部会議は正午まえからはじまった。が、森は追体験のつづきを話そうとせず、永田らの知らぬ獄中赤軍派の誰彼の言動を取りあげて、あまり公平とはいえぬ悪口の多い噂話をしきりにならべたてる。うんざりした永田が「とにかく一通り六〇年代階級闘争の追体験をすませてしまうべきだと思う。七・六ブント分裂以降の赤軍派の話をしてほしい」と要請すると、森はこたえず、逆に「自分は赤軍派の出生を語り、別党コースの徹底を追求すべき課題として明示した。こんどは革左が告白する番だ」と称して革命左派の歴史を問うてきた。永田は坂口の了解を得た上で、六九年四月「日本共産党革命左派神奈川県委員会」の「出生」の事情から語りだした。指導部は河北三男と川島豪の二頭体制で、結成当初には武装闘争方針はなかったが、九・三、四愛知外相訪ソ訪米阻止闘争以降川島の強力な指導により政治ゲリラ闘争（火炎ビン、ダイナマイトを使用した米軍基地攻撃）を戦った。十二月、川島の逮捕のあと、関西で組織作りを担当していたもうひとりの指導者河北が上京し、永田らにたいして政治ゲリラ闘争反対を表明、自分を除名せよと求めてくる意外心外な出来事があり、永田らはとりあえず獄中の川島の指導の側につくと決めて河北と訣別したのだけれども、内部の混乱はなかなかおさまらなかった。革左結成当時のメンバーの消耗は大きく、一時離脱者が連続した。

森は永田らが「脱党」宣言の河北にたいし分派―理論闘争を組織できなかった無力無能を問題視して「革命左派はつねに分派闘争をグズグズと回避してきた。だからいつまでたっても下からの党建設にとどまっているのだ。河北との分派闘争では河北の足の骨の一本や二本へシ折る覚悟でのぞむべきだった」と断じた。

「当時の私たちには分派―理論闘争の内実がなかったのよ」

「上下左右仲よくやってゆきましょうが当時の革左の組織原則で、もともと〈下からの〉党建設だから内実がない。暴力的分派闘争の気概でのぞめば〈下からの〉党建設ではやっていけず、当然理論闘争に必死になるのだ」理論の構築は革命的武装の出発点でありその完成であると森はいった。理論闘争の深さ真剣さ（その「正しさ」ではない）は最終的には持ちこまれた「暴力」の強度が決める！　永田はついていけなかった。しかしいまや説得されつつあった。

つづいて永田は革左の第二の「恥部」の告白にふみこむ。川島は七〇年一月接見禁止解除のあと、獄中から接見、通信をとおして獄外メンバーの指導をはじめたが、二月末の接見のさい突然「発狂」してしまった革命家を演じてみせて「偽装転向」→出獄方針をうちだし、それが失敗すると今度は自身の「実力奪還」を獄外に指令してきたのである。永田は当時もいまも、転向は転向、「偽装」であれ「真装」であれ権力に頭を下げるというけがらわしい本質は根本的に同一であると考えている。思想の節操をなんらかの目的（それが「戦線復帰」であるにせよだ）のための手段・道具として利用してやろうという思考・姿勢自体への永田のほとんど過激な嫌悪感は、きいている森らに、とりわけ川島を尊敬しつづけてきてこのときはじめて川島の「（偽装）転向」の事実を知らされた寺岡、吉野のこころに大きな衝撃をともなって伝わった。永田が何かというと持ち出してきた川島の「思想問題」とはこのことだったのかと寺岡、吉野はやっと了解できた思いだった。

森はウーンとうなって考えこんでいたが、やがて確信にみちた口調で「それは偽装転向ではない。ほんとうにダラシなくただ発狂したのだ」といった。永田、坂口、寺岡、吉野はおどろいて森の顔を見た。「六九年十二月初めに逮捕、七〇年一月初めに接見禁止がとける。それからほんの二ヵ月たったかたたぬかのうちに、まともな指導者が偽装転向を考えるか。考えるはずがない。たかだか三ヵ月にも満たぬ獄中生活にすらたえられず、メソメソとおもてに出たい一心で「発狂」したということであって、偽装でも何でもない。それだからしばらくするとこんどは奪還指令になる。「発狂」も「指令」もただ外に出たい一心でのむきだしの敗北であり、権力への屈服ではないのか」

永田ら川島の弟子たちは森の思い切った断言に唖然とし、永田はショックのあまり「追体験」の先をつづけられなくなって、会議はしばらく休憩となった。このかんに森は、革左側で唯一川島＝「発狂」説に同意した寺岡に、奪還指令以後の軍の状況についてさかんに質問し、革左の軍が奪還闘争をどう組織し準備していったか把握しようとした。寺岡は川島と永田の指導の問題点、むしろ指導の不在をふりかえりながら、じぶんと軍がしだいに奪還闘争そのものに疑問を深くしていった事情を語った。このときの寺岡の話から森は、森らの心を打った七〇年十二・一八闘争がじつは「あんな川島」を組織をあげて実力奪還するために敢行された「銃奪取」闘争であった事実を知らされたのである。

休憩がおわったとき、森は「加藤君と小嶋さんはちっとも総括しようとしていない」と口を切った。「ふたりは机をはさんでノートをとり、まじめに総括しているじゃないの」永田はすこし怒って反対した。

「そう見るのは甘い。よく見てみろ」森は親指を立てて肩ごしにふたりのほうを指した。「小嶋さんは大きな声で加藤君にあんたが悪いといっているし、加藤君も加藤君で、小嶋さんが何をいおうがニヤニヤと楽しんでそれをながめている様子だ。天下は泰平だ」森は加藤がまだ一ぺんもきちんとした自己批判をしめしたことがなく、小嶋は今も自分の問題から「明るく」逃げつづけているぞと指摘した。

永田は迷ってしまった。森がいうような様子もふたりにあったからである。森がさらに「共産主義化が問題になっているいま、あのような態度は許されない」とたたみかけると永田はもう反対できず、他も全員森の批判に同意した。森は立上って、「だいたいふたりを一緒に総括させたのがいけない。ふたりを別々にして総括させよう」といい、永田がうじうじと同意しかねている間にさっさとふたりのところへ行って別々にして離れた位置に正座させ、ノートとボールペンを取りあげてしまった。このときから森は両名を呼び捨てにしたが、永田らはこれに反対しなかった。

指導部会議は永田が森の川島「発狂」説に同意することからはじまった。森の新説を事実と確認できたからでなく、獄中で独善的に勝手に栄えている川島の指導ないし指導の放棄への怒りの感情に基く同意であり、坂口、吉野の同意も、おおよそ背景は同じであった。永田はそのうえで森にもう一度、七・六事件でとまっている六〇年代階級闘争追体験をひととおりすませるよう要請した。七・六から「共産同赤軍派」の結成、七〇年三月のハイジャック闘争、さらに森が指揮をとるようになった同年秋期の闘いの赤軍派の総括に学んで、じぶんたちの武闘方針が「川島奪還」の遂行に局限されてとうとう十二・一八の敗北に至ってしまったプロセスを批判的にとらえかえしてみたいと思った。が、森は要請にこたえず、加藤と小嶋の総括の必要を強調し、「ふたりの闘争歴を話してくれ」ともとめてくる。永田はふたりを早く総括させてしまって森に「追体験」を再開させたい一念で、ふたりの革左における闘いぶりを詳しく話した。加藤については、六九年七月名古屋での組織作りのため派遣された荒井功とともに名古屋で活動したこと。荒井は革左においては川島、河北につぐ幹部活動家で川島主唱の政治ゲリラ闘争には懐疑的であった。川島逮捕にひきつづき荒井も逮捕されてしまうと加藤は三里塚に常駐して活動する一方、寺岡の指揮のもとで米軍基地爆破闘争を担った。七一年二・一七闘争後の一時期指導部との連絡が切れていた間に尾崎と組んで問題ある（反指導部的）『反米愛国』復刊号を出したが、のちに自己批判している云々。

「すると荒井の影響を受けているのか」

「べつにそんなこともないようだ。そもそも荒井さんは組織問題ばかりいう人だった。したがって政治的影響は考えられない。加藤さん自身が私に何べんもいっていたものだ。政治指導を受けることのないまま荒井さんが逮捕されてしまった。しかし一方で、荒井さんが逮捕されたからこそ、ぼくは今こうして銃によるセンメツ戦を闘おうとしているのだと思うと、ぼくにとって荒井さん逮捕はよかったということになる、と」森は永田の説明にうなずいて黙った。加藤は荒井の逮捕がなければ、銃によるセンメツ戦に進めなかったと告白している！　永田の取次いだ加藤の打ち明け話から、加藤の問題が今日の『意見書』「取調べ中雑談」にいたるまで一貫して権力にたいする、敵にたいする骨絡みの「受動性」にあることをあらためて森は確認できたのであった。

小嶋については森はもう大体わかっているという態度で、くわしくきただそうとしなかった。小嶋の問題は①二名処刑に関与した（させられた）ことにともなう消耗。②上記消耗をともにした（と小嶋自身思っている）高木への「片恋」と、その高木が脱走するとあとを追おうとして脱走未遂（ないし未遂の未遂）を演じたこと。森は現状の小嶋を、①②とのまじめな取り組みを放りだし、ヒロインぶって自己中心的に騒いでいるものと一方的に悪意をもって見た。総じて両名とも永田と革左の「仲良し主義」への依存が濃厚であって、まずそれを打ち砕くことで真剣な総括に集中させること。それがふたりのためでありわれわれのためでもある。

夕食になったとき、森は突然「加藤と小嶋の二人には食事をさせない。食事をさせずに総括に集中させる」といいだして永田をたじろがせた。そこまでやる必要があるのかと抵抗をおぼえる一方、永田の内に人工臓器のように組みこまれつつある共産主義化の観点は、そんなにひよわにたじろいでしまう永田自身をも問題にして責めたて、一瞬おもてに出ようとした自然な抵抗感をおさえこみにかかった。結局、食事ヌキはこのときだけのことと思い永田は森に同意した。食事するとき、正座の加藤の近くにすわった永田は「早く総括するように」と声をかけたもののあまり食は進まず、気分は滅入った。

夕食をおえた永田ら指導部はコタツのところにもどり、会議にのぞむかたちをとった。が、森は寺岡と二人で話をはじめ、話しこみ、かなり待ったが会議は始まらず、二人だけの話がいつまでもつづいていくようにみえた。永田は森に、

「指導部会議をどうするの。六〇年代階級闘争の追体験をひととおりすませてしまいたいのに、ちっとも進んでないじゃないの」と注意した。森はジロッと永田の顔を見、「寺岡君松崎さんの問題とぼくら夫婦の問題は同じなんだ」といってそのまま寺岡との、「革命家夫婦」の一方の非自立をどう解決していくかという寺岡得意のテーマをめぐって内輪の話をつづける。やがて話し合いに区切りをつけ、森は「それで何だっけ」と会議をはじめようとした。

「六〇年代階級闘争の追体験をひととおり済ませてこれを一日も早くレジュメ化する必要がある。七・六問題で中断

したままではよくないんじゃないの」永田はあらためて主張した。しかし追体験は森にとっては六九年七・六で終了、あとはただ共産主義化の闘いをとおして「別党コース」の徹底をやりぬくことに尽きている。一方永田の「レジュメ」要求の根にあるものはみんなといっしょに仲良くやろうという永田の相変わらずの〈下から〉主義にすぎない。森は語気強く、「なによりもまず共産主義化の位置づけ、共産主義化の問題をしっかり把握すべきなのであり、それヌキに六〇年代階級闘争の追体験はあり得ない。共産主義化の問題を現在の課題（銃によるセンメツ戦の獲得）に即してしっかり把握するためにこそ、このかんの加藤、小嶋への批判＝総括要求があったのだから、追体験が先へ進まぬと問題にするのはまちがっている。それは六〇年代階級闘争の追体験を、七〇年代現在の課題追求から切り離して無害無益な思い出話一般に解消してしまうことではないか」そして確信に満ちた口調で「共産主義化の闘いをとおしてはじめて正しい政治路線を確立することができる。他の道はない」と断言した。

反米愛国路線の止揚→正しい政治路線の確立を希求してきた永田は森の断言で自己と自己の在る世界がこのときスキ間なく一致したという感じを抱いた。そうだったのか。いまここで共産主義化の観点を獲得しそれをみんなと共有できれば、自動的に！　正しい政治路線がうちたてられる。いまここ榛名ベースの指導部会議の場から直接に、加藤、小嶋への総括要求を介して「正しい」政治路線かくとくへ飛躍できる。旧き革左、旧き「反米愛国」、河北や川島の旧き指導の呪縛から、自分はこんどこそ自由になれる。……以後永田は、反米愛国路線の止揚のためには先ず順序として共産主義化をかちとらねばならぬと考え、七・六以降の「追体験」の展開や「路線問題」にこれまでのようにはこだわらなくなるであろう。森は共産主義化の旗をふりかざすことによって、〈われわれになった〉にもかかわらず依然存在している両派の「政治路線」上、乗りこえがたい根本的な差異を永田の問題意識から一時的であれ切り離しておくことに成功したといえよう。

十二月二十六日。指導部会議は午前中、いつもより早くはじまった。この日も森は会議のまえに寺岡と長い間話こんだが、永田はもう会議の始まりを催促することもなく、ノート整理などしながら二人の話がおわるのを待った。寺岡は昨日にひきつづき「同志的結婚関係」にあるメンバーの総括問題を話題にし、森にたいして、革左の山岳ベースでは夫婦、妻子が共に元気よく生活し闘っている事実に注意をうながして、赤軍派も同じようにしてはどうかとすすめていた。加藤らに総括を迫る森自身も、他をそれほどにきびしくせめたてる資格を完全に確保できているわけではまだなかった。まじめな顔でうんうんときいていた森は二、三質問したあと、共産主義化の観点からすればわれわれも当然、革左の諸君と歩調を合わせて進むべきだと考えていると認めた。森はすこししんとした気持でアジトを転々としながら森からの連絡だけを支えに時をすごしているだろう妻子のことを思った。それに南アルプス新倉ベースの赤軍派たちのことも少々。森の黙考は長くつづいた。

会議がはじまると森は「自然発生的だったにせよ、永田さんが共産主義化をかちとってきたのがどういうことかハッキリさせよう」と、永田に自分の生育環境や子供の頃の思い出を語ってくれるよう求めた。日頃から身上を語るのを好んだ永田は「それでは」と水をコップ一杯ぐいとのみほし、父母のこと、家庭のことなどとても楽しそうに話しはじめる。父は某電機会社の玉川工場に勤務する工員、工場近くの寮で暮す典型的な労働者の家庭であって、母は永田の子供時分は編み物の内職で家計を支え、娘の高校進学後は看護婦として働きはじめた。うちは働く家庭だったと、永田は幼い頃のわが家の光に満ちた生活を思いかえしながら語り、森のほうは質問しつつ、永田の生い立ち回想にあれこれ解釈を下した。プロレタリアの娘はその生まれながらの〝自然〟に徹することによって共産主義者に成長した！　われわれは永田さんの〝自然〟を共同の綱領としてうちたて、「目的意識的」にそれをわがものとしていかなければならない！　永田は森の大仰な「解釈」に面映い思いをしたけれども、森の用意したウヌボレ鏡にうつった森にとって使い勝手のいい「永田」像をとくに否定もしなかった。森は自分と永田が出会うべくして出会ったと熱をこめて語ったのである。銃と共産主義化の地平における意識と自然の奇蹟的、かつ必然的な遭遇！　と。

森と話していた山田が決心した顔になり、「ぼくは共産主義化の観点からタバコをやめる」といいだした。しばらくすると坂口が「ぼくもやめる」といい、森は寺岡、吉野にもタバコをやめるようすすめた。見ていて永田は、タバコをやめることがどうして共産主義化の獲得につながるのかと反発をおぼえた。「タバコをやめるやめないは自発的におこなうべきよ。タバコを必要としているかもしれない人にやめろというのはおかしい。それぞれが自分でタバコをすいたいとか本数を何本に制限するとか決めればいいのではないか。私は腹痛なんかをタバコで紛らわしているのだからやめない」

森はうなずき「ぼくもやめない。会議などで考えるのに必要だ」といって永田に倣った。が、寺岡と吉野はやめないとはいわず、どうしてそうなったか不明だが森の一存で一日三本と極端に少ない本数制限を全体に課すことになる。

森はベースでの山本夫妻と赤子の頼良の生活に言及して、かれらは立派にやっていると評価したあと、「ぼくの女房とT（森夫妻の子供）を山に呼ぶ。塩見らの女房や子供も山に呼ぶことにする」といい、山田に「おまえも女房と子供を山に呼ぶ決心をすべきや」と語りかけた。現実的でないと山田は反対したが、「共産主義化の観点からすれば自分の女房と子供を山に連れてくるのが正しい」と森は強調し、時間をかけて山田を説得した。しまいに山田が「よし。わかった。女房と子供を山に呼ぼう」といって笑ったとき、山のなかでそんなに楽しそうにしている山田を永田らははじめて見た。

夕食後、全体会議。永田は赤軍派は〈上から〉の、革命左派は〈下からの〉党建設だったが、今日提起されている共産主義化は〈上からの〉党建設としてかちとっていかねばならないと語った。被指導部メンバーの多くは永田のいう〈上からの〉を、指導部の森と永田が被指導部のうちのおくれた分子、たとえば小嶋、加藤にたいして自己批判―総括を要求している光景にかさねて理解しようとしたので、じぶんたちの党の建設をどちらかというとまだ〈上〉の指導部のこと自分の役割の外のことと他人事に受けとめがちだった。永田はまた、森、山田、その他の赤軍派メンバーの夫人と子供を山に呼ぶことになったと報告した。つづいて森が夫人や子供を山に呼ぶ位置づけを話し、おわりに全員にタバコを一日三本に制限することを申しわたした。

夜十時、指導部会議を再開、森は革左の永田、坂口、寺岡、吉野にたいして、これまでの川島批判をくりかえし、改まった態度で川島との訣別、川島（ら）との分派闘争の決断を迫った。会議の直前に森は山田と坂東を呼び、「今夜かれらにキッパリと決着をつけてもらう。われわれのほうは獄中赤軍派八木グループ（＝森らと獄中塩見グループの掲げるゲリラ闘争路線に反対し、関西革命戦線とともに森らの「銃によるセンメツ戦」追求を批判しつづけている分派）との訣別を決意しており、銃と山岳の思想の「外部」とのつながりは断った。かれらにも退路を断ってもらおう」と伝えるべきである。十二・一八集会のああいうしょうもないパンフを出す者にたいしては、銃口を向けた分派闘争にふみきらずとしての意志一致をすませていた。「……〈上からの〉党建設の立場に立って川島と訣別し分派闘争を決断赤軍派としての意志一致をすませていた。この世界にはほんとは共に大事なのかもしれない両面の一方をあえて切断しなければならない。この世界にはほんとは共に大事なのかもしれない両面の一方をあえて切断しなければなしとげられぬ事業というものもある。銃によるセンメツ戦→党建設はそれだ」

永田は森の川島批判に基本的に同意していたが、分派闘争の決断には同意できなかった。なぜか。第一、赤軍派との間にはまだ未解決の問題がかなりあると感じていて、「政治路線」問題のタナ上げは当面仕方ないとしても、タナ上げのままで川島に「銃口を向ける」分派闘争というのは性急にすぎる無理な要求だ。それになによりも、川島の存在・思想と共にあった革命左派における日々には、川島の問題多い指導はそれとして森のいう切り捨てかねる何か大事なものも含まれていたのであり、永田の人間川島にたいする反感憎悪はあるいは裏に周囲からは見えず永田も自覚していない奇妙な「愛着」をふくんでいるのかもしれない。永田がよく自覚できていないその分だけ、川島に向けた「銃口」も自信なげに揺らぐのである。この点寺岡、吉野もおなじで、分派の決断にためらいを見せ、とくに坂口は分派闘争への抵抗感をハッキリとおもてにあらわした。森はこうした永田らにしばらく考えさせておくという態度をとり、山田、坂東と獄中赤軍派のこと等をポツンポツンと雑談的に話し合っていた。時間は音を消すように過ぎていく。

気分をかえようと永田は外へ出た。小屋を出ると、坂道をすこしのぼったところに小嶋がヤッケのポケットに両手をつっこんでおもしろくなさそうな顔をして立っていた。永田が出てくるのを待ちかまえていたようだった。小嶋は永田を見ると近づいてきて、

「永田さん、イヤになっちゃう。加藤が夜、変なことをする」と訴えた。小嶋はよくわからぬ他党派の指導者によって加藤あたりと一括りにされ、仲間のみんなから遠ざけられてしまっているのが不満だった。じぶんは永田さん

に加藤みたいな口を利いたことはないし、永田さんの指示に逆らったこともない。私と加藤がべつものであることを永田さんはわかってくれているはずではないか。私はみんなのために処刑にまでかかわってがんばっているのだ。

しかし川島との分派闘争の決断を迫られているいまの永田は小嶋をいつも特別にあつかってくれた以前の永田ではもうなかった。「変なことをする」と口にしたときの小嶋の狎《な》れ狎《な》れしい語気に、永田は吐け口でも見つけたように日頃抑えつけていた感情をあらわにし、「夜どうして加藤さんの隣になんか寝たの。その点、あなたにも問題がある」と批判するとすぐ指導部会議の場にもどり、激しい口調で「加藤さんが夜変なことをすると小嶋さんがいった。しかし加藤さんの隣に寝た小嶋さんにも問題がある。神聖な〈われわれ〉の場を穢《けが》した」と怒りを爆発させた。森らは永田の報告に、共産主義化が問題になっているいま、しかも総括をもとめられている両名が平然としてニヤニヤとチカン行為をした↕させたというのだから、大いに怒って会議の場はいっぺんに緊張した雰囲気になった。

「どうする」怒ったが怒っただけで、どうしていいかわからない永田が一同に相談をもちかけた。全員しばらく考えていたが、森は山田と話し合ったあとにぎりコブシを作って軽く殴るまねをし、

「殴るか。総括を要求されている加藤がそういうことをしながらシラを切っているのだから、他にもまだ隠していることがある筈や」といい、「これまでの総括要求の限界を乗りこえ、真に総括させるために殴る。殴ることは指導である。殴って気絶させ、気絶から覚めたときに、共産主義化のことを話そう。気絶からさめたときには新しい気持でかならず共産主義化の闘いの意義を受けいれることができるはずや。殴ることは旧き「私」を死なせ、新しき私に復活させる目的意識につらぬかれた指導である」と位置づけた。

「顔が二、三倍にふくれるくらい殴る」森は両手でまるくふくれた顔の形をつくり、「革命左派ではこれまで暴力的分派闘争の必要を考えてみたことがないから、「指導として」殴るという思考が出てこない。殴って気絶させることができる。気絶させれば覚めたときに新しい「私」になれる。共産主義化のことを受け入れ、生まれかわることができるはずや」と強調した。

「ほんとうに気絶するの」永田は確認をもとめた。加藤と小嶋の死―復活は殴打によって二人がいわばキチンと

「気絶する」ことが前提になる。「気絶するはず」にすぎぬなら殴打という〝方法〟も無力だ。

森は自信あり気に強くうなずき、「指導として殴る。これは新しい指導だ」といいきった。

しかしこれでは永田の疑問のこたえにならなかった。「気絶」させることを目的に暴力＝殴打を指導として〝方法〟として使う！　かならず「気絶」させられる！　永田は森のそうした確信の物質的根拠を問うているのに、森はたんに信念をくりかえすだけだ。かりに加藤らが森の信念に反してなかなか気絶しなかった場合どうする。自分たちは、「気絶するまで殴打しつづける」しかない空虚な一本路にしばりつけられてしまうではないか。永田は考えこんでしまった。坂口、寺岡、吉野、さらに赤軍派の山田、坂東も、沈んだ表情になって押し黙った。

森は永田らのダンマリをはねかえすように「早く指導として殴ってみたい」と意気ごんでいった。それは〈下からの〉自然発生的な怒りにかられてする「制裁」ではない。〈上からの〉殴打であり、両名に共産主義化を獲得させんとする「高次の」指導なのである。腕が鳴るではないか。

永田は森のヤル気まんまんの表情をたのもしくながめた。森は赤軍派の過去の内ゲバの経験などから、永田には考えられぬにせよ、もしかしたら殴って「気絶させる」自信を得ているのかもしれない。とにかくほんとうのところはわからない。しかしこの今、問題解決に他の〝方法〟を誰も思いつかぬとしたら、あとは決断の問題だった。

「それなら殴ろう」永田がこたえると、森は「いつやるか」ときいてくる。「今からやろう」永田はいってみんなの顔を見まわした。誰も反対せず、ただだまって永田を見かえし、加藤と小嶋にたいする指導としての殴打がこれで決まった。永田はまっ先に同意したのだけれども、コタツの中に入れていた永田の手は決定に抗議するようにブルブル震えた。指導として殴るなら耐えねばならず、手の震えは永田の決断が強いた傷の痛みであった。隣にいて手の震えを知った坂口はかばうように永田の手をにぎった。

森は「加藤と小嶋のふたりを殴る。思いっきり殴る。みんなの前で殴る。すぐみんなを起こせ」と指示し、「ぼくは加藤を殴る」と表明した。つづいて寺岡、吉野がそれぞれ「ぼくも加藤を殴る」と決意をしめした。

「それでは坂口君と坂東が小嶋を殴ってくれ」森は殴るといいだせずもたもたしていたふたりに指示した。このとき永田は「女の小嶋には女が殴ったほうがよい。丹沢ベースで、小嶋がとっさに山をかけおりようとして殴られたとき、男の同志に殴ってもらって嬉しかったと感激していたから、〈指導として〉殴るというなら女が殴るのが正しい」と意見をいった。しかし森も坂口らも何もいわず、永田の奇妙に理屈っぽい発言をたんにききながした。また永田が「私は思いっきり殴ることができない」と打ち明けると「それはそれでいいから」森はいってわずらわしげに顔をしかめた。

加藤・小嶋殴打における指導部各人の任務がだいたい決まったとき、山田が森に向かって「もう一度、殴ることの意味を確認させてくれ」といった。坂口は山田もタメらっているんだなと少しホッとし、坂東も自分だけではなかったんだなと森がどうこたえるか注目した。

森は短く「新しい指導として殴る。ふたりに共産主義化をかちとらせるため」とこたえた。「よし、わかった」山田はにぎりコブシを作り、殴る準備をした。

「加藤はぼく、山田君、寺岡君、吉野君で殴り、小嶋は坂口君、坂東君で殴る」と森は最終確認して、永田に「みんなを起こせ」と指示した。

十二月二十七日。未明、連合赤軍指導部は意思一致して被指導部メンバー二名にたいして「気絶するまで思いっきり殴る」行動に出ようとしていた。寺岡、吉野、坂東が寝ていた加藤を起こしてシュラフから出し、指導部のコタツのところに連れてきて立たせ、森、山田、寺岡、吉野、坂口、坂東がとりかこんだ。永田はみんなが寝ているところに行き、「みんな起きて、起きて」と起こしてまわった。小嶋、前沢、滝田、尾崎、山本順一、金子、岩本、山本佑子、加藤倫教、加藤弟は、何なんだという顔でムックリと起き上った。

「何か隠していることがあるだろう。それをいえ」森が大声をあげて加藤を殴りはじめると、前沢、滝田、山本(順)、加藤弟らがドドドッと音をたてて走り寄り森と加藤を囲む密集した輪を作った。倒れた加藤を山田が引きおこし、立たせてまた森のほうへ押し出す。森が何回か殴ったあと、寺岡、吉野が「総括しろ」「隠していることをいえ」

とどなりながら加藤の顔面を殴った。とりかこんでいた者たちも口々に「総括しろ」「総括しろ」とどなりだす。

小嶋、永田、坂口、坂東、金子、岩本は森らと加藤をかこむ輪からすこしはなれたところに立ち、一方的に殴打されている加藤の姿をながめていた。小嶋は指導部が自分の訴えをいれて加藤に「制裁」をくわえていると勝手に考え、「被害者」として加害者への正義の懲罰に立ち会っているつもりでいた。だとしたらそれは小嶋のカンチガイであって、ただちに誤解をただして総括を求められている当事者である自覚をもたせなければならぬ。永田はじぶんが小嶋を殴るのは女でと思っていたことを胴忘れして、小嶋を殴る役割だったにもかかわらず殴らずにいる坂口と坂東に早く殴るよう指示した。坂東はすこしためらってから「おまえも同罪だ」とどなって小嶋を思いきり殴った。坂口もつづいて思いきり殴り、小嶋を気絶させようとした。ふたりが思いきり殴ったのを見てこれは違うと狼狽《ろうばい》した永田は、坂東と坂口が四、五回ずつ殴ったとき「もういい、もういい」と割って入って殴るのをやめさせ、あとは金子と岩本に殴るよう指示した。岩本は「どうして総括しないの」といって二回殴り、金子は往復ビンタで四回殴った。永田はこれをもって小嶋への殴打はおわらせることにした。加藤と小嶋はかならずしもまったく「同罪」とはいえず、したがって小嶋には気絶させるまで殴る必要もないと永田は判断したのである。

小嶋殴打はおわっても、森の主導する加藤の殴打、追及はむしろ佳境にさしかかったところだった。加藤は六月「拡大党会議」のさい永田から救対部の某女性活動家にたいするチカン行為を指摘され、自己批判していたが、いま森らによる厳しい追及に直面して、新たにべつの女性活動家にたいしても胸をさわろうとした、手をにぎろうとしたなどと告白した。実際に手をにぎったのでもないし胸をさわったわけでもない。しかし過日の会議の場で明朗に自己批判してみせながら、一方で秘かにべつの女性活動家にも同種の劣情を抱いてスキあらばチカン行為に出ようと狙っていたのであり、しかもそういう自己をこれまでずっと仲間にたいして隠していたこの事実は、加藤の最初の自己批判のまじめさを疑わせると永田には思われ、共産主義化の闘いが自分たちにいまほんとうに必要になっているとあらためて強く感じた。

寺岡は緊張した顔で永田のところにきて「びっくりしてはいけないよ」と永田の両肩に手を置き、「小嶋が加藤に強姦されたといっている」と伝えた。永田はとんで行って、板の間にべったりすわって泣いている小嶋を見おろした。まわりにいた金子、岩本らもとんでもない告白におどろいたように小嶋を見ていた。永田は小嶋を揺さぶって「そんなことで泣いては駄目。私だって川島から同じことをされた。それでも私は闘うことによってそれを克服してきた」と一気にいう。小嶋はショックを受けた顔で永田を見上げ、小屋の全体がコダマするように静まりかえった。

「加藤を殴る？　殴るべきだ」永田はおびえた様子で首を振る小嶋の手を引っぱって加藤を殴っている輪のなかに連れて行き、追及中の森らをどいてどいてと押しのけ加藤のまえに立たせた。みんなは案内所に取残された迷子みたいな小嶋の姿に注目した。「殴りな」永田が指示したが小嶋は殴らない。永田は小嶋を押しのけ「チカンなどした加藤を殴るべきだ」といって加藤の両頬を平手で十回ほど打った。それから「思いきり殴れなくとも、今みたいにして殴りな」と再度指示した。

「どうしてそんなことをしたんだ」といって小嶋は目をつぶり正確に十回加藤を殴った。殴りおえると永田のほうを見て「殴ったよ」といった。「よく殴った。もういい、もういい」と永田は小嶋の肩を抱く。すると森が強い口調で「小嶋をはじに正座させておけ」と指示した。脇で一部始終を見ていた森は小嶋の言動を下手な芝居であり、そんなものに眼を潤ませる永田を困った間抜けとみたのである。永田は小嶋に「そこにすわっていな」と指示、小嶋はうんといって正座した。

森はふたたび加藤を激しく殴りはじめ、「いつ小嶋と関係をもったのか」と追及した。「強姦された」などは小嶋の言い抜けにすぎぬと頭から決めてかかっていた。「十一月初め丹沢ベースの整理に行ったときと、十日永田さんを迎えに行ったアジトに居たとき」加藤がきっぱり事実を伝えると永田はまたおどろかされ、怒ってしまった。そんなことではベースの整理はやれぬではないか。そういえば十一月十日、加藤は予定に一時間以上遅れて迎えに現れたが、その遅刻理由がじつは「強姦していたため」だったとは全くなんてことだと思った。加藤はすくなくとも自分のほうは小嶋を尊敬し愛情を抱いているとけんめいに伝えようとしているのだが、頭にきてしまった永田にはもう事実を冷静に受けとめる心の余裕はなかった。

加藤追及が激しさを増した頃、正座させられていた小嶋が「トイレに行きたい」と訴えた。永田は「トイレに行きたいというから連れて行く」とことわって連れて行こうとしたが、森は怒りをあらわし「そんなことはしないでよい。そこでそのままさせろ」と指示してすぐまた加藤追及にもどっていった。永田はすこし考え、森の指示はいかにもひどいが今は加藤追及をすべてに優先させるべき時であり、簡単にトイレ休憩といっても、問題解決へのわれわれの集中を妨げる要因になるかもしれぬとここは結論した。永田は小嶋にすわったままその場で用を足させた。

加藤への追及がつづいているとき、小嶋が「私はまだ強姦されたことがある」と大声をはりあげ、またしても意図してか自然にか加藤追及へのメンバーの集中を妨げにかかった。森は小嶋のほうを向き、「それはいつで、どういうイキサツか」と厳しい調子でただした。小嶋は遠くを見る眼つきになり、しみじみと「あれは短大時代のことだった。友人とふたりで歩いていたら車で寄ってきた男の人に乗るように誘われて乗ったのだった」と語りだし、やがて車で連れていかれた場所の風景のかなり細かい描写に取り組んだ。小嶋は話しこもうとしていた。すると森は苛々とそれをさえぎり、「ようするにそこでやられたのか」ときく。悲しそうな表情で小嶋はうなずいた。

「もういい。そんなことでは総括にならない。自分に求められている総括が何なのか。死にもの狂いで考えろ」森はいって再び加藤追及にもどり、小嶋はサッと顔を伏せた。

この頃になると、被指導部メンバーも「総括しろ」「総括しろ」と唱和するだけでなく、指導部の指示のないまま、むしろ指導部を乗りこえて〈下から〉自然発生的に加藤を殴りはじめた。滝田は「総括しろ」といって思いきり殴っていた。山本は殴るまえに誰にということもなく一礼し、「貴様のような奴は許せない」といって殴り、殴りおえると森に一礼して下がった。尾崎は「よくもおれのことを小ブル主義者といったな」とののしり、踊り上がるようにして殴った。長い激しい殴打の連続に、加藤は鼻血を出し唇を切り、血があわてて掃いたあとみたいにあたりにとびちった。

ほとんどのメンバーが殴りおわり、そろそろ止めにしようかという空気が拡がったとき、永田はみんなを見回して加藤の弟二人がまだ殴っていないことに気づいた。殴打はもう止めるべきである。しかし仲間のみんなが加藤に総括をもとめ、辛い思いをこらえて殴った以上、弟たちもどんなに辛くとも共産主義化の立場にしっかりと立ち、兄のためじぶんたち自身のため決心して兄を殴るべきで、止めるのはそれからのことだと考えた。永田はみんなの輪のなかに加藤倫教と加藤弟を呼び入れて「兄さんのためにも自分のためにも殴りな」と指示した。加藤弟は涙をながしながら大声で「どうして総括しないんだよ。総括しろよ。兄さんが闘いはじめた理由を総括しなければいけないんだよ」といって兄を四、五回殴った。加藤は何もいわなかった。殴ったあと加藤弟はみんなの輪の外に出た。

倫教は身体を硬ばらせ黙って涙を流していた。これを見て永田はことし四月、Wがコーズマイト所持で逮捕されたときその場にいた倫教が身体が硬直して部屋から出て行くことができず、Wといっしょに逮捕されてしまった一件を思い出し、倫教の手をにぎって「殴ることがあなたのためにも、今後闘いぬいていくうえでも必要なのよ」と優しく説いた。まわりのみんなは永田の〝強さ〟に圧倒されて息をのんでふたりのやりとりを見守っていた。やがて倫教の硬直はしだいにとけてゆき、かすれた声で「総括しろよ」といい、泣きながら兄を四、五回殴った。このとき加藤は顔をあげ倫教にかすかにうなずきかえした。ここから新しい兄弟関係がはじまるのだと見ていて永田も深くうなずき、加藤への殴打はこれで終了であるとみんなとともに思った。

ところが森は永田と革左たちの〈下からの〉芝居がやっとおわってくれたというように、加藤にたいする「指導としての」殴打を再開した。長時間にわたった卑怯な集団暴行にもかかわらず、加藤は一貫して気絶などせず、残酷な殴打に毅然としてたえぬき、森の執拗な一方的な糾弾、追及にたいしてもいうべきことはハッキリといいつづけた。加藤は森による「受動的」という批判に、いわば「受動的」「受け身」そのものの強さによって抗しつづけたのである。森はいつまでたっても気絶してくれない加藤にほとんどうろたえていた。狼狽を自他にとりつくろうとすれば殴打という〝方法〟にいっそう深く囚われていくしかなかったわけで、森の思考の限界もそこにあった。「まだ隠していることがあるだろう」森は殴りながらくりかえし追及し、加藤は必死に否認しつづけた。みんなの輪の中で独り空回りしてがんばる森の存在がコルクみたいに急速にうきあがりつつあった。永田はもうイヤだと思って輪の外に出、コタツのところで頭をかかえてしゃがみこんでしまった。森は殴っているとき、何か呻いている永田のほうを心外そうにちらと振りかえった。

それからすこしして森の指示で加藤の追及はおわった。加藤はついに気絶せず、その限りで森の「指導としての」殴打は一敗した。あたりはもう明るくなりはじめており、永田はホッと一息つくと、加藤と小嶋に食事があたえられていないことを思い出し、大声で「加藤と小嶋にすぐ食事をやって」と指示、そのあとみんなといっしょにとびちった血などを拭き、メチャクチャになった小屋のなかを整理した。坂東、寺岡、吉野は森の指示を受けて加藤を中央の柱のまえにすわらせ、ロープで後手にしばりつけ、足首もしばった。食事は坂東が作り、加藤に口をあけさせてスプーンで食べさせ、しばられなかった小嶋は自分で食事した。永田は加藤が柱にしばりつけられたのを目にしてとくにおどろきもしなかった。加藤はまだ総括しきれていない→逃亡防止と単純に解釈したのである。総括できたら当然解縛《かいばく》になると永田は思っていた。

小屋内の整理がおわると永田らは森のまぢかまえているコタツにもどり、ただちに指導部会議がはじまった。また永田の手がブルブル震えだし、あわててそのふしだらな粗相をコタツのなかに入れて隠し、坂口の手を求めてにぎった。小嶋を加藤を自分たちが殴ったことが恐ろしくなったのであり、そのように感じてしまって震えるこんな恥かしい自分はとても人前に出せるものではなかった。永田は縋《すが》るような思いで森の口にする一言一言にききいった。

「殴ることによってわれわれは高い地平にいたった」森は感激的に語った。その高さとは、これまでの加藤の隠していた半合法時代のチカン行為その他、指導部が革命戦士の共産主義化にむけて把握せねばならぬ真実の一部をひきだし解決の一歩をふみだしえたことだ。第二に、加藤は「指導としての殴打」にたいして最後まで「気絶」しなかったが何故か。この点は永田らのとくに知りたいところだった。気絶せずにがんばりぬく加藤の姿はかすかながら森の指導に疑惑を投じていたのであり、気絶しなかった以上殴打という〝方法〟にも見直しの余地があるのではないか？

「それはまったく逆様である」森は確信をこめていった。「加藤が指導としての殴打によっても「気絶」にいたらなかったこと自体、加藤が総括できていない表われだ。共産主義化の必要を理解し、指導部を信頼していれば、殴られても自分をかばおうとしないから気絶するが、そうでないと自分をかばおうとするから気絶しない。そもそも加藤がかばおうとしている自分とは何なのか。半合のときにチカン行為をした自分、十二・一八集会問題でまちがった側に立ち、まちがった指導部批判＝『意見書』に賛同し、求められている総括をサボりつづけている自分ではないか。古い私をかばうのでなく思いきって死なせ、〈われわれになった〉新しい私へと復活させること。われわれは加藤の再生復活をいっそう求める決意だ」。第三、加藤の制縛《せいばく》について。「しばったのは総括に集中させるためである。今の加藤にとって外の世界・過去の時間から自己を遮断し総括に集中することが唯一絶対の生活だ。共産主義化の地平では、総括を要求されている者はしばられてもそのことにとらわれることなく総括に集中せねばならない」森はむきだしに逃走防止のためにしばったとはいわず、永田はなるほどそういうことかといろんな意味で納得した。森の説明の一種繊細なズルさは永田の依存心に大いに媚びるところがあり、この頃までに永田の手の震えもおさまっていた。

「ふたりには当面食事は与えず、総括に集中させる」森は先にふたりに食事を与えた永田の指示をやんわりとたしなめた。永田は了解しつつも「当面与えないといっても、ふたりの総括を支えるため食塩水くらいは与えることにしよう」と提起、森が何もいわなかったので会議後永田自身でふたりに食塩水を与えた。

さらに森は、当初加藤と小嶋への「新しい指導」としてはじまった殴打が、途中から一部自然発生的に〈下から〉被指導部メンバーも加わっていく殴打へかわった事態をふまえ、総括要求の〝方法〟としての殴打の再定義を示した。「殴打は「指導」としてのみならず、小嶋、加藤にたいして、山岳のすべての同志仲間による「援助」としておこなわれた。殴打は新しい指導であり、「同志的援助」にほかならない」と。永田は大いに同意し、気持の重圧はこれでスッと消えた、永田の手はもう二度と殴打の前後に震えだすこともあるまい。殴打はじつは小嶋、加藤にたいしてその総括を心より願う一心での「援助」だったというのだから。永田らはこのときから、「同志」として正視できずにいた小嶋の正座の姿、柱にしばりつけられ顔のまるくふくれあがった加藤の姿を、「指導」の目で冷静に観察できるようになっていく。

森は殴打の新しい位置づけに基き、被指導部メンバーのそれぞれおこなった殴打の評価にとりかかった。森のまず問題にしたのが小嶋と尾崎である。「加藤を「どうしてそんなことをしたん」といって殴っており、報復的で問題だ」

さらに「小嶋のした告白とは何なのか。見しらぬ男から強姦されたとイキナリしゃべりだすが、自分が大したヒロインを演じるお話をしたいというだけのことではないのか。だいたい小嶋はその場所の風景から話そうとしたじゃないか。どこまでも人生でなくお話なのだ。きいていると被指導部の討論で小嶋はつねに自分がその中心になろうとする。自己中心主義の表われであり、けっきょく討論のすべてをバカ話に変えてしまうのだ」と批判した。尾崎については「よくもおれのことを小ブル主義者といったな」という発言を取りあげて同様に「報復的に殴ったもの」と批判、永田らが両名への批判に同意すると森は殴ったことが同志的援助であることを全体で確認しようといって立ち上った。

全体会議の冒頭、永田は殴打は「同志的援助」と説明しようとしたものの、じぶんたちが心底「同志的」だったとは確信できていない迷いゆえ冴えぬ発言となり、ただ自分を励ますように私たちは共産主義化をかちとるため一層がんばらねばならないとくりかえすにとどまった。みんな腑抜けみたいにボーッとしていて手応えがなかった中で唯一、吉野が非常に激しい反応を示して目立った。決意を固めた表情で不意に立ち上ると、「ぼくには自己批判すべきことがある。去年夏「川島奪還」計画で神戸の米領事館調査を担当したさい、誤って組織の金〇万円をおとしてしまったと報告した。事実は神戸行の途中で知り合った女性と旅館に泊まったり遊んだりするのに費消したのだった。組織の金を自分用娯楽用に使いながら失くしたとでたらめな報告をしたこと、調査活動のさなかに遊びのほうを優先して調査を十分やらなかったことは許されぬことだった。共産主義化をなしとげるためにはこういうことも明らかにして自己批判し、今後再びそういうことのないようにすべきだと思っている」声をふりしぼって語った。吉野は加藤を「総括させるため」殴った自分自身を問いなおして殴る資格がおまえにあったかとふりかえり、資格はなかったかもしれぬのに自分は殴ったと、会議の場の加藤、小嶋をふくめた全員に向かって告白したのであった。おおくの者は吉野の言葉にムチうたれたようにうなだれてしまった。吉野の妻である金子はどうだったか。金子もショックは受けたが他の連中並に「負い目」「罪悪感」を抱かせられたというわけでは当然ながらなく、逆に、出産を控えた「妻」として、共に生きてきた「同志的結婚」のパートナーとして吉野「告白」に深く傷ついたのである。何故、歯をくいしばって黙りとおそうとしないのか。遊びと結婚とどっちが大事か、いまだにそれさえわからぬのか。

森は吉野発言に一切ふれることなく小嶋と加藤を殴打した「飛躍」の意義をとうとうと語り、加藤にたいするメンバーそれぞれの殴打を取りあげて、「どうしてそんなことをしたん」の小嶋、「よくもおれのことを」の尾崎を「報復的」「非同志的」と一言で批判し去った。尾崎はケゲンそうに首をかしげ、小嶋は全身で怒って反抗的な態度をしめした。そのあと森の指示により、加藤、小嶋、尾崎を除く被指導部メンバー全員が、殴ったこと及び共産主義化について発言していった。発言の中で、滝田が「加藤を思いきって殴るには、自分自身が命がけで共産主義化をかちとることを決意しなければならなかったから、とても大変だった」といったとき、永田はほんとうにそうだと思い、後の指導部会議で森も滝田発言を評価した。他に何人かが「今朝、小嶋が土間できょう重大発表をするといったが、これは加藤の強姦を物語ろうと考えていたんだろう。あきれた自己中心だ」などと小嶋を軽べつ的に批判した。総括を要求されていながらそんな風だったのかと、永田の小嶋へのもともとそう大きくもなかった負い目はますます縮小した。

新党＝死復活の闘い

十二月二十七日。正午まえ、全体会議のおわる頃に、上京していた問題の『意見書』執筆者でもある大槻が迎えに行った松崎、小林といっしょにベースにもどってきた。永田は三人にまず、共産主義化の闘いとして加藤能敬と小嶋を殴ったこと、総括に集中させるため加藤をしばり、小嶋を正座させたことを伝え、また大槻にたいし、十二・一八集会問題をめぐって大槻が中心になって出した『意見書』には事実誤認があることを指摘した。大槻は上京した松崎らから事情をきいていたらしくすぐに「わかりました。自己批判します」と応じたので、永田は十二・一八集会の何が問題なのか、大槻の知らない赤軍派との指導部会議の一致した結論を説明し、誤認の思想的根拠を理解してもらうことにした。池谷らの十二・一八集会は銃の観点を欠落させており、たとえば岡部和久のアピール文のなかの「爆弾闘争の一つも」やっていないじゃないかといった粗大な指導部批判は、岡部とその仲間たちがまったく銃の問題を理解してないはずかしい事実を告白するものである。永田は大槻に十二・一八集会基調報告パンフの表紙をしめしながら、「表紙イラストは警官が私たちに銃口を向けている構図で、こうした表紙のパンフを出してしまう思想は銃によるセンメツ戦の勝利に確信をもたぬ敗北主義的なものであって許されない。敗北主義的分子＝獄中、合法の一部にたいして「銃口を向ける」決意で闘わなければならないし、銃の観点のない岡部氏を批判しなければならない」と説いた。永田は『意見書』の背後に大槻の恋人ないし夫である岡部の存在のある意味「やむをえない」影響を感じてもいた。大槻に求められる自己批判は、それがどんなに厳しい道であろうと、獄中の岡部との「同志的結婚」関係のヨリ高い段階への飛躍と一体に進められるのでなければならない。わかってほしいと永田は期待をこめて大槻のコトバを待った。

大槻はパンフの表紙絵批判におどろいた様子で、眼をまるくして表紙の「火を吹く銃口」を見つめていたが、しばらくすると、

「そういう敗北主義的な者と闘うし、キタロー（岡部のこと）に銃口を向ける」とあっさり言い放ち、今度は永田をおどろかせた。銃口を向ける？ それも獄中の「夫」にたいしてそんなにもあっけなく？ 永田は森から川島との分派闘争の決断を迫られているのだが、川島にたいして批判は大きく強くあっても、分派闘争となると話はまた別で、去就に苦慮しているところだった。批判することとその者に銃口を向けることの間には次元の跳躍がある。永田は大槻の自己批判を了承する一方、『意見書』の大槻がこうもあっさり跳躍できてしまうらしいのがすこし不思議に思われた。

「もういいから。それより早く化粧をおとしたほうがよい」寺岡が注意すると大槻は土間におり、着替えの用意などをはじめた。森は永田に「大槻君のコートやパンタロンはどうしたんや」とききき、「そんなの知らないわよ」とこたえると「知らないでは問題だ」と強い調子でいった。それで永田はコタツに入ったまま大声で、

「大槻さん、そのコートとパンタロンどうしたの」ときいた。

「コートはシンパの人にもらい、パンタロンはシンパの人が買ってくれました」と大槻。森がこれに何もいわぬので問題はおわったと永田は思った。ところがしばらくすると大槻は「シンパの人が買ってくれたといいましたが、じ

つはシンパから集めたお金で自分が買いました」と訂正した。「いくらだったんやろ」森が永田にきき、永田はまた大声で「いくらだったの」と中継した。大槻は「─円です」とこたえたあと、しばらくして「じつはもうすこし高くて─円です」とまた訂正した。こんどは森が大声をはりあげ「どうしてはじめからそのようにいわなかったんだ」と叱責、大槻はコタツのところにきて「はじめからそういわなかったことを自己批判します」と表明した。森はうなずき「髪がのびているからカットしたほうがいい」と指示して大槻の問題をおわらせた。永田は森と大槻のやりとりをきいていて、大槻の隠し事とクルクルかわる報告ぶりにおどろくとともに、隠していた事実を見ぬき引きだし自己批判させた森の力量に感心し、あらためて信頼の念を厚くした。

指導部会議で森は全体会議における滝田の発言に注目して、「共産主義化の立場はわれわれに、加藤と加藤の読みあげた『意見書』の立場＝『意見書』の思想の直反映としての加藤のまちがった言動にたいし、あえて殴打という〝方法〟によって総括させせんとする闘いを要求した。滝田は自分のいったん同意した『意見書』＝川島と一部獄中、合法のまちがった思想を自身と加藤の内から批判的に突きだし、乗りこえんとして、あえて殴ったのだという。われわれは滝田の示した殴打へのふみきりの姿勢＝共産主義化かくとくの意欲を評価したい」といった。そのうえで森は再度、永田らに川島との訣別→分派闘争の必要を強調し、決断を迫った。依然グズグズとためらっている永田らに業を煮やして「川島にたいする分派闘争の必要がまだ理解できないのか」森は激しい口調で難詰した。同志である加藤をあえて殴った指導部のわれわれが、にもかかわらずそれでもなお加藤の誤りの源泉であり本尊である川島との分派闘争をためらうか。われわれは殴った加藤、小嶋と、殴らせた被指導部の諸君にたいし、これからさきこの自己をどう説明していくつもりなのか。……けっきょく同志を殴った以上、銃の観点なき川島にはヨリ厳しくあたるべきだと自分を納得させ、永田は川島との分派闘争に同意、つづいて寺岡、吉野も同意した。すると先に「殴打」方針に同意した時と同様、コタツの中で永田の手が合図みたいにブルブル震えだし、坂口の手を求めてにぎった。

「分派を決断したということなら」森は黙っている坂口のほうを見ないようにしてつづけた。「新党の結成を具体的に考えねばならない。加えて加藤、小嶋を殴った以上ぼくはこれに責任をもたねばならぬ。〈われわれになった〉というアイマイな確認ではなくハッキリ新党を確認しようではないか。加藤、小嶋殴打は〈われわれになった〉位置からの命がけの飛躍であり、新党への決定的な一歩である」

永田、寺岡、吉野は同意して新党の結成を確認するとともに、共産主義化を闘いとり、それをとおして政治路線問題も解決していくことで一致した。新党の結成について、永田は悩んだあげくの同意だったが、寺岡はこれで二・一七以降の永田、坂口の不毛な指導にケリがつくだろうと考えて積極的に同意、吉野は目をつぶってヤミクモにとびおりるような同意だった。当然ながら山田と坂東は永田らによる新党結成の確認に双手をあげて大賛成した。そうした中で、ひとり坂口が納得していないぞという顔でだまりつづけ、意見らしいものを一切口にしないその頑なな一途の姿勢はおおきく際立った。坂口にとって川島との絆は特別なものであり、今日においてなお川島を思うときの感情はほとんど絶対の帰依に近かった。今になってみると川島にも批判すべきところはあったし、森や永田の川島批判にはきくべき内容もあり、それはもうよくわかっている。しかし川島の問題点を取りあげて批判することと、川島とのつながり自体を断ってしまうことは全くべつの話だ。おれはいまそれがどんなに正しさに似ていようと過去を失くした人間のように生きることはできない。永田だってその点はおなじではないのか。

「階級闘争の最先頭で闘った者はたえず鋭く革命か反革命かが問われている。その者は革命的道を選択できなかったその瞬間、真っ逆様に反革命の淵の底へ転落するのだ。われわれには休らうことのできる中間はない」森はそういって坂口の顔をまっすぐ見た。新党結成の確認に同意できなければ真っ逆様に反革命に転落する！　永田はコタツの中で坂口の手をにぎったまま、「分派の決断─新党の確認に同意することを望む。それができないとあなたは決定的に立ち遅れてしまう。川島には思想問題があることがわかっているのだから、共産主義化の必要は十分わかっている筈じゃないの」と心をこめて説得した。坂口はそれでも何もいわなかった。

「私はあなたが分派の決断─新党の確認に同意することを望むし、共に前進したいと思っている」永田はくりかえした。坂口にたいして、森か川島かではなくて、「妻」である私か私を「強姦」した川島かと迫ったのである。永田は川島とともに坂口の過去の生活の主要な一部であった。中間はなかった。坂口は思いつめた泣くような顔をし「するよ」と一言いってコタツの中で永田の手をにぎりかえしてきた。坂口の最後の同意により張りつめた雰囲気が瞬く間にほぐれ、森らはガヤガヤと何か話しはじめた。永田は坂口に手を強くにぎられたまま黙っていたが、以後二度と永田と坂口が手を握り合うことはなかった。

森は坂口の苦しみぬいたすえの同意を高く評価し、「今後は君によくしゃべってもらうことにする」といった。「坂口さんは川島との関係が強かったから、川島との訣別は私たち以上に大へんだったのよ」永田がいうと森はうなずき、以降新党において永田についで坂口を特別あつかいしていくことになる。

夜、全体会議で坂口が立って川島との分派闘争および新党結成の確認の決定を宣言風に表明したあと、「ぼくは川島に銃口を向ける。それは川島が永田さんを強姦したからだ」と強い口調でいった。坂口のバクロした事実とは別に、「銃口を向ける」という表現、「強姦」という言葉のひびきの不自然な露骨さに、メンバーの間に強い衝撃が走った。きいていて永田はやや「らしくないな」と感じ、坂口の硬張った顔を見直した。つづいて森が共産主義化による党建設の観点から川島との分派闘争の必要、新党結成の必要を説明し、永田は分派闘争の決意をかんたんに表明した。

被指導部メンバーの発言がはじまった。前沢、滝田、尾崎、山本順一、山本佑子、金子、岩本、加藤倫教、加藤弟、大槻、松崎、小林。ここへきて全体会議は指導部―被指導部が一体となって討議し確認しあう場から、指導部の決定を被指導部メンバーが確認「させられる」だけの場へ変質していた。指導部の決定と指導にたいして、よきにつけ悪しきにつけ「自主」を発揮してしまった加藤と小嶋は、いまや殴られしばられ正座させられ、全体会議の傍らで「自主」の結果がいかなるものかみんなにわかり易く教えていた。この場合兵士メンバーは一人ひとり、内なる「自主」と闘い（それが共産主義化の闘いだ）、分派闘争―新党結成への賛成を必死に語るしかなかったのであるが、尾崎充男はそこらへんの事情をひとりまだよく理解できていなかった。

尾崎は自分の番になると新党結成に支持を表明し、ニコニコしながら「これによって個人的にも、赤軍派のシンパの彼女との関係も解決できるのでよかった。いままで彼女との関係は路線がちがうのでどうなるかと思い、悩むことがおおかったけれどもう大丈夫だ。ほんとうによかった」ともみ手せんばかりに語った。すると森が身を乗りだし、きつい口調で「おまえがそんなことをいっていいのか」と叱りつけた。いかにも唐突で、尾崎本人だけでなく全員が一瞬、キョトンとしたが、森が重ねて「総括すべき人間がそんなことをいうのは総括していない証拠だ」というと尾崎は肩をおとしてうつむいた。永田は尾崎の発言にウッカリ微笑しかけた自分をふりかえって、私は甘いのかなと気持をしめなおした。

十二月二十八日。未明まで指導部会議がひらかれ、森ははじめに「どういうことなんや」と川島による「強姦」の事実関係を問うてきた。永田は覚悟を決め、坂口にしか話していない川島との関係におけるみんなには伏せていた部分をはじめて語った。六九年夏、川島豪の指導する革左が構想し、組織をあげて実行せんとしていた九・三、四愛知外相訪ソ訪米阻止闘争の直前のこと、永田は婦人共闘会議の件で川島陽子と協議するため豪・陽子夫妻の鶴見区のアジトを訪ねた。陽子が不在だったので帰ろうとすると川島は「もうすぐもどるだろうから待っていてくれ」と引きとめにかかった。あとで知ったのだが陽子はこの日九州の実家に帰省していて、二、三日すごしてから戻る予定だったという。川島にははじめから妻が不在の環境のもとで永田と差し向いではたしたい用件があったのである。永田がとどまるとふたりの話は自然に間近に迫った革左にとって画期の大闘争のことになる。九・三、四闘争は革左がはじめておこなう自前の武装決起であり、愛知外相の訪ソ訪米を阻止すべく羽田空港に突入して政府専用機に火炎ビン攻撃を加え、同時に米ソ両大使館に突入して火炎ビン攻撃をおこなうという革左のごとき小セクトには規模の大きすぎる作戦であった。が、決行直前の今日になっても、永田をふくむ主要メンバーの一部に作戦にたいする懐疑、批判、消極的な受けとめ方が散見され、川島によるそれらへの強力な説得工作がつづいていた。永田は当時川島の政治に賛同していたもののこんどの突然の武闘方針にはついて行きかねるものを感じており、この日も川島にじぶんの疑問を率直にぶつけるなどしたのだが、ついそのまま夜おそくなるまで話しこんでしまった。「泊まって行け」川島は誘った。永田は人類の性生活に関して基本的に無知であり、かつて学生だった頃、先輩から革命を志す人間同士の共同生活で女性が男性を警戒するのは失礼だと教えられ、それを単純に信じてもいた。まして川島は永田の親近な同志である陽子のしかかってきた。永田はびっくりして腰を抜かしてしまい、抵抗できなかった。の組織的に承認された「夫」だったのだ。ところがフトンをしいて寝てからしばらくすると、川島がいきなりワッと

「これが事実です。いや、抵抗できなかったというより抵抗「しなかった」というほうが正しい。抵抗すれば騒ぎになり、権力にこのアジトを知られてしまうかもしれない。組織の全力を投じた闘争をまえにしてそれはダメだ。川島はあのとき私のそういう気持を知っていてつけこんできたんだと思う」九・三、四闘争の直後、川島は柴野春彦、Wを連れて非合法生活に入り、以降妻の陽子と永田をとおして革左の組織、運動、政治ゲリラ闘争を専断的に指揮監督していくことになる。永田はやがて川島があのとき、永田をして自分の「政治」を推し進めるうえで使える道具に仕立てるために性関係を押しつけてきたのだと、深い憤りをもって思い到った。自分はこの先どうすべきか。選択肢は当初三つ考えられた。①組織をやめる。②川島の「強姦」を組織的に問題にして解決をめざす。③川島と談判し、陽子と離婚、永田との結婚を求める。しかしながら一方で永田は川島の推進する「政治」＝武闘路線そのものは正しいと思っており、①②③いずれをとっても「正しい」政治の放棄、妨害、敵対につながりかねず、それは「強姦」などよりはるかに恐ろしいことに思われた。「政治」はあくまで「私」に優先する以上、ギリギリの選択は（ア）川島の「政治」をとるか、（イ）川島のまちがった「思想」（家父長主義の女性利用）をまず問題にするかの二者択一になるであろう。永田は悩みぬいた末、（ア）と（イ）を可能なかぎり〝両立〟させていく道をゆくこと、すなわち（ア）を「川島以上」に徹底して進めることによって（イ）川島のまちがった「思想」を内側より克服、乗りこえていこうと決心したのである。「……この問題があってから、川島の「政治」は正しいが「思想」に問題があると考え、闘いを進めていく中で問題解決をはからねばならぬと思っていた。新党の地平にいたってようやく共産主義化の観点から川島の「思想」を批判し、これまで正しいと考えてきた「政治」をも止揚できる展望を得た。私もまた新党の地平にくるまで川島の「思想」を組織的に問題にできなかったことを自己批判しなければならない」と永田は語った。寺岡は「そうだったのか。やっとわかった。これからもがんばってくれよ」といって顔に手をあてて泣いた。

「南アルプスにいる赤軍派の者をどうするか」森は夢からさめた男みたいにいいだした。「ぼくは加藤、小嶋を殴っ

てしばったあとだから、ここを離れることはできない。それにしても、何ということだ。南アルプスにいる者はここにいる者よりはるかにおくれてしまった。この差は大へんなものだ」加藤や小嶋が問題なら、南アルプスの進藤、行方、遠山はどうなってしまうんかと、森は「大へんな」差をズルズルとすべりおちていくような気持で思いかえした。永田の「強姦」物語は小嶋のとちがって森のこころの琴線に触れるところがあったのである。

「それなら榛名ベースに結集させ、共に共産主義化をかちとっていこう」永田は簡単に、容赦なくいった。しばらく考えて森が同意すると坂口以下も同意した。

「誰が迎えに行くか。坂東に行ってもらおう。もうひとり必要だ」森は寺岡に行くことを指示、さらに車の運転を山本順一にさせることを決めた。

「どこまで話して結集させるか」と森はまた永田の顔を見た。

「新倉ベースの人には加藤、小嶋を殴ったこと、殴ったことの総括のすべてをそのまま伝え、共産主義化による党建設について同意を得て結集させるべきだ」永田はすべてを話して同意を得れば森のいう遅延の差を埋めることができると思ったのだが、森は当惑気味に「そうか。すべてを話すか」といって考えこみ、最後に「うん、そうしよう。すべてをそのまま話す」と同意した。

森は坂東、寺岡と打ち合せに入り、植垣、山崎は電車を乗り継いで榛名ベースに来させること、寺岡は青砥といっしょに赤軍派の西新宿アジトに立ち寄り、保管してある黒色火薬などを榛名ベースにもってくること等を決めた。そのさい森は永田に、

「遠山、行方、進藤をどうするか」ときいてきた。永田は質問の主意がわからず、「どうして」とききかえすと、

「だってそうだろう。南アルプスの者ははるかに遅れてしまったのに、この三人は南アルプスの他の者よりもっと問題を抱えているのだ。榛名ベースの者から見れば「総括できた」とはいえないじゃないか」森は強い口調でいった。できたらこの三人は榛名ベースに来させたくない。これが永田をとまどわせた森の質問の真意である。

「それなら、山本さん運転の車で来るようにすればいいじゃないの」永田は構わずこたえた。そうすれば榛名まで

の移動中、三人を権力にたいして防衛することができる。

「そうか。それならそうしよう」一拍おいて森はいい、坂東に三人を車で連れてくるよう指示した。遠山らが南アルプスでどこまで総括できているかしっかり見きわめること。総括できていなければ銃→山岳→センメツ戦の地平から逃亡しようと考えるだろうから警戒すること。逃亡を企てるような様子があったら断固として対処すること。云々。坂東は決意を固めた表情でうなずいた。

十二月二十八日。早朝、永田と森がコタツにいたとき、森は「小嶋を見てみろ」とアゴをしゃくった。小嶋はタンスの横にヒザをくずしてすわり、右隣のガラス戸から外を眺めていた。だから何なんだと思って睡眠不足の永田が黙っていると、森は「あれはガラスを破って外に逃げようとしているのだ」と喝破して永田をおどろかせた。いくら何だって、まさか。

「それなら、そういうことをしないと断言できるか。階級闘争の最先頭で闘ってきたわれわれは不断に革命か反革命なのか鋭く問われており、共産主義化の地平においてはなおさらだ。小嶋がいま、ガラス戸を破って外に逃げようとしていることを見ぬけぬようだと、共産主義化の地平では指導できないぞ」森の主張に永田は絶句した。たしかに断言はできぬのだ。小嶋はたんに外を見ているだけかもしれない。が、今の小嶋は自分の内に向かってこそ視線を集中すべきときではないのかと永田は考えた。森はさらにつづけて「自己中心的な小嶋だから、そういうこともやりかねない。まる一日の間しばらずに総括させたが、結果はしばった加藤と一向にちがっていない。逃亡を防止し、もっと真剣な総括を要求するため、小嶋をしばる必要がある」といった。この頃には指導部は全員顔を揃えており、永田をふくめ特に反対意見もなく小嶋をしばることが決まった。

朝食のあと、全体会議。永田は南アルプスの元赤軍派メンバー六名を榛名ベースに結集させると発表した。全員「異議なし」と唱和し、単純に「仲間が増える」と受けとめて歓迎する態度を示した。つづいて森が立ち「南アルプスに居る者はここにいる者よりはるかに遅れてしまった。ここに居る者は自分がはるかに高い地平にいることを自覚し、南アルプスにいる者がきたら指導するつもりでいるように」と申しわたした。殴ったりしばったりしたことを「高み」と自覚できていない多くの者たちは、指導するつもりでといわれても何かよくわからず、首をかしげた。森はまた、小嶋が総括しようとする態度ではないので、総括に集中させるためしばることにしたと告げ、小林、大槻、吉野を指名してただちにしばるよう指示した。永田も手伝い、小嶋を励ましながら加藤と同じ格好でタンスを背にし足をのばしてすわらせ、しばったロープの先をカスガイでとめた。

会議終了後、森がコタツで坂東、寺岡と、山本順一も加わって打ち合せをしている間、永田は被指導部メンバーのところへ行き、かれらの話し合いにくわわった。前沢、金子、大槻、滝田、尾崎が食事用の机をはさんですわり、ノートをひろげて意見を交し合っていた。「新党の確認についてのレジュメを早く出したいが、まだできない」永田がいうと、「それを話して」と大槻がせがむのでノートをとってきて六〇年代階級闘争追体験のサワリの部分を一席語った。赤軍派はブントの時代から党派闘争を重視してきたが、革左は『警鐘』の頃からずっと党派闘争を回避してきているとのべたときには「はじめてそういうことをきいた」「おもしろい」などと活発な反応があった。「早くレジュメを作るようにするから」永田がうけあうと大槻は「異議なし」といって期待を表した。

「どうしたんだ」森は永田をコタツのところに呼びかえして質《ただ》した。永田は六〇年代追体験について話したのよ、早くレジュメを作る必要があると思うと応じた。すると森は、「以前から永田さんは指導部会議がおわると被指導部メンバーのところへ行き、会議の内容を伝えているが、それは永田さんの自然発生性であり、みんなと仲良くやろうというものであり、指導者として正しくない。新党を確認した以上、そういうことはもはや許されない」云々と、共産主義化の観点―新党の確認をふまえ、永田の貴重ではあるがしばしば混乱をつくりだす〝自然発生性〟の自制を要求したのである。すこし考えて永田は森の批判を受けいれた。永田と大槻らの「レジュメ」にたいする期待はこれで宙に浮く。

夕方、坂東、寺岡、山本は張り切った様子で南アルプス新倉ベースへ出発していった。直後に、坂口が体調をくずし倒れたので、永田らはできるかぎりの措置をとった。森は新倉から自分用に持ってきた丹前を出して使うようにいい、山本夫人は漢方の大きな丸薬を坂口に飲ませた。一晩安静にしていたところ、心配した不整脈も呼吸の困難もおさまって元の坂口が復活し、一同安堵したのであった。

夕食のあと、森は永田、山田、吉野と協議の上、『意見書』に賛同して問題解決がなされぬかぎり山には戻らぬと言明していた岡田栄子をよびもどすこと、前沢と滝田に『意見書』問題の「実践的総括として」呼びに行かせることにした。森は前沢、滝田にたいし、上京して岡田に会うこと、そのさい『意見書』批判と以後の展開を説明し、一刻も早く榛名ベースへ結集するようオルグせよと指示した。前沢は岡田の「元恋人」、滝田は『意見書』の「元賛成派」で、ふたりともいわばかしこい転向者だ。岡田を『意見書』から山の指導部の下へ転向させるのに実力の発揮を求められたわけである。

全体会議で森は全員に、加藤、小嶋への総括要求と関連させて、自分のかかえている問題との主体的取り組み＝総括を語るよう指示した。他者にかくもきびしく総括を要求する以上、自身に向かってヨリ厳しくヨリ徹底して問題の解決につとめなければならぬ。みんなはそれぞれ自分の問題をあきらかにし、自己批判していった。じぶんの番になると、何かと注意を受けてきたひとりである尾崎も池谷に「銃の地図」をウカウカとわたしてしまった失行を再度語って自己批判したが、森は強い口調で「おまえに求められていることはそんなことではないだろう」と一言で退けた。尾崎は途方にくれてだまりこんでしまった。滝田、大槻、金子は声をそろえて一斉に「もっと他に総括すべきことがあるだろう」と感情をこめていい、合法部で共に長く活動していた尾崎の総括を援助しようとした。尾崎はしばらく沈黙し、考えていたが、「そうだった。ぼくは十二・一八闘争で日和り、そのために柴野さんを独りで死なせてしまった」と悲しそうにつぶやいた。尾崎には柴野から十二・一八銃奪取闘争に参加を求められ、悩んだあげくに逃亡し、一時組織から離れていた過去があったのである。永田は、よくいった、これでもう尾崎は総括できたのではないかと思った。

「そういうおまえがみんなといっしょにコタツに入っていていいのか」森がどなりつけると瞬間永田は自分がどなられでもしたように体を震わせ、尾崎はうつむいていたが、ハッとして顔を上げコタツから出て指導部のそばの板の間に正座した。許しを乞いあわれみを求めるかのようだった。

「自己批判したいことがあります」柱にしばられている加藤が発言した。

「あるならいってみろ」森は眼を鋭くして注目した。半合法のときチカンめくことをしたことがまだあったと加藤は語り、「こういうことをまだいえなかった。これは正しくなかった」と自己批判した。森は口を固く結んで黙っていた。

「私も総括します」小嶋が大声をはりあげると森はサッと怒りを表して「きく必要はない。黙って総括に集中しろ」とどなった。小嶋は首を振り昂然と「総括します」とくりかえす。革左の仲間の目のまえで、他党派のわけのわからない暴君に向かって小嶋は勝負に出たのである。が、今度は森ではなく永田たちが口々に「黙って総括に集中しろ」とどなりつけてきた。小嶋は視線をおとしてもう何もいわなかった。

夜十時すぎ全体会議は終了。被指導部メンバーは自発的に正座をつづける尾崎をのぞいて就寝し、指導部は徹夜で会議をつづけた。会議をはじめるまえに森は松崎を呼び、「夫」寺岡の「同志的結婚」関係にともなう諸問題を「妻」松崎の口から語ってもらった。ききおえて森は、問題は寺岡のいう松崎の「依存心」になく、それをくりかえしことさらぐちる寺岡の心性のほうにあるかもしれぬと感じた。問題の解決は寺岡より愚痴の少ない松崎の意思に委ねるべきではないか。松崎には寺岡の頭からグチの材料を除き去り、寺岡をしっかりさせてやる力があると森は観察した。

「ともかくレジュメをできるところまで作ろう」永田は森と松崎の話がおわるのを待っていった。

「そのまえに尾崎の問題をハッキリさせるべきや。尾崎の闘争歴を話してほしい」森は正座している尾崎のほうをちらと見た。いわれてみるとそれもそうかと永田は思った。「尾崎は日和見主義者や。塩見は大菩薩闘争再総括の過程で投降主義者、権力への通報者さえ出さなかったら闘えたのだと残念がった。日和見主義は不可避に敗北主義、投降主義に転ずるのであり、そうさせぬために日和見主義を完全に克服させねばあかんのや。日和見主義との闘いは共産主義化を獲得する闘いであると同時に、敗北主義―投降主義に対する〈前もって〉の、先制的な攻撃であり、かつ獄中で呻吟した塩見にこたえる闘いでもあるのだ」革命か反革命かであって、中間はないと森は自論をくりかえした。

中間はたまたま「在る」としたらほとんど必ず反革命に転ずるのだから、中間そのものの無化の闘いこそ革命への飛躍の思想的内実をなす。

永田は森のリクエストにこたえて尾崎の闘争歴をくわしく語った。横になっていた坂口がときどき口を出して補足した。坂口は尾崎の東京水産大の先輩で最初の指導者でもあり、尾崎の現状に責任を感じていた。尾崎は①寺岡の指導の下で米軍基地爆破闘争を担った。②水産大闘争の戦闘化に取り組んだが積極性を欠き、成果も十分といえなかった。③〇〇〇子に求婚して拒否され、消耗した。④その直後の七〇年十一月、川島奪還闘争を担う遊撃隊に加わるため柴野に会うことになっていたが、約束をスッポカした挙句、戦線逃亡にいたったこと。⑤一・一七闘争後、加藤と組んで反指導部的『反米愛国』を復刊、あとで自己批判したこと。……森は永田の話から、③の「消耗」と④の「戦線逃亡」を直接結びつけ、尾崎の日和見主義の要めを同人の「女性関係」のあり方に見てとった。「尾崎は〇〇さんとそのあとの新しい恋人だけでなく、もっと多くの女性と性関係をもっているにちがいない」森は確信あり気にいった。永田が「そんな」と打消すと、森は断固とした調子で「日和見主義者とはそういうものなんや。一心がないからフラフラ浮動しつづけるんや。そういうこともわからぬようでは問題だ」という。

十二月二十九日。朝、前沢と滝田は『意見書』最後の人岡田をベースに連れ戻すため上京した。また大槻が加藤（倫）と伊香保へ買い物に行くことになり、森はふたりが出かけるとき、山岳ベースでパーマもかけることにしたからその道具も買ってくるようにと指示した。

正午過ぎに指導部会議を再開した。尾崎の正座は昨夜からそのままつづいており、柱には加藤、たんすの前には小嶋が、しばりつけられた姿でしっかり眼を開け、考え、感じ、仲間と共に生きぬいていた。森は尾崎の日和見主義との闘いの意義を強調し、「正座させるだけではダメだ。格闘させるか」といいだした。尾崎はその日和見主義ゆえ戦闘に直面するとき不断に敗北を想定して行為せざるをえない。日和見主義→敗北主義を止揚しきれぬ尾崎には、革命的な暴力にめざめさせ、死をも恐れぬ英雄的気概を獲得させる必要があろう。「総括として、十二・一八闘争で最後まで権力に立ち向かい、敗北を受けいれることなく闘いぬいた柴野君のように生きること。具体的には尾崎に、柴野君を射殺した阿木巡査を相手と見立てた格闘を課し、柴野君のごとく闘わせてみてはどうか」

永田らが同意すると、森は「誰が阿木になるか」と指導部の者の顔を見わたした。坂口がすぐ「ぼくがやる」と申し出た。体調は未だしだったが構っていられなかった。革左の先輩である自分の手で尾崎に総括させ、あの際限ない拷問のような正座から解放してやりたいと思った。

「手加減は一切せず、思いっきり殴りかえしてくれ。ぼくと山田君は尾崎に怯《ひる》む余地、休む余地、逃げる余地をあたえず、君に向かっていくようにさせる。今からすぐ小屋の中でやろう」森は立ち上り、山田にも何かいい、坂口と山田を連れて正座中の尾崎のところへ行く。永田と吉野には何の指示もなかった。永田には、尾崎への指導としての「格闘」に自分も関わりたいがどうかかわったらよいかわからず、事の成行き全体がいささか不本意だった。体調のよくない坂口の阿木役志願にも、坂口らしく殊勝な振舞いであるとはいえ、ひそかに懸念を禁じえなかった。

森の〈上からの〉演出によって、榛名ベースの狭苦しい小屋のなかに、一九七〇年十二月十八日午前一時三〇分頃の志村署上赤塚派出所と、拳銃をかまえた阿木巡査長と、鉛入りゴムホースをふりかざして銃を奪取せんとして闘った柴野春彦の「センメツ戦」が再現されようとしていた。阿木は指導部を代表して坂口、柴野は革命戦士への飛躍を求められている被指導部の尾崎、かつての権力とのセンメツ戦は新党指導部による被指導部のメンバーにたいする、「指導としての」格闘に書き換えられる。森は尾崎に、「日和見主義を克服するため、坂口君を阿木巡査だと思い柴野君のように闘え。阿木に背中を見せず立ち向っていくのだ。途中でやめず思いっきり殴れ」と指示した。尾崎は「よーし」といってジャンパーと靴下をぬぎすて、坂口を本気で阿木その人と思いつめたかのように殴りかかった。坂口は左腕で尾崎のパンチを防ぐと腰をためて思いきり殴りかえし、尾崎の小柄な身体は軽々と飛ぶように倒れてしまった。後方には森と山田がひかえていて倒れた尾崎を立たせ、気合いを入れ、ふたたび坂口に向かわせる。尾崎は口を真一文字に結び、拳を固めて坂口のふところにとびこんでいく。永田はそうするしかなかったので、この森演出「指導としての格闘」をすわって見ることにした。小屋には他に金子と山本佑子がいたが、格闘がはじまると金子は永田のとなりにすわり、山本は板の間の端に腰かけて見ていた。

が、見ているうちに、ふたりの体格の差、体力差が大きすぎて、これが全然「格闘」などといえず、バッティング練習における金属バットと硬球の関係にほぼ等しいことがわかってくる。尾崎がふっとばされて壁に板の間に叩きつけられる度に、森と山田は「柴野のようになりたくないのか」「もう闘わないのか」「そんなことで総括できると思ったら大まちがいだぞ」等と励ましながら、尾崎をまるで枕か座蒲団みたいに鷲づかみにして坂口のほうへ放りだし、坂口はまた坂口で大まじめに馬鹿力をふるって森と山田のほうへ思いきり打ち返すという惨状だった。永田は耐えがたさに何度か立上りかけたものの、そのつど耐えて見ることが共産主義化のために必要だと自分にいいきかせ、「がんばれ、がんばれ」と声援を送りながら見つづけた。金子もときどき声援を送った。やがて、しばられていた加藤も乗りだすようにして「がんばれ」「立て、立つんだ」と涙声ではげまし、小嶋は「阿木を殺せ。阿木を殺せ。殺せ、殺せ」と叫びだした。いまや坂口が本物の阿木に、森と山田が阿木の本物の同僚に、尾崎が本物の柴野に、加藤、小嶋は柴野の本物の同志に、しらずしらずなりかけていたのである。

坂口の息遣いは荒くせわしくなり、尾崎は唇を切って血を流し顔は円球状にふくれあがった。坂口はほとんど惰性的にカーンカーンと殴りとばしながら、森はいつまでこいつをつづけさせるつもりなんだと苛立ちをおぼえた。がんばって見ていた永田も同じ心境で森のほうを何回目かに見たとき、森にはストップをかける力がないらしいなと直感した。永田はとっさにかけより坂口の耳元で早口に「このままではいつまでたっても格闘にならない。無抵抗に殴られてみてはどうか」と提案した。坂口はうなずき、格好は同じでも、見る者の目にはハッキリと構えを捨てて尾崎の殴打を待ち受けた。尾崎は渾身の力をこめて殴りかかり、胸を強打された坂口はガクッと膝をついた。永田には坂口が持病の発作で倒れかかったように見え、とんで行って「あなた大丈夫?」と坂口の肩に手をかけてゆさぶった。別に発作でもなさそうだった。永田が「これで中止にしよう」とみんなにいおうとしたそのとき、森は厳しい口調で、

「殴らせることはない。今までどおりにしろ」と指示し、またしても尾崎が一方的に殴られるだけのイカサマ格闘をはじめさせたのである。「指導としての」格闘を中止させる主体は「夫婦」や被指導部メンバーではなく、あくま

で指導部でなければならない。永田がやろうとしたような〈下から〉の自然発生的な中止は教育上問題があると森は考えた。永田は元の場所にもどったがもうたんに見ているだけで、声援を送ることはなかった。

それから十分ほどで、森はようやく格闘を中止させた。尾崎は森のまえに進み出て膝を折り、両手をさしだして「オヤジさん、ありがとう」と頭を垂れた。森は片膝をつき、尾崎の手を片手で軽くにぎり、もう一方の手で尾崎の肩をポンとたたき、

「よくやった。しかしこれで総括できたと思うなよ」と大様にねぎらった。

「甘えるな」永田の鋭い叱声がひびきわたり、尾崎はハッとして竦《すく》みあがり、森は下を向いた。森はいい気になって「親分」風を吹かせるべきではなく、「子分」尾崎も「親分」に媚びへつらうまえにまず体調不良をおして格闘の相手をつとめてくれた坂口に礼をいうべきではないのか。永田はそう思って憤った。しかしだからといって、尾崎にヨリ厳しい総括が必要だと考えたわけではなかった。永田はシュンとしてしまった尾崎に「すぐシュラフに入って休みなさい」と声をかけ、金子と山本に「蒸しタオルで顔をふいてあげて」と指示した。

「そんな必要はない」こんどは森がイキリ立った。永田はびっくりして黙り、しかたなく尾崎はふくれあがった顔を血でよごしたままシュラフにもぐりこんだ。森は小屋のあと片付けをしていた金子に「何で格闘の途中で土間のほうへ行ったんだ」とただした。「あんなことをしても尾崎君が立ち直るはずがないから」金子はこたえ、「あんなこと」という時に強い嫌悪侮蔑の色をあらわにした。

「指導としての格闘」の総括のため指導部会議。森は「尾崎は格闘をやりきったとはいえない」といい、格闘の相手をつとめた坂口の労をねぎらったあと、山田、坂口と格闘の細部を取りあげて色々語った。尾崎は格闘中、自分で立上ろうとしないことが何度もあった。すでに仲間の加藤がしばられ総括を要求されている状況であるのに自分の問題はもう済んだという気楽な態度だ。それで「有難う」になる。云々。永田が加藤の「がんばれ、がんばれ」という声援を「同志的」と評価すると、森は同意しつつ「小嶋の「殺せ、殺せ」は問題だ。全く総括しようとしておらず、われわれ指導部にたいする憎悪にこり固まっている」と小嶋批判をやりだし、「小嶋が頼良ちゃんのほうを見ている

のは頼良ちゃんを楯にとって逃げようとしているからや。小嶋はローソクを倒し、火事にして、ドサクサにまぎれて、持前の体力を発揮し、悪のヒロインとなって」などと永田らの思いもよらぬ空想をつぎつぎにくりひろげていく。まさかそこまではと思いながらも、一方に小嶋の「憎悪にこり固まった」姿は歴然としてあり、しだいに永田らは森の描きだす怖ろしげな空想場面にひきこまれ、最後に森が「小嶋を逆エビ型にしばろう。火事はごめんだ」といったとき、もはや反対する者はなかった。

「金子さんが「あんなことをしても……」といったが無責任な発言だ。だったらどうすべきか、いうべきだ」森はいった。尾崎にたいして金子は非同志的、尾崎を総括させんとするわれわれの働きかけにたいして、通りすがりの他人的で問題である。永田はこの金子批判には一部同感だった。会議は雑談的につづいた。

夕方、外で作業をしていたメンバーや伊香保に買物に出ていた大槻らも小屋にもどってきた。「チリ紙をとって」と尾崎がいうのがきこえ、「甘えるな」と誰かがこたえている。森は急に表情を固くして「あれは何や。誰が尾崎にこたえたんや」と強い口調でいった。永田が「いま、尾崎にこたえたのは誰」と大声できくと、「大槻です。でも断りました」大槻がこたえてきた。森は鎌首をもたげるようにして宙をにらみ、「尾崎はわかってないな。全然総括しようとする態度ではない。「ありがとう」などいう発言とあわせ、総括はまだおわってないんだということを叩きこんでおこう。ヨリ厳しく総括を要求し、現実に直面させる必要がある」といって立ち上った。永田は「もう少し休ませてからにしてはどうか」と意見を口にしかけたが、森は無視して山田、坂口、吉野を連れてシュラフに居る尾崎のところへ行ってしまい、永田はひとり片づかぬ気持でコタツに残った。

「シュラフから出ろ」森は命令し、モタモタしている尾崎を山田がひきずりだして立たせた。それから森、坂口、吉野、山田の順に尾崎の顔面を一発ずつ思いきり、「総括はまだおわっていないぞ」「甘ったれるな」「芝居はよせ」などとどなりながら殴り、殴りおえると森は尾崎に「立ったままで総括を深化させろ」と指示した。

森は大槻を呼んで買物の報告をきいたが、そのさい大槻が髪をカットしてきたことを知って「われわれは山でパーマをかけることに決めて、君にパーマの道具を買いに行くよう指示したのにいったい何のことだ。どうして美容院でカットしたんや。自分ひとりは別格か。これは問題だぞ」と批判した。つぎに松崎が呼ばれ、森とのあいだで「決心はついたか」「ハイ」と深刻そうなやりとりがはじまった。ふたりが話しているあいだ永田は大槻と金子のところへ行き、共産主義化の問題と結びつけて『星火燎原』の評価を語った。「おもしろいわね。秋収蜂起から井崗山への闘いをもっとちゃんと読もう」大槻はいい、金子も「毛沢東思想を秋収蜂起や井崗山の闘いからとらえかえすことは視野を大きくしてくれる」という。三人はしばらく活発に話しこんだ。

コタツにもどると森は待ち受けていた様子で、永田と坂口に「松崎さんはたった今、寺岡君と離婚して自立した革命戦士になると決意を表明した」と伝え、松崎の「飛躍」を高く評価してみせた。永田はイキナリ何をと狼狽したものの、自立した革命戦士になると本人が表明したという以上反対はできず、仕方なく黙っていた。坂口も何もいわなかった。

「大槻さんは『星火燎原』を共産主義化の観点から読むつもりだといっているわよ」永田が披露すると森は首を振り、「知識としてただ読んでいるにすぎない。そんなことは評価できない」と断じ、とまどった表情の永田に重ねて「美容院でカットしてきたのは何だ」といったあと、強い口調で「知識！　知識！」と批判した。とまどいつつも永田は、大槻がパンタロンのことやカットのことを総括すれば、もっとよく『星火燎原』を読めるようになるだろうと期待をこめて思った。大槻がパンタロン、カットのことを「総括できていない」という見方では永田はだいたい森と一致していた。ただそのことをもって、『星火燎原』をちゃんと読もうという大槻の意欲まで全否定してしまう森の「中間のない」言動にはついていけなかったのである。

夕食のあと全体会議。しばられている加藤、小嶋、立たされている尾崎を除くと、全体といっても指導部の森以下五名の他、金子、大槻、松崎、小林、岩本、山本佑子、加藤倫教、加藤弟と人数は少なかった。森がはじめに尾崎に格闘させて「柴野になれ」と求めたこと、小嶋を総括させるため逆エビ型にしばりなおすことを説明した。各自の発言にうつり、松崎は思いつめた様子で「自立した革命戦士になるために寺岡さんと離婚します」と表明した。森からきいていたにもかかわらず、いまこうして松崎本人が口に出して語るのをきかされると永田はおどろき、緊張せざるをえなかった。このかんの森―松崎の話し合いの中身がわからず、したがって松崎と寺岡が離婚する必然性がわからぬのみならず、松崎の離婚宣言が松崎（と寺岡）一個の事情から独立して他のどんな結婚をも否定し去る内実をもっていることに漠然と気づかされたからである。森は「女性兵士が自立した革命戦士になるということは〈女の革命家から革命家の女へ〉ということだ。松崎さんの離婚表明は革命家の女になるという大きな決断である」といって松崎を持ち上げた。〈女の革命家から革命家の女へ〉という有難そうな標語がどういう主旨なのか説明しようとせぬので、永田の不安、苛立ちはつのっていく。

金子は自分の番になると突如として「私も、自立した革命戦士になるために吉野さんと離婚します」などといいだし、永田の漠とした不安はパニックにかわった。永田はあわてて、ひっくりかえったテーブルを長くもない両手を広げておおいかくそうとするみたいに「金子さんは松崎さんとはちがうのだから、離婚の必要はない。離婚せずともやっていけるし、自立した革命戦士になれる」と反対意見をたたきつけた。結婚と自立を単純に対立させてはならない。金子は口をつぐんだが、離婚表明を撤回しようとしなかった。森はこの時、金子の突然の離婚表明を、松崎のケースのような共産主義化をめざして下した思いきった決断ではなくて、先に吉野がしでかした「浮気告白」と関連させて受けとめ、弱い夫にたいして正当だったり不当だったりする圧力をかけんとする「女房的」な対抗策と解釈した。森は以降、金子の言動を一貫して批判的に見ていくようになる。

大槻は〈女の革命家から革命家の女へ〉に同意して「革命家の女になるために努力する」と表明、「共産主義化の観点から、秋収蜂起から井崗山の闘いをよく学ぼうと思う」と発言した。

「美容院に行ってカットしてきたことも自己批判せず、女の革命家から革命家の女になるため努めますなどと、よく平気でいえるな」森は半ばとなりの永田に、半ば全体に向かっていった。

永田はせきたてられる感じで大槻に「パンタロンのこととカットのことを自己批判しなさい」と指示、大槻が自己批判して会議は終了した。この夜は指導部会議をせず、全員就寝したが、寝るまえに森は坂口、山田、吉野に指示して、小嶋を逆エビ型にしばり直させた。小嶋は「こんなことをするのなら殺してよ」と叫んで抗議の気持をあらわした。森はまた吉野に、立ったまま総括させている尾崎の見はりをし、ひと晩総括ぶりを見ているようにと指示した。

この日の正午すぎ、坂東、寺岡、山本の三名が南アルプス新倉ベースに到着し、植垣、青砥、山崎、進藤、行方、遠山に〝別世界〟の消息を伝えた。「赤軍派と革命左派が合体して新党が結成された。両派は銃の地平で出会うべくして出会った」坂東は榛名ベースにおける総括状況に言及して、「榛名では総括はここよりはるかに進んでいる。総括を要求されているにもかかわらず、総括を放棄してイチャついていた男女二名にたいして、総括を援助するため顔が膨れ上がるほど殴り、そのあとしばり、垂れ流しのまま総括に集中させている」と語り、党建設のために進藤ら三人だけでなく全員がそれまでの自分の闘いを点検し総括せねばならぬことになったと述べた。

ききおえた若い植垣らは、人生の峡谷の深い底をチラと見おろし、自分たちがいま断崖の突端に立たされていることを理解した。一方でこういう時がおとずれるのを待っていたという気もすこしした。植垣は、他のみんなもまた、これが運命なら革命を志した人間らしく立ち向っていこうとそれぞれに決意を固めた。


十二月三十日。朝、遠山は植垣にハサミをわたし、「髪を切って」といった。オッ遠山さん、総括しているなと喜んだ植垣は、すぐに支度をし心をこめて彼女の見事なロングヘアーをカットしにかかった。短くしても不自然にならぬように注意し、髪型にそう変化のないまずまずのショートカットに仕上った。朝食後、全員が小屋の整理、指紋ふき、持っていく荷物をリュックにつめるなどし、作業は夕方までにほぼ終了した。残った台所と第四の小屋の指紋ふきは新倉ベースを最後に発つ植垣と山崎がおこなうことにした。

夜、交代で風呂に入り、植垣は進藤といっしょに入った。かれらは互いの体が一ヵ月半の山岳生活で引き締まり、思いがけず体力がついたことに感心しあった。話の中で進藤は「おれはどうしても死ということを考えてしまい、不安を感じるんだ」と打ち明けた。無理もなかった。森は一貫して進藤にことさら批判的であり、その森が総括要求に暴力を導入したというのだから、榛名ベース行きにさいし進藤には誰よりも深刻な覚悟が求められていた。

「不安はおれにもある。森さんならやりかねないからなあ」森は図太い人ではなかった。それだからほんとにやりかねないのだと植垣は思った。「しかしおれは総括のことから逃げてはダメだと思う。全力で総括に取りくまぬかぎり、おれたちは革命を担えなくなってしまうんじゃないか。怯んだりしないほうがいいぞ。むこうに行ったらおまえ、こっちに居たときと同じ調子でいるなよ。慎重にしていろよ」

「わかっている。とにかくおれには飛躍が問われているんだ」進藤はうなずいた。

夜十時、全員就寝。が、ひとり進藤だけは、明日の榛名への出発をまえにして一睡もできず、辛い夜を過ごした。となりに寝た坂東は、そういう進藤を懸念をこめて見はりつづけた。

榛名ベースでは、午前中の指導部会議で、吉野が尾崎の見はりの報告をおこなった。「尾崎はじっと立っていようとせず、ぼくのすわっているところへきて横にならせてくださいと訴えた。ちゃんと立ってろと叱るとまた元に戻ったが、夜中に寒くなった頃、何度もシュラフや毛布のところへ行こうとした。全く総括する態度ではなかった」とふだんの吉野らしくもなく激しい口調だった。「尾崎は依然として日和見主義との闘いが理解できていない。加藤、小嶋はしばられているのに、この自分はしばられていないと勝手に安心してしまい、厳しく総括要求されている現実をきちんと受けとめていないのだ。しばって、じぶんが厳しく総括要求されていることを認識させる必要がある」森はいって永田に同調をもとめた。

永田は「だってしばるところがない」とアイマイな言い方で反対した。事実、柱の加藤、逆エビ型の小嶋にくわえさらに尾崎までしばったら、小屋の中は比喩的にだけでなく文字どおり「足の踏み場もなくなる」のではないか。ベースは総括要求のおこなわれる場であるとともに、ヨリ広い生活の空間でもあるのだ。

「どこにだってしばれる場所はある」森は論争に応じた。「入口の横で、カモイにロープをとおして立たせてしばればしばれる」「そんな」「しばれるのだ」森は断固としていった。問題は尾崎をしばるかしばらぬかであり、小屋のなかにしばれる場所があるかないかではなかった。ところが、尾崎をしばることに反対も同意もできぬ永田は苦しまぎれに問題をしばる場所の有無にすりかえてしまい、森のような信念家には場所などどこにでもあるのだから、結果として尾崎をヨリ過酷な状態へ追いつめてしまったのである。尾崎は森、山田、坂口、吉野に再度顔面を殴打されたうえ、森の大したアイデアどおり立ったままカモイにわたしたロープでしばりつけられた。

午後、永田は加藤倫教から「加藤の食事は?」ときかれてええっ? とおどろいたが危うく自制して「そういうことは心配しないでよい」とこたえた。食事をあたえぬこと=総括援助と当然のように思いかけていた永田の現在に、まっすぐに兄を懸念する弟の表情が一瞬正気の光をあてたのである。永田はコタツにもどってから加藤(倫)にきかれたことを森らに報告した。あるいは報告の調子にいまの永田の新しい感情も出ていたかもしれない。

「ナンセンスだなあ」森は慨嘆してみせ、「食事のことなど考えずあくまで総括に集中しなければならない。だから食事を与えぬことを気にするのもナンセンスなのだ。われわれは明確に、総括できるまで食事を与えないと決めるべきではないか」といった。永田は森の提起に反対できず、同意もできずに押し黙った。しかし加藤の弟らの気持は、永田の報告をとおして森の内にも伝染したのであり、森は永田らにいっていないが、一晩中倫教と弟が兄の様子を心配して寝たりおきたりをくりかえしていることを知っていた。森は「加藤の状態を見る」といって立ち上がった。

加藤は穏やかな表情で森を見かえした。どんな働きかけにも心をひらいて待ち、誠心誠意こたえてゆこうとしている様子だった。顔の腫れはだいぶひいていたが、こけた頬の肉の薄さ、骨の細さが目立って、森はなにか虚を衝かれたような思いがした。森の視線はロープで柱にしばりつけられている加藤の手首にすいよせられていく。きつくしばられた手首のところから空気を入れたみたいに脹れあがり、手の甲には赤黒いケロイド状の浮腫ができていた。森はこういうものを生まれて初めて自分のしたこととしてハッキリ間近に見た。

コタツにもどった森は永田に「加藤の手に水疱ができた。大丈夫だろうか。腐るのではないか」と声をおとしていった。そこらへんのよく居る小さい人と同じようにおどろき、うろたえ、オロオロしているのであった。永田は今さら何をといぶかるとともに、森の様子が加藤を殴ったときとあまりにもちがうので、思わず「どうしたの」と強い口調でききかえした。森は下をむいて黙った。二言三言山田と何か話し、ふたたび断固とした態度をとりもどすと「たとい腕の一本や二本、切りおとさなければならなくなっても、革命戦士になったほうがいいのだ」と身振り入りで言い放った。例によってまた極端な物言いで先の見苦しいオロオロの裏返しといえたが、そうした厳しい姿勢で総括を進めること自体は大切であり、永田は森の「大言壮語」を一応だまって受けいれることにした。

夕方から指導部会議。森は加藤と小嶋の総括状況について語り、永田らのすでにきかされている話題をまたしてもくりかえしまきかえし論じようとした。いい加減にしてくれと苛立った永田は中断したままの六〇年代階級闘争の追体験をいまは再開すべきだと主張した。とにかくひとまず加藤、小嶋を殴りしばるまえの時点に立ちかえり、両派の路線問題の検討へ会議の重心を移してみてはどうか。

「追体験の中断は加藤らの総括要求のためであり、殴って総括要求したことによってかつてない高い地平にきたのだから、中断を何か問題のようにいうのは問題だ」

永田は加藤、小嶋への殴打―制縛を問題とは思っていない。言ってもいない。が、それを森が「高い地平」にきたと規定するその「高さ」なるものが実感におちてきてくれないので困るのだ。「加藤らへの総括要求の一方で、六〇年代階級闘争の検討をやりとげてレジュメ化する必要があるのは当然じゃないの。これにもっと精出す必要があるんじゃないの」そうすることがいまのわれわれの、なかんずく指導者森の精神衛生面を考えても必要だと永田は口には出さず心の中で付け加えた。

「それならいい」森はいったが、追体験のつづきに取りかかろうとせず、獄中赤軍派メンバーの手紙を出してきて山田としばらく話したあと、塩見による共産主義化の提起の意義を強調し、「われわれは塩見の提起にこたえることのできる地平にいたった。したがって塩見の示した過渡的綱領で一致したい。今では過渡的綱領で一致できると思う」といいだした。

「その過渡的綱領を見せて」

森は山田とふたりでゴソゴソとさがした挙句、塩見孝也『民民革命（民族民主革命の略）論の検討』というガリ版刷りの論文を示し「ないから、これを読んでみろ」といった。永田は受けとって読みはじめた。永田は指導部会議においで総括要求のための個人批判よりも政治討論をこそ希求していた。だが、一方で森によるブント→赤軍派の六〇年代「追体験」に対置しうる内容を永田と革左が用意できない結果、「討論」といっても実際は赤軍派森による永田ら革左メンバーへの〈上からの〉「講演」と「質疑応答」にならざるをえない。それだから指導部会議の内容が「政治討論」になるか、「個人批判」中心になるのかを決めるのは、つねに永田の希求ではなくて、ベースにおけるそのときどきの森の「恣意」の方向なのである。古い革左＝川島のまちがった政治指導からの自立を当面は森による赤軍派の総括作業（「追体験」）への寄生によってしかなし得ないでいる永田の限界であった。

夕食のあと、「みんなの総括をきこう」という森の提案で全体会議。はじめに森は「きびしく総括要求した加藤らには総括に集中させるため食事を与えないことにした。総括をやりきることが第一で、第二も第三も総括であり、食事はその他だ。だからみんなはこのことを気にしないように」と申しわたした。さらに「食事を与える与えぬは総括の進展状況による。われわれ指導部にこのことはまかせていてほしい」とつづけたのだが、そんなことは指導部で何ら確認されておらず、永田はいささかおどろいた。が、反対もできず追認した。森は気にかかっていた問題にケリをつけるとあとは安心した様子になってみんなの発言の聞き役にまわった。会議の途中前沢と滝田が『意見書』組の最後のひとり岡田栄子を連れてもどってきた。永田は新来の岡田のために、共産主義化の位置づけを手短に話した。

会議の終りに永田は「今晩は私が見はりをする」といって『民民革命論の検討』とノートを持ち用意をした。全員就寝のため立上ったとき、岡田はひとり真四角に正座して永田を見あげ「ちょっと待って下さい。私には総括することがあります」といった。永田は岡田の前にすわった。「私は取調べ中に出されたココアをのんだり中華物の食事をしたりしたけれど、完黙したとしか報告しませんでした。共産主義化が必要な現在これはまちがっており、自己批判します」

「それでは、今晩私といっしょに見はりをし、その自己批判をしっかりやればいい。そうしよう」永田がいうと岡田はハイとうなずいて了解した。

永田と岡田は土間近くのコタツの上にローソクを立て、懐中電灯、ノートなどを用意してコタツに入った。永田は岡田に、このかんのベースにおける総括の進展状況を話した。共産主義化の位置づけ、赤軍派と革左の党史の総括の一部、新党の確認、加藤らへの暴力的総括要求という「飛躍」の意義、その他。しばらくして尾崎が訴えるように何かいった。「黙って総括しろ」永田と岡田が声を高低二重にしていうと「はい、総括します」と尾崎。永田は緊張した表情の岡田に「総括要求されている者には厳しくあたらなければならない。それが総括援助なのよ」と解説した。岡田はノートをひろげメモしながら考え、永田が『民民革命論の検討』を読みはじめたとき、また尾崎が××と何かいった。永田は後手立ち縛りの尾崎のところへ行き、「総括に集中しろ」といって腹を二、三回殴った。尾崎は吊られた身体をくの字に引っこめ「は、はい」といったが、永田の殴打自体は新来の岡田のための実習授業なのだから格好だけで大したこともなかった。以降翌朝まで尾崎、小嶋、加藤と岡田は総括に、永田は『民民革命論の検討』に集中した。

永田は塩見の論からもっぱら連合赤軍→新党への「飛躍」を気持良く肯定してくれそうなフレーズに注目した。（i）塩見が赤軍派の政治路線を「抽象的、一般的」だったと自己批判的にふりかえっていること。（ii）塩見「われわれは毛沢東思想による社会主義革命戦争の完成をこそめざさなければなりません」を、永田はじぶんの反米愛国路線「止揚」と同一の志向であると評価した。（iii）塩見は「日米複合権力論」を語り、日帝は米帝に反革命の基地を提供し、自身の権力体系以外に米帝の権力体系を許容して権力を「複合させている」と論じた。こうなれば革左の反米軍国主義と大差ないのではないか。総じて塩見の主張は社会主義革命路線の立場から赤軍―革左両派の路線を折衷させたものであると永田は「我田引水」した。これならみんなを説得して川島らの古い革左、古い反米愛国路線を革命的に乗りこえていくことができるかもしれない。メモをとりながら永田の胸は高鳴った。

尾崎充男

十二月三十一日。朝、南アルプス新倉ベースから、坂東、進藤、行方、遠山、青砥、寺岡、山本がリュック背負って出発していった。そのさい坂東はあとにのこった植垣と山崎に、新年二日か三日の昼榛名湖バス停の待合室にくるように指示した。出て行くとき進藤は張り切って中でいちばん重いリュックを背負い、植垣に向かって軽く手を振った。

朝食後永田は『民民革命論の検討』の一夜漬学習で高揚した気分のまま、土間におりていって被指導部メンバーに「日米複合権力論」を紹介し、「これは共産主義化の地平で正しい政治路線をかちとる可能性をわれわれに示している。塩見さん提起の論は「新しい」反米愛国路線であり、川島らの強調しているものは「古い」反米愛国路線なのよ」などと話した。みんなの反応は上々で、岡田は「新しい反米愛国路線ねえ」と嬉しそうに笑った。このとき、森が「ちょっと」と呼び、もどってきた永田に「古い反米愛国路線とか新しい反米愛国路線とかいわぬほうがよい」と強い口調で注意した。どうしてと反問すると「かりに比喩表現としても、とにかくまずい」森はそういって問答無用の態度をとった。面白くなかった永田は土間のみんなに「新しいーとか古いーとかいわないようにってさ」と大声で伝え、表情態度で不満をあらわした。被指導部メンバーは黙ってしまい、このとき以降ベースでは「反米愛国路線」という言葉は一切使われなくなった。

永田は指導部会議がはじまるとあらためて塩見の「日米複合権力論」を持ちだし「今の段階においても可能なかぎり、新党われわれの政治路線をハッキリさせるべきではないか」と主張した。が、森は態度を曖昧にして黙り、坂口もこちらは反対の意思をおもてにあらわして黙りこんだ。ふたりともそれぞれ、「政治路線」問題のなかにふみこみたくなかったのであり、そうした気持は永田にわからぬでもなかった。しかしそれではいつまでたっても会議は個々のメンバーの総括問題だけに規定されつづけ、政治討論は無期延期という始末になりかねぬであろう。やむをえず永田は、おもに顔をあげてくれている吉野を相手に「日米複合権力論」を語ってみることにした。吉野の反応もはかばかしいものではなかった。永田独り気づかずにいるが、永田以外の全員が永田の自己満足的な一夜漬レポートよりも、現にかれらの眼に見えるところにいるかれらが殴りしばった尾崎、小嶋、加藤の「総括問題」のほうに気をとられていたのである。

午後になっても永田のがんばる指導部会議は何の議論にもならず、むろん成果も何もなくダラダラとつづいた。夕方になってようやく「事態が動いた」。被指導部メンバーが土間で夕食の準備をしていたとき、尾崎が「すいとん、すいとん」とよく通る声でいった。夕食のメニューはすいとんである。二十八日夜からまる四日間、尾崎は総括を要求されて何がなんだかよくわからず正座、格闘、殴打、立ち縛りのうえ、ほぼ絶食状態だった。ところが森は急に激した様子で尾崎のところに走って行って「そんなことをいうヒマがあったら総括に集中しろ」とどなりつけ、これで永田主導のせっかくの「政治討論」も中断してしまった。もどってきた森はワナワナと口を震わせ「尾崎は総括をせねばならぬことがまだわかってないのではないか。これは尾崎がほんの少ししか殴られていないからだ。きちんとわからせてやろう。思いきり殴って総括を要求する必要がある。加藤のときは顔面を殴ったが膨れただけで気絶しなかった。こんどは腹部を集中的に殴って気絶させよう。生まれ変わってめざめてもらう」と提起、永田をふくめ指導部全員が同意した。森、山田、坂口、吉野は尾崎を半円に囲み、永田は囲みのうしろに腕組みをして立った。今度はがまんしてしっかり見ていようと思った。「総括がわかっているのか。すいとんといったがあれは何のことだ」森は尾崎の腹を思いきりたてつづけに殴り、つづいて山田、坂口、吉野が同じように殴った。殴打はヒザ蹴りにかわり、森のヒザ蹴りはドスッドスッと硬い音をたて、尾崎は最初のうちこそアーッ、ウーッと声をあげたが、坂口、吉野、山田とリレー式に思いきりヒザ蹴りがつづいていくとただ折れ曲がった袋みたいに蹴り上げられる一方になってしまった。十数分で森は坂口らに中止を指示、首をかしげて「だめだ。気絶しない」といいながらコタツにもどった。

「あれほどやっても気絶しない。指導部を信頼しすべてをまかせるということをせず、依然として旧い私＝日和見主義にしがみつく。求められている総括を拒んでしまう何かが尾崎の内にあるんや」森は忌々しげに舌うちし、「日和見主義を克服させるのは大変なことだ。しかし日和見主義のまま闘わせるようなことになったらもっと大変だった。闘わせるまえに日和見主義を見ぬき問題にできてよかった」やや弁解的にのべた。あとはヒザ蹴りをめぐってこまかい技術的な話になり、話に入れぬ永田は前沢の持ってきた川島の手紙のコピーを読むことにした。どの手紙もこれまでと全く同じ調子、同じ内容で、獄外の闘いを見くだしきったイイ気な放言の山また山だった。川島との訣別、分派の決断は正しかったと読みおえて永田はほとんど生理的に確信した。

夜八時すぎ、小屋入口に声がして坂東が入ってきた。遠山、進藤、行方、それに山本順一は大きなリュックを背負ってあとにつづいた。「髪を切ったのね」革左の女性たちが声をかけると遠山は髪に手をあてて「バロン（植垣）好みよ」といって笑った。が、遠山の笑顔はそのときだけで、あとは暗い、おびえた、固い表情で終始した。森に総括をきびしく課されていた遠山、進藤、行方は小屋に入ったとたんに突きつけられた尾崎、小嶋、加藤の大事なネジがとんでしまったような異様な拘束姿に圧倒され、用意してきた心構えも決意も何もたちまち麻痺させられてしまったのである。森は土間の隅で小鳥みたいに体を寄せ合っている三名の問題分子に鋭い視線を向け、永田はなによりも遠山のショートカットに注目して、森にたいし「髪を切ったといっても、切るまえと同じ格好であり、非合法のために髪を切る必要を全く理解していない」と批判した。ちっとも総括できてないではないか。森は何もいわず、顔をしかめた。

「途中タイヤを交換したがあとは順調だった。植垣と山崎は後を始末してあさって頃にやってくる」坂東はコタツのところへきて森に報告した。それから気がかりそうに入口のほうをふりかえり、「尾崎の様子がおかしい。確かめたほうがいい」と小声になっていった。森、永田、坂口、山田、吉野は顔を見合わせた。森の指示で尾崎のところへ行った吉野はすぐにもどり、静かにではあるが非常におどろいた様子で「尾崎は死んでいる」と告げたのであった。森、山田、坂口、吉野はとんで行って尾崎のロープをとき、脈、心音、呼吸を調べた上一致して死亡を確認した。山田と坂口は尾崎をシュラフに入れ小屋の隅によこたえた。

死んだのだといわれても永田にはその実感がなかった。それなのに事実として尾崎の死を受けいれなければならぬらしいこうした事の展開にとても納得できず、じぶんたちはなにか陰険な罠にかかったんだという被害感のほうが強くこのときの永田の心身をとらえていた。森と山田が小声で話し合いをはじめ、永田はふたりの話し合いがすんでワナからの出口が示されるのを黙って待った。永田らから言葉を奪ったあってはならぬ尾崎の死にたいし、何としてでも顔を上げて自分たちの言葉を投げかえしてやりたかった。尾崎がほんとうに死んだのだとしたら、敵はどういう手をつかってきたのか。下手人は誰か。永田のうちに猛然として反抗心がわきおこった。

森と山田のヒソヒソ話はそう長くもかからず、息をつめて待っていた永田らに森は強い口調で「これはついに総括できなかった尾崎の〈敗北死〉である。革命戦士の敗北とはつねに必ず死なのであり、尾崎にもっとがんばって総括をかちとろうとする精神があれば死にはしなかった。革命戦争の厳しい地平ではそうしたがんばる精神こそが求められている」といいきった。森らが殴りしばり追いつめて尾崎を殺したのではない。尾崎の懸命の総括を最終的に阻止したところの、森らと尾崎の共同の敵である「その者」＝権力と死こそが尾崎を殺したのである。永田、坂口、吉野、坂東は顔をあげ、眼がさめたというように「そうだ、そうだ」といいあい、森さんは気にくわぬこの理不尽な死に向かって「いいかえしてくれた」「やりかえしてくれた」と永田は胸のすく思いがした。

「みんなにこのことを知らせるか」森はそういって永田の顔を見た。

「みんなに知らせるのは当然だし、必要なことじゃないの」私たちは心を合わせ、尾崎の死にうちのめされることなく、みんなで敗北死を乗りこえていかなければならないと永田はふるいたった。

「そうか。それではそうするか。全体会議をただちに開くことにしよう」「敗北死」規定の発明者でありながら、森本人はそれの正しさに永田ほどに強い確信は正直もてないでいたのである。

「誰が全体に報告するか」みんなが黙っていると、森は「永田さんにやってもらう」といった。森の仕事ではないのかととまどったものの、すこし考えて永田は「自分自身の総括として」引き受けることにした。そのさい「加藤と小嶋に尾崎の死をしらせてショックをあたえ、かれらを敗北死させてはならない。全体会議の間、総括援助として加藤と小嶋を外に出そう。外に出しておくかわりに、毛布をかぶせ肉の缶詰とミルクを与えよう」と提案し森らの了解をえた。

「尾崎の死体を早く埋めよう」吉野はいって二名の処刑のときの経験をいくつか語った。「尾崎が死んでいるとわかったのは向山らを殺ったときとおなじ臭いがしたからだ」

「共産主義化の地平に立って見なおすなら」永田は声を励まして、「二名の処刑は、共産主義化が提起されていなかった時点の決定としては正しかったといえるのではないか。私は共産主義化の地平に到った今、尾崎の死＝〈敗北死〉規定を獲得するまでは、二名処刑を全面的に正しかったとはいえないできた」と告白した。今度は森が大いにとまどう番だった。「うん、それは、当然正しかった。そうあるべきだ」森は変わった物体を見るような眼で永田の顔を見直した。

永田がつづけて「尾崎の死といっしょに、二人の処刑のこともみんなに伝えよう」というと、「全員に伝える必要はない」とこれには森は同意しなかった。森にいわせれば、指導部による敵対分子の「処刑」と、指導部の求めた総括をなしとげられなかった結果としての「敗北死」を一緒くたにして混同してはならない。永田のこの手の「混同」は根本的には、指導部と被指導部それぞれを何かにつけて大雑把に「みんな」と一括りにしてしまう〈下から〉主義、仲良し主義の産物である。永田の〝自然〟は畏《おそ》るべきであるが、乗り手の手綱さばきがつねに問われる困った馬でもあるのだ。

吉野は尾崎の死体を埋め、山田は外に出した加藤と小嶋の見はりをすること。「あとひとりずつつける必要がある。前沢君と滝田君にさせよう」森はいった。前沢と滝田は森が革左の被指導部メンバーのうちで共産主義化の観点にてらして高く評価している二名である。「このふたりには早岐と向山のことを話す。外に出てぼくから話す」革左のおこなった二名処刑について何故、赤軍派の森が革左の前沢、滝田に話すのか？　敗北死と処刑を混同しかねない永田、混同しているだろう坂口にはまかせられぬと考えたからであり、これはまた森がこのときはじめて二名処刑を革左のこととしてでなくじぶんたち旧赤軍派をふくむ「新党」の核心にかかわる思想の表現としてとらえかえしたことを意味する。永田と坂口は「どうして」という顔をしたものの何もいわず、結局了承した。そのあと永田は、

「みんなが尾崎の死でびっくりしたりショックを受けたりして食事できなくなるようではいけないから、全体会議ではパンとコーヒー、コンビーフの缶詰で軽い食事をしよう」と提案して森らの了解をえた。「みんな」は尾崎の死にうなだれるのでなく平気でいるべきであり、鬼神のごとくに奮い立つべきであるというのが永田提案の主意であった。しかし指導部のなかにはこれを仲間にたいする「踏み絵」のつきつけと受けとって、永田その人を冷酷な「鬼神」と見た者もあった。

森は山田、吉野といっしょに立ち、前沢と滝田を呼んで真暗な外へ出て行った。出て行くとき山田と吉野は尾崎を

シュラフに入れたまま両側からかかえて運び出し、小屋の床下に置いて全体を毛布でおおった。指導部のコタツには永田、坂口、坂東がのこったが、何も話さず三人ともただ茫然としていた。しばらくしてもどってきた森は「吉野君と前沢君が死体を埋める場所をさがしに行き、山田君と滝田君が、加藤、小嶋を連れ出してしばっておく場所をさがしに行った」と報告、さらに「前沢君と滝田君は尾崎の「敗北＝死」規定を受けいれ、早岐、向山の処刑についても異議なしと受けいれた。滝田君は「やっぱりそうだったのか」といっていた」と話した。

山田と滝田がもどり、ふたりをしばっておく場所を決めてきたと報告した。小嶋は山田、滝田、坂口が、加藤は森、坂東がそれぞれロープをほどき、立たせ、抱えるようにして連れ出し、小屋から八十メートルほどのぼったところの二本の立木にふたりを立たせ顔が合わぬようにしてしばりつけ数枚の毛布をかけた。森、坂口、坂東は見はりの山田と滝田をのこして小屋にとってかえした。

「全体会議のまえに南アルプスの状況をきいておこう。進藤らをどう評価したか」森は坂東に報告をもとめ、永田と坂口も強い関心をもって坂東の顔を見た。

「三人とも基本的に総括できていると思う。全員、新党結成を支持した」しかし、言葉とは裏腹に、坂東の表情は自信なさげだった。

「甘いんじゃないのか。小屋に入ってきたときから三人ともキョロキョロビクビクと落ち着きがなく、あれでは総括できているなどと到底いえない。とりわけ進藤だ。何だあの態度は。進藤は逃げようとしなかったか」

「進藤は自分に、逃げないから安心してくれといった。榛名への出発の前夜、進藤が悩みぬき、一晩中一睡もできなかったことを自分は知っている。そうした様々な迷い、タメライ、気怯《きおく》れを乗り越えて、進藤はここへたどりついたんだとおれは思う」

「乗り越えているなどはリクツが逆様だ。かりにほんとに乗り越えているとしたら、そもそも「逃げないから」などというとんでもないセリフは口が裂けても出てこない。逃げたい自分に深く致命的にとりつかれているからこそ「逃げないから」と弁解し、一晩中眠れぬことになる。ハッキリしているではないか」

「進藤はわれわれといっしょに車に乗って問題なくここへ到着している。途中逃げる様子はなかった」坂東がいうと森は首を振り、「それは坂東が断固としているので逃げるスキがなかったということだ。いずれにせよ、もう少し様子を見ていればわかる」自信たっぷりにいって話をおわらせた。全体会議のはじまるすこしまえ、吉野と前沢がもどってきて、森に「死体を埋める場所を見つけた」と報告した。森は吉野、前沢に坂東をくわえ、三人でただちに尾崎の死体を運び埋めてくるよう指示した。三人は短く打ち合せしてから支度をし出て行った。

十時より全体会議。出席者・森、永田、坂口（指導部）。金子、大槻、松崎、岩本、岡田、加藤倫教、加藤弟、山本順一、佑子（旧革左）。進藤、遠山、行方（旧赤軍）。

「尾崎が死にました」永田がいうと小屋のなかはうたれたように静まりかえった。沈黙の一瞬の深みのなかに永田はみんなの「何故」「これからどうする」など無数の声がひしめきあっているのを感じた。森のおこなった〈敗北死〉の総括を伝え、「私たちは生命を賭けて共産主義化をかちとらなければならない」とのべたあと、最後に「加藤と小嶋をかならず総括させよう」と呼びかけた。全員「異議なし」と大きく唱和した。森は「革命戦争は残酷であるが、残酷さに耐えて闘っていくためには命懸けの飛躍が必要である」と自分にいいきかせるように語った。坂口もすこし話した。

「みんなで食事をとりながら話し合いをつづけましょう。松崎さんたちお願いね」永田は松崎らに指示してパン、コーヒー、コンビーフの缶詰を用意させ、「尾崎の死からショックを受け、食べられぬようであってはならない。私たちは死んだ尾崎の分までがんばっていかなければならない」と強調した。永田の懸念にもかかわらず、食べられぬ者は一人もなかった。食事しながらそれぞれの発言がつづいたが、途中金子は森の指示で加藤らに食事させるため鶏肉の缶詰とミルクを持って出て行き、入れ替わりに、見はりの滝田が会議での発言と食事のために一時小屋にもどった。

メンバーからは、ほんとうに敗北死だ、尾崎は日和見主義だった、自分はがんばっていくといった発言が相次ぎ、指導部による尾崎への指導の是非を問うたり「敗北死」規定に疑問を呈したりする者はいなかった。尾崎の死は不意撃ちであり、かれらはおびえて立ち竦んだ。そのときしめされた指導部による、尾崎が総括できずに敗北した結果「自ら」死を受けいれるにいたったという解釈は、かれらのおそれと戦《おのの》きをしずめ、自分は敗けないぞ、死神などに譲歩しないぞ、「尾崎の分まで」闘うぞと奮いたたせてくれたのであった。そうした中で、遠山と滝田の発言は良いにつけ悪いにつけ他とくらべて個性的で、きいていた森、永田の関心を引きつけた。遠山は「私は絶対革命戦士になるんだと決めてきた」とだけいって黙った。共同軍事訓練の第一日目に永田ら革左メンバーを閉口させた無内容な自己紹介とまったく同じセリフであり、全然わかってない「ショートカット」の頭と合わせこの人はこのかん南アルプスでいったい何を総括していたんだと永田は強い不信の念をいだかずにいられなかった。ちがいはただあのときの遠山が傲慢な女王様だったとすると今は何かとりとめのないおびえた幼女にしかみえぬ点で、これはこれでまた革命戦士としては大問題だと思った。滝田は「毛沢東は「死にも泰山《たいざん》のように重いものと鴻毛《こうもう》のように軽いものがある」といっているが、尾崎の死は唾棄すべき軽いものだ。ぼくは革命戦士として泰山のような重い死に方をしたい」と表明して、見はりの任務にかえって行った。森は滝田の大仰な発言を評価し「滝田は自分の若い頃に似ている」とさえ永田に耳うちした。滝田と森の年令差は四才程度にすぎなかったのだが。

山田と金子がもどり、金子は森のところへきて「食事をあたえたら、加藤は黙って大人しく食べたけれど、小嶋はガツガツとたべ、たべたあと「またあとでちょうだいね」といった。小嶋の態度は総括しようとするものではなかった」と報告した。森は坂口に「やっぱりな」といってから「小嶋は総括しようとしていない」と判決した。

進藤隆三郎

一九七二年一月一日。零時を過ぎた頃、被指導部メンバー全員の発言がおわると、森は進藤にたいし「おまえのさっきの自己批判は通り一ぺんだ。もう一度みんなのまえに、自分の問題をまっすぐ全部出してみろ」と指示した。森のいう進藤の「問題」とは、旧坂東隊に加わった時点の①ルンプロ的無政府主義的体質の未止揚であり、②地方センメツ戦等において露呈した日和見主義的傾向が、「女房」小関良子が逃亡→通敵に走ろうとした事態を指導の誤りというように没主体的にしか受けとめていないマイナスと結合して、①の体質の至りついた不可避の破産のすがたを示している。③南アルプスで坂東に「逃亡」を「考えている」ことを事実上告白した。④榛名ベースにくると縛られた人間や「戸口」（＝総括空間への「入口」であり、その外の世界への誘惑的な「出口」でもある）ばかり気にしていること。森は今日③④にバクロされている濃厚な逃亡・通敵可能性をうちくだくべく、さかのぼって①の体質、②の傾向の「止揚」＝じっさいは全清算を進藤に要求したのであった。この頃までに尾崎の死体を埋めに行っていた吉野、前沢、坂東も小屋にもどってきて会議に加わった。

進藤は覚悟を固め、森の追及にこたえる形でじぶんの階級闘争へのかかわりを語った。「……六九年一月、日仏学院に籍をおいていたとき、先輩にさそわれて東大安田講堂攻防戦にくわわり逮捕されたのが最初の闘争だった。まだ少年で家裁送致のあと釈放になったが、行き場がなくて、新宿でフーテン暮らしをし、女性とあそび、女性にたかって生活した。ヒモまでやった。何日かに一度は必ずこんなことをしていてはダメだという思いがくる。が、夜になるとまたヒマな女をひっかけに寝床から虫みたいにはいだすんだ。はじめは好奇心から、山谷へドヤを移し、ブラブラしていたとき、山谷解放委員会の梶大介と知り合った。ぼくは自分が堕落していること、しかしながら這い上がる道はあり、それが革命運動に身を投ずるという生き方だと、口で教えられたのでなくて梶さんとともに行動していく中で知った。山谷には梶さんだけでなく、生まれてはじめて出会った労働者の仲間たちがいた。梶さんは……」

森は進藤の話を「山谷物語をきいているんじゃない」と強い口調でさえぎった。

「でも、ぼくが革命運動にかかわるようになったのは山谷からだった」

「その革命運動が誤りだらけで、おまえの誤りの出発点に山谷と梶とルンプロのまちがった革命観があるといっているんだ。そこはどうなのか」森は進藤の横浜寿町での生活、赤軍派植垣らとの出会いに言及し、「おまえは寿町に引っこしてから何か闘争したいと考えていた。一方で女遊びのほうも精出し、おまえが「ひっかけた」という何人かのなかに小関良子もいた。ところがおまえはそれまでの遊びとうってかわって感心にも小関を「女房」にするのだが、そんなに急に身を固めたくなった理由は何か。小関が大金持の愛人であると知って、その数億という財産を自由にできるかもしれぬと皮算用したからではないか。植垣と知り合い赤軍派のM闘争に加わった。作戦の政治的意味とはべつに、もっぱらカネの奪取への関心がおまえをつき動かしていたはずだ。そうした全部が山谷と梶からはじまっているんだぞ。まじめに総括しろ」

「そういうことが全然なかったとはいわない。が、ぼくと小関、ぼくとM闘争のすべてがそうだったというのはちがう」

「山谷と梶の全部をキッパリ否定しつくして出発しなおせ。百かゼロか。それがいまおまえに求められている総括なのだ」森は迫ったが進藤は受けいれず、あとは押問答になった。きいていて永田は、進藤＝ルンプロ、だからダメという決めつけには同意できず、両者のやりとりは不毛に思えたものの、進藤＝「カネめあて」という分かり易いバクロには進藤ビイキだった永田の潔癖感がいささか逆撫でされたのであり、他のメンバーにもさまざまな程度で同じ感情が生じていた。森の進藤追及は進藤の人物をよくは知らぬ革左メンバーの気持をしだいにとらえはじめていたのである。

「小関といっしょに坂東の隊から逃げようとしたな。どこに逃げこもうとした」

「いっしょに逃げようと小関はいった。ぼくは断わって小関と別れ、坂東さんと植垣のいるベースへもどった。逃げずに、部隊へ帰った事実がぼくの選択です」

「それなら南アルプスに居たとき「逃げたい」と思ったのはどういう選択か」

「つらいときそう思ったことはある。しかし思っただけで実際に逃げはしなかったし、今はそんな気持もなくなっている」

「逃げたいと思うとき、おまえの心にうかぶ逃げ込み先はどこか」

「ぼくの存在をまるごと受けいれてくれるところです」

「ようするに懐かしの山谷だろう。梶大介とルンプロの国だろう、カネと女の全肯定だろう。それで話はまた元にもどる。この悪循環を命懸けで自ら断ち切らぬかぎり、おまえはわれわれの総括要求にいつまでもこたえられず、自分の問題から逃げつづけるしかない。逃げないというならまず、われわれのまえでハッキリとおまえ専用の逃げ込み先を否定しつくしてみせろ。話はそれからだ」

もう早朝の光がさしこんできていた。進藤は途方にくれ、何もこたえられなくなってしまった。山谷と梶を否定しろと簡単にいうが、おれが生きはじめたのはそこからなのだから、おれ自身を否定しろというのと同じなのだ。しかし、それができぬ以上おまえはかならず逃げると森は一方的に決めつけてくる。どうしたらいいか、進藤は必死でこたえを見つけようとした。みんなは口々に「総括しろ」「逃げるな」などと声をあげ進藤を責め立てはじめた。進藤は森だけでなくみんなが自分を、ほんとうに逃亡しかねないと思っているらしいことに気づかされて悲しくてやりきれなくなった。

「しばってくれ。しばられることによってみんなといっしょに総括する」進藤は切羽つまった声を出した。一瞬森は体を引き、進藤の生意気な差出口にたじろいだように見えたが、たちまちサッと青ざめて怒りをあらわし「しばってくれといえば殴られないと思ったら大まちがいだ。われわれはしばってくれというおまえの要求を拒否する。われわれがおまえを指導として殴りしばる」とどなりつけた。眠っていた者もシュラフから出てきて、みんなが森と進藤に注目した。森は坂東、山田、坂口に、全員で進藤を殴り、総括させようといい、すこし声をおとして「尾崎の時、膝で蹴ったのはまずかったかもしれない。死なせぬよう手で腹を殴って気絶させせよう」と注意した。坂口のうしろで聞いていた永田も他に仕方がないかと何もいわず、森の提起を受けいれた。

「これから進藤にたいして総括をもとめる闘いをする」森は全体に宣言するようにいって進藤を中央の柱のまえにつれて行き、坂東に指示して後手にしばりつけて足をふんばって立たせた。それから進藤に「みんなに殴られて総括を深化しろ」と厳しく申しわたした。

指導部の坂口らは顔を見合わせ、被指導部メンバーは坂口らの様子をうかがった。なにもはじまらず、奇妙な、予定にない感じの空隙《くうげき》がふわっと生じかかった。森がすぐに割って入り、もういちど赤軍派に加わって以降の進藤の問題を取りあげて激しく批判、「進藤問題の核心はカネである。それを見ぬかれると進藤は総括から逃げ、山岳ベースから逃げ、今や敵の保護をもとめて投降せんとしている。われわれは断じておまえの逃亡を許さないぞ」というと進藤の腹を凄い勢いで殴りはじめた。森と進藤を取りかこむみんなの輪から「総括しろ」「逃げるな」という声が殴打の度にあがった。森につづいて坂東、山田、坂口、吉野が気絶させるため「指導」として思い切り殴ったが、進藤は「総括します」「わかりました」としっかりした口調でこたえ、シナリオどおりに気絶などしてくれなかった。そのあと被指導部メンバーが次々に殴った。それでもやはり気絶しなかった。永田ら女性たちが殴ったときには進藤は「ありがとうございました」と一人ひとりにいって頭を下げた。そのかんに坂東は進藤の腹が赤くなっていることに気づき、森も気づいたらしく坂東に「大丈夫か」と耳うちした。「わからないが、早く気絶させるか、やめたほうがいいと思う。みぞおちなら早く気絶するかもしれない」坂東がいうと森はそうかとうなずいた。

女性たちの殴打がおわると森はこんどはみぞおちをねらって一層激しく殴りはじめる。進藤ははじめて強い感情を表に出して「ちょっと待ってくれ。何でこんなことをする。これと革命戦士になることがどうつながっていくんだ」と抗議の意思をしめした。ずっとつづいていた「総括しろ」「総括しろ」のコーラスがいったんやんだとき、森は強い口調で、

「どうしてこうされるのか、自分でよく考えてみろ。そうしてがんばって総括するんだ」と命じてまた思い切り殴った。

「がんばります」進藤が苦しげにこたえ、「総括しろ」コーラスも再開された。森につづき坂東、山田、坂口、吉野が四、五回ずつ進藤のみぞおちを殴ったが、やはり気絶せず、さすがの森も万策尽きた顔で考えこんだ。その時、森はみんなの輪からすこし離れたところで立ちすくんでいる遠山と行方がまだ進藤を殴っていないことに思いあたり、この機会にとびついた。行方は森にいわれるとすぐ殴った。遠山も殴ろうとしたが、途中で手をおろし、森を見上げて「私には殴れない」と訴えた。みんなは黙りこみ、森と遠山に注目した。「殴れ」森が強くいうと遠山は必死の形

相で小さな子供がするみたいに二、三回殴った。

森はこれでもって長い、またもめざした結果の出なかった殴打をおわらせ、坂口にたいし、進藤を外の立木にしばっておくようにと指示した。坂口、坂東、山田が進藤を抱えておもてに連れだそうとしたとき、進藤はしっかりした声で「大丈夫です。自分で歩けます」といった。永田はこれを耳にとめ、進藤は総括しようとしていると頼もしく思った。しかるに、見はりに山田をのこしてすぐにもどってきた坂口と坂東は、進藤は出て行くさい「大丈夫だ」といいながら、おもてに出てすこしするとたちまち歩けなくなってしまったが、前後どっちかが芝居だと報告して、どちらだったにせよ夢見る永田を落胆させた、

指導部会議は森、永田、坂口、坂東、吉野ではじまり、森はみんながもううんざりするほどきかされている進藤批判を、主に進藤の逃亡・通敵可能性に問題をしぼってどぎつくくりひろげた。森の進藤批判にたいしてずっと懐疑的、消極的でいた永田は、進藤が小関といっしょに「逃げようとした」事実、南アルプスで坂東に「逃げないから」と口にした事実をあらためて詳しくきかされて、これまでの態度を変更せざるをえないと感じた。坂東もこの時、依然葛藤はあったけれども、思い切ってこれまでの自分の進藤への対応を「甘かった」と清算したのである。進藤の運命は定まった。

会議がはじまって三、四十分ほどたった頃、見はりについていた山田がもどってきて、コタツのところの森らに「進藤君が死んだ」と報告した。「以前の高崎のアジトでの生活を懐かしそうに話していたが、急に「もうダメだ」と叫んで事切れた」

永田はおどろいて思わず森の顔を見た。尾崎の時よりもっと不可解で架空の感じが強く、早く森のコトバで事柄を数字みたいにきちんと整理してほしかった。「敗北死や」森はすこし考えてからいった。「しばってくれといえば殴られぬと計算したことが見破られ、殴られてしばられたことによって共産主義化のために闘う気力を失ったんや。最終的に。ほんとうはわれわれの追及により、進藤はやっと旧い自己＝山谷と梶とルンプロの「私」を全清算しうる一歩手前のところにきていた。あとほんの一歩だった。が、その一番肝心な最後のとき、「もうダメだ」といって闘いを放棄してし

まった。最後の命がけの転換を生ききれるかどうかが鍵で、進藤が気力をなくし生きされなかったのは遺憾だ」

永田は森による再度の「敗北死」規定に納得し、不安はとりあえずおさまった。永田につづいて、指導部メンバー全員が森の「総括」に同意した。そのあと山田の提案で、進藤の死体は尾崎を埋めた同じ場所に一時埋めておくことにし、山田、坂東、吉野がスコップなど道具を持って小屋を出て行った。

全体会議で永田は森の指示を受け、進藤の死を総括できなかった結果の敗北死とする指導部の見解を伝えた。森は進藤の問題をわかりやすくカネ―女―逃亡の三点にまとめて批判、「殴られている時の進藤の態度は全く総括せんとするものではなかった。とりわけ女性が殴ったのにたいし「ありがとうございます」と一々頭を下げたのは女性をバカにしたものだ」と語気を強めた。もしかしたら進藤は自分を総括させようとして歯をくいしばって殴った女性たちに、ほんとうに感謝してあいったのかもしれない。それはわからない。しかしそれを認めたら、こんどはそういう進藤を死なせてしまった指導者森が総括を要求されることになるのだから、事実がどうだったかとはべつに、森は進藤をあくまでもかたくなに総括しようとしない問題分子に仕立てて〈上から〉批難しつづけるしかなかった。つづいて坂口以下指導部メンバーが話し、被指導部メンバーもいろいろ語った。発言の多くは森の進藤批判を忠実になぞって進藤の言動に怒りを表明するもので、通り一ぺんの内容だった。しかし会議のおわりに永田が再度「加藤と小嶋を必ず総括させよう」と呼びかけると、全員大きな声で「異議なし」と応じこちらは通り一ぺんなどでなく、何かのなぞりでももじりでもなくかれらの真情をまっすぐに表現したものであった。

小嶋和子

会議のおわった頃、金子が「雨がふってきたわよ」というので、「大変。加藤と小嶋を中に入れなくちゃ」と永田はあわてて立上った。が、森は永田を制し「ふたりは総括したわけではないのだから、何も小屋の中に入れる必要はない。小屋に入れると全体会議などをとおして尾崎、進藤の死を知ってしまってショックを与えかねず、入れることはできぬし間違いだ。雨を避けるためなら小屋の床下に移すだけで十分じゃないか」と決定みたいにいい、永田は渋々了解した。森の指示により坂口、吉野、さらに被指導部メンバー二人が加藤と小嶋を連れてくるため急いで出て行った。

永田はみんなに「加藤と小嶋を何とか総括させたいけれど、どうしたらいいかみんなもいっしょに考えてほしい」と呼びかけた。すると兵士メンバーのひとりが「小嶋は闇を恐れるから、それを克服させるため目隠しをして総括させてはどうか」とアイデアを出し、小嶋が以前真夜中暗いのが怖いといっていたことを永田に思い出させてくれた。「たしかに小嶋は闇を恐れる」永田はいって考える眼になった。森も「革命戦士としてはそれは克服させねばならぬことだ」と「目隠し」案を評価したので、床下の柱にしばったあと、小嶋にたいして「総括援助」として目隠しをし、問題を克服させることに決めた。加藤、小嶋が連れてこられ床下の柱にしばりなおされると、がんばれと励まされた上、小嶋はただちに黒い布で目隠しされ、ふたりの見はりには岩本と加藤弟があたった。なお「目隠し」は以降総括を求められた他のメンバーのうえにも「総括援助として」一律に適用されていくことになる。

森、永田、山田、坂東、吉野で指導部会議を再開した。坂口は体調が思わしくなくてシュラフに入ってしばらく仮眠をとることになった。協議は加藤、小嶋の現状の評価に集中したが、森は小嶋の総括について半ば投げてしまっている口ぶりで、永田は早く何とかしなくてはと気ばかりあせった。

会議中、突然床下から柱に激しく頭をぶつけている音がきこえてきて、かなり長くつづく。静まりかえった小屋の中で、それは暗い、底深い、どうしても言葉にならぬ必死の思いを伝えようとするかのようだった。森はふっとおぼえた不安の念を打消すようにバカにした口調で「あれは小嶋や。あんなことをしてヒマをつぶし、総括に集中していないんや。われわれの総括要求にさからっているんや」と批判し、永田らもそうだそうだと同調した。しかし小人どものそんな蔭口など歯牙にもかけず、床下からの断固たる音はますます大きく激しくなっていく。森は永田に「見に行こう」といって立ち上った。

柱に頭を思い切りぶつけていたのは森の断定に反して不まじめな小嶋ではなく、やせおとろえ悲しげに顔をしかめた加藤であり、側で岩本と加藤弟がオロオロしながら往ったり来たりしているのであった。森は思わず加藤の身体をゆさぶって「おい、どうした」と語りかけた。

「このようにしていても、ボーッとして総括に集中できなくなる。それが悲しくてしかたがない。総括に集中しようと思って頭を柱にぶつけていた」

「そうか。そうか。総括しようとしているんだな。よし、わかった。おまえを小屋の中に入れよう」森はほとんどいそいそと加藤のロープをほどきにかかった。またひとりで勝手に決めたなと永田は軽く目くじら立てたものの、小屋に入れるというコトバにはホッとして、ロープをほどくのを手伝った。このとき永田ははじめて加藤（たち）をしばりつけたロープのがんじがらめの石塊みたいな固さにじかに触れた。ロープをやっとこさほどくと、森と永田で加藤をソロソロと小屋の中へ連れて行った。あとには、ひとり目隠しされて柱にしばりつけられている小嶋と、小嶋の総括ぶりを見はる岩本らが残った。

森は加藤の手足を湯で温めながら揉み、指をくりかえし動かしてみるようにいい、ふたりを見ていて永田はうれしくなってきた。揉みほぐした手足をタオルでふいてから、「衣服を着替えさせよう」と永田がいうと、「そこまでする必要はない。ストーブの前で衣服を乾かせば十分だ」森はいって加藤をしばらくの間ストーブの前に立たせた。最近ベースではなかなか見られぬこうした比較的穏やかな光景を、山田らも、被指導部メンバーも、遠巻きにして見守った。森は「総括しようとしているから、君を小屋の中に入れた。今はまだ総括をきく段階ではないと思うが、総括できるのも間近だろう。それまでがんばれ」といって加藤を元しばっていた場所にすわらせ、こんどは「苦しかったらいってくれ」と少しゆる目にしばった。

森、永田が指導部会議のコタツにもどり森から加藤を小屋にあげた経緯を説明していたとき、床下で見はっていた加藤弟がやってきて、「小嶋がついさっきまで元気だったのに急におかしくなった。岩本さんが報告してくるようにいったので来ました。今は岩本さんが様子を見ている」といった。森が加藤弟に急き立てるように問いただしているところへ、岩本が走ってきて「小嶋が不思議なくらい急に様子がおかしくなり見ていたのだけれど、そのあとすぐ死んだようだ」という。森と永田は岩本、加藤弟といっしょに急ぎ床下に向かった。

森は柱にしばりつけられている小嶋の胸を強く二回、三回と圧した。胸からゴーと深い底のほうでトンネルを通過していくような音がすると、森は「まだ間に合うかもしれない」といって人工呼吸をつづけながら、山田を呼んでくるよう指示、加藤弟が山田を呼びに行った。永田は森と小嶋を見ていて手に汗をにぎる思いになり、「生きかえる。そうしたら小嶋は総括できる。ああ、私たちならきっとやれる」と夢中でいった。山田は滝田といっしょにやってきてせわしく小嶋のロープをとき仰臥させ、人工呼吸を本格的に開始した。しかしもうゴーという音はきこえず、人工呼吸の妨げにならぬようにして永田は小嶋の体をさすりつづけたが、小嶋の体は永田の体の芯まで白く凍りつくかのように怖いほど冷えきっていた。滝田は永田らの近くで枯木をあつめ火を燃やしはじめた。

森と山田は交代でかなり長く人工呼吸をつづけ、そのあと岩本が口移し法で人工呼吸をおこなった。つづいて永田、山田、森もおこなったが、小嶋の眼はカッと天をにらむように見開かれたままで、この独特な勇者もついに息を吹き返すことはなかった。

森は小嶋の死顔を見おろして「怒ったような顔をしている。永田さんを恨んで死んでいったんやろ」と感慨深げにいった。永田には森のいわんとするところが理解できず、「ええっ？」と聞き返した。

「あたりまえじゃないか。ほんとうにそれがわからないのか」森は苛々と決めつけたが、永田がほんとうにわからぬのだと知ると吐息をついて黙りこみ、やがて納得したという思い入れでサバサバと「最後まで総括しようとしなかったから、あのように恐い顔で死んでいったんやろ」といい、山田といっしょに小屋の中へ引きあげて行った。永田は岩本とそこらを片づけたあと小屋にもどった。森は小嶋のおだやかでない死顔について、最初永田を恨んで死んでいったからといったものの、あとで総括しようとしなかったからと言い直し、小嶋がこうなった指導の責任は自分「にも」あるとイヤイヤながら認めたのだった。永田のほうは森のこうした言動すべてを依然としてちっとも理解できなかったが。

森、永田、坂口、山田、坂東それに吉野は指導部用コタツに顔を揃え、小嶋の死をうけて会議をはじめようとした。

しかし一向にはじまらなかった。総括の言葉の唯一の持主森自身がコトバを発せずにいるのだから、かれらをおおう沈黙は刻一刻重苦しさを増していった。ここへ来て三人連続「敗北死」しましたというだけではいくらなんでも世間は通らない。森のとなりにすわっていた山田は、森に体をむけて指をつきつけ、強い口調で、「死は平凡なものだから、死をつきつけても革命戦士にはなれない。考えてほしい」と総括を求めた。暴力＝「死」のつきつけという〝方法〟は、それが三人の革命戦士としての新生ではなく「平凡な」死しかもたらさなかった以上、思い切って共産主義化の闘い＝総括要求のあり方を根本から見直してみてはどうか。三人が敗北死したのはかれらの弱さであるが、ヨリ以上に、みんなの革命戦士への飛躍を希求しつつ一方で暴力＝死のつきつけという〝方法〟しか考え出せずにいる指導部の弱さの三人における直反映ではないのか。

永田は顔を上げて「それなら、他にどういう方法が考えられるの」ときいた。山田は永田の半畳など無視して森に視線をむけつづけ、森は黙って考えつづけることによって山田の視線をはねつけていた。やがて森は断固とした態度にもどり、

「それは断じてちがう。死のことは革命戦士にとって絶対に避けてとおれぬ問題である。したがってどうしても精神と肉体の高次の結合が必要になってくる」といって、〝高次の〟結合なるものの意味内容を小嶋の生→死の過程に即してつぎのように説明した。

「小嶋は抜群の体力、行動力の持主だった。その大きな体力、行動力は、しかしながらいつも死への恐怖にとりつかれた小さな弱い精神を引きずっていた。このかんの小嶋の逃亡未遂その他動揺つねなき言動はことごとく、二名の処刑に「立ち会った」経験を革命戦士への飛躍の土台に創り上げるという課題からの弱い精神ゆえのたえざる脱落、逃亡のあらわれであったといえよう。われわれは小嶋に総括をもとめ、死への恐怖を克服させようとしたが、彼女は死への恐怖の中にとじこもったまま、最後までわれわれの指導に反抗しつづけた。それが事実経過だ。われわれは最後の段階で総括援助として、彼女に目隠しをして闇＝死との闘いを要求し、一方でこれまでずっと彼女の「つっかい棒」でありつづけた加藤から切りはなし、彼女を独りにした。彼女は自力で闇と闘いぬき、勝利するしかなかった

のであり、その直後の小嶋の死は、闇と闘うかわりに闇の中へ自らとびこんでいった敗北死にほかならぬ。〝高次の〟結合とは、つまり小嶋が闇への恐れを克服し、死にたいして平気になる状態の獲得を意味するのだ。われわれはみんな共産主義化のためそこへ向かって一致して進んで行かねばならない」

何かいってくれるかと思って坂口は山田のほうを見た。が、結局「そうか。精神と肉体の高次の結合か。わかった」とあっさりホコをおさめてしまったのにはがっかりだった。永田は「三人もたてつづけに敗北死なんてあり得るのかと正直気が滅入ってしまったが、それは精神—肉体の高次の結合をわかっていなかったからだった。たしかに、革命戦争の時代には、次元の跳躍が私たちの精神に直接課されているのかもしれない」と発言し、こちらはなんとか気をとりなおしたという様子である。

夜八時から全体会議で、まず永田が森の指示で小嶋の死について「敗北死」の総括を自分の理解しえた限りで説明し、森が若干補足した。被指導部メンバーからは、三連続「敗北死」の重圧で語る時とまどいやタメライを示す発言が多く、とりわけ遠山、行方は暴力的総括要求の現実と死者続出の異様な理不尽に完全に圧倒されてしまっていた。永田は遠山の溺れかけてもがいているみたいなとりとめのない様子を見て、大丈夫だろうかと懸念を深めた。これで「総括している」などとは嘘の皮ではないか。

全体会議は早々と終了。森以下指導部も全員寝た。

一月二日。午前中、指導部会議がはじまると森は昨夜の全体会議における遠山と行方の「総括できていない」態度を問題にし、主に坂東と山田に向かって、まず遠山批判をくりひろげた。傍聴する形になった永田らには、よそ様の家庭の事情をそのままぶちまけられているようでわかりにくい部分が多かったが、森の話が遠山の「夫」高原や「友人」重信房子との関係に及ぶと永田は俄然関心をかきたてられ、注意してきく態勢をとった。「……高原は救対の責任者だった遠山がM闘争の逮捕者に国選弁護人しかつけなかったことを問題にし、遠山を冷たいと批判してきた。ところが私選弁護人をつける金がなかったわけではないんや。遠山はその金を独断で別のことに使ったんや。パレスチナにいた重信に遠山が承知で送ったその金は、われわれの運動とは全く無関係に、重信個人がだらしなくしでかした屁間の後始末に浪費されたんや」つづいて行方の問題を取りあげ、森は「第二軍的」「先頭に立って闘うことをしない」等これまで永田らの何べんもきかされたおなじみの批判をまたくりかえしたが、永田は納得しなかった。森の個人批判は個人的好悪からなされるケースも多いと、自分のことはタナに上げて永田は思ったのである。

十時頃、森は前沢を呼び、きょう正午、旧赤軍派の植垣と山崎が榛名湖バス停に来る予定なので迎えに行くこと、そのさい進藤の死を伝えておくようにと指示した。

十一時、植垣と山崎は榛名湖バス停に到着した。見わたすとレストラン、旅館、ホテル、土産物屋などが賑やかに建ち並び、あたりを往き交う人の数の多さに肝を潰し、こんな画にかいたような観光地にベースなど作って大丈夫なのかと植垣は不安になった。ふたりはレストランに入りコーヒーをとって一服したが、ベース入りをまえにした緊張から、せっかくのコーヒーが何の味もしない。

正午すこしまえ、植垣、山崎はバス停の待合室で前沢と再会し、挨拶をかわしたあと榛名ベースに向かった。前沢は道々付近の地理を説明しつつ、さり気なくすでにメンバーの二名が死亡して小屋近くに埋められていること、うち一名が進藤であることを伝えた。植垣は目まいするほどおどろいたが、前沢がこの大変な出来事を事も無げにたんたんと語るのにもおどろかされた。二名の死について前沢はこのとき「敗北死」の説明をしなかった。それゆえ植垣と山崎は進藤の死を、総括できなかったために森さん（たち）に殺されたものであり、つまるところ新倉ベースで総括させてやれなかった自分たちの責任だというように受けとめてうなだれるしかなかったのである。しかし植垣はこんな不意撃ちに臆してたまるかと、懸命に何でもない風をよそおった。前沢の態度があまりにも堂々としており、二人の死におどろいているようでは駄目だと暗にいっていたのみならず、前沢の向けてくる視線は露骨に植垣らの反応を観察し評価せんとしているように感じられたからである。が、それにしてもこうしていま共産主義化の闘いにおける二名の死という現実に直面して、自分自身の総括の困難さを植垣はあらためて強く思った。大槻と再会できる喜びとともに、大槻に批判されるのではという恐れ（共同軍事訓練の最後のときに、植垣は大槻からみんなから総括を要求されても仕方のない逸脱をやはりまたしでかしてしまっていた）もいっそう大きくなり、どういう顔で大槻と向きあったらいいかじつに困ってしまって、ただもうどうとでもなれと捨鉢な気持で、一方まあ中に入ってしまえば何とかなるだろうとかすかに希望も抱きつつ、植垣は前沢のあとについていくのであった。

雑木林の間から、斜面にたいしてすこし浮き上がっているような姿で、話にきいていた革左のなかなか立派な自前の小屋が見えた。板がまだ新しい戸をあけるとストーブのまわりに十数人の男女がいて、前沢の案内してきた新参の植垣、山崎をおもしろそうな表情で迎えた。流しで食器を洗っていた大槻は植垣と眼が合うと恥ずかしそうに笑い、秘かに案じていた植垣の失行を糾弾するような様子はまるでなく、植垣はいっぺんに元気をとりもどして「来たよ」とはずんだ声で挨拶した。しかしすぐにここがやはり南アルプスの仲間内だけの世界とは全くちがって、手がかりがどこにあるかわからぬのっぺりした一枚岩であることがわかった。大槻にも共同軍事訓練の時の明るい活気が見られず、土間の柱にはひとりのやせ細って眼ばかり輝かせた男がしばりつけられており、その周囲から非常にはりつめた空気が小屋全体に拡がっていた。まずこういう緊迫した雰囲気に敗けてはならぬと植垣は考えた。

南アルプスの仲間遠山と行方が土間の隅に借りて来た猫さながらひっそりとひかえていた。ふたりとも小屋の異様に稀薄な空気におびえきっている様子で、そんなことではダメだと植垣はそばに行き、「どうだ、調子は」と声をかけたが返事はなかった。

「バロン、山崎、こっちへこい」カーテンの向こう側から森の声があり、植垣と山崎は板の間に上がって森らのいるコタツのところへ行った。森、山田、坂東に、永田、坂口、吉野が居て、植垣は立ったまま「来ました」と挨拶したものの、森が鋭い眼つきで植垣らを観察していたうえ、永田らまで同じような視線を向けてきたので、一瞬面をそむけかかって危うくふんばった。一方の山崎は萎縮して、態度は目につくほどにぎこちなかった。植垣から森にたいして、新倉ベースにおける指紋消しの完了など必要な報告をすませると、永田が「みんなに挨拶したら」とうながすので、ふたりは新しく仲間になるみんなに「植垣です。よろしく頼みます」「山崎です。よろしく頼みます」といってまわった。大槻は植垣らしくもない尋常の挨拶ぶりに「よろしく頼みますなんていい方はおかしいわよ。他にいうことはないの」と逆襲してきたが、植垣はとっさに「いっしょにがんばります」と付け加え一応気難しい大槻の了解を得た。ふたりは縛られている加藤への挨拶は省略した。加藤は指導部の指導により縛られているのだから、とりあえず挨拶すべきみんなとは切り離して対するべきだと常識的に考えたのだった。それで、ひととおり挨拶をすませて指導部のコタツのところにもどったとき、永田から手きびしく、

「もうひとり忘れてはいない」と注意され、植垣は狼狽せざるをえなかった。あわてて加藤のところへ行って「植垣です。よろしく頼みます。大変でしょうがんばって下さい」と挨拶し、加藤は「加藤です。こちらこそ」とこたえた。このやりとりにこの場にいたみんながほんとうに可笑しそうにドッと笑った。が、それは結局それだけのことだった。「ここでは会計は金子さんだから、金は金子さんにわたしておけ」森はふたりに指示した。植垣の知るかつての革左の家族的雰囲気は斧で切り落としたようになくなっており、指導部—被指導部の区別が赤軍派のとき以上に露骨になり、森も山田も坂東も南アルプスでは感じたことのなかった近寄り難い威圧感をみなぎらせていた。かれらをこんなにも変えてしまった「斧」の一閃を、後学のため植垣は慎重に見きわめてみたいと思った。

夜八時から全体会議。はじめに植垣と山崎の自己紹介があり、両名は共同軍事訓練以降の自身の総括の進展具合をそれぞれ語った。植垣は進藤の死について、南アルプスで進藤を総括させられなかった自分の責任であるといい、M作戦はその反人民的側面をしっかり総括してゆきたい、丹沢ベースにおけるチカン行為は女性同志を女としか見ない女性蔑視であり謝罪したいと自己批判したあと、思い切って小屋の中のみんなの心の中のわけのわからぬ壁に自分の身体を叩きつけるような気持で「新たな問題として、共同軍事訓練のとき、大槻さんを好きになってしまったことがあります。大槻さんと結婚したいと思っています」とズバリ表明した。植垣はみんなの口から放たれるであろう批判、糾弾のコトバを覚悟して待った。

ところがみんなはポカンと口をあけ、しっぽのある珍奇な異星人に出くわしたといった顔で植垣を見上げただけだった。おどろきからさめると森は隣の永田に「お、いいじゃないか」といって微笑した。みんなのなかで唯一、植垣の表明に不審げに首をかしげていた永田は、「大槻さんにはそもそも『意見書』の影の作者である岡部との関係と、

脱走・敵対分子向山との関係の総括が問われている以上、これらをヌキにして当面結婚など考えられない」といってピシャッと森の軽佻をたしなめた。つづいて立った山崎は組織を利用して女性たちをいいように利用してきた、運転手の地位に安住してそこから踏みだそうとしなかった云々と自己批判し、さらに「新党結成をきかされたとき、革左には活発な女性がたくさんいるから、これで男女問題や結婚問題を解決できると思ってうれしかった」と笑いながら語った。山崎はがんばって、ことさら明るく軽くコダワリなくふるまおうとしていた。森は山崎の発言には何もいわなかった。

被指導部メンバーの発言がつづいて大槻の順番になったとき、彼女は自己紹介のあと「植垣君にはバイタリティがあります。植垣君の申し出を考えてもよい。素直に受けとめたい」と羞じらいを見せながらいい、この場の固苦しい雰囲気の中では異調を示した。森は指導部の者に向かって「大槻さんは女まるだしであり、総括よりも男女関係のほうを優先させている。総括なんて考えていない態度だ」と批判、坂口らはうなずいて同意を示したが、永田は同意しなかった。森発言に「男の見方」としかいいようのないフェアでない感情の響きを聴き取って反発したのである。

森は「昨夜の全体会議では小嶋の敗北死について討論が不十分だったから、小嶋の問題と敗北死を再度説明し、そのあとみんなの総括をきこう」といって永田にその説明を指示した。永田は新来の植垣、山崎のために小嶋の問題を最初から説明しなおしたうえ、「……小嶋はしばられてからも指導援助の働きかけに反抗して総括しようとしなかった。目隠しをされると騒ぎだしたけれども、闇を恐れたからであり、闇を恐れたのは尾崎の死を知って死を恐れたからであって、革命にしがみつこうとすれば総括でき、死の恐怖も克服できる筈だ。小嶋は総括することを最後まで拒みつづけたため、死の恐怖を克服できず、死の恐怖に敗北して死んだのだ」といい、これに森が補足して「総括は党の立場からおこなう必要がある。問われている総括を回避したら、決定的段階でその者はかならず反革命に転落する」とつづけた。植垣はまだ死者が居たのかとおどろいたが、肝心の「敗北死」という耳新しい「鍵言葉」の意味がよく理解できない。植垣は進藤の死を暴力的総括要求＝森らの制裁の結果と考えていたのであり、進藤（ら）は自ら敗北して死んだなどと急にいわれても、植垣の内に未だ生きている正気＝南アルプスで自分が進藤を総括させてやれなかったからという植垣の「自責」の念はそんな奇妙なレトリックを受け付けられぬのだ。植垣はもっとほんとうのことを知りたいと気が焦り、被指導部のみんなの発言に心を集中してきき入った。

メンバーの発言は小嶋がいかに総括しようとしなかったか、それにひきかえ自分は、という売り込み調で終始していて、参考にならぬものが多かった。中で松崎は植垣にもわかるコトバで「敗北死」規定をやや具体的に語ろうとしていた一人だった。「敗北死した小嶋の死体を見つめていて、寺岡さんとの関係を断つことが私が革命戦士として自立する上で必要なことだと理解しました。小嶋は加藤から引き離されて絶望し、敗北死した。私は乗り越えて行きます」松崎はそういって顔を上げた。

被指導部メンバーの発言のさなかに、任務で上京していた寺岡と青砥が大きなリュックをかついでベースに到着した。寺岡は上京時の白いコートをはおったまま、青砥は黒の背広姿でそのまま全体会議に加わり、榛名ベースははじめての青砥にたいして森から早速、自己紹介をやれと指示があった。青砥は新党結成に支持を表明したあと、上京中に「つい」スプライトを飲んでしまったことを非常にまじめに自己批判し、「これまで金遣いが荒く無駄な活動が多かったけれども、今回寺岡さんといっしょに東京に行き行動を共にするなかで、節約の精神を身につけることができた」と述懐した。青砥の人柄のまじめさは聞いていたメンバーの心に確かに伝わりはした。しかし、共産主義化を「節約の精神」を体得することと解しているらしい青砥の存在は、すでに三人の死者を出し、それぞれ厳しい総括を課されているみんなには、事情不案内のままベース入りした青砥の責任では全くないにせよ、先の植垣の頓狂な「結婚宣言」とはまた別の意味で場違いに思われた。指導部の一員寺岡の場合はどうか。この間ベースに不在だったことによって寺岡は尾崎、進藤、小嶋の死を知らず、「妻」松崎の離婚宣言を知らず、とりわけ「敗北死」規定を知らずにいた。会議中となりの吉野にさり気なく尾崎ら三人の死を伝えられたときから、寺岡はやはりその「まじめな」人柄ゆえ、さらに指導部の一員としてのやや過度の積極性もくわわり、植垣、青砥よりもっと場違いな存在に急激に変わっていくことになる。

森は会議において全体で小嶋の死＝「敗北死」規定を共有することによって、なかんずく女性兵士の共産主義化の闘いを一挙に前進させようともくろんでいた。発言の順番が問題の遠山になった段階で森は身を乗りだして追及を開始した。

「小嶋の死を、自分が女性兵士として総括する立場から、どうとらえているか」

「革命戦士になろうとしなかった者の敗北死だ。私は革命戦士になってがんばる」

「どのようにがんばる。どう革命戦士になろうとする」

「私は必ず革命戦士になるつもりだ」

「だからどのように、どう。おまえの抽象的なつもりではなくて」

遠山はこたえることができず、黙ってしまった。森が遠山に求めているのは小嶋の死に抗して旧赤軍時代の自身の否定的総括＝全清算へ踏み切ることであるが、榛名ベースにたどりついたとたんに突きつけられた三連続死に根底から震駭《しんがい》させられ言葉を失ってしまった遠山は、自分の総括の立場を、死の突きつけにたいしてとにかく覚悟を固めるという極度にきりつめた空虚な形でしか考えられなくなっていた。業を煮やした同志仲間たちの「黙っていないで何とかいえ」「総括する気があるのか」「総括しろ」「総括しろ」コーラスがはじまった。遠山は声があがるたびに落ち着きなくキョロキョロとそちらに眼をやったが、そのうちとうとう張りつめた神経の糸が切れてしまって「小嶋のようになりたくない。……とにかく生きたい。……死にたくない。……どう総括したらいいのかわからない」などといいだした。

「われわれにとって生きるとは革命戦士になって生きぬくこと以外ではない。〈死にたくない〉などは死へのブルジョア的恐怖心であり、そのように口にしてしまうこと自体すでに敗北死のはじまりである。柴野君のごとくに死ぬことが革命戦士として生きることなのだ」森は語気強く断じた。永田は遠山の泣き言にがっかりし、森の主張に大いに共感した。植垣は森とみんなによる遠山批判の激しさに圧倒され、これまでのおれは甘かったなと思い、森の遠山批判に同意した。

やがて遠山は様々な角度からする森の追及にただもう「死にたくない」「生きたい」としかこたえられなくなって

しまった。こうなるとあとは暴力という〝方法〟の導入がこれまでかれらのくりかえしたどってみたお決まりの行程である。しかしながら自分たちはもうこうした思考停止、行為の固定を揺さぶってすこし自由になるべきだと永田は思った。森の追及はこのままではどこまでいっても遠山を追いつめるだけで、総括させることにはならぬのであった。コトバの追及ではなくて、本人が全力をあげて取りくむ実践によって総括させること。永田は森に「遠山さんには、小嶋の死体を自分の手で埋めさせる実践をとおして死への恐怖を克服させ、総括させよう」と提案し、森が了解すると「遠山さん、あなた死の恐怖を克服し、そのことによって総括をやりとげるために、小嶋の死体を埋めに行ったらどう」と呼びかけた。

「総括できないときの敗北は死だ。これを乗り越えるために小嶋の死体は私が埋めに行きます」遠山はこれまでとうってかわってしっかりした声で表明して立ち上った。となりにいた行方が「ぼくもやります。ぼくもそうして総括します」とつづいて立った。永田は行方は必死で総括しようとしていると評価して「それなら行方君も死体を埋める実践によって総括しなさい」と指示した。

「その実践が真に総括しているものかどうかみんなで確認しよう。みんなで行った方がいい。そうして遠山さん、行方君の総括を援助しよう」と寺岡も勢いよく立ち上った。すかさず森が割って入り、強い口調で、「死体を埋めるのは遠山がやり、行方はそれを手伝え。他の者は手を出すな」と指示、さらに死体の埋め場所をさがすこと等を坂東と吉野に指示したあと、「ぼくと永田さんは小屋に残って加藤の総括をきくことにする」といった。

一月三日。森と永田、加藤能敬を小屋に残し、あとは全員外に出て床下おりて行った。午前一時頃だった。みんなが出て行くとき、永田は植垣を呼びとめて「あなた、大槻さんと結婚したいならしなさいよ。ただし二人ともちゃんと総括してからよ」といった。「ただし」というところが心外だったが、反対されたわけではないから、植垣は大槻との前途をこれでかなり楽観した。

遠山は床下で小嶋の敗北死との命懸けの対決にのぞんだ。指導部の坂口、寺岡、吉野、山田、坂東、旧革命左派の前沢、滝田、加藤倫教と弟、山本順一、佑子、金子、大槻、松崎、岩本、小林、岡田、旧赤軍派の植垣、青砥、山崎ら二十名は、遠山と遠山を手伝う行方の総括ぶりを共産主義化の観点から見守り見届ける態勢に入った。遠山は小嶋の大きく口をあけ天空をにらみすえている死顔をじっと見つめたあと、決心したようにうなずき、遺体の頭側にまわって両脇に手を入れ、落葉のつもった小さな涸れ沢のほうへ引きずりはじめた。これから沢の上方七、八〇メートルの埋葬地点に向かって、遠山は足をもった行方と二人で、しかし基本的に独りで急勾配に抗して重い遺体を引きずり上げていくのである。坂口ら指導部メンバーは懐中電灯の光で遠山と行方の足元を照らし、二人がいよいよ遺体の運搬に取りかかるとみんなは大声で「がんばれ、がんばれ」と声援を送った。南アルプス新倉ベースから下りてきたばかりの植垣らにはきわめて異様な光景だった。植垣は一緒に歩いていた山崎にショックを受けた顔をむけて「おれたちのほうが相当おくれているな。ほんとに圧倒されちゃうよ」と話しかけたものの、一方で三人の死をはじめ事態の展開のあまりといえばあまりの異様さに、こんなことをやっていいんだろうかと素朴な疑問が胸中をよぎった。植垣は気心のしれた坂東をつかまえて声をひそめ、単刀直入に、

「こんなことをやっていいのか」ときいた。

坂東は「党建設のためだから仕方がないだろう」とだけいって、植垣からスッと離れていく。そうか、党建設かと植垣は思った。植垣はセンメツ戦の連続挫折、不可能の壁をなんとか乗り越えようとここまで旅してきたのだった。眼前のこの「総括実践」の不可解さ、異様さは、あるいは、革命戦争に勝利する党をかちとるためこれから自分も引き受け背負っていかなければならぬ重荷の一部なのかもしれない。遠山らによる遺体運びは終点まであと十メートルほどの小さな崖になっている最後の難関にさしかかった。遠山は渾身の力をふりしぼって闘いぬこうとしていた。

遠山らが出て行ったあと、森は永田と土間の柱にしばられている加藤のところへ行き、「総括をきこう」と語りかけた。加藤は自分が日和見主義者であったこと、その表れが半合法のときの未遂を含む複数回のチカン行為、逮捕時において警官隊の包囲を突破しようとしなかった怯懦《きょうだ》、取調べにおいて刑事との雑談に応じたにもかかわらず隠して完黙したと偽り、根拠なしにもう山を使えぬと速断してしまったこと等であると語り、ゆったりした口調で「ぼくは

こうした日和見主義を克服し総括をかちとり、銃によるセンメツ戦を闘いたいとずっと思ってきました」という。きいていて永田は、総括できていると思い嬉しくなった。

「小嶋の死を知ってどう思ったか」

「ともに総括しきりたいと願っていたが、敗北した以上しかたがないと思った。ぼくはかならず総括しきって、死んだ小嶋の分まで革命戦士として闘っていこうと思った」加藤は森の眼を見返した。ますます総括してるじゃないかと永田は思い、森も「そうか」とうなずいた。しかし森はまだ総括したと判断を下さず、首をかしげて質問をつづける。

「荒井との関係はどんなものか」森は加藤の最初の「師」荒井を「反米愛国」教条の徒で、加藤に「受動性」の病菌を植え付けた張本人と見ていた。加藤の口にした総括＝過去との訣別がホンモノかどうか、今日の銃と共産主義化の地平から荒井との関係をとらえかえさせることによって確かめたいと思ったのである。

「荒井からの指導はほとんどなかったのです。だから永田さんに、荒井が逮捕されなければ自分は政治ゲリラ闘争に反対するようになったかもしれない、そうならなくてよかったといいました」

これでは駄目と森はがっかりした。ここまで来ても依然として加藤は荒井の逮捕を乗り越え飛躍しようというのでなく、荒井の逮捕に小さなバカ息子みたいにホッと安心しているのだ。全然わかってないではないか。森は強い口調で、

「革命をどのように考えている」とただした。

「人民を呪縛から解くことだと思っています」

「何を下らない。それがおまえの本音だったか」森は物凄い勢いで怒りだし、永田はおどろいて森の顔を見た。「われわれは銃によるセンメツ戦をやりぬき、プロ独の樹立をめざしている。これは口をすっぱくしていってきた。にもかかわらずなお呪縛を解くとかいうのがおまえの「革命」だというならもう気楽な話だ。銃も共産主義化も何も要らない。さっさと昔懐かしい政治ゲリラ闘争にかえれ。川島の宣伝武闘にまいもどれ。そうしておまえの人民のまえに

赤恥をさらせ」

森は質問をかえ、「今後性欲がおこったらどうするつもりや」ときいた。

「今後、そういうときにはどうふるまうべきかみんなと相談しようと思います」

「何！　全然わかってないじゃないか！　みんなに相談するなんて問題か！」森は声を荒らげた。加藤は加藤なりにけんめいに正直に誠実にこたえようとしており、それは永田にもよくわかった。しかしこの正直この誠実は根本的に森いうところの加藤の心身の「受動性」のいちばん脆い部分を露呈しているもののように思われ、こんな調子ではまた内外の「状況」如何でだらしなくチカン行為がくりかえされるのではないかと危惧されるのである。

森が最後に「しばられてから逃げようと思ったことがあるか」ときいた。「しばられて一日、二日のあいだ、二、三回思ったことがあるけれど、あとは全く思いませんでした」加藤は正直に誠実に（つまりいかにも「受動的」に）こたえてしまった。「総括できていない。だめだ」森は首を振った。永田もそう思い、非常に落胆した。

ようやく終点にたどりつくと遠山は自分を苦しめつづけてくれた遺体に馬乗りになり、その顔面を殴りはじめた。気持はわかるが時間のムダであり、山田が止めさせ、早く埋め穴を掘るよう指示した。遠山はスコップを受け取って行方といっしょに穴を掘り、途中から大槻と松崎も作業を手伝った。穴が完成すると、遠山と行方は吉野の指示で遺体から着衣をはぎとった。あとは遺体を穴の底に横たえ、掘り返した土を上にかけ盛り上げて、みんなで土を踏み固め、集めておいた枯木の枝、草、石等で偽装すれば作業終了となる。ところが遠山はまたしても遺体に跨り、「私を苦しめて」「私は総括しきって革命戦士になるんだ」などと口走り、遺体の顔面をしばらくのあいだ殴った。

遺体の顔面と遠山をじっと見ていた寺岡は、もうこれ以上激情を抑えていられなかった。「よく見ろ。これが敗北者の顔だ。こいつは死んでも反革命の顔をしている。こういう奴が党の発展を妨げてきたんだ。こいつをみんなで殴れ」と叫び、自分でまず範を垂れるかのように死んだ小嶋の顔面にパンチを浴びせた。それから被指導部メンバーが一人ひとり、別れの儀式みたいに一発ずつ死体の顔面を殴っていく。みんなが殴っているさなかに寺岡は「だんだん死人の顔になっていく」と感慨深げにつぶやいた。……

午前三時頃、山田と坂口が小屋にもどり、山田は森、永田に「非常に問題なことがおこった。寺岡君がみんなに小嶋の死体を殴らせた」と報告し、坂口も深刻な表情でうなずいた。

「ナンセンスだなあ。死体に向かって総括を要求してどうする。死んでしまったらその者は地上における総括の生から絶対に離れていったのだから、ていねいに葬るべきなのだ」森は急に淑女に変身したみたいに寺岡の「指導」の「無神経」を眉をひそめて難じてみせた。汗をふきふきもどった坂東は、山田の報告を確認してから「遠山が最初に死体に跨って殴ったのだが、それはやめさせた。見ていておれは何か芝居じみていると思った。寺岡君がみんなに死体を殴らせたのもじつに変なもので、あのとき寺岡以外の指導部のわれわれが前に出てやめさせるべきだった」とふりかえった。みんなといっしょにガヤガヤと帰ってきた吉野もおなじで「ずいぶんおかしいと思った。寺岡さんはみんなが殴りおわったときに「だんだん死人の顔になっていく」なんて実況していたが」へキエキしましたというように両手を左右に広げた。

森はコタツのところにきた寺岡に「どうして、みんなに小嶋の死体を殴らせたのか」とただした。全く親しみのない声だった。

「小嶋の死は反革命の死だと思ったからだ」

「敗北死を反革命＝敵の死と決めつけて処理するのはまちがいである。死んでしまった以上、小嶋の心身は物質に還元され、すでに総括要求の圏外へ離脱してしまっているのだ。死体をていねいに葬って先へ進むことが今後も生きて闘いつづける者の任務ではないか」

「小嶋は総括を放棄し、指導部に逆らい、革命を妨げ、それだから必然的に敗北して死んだ。死んでもあんな顔をしてわれわれを呪っているではないか。小嶋は革命の敵であり、われわれの味方ではないと思う」第一、森自身が先頭に立って小嶋を殴りしばり、追いつめて死なせてるんじゃないのか。口で何といおうと、森の小嶋の扱いぶりはあきらかに「敵」に対するものだったと寺岡は観察していた。

「繰り返すが小嶋は敵ではない。君は早合点で敵との闘いと、味方に総括を要求し革命戦士への飛躍を促す〈内なる〉闘い＝共産主義化の闘いを混同している。その結果、ていねいに葬るべき小嶋の死体を〈外なる〉敵と錯覚してパンチをふるい「闘ってしまう」転倒に陥るのだ。ちゃんと総括しておくように」森は寺岡に指示、寺岡はうなずいたものの納得しきれていない表情だった。

永田は坂口らに加藤から総括をききとったこと、加藤は総括できていないとする森の判断を説明し、自分も森の判断に同意したことを伝えた。坂口らは何となくザワザワと上の空で、永田の報告をきき流した。永田としては加藤が総括できず、ロープをといてやれなかったのがおもしろくなかった。こうした二重に残念な気持をなんとか坂口らにわかってもらいたいのだが、それを「加藤は総括できていない。だからロープをとかない」としか表現できない自分の無力、言葉の不自由がもどかしくてならぬのであった。

「今からすぐ遠山の総括をきこう」森は全体会議を開き、遠山にたいし小嶋の遺体埋葬の「実践」について、ふりかえって総括を述べよと指示した。

「最初は恐かったし、重たかったしで大変だったけれど、とにかく自分の力で埋めました」遠山は語った。緊張していたものの、これまでのような追いつめられた、落ち着きのない様子はなくて、一つの課題をやりきった充実感、満足感すらうかがわれ、きいていて永田はよくやった、もう追及の必要はないと思った。もうこれでいいと心から思った点では坂口も同じだった。ところが、遠山の様子をじっと注視していた森は不審げに首をかしげ、永田と坂口のほうに顔を寄せてきて「おかしくないか。遠山は死体を埋めたことをそんなに恐ろしがっていない。どういうことや」といった。われわれは一杯くわされるかもしれないぞ。

永田は遠山のいまはすっかり落ち着き払って余裕すら感じられる態度表情を見なおした。いわれてみれば、苦労して自力で死体を埋葬してきたというより、ちょいとそのへんにお使いに行ってきましたという感じだった。まさかとは思うが、これがもし最初永田が思ったような死への恐怖を死体埋めの実践によって克服した総括の姿ではなくて、はじめから死体など平気の平左な夜叉《やしゃ》のみにくい正体だったとしたら。永田はあわてて「遠山さん、あなたこれまでに知り合いの人の死に接したことがあるの」ときいた。

「おばあさんの死に接しました」

森は永田に「そうか。だから恐ろしがらなかったんだ」といって膝を打ち、ふたたびおれの眼は節穴ではないぞ、「女性問題」をおろそかにしないぞという調子で遠山を厳しく追及しはじめた。遠山が何をいい何をしようと、それらをまず「演技」「芝居」と決めつけた上、そのむこうにかくされているだろう森が「真実」と考えているものを遠山からもぎとろうとするのである。かりにそのむこうに森の欲するような「真実」などなかったとしたら、その時は森は適当な「真実」をなんとしてでも創り上げてみせ、遠山の表の言動が「芝居」であることを「証明」せんとつとめるであろう。それが森の共同軍事訓練における「遠山批判」にはじまった「女性問題」関与の根本形式であった。

「どうした。総括はそれでおわりか」

「はじめはとても恐かったけれど、運んでいるうちにだんだん慣れてきた。運んでいるときは重かった。何でこんなに重いのかと思ったら、死体が憎くてたまらなくなった。何で私にこんなことをやらせるんだと思うと、もっと憎くなった。それで憎しみを死体にぶっつけて殴った。殴っている間に、自分はこんな死に様《ざま》はしない、総括をなしとげて絶対生きぬくんだという思いになっていった」遠山は無表情に淡々と自分の決意を語った。きいていて森は、あー良い仕事をした、死体を殴ってストレスを発散できてよかったといわんばかりの遠山の何か独り勝手に清々している姿（と森は「見抜いた」）に、自分でも意外だったし、また実際筋違いもはなはだしいのだが、亡き小嶋のため「義憤」のようなものをおぼえた。遠山ははじめから小嶋の遺体をただの物体と切り捨て、敗北死にいたった小嶋の苦闘と全然向かい合っていない。恐かった？　憎かった？　みんな反撃してくる心配のない物体相手だから演じられた下手な猿芝居ではないのか。

「われわれはそんなことをきいてるんじゃない」森は遠山の話を荒々しくさえぎった。「おまえが小嶋の死体を埋める実践をとおしてどう自分の問題を総括したか、そこをきいているんだ」

遠山は「夫」高原との関係を主として語り、「私は高原との関係をとおしてしか赤軍派を見ることができなかった。高原との関係のなかでしか闘争にかかわってこなかった。高原の妻であることが私の全部で、それによって安心していました」と総括した。

「それではてんで総括にならない。おまえは自分の問題を明らかにしようとしていない。おまえ自身の真実をかくすな。やり直し」

遠山はこたえることができず、黙ってしまった。「総括しろ」「総括しろ」「何とかいえ」「いつまで黙っている」等と被指導部メンバーのコーラスがはじまった。総括する鉄の一語を、さもなくば断固たる飛躍の暴力を。黙りつづける遠山の顔はしだいに蒼白になっていく。森は低い重い声で、

「総括できるんか」とただす。

「わかりません」

「小嶋の敗北死とどこまで真剣に向き合ったんだ。総括できなきゃどういうことになるか自分の体、自分の心でわかってるのか」

「総括しろ」「語れ、語れ」「黙ってたんじゃ総括にならないぞ」「何かいえ」被指導部メンバーは口々に叫び、ののしり、励ました。

総括要求は行き詰ってしまったとみんなが思いかけたとき、遠山の隣にすわっていた行方が急に大きな声で「ぼくはどんなことをしても革命をやりぬかなければあかんと思っている。そのためなら死ぬ気で総括できる」といって涙ぐみ、それから遠山に「どうしてそんな顔してるんだよ。何とかいえよ。あんたの顔には表情がないんだ。わかった。今のあんたの顔は小嶋といっしょだよ」と指摘した。南アルプスの仲間遠山にたいする行方の励まし、「同志的援助」の言葉であり、こちらは森やコーラスたちの一方的追及とちがって遠山の固くとざした心の中へまっすぐにとどいた。遠山はワーッと泣きだして、

「なりたくない！　なりたくない！　小嶋みたいになりたくない！　やだもんあんな格好で、死んでいくのは真っ平よ！　何をどう、考えていいのかわからない！　頭の中を死神が、グルグルグルグルまわってる！」とうたうように叫び、訴えた。

「死にたくないなら総括せい」森は感情を殺して命じた。しかし南アルプスの仲間植垣には遠山の訴えがいくらか通じたようだった。なんとか総括させてやりたいと思った植垣は「まあそう深刻になるなよ」となだめ、旧赤軍派時代の活動の問題点を取りあげて遠山に質問しながら総括要求し、青砥もそれにくわわった。遠山は総括できていないと考える点で植垣は森に同調していたが、そう考える根拠が両者では正反対だった。遠山の言動をことごとく「演技」と決めつけて追及のうえ「本音」を吐かせようとする森と違って、植垣のほうは死体埋め作業中の遠山のふるまいを間近に見て額面どおり死を異常に意識しすぎるものと批判的に受け止め、考えすぎるなよとその克服を求めている。遠山の人間にたいして森には欠けている信頼が植垣にはかすかながら存在していたのである。

植垣らの追及を横になってきいていた森はやがてガバと身体をおこし、「重信（房子）のことをどう思う」といい、つねに男を手段視し利用して組織に地位を占めんとする重信の言動を取りあげて口をきわめて批難した。遠山はそのようなけしからん「畏友」を秘かに自分の手本に仰いでいるんじゃないかという得意の推断が森の遠山追及のもう一つのポイントであった。

「重信が憎かった。重信は階級闘争で男との関係を手段にしてエゴの目標を追求してきた。私には重信のようなまねはできない」遠山は正直に語った。重信に憧れ真似しようとしても遠山にはやれなかったのであり、やれなかったのは遠山の人間の善さ高さであり、革命戦士としての可能性を示すしるしである。不幸なのはその遠山が誤って憧れてしまった相手はただに重信ひとりにとどまらなかったということだ。

「おまえは重信が憎い、重信みたいなことはやれないという。ほんとうは重信が羨ましかったんじゃないのか。重信みたいにやりたいがやれなかったので憎いとなぜいわない。いえない。重信みたいにやりたがっているおまえ自身をなぜ切開しようとしない。そんなものをいつまでもなぜ後生大事に守ろうとする。総括できていない。全然」

遠山はふたたび黙りこんでしまった。重信みたいにやりたがっている？　そんなことを自認してしまったら遠山は自分にとって大事なもの全部を失くすことになるのだ。……森はしばらく黙って待ったあと、山田と坂東を近くに呼び「遠山には依存性があるから総括として自分で自分自身を殴らせることにする」と小声で告げた。これまでの例からみんなで殴ると総括できずに敗北死する恐れがあり、それを回避するための森の配慮だろうと推測して、山田と坂東は了解した。

「総括できるのか」

「何とか総括します」

「自分で総括できるのか。いつまでたっても総括しますと繰り返すだけではとおらないぞ」

「自分で絶対に総括をやりとげます」

「そういうことならわれわれはおまえを援助しない。援助しないという意味がわかるか。自分だけで総括しますというその中身をわかっているか」

遠山が沈黙してしまうと、森は強い口調で「これまではわれわれが殴って総括を援助してきたが、自分でやるというなら自分で自分を殴れ」といって立ち上り、小屋の真ん中に行き「こっちへ来い」と遠山を呼んだ。永田らもあわてて立ち上り、磁石に引きつけられるように森の言葉について行く。夜は明けておりまわりは白々とあかるかった。

「ここに立って殴れ」森は遠山を小屋中央に立たせると、全員に向かって「みんなも遠山が自分を殴るのをしっかり見ろ」と指示した。みんなは遠山に対して半円の形に立ち、永田はその後方にひかえ、南アルプスからやってきた旧赤軍メンバーのうち植垣、青砥、山崎は半円の外側にそれぞれ位置を占め、さきに遠山の「顔」を「小嶋の顔といっしょ」と看破して森に「自分で自分を殴らせる」アイデアを思いつかせた行方のみは半円の内にくわわって、遠山の総括実践と正面から向き合うことにした。

遠山は自分を取り囲むみんなにひしひしと圧迫され半泣きになって立ち竦んだ。自分を殴れというが、それをどうやればいいのかがわからなかった。とりあえず両の手でにぎりコブシを作り自分の身体を見おろすと、眼に見えるのは足先、膝、腹、胸である。遠山は少し身を屈め、両手をかわるがわるなるたけ高く振り上げて、腹部を二、三回殴った。しかし総括として「自分で自分を殴る」というのとはどこか感じがズレており、遠山は首をひねって中止した。見ていた永田らも何か違うと感じて苛々した。追いつめられた挙句、遠山は急に一ぺんに片を付けてしまえというみたいに両手で自分の首を絞めようとした。森はあわてて制止し、「そんなことをするな。自分の顔を殴れ」と本来なら自分で解かねばならぬ遠山にやむをえず正解を教えた。遠山は自分の頬を思い切り殴りはじめ、「そうやって自分の中の〈敗北死した小嶋〉を乗り越え、内なるブルジョア的女性を打ち砕くんだ」と森も檄をとばした。永田は遠山に自分の顔を殴らせる森の真意がやっと理解できたと思った。敗北死した小嶋の顔を演技でなく本気で殴るようにして、男を手段化する「ブルジョア的女性」としての「自信」の拠所＝自分の「顔」を本気で殴り、亡ぼし尽くすこと。そして真の革命戦士となってよみがえること。耐え難い光景だったけれども、耐えて最後までこの遠山の闘いを見届けることが総括援助になると永田は自分にいいきかせた。

「唇を殴れ」森が新たに指示した。森ら旧赤軍派の男たちは遠山の顔のなかでその「唇」を、「ブルジョア的女性」としての魅力の中心であると評価していた。殴打につれて唇は切れ、血は流れ、全体に凄惨なおもむきを呈してきた。遠山の息がきれてすこしでも休もうとすると、森、山田は「どうしたんや、もっとつづけろ」と叱りつけ、遠山の正面に立っていた大槻、松崎、小林は「どうしたのさ、もうやめるの」「どこを殴っているのさ」などと「励ました」。遠山が耐えられずにしゃがみこもうとしたとき、森は「つづけろ」といって頭を蹴とばし、一瞬の休止も許さなかった。

永田は「額を殴れ」と指示し、遠山の一本調子な殴打の鋒先《ほこさき》を変えてやろうとした。遠山の顔の中で「額」は「唇」に勝るとも劣らぬ魅力の部分であり、唇より固い部分でもあるので、打撃にたいして抵抗力もあるのではないかと考えての配慮だった。遠山は何回か額を殴ったが、殴りにくかったらしくすぐまた唇、頬にもどって殴りつづけた。植垣は事の急展開についていけず、オタオタしてしまい、いまはなにか遠い別世界の出来事のように、自分を殴っている遠山や、遠山の総括ぶりを真剣に凝視しているみんなの姿を見ていた。青砥や山崎も顔にありありとショックの色をうかべ、その上下左右の食い違ってしまったみたいな光景をボーッとながめていた。

三十分ほどして遠山がフラフラになった頃、森は「もういい。やめろ」と殴打を止めさせた。正視し難い顔になった遠山はその場に崩れるように倒れこんだ。よくがんばったというのが永田の感想だったが、総括できたかどうか判断するにはもう一つ、まだ何かが足りないと感じた。永田は小林に指示して鏡を持ってこさせ、鏡を遠山の顔に突きつけ「自分の顔をよく見て。あなたほんとうにやりきったの。やりきったのなら、この顔にあなたは平気のはずよ。さらに総括を先に進めようと闘志がわいてくるはずよ。よく見て。そうして小嶋の敗北死と、死への恐怖をほんとうに乗り越えていってちょうだい」と語りかけた。遠山は鏡の顔を見たがとくにおどろくこともなく無表情で、はたして総括できたといえるのかどうか永田は鏡を手にしたまま首をかしげた。ふたりのやりとりを見ていたメンバーの多くは、それが公平な見方だったかどうかは別にして、この永田を比喩的に「鬼婆」と感じた。

「バロン、青砥、山崎。遠山をしばっておけ」森は茫然と立ち竦んでいる植垣らに気合いを入れた。ハイと良い返事をしたまではよかったが、何でどうしばったらいいわからず、三人は困って顔を見合わせた。すると気の利く大槻がリュックの口ひもを持ってきてくれたので、植垣らは後手にしばられている加藤のしばり方を手本にして遠山をまず後手にしばった。つづいて「入口のところにすわらせておけ」と指示を受け遠山を入口のところの柱の前にすわらせようと気遣い「いつまでも総括しないからこんなことになるんだ」「ホレ見ろ。南アルプスでおれたちをオチョクッてばかりいたからだ」などと以前の調子で話しかけたが、遠山はされるままになっていて何もいわなかった。しばりおわったとき、森は植垣に「バロン、この髪の切り方は何だ。こんなのは切ったうちに入らん。切り直せ」といい、山崎に髪の切り直しを命じた。山崎はつとめて森の指示に忠実に遠山の頭を粗雑な丸刈りに仕上げた。

それでもなお、森には南アルプスの旧赤軍メンバー植垣らのやり口のだらしない軟弱が気に入らなかった。森は山田、坂東、吉野を呼んで遠山を厳しくしばりなおすよう指示、柱のまえに立たせて全身をロープで固くしばりつけ、目隠しもほどこしてようやく遠山への対処に区切りをつけたのであった。

朝食後、被指導部メンバーは総出でマキ作り、森以下指導部は会議をおこない、昨夜来の遠山への総括要求について森による説明、確認がなされた。会議のおわりに永田は「遠山の衣類を取り替えよう。そういう援助は必要ではないか」と提起、「遠山は冷え症だから、それはいい」と森の同意を得たので、金子とふたりで遠山のところへ行った。

山田と吉野が遠山をしばっているロープをほどくのを待って、永田は遠山に全部着替えるようにと指示した。遠山は自分でリュックの中に手を入れることもできぬようだった。永田と金子で遠山のリュックから衣類を出し、上から下まで全部着替えさせたが、そうしているうちに何となくうれしくなり、「これからは何べんでも着替えることができるようにする」とはずんだ声でいった。

「そんなことをする必要はない」コタツのところから森が小うるさくいう。永田は森のところへ行き、「遠山は冷え症だと自分でいったでしょう」とただすと、森は顔をそむけ「ビニールをあてて毛布をかけておけばいい」といい、あとは問答無用と押し黙った。自分は「甘い」のかと永田はもうほとんど機械的にふりかえってみたが、やはり面白くないのだった。遠山は黙々と森らの指示にしたがい、ふたたび立たされてしばられ、目隠しされ、肩から毛布が掛けられた。

昼食後、指導部会議。森がガミガミと行方批判をはじめると永田はうるさそうにそれをさえぎり、行方君は懸命に総括しようとしてるではないか、それよりも中断されている問題をハッキリさせようといった。塩見孝也『民民革命論の検討』をテキストに政治討論を再開させ、路線問題の解決に取りかかること。永田はこのかんベースに不在だった寺岡に塩見論文の眼目である「日米複合権力論」の概要を紹介した上で、「米軍基地がたくさんあるからというだけで民族民主革命と短絡させてしまうのはおかしいんじゃないの」と旧革左のリーダーとしてはふみこんだ発言をおこなった。森は何もいわなかったが、坂口はたちまち「パブロフの犬」みたいにムッとした顔になり、納得しないぞという態度をとった。それで反論を待ったものの、坂口はムッとしていつまでも単に黙っているだけだった。何とかいったらと永田が身を乗りだしかけたとき、寺岡が投げ遣りな、アキアキしたといった調子で「ぼくはもういいもんね。社会主義革命でスッキリする」と言い放ち、永田や坂口が苦慮している旧革左の「反米愛国路線」止揚の問題を他人事みたいに片付けて永田に不信の念をいだかせた。永田の折角の「政治討論」提起も森と寺岡のヤル気のなさ、坂口の無言により早々と行詰った。

外のトイレからもどった森は困った顔をして、

「問題だなあ。植垣がハシゴ作りの作業中、向かいの山の斜面でマキ拾いをしている大槻君のほうばかり見て、ほとんど見惚れている。大槻君に総括が必要なことを理解していない」と慨嘆、永田もそれはよくないとピンと耳を立てた。森はさらに「この問題がなぜ重要か。寝物語で相方に党の秘密をもらしてしまうことが遺憾ながらこれまでしばしばあったからだ。いまはこうしてみんなといっしょにいて、われわれが見ていられるからいいが、いずれそうもいかなくなるだろう。分散して闘わなくてはならない事態に備え、共産主義化の獲得に集中しなければならぬ。政治路線問題よりも、当面は各人の総括問題のほうに力を注ぐべきである」とつづけた。永田はこれでまた「政治討論」要求をひっこめざるをえなくなったが、坂口のムッとした顔も併せてひっこめられたので、森、永田、坂口がいまもっとも避けたい事態だけは森の巧みな誘導によってとりあえず避けられたといえよう。

夕食のあと、被指導部メンバーは土間でストーブにあたりながら、植垣の提案によりみんなで励まし合おうと歌をうたうことにした。みんな元気に楽しそうに歌い、食事をあたえられぬまましばられ目隠しされている加藤と遠山も、しずかに耳をかたむけているように思えた。植垣、青砥、山崎、行方は新倉ベースで合唱を練習した『同志よ、固く結べ』を披露、みんなの気分がとても盛り上った。すると森が指導部のコタツからのっしのっしと降りてきて「歌なんかうたってないで、みんなから総括について教わったらどうだ」と植垣をたしなめ、いっぺんに良いムードをぶちこわしてしまった。みんなは顔をそむけあい、イヤイヤながらまた元の「総括人間」にかえっていく。

「CC（中央委員会）を結成する必要がある。集団指導体制を確立しなければ今後の指導はできない」永田らが同意すると、森は現指導部を構成している七名（森、永田、坂口、山田、坂東、寺岡、吉野）がそのままCCになるべきであり、そのために立候補すべきであるといった。ぼくはこの七名をCCに推薦する。

森は山田に向かって「PB（＝政治局）は、ぼくの考えでは、ぼく、永田さん、坂口君の三人でよいと思うがどうか」といった。「それでいい。ぼくもそう考えていた」山田がこたえると森は笑ってうなずいた。永田は旧革左代表だった自分が新党のPBに含まれるのは当然と考え、また坂口が加えられたことにはかなり満足した。永田は控え目な人間ではなかったが、背伸びもしなかった。トップの森を補佐しつつ新党の飛躍・発展に全力を集中していくこの正規の新しい立場は、すべての責任が自分独りのうえにかかってきた旧革左時代とくらべてはるかに居心地がよく、自分に相応しい地位だと思われた。

夜九時より、CC立候補＝新党の指導体制を確立、発足させるための全体会議。はじめに坂口が森の指示で発言し、中央委員会を結成すること、集団指導体制でいくこと、今日まで臨時指導部としてやってきた七名がCCに立候補すること、これから七名が立候補表明をおこなうこと、等伝えた。森から順に活動歴を中心に自己紹介と決意表明。「……共産主義化の闘いは、権力との銃によるセンメツ戦、他党派（獄中川島グループ、八木グループ）との分派闘争を闘いぬく主体＝党建設の闘いである。今日只今、新党の正式発足を受けて、CCを軸として全党全メンバーによる「しのぎ合い」が開始されるであろう。われわれは左の官僚主義、右の経験主義との厳しい対決をとおして、革命戦争に勝利する党をきっと必ずうちたてていく決意である」云々。森は「しのぎ合い」は〝ブルジョア的〟競争ではなく、〝同志的〟な励まし合いであると注釈したが、その違いはメンバーの多くにはわかったようでわからなかった。

永田は「共産主義化を自然発生的に希求し、とりわけ二・一七真岡銃奪取闘争後は「思想問題」解決の重要性を主張してきた。旧赤軍派─旧革命左派の止揚のため、六〇年代階級闘争の追体験をレジュメ化し、新党われわれの政治路線もハッキリさせたい」。山田は「病気のためかつて一時、活動を中断したことがある。二度とないこの生をすべて革命戦争に結びつけたい。妻子は必ず山岳に呼ぶ」。寺岡は「今からCCの中でしのぎ合いがはじまるが、自分も積極的にやってゆきたい」。……森以下七名が立候補表明をおえると、永田は「意見があったらいってほしい」とメンバー各自に意見表明を求めた。立候補した七名を承認、CC結成に賛成する意見が、つぎつぎに、それもかなり熱烈に表明されていく。

加藤能敬

一月四日。メンバーの発言がすすみ、行方の番まであとひとりというとき、森は山田のほうに顔をよせて何か話しながら行方を見ていた。寛大な眼つきではなかった。行方は自分の番になると元気な声で、「CCの結成に異議なしです。CCを支持します。ぼくもスッキリしました。一生懸命がんばります。……」と発言したが、森が急に大きな声で「ちょっと待った。そんなことおまえにいえるのか」と制止し、鋭い口調で行方を追及しはじめた。

「何が、どうスッキリした」

「ぼくは南アルプスで自殺しようと思い、こめかみに銃口をあてました。銃口をあてたまま、引き金に指をかけて考え、やっとそれがまちがっているとわかりました。今ほんとうに革命をやらにゃーあかんと思っています」

「ちっとも総括になってないじゃないか。何もスッキリしてないじゃないか」森はこのかん行方にたいして、①闘争において「二軍的」「わが身の安全第一的」である。②女性にたいする利用主義。③権力にたいして受動的・防御的。④自分より「弱い」とみた相手には逆に攻撃的、威猛高に出て当り前みたいな顔をしている。等と問題を指摘して総括を求めていたが、行方の「スッキリ」発言を総括の放棄→開き直りと受けとってイキリ立った。

「おまえのそのキョロキョロした落ち着きのない態度は何だ」森はどうしたらよいのですかと困惑している行方をどなりとばし、「おまえみたいな卑怯な奴は何をするかわからん。青砥、山崎、行方のうしろについて押さえろ。バロン、行方の七〇年からの活動内容をだせ」と命じた。行方のとなりには頼良ちゃんを抱っこした山本夫人が居た。森の見境のない特異な眼力はこのとき、「総括していない」行方が赤児の頼良を奪って楯にとり、小屋から遁走を企てるさし迫った反革命の光景を生々しく幻視したのであった。

「行方！　これまでの活動内容をいえ！」植垣はどなった。しかしどなっただけで何をどう追及したらいいかわからなかったから、行方が岡山大の全共闘運動に参加してからの経験をあれこれ語るのをただムッとした顔できいているしかなかった。……六九年一月「東大決戦」に加わり安田講堂攻防戦で逮捕、四月釈放されて岡山大にもどったこと。岡山大における機動隊との攻防戦で知友である糟谷《かすや》君が闘死してからやらなーあかんと思って赤軍派に加盟したこと、七〇年十二月、センメツ戦計画のさい大津の実家に逃げ帰ったものの、一週間ほどで戦線復帰したこと（「計画が頓挫したのを確かめて」)、七一年二月、軍から半合法にまわされて口では残念がったが腹では安堵したこと、ライフル窃取の件でビビったこと等。

「何やそれ。全然ききだしたことにならないやないか」森は植垣を下がらせて自分で追及しだし、「ライフルの件でビビったのをどう総括している」などと主として行方がいわば持前の「日和見主義」を発揮したとみられる諸闘争、諸活動を取りあげて問いただしていった。が、何をどう訊いても「臆病なのでビビってしまいました」と同じこたえを起き上り小法師みたいにある意味しぶとくくりかえす一方、いよいよ落ち着きを失くしていく行方に、森は堪忍袋の緒が切れた。「総括になってない。おまえのは総括ではなくて臆病者の居直りだ。ビビって何が悪いと開き直っているんだ。総括を茶にしようとしてもそうはさせない。青砥、山崎、バロン、しばれ！」植垣らは仕方ないかという気持で行方をタンスの横に連れて行って正座させ、ロープで後手にしばり、その端を柱のカスガイに留めた。このかん会議の全員が一言も発さず、コマを無闇にとばすような事態の急転にただ口をあけてびっくりしていた。行方をしばりおえたのが午前二時頃である。

そのあとも全体会議はつづき、各人の意見表明がなされていく。途中、しばられ目隠しされている加藤が土間のほうから大声で「ぼくにも発言させて下さい。ぼくもCCの結成を支持します」といった。加藤は遠山、行方のように大人しくしてばかりいなかった。一同の顔が自然にそちらへ向いたとき、坂口は「黙れ」とどなって加藤を黙らせてしまった。たしかに加藤発言は「不規則」発言ではあった。坂口は森の指示を受け全体会議議長としてささやかな権力をふるって、議事の正しい進行に貢献したのであった。

最後に南アルプス組の植垣ら三名が意見を表明した。山崎は「これまでは組織のなかで良い子になろうとして、人の弱みにつけこみ、メガネごしに（とメガネに指をあて）人を計算して観ながら活動してきました」と自己批判し、飛躍の決意を語った。植垣は「南アルプスでは殴ったりしばったりすることにふみきれなかったことを自己批判します。作戦をやらせれば人は変わると思っていましたが、それでは駄目なことが進藤を総括させられなかったことでわかりました」。青砥は「これまでの活動はスプライトを飲んだりして金遣いが荒く、無駄な活動が多かった」と一本のスプライトに依然コダワリをしめしたあと、「今回はＣＣになれませんでしたが、ＣＣになれるよう努力します」と表明した。森は三人にたいし、「おまえら三人は遅れているし甘いところがある。もっとしっかりやれ。みんなから指導を仰げ」と説諭した。森はこの時から、三人組のうちとりわけかつてほど「良い子」ぶれなくなっている正直な山崎のギコチナイ様子に疑い深い目を向けはじめた。

午前三時頃、会議は終了した。二日から徹夜できているため全員就寝とし、森の指示を受けて寝る前に兵士メンバーで話し合い、見はりの順番を決めた。植垣は山崎と組んで、午前四時から五時まで担当することにして見はり用に作ったコタツに入り見はりをした。寒気は厳しかったけれども、遠山と行方はひっそりと静かにしていた。ところが加藤は全然違ってみんなの寝しずまる小屋の中で独り活気に満ち溢れていた。頭をうごかして目隠しをはずし、まわりを好奇心たっぷりに見まわす、水を入れた椀を口で引き寄せて飲む、しばられている足を色々うごかす等、加藤はしばられている現実にちっとも従順でなかった。ここ二日間で森と「みんな」の教えにかぶれてすっかり南アルプスの「自主」を後退させてしまった植垣と山崎は、そうした加藤の態度を総括しようとするものではないと判断し、「おい、そんなことをやっていいのか」と注意した。

そのとき、植垣と加藤の目が合った。植垣は加藤の目の輝きにたじろぐような思いをした。加藤の目は旧坂東隊のヒーローだった植垣にたいして「総括」機械の発する一律な電子音ではなくて、人間植垣の「自主」の声を求めていたからである。しかし植垣は今は古い私を乗り越えて新しい世界をかちとらねばならぬのであり、加藤の求めに応じて得られる世界には大槻との新生活の場所はたぶんないのだ。植垣は顔をそむけ、加藤をきつく目隠ししなおした。それからトイレに起きてきた森に、加藤の態度が「総括しようとするものではない」ことをいかにも事務的に報告したのだった。「そうか」森はしばらく加藤を見ていたが、そのまま何もいわずにトイレに行き、もどってＣＣのコタツで腕組みをしてずっと考えていた。植垣らは午前五時、滝田、小林と見はりを交代した。

森は起きだしてきた永田らＣＣに、夜中の加藤の挙動について、見はりの植垣らの観察と自分の判断を語り、「全く総括している態度ではない。逃亡を考えているにちがいない」と断定した。さらに「加藤は小嶋とちがって小屋に上げられたり、総括をきいてもらったりで、独合点に安心してるんじゃないか。自身に厳しい総括が課されている現実を突きつける必要がある。殴る必要があるし、ききだすべきこともある」といった。永田らCCは同意し、森のあとについて加藤のしばられているところへ行く。兵士メンバーの多くはまだ眠っていた。午前八時三〇分頃。

「総括について考えているか」森がいった。

「考えています。取調べ中に山をもう使えないと思ったことがいかに日和見主義だったかと考えていました」

「東京からどのようにして尾行をまき榛名にたどりついたのか、詳しくいってみろ」

加藤はたどった経路を詳しく語り、「途中美容院に寄って警察に知られているパンチパーマをストレートになおしました」といったが、これに永田が怒りだし「ふつう山が危ないと思いつめていながら、まっすぐ山にもどってそれを報告しようとせず、長々美容院に道草してパーマなんかかけるか。小嶋好みのヘアスタイルにしたかったんでしょ」と因縁をつけ、加藤がビックリしてちがいますといっても信用しなかった。

「夜中に身体を動かそうとしたのはどうしてか」といよいよ森の追及は加藤のインペイしている本丸をめざした。

「亀頭が痛いからです」加藤がこたえると無学の永田は首をかしげ、他のCCに「キトウって何」と問いただしたが、森らは永田の問いにこたえぬまま「巫山戯《ふざけ》たことをいうな」とどなって加藤を殴りだした。加藤は事実を語ったのだけれども、森は事実を受けいれられぬ人であった。兵士メンバーも起きてきて加藤とCCを遠巻きにし、森らは殴ったり小突いたりしながら「夜何を考えていた」「何で目隠しを外したか」「目をキョロキョロさせたり、足でものを動かそうとしたのは、逃げることを考えていたからではないか」などと追及していった。永田は輪の外に立って森らの追及をきき、加藤のやせ細った足を見ていたとき、ふいに何ともいえぬ悲しみをおぼえて、目をそらした。

森の追及は「逃げることを考えていたんだろう」という貧しい決めつけの繰り返しになった。加藤の返答も「ちがいます。そんなことはありません」の単調な繰り返しと化し、しまいには悲しげな表情でただ首を振りつづけるだけになってしまった。森は両手を広げて天を仰ぎ「加藤は総括していると思ったが、小屋に入れてからはまた元にもどってしまった」と嘆いてみせると、CCの坂口らに「加藤を立たせてしばれ。逃げられぬように髪を切れ」と指示した。坂口、山田、坂東、吉野は加藤を立たせて簀《す》の子巻《こ》きにしばりなおしたが、そのさいロープで胸を締め付けた上、後手しばりになっていたため、加藤は呼吸困難に陥った。森はあわてて胸のロープを外してゆっくり呼吸するよう指示、加藤がふつうに呼吸できるようになったのを見て「しっかり総括するんだ」と励ました。そのあと軍にいて加藤の「上司」だった寺岡がハサミを使い加藤の頭を非常に下手くそな虎刈りにした。

ＣＣのコタツにもどった森らは会議に入り、森はあらためて加藤の総括態度を批判した。が、会議になってほとんど間もなく土間のほうから「大変だ。加藤が死んでいる」と叫び声があがった。森らは加藤のところへとんで行き、兵士メンバーもみんな集まってきた。加藤の顔は土気色で、ゾッとするほど寂しげな表情をうかべており、永田は加藤の身体を揺さぶり「このバカ、何で死ぬのよ」といって泣いた。さっきまであんなに元気だったのにとみんな一様におどろいている。加藤倫教は茫然と立ちつくし、加藤弟は「こんなことやったって誰も助からなかったじゃないか」と叫んで小屋の外へ出て行った。永田は涙を流しながら倫教に「兄さんの分までがんばって、革命戦士になっていこうよ」と語りかけ、その細い肩を抱き寄せた。

森は植垣、山崎、山本に、加藤のロープをといて遺体を床下へ運んでおくように指示し、森とＣＣはコタツのところにもどって加藤の死について話し合った。森はもっぱら、つい先ほどまで元気だった（と森らは誤断していた）加藤が急に死んだ事実に注目して空想をめぐらし「……加藤がさっきまであんなに元気だったのは、逃げることが心身の支えになっていたからだ。それだから、逃亡しようとしている本心をわれわれに見抜かれて絶望し、生きんとする気力を失って敗北死したのだ」などと総括してのけた。永田らは異議なくあっさり同意したが、この同意は自分の頭で考えて森総括の正しさを了解したというのとはちがっていた。逆に加藤の死について自分の頭で考えずにすむようなリクツ（＝「敗北死」規定）を森がリーダーの責任でとりあえずまた、こんどは加藤の死のケースに即して提供してくれた、有難やという中身しかない「同意」だった。永田は森の指示を受けて土間のほうへ行き、集まっていたみんなに加藤の死の説明を森の発言をそのまま伝える形でおこなった。みんなからとくに意見も感想も出なかったが、中で植垣は加藤の急な死がどうしても信じられぬ思いでいたため、永田の説明になるほどと感服した。加藤の死因は絶望したことによる精神的ショック死だった！　これまでよく理解できずにいた「敗北死」という規定が加藤の急死に直面することによってようやく植垣の腑に落ちたのである。そしてそうした理解のあとに、加藤を死においやってしまったかもしれぬ外なる状況の一員でもある自分自身のふるまいへのかすかな悔いと疑念が残った。これはつらかった。植垣はみんなと同じようにひたすら与えられた作業にうちこんで早く忘れてしまおうと考えた。

　午後のＣＣ会議で森から寺岡にたいし「君はストーブのそばで被指導部の者と雑談していたとき、松崎さんの離婚表明は本心からのものでなく、そのうちまた結婚すると思ってのものだといったそうだが、彼女の離婚表明をまじめに受け止めていない」と批判的指摘があった。寺岡は森の批判にわかったようなわからぬような顔をした。松崎の離婚宣言は寺岡が任務でベースに不在中になされた鬼の居ぬ間の洗濯であり、ベースにもどったとき寺岡は、当然ながらわけがわからぬまま一方的に「離婚」を押し付けられたという悪印象をいだいている。松崎なり森なりから寺岡に、すくなくともそういう「宣言」にいたった経緯の説明くらいあって然るべきであろうがいまもってそれがない。寺岡の雑言は感心できないけれども、松崎と森の側も寺岡にたいして道義上何の落度もないとはいえぬのである。

　夜、全体会議はなかった。ＣＣは会議を続行し、森の提起で、いまは小屋近くに仮に埋めてある尾崎、進藤、小嶋と今日亡くなった加藤の遺体をより適切な地点に埋めなおすことに一決《いっけつ》、そのため明朝埋葬地点の調査隊を出発させることにした。地図を広げて調査場所を検討、協議のすえ、榛名山西麓倉淵村山林に埋め場所をさがすと決め、調査隊メンバーの人選は「埋めに行く者が調査に行くべきだ」という山田の意見で山田、坂東、寺岡、吉野が行くことになり、さらに森の意見でそれに前沢が加わり、車の運転は山本佑子とした。作戦行動中、調査隊（＝埋葬隊）は権力との遭遇を想定し、ナイフ、鉄パイプ爆弾に、散弾銃一丁、散弾実包を携帯すること。

　森は永田に「明日よりわれわれは新党として権力との銃によるセンメツ戦のほうへ一歩踏みだす」といったあと、「前沢君、滝田君、小林さん、植垣君、青砥君を党員にしようと思うが、もうしばらくかれらを見ていくことにする」と付け加えた。森と永田の新党はＣＣ結成と加藤の死で大きな節目の時を迎えたのであった。

　植垣、青砥、山崎は森の再三にわたる指示にようやく応じて、亡くなった尾崎、進藤、小嶋、加藤の総括問題について大槻、金子からかなり突っ込んだ説明をきいた。夜九時すぎ見はりの順番を決めて寝ることにしたが、寝るまえに大槻が植垣に話しかけてきた。

「私はあなたに自己批判しなければならないことがある。南アルプスでは岡部に似ていたのであなたに甘えてしまった。自己批判する」

「今でもそう思っているの」

「ううん、思っていない。あなたは岡部とは全然ちがう。岡部との関係はブルジョア的なかわいい女でしかなかった」

「ありがとう」ふたりは自分たちと新党の未来に希望をもってじっと見つめ合った。

一月五日。早朝、調査隊の山田、坂東、寺岡、吉野は山本佑子運転のライトバンで榛名ベースを出発した。森、永田、坂口は協議に入り、森の提起で、(i)四人の死体を運ぶため担架(四)を作ること。(ii)みんなの体に着いた死臭を消すため風呂をわかすことにし、(i)は早速坂口が青砥と滝田に作業を指示、ふたりはオイきたと仕事にかかった。

三人の会議は雑談的になったが、森は入口近くに立たされてしばられている遠山のほうに目をやり、いつもより寒さがきついかなと感じ、目隠しのむこうにどういう表情があるかと心がうごきかけた。永田は森の視線の方向に気づくと自分も遠山の姿を久しぶりで見直し、それから森に、ポツンと、

「加藤のことをつうじて厳しく総括要求されたらゼロか百しかないということがよくわかった。総括はきびしいものなのね」と感慨をこめて打ち明けた。

「そうだ。われわれはゼロか百かの剣の刃のような線上を突き進むのだ」森は今さら大発見したみたいに何度もうなずいた。いかにも！　われわれはもう踏み越えてしまっている！　森は以後二度と先のような眼差しを遠山に向けることはなかった。

昼食のとき、永田は土間のみんなのところへ行き、「お風呂をわかさない？」と提案、女性たちが一斉に「賛成」

と明るく声をそろえた。みんなで話し合って作業の分担を決め、風呂たきの準備をはじめた。

午後、森、永田、坂口は新党結成の確認にいたるレジュメの作成に取りかかる予定だったけれども、森が党員候補者についてかれこれいいだし、「青砥を総括させなければならぬ。こっちのほうが重要だ」と青砥をコタツに呼んで主として六・一七明治公園爆弾闘争への関わりをめぐって追及した。森は現場でSが爆弾を投てきしたのに青砥がしなかったのはビビッたからだと決めつけるのだが、青砥は一貫して「違う」と強く否定し、アッという間に非常に険悪な雰囲気になってしまった。仕方なく永田が割って入り「同じことをただ繰り返しても不毛だし、青砥君にいま特に問題があるわけではないのだから、もういいでしょ」といい、青砥に「もうあっちへ行きなさい」と指示した。青砥はすぐコタツを離れ、森は面白くなさそうな顔をして黙った。しばらくすると森は立ち上り、たんすの横に正座の形でしばられている行方のところへ行き、行方がちゃんと総括しているかどうか点検した。それから土間に下りて植垣と山崎に「おいおい、いい加減にせえよ。行方のロープがまたゆるんじゃってるじゃないか。何べんいったらわかるんだ」と行方をきつくしばりなおすよう指示、「納得できなくても、決定した党の方針には従え」と付言した。

夕方、山田ら調査隊がもどり、場所を見つけ穴も掘ってきたと報告した。埋葬地点は倉淵村十二塚。本日夜中から六日夜明けまでの間に四遺体の埋めなおし作業を完了させることにし、遺体の掘り出し、車両までの搬送のための人員配置を決めた。

夜九時、坂口は山本順一、滝田、植垣、青砥、山崎にたいして遺体の掘り出し、運搬の作業を指示、三人一組で四つの隊を編成した。①小嶋和子→坂口、青砥、山崎。②進藤隆三郎→坂東、植垣、滝田。③尾崎充男→山田、前沢、山本。④加藤能敬→寺岡、吉野。各隊は担当の遺体を掘り出して（④のみ床下から遺体を運び）約束の地点で合流すると、寺岡と吉野が先導し、坂口が担架隊の列の足元を懐中電灯で照らし、七、八〇〇メートルほど先に革左のライトバンの駐車して待つ小広場をめざして出発した。十一時頃、目的地にあとすこしというとき、車のところにいた山本が走ってきて「人に見つかってしまった」と坂口に知らせた。全員その場に伏せ、アイスピック、ナイフをにぎりしめ息を殺して待機した。十分間。周囲はしんと静まりかえり、人の気配は感じられなかった。全隊は坂口の指示で四遺体を車の荷台に移す作業に取りかかった。十一時三〇分、山田らはスコップと担架一つを持って車に乗り込み、山本夫人の運転で出発した。坂口は山本、滝田、植垣、青砥、山崎を連れて小屋にもどり、わかしてあった風呂に坂口組、植垣組の順で入った。もう一月六日になっていた。

遠山美枝子

一月六日。早朝、遺体埋葬隊がもどり、山田は森に無事作戦終了と報告した。すると寺岡が乗りだしてきて「山田さんは非常に問題だ」と批判をはじめた。「死体を車にのせていざ出発しようというとき、山田さんは人影が見えた、伏せろといったが人影なんてなかった。必要のない警戒心だったのだ」寺岡は山田における「軍事」に関わる能力の不足を問題にしたのである。しかし森は何もいわず、寺岡の話をたんにきき流した。

昼過ぎ、永田の指示により、風呂の残り湯で洗濯することになり、植垣、青砥、山崎もがんばって女性たちと一緒に洗濯した。植垣らは遺体埋葬に関わったCCらの衣服を優先的に洗い、死臭のついた自分たちのジャンパーなんかもほんとは洗いたかったが、着替えがないのでできず面白くなかった。

永田は入口横に立ってしばられている遠山を見て、その辛そうな様子から総括要求が新たな配慮を必要とする段階に入ったと感じた。何回目かになる「敗北死」への不安が胸を掠めたのである。永田は決心して、コタツにいた森に「遠山をすわらせてしばろう。立ってしばるのはきついから、もうすわらせてもいいんじゃないの」と提起した。森は表情を固くしてなかなか返事をしなかった。永田は甘いといわれるかと冷や汗をかいていたが、森のほうは怖い永田が自分をどんな難所へ誘い込もうとしているか判断がつきかねて返事できないでいるのだった。永田はもう一度必死の思いで「すわらせてしばり、総括に集中させよう」といった。森はこれでようやく「それならそうしよう」と了解、山田と吉野がすぐ遠山のロープをとき、すわらせてしばり直した。

永田があらためて、しばり直された遠山を見ると、彼女はすっかりくつろいでしまって（と永田の目には映った）

女性らしく膝をくずしてすわっているのであった。これではとても総括しようとしているものとはいえなかった。せっかく勇気をふるい、総括に集中できるようすわってしばらせたのに、集中するどころか、その点だけは依然としてしぶとく「女を意識して」ふんわりすわっている！　このあとのCC会議で永田は「配慮してあげた」遠山への幻滅と苛立ちをそのままブチまけて、結果遠山は総括していないという森らの思いを決定的にした。永田と遠山はどこまでいっても「手術台上のコーモリガサとミシン」のように合性というものが根本的になかったようである。

夜八時頃、森は植垣、青砥、山崎をCCのコタツのところに呼び、行方の総括の進展具合をただすこと、とくに青砥にたいして「おまえは行方に甘いから、自分の総括としてしっかり追及してみろ」と命じた。三人は行方のロープをといて小屋の中央に立たせ、青砥が行方と向かい合い、寺岡は森の指示で懐中電灯の光を行方の顔にあてた。まわりを森らCCと被指導部メンバーが取りかこみ、行方と青砥の「総括ぶり」を見守るのである。青砥は行方の友人糟谷の死のところから追及をはじめた。行方は何もかも捨て去ったような表情をしてボーッと立っていたが、青砥の追及にはていねいにこたえていった。すこしでもこたえに詰まると植垣らは「どうなんだ」「ハッキリこたえろ」などといって小突いたり、平手で叩くなどした。この間入口横にしばられていた遠山は「お母さん、美枝子はがんばるわ」「今にお母さんを幸せにするから待っていてね。私も革命戦士になってがんばるわ」「ああ手が痛い。誰か手を切って」「誰か縄をほどいて。いいえほどかなくともいい。美枝子がんばる」……などと色々叫んだ。追及の終りかけた頃、森は永田のそばにきて「懐中電灯の明かりで行方の眼を見たら瞳孔が開いているのがわかった。行方は死の領域に一歩踏み込んでいるぞ」と耳うちした。永田はいら立ち頭を振り、追及に立ち向おうとせず絶望してしまうのか、そんなではまたぞろ敗北死ではないかと居ても立ってもいられなくなり、「シャンとしなさい」と大きな声を出した。

しかし行方は全然シャンとせず、青砥の追及がおわったときには、やっと年期が明けましたというリラックスした顔になり、明日にももっとまともな職場に転勤していく男のように実務的な態度でこれまでの事務やアジトの引き継ぎをたんたんと語りだして追及側をとまどわせた。卑怯な弱者の筈の行方がこのときなにか急に自分たちよりも大きい人間に見えたのである。

「おまえからそんなことをきこうとは思わない。それはこっちで考える」森は行方の差し出口を封じ、ただちに自身で追及を再開した。

「これまで逃亡しようと思ったことはなかったか」

「あります」

「いつ、どういう機会に逃亡しようと思ったか」

「車で別の場所へ移動する時。それが唯一の機会だと思っていました」

永田は衝撃を受け、そうか、やはりしばった者にたいしては百かゼロかの総括をさせなければならぬのだと、まじめな弱気な青年と思っていた行方をあらためて怪物を調べるような目で見直した。まわりのみんなも怒る雰囲気に変わった。

「逃亡してどこへ行こうとした」

行方は少し黙ったあと、「実家に帰るより他ないでしょう」と腹立たし気にこたえたが、森は行方の横顔に一瞬、森にたいするおどろくほど深い軽蔑のよぎるのを見た。

「しばるまえに、絶対に逃亡できぬように、肩胛骨《けんこうこつ》と大腿部《だいたいぶ》を思い切り殴れ」森はCCに指示、山田と坂東が行方をうつ伏せにし、まず森が肘で肩胛骨を思い切り打った。山田、坂東があとにつづいた。兵士であり南アルプスにおける行方の同志であった植垣、青砥、山崎も、こうした大変な任務はCCだけに押し付けるべきではないと考え、植垣から順に行方の大腿部を手刀で殴っていった。すると途中で寺岡が「そんなんじゃ駄目だ」といきり立ち、土間からマキを持ってきてそれで思い切り殴った。植垣はさすがCCと思い、自分たちもマキで力いっぱい殴った。行方は暴行の間、わずかにうめき声をあげただけで必死に耐え抜き、永田も「耐えて」最後まで見通した。森は植垣、青砥、山崎に「逆エビ型にしばっておけ」と指示、植垣らは寺岡と吉野に手伝ってもらって行方を絶対身動きできぬ形にしばりあげた。

森はさらに植垣ら三人に指示して、遠山のロープをとき、小屋中央に連れてこさせた。遠山は連れてこられたその場に崩れるようにしゃがみこんでしまったが、森は正座するよう命じ、追及をはじめた。遠山を囲む輪は行方の時より縮まり、女性たちが自分たちの問題だと考えてか前のほうへ出てきていた。

森はまず行方を追及していたとき、遠山が何度か口にした不規則発言を取りあげて「さっき何であんなことをいった。芝居してるんとちゃうか」とただした。遠山が黙っていると植垣らは口々に「何で黙ってるんだ」「ハキハキしろ」などといって小突いたり平手で打ったりした。坂口はこの頃見ているのがつらくてたまらなくなり、森の眼を盗んで自分のシュラフにもぐりこんで横になった。

「そうです。芝居でした」遠山はうつむいたまま、機械のスイッチをオンにしたみたいにこたえた。

「どうしてそんな芝居をした」

「父が労組の活動家だったころ、酒をのんで四階の窓から飛び降りて自殺した。バカな父だった。母が苦労して私たちを育ててくれた。それでいつか母を幸せにしてあげたいと思って階級闘争をやってきた」

森はやや守勢にまわり、「父をバカというが、そんなことをいう資格がおまえにあるのか」とせいぜい嘲《あざけ》ってみせた。

追及の終り頃になると森は遠山の問題の「本丸」である男関係を取りあげて「明大時代は誰が好きだったんや」ときいた。まわりから「何とかいえ」「早くしゃべれ」「総括しろ、総括しろ」とコーラスがまたはじまった。

「サークルの部長です」遠山はだいぶたってポツンといった。

「赤軍派に入ってからは」

「高原です」

「合法＝救対部のときは」

遠山はこたえようとしなかったが、青砥らにあれこれ指摘されて救対の幹部二名の名前をあげた。両名とも永田らもよく知る人物だった。

「どうしてその二人と関係をもった」森が踏みこんで訊くと、遠山は一人について「二十五才にもなって淋しかったから」、もう一人について「優しかったから」とこたえた。

狭量な永田は遠山の華麗な「自由恋愛」遍歴談にポカンと口をあけてあきれかえり、思わず「あなたはいつも偉い人ばかり好きなのねえ」と苦々し気に皮肉をとばした。追及がはじまってからずっと俯いたままだった遠山は、このとき顔を上げ、何かすまなそうな口調で、

「オヤジさんが好きだったの」とつぶやいた。共同軍事訓練のはじめの頃、永田から「何で山にきたの」と執拗な追及を受け、以来返答を拒みつづけてきたが、がんばる必要も意味もなくなった今、遠山はやっと伏せていた恥かしい限りの真実を口にしたのであった。

森は遠山のついにもらした「本音」がよほど意にかなったのかニヤニヤ笑いながら頭をかいていた。永田が見ていてとても遠山を真剣に総括させようとしているリーダーの態度とは評価できず、「やはりそうだったのね。はじめからそういうのはわかっていたのよ」遠山と森にたいして半々の気持ちでいうと、森はあわてて威儀を正し、無理に口調をきびしくして追及を再開した。

「おまえ、おれをいつから好きだった」

「明大の寮に来たときからです」

「おまえ、あの頃はオバQ（＝高原の愛称）だったんとちゃうか。おれよりもオバQのほうが偉かったんだぞ」

「はい。そうでした」

「それなら、いつからおれを好きになったんだ」

「南アルプスからです」遠山は負けずに理詰めに返答した。

森は「遠山も行方と同じように殴ってしばれ」と指示、ふたたび山田以下旧赤軍派メンバーが中心となって遠山をうつぶせにし、まず肩胛骨を肘で打ち、つづいて大腿部をマキで思い切り殴った。遠山は悲鳴をあげ、見ていた女性たちの多くも耐えられず目をつぶったが、山田や植垣たちはそれを無視した。殴りおえて逆エビ型にしばろうとする

と、森が「足の間にマキをはさんでしばれ」と指示した。膝をくずして女性らしく座った遠山の不心得を難じた先の永田発言をふまえ、二度と同じことをさせぬためにした森の配慮である。植垣らはマキを膝の裏にはさんで足を折り曲げさせたが、そのとき寺岡がぐったりしている遠山に「救対の某と寝たときみたいに足を広げろ」と命じた。男たちはドッと笑い、女たちは一様にイヤな顔をした。男たちのなかにも笑わぬ者はいたのだが、森を含めほとんどの男が笑ったのであり、中には腹を抱えて板の間を転げ回った者もいた。

「そういうのは矮小よ！」永田が叫ぶと笑いはやみ、森は植垣らに早くしばるよう指示した。植垣、青砥、山崎は、しばりあげた遠山を元いた入口のところに運び、ロープの端を板の間のカスガイに留めた。植垣にしても、自分たちが殴りしばり板の間に転がした行方、遠山の姿を見て、憐みや済まぬという思いを全然感じないわけではなかった。二人は三日にしばられてから、丸四日間、飲まず食わずのままだった。しかしながらどうしても、やられっ放しで総括を放棄してしまってるように見える二人にあきたりぬものをおぼえ、もっとがんばってくれよと思う気持のほうが強かった。植垣にはいまのところ新党の未来への希望があるので、遠山と行方の絶望は、かれらには気の毒だが結局つまり目障りだった。

CC会議の冒頭、森は先の寺岡の迷言「某と寝たときみたいに足をひろげろ」を取りあげて「女性蔑視だ」と批判し、寺岡に「小嶋の死体を殴らせたこと、松崎君の離婚表明をまじめに受けとめなかったこととあわせ、女性蔑視の問題をきちんと総括すべきだ」と申しわたした。つづいて森は「センメツ戦の準備のための活動を開始しよう」と提起、井川ベースの整理、名古屋にいる旧革左関係者（小嶋の妹ら）をオルグし入山させること、東京での若干の活動、ベース移動のための山岳調査の必要、等をいった。また協議のうえ、永田が獄中の川島豪あて手紙を執筆し、上京するメンバーに託してそれを投函させることにした。手紙の内容は、川島と獄中革左グループにたいして分派闘争を優位に推し進めるため、獄外の永田指導部が獄中の指示どおりに動いているかのようなまちがった印象をあたえ「油断」させておくもっともらしい偽誓の羅列となる。森は「川島陽子にも出しておけ」といい、永田はこれも了承した。

全体会議で、永田がまず銃によるセンメツ戦準備の闘いを開始すると宣言し、具体的には新ベースの建設に向けた諸活動を提起して、みんなから久しぶりに轟《とどろ》くような「異議なし！」コールを得た。森は銃によるセンメツ戦の意義をつぎのように説明した。①米帝のインドシナからの敗退にともなう日本軍国主義の侵略戦争の準備は、主要には政治治安警察による市民社会末端にいたるまで貫かれている革命戦争派へのフレームアップ体制の構築として開始される。われわれは治安警察との二十四時間毎分毎秒の攻防に勝利しぬくことによってはじめて、大衆の自然発生的反米反軍国主義闘争を革命戦争へ組織していくことが可能となる。したがって今まさに、ただちに政治治安警察にたいする銃によるセンメツ戦を具体的に準備していかねばならない。②山岳ベースにおけるこのかんの共産主義化の闘いの成果をふまえ、つぎにくる銃によるセンメツ戦を準備する闘いとして、井川ベースの整理、名古屋での入軍入山オルグ、作戦基地＝新ベースの建設、その他がある。③女性兵士の革命戦士化をめぐって、森は〈女の革命家から革命家の女へ〉定式の説明をおこない、「共産主義化をかちとらぬまま女が男と関係を結ぶのは、それまでの生活をとおして身につけたブルジョア的男性観に基いたものであり、こうした傾向を止揚せぬ限り、女性の革命戦士化はかちとれない」と述べ、大槻と金子にたいして、銃によるセンメツ戦を準備する闘いに向けて早く総括すべきだと指示した。森は大槻、金子、さらに松崎にたいして、大槻には岡部、向山、また植垣との関係、金子には吉野との関係、松崎には寺岡との関係の総括＝その「ブルジョア的」側面の全清算を、「銃によるセンメツ戦の準備の闘い」の一環として強要するかのようである。寺岡は森の偉そうなスピーチをききながら、森自身と「夫人」の関係はどうなんだ、山には居ない森夫人はそんなに大した「プロレタリア的」人物なのかい？　と薄く笑った。

一月七日。午前一時頃、全体会議が終了した。兵士メンバーは見はりの者を残して全員寝た。永田は苦吟して川島への手紙を書き上げた。川島宛に意図的に事実に反することを書いたはじめての経験であり、手紙は森、坂口、寺岡に見せて了解をとった。川島陽子にはがんばってほしいという内容を簡単に書いた。永田が手紙を書いている間、森らは「銃によるセンメツ戦を準備する闘い」の担い手の人選をおこなった。井川ベース↓山崎、小林、岡田、山本佑子。名古屋↓滝田、岩本。東京↓前沢、青砥。このあとCCも見はりに加わる者を残して寝た。

午前中、森とCCは井川、名古屋、東京へ行くメンバーをコタツのところに呼び、森が中心になって任務を伝え、打ち合せをおこなった。森は名古屋行の滝田と電話連絡をとる日時を決め、東京行の青砥にたいして森の夫人と会って状況を把握すること、黒ヘルの伊沢信一らをオルグすることの二点を指示した。そのあと井川行きメンバーらは出発の準備にとりかかった。

CCは地図を拡げて山岳調査の対象について検討、協議した。そのさい永田は「希望であるが」と断ったうえで「山岳調査と並行してこんどこそ新党のレジュメを出そう。山岳では腰をすえてやれないから、東京のアジトで集中してやることにしたいがどうか」とはかった。名目はレジュメ作りだけれども、このとき永田をとらえた「希望」の真実は、あきらかに死者の連続する山岳ベースの外の世界への一時避難の衝動であった。

「山岳ベースを築くことが第一であり、山岳で共産主義化をかちとることをぬきにそんなことは考えられない」森は語気強く断じた。「それなら、山岳調査の間にレジュメの目処だけでもたてよう」といって永田は一歩退いた。森らはこれには何もいわなかったので、了解されたものと考えることにした。

午後四時より、井川、名古屋へ行く者らが明日早朝に出発ということで、いつもより早目に全体会議をひらき、永田は井川と名古屋へ行くメンバーの氏名を発表し、新ベース建設のための山岳調査の任務もあきらかにして「山岳調査の間に、ベースに残るCCはレジュメ作成に取りくみ、それを提出できるようにする」と表明し、「異議なし」コールを受けて微笑した。井川行き、名古屋行きメンバーによる決意表明が滝田から順にはじまった。滝田「亡き小嶋の妹らをオルグして、必ず連れてくる」。山崎は「ぼくはエゴイストだった」といって、自分用に秘蔵していたオロナイン軟膏と、逃げ込み用の自分だけのアジトの地図を、全員のまえで永田に差しだした。……

五時頃、永田は会議を中座して小屋外のトイレに行き、もどったとき入口横にしばられている遠山の様子がふだんとちがうと感じた。脈をみたがかすかにしか打っていない。ただちに人工呼吸をほどこし、可能な措置をとろうと思った。人工呼吸によってしっかりした脈にもどれば、遠山は今度こそ生まれ変わり、共産主義化を受けいれさせることができる！　永田は会議の場にもどって山田と坂東に「遠山の脈が幽《かす》かになっているので、人工呼吸をお願い」

と依頼、二人はすぐ遠山のところへ行き人工呼吸をはじめた。坂口と吉野もすっとんで行った。会議はつづけられたが、みんなの注意は人工呼吸のほうに向いていた。永田が見ていると、坂東と山田が土間の横の板の間で人工呼吸をし、吉野はいつでも交代できるように腰を屈めてそばで見ており、坂口はそれを土間に突っ立って呆然と眺めているのだった。坂口はどうしてストーブの火をおこさぬのかと永田は不甲斐なく思ったものの、人にいうより自分でやるべきだと考え、土間におりてストーブの火をおこした。看護学院学生だった岩本も人工呼吸の場にきて待機している。

これ以上自分のすることもないようだった。永田は会議の場にもどり、CCの席にまわろうとすると、森が「酒をのませろ」と指示、急いでまた土間のほうへ行って坂口に、酒を温め遠山にのませるよう伝えた。坂口はあわてて一升ビンを鷲掴《わしづか》みするとストーブの上にかけてあるバケツの湯の中に一升ビンをまるごと浸けて温めようとした。永田は苛立ちを爆発させ、「そんなことをしても駄目でしょ。のませる分だけ温めなくちゃ」とどなった。坂口がすぐ一升ビンをバケツから出したことから、これで遠山にのませる分だけ温めるだろうと永田は考え会議の場にとってかえした。しかしみんなが遠山の様子と人工呼吸のほうに注目し、会議は中断していたそのとき、坂口はひとり猛々しく血相変えて永田のところに押し寄せ、立ったまま大声で、

「おまえは薄情だ」とどなった。

「どうして薄情なの」永田は開き直った。

「遠山が死にかけているのに放ったらかしてもどったじゃないか」

「誰も放ったらかしてなんかいないわよ。私はストーブをちゃんとたいたし、今できることは全部したわよ。これのどこを薄情というの」

坂口は言葉につまった。この永田が「薄情」であるなら、仲間が死にかけているというのにストーブをたくことすらしない会議中の全メンバーが薄情なのであり、かれらの追求しつつある新党と銃によるセンメツ戦そのものが薄情の極みなのである。しかしながら、だからといって坂口の憤怒に全然道理がないというのでもなかった。永田は遠山への総括要求においてはたしかに、たとえば加藤や小嶋に対したときとくらべて相対的に「薄情」と見受けられ、そ

の薄情ぶりには共産主義化の闘いの本質的「薄情」さのせいだけにはできぬ、永田一個の個性的（セクト的！）一面とみられる節もあったからだ。ただいずれにせよ、森はじめ会議中のみんなはこの「革命家夫婦」の不意の衝突にいたく困惑した。坂口は自分の席に座り、しばらく黙って興奮をしずめてから「会議の進行を妨げて申し訳ない」と永田も含むみんなに頭を下げた。会議は再開されたが、遠山に気付けをのませる案はそのままウヤムヤになってしまい、山田、坂東による人工呼吸が続く。

山田、坂東、吉野、岩本が引き上げてきたとき、森は坂東に「どうだった」ときいた。坂東は首を横に振り、遠山の遺体を床下に置いてきたと報告した。全体会議は中断した。

ＣＣ会議において、森は討論することなく遠山の死＝敗北死と規定、がんばらなくてはと独り張り切っている永田を除き、森以下ＣＣがみんな重苦しく沈み込んでしまった。このあとの全体会議で遠山の死に関わってみんなの総括をきこうと確認したが、永田の見るところ、そのようにいう肝心の森の士気がこのときだいぶ落ちているように思えた。好きな人の死だったからだとしても、それでは私たちが困る。永田は少し考え遠山の死は女性兵士の革命戦士化の問題だから、会議では私が女性たち一人ひとりに総括をきくことにすると発言し、森らの了解を得た。

夕食後、全体会議を再開し、永田から遠山の「敗北死」総括が語られた。遠山は自己の内なる「ブルジョア的女性」との闘いに敗北して死んでいった。永田は女性メンバーにたいして自己の内的外的「女らしさ」との闘争を課すとともに、「遠山の死」をテキストにして自分の総括を語ってほしいと求めた。女性らは順にそれぞれの総括を語っていったが、中でやはり女性たちの間でリーダー的存在であり、また森から総括を求められてもいる大槻と金子の発言に、何を語るかとみんなの注目があつまった。大槻は「パンタロン」の件では組織の資金の一部を私の好みに合わせて使ってしまったと自己批判、岡部との関係について、自分は岡部のカッコ良さにひかれていたにすぎず、「岡部の私に対する要求はシンパ的な〝可愛い女〟にすぎなかった」と振りかえる。永田は大槻の問題を、頭が良「すぎる」こと、可愛らし「すぎる」ことと要約し、「あなたはずっと男ばかりの兄弟に囲まれて育ってきたから、男に媚びる方法を無意識裡に身につけてしまっている。だから、動作、仕草など、あなたは何でも男に気に入られるように自然にやってしまうのよ。このことを総括してくれなくては駄目」と注文した。金子は先に吉野と別れると「宣言」したことについて、「吉野さんの足を引っ張りたくないと思ったから」と弁明し、「私は吉野さんと運動に関わるまえから関係を持っていた。運動の中でお互いを高め合うようにしてきたけれど、この関係に甘えてきてしまったと思う。私は完全に総括できていないので吉野さんと別れたいと思います」といった。永田は「別れたいというのが金子さん、総括できていないということなのよ」と再度批判したが、金子は首をかしげて考えこみ、納得しきれぬ様子だった。

永田は最後に「大槻さんと金子さんは総括できるのだから、早く総括しちゃいなさい」といって会議をおわらせた。

午後九時頃、「行方に食事をやろう」青砥は植垣に声をかけて二人で森のところへ行き、行方に食事をやりたいがかまわないかときいた。森は行方の現状をしばらく考え、解縛はしない、食事は与えるとこのとき最終決断して、青砥と植垣に「食事をさせろ」と指示した。二人は今後毎食後食事をさせることにし、この夜は砂糖湯と夕食の残りの雑炊を与えた。行方は目をつぶったままゆっくり食べたが、椀に半分を残した。

そのあと植垣はCCのコタツのところに呼ばれ、坂口から「新ベースをどこに作るか、見当をつけておいてくれ」と指示を受け、そのさい森は「南アルプスみたいなあんな山奥は駄目だ。近くまで車が付けられるような場所を選べ。どういうところがいいかみんなにはかれ」と条件をつけた。植垣はみんなの意見をききながら、群馬・栃木両県の北部、福島県南部の山岳地帯に大まかな見当をつけて森に報告したが、車が付けられるような浅い山は、権力に発見されやすい場所でもあるので、森の思い描く「新ベース」像というのが今ひとつ分かりにくかった。

一月八日。早朝、井川組＝山崎、岡田、小林、山本（佑）と名古屋組＝滝田、岩本がいっしょにガヤガヤと出て行った。CCの話し合いで、山岳調査の検討に必要な地図の購入を決め、永田が「それなら大槻さんに買ってきてもらおう」というと森は怪訝《けげん》そうな顔をした。永田には森の当惑が何なのかわからなかったので、かまわず大槻を呼んで買い物に行くよう指示した。大槻は購入品目の指示を受けたあと、加藤倫教と二人で楽しく買い物に出かけた。山岳調査を担当するメンバーとして、森の人選により、まず吉野・小林と植垣・松崎の二組を決めた。また、この日の前沢、青砥の上京も決め、二人は森から細かい指示を受け、背広に着替えて昼前にベースを出発した。

永田は外のトイレに出たとき、道の途中で丹前を着てしゃがみこみアゴに手をあてて考えている坂口を見た。坂口は立ち上り頼りなげに「おれはもうイヤだ。人民内部の矛盾じゃないか」と、CC会議の場では言い出せない、遠山の死にまでいたった共産主義化の闘いへの疑問を口にした。永田のほうも、二人だけのときにだけ出す声と口調で「総括は、私たちが前進していくのにどうしても必要なものじゃないの」と応じた。坂口は永田から予想したとおりのこたえを受けとってうなずき、小屋にもどって行く。永田はつねに坂口にとっていよいというとき頼りになる不動の反響板であり、いまもちゃんとコダマがかえってきたわけである。

永田は坂口のいったことを会議の場で森らにそのまま伝え、「坂口さんは人民内部の矛盾だからもうイヤだというけれども、権力に対しては断固闘う人だ。坂口さんは共産主義化の闘いに断固とした態度をとりきれていないが、権力に対するのと同様に断固とすべきであり、そうできぬ筈がない」と語った。永田は森らに事実上改めて自身と坂口に対する「特別扱い」を要求したのであり、森は何もいわなかったが、自分（と「夫人」）の「特別扱い」を守りとおす必要から、死せる五名への扱いと比較すればアンフェア千万な永田の要求を黙認した。新党ＰＢ（政治局）の森、永田、坂口だけは、はじめから総括を要求「される」ことをほぼ絶対に免れている存在という意味でまさに「新党」自体、指導部の中の指導部であった。

植垣は昼と夜の二回、行方に食事を与えた。午後の行方は「夕焼け小焼けの赤とんぼ」と歌ったり、「ジャンケンポン、アイコデショ」「悪かったよう。自己批判するよう。許してくれよう」などといったりした。可哀相になったが、むろんのこと全く「総括する態度」ではないのだから、植垣の立場では「悪かったじゃ総括になんねえだろ、バカ野郎」と叱りつけるしかないのだ。それにしても、こんな状態の行方にこんな総括要求をして総括させることができるのかと、ＣＣの指導ないし指導の不在に秘かに疑問を持った。

森は夕方、土間に行って金子、買い物からもどった大槻のふたりと話し、ＣＣのコタツにもどると金子を「主婦的」、大槻を「女学生的」と決めつけて両名の批判をはじめた。……金子君は土間近くの板の間にデンと腰を据え、下部メンバーに口やかましくあれこれ指図しているではないか。ベースの女ボスだ。……大槻君は六〇年安保の敗北の文学が好きだといったが問題だ。……「金子君は下部の者に命令的に指示しており、官僚主義である」そういってハタと気づいた顔になり、「今までずっと金子君に会計を任せていたのが問題なのだ。永田さんがそのことに気づかずにいたのは〈下から〉主義だからだ。ただちに会計の任務を解くべきだ」と主張する。永田は森の突然の提起におどろいたものの、当面会計の任務から外すことが金子の総括にとって必要かもしれぬと思い直して同意した。第一に、会計の任務を解けば金子は総括せずに下部に命令してばかりいるという批難を避けられるし、第二に永田自身自分の総括として下から主義を克服したいと願っていたからである。永田は金子を呼んで「あなたを会計から外すから持っているお金とノートを出して」と指示、出されたものを受けとった。が、誰に会計をまかせるか結論が出ず、当面仮に永田の担当とした。

この夜はＣＣ会議も全体会議もなし。午後九時頃、見はりの者を残して全員寝ることにした。寝る前に寒さでガタガタ震えていた行方に坂東が毛布をかけた。

行方正時

一月九日。午前一時頃、「新党」兵士行方正時（二二）が死去、見はりの大槻が確認した。眠っているＣＣたち、兵士たちはそのまま寝かせておいた。

午前五時、大槻は植垣を揺り起こし「行方が一時頃に死んだ。眠ったままのように死んでいた」と伝えた。植垣はすぐ森に行方の死を報告したが、森は少しも驚かず、一言「床下におろしておけ」と指示しただけだった。植垣は加藤倫教、山本といっしょに行方のロープをとき、遺体を床下におろして毛布をかけた。

永田は森から行方の死を知らされた。森同様すでに指導者であるより「敗北死」マシーンに成り下がりつつあった永田は、六人目の「総括」死者にたいして、たんに「またか」と思い、「がんばらねば」と自分にいいきかせたにすぎない。行方の死について森らはもはや会議すら開かなかった。「敗北死」のハンコをポンと押して一丁上がりである。

ＣＣ会議は地図を拡げて山岳調査の対象の突っ込んだ検討に入った。森はまた「党員」にするメンバーについて自分の評価を色々語った。兵士メンバーはマキ作り、洗濯、カマド作りの相談など。午後、植垣は森の指示で銃の分解掃除をおこなったが、そのさい元気のない大槻を元気づけようと、ふざけて銃をかまえ銃口を大槻に向けた。大槻は怒った顔をつくり「ナンセンス」と植垣に指を突きつけてみせ、植垣は御免御免とおどけて銃口をおろす。大槻の久しぶりの生き生きした表情を見て、またがんばってみるかという思いもわくのである。

夕方、山崎たち井川ベース整理隊がたくさんの荷物といっしょにベースにもどってきた。植垣、大槻、山本、加藤兄弟はリュックを持って車をとめてある小広場へ荷物を取りに行く。そのさい大槻が自ら進んで誰よりも重い荷物を運ぼうとするので、植垣は思わず「大丈夫か」と声をかけ、彼女がその重い荷物を入れたリュックを背負うのを手伝ったが、改めてこんなにがんばっている大槻を「総括できていない」と決めつける森らＣＣの態度に不信感をいだく。この荷物運びは植垣の指揮でおこなった。誰が決めたというのでもなく、この頃までに植垣は兵士メンバーの作業任務全般を指揮する立場になっていた。

夕食後、植垣は土間でみんなとの雑談のさいに山崎と、新ベース建設のための山岳調査には二人で行こうと約束しあった。山崎という「友」、大槻という「恋人」は、植垣が森らＣＣに抗して秘かに最後まで守ろうと思っている旧赤軍派・旧坂東隊以来の〈自主〉の価値の生ける象徴であり、森らＣＣの指導の納得できぬ部分にたいする批判・抵抗の拠り所であった。植垣は森とＣＣにたいして山崎と大槻を守り、植垣に守られることによって、山崎と大槻は植垣の革命的〈自主〉の同志、あるいは保証人になるのであり、遣り甲斐は大いにあるというものだ。

夜九時より、遠山と行方の遺体を埋葬する作業に取りかかった。今回も山田、坂東、寺岡、吉野が担当し、車までの遺体の搬送には坂口、植垣、山崎も加わった。七人は床下に下りて行き、山田の指示により、植垣と山崎が遠山、行方の衣類をナイフで切り裂いて裸にし、一体ずつ毛布にくるんで担架にのせた。坂東、吉野、植垣が行方をかつぎ、坂口、山田、寺岡、山崎が遠山をかつぎ、前回と同じ道順で車まで遺体を運んだ。車のあるところに着くと山本がスコップとシートを持って待っており、ただちに遺体をシートに包んで車にのせ、山田らCC四人は山本の運転で出発した。坂口、植垣、山崎が小屋に帰り着いたのは夜中の十二時少し前である。

植垣がシュラフにもぐりこもうとしたとき、森がこっちへ来いと呼ぶのでCCのコタツのところへ行った。森は左右に永田と坂口を従えて植垣に二点、指示を与えた。①山岳調査に松崎礼子と行くこと。相棒が山崎でないので失望したものの了解した。②「おまえを党員にしようと思うがどうか。やるか」と森。植垣は大槻や山崎といっしょなら党員になりたい。それが今の正直な気持で、森の言い方がまた植垣の意思を頭から無視しており恩着せがましく感じられて返事せずにいると、森は「やるのか、やらないのか」と語気強くせきたてる。植垣はあわてて「やります、やります」とこたえた。森は党員は植垣の他に前沢、滝田、小林の三名、さらに党員候補が何人かいると告げた。植垣は党員三人の名を知って意外と感じ拍子抜けした。日頃かれらの言動に接していて、植垣は前沢ら三名をあまり評価していなかったからであり、気分はますます滅入るのであった。

森は植垣のハッキリしない態度に業を煮やし、「南アルプスではおまえも大槻もすぐれていたが、こっちではちがうんだ。おまえの大槻にたいする態度は何だ。イヤらしいぞ」と叱りつけた。見所のある後輩に気合を入れる先輩の口調だったので、「わかりました、ハイ」と植垣は大急ぎでその場を離れた。

一月十日。早朝、山田らが遺体の埋葬をおえて小屋にもどってきた。永田は湯をわかし、食事の用意をして待っていた。山田らは手足を洗い食事をし仮眠をとった。午前中はじまったCC会議で、山岳調査の場所（担当者）を群馬県沼田市の迦葉山《かしょうざん》（植垣、松崎）、赤城山（吉野、小林）と決定、調査行にさいして山田が山本運転の車で植垣、吉野ら二組を調査地点近くまで送って行くことも決めた。森は植垣、松崎、小林を呼んで決定を伝え、ただちに出発の準備に取りかかるよう指示した。

夕食後全体会議。新ベース建設のための山岳調査隊四名による決意表明がおこなわれ、そのあと森が改めて六名の死について総括を示した。「六名の「敗北死」は、政治的に孤立し軍事的に劣勢のわれわれが政治治安警察にたいする銃によるセンメツ戦を推し進め、その波及によって、自然発生的な反米反軍国主義の闘いを目的意識的な革命戦争に発展させ、沖縄の最前線基地化解体の遊撃戦を創出し、日本革命戦争の基礎を作っていく上で、どうしても回避しえなかった高次の矛盾である」森によれば、結果としてあらわれた六名の死は、敵対矛盾でもなければ味方内部の矛盾でもなく、その両者より「高次」のところに位置付けられる価値多き矛盾であり、革命戦争勝利のため避けることのできぬ犠牲、銃によるセンメツ戦のために必要な「準備」の戦いにおける仕方のない「戦死」であった。メンバーは森のスピーチにより、死んだ仲間にたいする負い目をやわらげられ、かつ暴力的総括要求はこれでおわり、あとはセンメツ戦一本だと張り切った。永田はみんなのいだいたこうした一種の安堵感を次のように言い表す。「中国のプロレタリア文化大革命でも、人民内部で武装闘争があり、多くの人が死んでいる。だから私たちも六名の死にへこたれず、がんばっていかねばならない」と。午後九時全体会議終了。見はるべき者はもう居らず、全員就寝した。

一月十一日。夜明け前から雪が降りはじめた。山岳調査隊の植垣、松崎、吉野、小林はまだ暗いうちに見送りの山田、山本といっしょに小屋を出て行った。調査隊の出発前に、大槻は早起きして焼き上げたパンの包みを植垣にわたした。

ＣＣ会議のとき、森は雑談的に「関西に救対の活動でメシを食っている赤軍ゴロがいる。そいつをここに連れてきてみんなの前で総括＝共産主義化を要求し、それに応えようとしなければ、こうしようと思うんや」とそのゴロをナイフで刺殺する格好をし、坂東に「なぁ」といった。これは聞き捨てならぬセリフである。総括要求は相手を生かし共産主義化させんとする同志的な働きかけであり、そのさい「暴力」はあくまでその者の総括を援助するために限定的に使用される「仕方のない」手段にすぎず、少なくともそれが建て前だ。ところが森の雑言はその建て前すら投げ捨ててしまって、総括要求＝共産主義化の闘いを、気にくわぬ敵を暴力的に抹殺するための口実として利用せんとする森の「本音」だか気の弛みだかを暴露するものではないのか。永田は驚いて乗り出し、「そういう人をわざわざここへ呼ぶ必要はないでしょう。その人にどうしても共産主義化の必要があると思うなら、こことは別の場所、別の機会に森さんの気がすむようにやってちょうだい。今の私たちには、そんなゴロゴロした閑人と付き合っている時間も場所もないはずよ」と説諭した。森はつまらなそうに口をつぐみ、坂東はあわてた顔をした。

「やはり、山岳調査をもう一ヵ所やろう」森はいい、坂東、寺岡の二人に日光方面の調査を指示した。そのさい「寺岡君はこれまで総括してこなかったが問題だ。調査中に総括するよう要求する必要がある」といって寺岡のほうに顔を向け、「このかん君は総括していると思えない。調査中に必ず総括しておくように」と申しわたした。ぼくもそうしなければならないと思っていた、調査中に総括を考えると寺岡はこたえている。

夜遅く山田と山本がもどり、山田は吉野組と植垣組をそれぞれの調査地に送り届けてきたと報告した。森は山田に、明朝坂東、寺岡を送って行くこと、あわせて帰りに高崎の書店で『コミンテルン・ドキュメント』他を買ってくるよう指示した。

一月十二日。早朝、坂東、寺岡の出発、山田、山本が同行した。森はかれらが出発するとき、坂東と寺岡にたいして再度、山岳調査と総括のことを念押しした。

森、永田、坂口はレジュメ作成準備の予定だったが、森、坂口はそれぞれ本を調べノートをとるなどしていたので、永田も秋収蜂起から井崗山の闘いをしっかり把握しようと『星火燎原』に取り組んだ。読んでいくと、毛沢東が紅軍から離脱を希望する者に路銀を与え、どこかでいつかまた革命の芽になることを願ったというエピソードに眼が留まった。毛沢東は党・軍の直面したもっとも困難な時期にあっても、耐えきれずに離脱していく者たちをさえ革命の側にとどめ、革命の芽としてかれらの再生を願いつづけたのであった。ひるがえって永田らはどうか。離脱者を認めず、離脱させず、全員で前進すべきと考えるのであり、だからこそ共産主義化の闘い第一なのである。永田は森と坂口に、この一節を読み上げて「毛沢東の対処は誤っているのではないか。何よりも離脱させぬよう厳しく総括要求すべきだし、総括できず、どうしても離脱しようとする者は、つらいけれども殺すしかないのではないか」と論評した。六名の「敗北死」を経てきた今日、ついに永田は離脱者のみならず、離脱「しようとする」者の「殺し」をも肯定する場所に進み出る。森は永田意見に同意、坂口も反対しなかった。両名は永田の幼稚な毛批判＝新規に口にした「殺し」肯定に奇妙な迫力を感じた。

夕方、山田と山本が戻ってきた。山田は『コミンテルン・ドキュメント』の他、マルクスの「フランス三部作」文庫本を購入、森は飛びつくように三部作を読みだした。永田のほうは毛沢東の秋収蜂起から井崗山の闘いがコミンテルンの指示に基づいたものではなかったという永田らの信念の正しさを資料によって裏付けるため『コミンテルン・ドキュメント』の頁をあちこちひっくり返した。

そのうち森は三部作読書を中断して山田と二人で散弾実包をばらしはじめ、「改造弾を作るんだが、石膏、鉛板なんかが必要になるな」などと話し、また山田に「K氏のグループをオルグしに東京へ行ってきてくれ」と指示、「かれらをオルグすればかなりの金、アジトの他、車も保証できるはずや」等と付言した。

一月十三日。早朝に出発の予定だった山田が森と話しこみ、話は議論にかわった。永田と坂口は二人に心置きなく話し合ってもらうためコタツから離れていることにした。山田は上京中に妻と会い、意思一致し、妻子を山に呼ぶことにしたいといい、森がそれに反対すると、「……われわれは同志六名の敗北死を余儀なくさせられた。CCにはこうした党としての足踏みを止揚する経路を実践的に呈示していく義務がある。ぼくは妻子とともに山岳ベースにおいて自身の総括をなしとげ、共産主義化の闘いの勝利に貢献したいのだ」山田は熱心に語った。森自身も過日の全体会議で、共産主義化の観点から妻子を山に呼ぶことにすると言明していたではないか。六人の死を経てきた今だからこそ、CCが先頭をきってその「観点」にたちかえるべきではないか。

「非常に問題だ」森は土間の永田らのところへ来て訴えた。「山田君は上京にさいし、女房に会って山に結集する決意をさせ、入山までに運転免許証をとっておくよう指示してくるという。山田君の女房は看護婦として働いていて公安にマークされている。山田君はしばらくもどっていないのだから網が張られている可能性が大きい。そんな見え見えのワナのなかに共産主義化の闘いの途上に出向くべきではない」云々。山田の意向はなるほど無謀な突撃になりかねず、一方森の反対は珍しく常識的であって、とりあえず永田は森の反対意見の常識的一面に同意した。しかし山田は納得せず、問題は可能性の追求であり、CCとしてわれわれが自らをどこまで全生活的に共産主義化させられるかということだと自論をくりひろげ、一時は森の賢明らしい「常識」論をピンポン玉みたいにはねとばしてしまいそうな勢いを示した。やがて森はまた永田らのところへやってくると「山田君は今回は女房のところへ行かないと決意表明した」と伝え、山田もうなずいた。が、それでも山田は立ち上ろうとしないでぐずぐずと考えつづけ、森に催促されてようやく上京の支度に取りかかった。山田の出発は夕方の四時すぎ。

上京していた青砥が山田と入れ替わるようにして小屋にもどってきて、森に上京中の活動報告をおこなった。（i）「黒ヘル」の伊沢らの入山オルグは失敗した。（ii）森夫人は行方の恋人Nのライフル窃盗による全国指名手配に消耗し、行方が恋人Nに会いに来てくれればいいのにと嘆いていた。（iii）同行した前沢は、旧革左メンバーのオルグ等で時間がかかり、帰山が遅れる。その他。青砥はこのあと、金子と大槻の口から森が一言も触れなかった行方の死のことを知らされて大きな衝撃を受けた。

一月十四日。朝、森は山本順一運転の車で伊香保へ出かけた。任務は名古屋の滝田との電話連絡と、食事用の軟骨、改造弾製造用の石膏等の購入である。CCのコタツには永田と坂口「夫妻」が残ったが、しかし二人はだからといって久しぶりにおとずれた二人だけの世界に還って、たとえば共産主義化の闘いにおいて両者が感じ取っているいくつかの問題についてこの機会に話し合ってみるという有意義だったかもしれぬことを、やれないままになってしまった。二人はほとんど口をききあうこともなく、自分の読書をしたりノートをとったりで昼の時間をすごした。永田も坂口も「夫妻」である自分たちを何となくうっとおしく感じた。

予定よりだいぶ遅れて夕方もどってきた森は開口一番、山本が森の指示にしたがわなかったために事故を起こし、時間をくってしまって滝田と約束した電話連絡の時に間に合わず、連絡は失敗したと山本を厳しく批判した。いいたいだけいうと、「買ってきた軟骨を唐揚げにして食べる」といって土間に行き、金子と大槻に作業を指示、つづいて改造弾の作り方を青砥、山崎、金子、大槻に教えた。石膏で直径の大きい散弾の鋳型を作り、それに散弾粒を溶かした鉛を流し込むのである。

森はコタツにもどると山本を呼び、事故の総括を要求した。「途中で車をエンコさせてしまったのは、君がぼくの指示に従わなかったからや」雪が降りだして視界が悪くなったので、森は山本に追い越しを禁じたのだが、山本はそれを無視してカーブで無理な追い越しをこころみ路肩に突っ込んだのであった。

「森さんの指示はまちがっており、ぼくの判断のほうが正しかった。事故はぼくが雪道の運転に慣れておらず、自分の判断に基いて運転できなかったところで発生したと考えている」

「そんないいわけが権力とのセンメツ戦のただ中で通ると思うか。車は作戦の武器であり、一瞬の判断ミスが作戦全体の成否、戦闘員の生死に直結するということを自覚しているのか。君の言い分は事故の居直りだ」

山本は頑なに「事故は技術的ミスで、判断に問題はなかった」といいつのり、議論は険悪な雰囲気になっていく。永田が割って入り「滝田君らとの連絡ができなかったのは何といってもまずかった。今後二度とこうした事故を起こすことのないよう最大限、努力するということでいいんじゃないの」と角突き合う二人を引き分け、森に「早くレジュメを作らないと山岳調査に行っている人たちがもどってきてしまうわよ」と注意を促した。

森は「山本君の批判も必要なのだ」といってから、愉しげに談笑しながら改造弾を作っている金子、青砥らのほうを指さし、「見ろ、あれが総括する態度か。総括を要求されている者は、改造弾を作るときには、銃によるセンメツ戦のための銃弾を作ってるんだという自覚のもとに、真剣に自分の問題を総括しなければならない」と語った。これには永田も異議なしと応じて金子らに態度をつつしむよういましめ、かれらは以後は黙々と改造弾作りに精出した。つぎに森は金子の任を解いてからそのままになっている会計の担当について、「正式に後任を決める。小林さんにしよう」という。永田は同意する一方、「小林さんは活動範囲が広くてベースに不在の時が多いから」と指摘し、補助に岩本さんを付けようと提起、森と坂口は了解した。

夜のＰＢ（政治局）会議で森は「寺岡君の問題を体系的に考える必要がある」と口を切り、改めて共産主義化の闘いをとおして析出されてきた寺岡の思想・言動の否定面＝①小嶋の遺体を埋めたとき兵士メンバーに遺体の顔面を殴らせたこと。②松崎の離婚宣言をまじめに受けとめなかったこと。③遠山を「総括させるため」に逆エビ型にしばったさい「男と寝たときみたいに足を」云々と矮小な罵声を放ったことの三点を取りあげ、「かれがこれらを長い間総括していないことはCCとしてとどまれるかどうかまで問われる大問題だ」といった。永田、坂口が同意すると、森は「問題の根源にさかのぼってみよう。二・一七真岡銃奪取闘争後の革左と寺岡の厳密な検討が必要だ。その中にきっと寺岡の現在の①②③に至った起点もあるにちがいない。二・一七直後のことをくわしく話せ」と指示した。

二・一七闘争後、永田、坂口と寺岡は「銃の闘い」を争点にして対立した。永田のうちだした銃の闘いを貫徹せんがための根拠地問題解決としての「中国行き」方針にさからって寺岡は「一五〇名による前段階武装蜂起」を対置、それと一体に指導部の「改組案」＝永田を『解放の旗』編集一本にし、坂口を統一戦線担当、寺岡自身を党と軍の長とする「新人事」私案を提出した。……永田は当時の状況をつとめて「客観的」に語っているつもりだが、はじめから寺岡の①②③の「起点」を語れという森の指示に規定された「客観的」だから、結果は寺岡にとって不利な事実の「客観的」掘り出し、羅列にならざるをえない。寺岡は自身が不在の時・所で、「妻」に勝手に「離婚宣言」されてしまったのみならず、こんどは同じ指導部の仲間（とりわけ旧革左の同僚だった永田、坂口）から一方的に「糾弾状」をつきつけられる破目に陥った。理不尽である。

「一五〇名の前段武蜂と改組案はその後どうなった」と森。

「寺岡さんは前段武蜂方針の誤りを認め、改組案を引っこめた。以後も指導部は私、坂口さん、寺岡さんの三人でやってきた。寺岡さんは私を強力に支えてくれたし、私も寺岡さんを信頼してきたのよ」

だがしかし、問題は寺岡にたいするそのかつての信頼が現在の①②③によって揺さぶられていることであり、もし永田の寺岡への信頼にいま変化がほんのすこしでも生じているとしたら、さかのぼって二・一七直後の寺岡の誤りへの対処の仕方にすでに党として問題があったのである。森は「永田さんらは当時寺岡の改組案にどう対処したんや」と質した。

「寺岡さんはとにかく自ら改組案を引っこめたのよ。以降は〈銃を軸とした建党建軍武装闘争〉に賛成してその立場で闘ってきたので、別に問題にしなかったし、する必要もなかった」

「それは大いに問題だ」しばらく考えてから森は断定的にいった。「改組案提起は寺岡の今にいたるまで貫ぬかれている分派主義のあらわれであり、①②③に暴露された女性蔑視・差別の傾向と一体になって寺岡問題の核心を構成していると考える。この分派主義と闘わずにきたのは、永田さんが下から主義＝仲良し主義だったからだ。分派主義と闘う必要がある」下から主義といわれると永田は肩を落として黙りこんでしまった。森はさらに「寺岡君は分派主義ゆえ、加藤、尾崎が『反米愛国』復刊号といっしょに出した文書にたいし「へたをすると分派活動だ」と批判できたのだ。親ギツネが仔ギツネの悪戯《いたずら》を洞見できるように寺岡は分派活動がわが事としてわかるのだ。……分派主義の問題が寺岡の問題の環だ。寺岡に厳しく総括要求する必要がある」といった。永田、坂口はこれにうなずいた。

森はおわりに「寺岡への厳しい総括要求は他のＣＣをオルグしなければやれない。山田君がもうすぐもどるから、まず山田君をオルグしよう」と意気込んだ。永田が今度こそはと張り切り熱望した「レジュメの準備」はまたまた順延であった。

一月十五日。夕方山田がもどってくると森は早速、寺岡にたいする総括要求の必要をいい、山田はすぐに了解した。「尾崎ら四人の死体を埋めに行った時のことで、寺岡がぼくを批判したのをおかしいと思っていたんだ」と振りかえり、また「小嶋の死体をみんなで殴らせたのは大問題だ」ともいった。

「あっ、そうだったか」森は急に思い出したようにコブシで掌《てのひら》を打ち、大きくうなずいた。「ＣＣ立候補の自己紹介のとき、寺岡は「自分は今からＣＣの中でしのぎあがっていく」といったが、あれは二・一七のあとに改組案を出したのと根は同じで、ＣＣ内でブルジョア的に競り合って自分が長になろうというものだった。寺岡は死体埋めのさい、そうした観点から山田君を批判したんだな」なるほどそういうことだったかと、きいて永田らも納得した。

山田は上京中の任務について森に報告、「Ｋのグループとはオルグのための連絡ができただけ。改めてまた上京することになる」といった。

一月十六日。午前中いっぱい森、永田、坂口、山田は寺岡問題の検討を進め、寺岡の一二・一七闘争以降今日にいたる歩みをおおむね一貫せる「分派主義」の自己展開としてまとめた。永田「新党の路線問題は目下は未整理状態なのに、寺岡は「ぼくはもういいもんね」とうそぶき、反米愛国路線を簡単に否定して赤軍派の社会主義革命路線を受けいれる発言をしたが、乗り移りであって正しくない」。森「寺岡のしでかす没主体的乗り移りは分派主義と結合している。常にヘゲモニーをとることを中心に考えるから、簡単にすぐに乗り移ることができるのだ。第一中国行きと銃の闘いに反対して一五〇名による前段武蜂をうちだしたあと、寺岡は〈銃を軸とした建党建軍武装闘争〉を最もよく推進せんとしたではないか。銃の闘いに反対したことなどなかったみたいに、ぼくや坂東に向かって銃によるセンメツ戦を強調したが、あれも得意の乗り移りではなかったか」。

午後、山本順一は加藤弟といっしょに車で山岳調査隊メンバーを迎えに高崎のデパートの待ち合わせ場所へ出向き、夕方、赤城山の調査をおえた吉野、小林を連れてもどってきた。吉野と小林はCCのコタツのところにきて調査結果を報告、遺憾ながら赤城方面にはベースに適当な場所は見つからなかった。

永田は森の指示を受けて吉野に寺岡への厳しい総括要求の必要を話し、森がそのあと詳しい説明をおこなった。吉野が「わかった」とうなずくと永田は「吉野さんは寺岡の問題を誰よりもよく知っている筈だから、知るかぎりすべてを出してほしい」と要請した。吉野は森・永田による寺岡批判に調子を合わせ、思い切った様子でいろいろ語った。……（脱走した）高木京司を入軍させたとき、直系の子分にするといった。一二・一七闘争のさいに、銃砲店に押入るとき途中で立ち竦んでしまったばかりか、勝手口にたどりついてもデンポー、デンポーの声が出ず、やっと出た時には蚊の鳴くような声で、突入部隊のわれわれはとても迷惑した。一二・一七後の札幌アジトにおいて、永田、坂口が上京したあとの雑談で、自分が革左に入ったのは小組織ゆえすぐ幹部になれるからさと放言した。さらに永田、坂口を先に上京させたのは自分が安全に上京できるかどうか確かめるためであり、永田と坂口はいわば「地雷原に放ったつが

い の豚二頭」なのだと説明した。処刑のあとで「人を殺るのは大変なことだ」と永田に深刻面《づら》で報告していたが、それほどのことはなくて一種のホラ、誇大広告だった。向山の処刑のとき、寺岡当人は小嶋といっしょに車に残って殺しを日和った。それでいながらあとで全部自分がやったように報告するのだ。いつも。……きいていて永田は驚き怒り、寺岡への厳しい総括要求はどうしても必要だと確信するにいたった。坂口も、吉野の告発には若干「中傷」「誤解」の部分もあるかもしれぬと思っていたものの、それを口にすることはしなかった。森、永田、坂口、山田、吉野は寺岡にたいし「厳しい」総括要求をおこなうことで一応一致したわけだけれども、CCへの総括要求というのはかれらにとって未知の飛躍であるから、殴打・制縛より厳しいはずのその「厳しさ」の中身、程度の決定はトップの森とサブの永田のその時その場面での判断（「恣意」）に委ねられることになる。

この日は坂東と寺岡の日光方面山岳調査の最終日、ベースへもどる予定の前日であった。夜、テントの中で、寺岡は思いつめた様子で、シュラフにもぐりこもうとした坂東に話しかけてきた。「どうもいろいろと困ってしまった。松崎同志との離婚問題についてどう考えたらいいんだろうね。それから総括ということがよくわからないんだよね。坂東さんはどんなふうに考えていますか」と。

日頃から強気で断固としてやっているように見えた寺岡のこうした弱気なコトバ、表情は坂東を秘かにたじろがせた。森、永田の推し進める「総括ということがよくわからない」点ではじつは坂東も似たようなものだったから。坂東は当惑を隠しつつ、とりあえず「原則論」のなかに逃げこんで寺岡の投げかけた疑問の矢をかわすしかなかった。「松崎同志との問題はなんで離婚ということが必要なのか自分にはわからない。女性蔑視、女性差別の問題であると思うけれど。総括の問題はわからぬところもあるが、どうしても闘う個々人の革命化は必要だし、そこでの同志の死は乗りこえていかねばならないことだと思う。これからはセンメツ戦の準備に入るから、今後は闘いをとおして革命化していけるのではないか。がんばって下さい」「そうだよね」寺岡はかすかにうなずいて黙った。坂東はベースの絶対者森の忠実な副官であって、寺岡の不安、疑惑の念は依然消えないものの、坂東の励ますようなコトバは自分の前途にほんの少し希望をいだかせてくれたのである。寺岡はこの夜、熟睡している坂東の隣で一睡もせず、「総括」

について必死に考えつづけた。

寺岡恒一

一月十七日。午後四時頃、高崎市内某デパート裏の駐車場で、迦葉山組の植垣と松崎、日光組の坂東と寺岡が合流し、待っていてくれた山本順一運転のバンに乗りこんだ。助手席の加藤弟は山岳調査帰りの四人に牛乳と菓子パンを「オヤツです」と手渡した。クラクション鳴らして榛名ベースへ出発。

あたりが暗くなった五時すぎにベース着。山岳調査隊一行が小屋に入っていくと、青砥、山崎、金子、大槻、小林が土間で改造弾作りの真最中で、直径七、八ミリの弾がたくさんできている。植垣は坂東についてCCのコタツのところへ行き、調査行の報告をしようとしたが、森はむずかしい顔をし、「報告はあとできく」といって手を振った。

森は坂東に寺岡にたいして厳しい総括要求をおこなうことにしたと告げ、坂東がわかったとうなずくと「寺岡は調査中逃げようとしなかったか」といきなり本題に入った。

「逃げる様子はなかった。いつも注意して二人でいるようにしたし、寺岡が駅のトイレに入ったときは出てくるまでその前に立って待っていた」坂東はいう。

「そうか」森は嬉しそうに笑い、永田らに「坂東はやはり信頼できる。何をまかせても大丈夫だ」といった。

寺岡は坂東が森に報告しているあいだ土間でじっと控えていた。CCとCCのコタツはしょげこんでしまった寺岡の前に今や突如として限りなく高い塔みたいにそびえたっていた。坂東の報告内容がほんの少しでも寺岡に対し「同志的」なものであってくれたらと寺岡は待ちながら祈った。やがて森と坂東の話し合いもおわった。あとはこれが最後になるであろう与えられた生─飛躍の機会を、追いつめられた寺岡がどう自分のものにしていくかである。

「調査中、総括を考えたか」森は追及を開始した。とても同志的とはいえない口調だった。

「必死に考えた」

「きかせてもらおう」

「小嶋の死体を殴ったのは反革命の死と思ったからだが、共産主義化の真義を理解できていなかったとわかった。松崎さんと遠山の件も、自分の中の女性蔑視に発しているとわかった。こういうことはわかったが、それ以上のことは率直にいってよくわからないんだよね」ようするに、必死に考えたが、森の自分に対して要求している自己批判―総括の中身が結局「わからなかった」。寺岡はそういう謙遜な言い方で、森のしつこく繰り返す総括要求そのものにたいする不審、疑問の念をオズオズと表明したのである。これはしかし逸《はや》り立つ猛牛の前で赤い布をチラチラ振ってみせたようなものだった。

「そんなことで総括したといえるか。総括を何と心得ている」森はいきり立ち、寺岡不在の間のCC会議で出た寺岡の問題全部を俎上にのせ、長い長い追及がはじまった。一二・一七闘争後の困難な時期に同志を信頼せぬ態度をとり、一時赤軍派の闘いへの乗り移り的路線転換＝永田、坂口のパージを策したこと。交番調査、山岳調査にあたってしばしば悲観的見通しをたてて最後まで粘らず、中途で放棄してしまうこと。女性にたいして蔑視的、下部メンバーにたいして官僚的、組織内で表面修養主義的、禁欲主義的態度を示しつつ実際はそんなでもないこと。……以上の諸点の今日CC内でのあらわれとして、①さまざまな形で自己のヘゲモニーをうちたてようとして「無定見な見解」（赤軍派「理論」への乗り移り）をゴリ押しする。②ブルジョア的人間関係を作ろうとする（森との「私的個人的」関係作りの試み）。③小嶋の件で暴露されたスターリン主義的人間観、テロリズム的組織観、また「しのぎ合い」をブルジョア的「競争」に置き換える傾向。すなわちまさに「新党」が一致して闘わねばならぬ政治的傾向であり、寺岡におけるその体質化である！

寺岡は森の批判をおおむね認めた上で「永田さんと坂口さんが東京に出ていたとき、二人が居なくなればぼくが最高指導者なんだと思ったり、札幌では永田さん坂口さんが逮捕されてしまえばいいと考えたこともあった」と打ち明けた。森と永田は怒り、吉野はこのとき寺岡を一発殴った。

「CC立候補のとき、おまえは「しのぎあっていく」といっていたが、いつも衆に抜きん出て自分が指導者になることを考え、ＣＣのメンバーを競争相手として観察し、つけこみ利用しうる弱点をつかもうとしていたんだろう。われわれ一人ひとりをどう見ていた。ぶちまけてみろ」森は寺岡に「総括として」告白を強制し、寺岡は自分における「分派主義」の一面をみんなの前で正直に出すことが「総括」になるらしいと事態を誤認して、しかしまたそうすることで森の振り回す「総括要求」の不当を内から発き出そうとする衝迫からそれを実行に移した。

「吉野君は自分より下だったので対象外」寺岡はゆっくりと語りだした。坂東・軍事の競争相手と見ていた。山田・当面の自分の競争相手。理論的にしっかりしているようだったが、尾崎らの死体を埋めにいくときあわてたので落ちたと思った（山田は寺岡の顔を見直し、このＣＣ中随一の俗物がいまはじめて命がけで自分を語っていると直感した）。坂口・永田に嬉々としてあるいはイヤイヤながら追随しているが、暴力的総括要求にたいして「人民内部の矛盾だから」と動揺する気持を持ったので落ちたと思った。永田・森が教師、永田は生徒に見えた。競争相手としては軽いと思った。森・倒すのが大変な奴と思っていた。しかし女性関係で弱身があるから（「遠山批判」における動揺、ブレを見よ。あそこに森の私情の卑小さが露出している！　妻子を山に呼ぶと公言しながら、都合が悪くなるとひっこめてしまう。自分の妻子は山の外に安置したうえで、山の内の他人の結婚関係にブルジョア的の何のといいがかりをつけてくるのだから良い度胸だ）そこをつけば倒せると思った。森は寺岡の人物評をききおえたとき、先の「札幌時代、永田と坂口が逮捕されればいいと思った」という告白と、今度の「森打倒」の意欲の表明をあわせ考え、寺岡はわれわれの新党の脅威、和解の余地なき敵であると認識したのであった。

　寺岡は急に立ち上がり「殴ってほしいんだよね。ぼくには殴られることを恐れる気持があるから殴られることによって克服し、総括したい」と申し出た。殴れるものなら殴ってみろと森を挑発している！　少なくとも森はそう受けとった。

「おまえに指示されて殴りはしない。われわれはもっと追及する」森は声をはげまし追及を再開したが、中身は同一内容の繰り返しであって、永田の眼には森が寺岡の不謹慎な「人物評」に気圧《けお》されているようにさえ映り、これでは追及するわれわれの側が行詰ってしまいかねぬと危機感をいだいた。「寺岡の総括要求はもはやＣＣの内だけの問題ではなくなったから全体で追及しよう」と提起、全員が同意したので、永田はその頃泣きだした頼良をあやしていた植垣にみんなを起こすように指示した。植垣がみんなを起こしている間、森は坂口と吉野のあいだに正座して黙っている寺岡をにらみつけ、「いいか、われわれはおまえのような傾向と徹底して闘いぬくぞ」と宣告した。

一月十八日。午前一時頃、兵士メンバー全員がCCと向かい合ってすわった。植垣、青砥、山崎、山本順一、加藤兄弟。金子、大槻、松崎、小林、岡田、山本佑子、頼良。永田は森の指示をうけて寺岡問題の説明に立ち、問題の核心を「分派主義」と規定して、寺岡が旧革左→新党指導部の打ち出した方針に一貫して逆らい独自の間違った方針をもって党内のヘゲモニーを握ろうとよこしまな策動を繰り返してきたと強調した。が、メンバーの反応は鈍く、永田は自分の説明が空回りしだすのがわかった。「どうしてみんな、こんな重大な問題に黙っているのよ」独り地団太踏んで苛立ったが、やはりみんなは黙っている。永田も寺岡もCCであり、いきなりじゃが芋がさつま芋との違いを強調しても、兵士メンバーにとって芋は依然として芋なのである。「みんなよく考えればきっと思い当たるところがあるでしょう。いままで寺岡に指導されてきたと思ったら駄目。寺岡のは指導じゃないんだから」永田は繰り返しまきかえしみんなを自分同様に怒らせようとしたがかなわず、どうしましょうと途方にくれてしまった。すると日頃から物静かで控え目な人物と見えていた坂東が大声をあげ、

「おまえら他人事みたいな顔をしているがなー、寺岡さんはなー、革命を売ろうとしたんだぞ！　それはなー、今までおまえらの指導者だったかもしれん！　しかし今はちがうんだぞ！　寺岡はなー、永田さんや坂口さんを北海道で押しのけようとしたんだぞ！　黙っていてどうする、何とかいえ！」とどなった。これは不意打ちだったから利いた。みんなはびっくりし、それから怒り、ガヤガヤと寺岡批判の語が飛び交いはじめる。被指導部メンバーは旧革命左派の永田のみならず、森の「分身」でもある旧赤軍派の坂東の一声があってはじめて寺岡批判はCC全体の意志と確認できたのである。植垣も「怒らねば」と考え、批判の合唱に加わった。しかし各人の批判は、寺岡の指導が自分勝手で個人主義的だった、被指導部メンバーへの口の利き方が乱暴で官僚的だなどと新味なく一律、一般的なもので、

一方さらに森の指導とCC全体への禁圧されていた不満、反発を寺岡個人への批判・攻撃によって吐き出さんとする性質を帯び、寺岡にたいする「大衆批判」はCC全体への不満の度に正確に比例して刻々激しさを増していく。

「寺岡をそんな隅っこに置いとかないで真ん中に引き出したらどう」大槻がいうと、両脇にすわっていた坂口と吉野は寺岡を被指導部メンバーのほうへ押し出した。「大衆」の手に委ねられた寺岡は小屋の真ん中に引っぱられてゆき、兵士たちのリーダー植垣の前に正座させられた。植垣の背後には森が立ち、まわりをみんなが取り囲んだ。植垣は寺岡の胸倉をつかみ、寺岡のメガネを外して山崎にわたし、「この野郎、ふざけた野郎だ」と顔面、腹部を一発ずつ思い切り殴った。これがキッカケでまわりのみんなが寺岡の頭や顔を激しく殴った。

「おまえは自分中心の新組織を作ろうとしていたようだが、実現すると思ったか」森の追及にコーラスが後続した。「どうなんだ、どうなんだ」「ハッキリこたえろ」「できると思うか」「こたえろ」植垣たちはどなりながら殴った。

「できるとは思わなかった」

「できなかったらどうするつもりだった」

「逃げるつもりだった」寺岡がいうと全員怒って、「この野郎」「ふざけるな」と殴り、ののしり、誰かが頼良にまで殴らせようとした。

「いつ逃げようと思った」

寺岡が「坂東さんと調査に行ったとき」とこたえると、坂東はえ？　と意外、不審、かすかな狼狽を感じた。調査中の寺岡に逃げる気配など絶対になかったからである。それでも実は逃げようと思っていたんだと？

「どうやって逃げようと思った」坂東はこの寺岡にほとんど好奇心みたいなものをいだいた。

「テントで寝ているとき、坂東さんをナイフで殺して逃げようと思った」

森が「どうして坂東を殺して逃げなかったんや」ときくと、寺岡は「坂東さんにはそういうスキがなかった。だから一晩中まんじりともせず考えつづけた」といって坂東の顔を見た。坂東は寺岡のすまなそうな眼差しに耐えられずに顔をそむけ、気持はサーッと退いていってしまった。

「逃げてどこへ行くつもりだった」「叔父さんの家へ行くつもりだった」「逃げたあとどうする。どう生きる」「叔父さんはホテルを経営し、警察の顧問もしている。叔父さんに情報を売り、助かる道を確保するつもりだった」このとき寺岡を囲む輪が一気に縮まり、全員でメチャクチャに殴った。寺岡が倒れぬよう胸倉をつかんでいた植垣まで何発か殴られる始末だった。

「組織を乗っ取ることができていたらどうするつもりだった」「植垣君を使ってM作戦をやり、その金をとるつもりだった」「M作戦をやっても金額はしれているぞ」「商社から金をとるつもりだった」「いくらとるつもりだった」「数千万円とるつもりだった」永田らはますます怒った。寺岡は森に問われるまま、そうするのが「総括」ということらしいと誤って当りをつけ、森の問いの低いレベルに合わせて思いついたしょうもない類型的空想をならべたててみせたにすぎぬ。寺岡はリクエストにこたえて「つもり」を語っているのであって、現実にやったこととして自白しているわけではない。ところが寺岡を責めたてる永田たちは「つもり」の行為のほうが「現にあった」行為よりも現実的に思えてしまう倒錯に陥っていた。ローソクの明りの力を借りた森の巧みな誘導によってである。

「そんなに金をとってどうするつもりだった」「宮殿をつくって女を沢山はべらせ、王様のような生活をするつもりだった」「これまでに女性同志をはべらせたことがあるか」「ない。が、いろんな女性同志と寝ることを夢想する」「誰と寝ることを夢想する」「大槻さんです」大槻が一歩前に進み出て、寺岡の頭を小突くように殴った。「他は」「金子さんです」金子も殴った。寺岡は森の「次は誰や」という問いに岩本→岡田→小林の順でこたえてゆき、指名された彼女らはそのつど進み出て寺岡の頭を殴った。最後に永田の名をあげた時には坂口が進み出てしめくくるように寺岡の頭をボカッとなぐった。

森はつくづくあきれたという口調で「おまえはいったい何を求めて闘争に加わったんや」という。

「革左は小組織であり、すぐ幹部になれると思ったのです」

「おまえにとってはどの組織でもよかったんとちゃうか」

「そうです」寺岡はフーッと息を吐いた。寺岡の理解しえたかぎりで、寺岡の「総括」はこれで終了、出さねばならぬ問題は全部出しきった。しかし森はそう思わなかった。

「おまえは情報を売って助かる道を確保するつもりだといった。今までに権力に情報を売ったことはなかったか」

「ありません」

「ほんとうになかったのか」

「ほんとうにありません」

たちまちコーラスがはじまった。「ほんとうにないのか」「どうなんだ」「隠すな。ほんとうのことをいえ」「ほんとうのことをいえ」……。寺岡は眼を吊り上げて頑強に否認した。話は女をはべらせて王様になるといったヒマな空想を描いたことがあるかどうかではなくて権力との関係の有無というつきつめた現実の問題である。寺岡は欠点の多い人物かもしれないが、とにもかくにも革命を志した人間であり、敵にたいして絶対に譲れぬ一線が内に存在する。ところが今は森も永田も、CCたち兵士たちも、寺岡の内の一線をまったく信じていなかった。寺岡は①永田、坂口を警察に「売ろう」とし、②調査中、坂東を殺して逃げようとしたと認めたが、①②はつまるところ寺岡の一時の「空想」にとどまっており、現実に敢行された行為ではない。しかるに森たちは、①②のごとき悪い「空想」が寺岡の心に一時でも宿ったのだとしたら、それは寺岡が③権力との悪い関係を有している、通敵分子であることを意味するに違いないと決めつけた。寺岡本人は追及を受けて①②を告白したけれども、③は断固否定している以上、森はこれからみんなの前で①②の「空想」が必ず③として現実化することをおのれの思想性を賭けて証明してみせなければならない。森は寺岡を囲む輪の外にいた永田のところへ小走りにきて「寺岡の足にナイフを刺して追及するが、いいな」と確認した。永田は「うん」とうなずいたが、永田の返事を待たずに森は急いで追及の場にもどって植垣に「うしろにまわり、寺岡の両手を持って押さえていろ」と指示、入れ替わって自分が寺岡の前に正座した。

「おまえが六九年九月愛知外相訪ソ訪米阻止闘争で逮捕された時、おまえだけが執行猶予になったなあ。どういうことや」

「わからない」寺岡は首を振った。

「どうなんや」森はこれまでと違う押し殺した声でききく、直後に寺岡の左腿《もも》に細身のナイフを刺した。寺岡がうっと呻き声をあげ上体をよじらせると、植垣はそこまでやるかと驚いたが、一層力をこめて倒れぬよう寺岡の身体を押さえた。

「わからない」

「どうなんや」森は握ったナイフの柄を前後に動かした。

「父が叔父さんに手をまわしたのかもしれないが、そのことはぼくは知らない」寺岡はあくまでも森のききたがっている返事の提供を拒否した。

森は追及の内容をかえ、「おまえ一度、東京へ一人で行ったことがあったなあ。何しに行った」ときいた。昨年十一月下旬、永田、坂口、寺岡が森のアジトでの両派会議をおえて丹沢ベースへもどって行こうという朝、寺岡は永田、坂口と別行動をとるといって先に出、ベースへの帰りもかなり遅れて永田らを心配させたことがあった。森はあとで永田からきいた寺岡のその日の単独行動の気にかかっていた中身を問題にしたのである。

「学生時代のサークルの友人のところへ、カンパをもらいに行った」

「ほんとうにそうか」

「そうです」寺岡は「どうなんだ」「ちゃんとこたえろ」コーラスのなかでしぼり出すような声でこたえた。永田はつらくてみんなの輪の外でしゃがみこんでしまっていたが、寺岡を取りかこむみんなの足の間から正座した寺岡の姿と、すわっているデコボコのシートの窪みに血がたまっているのが見えた。永田はしっかりしなければと自分を叱り、自分もこの追及に加わるべきだと思った。

「あなたあのとき、帰りがバカに遅かったじゃない。どうしてあんなに遅かったの」

「慎重を期して遠回りの電車で帰ったから遅くなったんです」

「ちゃんといいなさいよ。ほんとうにそうなの」

「ほんとうにそうです」寺岡はきっぱりとこたえ、森と永田の追及が寺岡の心身を介してつくりあげようとした

「こたえ」をはねつけた。寺岡への追及はこれで論理上も倫理上も終了のはずだった。寺岡は最後の一線を守り抜き、森と永田は寺岡のかちとった線の外側にポツンと取り残されたのである。

森は寺岡の腿からナイフを抜いて坂東に渡し、「たのむ」とささやいた。森の眼は坂東にとりすがり助けを求めており、こういうとき赤軍派における坂東は思いきって自分を捨てることができる人であり、それで「分身」なのであった。坂東は「この野郎、ほんとうのことをいえ」と叫び、必死の形相で寺岡の左腕の付け根を刺した。それでも寺岡は首を振り、権力との関係を否認した。

森は血まみれの寺岡を見おろし、にらみつけていたが、しばらくすると改まった声で「おまえの行為はこれまでの六人のケースとは異なり反革命といわざるをえない。これまでと違う根本的な総括を緊急にやる必要があるが、おまえにそれを期待することはできぬとわかった。死刑だ」と申しわたした。みんなの輪から「異議なし」と声があがったが、確信ある声とはいえず、たまたま硬いモノにぶつかって別のモノがたてた音に近かった。「声が小さい。どっちなんだ、ハッキリしろ」森がどなるとこんどはみんな大声で「異議なし」と唱和した。このかん寺岡は眼を閉じて何もいわなかった。

森は坂東からアイスピックを受け取って寺岡の前に立て膝ですわり、静かな声で「おまえに死刑を宣告する。最後に言い残すことはないか」といった。

「革命戦士として死ねなかったのが残念です」

森は寺岡のセーター、シャツをまくりあげ、胸をはだけると、「おまえのような奴はスターリンと同じだ」といってアイスピックを心臓部に刺した。アイスピックは「世界革命を裏切った」スターリンが亡命中の反対派首領トロツキーを暗殺したさいに、暗殺実行者ラモン・メルカデルの使用した「刑具」である（と森はまちがって思いこんでいた）。森は「スターリン」寺岡を殺害するのに象徴的にアイスピックを選択し使用したわけだが、当然ながら事は森の空想どおりには進行せず、現実の処刑は執行する側にも気が遠くなるような苦しみ、時間を強いた。森につづいてアイスピック、ナイフを使って死刑執行に加わった者は旧赤軍派から坂東の他兵士二名、旧革左からは兵士一名である。結局アイスピック、ナイフでは絶命させることはできず、首にさらしを巻いてみんなで締め、朝になった七時頃、やっと寺岡を楽にしてやれたのであった。寺岡の遺体は森の指示によりすぐ床下へ運ばれ、そのあと森を除く全員で黙々とシートにたまった大量の血をふきとる作業をおこなった。

朝食後、寺岡の死刑をめぐって総括のCC会議を開き、もっぱら森が雄弁に感激的に語った。「寺岡との闘いはテロリズムとの闘いであり、CCのなかからテロリズムを出したのは共産主義化の闘いが進んだからであり、われわれはすごく高い地平にきているのだ」「実際にナイフで刺すのは大変なことだ」と繰り返しいい、実際にアイスピック、ナイフで刺した旧赤軍派三名の名をあげて高く評価した。その上で森は寺岡との闘争をスターリン主義との決着の試みと位置付ける。森のいう「スターリン主義」とは、世界革命の観点がなくファシズムとの闘いを放棄したこと、それゆえ粛清は不可避であったこと、官僚主義で一貫して集団指導体制をとらなかったこと。その他である。「ひるがえって寺岡はどうか。六人の「敗北死」について、味方内部の〝高次の矛盾〟であるにもかかわらず、それを反革命の死と誤って解したのだが、そうした曲解とそれにともなう間違った言動（小嶋の遺体殴打、遠山に「足を広げろ」）はスターリンの粛清と同根同質であり、寺岡の分派主義、官僚主義もそのままスターリンのミニチュア、漫画版だ」……

旧革左の永田、坂口、吉野は森の寺岡批判に同意したし「スターリン批判」にも特に反対もしなかった。しかし寺岡が「スターリンと同じだ」という森見解には声を揃えて反対した。永田らが寺岡の死刑に同意したのはなにも寺岡＝「スターリン」と考えたからではない。森は熱弁をふるって、寺岡が駄目ならスターリン（主義）も駄目というのが理屈の筋道ではないかと説得にこれ努めたものの、永田らの頭のなかでは寺岡の誤りと森のいう「スターリンの誤り」は、馬と火鉢みたいにどこまでいってもしっくり結びついてくれぬのだ。だいたい森のこのとき口にした「スターリン批判」自体が寺岡処刑という絶好の火事場を得て待ってましたと頬冠りして盗みを働く小人のさもしい姿に似ていないか？

森は夕食後のCC会議で、やむをえず寺岡＝スターリン説を撤回はしないが省略することにして、寺岡の死刑の総括を出し直した。①CCの中から反党反革命分子を出したことは重大であり、自己批判せねばならない。②寺岡との闘争は旧革左時代以来の「分派主義」との闘争であり、この闘いをとおしてこれまでの六名との闘争よりも高い新しい闘争の段階に到達した。日和見主義、敗北主義との闘争（↓「敗北死」）から、分派主義のテロリズムとの闘争（↓「死刑」）へ。永田、坂口、吉野がこれにやっと同意すると、森は永田に全体会議を開いて寺岡の死刑について総括を語れと指示、永田がとまどった顔をするので紙にメモをし、笑いながら「これを見てしゃべれ」とメモを渡した。君たち、スターリン（主義）と闘わなかった連中！　と森は心の中で付け加えた。今後はしっかり闘ってもらうぞ。

夜九時より全体会議。永田は森のメモを手にして寺岡の死刑にたいするCCの総括を説明しようとした。が、永田のスピーチは、森が口にした（いかにも「セクト的」不意打ちと永田たちに感じられた）「寺岡＝スターリン」規定へのわだかまりから、被指導部メンバーには意味のたどりにくいシドロモドロの発言になってしまった。森は永田からメモを取りあげ、代って確信をこめて歯切れよくしゃべった。「……革命戦争が激しくなればなるほど党建設をめぐって分派闘争も厳しいものとなる。寺岡との闘争は六名の問題を反革命として清算することによって、党建設にヘゲモニー争いを持ち込むテロリズムのスターリン主義との闘争である。六名の死で共産主義化の闘いはおわったのでは断じてなく、より高い段階へ不断に発展していくものと深く心得よ」

それから森は全体にたいし、各自が寺岡との闘争にどうかかわったか発言するよう指示した。発言はおおむね寺岡は「官僚主義だった」「自分勝手だった」などと個人批判に終始し、「分派主義」「スターリン主義」にふれたものはなかったが、山本順一のみ「寺岡との闘争をとおしてスターリン主義の問題がよくわかった。中国では劉少奇《りゅうしょうき》との闘争をとおしてスターリン主義を実践的に総括している。ぼくはみんなと違う立場から新党にかかわっていきたい」と寺岡問題を「スターリン主義」と結びつけて語って異彩を放った。ところが森は首をかしげ、「誰よりも毛教条主義の山本君がスターリン主義の問題がよくわかったなどと急にいいだすのはおかしい。どこかに嘘か勘違いがあるんだ。みんなと違う立場というのはどういうことや」と永田にいった。森は永田らにおけるスターリン批判へのためらいのほうが間違っていても旧革左らしく正直だと考え、山本の「みんなとは違う立場」に疑いの目を向けた。

つぎに森は大槻を問題にした。大槻が寺岡の死刑を支持しますと発言すると森はかぶりをふり、「寺岡から寝たい女のトップにあげられたとき、寺岡をちょいと殴ったが、あれで総括できたと思っているのか。あれは総括する態度ではなく女を売り物にする態度だ」と批判した。大槻は目を丸くして驚き、植垣も「どうして」と思った。大槻はメンバー中寺岡の追及→処刑にもっとも真剣にかかわった一人だったからであり、総じて森の大槻に向ける視線に常に何か執拗なフェアでないものがあるのを植垣は改めて感じて不安をおぼえた。森と永田が本当は大槻の何を問題にしているのかよくわからぬゆえの不安である。

最後が山崎だった。山崎が「寺岡との闘争をとおしてセンメツ戦がリアルにわかった」となかなか通り一ぺんでない発言をしたとたん、いきなり斬りこむように森の追及がはじまった。

「それはどういうことや」

山崎があわてた様子で「敵が見えてきたということです」というと、森は不信の念をあらわにし「おまえはどうしていつもと違ってCCからそんなに離れた場所に、身を隠すようにすわっているのか」ときく。

「別に理由はありません」

「寺岡の死刑のとき、みんなの輪のうしろでウロウロしていたのはどうしてか」森だけでなく、他のCCも兵士の多くも、寺岡のときに輪の外で腰を引き顔だけ前に突き出して目玉をグルグル回していた山崎の異様な姿をよくおぼえていた。

「自分の問題が寺岡と似ていたので自分も殺されると思った」

森は急に身を乗り出して強い口調になり、「それはどういうことや。ほんとうにそうか」といった。

「ちがうちがう、それはちがいます。ちがうんです。そういうことでなくて、他人の弱身につけこんで眼鏡ごしに他人を計算して見る傾向が寺岡と似ているということです」山崎はあたふたと弁解したが、森は納得せず、永田らCCの者に向かって小声で「山崎のいったことはちっとも「ちがって」などいない。反対に実に筋がとおっているのだ。「自分も殺される」と思った山崎、寺岡と同じ問題を抱えていると自認し、新党による寺岡の「死刑」を「殺し」一般から峻別できぬ山崎が、センメツ戦がリアルにわかったとか、敵が見えてきたとかいうほうが余程おかしく筋違いではないか。自分の問題が寺岡と似ているので自分も殺されると思ったというのは重大な問題である。山崎はとうとう正体を見せた」という。永田らもなるほど大問題だと思った。

山崎への追及がつづいているとき、前沢がもどってきたので会議は中断、いったん休憩となった。永田は前沢に、当人不在の間におこった寺岡への総括要求→死刑について説明したが、坂東を殺害して逃亡しようと企てたとか、ヘゲモニーをとろうと陰に陽に策動していたとかいうどぎつい話に前沢は非常に驚いていた。上京中前沢なりに考えるところがあり、ベースへもどったら今後はセンメツ戦のみに集中できる新ベースの建設をみんなに提起していこうと心に用意していたのだけれども、永田の話とみんなの様子から、せっかくの決心も一ぺんに崩《くず》折《お》れてしまった。前沢は永田にたいし、寺岡は「官僚的だった」と認め、死刑には異議なしといったものの、表情態度に怒りをあらわすことはなかった。

再開した会議の冒頭、前沢から帰山の遅れた事情の報告があった。カンパ対象者に会うのに日数を要し、帰りに私服に尾《つ》けられまくのに時間がかかった。私服をまくのに苦労したさい車中でナイフを落とし、ナイフを入れた鞘だけがこれこんな風に残った云々。森は私服をどうまいたか、車中でどのようにナイフを落としたか問いただし、前沢のこたえにいささかスッキリしない表情だったが、それ以上は追及しなかった。

坂東と植垣は旧坂東隊の仲間山崎にたいして、森の追及から山崎を防衛せんとする動機から、M闘争の問題を中心に総括を要求した。指摘された山崎の問題は、何でも知ったか振りしてイイ子になっていたこと、自分の運転の任務にだけこだわって失敗の責任を他者に押しつけていたこと、シンパの女性と適切でない関係をもった事実をまだあいまいに誤魔化していること、等々である。山崎はこれらを素直に認めたうえで「ぼくは自分の問題を総括しきらぬまま、南アルプスから榛名ベースへ乗り移りました」と自己批判した。しめくくりに植垣は「ちゃんと自己批判しますとでかい声でいえ」と要求し、山崎はそうした。植垣は同じ要求を大槻にもし、「ちゃんと自己批判します」と大槻は大きな声でそれにこたえた。植垣は山崎と大槻を不信の目で見ている森に向かって、おれは「友人」と「恋人」のそばに立っているぞと態度を表明したのであった。

森は山崎の自己批判に何もいわず、「今日はもうおえよう」と会議を打切った。それから「金子君、大槻君、山崎君には問題がある。早く総括してしまうように」と申しわたし、「もう一人いる。バロン、おまえもそうだ」と付け加えた。金子、大槻、山崎は深刻な顔をしていたが、植垣はハイハイと笑い、プイと土間のほうへ行ってしまった。

山崎順

一月十九日。朝食後、植垣は大槻、岡田らと立ち枯れの木を集めてマキ作りをし、そのさい機会を見つけて大槻に「何とか総括しないとピンチになるぞ。どういっていいかわからないが、とにかく永田さんみたいになれ」と自分の気持を伝えた。

「わかっている」大槻はそれだけいってあとは黙った。大槻の沈黙はハッとするほど暗かった。

「何かあるの。それはいえないことなの」植垣がきくと、

「別に何もないのよ」大槻はいって植垣から離れた。大槻には森と永田がその存在を半ば確信し、植垣も見出しかけているような、まだ誰にも明かしていない彼女にとって何か致命的なものになるかもしれぬ過去の生活がある。大槻が「権力に売った」のはひとり獄中の「元恋人」岡部和久だけではなかった。永田指導部によって処刑された「もうひとりの元恋人」向山茂徳がいまも大槻に憑りつき生きつづけているのだとしたら。

午前中からのCC会議で、森は全体会議での山崎の発言を取りあげて、坂東と植垣の追及は甘いといい、事の核心は山崎の「自分も殺されると思った」という思わずした自白にあるのであって、「山崎は敗北死した六名を〈殺した〉と考えていた点で自分が寺岡と同一であることを暴露した。全体会議でとことんまで追及しなかったのは山崎が寺岡と異なりCCではなく、したがって総括要求して「総括させる」余地があるからや」と語った。山崎の問題とは何か。一言「計算ずくで動く」という内容で概括できよう。たとえば会議での調子のいい発言だ。山崎は会議中永田さんの

ほうばかり見ており、永田さんに依拠、迎合している。井川ベースの整理からもどったとき、永田さんに向かって「岡田さんと結婚したい」などといいだしたのも迎合であり計算であり、山崎の本心だったとはいえない。

「永田さんには山崎のようなタイプは合わぬのではないか」そういって森が手製のウヌボレ鏡を差し出すと、永田は鏡の中に例によってまた山崎のようなドイツ帰りのブルジョアのお坊っちゃまとは「合わぬ」自己の像、共産主義化されたプロレタリアの娘の正しい顔を「発見した」。永田は繰り返しになるが甘い言葉に弱かった。

「たしかに合わない面もある」

「そうやろう。そう思っていたんや」森は満足そうにうなずき、「山崎を呼んで総括を要求しよう」と提起、ただちに山崎をCCのコタツに呼んで追及に取りかかった。

「もう一度きく。自分の問題が寺岡と似ているので自分も殺されると思ったというのはどういうことや」

「今までの自分の活動が認められぬのではないかと思ったからです。寺岡の口にした総括と自分のが似ていたのでそう思ったのです」

「おまえは他人に認めてもらうために活動してきたのか。どうしてそう計算ばかりする」森は山崎の計算欲の表れとみた事柄を細かく列挙して一つひとつ追及し、山崎はつっかえたり考えこんだりすることなくスラスラとこたえていく。永田らには傍らで見ていて山崎を森がなんとか総括させようとあれこれ苦心しているように思えた。

午後一時頃、小屋の外から「岩本さんが帰ってきた。岩本さん一人だ。滝田がいない」という声がきこえた。すると山崎は反射的に「逃げたな」と激しくいって、永田からもらって穿《は》いている黒ズボンの片膝をぐっと立てた。森はこの山崎の一瞬「計算」を度外視し去ったようなふるまいを見せつけられてムッとした顔になり、荒々しい口調で土間近くの板の間に正座しろと命じ、森自身も立ち上って丁度土間にいて何か話し合っていた前沢と青砥に山崎を見はれと指示した。山崎は驚いた顔をしたものの何もいわず指示に従った。

森は山崎以上に驚いている永田らに、「山崎が咄嗟に逃げたなといったのは、本人が不断に逃げることを考えているからで、見過ごせぬ発言だ。山崎の計算の正解が大文字で書く逃亡の二字だったということだ。名古屋で何があったかこれから岩本さんの報告をきこう。その間前沢、青砥両君に山崎をしっかり見はっていてもらう」と説明した。岩本の報告は以下のとおり。……小嶋妹らとの連絡を追求したけれどもうまくいかなかった。どうやってかれらを連れ出すか検討するため喫茶店に入った。話し合いの途中で滝田は急に「これで全部だ」といって持金を出し、「総括要求は正しいと思うがついていけない。したがってここで逃げることにする。逃げればどうされるかよくわかっているが、それでも逃げる」といって店を出て行った。自分は滝田がこちらを試しているのではないかという疑念にとらわれてしまってしばらく身動きとれずにいた。滝田は森さんと電話連絡できなかった時「消耗するなあ」と嘆いていた。自分は遠回りの列車に乗って急いでベースにもどってきた。

森は滝田の逃亡に驚いた、考えられないとしきりにぼやき、「もっとよく人を見なければならない」と自分にいいきかせるようにいった。しかし、そういっただけで、党の危機を引き起こした自分の節穴のような目を謙虚に反省・検討する姿勢は見られず、逆にますます危機の主因を自分の外なる他者に押しつける「厳しい総括要求」の虜になっていく。「滝田の逃亡によって、われわれは逮捕されれば死刑になる状況に入った。権力との攻防関係はいよいよ非和解的となり、文字どおりセンメツ戦によってしか勝利しえぬものとなった。闘いは眼前にあり、勝利のみが生だ」

「ベースを移動する必要があるんじゃないの」永田の意見は極度に能動的でなくロマンチックでもなかった。

「いや、その必要はない。滝田は自分から警察に出頭する気はなかろう。滝田は行けば自分も殺人罪で処罰されることを考える奴だ」森はいった。滝田をかつて「若い頃の自分に似ている」と評価したことのある森は、いまも逃げた滝田の人物への「信頼」をそうした表現で示した。一方永田は、六人を「殺した」という実感を欠いているため、「逮捕されれば死刑」とか「殺人罪で処罰されることを考える」とかいう頭の鋭い「計算」的物言いがよく理解できず不安は消えなかった。

午後二時頃昼食。植垣は正座させられている山崎に「あえて」山崎の分の食事をわたそうとしたが、坂東に眼で制されてやめた。昼食後、森の指示により、植垣は前沢、青砥とともに山崎の監視についた。

ラジオニュースが亡き進藤の「女房」であり旧坂東隊の一員だった小関良子の逮捕を報じると、ベースの状況は一変した。これで坂東、植垣、山崎、進藤夫婦の暮した高崎アジトの捕捉《ほそく》は時間の問題であり、その高崎から榛名ベースは目と鼻の間だった。森、永田らCCは滝田の逃亡とあわせ考え、権力による包囲の危機が切迫しており、早急なベース移動が必要という認識で一致した。三時すぎ、森は山崎を監視中の植垣を呼び出して迦葉山調査の詳しい報告を求めた。「……ベースとして使用できぬことはありませんが、車の出入りが多く、あまりいい所ではありません」植垣がこたえると、森は強い口調で「ベースとして使用できないということか」という。植垣は森の眼を見てたとえ権力に包囲され玉砕することになってもかまわぬと思い定めているようだと判断し、「まったく使用できぬということではありません。雑木の伐採作業がはじまる春までの間なら、使用しようと思えば使用できます」と応じた。「よし、わかった。持場にもどって待て」森はいって、永田らと協議をはじめた。

森らは若干のやりとりのあと、迦葉山方面にベースを建設し、速やかに移動しようと決めた。森は「植垣に小屋の建設計画を立てさせる。一週間位で建設するようにいおう。必要な工具、資材の見積書を出させる。植垣はこういうことには絶対に信頼できるのだ」といって嬉しそうに笑った。早速植垣を呼んで仕事にかかれと指示、植垣は旧革左メンバーに榛名ベースの小屋建設に要したトタンの量などをきき、大槻と岡田に手伝ってもらって床下に置いてある工具類を調べ、購入する必要があるもののリストの作成に大車輪で取り組んだ。

森は永田に「ベース移動のさい山崎を連れていけないのではないか。決意すべきだ」といきなり要求してきて、ちょっとオイオイと永田を驚かせた。他のCCも何をいいだすのかという顔になった。森自身いっていたように山崎はまだ一兵士として総括できる可能性を有しているのであり、そういう者を早急なベース移動の必要という山崎の総括状況とは全く無関係に生じた新事情を持ち出してきて「死刑」にしてしまえというのはいくら切羽詰ったといえ、安易すぎると思われた。永田は少し考えて「移動のさい連れて行けるかどうか調べてみてはどうか。ナイフを突きつけて死刑だといって、山崎のその時の対応をよく見てから、移動に連れて行けるか判断しよう。山崎と私たちに一度チャンスを与えましょう」と一案を示した。森とCCたちは同意する。

森は前沢と青砥に指示して山崎をタンスの横にしばって正座させ、青砥に山崎の髪を切らせた。また山田にたいして、山本佑子と上京し、「黒ヘルグループ」の伊沢らを入山オルグすること、レンタカーを借りてくること、植垣の作成した見積書にそって工具、資材を購入してくることを指示、夕食後山田と山本は出発した。

森は前沢らに山崎のロープをとき、CCのコタツに連れてくるよう指示、コタツをどかしてCCが山崎を取り囲む形ですわった。「おまえを死刑にすることにした。最後にいうことはないか」森は荘重に宣告した。いささか荘重すぎたかもしれない。

「わかりました。先の七名のように醜い顔をしないで死んでいきたい」そういって山崎は涙をひとすじ流した。永田はこれを見て総括できたとはいえぬが、総括しようとしていると思って胸がつまった。森は森で共産主義化への飛躍の目印として総括要求を受けてついに流してしまう「涙」を「気絶」の次位に評価していたから、おっ、いいじゃないかと思った。もしかしたら総括できるのではないか。「死刑だ」森は山崎にナイフを突きつけた。坂東、吉野、坂口もナイフを突きつけた。森、坂東、吉野はニセ死刑であっても断固とした態度でナイフを突きつけていたが、坂口一人、厭で厭でたまらぬという風情を隠そうともせず、ナイフを突きつけるというより、それが一本のヤキイモか何かみたいに単に手に持っていた。永田は坂口のこうした態度を総括させせんとするものではないとみておもしろくなかった。

CCのナイフに囲まれた山崎は「怖い」と一言いってあとは黙った。この永田演出ニセ死刑、格好だけのナイフが創り上げたわざとらしい沈黙はそのままおよそ二十分ばかり続いた。最後に森は山崎に向かって「先の七名のような道を拒否して革命戦士として生き抜くことが必要だ。そのために何がなんでも総括すべきだ」と繰り返しいってきかせ、山崎は「ぼくは寺岡と同様の処分を受けて当然だが、今は革命戦士になりきって生きてゆきたい」とこたえた。ナイフはかき消すようにひっこめられていた。

「死刑に変わりはないけれど、それでも総括に必死になりなさい」永田がしめくくると山崎は「ハイ」と良い返事をしたが、結果からみればこのときのニセ死刑は、山崎に永田が望んだのとは反対の誤った認識を与えてしまったかもしれぬ点で森らと山崎の双方にとって罪深い思いつきだったというしかない。森は山崎を土間の柱のところにしばるよう指示、移動に山崎を連れていけるかどうかは今後の同人の総括ぶりを見て決めようとCC会議で確認した。また今夜中に寺岡の遺体を埋葬すること、夜中の山崎の見はりは小林に担当させることと決めた。旧革左の女性戦士の中心が金子、大槻だったなら、新党の女性戦士のトップはいまや小林である。

夕食後、永田から女性メンバーに風呂わかしの指示。夜十一時、坂口は眠っていた植垣をゆりおこし、寺岡の遺体の埋葬に行くと指示した。坂口、坂東、吉野、植垣は床下へ行き、寺岡の死体を裸にして毛布に包み、担架で車まで運び、死体を荷台に乗せて山本順一の運転で出発、六名の「墓地」である倉淵村へ向かった。

一月二十日。午前七時頃、遺体埋葬隊がベースにもどった。坂口と何人かはわかしておいてもらった廃屋の温泉小屋のドラム缶風呂につかって一息ついた。植垣は小屋に入るとき、柱にしばられてすわっている山崎の姿を見た。すっかり諦めてしまっている様子で足を投げ出し、どこか遠くをながめるような眼をし、それを眠そうな顔の小林が見はっていた。しっかりしてくれよとシュラフの中で歯噛みしたものの、連日の会議、作業の疲れで植垣は失神したようにスーッと眠ってしまった。坂口たちも兵士たちも、山崎と小林以外の全員が熟睡していた。

十時頃、森と永田が起きだした。十一時三十分頃、永田はCCのコタツで『コミンテルン・ドキュメント』を読んでおり、森は土間に行って小林から夜中の山崎の「総括」ぶりについて、小林の観察したところをいろいろきただした。しばらくすると森は永田を土間に呼び、山崎を指さして「あれは計算をすませ、もう大丈夫だませると一服している図だ。見てみろ。あれは全然総括する態度ではない。見はりをした小林さんも問題だといっている」と批難した。永田が見直すと、確かに何か落ち着いてしまって、縛られて厳しく総括を要求されているんだという自覚に欠け、春風駘蕩《たいとう》、のどかにすわっている感じもないではなかった。しかしだからといって総括する態度ではないとまだ断言もできなかった。永田はじっと観察を続けた。すると山崎はフワーッとあたりはばからず大あくびをしてのけた。これはまずかった。永田は非常に狼狽し、駆け込むようにあわてて森の山崎批判に同意すると「これからどうするか決めよう」森はいった。

永田は坂口を起こした。深く眠り続けている坂東、吉野はそのまま寝かせておき、まずPBの三人で山崎への対処を検討することにし、森は坂口に昨夜来の山崎の総括態度を詳しく批判的に説明してから、「われわれはもっと厳しく総括要求する必要がある。殴るだけでなく、アイスピックで足を刺して追及せねばならぬ」といい、永田と坂口を等分に見て「誰がアイスピックを突き刺すか」と問いかけた。

坂口は寺岡のあと再びまた、かつ唐突に「アイスピック」が持ちだされてきたのに驚いたが、驚いただけで、森は今度は誰にやらせるつもりなのかと没主体的に思いをめぐらしただけだった。しかし森は、永田と坂口から顔をそむけ強い口調で「寺岡のときに刺さなかった者がいる。アイスピック、ナイフを使うのと使わぬのとでは大違いだ」と続けていった。「アイスピック」は今突如として、CC坂口の主体を問う難問と化す。すなわち寺岡処刑のとき、CCの中で「使わなかった」者は永田、坂口、山田、吉野の四名であるが、永田は別格、吉野も「CCの中の兵士」という地位なので別、ここで森の批判的に指名した「者」は坂口、山田両名となる。山田は上京中でベースに不在なのだから、つまるところ森はいま寺岡処刑における坂口個人の関わり方の消極性＝「アイスピック」からの遁走を問題にし、今度山崎の追及にあたっては逃げずに断固としてふるまえと注文しているのだった。坂口はこのかん森の主導による暴力的総括要求にたいして関与の質、度合が一貫して消極的、受動的だったけれども、寺岡の死刑を経て、今度こそCCとして自身の関与のあり方を問われ、総括を実践的に求められる位置に立たされた。誰がアイスピックで山崎を突き刺すか？　永田は坂口の袖をつかんで二、三回下に引っぱり、自分が森と同意見であることを伝えた。坂口は権力とのセンメツ戦が自分の死に場所と思いつめていたのであり、あと少しというその手前でこんな「アイスピック」一本のケチなゴタゴタのために死ねるものか、真っ平ごめんであるとこの瞬間強く思った。「ぼくがやる」坂口は棚に置いてあるアイスピックを取りに行く。新党PBの三名は山崎への対処をめぐって、ようやくほぼ意思一致をとげたのであった。

森は山崎の前に立ち、「その態度は何だ。総括する態度ではない」と口を切った。

「そんなことはありません。総括をずっと考えていました」山崎は、森から指摘された「計算して動くこと」「女性問題」について自分なりの総括を語ったあと、早大全共闘の頃のことを感慨深げにふりかえった。「ぼくは早大全共闘における活動をとおして赤軍派への結集の必要を理解したのです」山崎は亡くなった仲間の進藤や行方と同様、革命を志した自分の出発点そのものを根こそぎ清算などできない、「できる」といったら知っていて嘘をつくことになる、少なくとも自分にとってはとハッキリいった。百か、さもなくばゼロというのは言葉としては成り立っても、現実には人間と生の具体の不当な省略・真赤な嘘として働いてしまうだけだ。全共闘運動は百ではなかったがゼロでもなかった。ぼくはそのところから総括し直したい。……

森は山崎のいう「出発点」を激しい口調で「小ブル運動」と全否定し、「そのことを話せば良いと計算したから安心していたのか。現実はおまえの空想に反して絶対に常に百かゼロで中間はないぞ」と断言して、山崎の問題＝「計算」「女性利用」をむしかえし再度追及にかかった。追及しながら森は横にいる坂口のほうを見、何度も目で早く腿を刺せと催促する。永田も苛々と坂口を見上げた。坂口はアイスピックを持った手を背中にまわして山崎の正座の腿をじっと見つめていた。ただ見つめつづけているようだった。森はとうとう追及を中断し、何をモジモジしてるんだとなじるような視線を坂口に向けた。百かゼロではないか。飛躍か真っ逆様の転落か。

坂口は山崎の前に進み出て山崎の左腿をアイスピックで刺した。山崎がウッと呻いて足を引っこめようとしたのでアイスピックははずれて落ちてしまった。坂口は拾い上げてもういちど刺し、こんどは手を放しても刺さったままだった。「アイスピック」の再登場したこの瞬間から、坂東、吉野は起きだしてきて追及に加わり、土間にいた前沢、金子、岩本、小林、山本順一がCCたちの山崎追及のまわりに半円の形で立並んだ。風呂に入りに行っていた大槻、岡田も戻ってくるとそのまま追及に加わった。

「おまえはああいえばこう、こういえばああと全部計算済みのようだな」森は山崎をにらみつけ、「昨夜死刑にするといったのが、実際にそうしようとしたのでなく試したのだとわかっていたのか」

「途中からわかりました」

「それではあの時おまえの流した涙は嘘だったのか」

「嘘でした」山崎がいうと、「許せない」森は大声を出し、以後追及のテーマは一気に山崎における「逃亡」の意思の有無に移っていく。ニセ死刑による森らCCの失敗を、寺岡から連続するホンモノの死刑の無理矢理の執行によってとりつくろってしまおうとする邪念を秘めた「追及」に変わったのであった。

「逃げることを考えていたやろう」「はい」「いつ」「青砥さんがぼくの髪を切ったとき、やさしい声で「総括しろよな」といったので逃がしてくれると思った」寝ていた青砥が「なにーっ」と飛び起きて走ってきて、「おれがそんなことをするか」と山崎を殴る。植垣も起きてきて「総括しろ」と殴った。森は「逃げようと思ったことが前にもあったろう。いってみろ」ときき、山崎はすぐに「バロンといっしょに榛名にくるとき、甲府駅でバロンがそばを食べたので、そのとき逃げようと思った」と語り、植垣は驚いて殴った。「どうやって逃げようと思った」森がきくと「駅から警察に電話してバロンが居るといえば目はそっちの方に移るから、そのスキに逃げようと思った」と山崎。「他に、逃げようと思ったことは」「新ベースに移るとき、警察の前で大声を出せば、指名手配されている者は逃げるから、そのスキに逃げられると思った」「おまえも捕まってわれわれと同じように追及されるぞ」「はじめから縛られていて、そのかんに他の七名は殺されたという」森は山崎の「計算」の迅速さに舌を巻き、この時をもって山崎を新ベースに連れていくことはできぬと最終判断したのであった。一方の山崎は森の押しつけてきた「逃亡」欲をどんどん認めることによって、森と森の主導する共産主義化の闘いの課しつづける「総括」を内側から拒みとおし「自主」を示したといえようか。その意味で山崎はもう「新党」を見捨てていた。

山崎への総括要求はこの日正午前にはじまり、死刑は夕方におわった。寺岡の時と同様、やはりアイスピック、ナイフでは絶命させることができず、困りうろたえた挙句にロープで絞首してやっと殺害している。アイスピック、ナイフに関与した者は、旧赤軍から森、坂東、兵士二名。旧革左から坂口。永田は寺岡の時とは異なって追及の輪の中に入り、アイスピックを握った坂口を激励した。山崎は寺岡と違ってCCではなくて、その人柄も所謂「良い奴」でまわりに脅威をおぼえさせるような性質は皆無だったから、山崎を死刑にいたらせた要因はほとんど全く山崎本人の言動のうちになく、主としてベースをとりまく状況の変化によって森および永田が誤っていだくことになった一メンバーの「裏切り」への誇大な警戒心、敵権力への過剰な恐怖、つまり指導する側の「裏返しの」敗北主義、日和見主義にあったのである。

山崎死刑の総括のCC会議で森はまず、寺岡は指導する側であり、山崎は指導される側だったにもかかわらず、両者の問題は「同質である」と強弁した。第一に山崎は寺岡の死刑のさいに自分も「殺される」と思ったことによって七名を「殺した」と認識していたこと。第二、人の弱点を利用してヘゲモニーをとろうとしたこと。山崎はわれわれの追及によって、新党のCC、兵士たちを「メガネごしに計算して見て」つけこんでゆき、ヘゲモニーとまでいわぬが党内でうまくやろうとし、保身をはかったじぶんの正体をさらけだした。さらに森は、共産主義化の闘いは六名の死でおわったのではなく、反対に六名の「敗北」との闘争の成果に基いて党建設のより高次の地平で永続化（！）されていくこと、寺岡との闘争は六名との闘争の成果を清算するスターリン主義のテロリズムとの闘争であったこと、こうした寺岡との闘争を闘いぬくことによって、じぶんの問題を隠しつづけていた山崎の反党的反革命的傾向を見ぬくことができたこと等を強調した。

「隠すといえば懐中電灯の電池がなくなっているが」森は急にいいだし、「金子さんが隠したに違いない」と断じた。まさかと思って永田が森の顔を見ると、「共産主義化の闘いが進んでいくと総括してない者は普通では考えられないことをするのだ。そんなこともわからぬのでは問題だ」森は苛々といった。

「それなら全体会議のとき、金子さんに直接きくのが正しいんじゃないの」と永田が指摘し、森はそれ以上はいわなかった。

夜八時より全体会議。永田は冒頭「このまえ懐中電灯の電池を隠してしまった人は誰。あのとき赤ちゃんが泣きだしミルクをあげなくてはと、懐中電灯をつけようとしたけれど、どれも電池がなくて大槻さんが電池をさがしてかなりの時間ウロウロしたのだった。誰が電池を隠したの。名乗りでてちょうだい」と呼びかけた。誰も何もいわなかった。そこで永田は「金子さん、電池を管理していたのはあなたでしょう。あなたが隠したんじゃないの。どうなの」

とじかにただした。

「私、知らないわよ。私ではありません」金子がキッパリとこたえたので、もう一度念押しした上でこの問題は片付いたと永田は考えた。森はさんざん金子を疑っておきながら、いざこうして全体会議の場になると何もいわず、永田のスカートのかげに身を隠すのであり、永田は森の他人事みたいな態度に不満だった。

永田が山崎の死刑についてＣＣの総括を報告したあと、森が発言して、共産主義化の闘いの「永続性」をいい、とりわけ六名との闘争に関わっていながら自分の問題を（「電池のように」）隠しているのは犯罪的な傾向であり、そうした傾向とは徹底して闘わねばならぬと強調し、各自にたいし、山崎死刑の総括を求めた。山崎は死の直前に、森の指示でＣＣたち、兵士たちの「人物」について山崎らしい「評価」を語っており、たとえば森は「お人好しだけれど怖かった。が、南アルプスの時みたいにだませると思った」。永田「ぼくに甘い態度を示して時々お菓子やタバコをくれるのでだませると思った」という調子である。これから兵士たちは、最期の山崎が自分たちに下した「評価」に向かってこの私を対決させ、「勝利」してみせなければならない。各自の発言がはじまったが、やはり前回全体会議から引き続き大槻と金子の総括問題が焦点であり、森、永田、さらに兵士仲間から批判を浴びせられることになる。

山崎の大槻評は、「大槻さんはポッチャリしてぼく好みの女だから、岡田（栄子）さんに求愛して自分を純情そうに見せてみんなに信用されたあと、取り入って二号にしようと思った」。これに怒った永田が「植垣君が大槻さんを好きで大槻さんも植垣君を好きなのにどうする気」と追及すると、「大槻さんがバロンを好きになったのはうらやましい。しかしバロンは田舎紳士だから簡単に取り返せると思った」と切り返し、メンバーの爆笑を誘った。

「私が女を売っているという。いわれる。それは寺岡の時や山崎の時みたいに寝る対象になるという形であらわれているのだと思う。自分ではそんなことを意識しないでいるにもかかわらず、結果そうなっていることは、真に革命家として自立していないからだと振り返っています」と大槻は先の森の罵声に近い批判をふりかえり、自己批判を示した。「私は高校生の時、世界史の先生に唯物史観を教わって革命運動への参加を思うようになりました。その先生が私に求婚したのですが、求婚の仕方が私を単に妻としか考えておらず、侮辱的にしか見ていないと知って、これを断って革命家として闘い抜いていこうと思ったのです」

「あなたはまだ総括できていないわね。あなたの話っていつも植垣君宛ての私信じゃないの。植垣君を意識しすぎるのよ。頭がいいからあなたは総括を頭で理解するけれど、これが実践と結びついていないのよ」大槻の言葉はその「意識していない」実践の姿と対比していかにもつねに綺麗事すぎると永田は感じており、その点、小林も同感らしかった。「あなたが総括しなければならないことは、東京から戻ってくるとき私に命令したことよ。あなたは私たちに命令する資格があるの」

「ないと思う。自己批判します。ただ活動歴が古いというだけで先輩面《づら》していました」

すると小林は追及の鉾先《ほこさき》を植垣に向け、「植垣君は今、大槻さんをどう思っているのかきかせて下さい」と迫ってきた。植垣は驚き、困惑し、小林の不意打ちの向うにあるものを思って戦《おのの》いたが、とっさに「総括できていない大槻さんは好きでない」と苦しまぎれにいってしまい、大槻の表情を見てドッと後悔した。共産主義化の闘いが植垣にとっても第一、恋愛は第二である。しかし小林の追及は第一と第二を鋭く対立させ、植垣に後者の放棄を迫ったものであり、「友」山崎の死刑に積極的に関与した植垣は、今や「恋人」大槻の総括問題をとおして、第一と第二の統合を具体的にどう獲得していくか、それがやれなければ第一第二いずれをとるかハッキリさせねばならぬ正念場にさしかかっていた。

このかん発言しないでいた森は、最後に「大槻さんは山崎と同様、計算ずくで総括しようとしている」と一言いって大槻の折角の自己批判もあっさり切り捨てた。

山崎の金子評は、「金子さんは吉野さんの奥さんだから僕には関係なく、どうでもよかった」。金子は静かな口調で「山田さんを榛名湖バス停に迎えに行った時のこと、待っている時間が長くて寒かったため、お腹も空き、バス停近くの食堂、喫茶店に二回入った。非合法を守る上で、ベースの近くでもありまずかった」と自己批判した。

「それは大したことじゃない。今後注意すべきことではあるが」と永田。「それよりも、食事したのは当然だし、出産も近づいているのだから食事は必要だ。問題はそのことを黙っていて、その経験から必要なことを提案しなかったことだ。とりわけ妊娠している人の活動上必要な提案は金子さんがやらなければだめよ」

森はおっかぶせるように「闘争や組織にたいする関わり方が客観主義的、外在的だ。尾崎にさせた決闘にケチをつけた一件をどう総括してるんや」と批判したので、金子は考えこんでしまった。永田は旧革左時代に金子のおこなった「政治ゲリラ闘争」批判、「中国行き」批判等、永田の理解しえた限りで「客観主義的」という森の指摘にあてはまる諸例をあげて問題にし、金子の総括を援助しようとした。金子の対応は「そういわれるとそう思うがハッキリしない」「そういうふうには思い出さない」などとあまりはかばかしいものではなかった。

夜の十一時頃、山田と山本佑子が新来の伊沢信一を連れて戻り、山田はＣＣのコタツのところにきて森に上京中の報告をした。会議は中断、休憩となった。

一月二十一日。会議は深夜に再開、伊沢の自己紹介のあと各自の発言がつづいた。このかんに森は不意にＣＣの者に向かって「金子さんはぼくの方ばかりみている」などと異なことをいいだした。森発言には前段がある。以前ＣＣ会議で吉野が森に問われて金子との出会い、つきあい方を語った。二人は横浜国大コーラス部の活動で知り合い、某日コンパの帰りに酒場に入ったのだが、そのさい女子は金子一人、他は全員男子ばかりだった云々。森はこれを次のように解釈した。金子は男たちを挑発していたのではないか、男どもの中から誰を選ぼうかと計算していたのではないか、吉野を選んだのはつまるところその父がＭ地所の重役だったからではないかと。吉野は驚いて森の粗雑な解釈に反対せんとしたが、森はそうなのだと決めつけ吉野の抗議を封じてしまった。森は寺岡、山崎に押しつけたよこしまな「計算」欲を吉野の思い出話からまた引きだし、こんどは「総括を拒む」金子にこれを押しつけんとしているのであった。「……そういう金子君だから、吉野君からぼくに乗り移っているのだ。山ではもう吉野君には利用価値がない！　凄いソロバンだ。だからこそ吉野君との離婚表明だってお茶の子さいさい、簡単にやれたというわけだ」

本能的に森発言をおかしいと思った永田は、それを否定せんとして金子に「森さんをどう思う」ときいた。金子はあまり深く考えもせず、笑いながら、

「目が可愛いと思う」といった。豪傑である。

「ホレ見ろ。目が可愛いなんていうのは指導者にたいする言葉ではない。まるで子供扱いだ」森は怒った鳥みたいに騒いだ。「計算して吉野君からぼくに乗り移ろうとしているから、金子君はぼくをそう見る。永田さんは物事をそういうふうに考えたことがないので理解できぬのだ」他のCCは森に同調的だったが、永田は同意しなかった。ただ、総括を要求されている者が、総括を要求してくる相手に向かって「目が可愛い」はないだろうとは思った。金子大人《たいじん》にも困ったものである。永田は森ら男たちが中心の金子批判をがまんして黙ってきいているしかなくなった。

「自分の食事を増やそうとせず、外食をしてそのことを黙っていたのは、主婦のように自分の権威を守り、下部の者を支配しようとするからだろう」森がなじると、「下部の者」である加藤兄弟が口々に金子のCCと下部メンバーへの態度の露骨な違いを取りあげて批判した。CCから兵士メンバーへ金子批判がしだいに拡大していったとき、森は吉野に「君も金子君を批判すべきだ」と促し、吉野は決心した様子で金子と向かいあい、総括要求をはじめた。金子との出会いから今日にいたる二人の関係を総ざらいして「共に総括しよう」という主旨らしく、それは長いものだった。まわりの者たちは途中で永田をはじめ次々に眠りこみ、しまいには大槻・金子批判の主宰者森までが寝てしまって、吉野と金子、大槻の他二、三人が起きているだけだった。最後まで起きていた一人である植垣は、よくがんばっている金子と大槻をどうでもいいことで（と植垣は思っていた）長々批難しつづけながら、自分は眠くなると勝手に寝てしまういい気な森らに憤懣をおぼえた。永田は眼をさましたとき森から、吉野が追及の過程で金子に向かって「離婚宣言」したときかされたけれども、それは「総括するぞ」という吉野なりの決意のやや誇大な表現であって、もともと二人に離婚の必要などないと思っていたから、森は評価したらしい吉野の宣言をあまり気に留めなかった。

朝八時、朝食後、迦葉山新ベースの小屋建設の準備にとりかかった。植垣らは山田たちが東京で借りたレンタカーのライトバンのところへ行き、購入してきた資材、工具類を調べ、食料などを小屋に運んだ。そのあと青砥、小林、山本順一は工具類の不足品等を買いに出、他の者は小屋建設のための準備をした。マキ拾いをしていたとき、金子が主婦的だの官僚的だのいう不当な批難をはねかえそうと必死の面持ちで作業に加わってきた。金子の凄まじい気迫は植垣たちの心を打った。

森は新来の伊沢をＣＣのコタツに呼び、入山入軍の決意を改めて求め、いっしょに来ることになっていた服部がどうして来なかったか質した。服部は逃亡し自分は決意したと伊沢がいうと、森は伊沢を評価し、共産主義化の必要を強調して伊沢との話をおえた。

ＣＣ会議。「ベース建設は新党のための建設であり、そのための闘いである」と位置付けた上で、森は当面の方針を示した。ベースの建設は一週間で完了のこと。担い手は植垣、前沢、松崎、岩本、岡田、加藤兄弟。ＣＣから坂東、吉野が加わる。迦葉山新ベース〜榛名ベース間の連絡、荷物の運搬は青砥、山本順一。榛名ベースの荷物の整理は小林、山本佑子。大槻と金子は榛名ベースに残し、総括に専念させる。森、永田、坂口、山田は榛名ベースに残る。さらに新ベース建設隊を①坂東、松崎、山本。②吉野、前沢、岡田、加藤弟。③植垣、青砥、岩本、加藤兄の三グループに分け、まず建設地をさがし決めるために、先に迦葉山調査を担当した松崎を含む①が先発することにした。

永田が「こんどこそ、榛名の四人でしっかりレジュメをかちとろう」と表明して会議は終了。永田はレジュメ作成のため『コミンテルン・ドキュメント』に取り組み、森は改造弾を薬莢に詰める作業に集中した。

夕食後の全体会議で、森は新ベース建設に行くメンバーをグループ別に発表し、①はレンタカーに資材、工具を積み込んで先発し鹿俣《かのまた》沢沿いに小屋建設の場所をさがすこと、②③が後続し、ただちに建設にとりかかることを伝えた。また森は各隊のキャップを集合させ、権力と遭遇したとき使用する銃を各一丁ずつ渡した。永田が「大槻さんと金子さんはベース建設に参加せず、ここに残って総括をやりとげてしまいなさい」と指示すると二人とも落胆はなはだしく、特に大槻はつまらなそうな顔をしていた。植垣はそうした大槻の様子を見ながら、明らかに小屋建設に貢献しうる人材をよくわからぬ理由をかまえて参加させず、それでいて小屋を一週間で建設しろなどといってくる森の無茶なやり方に、なんとも苛立たしい思いがした。

建設隊は明日の出発の準備、ＣＣは昨夜から引き続き金子の総括問題をめぐって話し合った。森は昨夜からのＣＣ、兵士たちによる追及の成果（＝吉野の「あえてした」離婚宣言その他）に立って、金子の問題を（ⅰ）吉野から森への「乗り移り」に明らかな、〈計算〉を専らにする思考・行動、（ⅱ）権威主義的、官僚主義的体質の二点に要約し、吉野に振り返って金子との「同志的結婚関係」の自己点検を求めた。吉野は森の言葉をメモしてしばらく考えてから二人の今日までの生活をかえりみ、「妻」としての金子の問題点を二つの例でもって語った。第一は、吉野が武装闘争に加わっていったとき、金子は当初反対に回ったこと。吉野が十・八羽田闘争に中核派で参加したさいに金子は批判的であり、九・三、四愛知訪ソ訪米阻止闘争のときには「やる」と決意した吉野を最後まで翻意させようと動いた。第二に、性愛生活における金子の一貫した非常な積極性、能動性。革命こそ全て、性愛は従の従なのにもかかわらずだ。この問題は森をはじめとするCCの男どもの間で女性の永田をそっちのけにして変にいかがわしく盛り上がり、そんなことがいったい総括にどんな関係があるのかと、永田をますます森や吉野による金子の総括問題、「離婚」問題議論に対して消極的、むしろ反発的にさせていく。

一月二十二日。午前三時、全員起床。兵士たちは荷物をライトバンのところまで運んだ。そのさい大槻は無理をして一番重いリュックを背負ったため、途中で山の急斜面を滑り落ちてしまい、植垣らがあわてて助け上げた。車にたどり着いたとき、植垣が彼女の服の泥を払い落としながら「大丈夫か」と声をかけると、大槻は笑って「大丈夫」とこたえた。大槻の笑顔は植垣にとってこれが最後になる。

五時、①坂東、松崎が山本順一運転のライトバンで出発。七時三十分、②吉野、前沢、岡田、加藤弟の出発。湖畔からまずバスで高崎へ。ベースを出ていくとき、金子は吉野にたいしあれを持ったかこれを持ったかと話しかけ、しきりに世話を焼いた。これを見ていた森は永田に「あれは女房の態度だ。総括要求されている者の態度ではない」という。まったくおっしゃるとおりであるが、だからといって永田はそう批判的にもなれなかった。八時三十分、③植垣、青砥、岩本、加藤兄の出発。

残ったCC四名はレジュメ作成の準備に入る。森はレジュメ化のため中国プロレタリア文化大革命の資料が必要だと発言し、とりわけプロ文革における「人民内部の武闘」の正確な位置付けを知りたいという。「五～六巻物で中国プロレタリア文化大革命資料集成が出ている筈で、それを手に入れよう」と山田がいって森を喜ばせた。「秋収蜂起から井崗山の闘いとプロ文革のさいの武装闘争がどういう関係になっているか。そういう問題意識で、秋収蜂起から井崗山の闘いをとらえかえす必要がある」という森の示唆を受け、永田は『星火燎原』の読み返しをはじめた。

植垣らはバス停で高崎へ、上越線で沼田へ、沼田からまたバスに乗って迦葉山麓透門部落でおり、そこからしばらく歩いて高手山へ行く林道入口の広場で車のそばにいた坂東、吉野らと合流した。あたりはもう暗くなっていた。坂東らは「雪が深くて十分調査できなかった」といい、ベース建設地の探索は明日からと決めて広場のそばの杉林の中にテントを張った。テントに全員集合して会議をしようとしたとき、山本順一は口癖である「みんなと違う立場」を通すつもりか、一人車中にとどまって参加しない。前沢が押し問答のあげくやっとテントに連れてくると坂東は「明日から闘争だぞ」と山本に注意した。

一月二十三日。朝、金子がシュラフから身体を起こし、いつまでもそのままボーッとしているので、坂口は「どうした」と声をかけた。金子は坂口の方を見ず、何かを棒読みする口調で「高崎の繁華街を歩いていたら、死んだ寺岡君から呼び止められた夢を見た」といった。森はCC会議でここのところの金子を評して、総括を全部放り出しているといったが、半分はあたっていた。夢は森のうるさい追及と吉野の「離婚宣言」が、元気だった妊娠八ヵ月の金子を、山の中でなく外へ、未来でなく過去へ、生きている仲間でなく死んだ仲間のほうへ追いやっていることを知らせ、CCの一員である坂口に警告を発したのかもしれない。坂口は一瞬理解しかけたものの、やはりそれだけのことだった。

森、永田、坂口、山田はレジュメ作りのための読書。小林、伊沢、大槻、金子はマキ拾い、食事作り、洗濯等作業をした。森は途中伊沢をCCのコタツに呼び、センメツ戦を闘いぬく決意を確かめた上で、新ベース建設に加わるよう指示した。伊沢は新党において山本夫妻につづく三人目の運転免許証所有者であった。

夕方、青砥と山本順一が連絡のため迦葉山から戻り、青砥は森に「ベースの建設地を見つけ、作業を開始しました」と報告した。今朝テントをたたんで鹿俣沿いのほとんど廃道になっている林道をさかのぼり、「タンク岩」という大きな岩のそばにテントを四つ張ってそこを新ベース建設の基地とした。坂東、吉野はベース建設地を求めてさらに上流へ、他の者は車まで荷物をとりに行き、正午までに荷物運びは終了、荷物用テントに運び入れた。昼食の用意をしているところへ坂東、吉野が「見つけてきたぞ」と手を振って戻ってきた。……

「それで小屋建設の目処《メド》は立ったのか」森はセカセカと質《ただ》した。昨日榛名を出て今日建設予定地を見つけたこの段階でいきなり現場の作業メンバーに「目処」が立ったかどうかと詰問してくる！　青砥が黙っていると森は「目処も立っていないのにレポで戻ってくるのは問題だ」と文句をつけ、苛立たし気に「思うように進んでいない」と八つ当たりした。青砥は何もいわなかった。青砥は森との付き合いが長くて森の人柄の一面を知り尽くしており、「秘書」役だった者らしく問題を抱えている難しい上司の扱いをよく心得ていた。

青砥が土間のほうに行った後、森は永田らにたいし、ベース建設は新たな闘いの出発点であり、新たな闘いとしてこの建設をやりぬく必要があると強調し、われわれ四人の中から誰か一人新ベースへ行き、ベース建設の体制強化をはかろうではないかと提起して、「君やってくれるか」と坂口の顔を見た。坂口は張り切った様子で大きくうなずいた。

夜十時頃、坂口、山田、青砥、小林は山本佑子運転の車で山崎順の遺体の埋葬に倉淵村十二塚に向かって出発した。

一月二十四日。倉淵村からの帰路、榛名山八合目付近の山道で、山本が居眠り運転により事故を起こし、車を山側の側溝に突っ込んでしまった。みんなで車を引き上げようとしたが駄目で、とりあえず坂口が急ぎ徒歩で小屋へ戻って森、永田に事故の状況を報告することにした。

永田は早起きして湯をわかし、食事を作って坂口らの帰りを待ったが、予定の時刻をまわっても帰らない。七時過ぎ、まわりが明るくなった頃、坂口一人が大汗かいて戻ってきて、森、永田に「目下車を動かせないでいる」と事故の報告をした。山田君らは通りがかりの車の人に援助を求めて引き上げようとしている。当面はなす術《すべ》なく森ら三人が心配していると、一時間ほどして山田、青砥、山本佑子が戻り、山田は「小林さんが車の番をしている。自力では車の引き上げは無理だから、レッカー車で引き上げてもらうしかない。ぼくが高崎へ頼みに行く」と対策を示し、森は同意して伊沢といっしょに行くよう指示した。食事後二人はただちに出発した。

昼過ぎ小林が戻って報告。車はレッカー車で引き上げ、故障があったので山田と伊沢が修理のため高崎へ行ったと伝えた。なお修理がおわるのを待つ間、山田と伊沢は山田の判断で市内の銭湯に入って時間をつぶしたが、これが後に山田への総括要求の発端となる。

夕方遅くに、直したピカピカの車で涼しい顔した山田と伊沢が戻ってきた。夕食後、CC会議。森は迦葉山の地図を広げ、ベースの付近を見ながら、出入りのルートを二ヵ所切り開く必要があり、独自に道をつけるのだから、バス、汽車に接続するまでの間を結ぶ車が二、三台必要だと強調して、山田に「Kのグループから車のカンパを得られないか」と訊く。「何とか得られるかもしれないが要求が大きすぎないか」山田は森としばらく協議して、車のカンパを要請しようと一決、永田、坂口も了解した。「中国のプロ文革における人民内部の武闘の位置づけを早く知りたい。車の必要もあるから、本の購入もいっしょになるべく早く上京しよう」山田は意気込んでいった。

坂口、伊沢、山本順一は迦葉山行きの準備。天ぷらをたくさん作ってベース建設メンバーに持って行くことにし、大槻、金子が天ぷらを揚げたが、そのさい金子がこぼれた油で手に火傷《やけど》した。永田はコタツに入ったまま「水に浸けて冷やしておきなさい」と御座なりの声をかけただけだった。この冷淡さは、森からうるさく批判されていた下から主義、仲良し主義を克服せんとする永田のこのかんのたゆまぬ「努力」の一「成果」ともいえようか。

一月二十五日。午前零時過ぎ、坂口、青砥、伊沢は山本順一運転の車で迦葉山ベースへ出発した。数時間後、終点の鹿俣沢沿い林道入口まであと少しというところで、山本は車を崖になっている路肩にぶっつけてしまい、この肝心のとき、坂口にとっては昨日に引き続き今度は夫のほうの山本の屁間による事故に巻き込まれる破目に陥った。エンジンを何回かふかしても動かぬので、四人は車からおりて引き上げにかかったがせーのと二回、三回挑んでもやはり駄目で、夜の明けかけた雪の林道で、坂口はどうしようか？　と三人の顔を見まわした。すると山本が、

「車をいつまでもこんなところへ置いておくと見つかったとき怪しまれるから、車が停まっていても不自然でないもっと下のほうに運んでおこう」などと辻褄の合わぬことをいいだした。

「われわれ四人で目下のところどうしても動かせない車を、どうやって下のほうに運ぶのか。運べるのか。運べないから車はまだここにあるんだ」坂口は車はとりあえずここに置いておき、もう少しがんばって、どうしてもわれわれだけで引き上げられなかったら坂東君らのところに行って応援を頼もうと提案した。それしかないと青砥はいい、伊沢も同意の態度をとったが、山本は下の駐車しているのが自然なほうへもって行くのだと議論のための議論を閑人のように繰り返すので、とうとう坂口がどなりとばして黙らせるしかなくなった。坂口らはさらに何回か引き上げを試みたあと（山本はどなられるとヘソを曲げ、手伝わずに引き上げを見物していた）、車をその場に置き、坂東らの力を借りにかれらがテントを張っている「タンク岩」に向かって小走りに走った。坂口は道々、山本が何かというと口にする「みんなとは違う立場」というのがこれなんだと思い、憤りを新たにした。……

朝、ふだん誰よりも早起きの大槻が今朝はなかなか起きてこない。注意されてやっと起きだしたものの、ボーッとしており朝食もほとんど食べなかった。朝食のあと、大槻は「夕べ夢を見た。変な夢だった」といい、何か大事なことに気づいたという顔をしたが、森はガミガミと「そんなことをいってないで早く総括しろ」ととりあわなかった。

大槻は小林、山本佑子と沢へ洗濯に出て行った。

八時頃、山田は上京した。永田は午前中いっぱい『コミンテルン・ドキュメント』『星火燎原』に取り組んでせわしくメモをとった。レジュメ化を急がねばと思いつつも、寺岡処刑の総括の過程で生じた「スターリン主義」問題をめぐる森との間の食い違いが障害となって永田をほがらかに問題の解決＝「反米愛国路線」の止揚のほうへ向かわせてくれぬのであった。永田は中断したままになっている赤軍派の歴史的総括の再開を促し、せめてそれだけでもレジュメ化すべきだと主張したが、森は顔をしかめ返事をしなかった。

正午頃、小林はそっと永田を呼び、真剣な眼をして「大槻さんが自分が何で総括を要求されるのかわからないといって泣いている。何でなの?」と問うてきた。永田は小林の正面切った問いかけにたじろいだ。森がこうまでしつこく大槻と金子を問題にする根本のモチーフが永田にももう一つわからなかったからである。しかしながら永田には、大槻も金子も問われている総括を未だなし得ていないという批判的見方が一方にあるのだ。大槻は何故、敵対分子向山との関係について、ハッキリした自己批判を示さないのか、示せないのか。金子は吉野との「離婚」をいいたてるが、それはつまるところ山での出産、子育てという困難な、しかし取り組み甲斐ある課題の放棄であり闘いからの逃亡ではないか。……永田は小林に「そんな泣いているヒマがあったら、一心に総括を考えなければ駄目だ」とだけいって虚勢を張り、小林の問いの中の永田をたじろがせる一面からは顔をそむけた。小林はわかったようなわからぬような表情になって小屋を出て行った。

森は永田から小林の伝えた大槻の現状をきかされて非常に怒り、「今頃そんなことをいってるようじゃ、全然何もわかってないではないか」今ここでの「わからない」発言はもはや単なる無知、怠慢とはいえず、指導部の指導と共産主義化の闘いにたいする敵対の表明に等しいと断定し、「懐中電灯の電池を隠したのは大槻君じゃないか」などといいだした。永田が当惑して黙っていると、「大槻君の荷物を調べてみろ」命令口調でいい、永田は調べたが、電池などなかった。森は面白くなさそうな顔をしてこんどはイライラと「金子君の荷物にはタオルやさらしが沢山入っているのではないか」と口走った。

「どうしてそう思うの」

「みんなに黙って子供の出産に備えているに違いない」

「それはそれでいいじゃないの」

「共産主義化の地平ではそういうことはよくない」

なるほどと永田は立ち止った。金子のお腹の子供は金子個人の私物ではなく、新党の私たちみんなが所有する未来の光、明るい希望そのものである。森は永田が黙ると「金子君の荷物を調べてみろ」と指示、永田が金子の荷物を調べたが、出産に関する本とメモ帳だけで、森らに黙って陰険に出産してしまうための計画、暗い用意など全然なかった。

「そんなはずはない。どこかに隠しているはずや」

「これ以上の荷物調べは必要ないんじゃないの。そこまでいうなら森さん自身が調べたらいいでしょ」永田の語気の強さに森は「わかった」と鉾を収め、それ以上いわなかった。

夕食後、森は永田に「大槻君、金子君は八名の死を経てきているのにまだ総括しておらず、大いに問題だ。ベース建設に参加させなかったのも総括に集中させるためだったが、丸三日たったのに総括しようというかすかな気組みすら見られない。永田さんが二人に対して甘すぎた。これから両君の総括を心してきこう」と改まった口調でいう。永田は同意して小林、山本佑子、大槻、金子に会議をするからと伝えた。とたんに小林と山本は顔を見合わせ嫌そうな顔をしたが、それでもすぐCCのコタツにきた。大槻と金子は非常に来にくそうで、もう一度呼ばれるまで土間で何となく探し物でもするみたいにウロウロしていた。

森は大槻に今朝口にしていた「夢」のことを訊いた。変な夢を見た（見せられた）ショックで朝なかなか起きられず、こんなことでは総括できぬと思って自分をはかなんだと大槻はいった。夢というのが、どこかの駅でトイレに入ったら、そこが汚いので入るのをやめ、別のもっときれいなところに入った、そのせっかく入ったときの気分が反対に変に苦しいのが案外で気持悪いのだった。大槻は「この夢は私のブルジョア性が露呈したものだった。自己批判します」と総括した。

「そんなものが総括か」森は大声を出した。森は直感的に、この「優等生」この「先生のお気に入り」は、革命のため新党われわれのため今おもてに出さねばならぬものを隠している、それを出さずに済ませるためどうでもいい「夢」話をデッチ上げたのだと見た。われわれに対して隠しぬこうと決意しているその何かをはっきりさせなければならない。森は大槻の問題を一つひとつ取りあげて追及をはじめた。高校時代の先生の求婚、六〇年安保の敗北の文学好み、岡部、向山との関係、パンタロン、美容院でのカット、その他いろいろ。きいていて永田はもうウンザリし、どうしてこんなこまごましたことを繰り返しきくのか、これで総括させることにほんとうになるのかと痛切に思った。永田は森と違って、大槻の語る事実と感想をいつも額面通りに受けとり、それらが実は肝心要めの「真実」を隠すための「煙幕」だなんどと闇雲に思い込んでしまったことなぞ一ぺんもないのだ。今も大槻は出された問題の一つひとつにていねいにこたえていく。先生の求婚は自分が「少女趣味」だったから。敗北の文学が好きなだけでは駄目、何故敗北したか考えねばならぬと思う。岡部にとって自分は「可愛い女」でしかなかった。向山の下山は許されぬ背反であり、処刑は当然だ。パンタロン、カットの件は反省しており、以後ずっとゴムの入ったズボンをはいている。森の長い追及の途中小林と山本が船を漕ぎだしたので、永田は就寝を許可、二人はすぐ自分のシュラフにもぐりこんだ。

森の追及は金子に移った。が、中身はこれまでの繰り返しで、金子のほうも首をかしげて「わからない」「わからない」と繰り返すばかりの単調なやりとりがつづく。すると森は急に声を高くして「総じて君は永田さんに反発し、男を利用して自分の地位を確立しようとしている」などといい放ち、金子だけでなく永田の首もかしげさせた。「違います。永田さんに反発することなどないし男を利用しようとたくらんだこともありません」金子はキッパリと反論し、永田も「私に反発するなどと感じない」といいそえた。森は「そんなことはない。そうなのだ」と虫のいる子みたいに焦《じ》れたが、それ以上はいわなかった。

追及の途中で沢の下のほうからドーンと長く尾を引く音がきこえてきた。「銃声ではないか」森はあわただしく小屋を飛び出して行き、コタツには追及側＝永田と被追及側＝大槻、金子がそれぞれ宙ぶらりんの気持を抱えたまま取り残された。三人とも森が戻ってくるまでのあいだ目を合わせず、口も利くことなく、ただじっと身体を固くしていた。このかんに永田は、森が被総括要求者にたいしてなぜあんなに馬鹿げて強い猜疑心、警戒心を抱き、何かというと暴力をほとんど乱用しまくりロープ、猿ぐつわを持ちだしたがるのか、わが身に即してほんの少し理解できた気がした。森が出て行ったとたん永田は一瞬であるが、眼前の親しい同志仲間の筈だった大槻と金子が襲いかかってくるのではないか、逃げだすのではないかと大きな恐怖にとらえられたのである。もちろん錯覚だったのだけれども、このときおぼえた恐怖の念は深く心に刻み込まれて永田の思考・行動の範囲を一層狭く限ってしまい、大槻・金子の「総括」に関して後々まで悔いを残すことになる。

「何でもなかった」大分たって戻った森は改めて「八名の死を経てきたのだから、それでも総括せずにいるというのは大変な事態なのだ」と繰り返しいい、大槻への追及を再開した。大槻は深刻な顔をして「いっておかなければならないことがあります」と語りはじめた。「共同軍事訓練の帰りに第四の小屋に泊まり、翌朝川に下りて顔を洗っていたら植垣君がきた。植垣君はまわりの景色のことをいいだした。明け方、眠っていた私に植垣君はキスしたのだけれど、いわれて景色を見わたしたとき、生まれ変わったような気持ちになれました。私を大事に考えてくれる植垣君とともにやり直し、ほんとうの革命戦士になろうと思ったのです」

「そんなことは総括とは関係ない。もっと自分の総括を必死になって考えなさい」永田は大槻の長引きそうな「恋の告白」を猛然とさえぎった。この人はほんとうに語らねばならぬことを語ろうとしていないと直感したからであり、その点で森も同感だった。「優等生」大槻は植垣をダシに使ったな、使われるほうも悪いがと森は考え、不意に、

「向山の下山をどう思う」ときいた。

「私たちの闘いに敵対するものだ」

「ところがその向山に会ったな」

大槻は反射的に、崖っぷちに立たされた人間が深い谷の底を見下ろすようにしてうなずいた。

「どうして会った」

「どうして下山したのかききたかったし、下山の誤りを説き、また活動できるようにさせたかったからです」

「向山はどうした」

「ぼくはもう活動しないとハッキリいった」永田は衝撃を受け、眼前の大槻が見も知らぬ別人に思えた。あのように下山して仲間を裏切った向山に会ったこと自体永田には考えられぬことであり、しかもそのことを今の今まで黙って永田らに隠していたのである。

「向山がもう活動しないといったのにたいし、どうしたのか」

「訣別を決意した」

「それだけか」

「最後だということで向山と寝た」

永田は動転して「どうしてそんなことをしたの」とどなった。「そんな男とそんなことをしたら、いったいどうやって非合法を守るの」

大槻は首を振り、「寝ている間、私は活動していくということしかいわなかった」という。永田の動転はおさまらず、永田には大槻が心身ともに非常に汚らしく見えた。森の大槻追及はさらにつづいた。……

この日、迦葉山ベースでは、作業終了後の全体会議において、山本順一が車の事故をめぐって集中的に批判を浴びて問題の人と化した。CCの坂口、坂東、吉野は協議の上、山本への対処について森の指示を仰ぐことに決めた。

一月二十六日。夜が明けた頃、大槻への追及をおわらせた森は、「大槻と金子を縛るべきではないか。縛る以外ない」といった。かつて金子は「革命戦士としての自立」を求めて妊娠を「受難」、胎内の子を重荷と感じ、「夫」吉野との離婚を公言したりしたものの、永田の批判、森の追及に直面して、胎児の母、吉野の妻たる自己を翻って全肯定し、吉野に「ついていく」と結論を出した。ところが森は「総括の放棄」とこれを決めつけたのである。「金子はちっとも総括しないが、子供がお腹にいるから厳しく総括要求されたり縛られたりはないと高を括っているためだ。これは子供の私物化であり、新党と指導部への敵対、反抗である」。大槻については、八名の死を経てきたのにもかかわらず、今まで下山した向山と会って寝たことを隠していたが大変なことだ。間違っていたというだけでは総括にならぬ。

永田は森の両名に対する批判に同意したけれども、縛ることには同意できなかった。大槻は間違ったことをしたが、それを明瞭に口にしたこと自体総括せんとしている表れであろうし、金子はとにかく妊娠八ヵ月の身だ。永田が同意できずにいると、森は縛るが両名に相応の配慮はすると繰り返し説き、そういうことならとようやく承知させた。起きだしてきた小林と山本佑子は永田から大槻、金子を縛ること、縛る理由をきかされて驚いていた。森はマゴマゴしている永田らに適宜指示を与えつつ、大槻をタンスの前に、金子をタンスの横に、それぞれ少しの「配慮」付で縛った。

朝食後、永田は森に「金子たちの食事はどうする」ときく。

「金子にはミルクをやろう」

永田が「大槻は総括しようとしているから大槻にもやろう」というと、「それはいいが金子は縛られても総括しようとせずにいる。問題である。タンスに寄りかかれるよう配慮しても、そうしているわけではないのだから柱にしばろう。このほうがストーブに近いしかえって楽かもしれない」と森は金子への配慮に若干の変更を加えようと提起、永田は変更の具合の微妙さに引きずられて同意した。「二人にはぼくがミルクをのます」森はコップ一杯のミルクをはじめに大槻にのませた。大槻は眼を閉じて静かにのむ。次に金子にのませたが、金子は一気にのんだ。森はコタツに戻ると怒りをあらわにし、「大槻は総括しようとする態度だが、金子はそうではない。ミルクをのませるのは当り前という態度であり、ガツガツのみ、コップの底にあったミルクの固まりまでのもうとした。金子には当面食事を与えないことにする」といった。ミルクの飲み方だけで総括しようとしてるかどうか決めてしまうのはどうなのかと永田は思ったが、金子の態度が総括しようとしているとはいえぬという点では納得し、森の食事禁止案を黙認した。しかしながら、金子に食事の当面禁止を課すことは、金子の胎内の小さな生命＝吉野と金子の「私物」でなく「組織の子」であって、森自身が「社会主義建設の芽」とすら考えている大事な存在に対し、栄養の供給を不当に遮断することでもある。金子に厳しく総括要求すれば胎内の「組織の子」は確実に衰弱していくのであり、かといって総括の条件を緩和すれば、頑な金子は総括せず、ただの女房、ただのお袋でとおすつもりでいるから、「組織の子」は確実に金子の身を守る「私物」にされてしまうであろう。どうしたらいい。森はままならぬ金子の出産間近の大きな腹、生けるディレンマに恨みがましい視線を向けた。

午前十時頃、坂口、青砥、伊沢が戻ってきた。三人とも、縛られた大槻、金子の姿にショックを受け、これを見て坂口は迦葉山の山本順一についても覚悟が必要になるかと気持を引き締めた。坂口はCCのコタツのところに行き、森と永田に「大変なことが起こった」といって山本の問題を報告した。昨日の朝、山本が迦葉ベースに着いたところで事故を起こしたが自己批判を拒否、坂口による批判に「よくない態度」をとったため、夜の全体会議で山本の最近多すぎる事故を取りあげ総括を要求した。山本は「他のことに気を取られて事故を起こしてしまう」といって事故の主因を「他のこと」に転嫁し、事実上、やはりまた自己批判的総括を拒んだ。そこで改めてそもそもこれまでの八人との闘争をどう考えどう受けとめているかとただすと、「山崎の死刑のとき足を押さえたが、物理的に手伝っただけだ」「ＣＣの決定に従ってきただけだ。これからもそうする」などと放言し、黙りこんでしまった。そのあと正座させたが「山に来るべきでなかった」といって泣く。そういう状態だから、運転は伊沢にやってもらうことにした。今は山本を作業から外し、指導部テントに正座させ様子を見ている。……

「殴って縛るべきだ」森はいって「なぁー」と永田の顔を見た。永田はせわしく同意し、坂口に「逃亡できないようにちゃんとしてあるの」ときくと、「坂東君、吉野君が両脇について見はっている」という。森は「坂東がついているから大丈夫だろうが、早く戻って縛るべきだ」といい、坂口も了解した。森は腕組みをしうなずきながら「山本が寺岡の死刑のあとスターリン問題がわかったなどといいだしたのはおかしいと思っていた。そういえば山本は中国について語っても、自分の問題を語ったことはなかったな」と振りかえった。

永田は大槻、金子にたいする総括要求、制縛の経緯を説明した。坂口は金子がなぜ縛られたのかよく理解できず、大槻については大変なことを告白したものだと思っただけで、特に感想も意見も口にしなかった。森は永田、坂口に、榛名―迦葉間のレポ役を青砥から小林に交代すること、坂口は速やかに伊沢、小林と迦葉山へ戻り、今後は坂口が新ベース建設の指揮をとること、ベースの建設を急ぎ、あわせて大槻、金子、山本の総括をみんなでかちとる必要があること等語り、両人とも同意した。坂口は小林、伊沢に指示して荷物をリュックに詰めるなど出発の準備にとりかかり、青砥が手伝った。山本佑子は昼食用に汁粉《しるこ》を作っていたが、永田は山本に、ゆでたあずきを迦葉山へ持って行けるようにしておいて頂戴と声をかけた。

「今の私ではダメだということですか。総括をきいて下さい」土間の柱に縛られている金子の怒りにみちた元コーラス部員の美しい声が小屋いっぱいにひびきわたった。森は「その必要はない」とどなりかえし、永田と坂口に憤懣やる方ない様子で「今の私じゃダメということですかと永田さんにたいしてでなく、ぼくに反抗的にいった。これは決して永田さんにはいわない言葉だ。全く総括しようとしていない」と吐き捨てた。永田には森の大層な怒りが今一つ意味不明だったけれども、金子の態度はなるほど総括せんとするものではないかもしれぬと感じた。

汁粉ができたときいたとき、永田は「大槻は総括しようとしているからお汁粉を与え、そのあと総括をきこう」といい、森は「金子には与えない」と念を押してから同意した。「こんどは私がやる」と永田は大槻のところへ行き、スプーンで少しずつ食べさせた。大槻は目をつぶってゆっくりと噛んで食べ、しかしながら食べおわると「ごちそうさまでした」と御礼をいい、その他人行儀が「同志的援助」のつもりでいる永田をいささかとまどわせた。

「あなたは総括しようとしていると私たちは思っている。お汁粉もしっかり総括してもらうためよ」永田はそういって大槻に総括を語れと指示し、森も永田の傍らに立って話をきく態勢になった。

「私は日和見主義者であることがわかりました」大槻は七〇年十・二一における大衆的ゲリラ闘争のさいに火炎ビンを用意、投げろとオルグもしたが、自分で投げるつもりはなく、そういう自分を見つめたこともなかったというのである。

「そんなものは総括ではない。向山のことをまずハッキリさせるべきだ」森はいってサッと離れていく。

「それで」永田は先を促した。

「向山は私たちに敵対したのです。私は女性の自立のためにがんばってきました」

永田もこれでは総括したといえないと思った。これが総括では「向山」も「女性の自立」も双方あまりに可哀相ではないか。「八人との闘争を考えてしっかり総括しなさい。総括できるかできないかは百かゼロなのだから、もっと必死になってほしい」永田はいってCCのコタツに戻った。以後は大槻に食事を与えることも総括をきくこともなくなった。……

夜七時頃、坂口は小林、伊沢と迦葉山ベースに到着、坂東、吉野に声をかけて三人で別のテントに移り、森の指示と大槻、金子を縛った榛名ベースの状況を報告した上、CCとして山本への対処について意思一致をおこない、断固とした対処を申し合わせた。ただちに指導部テントにメンバー全員を集合させ、山本の正面に正座した坂東が「今日一日何を考えていた。総括しろ」といって顔面を思い切り殴り、暴力的総括要求を開始した。CCたちの後は兵士たち全員で嵐が速度と勢いを増しながら通り過ぎていくように殴り、叫び、ののしり、責め立て、泣いて謝る山本を容赦なく扱った。殴りおえると坂口の指示で、植垣が山本を別のテントに引きずって行き、毛布を敷いた上にうつぶせに寝かせて逆エビ型に縛った。

植垣が指導部テントに戻ると、待っていた坂口は榛名ベースの大槻と金子の総括状況に関して詳しい報告をおこなった。当事者の「恋人」である植垣は息を詰めて坂口の言葉にきき入った。「……二人とも総括していると認めることはできなかった。大槻は向山の件、金子はお腹の子供をタテにとった総括放棄。それで総括に集中してもらうために縛った」云々。みんな「異議なし」と唱和した中で、一人植垣だけがそれに加われなかった。

坂口は鋭い口調で「植垣。大槻は全部話したぞ。総括しろ」といい、避けて通れぬその時がきていることを植垣に教えた。こたえられず黙っているとみんなが注目しはじめ、「何を黙っている」「どうした」「らしくないぞ」と態度の決定を迫ってくる。なんとしても共産主義化か大槻かという二者択一の罠だけは迂回できなければならないと植垣は考えた。苦しまぎれに先のチカン自己批判をそのままもってきて「女性を女としか見てこなかった女性蔑視を自己批判します」といいやり過ごそうとしたのだが、「そんな簡単な話か。植垣君は相手の気持を無視している。大槻さんの気持に対して一言、自分自身の言葉はないのか」と岡田に突っ込まれると、また長々と考えこんでしまった。

「明日また作業があるから今日はこれでおわる。寝てくれ」坂口は植垣が考えこみ、こたえられなくなると、森、永田とは全く違って追及をやめ、会議を打ち切った。兵士たちもそれが当然というように立ち上り、それぞれ自分のテントへ散ってゆき、坂口らCCは山本の見はりを決めるため出て行った。一人指導部テントに残った植垣は、大槻が縛られた以上、また総括をみんなにしっかり示せなかった以上、自分だったら同じことをした他人をきっと縛るのだから、自分も縛られるべきだと筋道立てて考え、そのまま正座をつづけた。しばらくたって戻ってきた坂東が「バロン、明日の作業があるからもう寝ろ」と指示、植垣は指導部のテントで寝ることにしたが、一晩中、「全部」というが大槻はどこまで話したのか、これから自分はどうしたらいいかなど色々思うところがあり、ほとんど眠れなかった。

一月二十七日。朝食後、植垣は指導部テントで正座をつづけ、みんなが作業に出て行ったあとも一人テントにとどまった。坂口は大槻との関係の問題点をあげて植垣に総括を要求したけれども、だからといってその坂口も仲間のみんなも、植垣に総括として正座を課したりなどしなかった。植垣は余人をもって代え難いベース建設の優れた現場指揮者であって、その植垣の今あえてする正座の続行―作業不参加は、大槻との間で生じた問題のまじめな自己批判にとどまらず、むしろ一種の「ストライキ」というか、何者かへの抗議の意味を帯びてしまい、時間の経過とともに植垣と坂口ら双方にとって困った事態になることがわかってくる。実際問題として植垣の指揮がないと工事は先へ進まぬので、これはまずかった。坂口と坂東は植垣に感心すぎる正座＝「ストライキ」をやめさせて作業指揮の任務に復帰させた。植垣は「自分の総括としてベース建設に取り組みます」と改めて決意を表明し、丸一日特に小屋建設の危険な個所は全て自分で引き受けるなど必死に作業に集中した。

榛名ベースではベース移動の準備がはじまった。正午頃、小林と伊沢が到着、小林は森と永田に山本を殴って縛ったこと、ベース建設の現況を報告した。「小屋ができていなくても迦葉山ベースへ行くことにしよう」森は永田に対し「ぼくと永田さんの連名で坂口君に手紙を出す。①山本への総括要求をしっかりやる。②こっちでも大槻、金子の総括要求をしっかりやっている。③一月二十八日に迦葉山へ移動したい。大槻と金子を連れて行くが、移動の間の安全を期し、その日なるべく早い時間に坂口、坂東両君はこちらへきてほしい。内容は以上だ」といった。永田が同意すると、森は時間をかけて手紙を書いて小林にわたしたが、実際に書き上げた手紙には永田にはいわず後で知らせることもしなかった「小屋に銃眼を作っておくこと」という項目④が加わっていた。小林と伊沢は青砥に手伝ってもらって車に小屋の荷物を積み込み、夕方になる前に出発していった。

「大変なことが起こった」森は永田に、山田と伊沢が車の修理を待つ間高崎市内の銭湯に入ったことを伝えた。高崎市は先の赤軍派中央軍小関良子の逮捕によって、いまや権力との対決の最前線の地となっている。そういうところでこの時期ちょいと一杯ひとっ風呂とはずいぶんな話だと永田は首をかしげた。「山田君に総括を要求しなければならない」森はいい、永田もそう思った。

夜八時頃、大槻と金子を少し離れたところから観察していた森が永田のそばにきて、小声で「金子は全く総括しようとしていない。あくまで総括要求していくが、われわれは金子が子供を私物化していることを許してはならず、それと闘わねばならぬ。そのためには子供をわれわれの側に実力奪還することを考えねばならぬ」と永田に決意を求めた。永田はそうだ、金子による子供の私物化を許してはならないと思った。森は永田の顔を見直し「奪還するとは、われわれの手で開腹して子供をとりだすということだよ。そこまで考える必要があるとぼくはいうのだ」と注意、永田はこれで森の提起を理解したが動転せざるを得なかった。そうか、そこまで考えねばならぬのか。八人の死を経てきた今、金子にだけ総括を免除するわけにはいかない以上、子供をとりだす決意をして金子に総括を要求していくこと、それが子供の私物化と闘うということだと自分にいいきかせて永田はやっと同意、森に「同じ女性として、金子にもっと積極的に総括要求していかねばならぬと思っている」と覚悟を示した。

同じ頃、迦葉山ベースの指導部テントではこの日の作業全般について全体会議がおこなわれ、ベース建設の指揮者植垣への援助として意見を出し合った。CCは早く先へ進めろといい、兵士メンバーは作業がきつすぎるというなど、植垣はよくきく「中間管理職の悲哀」というのを味わったが、意見の中には二、三有益な助言、アイデアも含まれていた。会議のおわる頃、小林が戻ってきて坂口に森の手紙を渡し、兵士メンバーは全員、伊沢の待つ車のところへ榛名からの荷物をとりに行った。坂口は坂東に森の手紙を見せて明日の榛名行きを確認、吉野には手紙は見せず口頭で、明日榛名からわれわれが移動してくるまでの間、ベースの指揮をとるように（とりわけ山本の見はりがポイント）と指示した。

一月二十八日。早朝、坂口と坂東は伊沢の運転で榛名へ出発した。朝食後、吉野は小林と指導部テントで山本の見はりにつき、植垣、前沢、松崎、岩本、岡田、加藤兄弟は小屋建設の作業へ。

午前十一時頃、坂口らが榛名ベースに到着し、森、永田、坂口、坂東で協議に入った。森は坂口に山本への対処を確認した後、「金子は依然総括しようとしていない。ベース移動の安全を確保するため金子に厳しい態度を示して総括を要求しておく必要がある。金子を思い切り殴ろう。それから髪も切ろう」と提起、坂口、坂東はすぐに同意した。

「金子を総括させるため、私もこんどは殴る。ただ私は森さんたちのように思い切り殴れない。どうしたらいいか」永田が困った顔をすると森は立上り、工具などを置いてある小屋の隅のほうへ行って、適当な長さの針金で輪を作り手で持てるようにした、金子の内なる「ブルジョア性」をうち祓《はら》うための一種の呪具を創って永田に見せた。「これで殴ったらどうか。まずぼくがやってみるから、つづいてこれで殴れ」と森は指示した。

森、永田、坂口、坂東は金子のところに行き、森が「総括しろ」といって手製の呪具で金子の両頬を殴った。殴打がはじまると青砥、伊沢、山本佑子が集まってきて森らの背後に立った。森は何回か殴ってから輪を永田によこし、永田が張り切って両頬を殴ったけれども、この呪具は使ってみると存外空気の抵抗が大きくて何かはかなく頼りなく、とても思い切り殴ることなどできず、強いてやると下手な打者が空振りしたみたいにつんのめってしまうのだ。森は輪を永田から奪い取り、首をかしげながら手でいじり、それでもう一度殴ったが、二、三回殴っただけで忌々しげに投げ捨てると、今度はにぎりコブシで思い切り殴りだした。つづいて坂口、坂東。永田も平手で思い切り六回ほど殴った。殴られだすと金子は悲鳴をあげ、「何するのよ」と激しく抗議した。永田が殴ったあと、再び森、坂口、坂東が殴り、さらに青砥、山本佑子、伊沢が殴って金子への総括要求はおわった。金子は青砥が殴ったとき、「私は山に来るべき人間ではなかった」といって涙を一筋流した。

「ベース移動に連れて行くが、途中で声をあげたりして変な真似をするな。わかったな」森が念押しすると金子は「ハイ」という。金子の顔は腫れ、鼻血を出している。森は青砥に金子の髪を切れと指示した。

移動の準備開始。そのさなかに伊沢が運転免許証を失くしたといいだし、夕方まで探し回ったが見つからず、山本が伊沢の隣についていつでも運転を替われるようにして行くことにした。青砥は上京中の山田が戻るのを待って一人小屋に残る。

迦葉山では、植垣らは昼食のさいにきいたラジオニュースで、警察のヘリが旧革左のベースのあった丹沢山系一帯を捜索したと知り、権力の包囲がしだいに密度を濃くしてきている現状を強く実感させられた。食事をすませると植垣らは作業を再開、テントから小屋まで一列になってトタンを運んで行ったが、途中向こうから犬を連れた猟師がやってきたので驚いてしまった。警察のヘリ。丹沢。そしてここには猟師、犬。植垣はいったんテントに引き返し、みんなで吉野と相談してみることにした。

「猟師に会わなかった?」植垣が息せき切って戻り、吉野にきくと、

「会うも会わないも、伊沢君の免許証を拾って持ってきてくれたので、ご親切にどうもと頭を下げ、たったいま帰ってもらったところだ。とにかくびっくりした」という。ますますまずいと植垣は思った。

全員指導部テントに集合して対策会議。CCの吉野が議長役、論議は植垣の主導で進行した。猟師がわれわれのテント群、トタン運びの現場を目撃した以上、丹沢のヘリ捜索のニュースを知れば、いずれ近いうちにニュースとわれわれを結びつけて警察に通報する可能性が非常に大きい。いつでも撤退できる体勢をつくろうということでまず一致した。「ちょっと待ってくれ。今日明日にも森さんたちが縛られた大槻さん金子さんを連れてこっちへ来ることになってるんだ」と吉野がいった。したがって撤退するにせよ、森らが到着するまでの間はここにとどまる必要がある。わかった。わかったが、森らが来るまでの間に警察が来たらどうするか。若干のやりとりの後、植垣らはセンメツ戦をやって現在位置を死守しようと全員一致した。警察は車で来るだろうが、林道からは歩いて来るしかない。警察が林道に侵入してくるのを待ち、警察が自由に動けないところまで来たら、そこで一挙にセンメツ、車を破壊する。警察でなく猟師が来たらどうするか。最初は警察が猟師に変装してくる可能性があり、仮に本物だったにせよ警察に通報するだろうから殺そうと考えたが、結局捕まえて猟師か警察か調べ、警察でないときは総括を要求してオルグすることにした。山本をどうするか。今の状態では戦えそうもないので、警察が来たら殺す。会議がおこなわれている指導部テントの隅には山本が逆エビ型に縛られた姿のまま袋のように転がされていた。植垣らは山本の存在を無視してさらに論議を続行し、夜九時頃計画をまとめ、二十九日朝までに森らが到着しない場合作戦態勢に入ると決めた。そ

のあとは非常に高揚した気分で、決定したセンメツ戦計画の観点からそれぞれ自身の総括を語り合った。……

一月二十九日。午前一時、榛名からの森ら一行を乗せたライトバンは高手山に続く林道入口前の小広場に停まった。森は銃を収めたゴルフバッグを持ち、永田は頼良を背負い、坂口は大リュックをかついで林道に入り、タンク岩そばのテントめざして歩きだした。車の運転台には伊沢と山本佑子、荷台には坂東、縛られ猿ぐつわを噛まされた大槻、金子、それに榛名からの荷物の山が残って待機した。

指導部テントではローソクの強い明かりのなかでセンメツ戦計画に関わってメンバーの発言がつづいていた。入口のところにいた植垣が気配を感じて振り向くと、入口がサッと開き、そこに森が立っている。吉野は早速、森らを待つ間に論議して決めたセンメツ戦計画について報告した。森は顔をしかめ、吉野が話しおえると「極左だ」と一言で退け、「そんなことはいいから早く車の荷物と大槻、金子を運べ」と指示した。言うにや及ぶ、植垣らとしては森らが無事到着したら作戦を実行するつもりなどないのだから、全員ただちに車のほうに向かった。まして植垣は大槻のことで頭が一杯で、森の批判などどうでもよかった。

途中、永田、坂口とすれ違った。車の傍らには坂東、伊沢、山本佑子が立ち、急いで車の荷台にまわると、荷物の隙間に大槻、金子が後手に縛られくの字の形に寝かされていた。荷台をのぞき込んだとたん植垣は大槻と目が合い胸が締め付けられるような気がし、大槻は目の遣り場に困って、猿ぐつわされている顔をそむけた。金子は目をつぶり、顔には殴られた痕があった。植垣は大槻を荷台から降ろし、松崎、岡田と組んでかついでテントへ向かった。金子は坂東らが運び、後から森がついてきた。途中、植垣と彼女らでは背丈が合わぬので相棒を加藤倫教にかわってもらい、川を渡る時は植垣が大槻を抱きかかえて渡った。テントに到着すると、植垣らは先に山本順一を入れてあるテントに二人を収容した。そのあとは荷物運びをした。

永田、坂口、頼良は指導部テントに入って一息ついた。しばらくすると森、坂東、吉野が入ってきたので、入れ替わりに永田はおもてに出て大槻と金子を入れたというテントを見に行った。山本が逆エビに縛られており、大槻、金子はシュラフに入れて横たえられ、テントの入口に松崎がシュラフに首まで埋まるようにしてすわっていた。金子は目を閉じたまま、大槻は大きな目をあけて永田の顔をじっと見た。榛名では感じたことがなかったが、テントの中をのぞいたとたん、汗、血、涙、大小便の混じった、誤って獣の位置に追いこまれた人間たちの発する何ともいえぬ苦痛のにおいが永田におそいかかってきた。永田は一瞬怯《ひる》んだものの、そういう自分に抗《あらが》うように松崎に「大槻と金子を総括させるつもりでがんばってね」と声をかけ、松崎は笑ってうなずく。テントの外は体の芯まで凍てつく寒さで、これからは総括要求にさいして榛名とのこうした落差を勘定に入れなくてはと永田は考えた。

永田は指導部テントに戻り、ようやくCC会議がはじまった。森は吉野らの立てたセンメツ戦計画を改めて批判、「……警察や機動隊が来ないで人民がやってきて、その人を間違ってセンメツしてしまったらどうする。そのときはもう人民に対して自己批判するだけではすまない。党を解散せねばならぬし、人民を殺した者はゼロやマイナスの地平からやり直すことさえできなくなる。ヘリで捜索したからといってそれが何だ。この地を死守する必要など何もない。猟師にテントを見られたというなら、一刻も早く小屋を完成してテントを引き払うべきなのだ」

「森さんが今日ここに来ることになっていたから、死守の必要ありとわれわれは判断した」吉野はいう。

「われわれはその時々の攻防関係を見てちゃんと判断する。また判断できる。われわれのためにといって何も人民を殺してしまう誤りを犯しかねぬセンメツ戦をする必要などない。今度のように分かれている場合は、各自がそれぞれの戦場でそれぞれの判断に基き最良の闘いをやりぬくしかないのだ」森は説き、吉野も一応「わかった」といった。森は自分の頭の中の「センメツ戦」が、森の統制できかねる時・所で現実に仕方なく森以外の者の手で計画され、実行されそうになったこのとき、森のそうした判断の是非は別として阻止する側、批判する側にまわったのである。

森は永田に「みんなにすぐ寝て、朝になったらただちに小屋建設にとりかかるようにいえ。隊の責任者だった植垣と小林君に、このセンメツ戦計画が極左であることを伝えておけ」と指示、永田は了解して植垣と小林を呼んで森の指示をそのまま伝え、植垣にはまた別に脇へ呼び「植垣君は大槻にタッチしては駄目」と注意した。「わかっています」植垣は殊勝な顔をしてみせたが、どうせ森氏がいったんだろうと内心高を括り、あまり守る気はなかった。

六時、植垣起床、みんなを起こして小屋建設へ。昨日に引き続き床板張り、壁のトタン張り。八時、森は指導部テントを出て建設現場に行き、植垣にたいし朝食ができたと知らせたあと、建設中の小屋を見わたして「今日の夜、ここに移れるようにしろ」と指示、テントに戻っていく。朝食後、小林と伊沢は買物、上京中の山田との連絡、榛名にいる青砥を連れてくるため車で出発した。植垣は大槻のことが気になって仕方がないけれども、共産主義化の闘いに大槻との関係を従属させられぬ限り、植垣自身日和見主義に転落してしまうという恐怖が勝ちを占め、追われるように引っ張られるように作業に集中して、夜七時頃、とうとうなんとか人が小屋に入れる位のところまで漕ぎつけた。植垣らが、板が不足していて床の三分の一は床板なし、そこにシートを張って暫時とりつくろっておくことにした。植垣らは列を作り、山本、金子、大槻を運ぶ担架代りのハシゴを二つもってテントに戻って行く。

夕食後、植垣らはまず荷物用テント内の荷物をリュックに入れ、小屋に運び上げた。坂口、坂東、吉野も加わり、永田はテント内の片づけをした。次に山本、大槻、金子の搬送。植垣は大槻を運ぶつもりで加藤（倫）と組みになって肩にかつぎ歩き出したところ、CCの誰かが後ろからいきなり植垣を引き戻したので、大槻を雪の上に落としてしまった。「何をする」植垣はどなったものの、タッチしては駄目という善意からの（だろう）警告も思いおこされ、植垣に「タッチ」したCCへの怒りは自制した。三人を運ぶ分担は、山本＝坂口、吉野、植垣、前沢。金子＝坂東ら三名。大槻＝松崎、岡田、岩本。植垣らは山本の縄を解き、手足だけを縛ってシュラフに入れ、ハシゴに乗せて四人でかついだ。金子も同様にしたが、大槻は体重が軽いためじかに肩でかつぐ。山本を小屋の床下におろした後、大槻を運ぶ手伝いに行こうとした植垣に坂口が「テントの整理をしてこい」と指示、仕方なくまた走ってテントに戻っていった。途中、永田、森とすれ違った。

永田は頼良をおぶって沢沿いに上ってゆき、銃を入れたゴルフバッグを肩から下げた森があとにつづいた。頼良と銃は新党の生命の表象であり、森と永田の主導する共産主義化の闘い→センメツ戦の「前だて、後だて」であった。やがて前方に木立に囲まれた山荘風の、榛名の小屋と比べて骨組がはるかにがっしりした小屋が見えてきた。小屋に近づくと、人が通れる位の高さの床下で、坂口たちや兵士たちがガヤガヤとシュラフに入れた山本ら三人を柱に立たせて縛りつけていたので永田はうろたえた。ここの寒さは自分たちの慣れていた榛名とはレベルが違うのだ。「外に縛るの」思わずとがめる口調になると、「小屋が完成してない以上、小屋の中に縛ることはできないじゃないか」森は口をとがらせて指摘した。

森と永田が山本の前に立ったとき、山本は森に射《い》るような視線を向けて何かいいたそうにした。森は強い口調で「いいたいことがあるのならいってみろ」と促した。山本は何もいわず、森をじっと見つめていた。山本は森のような頭の早く回転するタイプの人間ではなかった。しかし今本能的に、いつも理屈の迷路を用意してその奥にとじこもっている眼前の小心なインテリを、自分たちの希求する革命の最悪の敵と直感した。「総括しろ。総括できないこのザマは何だ。総括もできず、自殺もできないのか」森が決めつけると間髪を入れず山本は怒りをこめて思い切り舌を噛んだ。森は山本の口をあけ中を見ていたが「自殺する気があるなら総括しろ」と弁解がましくいった。走ってきた山本佑子は山本の胸に顔をうめ「どうして総括しないの。どうして。総括してよ。総括してよ」といって泣き、山本は佑子の頭や肩に顔を寄せようとした。見ていて永田は胸がはりさけそうになったが、この試練を通して山本が総括を獲ち取れば二人はきっと素晴らしい同志的夫婦になれると心で思い祈った。永田は気を取り直して大槻のところへ行き「総括しろ」と激励した。みんなは「三人が目を合わせられぬようにして縛った」「金子のお腹を圧迫しないように縛るのは大変だった」などといいあっていた。金子は榛名の時と同様に無表情、大槻はハイと返事したものの寒そうだった。

永田は小屋に入り、中に一人でいた森としばらく話し合い、そのかんに坂口らも山本らへの手当をすませて戻ってきた。森は永田に「あれほどいっておいたのに」と、壁に銃眼を作っていないこと、CC用のコタツでなく全員用の大きなコタツを先に作ったことに不満をいった。永田のほうは「銃眼」の件を森から事前に知らされていなかった点にこだわり、森の不満に同調する気にはなれなかった。

榛名にいた青砥が姿をあらわし、森に「ぼくと小林さん、伊沢君、榛名の荷物、購入した資材等が到着しました。二人は林道入口で待っています」と報告した。坂口、坂東、吉野、前沢らは車まで荷物を取りに行き、テントの整理をおえた植垣らも荷運びに加わった。森は弘前大医学部生だった青砥に下の山本の様子を見てくるよう指示、「おれが行くと反抗して駄目なんだ。舌をかもうとした。おまえなら大丈夫だろう」とつぶやく。戻ってきた青砥が「たぶん大丈夫だろうと思う」というと、森は山本に水をのませ、舌をかまぬように猿ぐつわをしておけと指示した。しかしながら山本が与えるそばから水をダラダラこぼしてしまうため、猿ぐつわだけをして青砥は小屋に戻った。

夜十一時半過ぎ荷物運びは終了。植垣は小屋に入って寝支度をしたが、みんながどんどん寝てしまうのであわてて見はりの順番を決めた。植垣は最初に加藤兄と組んで三時まで見張ることにした。

山本順一

一月三十日。午前零時半、見はり開始。坂口は寝る前に植垣に「おれはここに寝るから何かあったら知らせてくれ」という。山本夫人は山本を心配して土間でウロウロしていた。植垣と加藤は土間で焚火をしながら見はりをした。雪がふりはじめていた。零時半に見に行ったときは三人ともしっかりした様子だったため、三十分おきに見に行くことにしようと決めた。

午前一時、山本が首を垂れ、瞳孔が開いているのを確認した。植垣は加藤に、山本の死を坂口に知らせるよう指示した。大槻を見ると首を前に傾けている。死んだのかとおどろき顔を上げると目をあけたのでホッとした。二人とも何かいいたかったけれど、何をいっていいかわからず、ただ見つめ合ったままでいた。加藤の戻ってくる音がした。植垣は大槻から離れて金子の前に行く。金子は起きており寒そうな顔をしていた。加藤は「縄をほどいて床下に置いといてくれってさ」と坂口の指示を伝え、二人はそうしたが、CCの誰も下りてこないのはいったいどういうことなんだと植垣は腹の虫がおさまらなかった。以後は十五分おきに様子を見に行き、その都度、トロトロと眠りかけていた大槻はハッとして目をさますのだが、「総括中」でもある植垣はそばに加藤がいるため声をかけることができず苦しんだ。三時、吉野と青砥を起こし、山本の死のことと、十五分おきに大槻、金子の様子を見てほしいことを申し送り、見張りを交代した。

六時過ぎ、永田は泣きやまぬ頼良をおぶって土間のところに行き、そこで森から山本の死を知らされた。「植垣の話では、その少し前までしっかりしていたのに、ほとんど間をおかず急に死んでしまったそうだ。敗北死だな」森がいうと、そばにいた坂口も仕方なさそうにうなずいた。そのとき、入口から山本佑子が入ってきて永田らを見るとワーッと泣き声をあげた。山本は永田の肩に顔をうめ、泣きながら「私はがんばっていくよ」と繰り返し、永田が「がんばっていこう。いっしょに闘っていこう」と手を握ると強く握りかえした。山本が泣きやんで涙をふきはじめたとき、永田は森と坂口に「山本さんに山本に対する総括要求と死について説明すべきよ」といって頼良を岡田にあずけて板の間にすわり、森、坂口も了解、山本と向かい合ってすわった。

坂口が山本の制縛にいたった事情（山崎の処刑のとき「物理的に手伝っただけ」というセリフが特に問題だったというと山本はおどろき涙ぐんだ）を説明したあと、森から中国教条で自己を語らぬ、運転問題等々を語っていった。敗北死の説明には山本はじっと注意を集中してきき、岡田に抱っこされている頼良のほうを見て涙ぐみ、「夜中、山本さんが一度大きな声を出したけれど、あれは頼良を呼ぶ声だった」と振り返った。これが森には面白くなくて、永田に小声で「頼良に縄をほどけるか」と批判的にいった。いくら呼んでも、頼良は総括していない山本の縄をほどけないし、ほどかないぞ。永田はドキッとして、そうだ頼良は組織の子、新党の子なのであり、山本夫妻の「私物」ではない、佑子さんの目は一時の感情で曇らされているのだと思い直し、強い口調で「頼良ちゃんに縄はほどけない」といった。山本は黙った。しばらくして「私はがんばって闘っていく。頼良のためにもがんばる」と立ち上り、振り向かずに土間におりていく。

朝食後、植垣らは壁のトタン張りなど作業へ。夜中からの雪が大雪になっていた。小林と伊沢はレンタカーの交換と山田を迎えに上京した。ＣＣたちは山本の死を敗北死と確認したあと、坂口、坂東、吉野はさっさと兵士らの作業の手伝いに出、永田が頼良の世話と荷物整理、独り森はつまらなそうに兵士用の大コタツに入って寝ころんだ。少しして森はねだるように永田に、「大槻の態度が榛名のときと違って総括しようとするものではない。どう思う」と話しかけてきた。「榛名での大槻は総括しようとしていたのではなかった。永田さんが総括しようとしてるとあんまりいうものだから注意してみていたが、迦葉山に来て榛名における態度が優等生的に装ったものでしかなかったことを暴露してしまったんだと思う。殴りもせず食事を与えたのは間違っていた」永田は同意できず黙っていた。が、今の大槻の態度が榛名のときと違っていることは永田にも感じられた。どうしてだろう。迦葉山の段違いの寒さが大槻から偽りの「外装」をはぎとったと森は断言するのだが、それはどうか。寒さは無差別公平に森からも何かをはぎとっているのではないか。

坂口、坂東、吉野は資材が足りず作業は中断ということでコタツに戻ってきて、午後になるとそのまま何となくCC会議がはじまった。①森はCCの坂口らが小屋建設を手伝ったことを批判し「何ですぐCC用のコタツを作らないんだ」という。坂東は「小屋建設を急がなければならないしCC用のコタツも今は置くところがないし」と口ごもったが、「わかったすぐ作る」といった。この時はまだCC用の場所としたところに床板が張ってない他、倉庫もできていないのだからCC用のコタツを先に作っても意味はないにもかかわらず、森は何度も「ナンセンスだ」と嘆き怒り、永田に「なぁー」と同意を求めてくる。それが〈上から〉主義ということなのかと永田は曖昧に同調しておいた。②「榛名での大槻は「総括しようとする態度」を優等生式に計算のうえ装っていたにすぎない。だいたい彼女はとことん消耗しなかったじゃないか」そういって森は「さっき彼女はぼくをにらんだ」と証拠を提出した。すると「ぼくもにらまれた」と他のCCが追従する。永田は大槻批判に同意できぬが反論もできず、仮に大槻が森らのいうとおりだとすると自分には人を見る目がないということになると心焦るのであった。③山田は高崎で伊沢を連れて銭湯に入った。お殿様だ。坂口、坂東、吉野は「問題だ」という態度になり、森は「山田が帰ってきたら総括を要求し、じっくり話し合ってみようと思う」と言明した。

大槻節子

永田は会議をトイレで中座して表に出た。もう夕方で暗く、雪は小降りになってはいたものの膝の高さほど積もっていた。トイレの帰りに床下の大槻、金子の様子を点検した。金子は相変わらず無表情だったが、大槻は永田をじーっと見た。いつまでもじーっと。そうか、森らが見たのはこれだったか。永田は大槻の口から向山とのききたくもない不埒《ふらち》なやりとりをきかされた時と同様に早まって、ほんとうはむしろ逆なのに期待を裏切られたと感じた。「総括しろ」永田が強くいうと、大槻はただじーっと永田を見返した。これ以上居たたまれなくなるような頼りなげな、それでいて強い視線だった。

「大槻は私をにらんだ。たしかに総括しようとする態度ではない。榛名では装っていただけとわかった」コタツに戻った永田は激した口調でいった。森はわが意を得たと満面の笑顔になって「そうだろう。総括しているとみて殴らなかったのが間違いの本だった。殴る必要がある」といい、坂口らもすぐ同意した。永田はためらったけれども、ここは正念場だと思いかえして同意し「大槻への愛情を明らかにしていた植垣君や、友人関係の長い松崎さんにもちゃんと殴らせなければ」と自分をさらに追いこんだ。森はますますわが意を得て張り切り、「殴ることを全体で確認しよう。これは永田さんがやってくれ。そのあとまずぼくが殴り、次に植垣に殴らせる」

「大槻のことだけれど」永田は土間に集まったみんなに対して、大槻の榛名と迦葉山での態度の違いを問題にし「……今日見たら私をにらみつけるような目をしたし、森さんや他の人にもそうした。榛名における素直そうな外見は冷たい優等生のポーズでしかなかった。私たちはもっと厳しく総括を要求する必要がある」みんな異議なしと応じた。「大槻は七〇年十・二一にじぶんで火炎ビンを投げようとせず、他人に投げさせようとした。そういう大槻だからこそ、脱走した向山に会いに行ったりしながら、それを隠して総括しようとしなかったし、植垣君が結婚したいといえば、そういう総括ぬきに考えてもいいなどと平気でいえるのだ」永田は語っていくにつれてみんなが怒る雰囲気になるのがわかった。

「植垣君、あなた大槻を殴れる。先頭に立って殴らなきゃ駄目よ」植垣は一瞬痛そうに顔をゆがめたが、大槻とどうしても対決せねばならぬなら、もう逃れられぬなら、先頭に立って行こうと決意を固め、「大槻は総括できていない。自分の総括のためにも先頭に立ちます」とこたえた。が、そんなにいうこの自分が自分とはとても思えず、ほんとうに先頭で大槻を殴るなどとそんなことができるのか全然覚束《おぼつか》ないのであった。永田は松崎に「あなた、大学時代から一緒にやってきたことから闘えないというんじゃ駄目よ。大槻と闘争できる」とただす。「断固闘います」松崎は特に決意を固めるというふうでもなく平々淡々と言った。永田は植垣、松崎に殴る決意をさせることができてホッと胸をなでおろした。

「今すぐ下へ行こう」森の呼びかけに異議なしとみんなの声が響き渡った。先頭に吉野、なるようになれと思いつめた表情の植垣がつづき、全員列を作って床下へ向かった。永田は最後尾。ドカドカと音たてて坂道を下りて行くと、大槻は柱に縛りつけられた姿で首を垂れていた。吉野が懐中電灯の光を大槻の目にあてたが瞳孔の反応はなく、コンタクトレンズが目の端に引っかかるようにずれている。「死んでいる」吉野がおどろきの声をあげ、永田は立ち止った。みんなガヤガヤと「上で話していたことが聞こえたんだ」「もうだめだと絶望したんだ」「いままでの態度がポーズでしかないとばれて、生きる気力がなくなったんだ」など諸説とびかっている。引き返してきた森らが「上に戻る」というので、永田は死んだ大槻と対面することなくそのまま小屋にとってかえした。植垣は吉野、青砥と三人で縄をほどき、大槻の体を柱から外し、そうするしかなくて山本の遺体の横に置いた。何もかも急すぎて「大槻と闘う」ことすら、最後のそのとき視線を交し合うことすらとうとうやれなかった。どうしておれを待っていてくれなかったか、ほんのもう五、六秒でも？　世界は森さんとは違う方向へもしかしたら変わったかもしれないのに？

「小屋から厳しく総括要求するというのが聞こえてショック死したようだ。土間と床下の間がまだあいていたのがまずかった」と森は一応反省してみせた。大槻がこんなに急に死ぬなどと思いもしなかった永田は、森の説明にうなずき、自分たちの声が聞こえてしまうことを考えなかった短慮を悔いた。森は永田に「もうみんなわかってるだろうが、みんなにショック死であることを話せ」と指示、永田は土間に行き、大槻はショック死してしまった、床と土間の間を早くふさぐようにと指示した。隙間の穴さえちゃんとふさいでおいたなら、大槻を断固として殴ることができ総括させることができたのにというのが、大槻の急死に直面した新党の指導者の悔いであり感慨なのであった。その夜は女性たちを中心に金子の見はりの順番を決めた後、ＣＣたちも兵士たちもすぐシュラフに入って眠った。

一月三十日。午前三時、小林と伊沢が山田を連れて迦葉山ベースへ戻った。三人はすぐ眠った。山田は二十五日夕に上京して六泊七日、この間に山では大槻、金子、山本順一への総括要求とベース移動、山田自身の無断入浴の露見、山本、大槻の死というように、山田を取り巻く状況に由々しい激変があった。

朝食後、植垣は加藤兄と二人で土間と床下の間の隙間を心をこめてふさいだ。そのあと青砥、前沢らも作業に加わり倉庫の床作りに取り組んだ。小屋中が作業でガタガタしているなかで森、永田、坂東、吉野によりCC会議がはじまった。小屋建設のためさらに資材購入の要ありとして松崎に伊沢と買物に行くよう指示、植垣は床用の板その他必要としている品目を森に伝えた。正午近くまで寝ていた伊沢は疲れた表情で買物に出て行った。

山田が起き出してCC会議に加わると、坂口、坂東、吉野はサッと立ってCC用のコタツ作りに行ったため、会議は昼食のあと森、永田、山田で再開した。森はまず山田に上京中の任務の達成具合をきく。山田は、Kのグループと接触したこと、車のカンパは時間切れでやれず、『中国プロレタリア文化大革命資料集成』と森崎和江の著書を買ってきたこと等を報告した。「時間がなかったというのはどういうことや。カンパが得られなかったのはおかしい」森がいうと山田は「車のカンパは要求が大きすぎないか」と反問した。「そんなことはない」森は強くいったが、この問題はそれ以上いわなかった。

「車の修理で高崎へ行ったとき、伊沢君と風呂に入ったことをどうして黙っていたんや」

山田はおどろいた様子をしたが、しばらく考えて「待ち時間を茶店で過ごすより風呂に入ったほうがよいと思って入った。そういえば報告しなかったかなあ」と首をかしげた。

「まずいと思わないのか」

またしばらく考え「自分一人で行くならかまわなかったが、伊沢君を連れて行ったのは指導という面からまずかった。まずかったな」「そんな傲慢《ごうまん》なことをいっていいのか」「傲慢でも何でもない。ぼくは真面目だと思っている」山田は特有のゆったりした重々しい口調でこたえた。このゴーマンマン山田の言葉に永田は怒りを覚える。何様のつもり？　森は「総括しておくように」とだけいって追及をひとまず切り上げた。山田はこのとき以後も、森から自分の不在中にあった山本、大槻の死について、明らかに不当な待遇だったが一片の説明も受けていない。

坂口、坂東、吉野が会議の場に戻り、ＣＣ全員が揃ったところで、森は「金子は女寺岡だ」といいだした。なぜか。吉野から森に乗り移ることによって権力をとろうとしているから。にもかかわらず金子は、子供がお腹にいるから大丈夫だと太々しく居直って、そのところを総括しようとしない。実にいまいましい。金子が総括せず、このままの状態がつづいたらどうなる。「お腹の子供がおりてしまわないだろうか」森はさかんに心配し、「お腹を調べる必要がある。これを調べるのも闘いなのだ」と強調した。永田は金子への総括要求に関わってはじめて森の言葉に全面的に共感を覚え、「それでは私たち女性でこの闘いをする。看護学院生徒だった岩本さん、岡田さん、出産経験のある山本さんに担ってもらおう」と提起、常に一言ある森は「青砥を加える」といった上で同意した。

夕方、永田は岩本、岡田、山本に金子の腹部の調べを指示、青砥には森が指示した。坂口らは床下に行き金子の縄をほどいた。金子は、胸、腰、足首を柱に縛り付けられ、シュラフは腹までしか入らぬので上半身には毛布が掛けられていた。小屋の中に運び込むと腹部を出して岡田、岩本、山本が触診し、耳をあてるなどした。金子は目をつぶっている。彼女らは正直よくわからぬ様子だったが、心音が腹の下の方で聞こえるわけではないからたぶん大丈夫だろうと考え、青砥も同意見であった。金子は再び坂口らにより床下へ運ばれて行く。このことがあってから金子は床下で作業している植垣らに活発に声をかけてくるようになり、「植垣君、永田さんが縄をほどいてもいいといったから縄をほどいて頂戴」などと軽口をたたき、正直な植垣をあわてさせるなどした。森一人を除き金子本人を含むベースの全員が、この時の金子腹調べを金子への厳しい総括要求におけるあってもいいその中断であり、少なくとも緩和のしるしであるというように、いいだした森の真意に著しく反して誤って善意に受けとったのであった。

午後六時頃、松崎、伊沢が買物から戻った。植垣ら兵士たちにＣＣから坂口、坂東、吉野も加わって荷物を取りに行く。板など荷物を持って戻ると植垣は女性たちを指揮して床板の張っていないＣＣ用の場所にそれを大急ぎで張った。九時頃、作業了。森は植垣、青砥に指示してめでたく完成したＣＣの場所へ銃、実包、爆弾を運ばせ、本と書類は永田が運び整理し、坂東らはＣＣ用のコタツを持ってきてガッチリ据え付けた。十時過ぎ、兵士メンバーは見はりの順番を決めて就寝、ＣＣは短く会議をして明日の予定を確認した。坂口、坂東、吉野は伊沢の運転で山本、大槻の遺体を埋める場所を探しに行き、埋める穴を掘ってくること。そのかん森と永田は山田の総括をきくこと。森、坂口、坂東、吉野は地図を広げて若干話し合い、埋め場所について大まかな見当をつけておいた。

二月一日。朝食後、坂口、坂東、吉野は伊沢運転のライトバンでベースを出発、群馬県利根郡白沢村方面に向かった。坂口は出発間際に植垣に荷運び用のソリを作っておくよう指示した。簡単にソリといってもどう作っていいかわからず困ったが、青砥と二人してがんばり、夕方までに荷ゾリらしきものを何とかでっち上げることができた。

　森と永田はＣＣのコタツで山田の総括を「きく」。しかし実際は森が一人でしゃべりまくり、山田はうん、いやと短く返事するのみ、森の細かい追及がまた昔の赤軍派の頃の内輪話に属することばかりなものだから永田にはほとんどわからない。永田は森と山田の二人にしておいたほうが総括できるのではないかと考えて席を外し、女性兵士らと洗濯などすることにした。昼近く小屋に戻ってみるとコタツには森しかおらず、その森は永田の顔を見て「山田はぼくとの話の途中で逃げていった」と訴えた。森の目で示す方へ行ってみると植垣と青砥が壁に「明りとり」を作っており、山田は腕組みしてそれを見ながらああした方がいい、こうしたらどうかと口を出しているのであった。永田は森の気持も山田の気持も両方少しずつわかったが、二人がこれではまずいと思った。昼食後山田はコタツに入り、森の細かい追及にウンザリした風情で仰向けに寝ていた。「総括はどうした。それが総括する態度か」森が激しい口調で極《き》めつけると、山田はゆっくり体を起こし、しばらく無言で森とにらみあった。やがて森はプイとそっぽを向き、「あとで総括をきくから総括しておけ」と申し渡す。山田は息苦しい無言のままだった。

　四時頃、坂口、坂東、吉野が戻り、坂口から埋め場所を決めて穴も掘ってきたが、道々警官の姿が目立ち、さらに森、永田、坂口のポスター大の指名手配書がいたるところに張りめぐらされている問題な事態に気づかされたと報告した。協議して、この日の夜に予定していた二遺体の埋葬は中止、明日坂東が車で周辺の状況を確認しに行くことにした。

それから森は決意を固めた顔になり、ＣＣ一同に対して、このかん独自に追求していた（永田にだけは一部伝えてある）金子への総括要求の大転換、大飛躍に踏み切ることをハッキリした表現で言明した。「金子はお腹に子供がいるから厳しく総括要求されぬだろうと安心し、子供をタテにとって総括しようとしていない。われわれはもはやこれを許しておくわけにはいかない。金子がどうしても総括しない暁にはわれわれの手で断固として開腹して子供を取り出す必要がある。その覚悟をすべきだ。ぼくは榛名にいる時にこのことを考えた」森はＣＣ会議に金子を「母体」と「胎児」に観念的にでなく実際に器具を使って「分割」し、「総括を放棄している」前者から「新党の子供」である後者を闘い取る血の「覚悟」を要望したのだった。永田は森の決意表明をききながら胸がいっぱいになり、吉野はさぞ辛いだろうががんばってもらうしかないと思った。吉野は森の話を身を乗り出して思いつめた表情できいていた。これに反して坂口、坂東はおどろいたり思いつめたりすることなく何かそれが世間の常識だみたいなつるりとした顔で普通に森の話をきいており、永田はいぶかしくも苛立たしく思った。このとんでもない「覚悟」をめぐっては坂口、坂東ともに平凡な常識人ゆえ、森と永田の非常識は全然通用せず、したがって理解もできず、両名のその凡庸な姿が常識外の情熱家永田の目には余儀なく不可解と映ったのだといえようか。

永田はこの時、子供を組織の子としてかちとるには金子への総括要求に自分たち女性がもっと積極的に関わらねばならず、それこそは女性にできる金子への総括援助であって、金子に少しでもよい条件を与えて総括できるようにしたいと考え、必死の思いで「子供のためにも金子を小屋に入れ、食事を与えることにしよう」と提案して森らの了解を求めた。森は少し考えてから同意、続いて坂口らも同意した。「それじゃ小屋の中に運び入れるのも私たち女性の手でやることにする」永田が意気込むと、森は「みんなにいざというとき、開腹して子供を取り出すことを話しておく必要がある。それを永田さんやってくれ」と注文、いささか困ったもののいいでしょと承知した。

夕食後、永田が土間近くの板の間に立ち、「床下の金子に聞こえぬよう小声で話す」というと兵士たちは板の間に集まってきて、話をきく態勢をとった。「金子は縛られてからお腹の子を私物化している。子供がお腹にいるから厳しく総括要求されぬだろうと大船に乗った気で、子供をタテにとって総括しようとしていない。金子は女の寺岡だ」みんなは深くうなずいた。が、つづけて「しかしながら子供には何の責任もない。私たちは子供を組織の子供として金子から取り返さねばならず、いざとなったら子供を取り出すことを考えている」と表明したとたん全員ショックを受けた表情でシーンと静まりかえってしまった。永田は焦ってなんとかみんなに子供を取り出す覚悟の必要をわかってもらいたいと思い、「私たちみんなの子供であるその子を、湯たんぽを十個でも二十個でも使って何としてでも育てていこう」と訴えた。シーンとした状態は変わらぬが何人かがうなずきだす。「子供のためにも金子を小屋に上げて体をきれいにし、服を取り替え、食事を与えることにする。金子への総括要求は私たち女性がもっと積極的に関わる必要があるから、女性だけで金子を上にあげ体をきれいにしよう」

みんなは一斉に活発に動きだし、女たちは靴をはき床下へ行く支度、男たちは火を焚き湯をわかす。坂口、坂東、吉野も片づけなど手伝った。永田は明瞭に意識できていないのだが、「新党」になってはじめて、一メンバーへの総括要求のプロセスにおいて森の〈上からの〉専断的指導が〈下から〉乗りこえられかけている瞬間である。永田は小林、松崎、岩本、岡田、山本と床下へ行き金子の縄をほどいたが非常にきつく縛ってあるのにおどろいた。金子を土間に運び上げ、体を拭き、着替えをさせ、そのあと囲炉裏の火のほうに体を向けて立たせ、土間の柱に縛った。縛り終えたとき、いぜんとして森の指示の枠内ではあっても、ようやく自分自身の力でもって金子の総括への関与をなしとげたという最初の確かな実感を得たのであった。

永田がCCのコタツに戻ると待ちかねていたようにすぐ会議になり、森は山田に対して高崎入浴、カンパ失敗を問題視、改まった口調で「君には厳しい総括要求が必要なのだ」といって追及をはじめた。追及の中身は専ら赤軍派時代の山田の言動に関わり、永田にはわかりにくいところが多かったものの、森が山田の赤軍派への復帰の経緯を問題にしたとき、関心をかきたてられて耳を傾けた。「……すぐ幹部になれると思って復帰したんやろ。M闘争のはじめの頃には連絡してこないで、革左との連絡がとれた段階で連絡してきたのは、赤軍派だけでは復帰する気がなかったからやろ」という森の批判的指摘に、山田は「すぐ幹部になれると思っていた」と平然としてこたえてあとは黙っている。なるほど、このもっさりした人はなかなか「権威主義」「官僚主義」なのだと永田も感じ入った。長い追及の果てに山田はポソンと「CCを辞任する」といった。すかさず森は「そういう問題か。われわれがCCを除名するのだ。君は一兵士としてマイナスの地点からやり直すべきなのだ」と切り返す。山田はうなずき、コタツから出て正座した。この感じは亡くなった尾崎のときそっくりだった。森の追及はなおつづいたが、内容に新味がなく、そのうち永田は眠ってしまった。

二月二日。森は目をさました永田に「山田は一晩寝ずに考えていたらしい。ぼくは途中で寝てしまった」といった。山田は森の横で憎々しい「官僚主義」者の面影はとうに消え失せ、しょんぼりとおのれを恥じるように正座していた。「しかし山田は総括できていない」森は首を振り「そんなところにすわってないで隣に行ってくれ。邪魔だ。隣で総括しろ」と命じて隣の丸太敷の倉庫の場所に連れて行く。山田はみんなのいる土間に背を向けて正座した。以後食事はなし。金子には永田が朝食を与えた。

CC会議で森は昨夜から引き続きさまざまに山田の問題を語った。大食いである、寒さに弱い、薬に頼って自分の身体を過度にいたわる、CCの中で山田だけが指名手配になっていない、等々。「問題だ」と森は力むけれども、概して永田にはただの悪口としか聞こえぬ批判が多かった。そのあと金子ではなく金子のお腹の子供をしきりに心配し思いやり、かれこれ愚痴ってから「青砥にきくことにしよう」と青砥を呼んでいろいろ質問した。かなり長々と質問した後、眼中に金子の胎児しかない森は「婦人科の医学書を買ってこい」と指示し、青砥を植垣らとともに作業中だった土間にかえした。永田はこのかん三回ほど外のトイレに行ったが、永田が戻ってくる度に金子は「永田さん、永田さん」と呼び、「ミルクが欲しい」と訴えた。そのつど永田は「総括しろ」といって頰を平手で二回たたき、そのあと白湯を与え、ミルクを作って与えた。金子は食事を欲しがらず、ミルクだけを欲しがった。午前十時、坂東と岩本は町の様子の検分と買い物のため伊沢運転の車でベースを発った。

午後のＣＣ会議で森は、「山田はみんなのいる土間に尻を向けてすわっている。これは総括せんとする姿勢ではなく、兵士メンバーに総括を要求される事態を避けんとするものだ」と批判、「山田に総括させるため、雪の上にすわらせてはどうか。山田は寒さに尋常でなく弱いから雪上にすわらせてそれを克服させせよう」と提起した。永田、坂口、吉野が同意すると、「雪の台を作ろう」と森は坂口、吉野を連れて出て行き、土間の戸口から少し先のところに三人でスコップを使って堅固な雪の台を作り、山田を連れ出して台上に正座させた。山田は正座して顔を小屋へ向け、両手を膝におき、前沢と小林が森の指示を受けて土間から山田の総括ぶりの監視にとりかかった。これで山田は総括できると永田は心楽しかった。植垣と青砥は入口の戸を作るために杉の小枝を集めて戻って行くとき、小屋入口正面の雪上に四角く正座している山田の異様な姿を見出し、ＣＣの永田とは反対に思わず顔をしかめて「またか」「厭だなあ」と「総括」への互いのウンザリ感をまっすぐに披瀝し合った。

夕方、森と永田は雪の台上の山田を点検した。「山田はじっとしていない。足をモゾモゾ動かしているが寒さに負けているんや。自分の体をいたわりすぎるんや」いわれて永田は山田の靴下の足の裏をじっと見つめた。ときどき、かすかにモゾモゾさせている。なるほど寒さに負けている。「森さんのいうとおりね」永田が感心すると森は満足気に「そうだろう」と笑い、山田の問題多い正体を看破した自己の眼力を誇ってみせた。「山田君を中に入れよう。せっかく雪の上にすわらせたのに一向に総括しようとする態度でない。もっとしっかり総括するよういいわたす」森は前沢と小林に指示して山田を小屋の中に入れ、食料を置いてある横の板の間に正座させ、その前にローソクを一本立てた。

暗くなった五時過ぎ、坂東、岩本、伊沢が戻り、坂東は森に「今日は昨日と違って警官は出ておらず、何でもなかった」と報告、今夜山本と大槻の遺体を埋葬に行くことを確認した。

森は山田のほうをあごで示し「全くしょうがない。まるで総括しようとしてないじゃないか」と怒った。「ローソクで暖をとろうとしたり靴下を乾かそうとしたりしている。総括しようとする態度ではない」見ると確かにいうとおりなので永田らは一斉にうなずいた。すると森は山田のところへ行き、いきなり「おまえのその態度は何だ。総括に集中しろ」とどなりとばし、永田らは耳元で銅鑼が鳴ったみたいにウワッとその場に立ち上ってしまった。戻ってきた森は主に永田に対して「どうするか」と質す。殴り縛る決意を求めているのであり、とっさに永田はそれを回避しようとして反応した。「マキ拾いの実践をさせ、それによって総括させよう。これが山田の官僚主義の克服になる。そのようにして粘り強く総括させるべきではないか」森が黙っていると永田は夢中になって「このように総括させてはたして総括できるかどうか、可能性は〇・一％あるかないかだけれど、私たちはこの〇・一％を追い求めるべきであり、この可能性に山田はしがみつくべきではないか」と重ねていった。「そうしよう」少し考えて森は同意したが、「ただし一日水一杯でマキ拾いの実践をさせる」と例によってまた永田の〈下から〉主義に〈上から〉条件をつけた。

「一日水一杯で山田にマキ拾いの実践をさせる。山田の見はりは二十四時間態勢でおこなう。植垣、青砥、岡田が見張る。マキ拾いの実践による山田への総括要求は全員に話す。これは永田さん、頼む」永田は了解、森は次に植垣ら三人を呼んで正座させ、山田の総括実践の見張り任務を指示した。三人は話し合って見はりの順番を決め、青砥と岡田が午後十二時までを担当することにして、山田の正面にシュラフに足を入れてすわり、見はりの態勢に入った。

夕食後、森らCCはメンバーを土間に集合させ、山田の問題を公にした。永田は高崎での山田、伊沢の一風呂と山田の弁解を取りあげて批判。「伊沢君はまだ思想が堅固でないから、そういうとき風呂に入ればブルジョア的傾向に流れるが、自分のような思想の固まった人間なら町に出て軽く一風呂も何ら問題ないと恥ずかしげもなく山田は放言した。官僚主義であり山の闘いの軽視である。山田は実践を軽視しているので、実践にしがみついて飛躍をとげることを要求した」。森は「山田はCC立候補のさい保釈で出たあと日和っていたことを「病気のため」と合理化して総括しようとしていない。旧赤軍派での東京センメツ戦のさいにドジったことも総括できてないし、バロンと南アルプスに調査に行ったときの報告で、現地の困難さを不当に強調したことも総括してない。総じて「敵がやってきたら靴だけははこうと思う」などいい、闘争で常に自分のことを優先して考えがちだ」等。

森は断固とした態度で山田のほうへ行き、メンバー全員があとにつづいて森と山田を囲んで立った。「おまえは傲慢な官僚主義者だ。CCを辞任するというが、そんなことは認められぬ。おまえをCCから除名するのであり、この違いをかみしめることで総括がはじまる。おまえは一兵卒としてやり直すことさえ難しいが、要求されている総括は実践にしがみつくことだ」「はい。そのとおりです」「〇・一％の機会を与える。この〇・一％にしがみつかなかったらおまえは今までの十名と同じ道を歩むことになろう。〇・一％は小さいが、革命戦士として生きんとしたら大きな機会だ。水一杯で実践にしがみつく深刻な総括をしろ。やりぬけるか」「はい、わかりました。断固やります」「マキ拾いにはバロン、青砥、岡田がつく。よくいうことをきいて実践しろ」「わかりました。お願いします」山田は両手をついて森に、森をとおしてみんなに頭を下げた。植垣は森と山田の様子を見ていて瞬間、実に何かホントでない、自分が裏返ってしまうような奇妙さを感じた。

夜十時、坂口、坂東、吉野は山本、大槻の遺体埋葬のため、伊沢運転の車で白沢村へ向かった。小屋から林道入口にある車まで、植垣、青砥、前沢、加藤兄弟が遺体の搬送を手伝った。ソリを使用し、途中の急斜面ではみんなで二遺体を乗せたソリをかついでワッショイワッショイと前進したが、なかなかはかどらない。植垣は大槻の遺体を一人でかついでいくことに決め、車まで彼女を大切に送り届けた。さすがのCCも、この植垣にはもう「タッチ」することもなかった。

二月三日。植垣らが小屋に戻ったときは日付が変わっていた。金子の様子は植垣らにまだ激しい気迫を感じさせた。青砥はシュラフにもぐって眠り、山田の見はりには代わって植垣、岡田がついた。

午前四時頃、坂口、坂東、吉野が戻った。かれらは目をさました永田、見はりの植垣らに対して口々に「死体の埋葬はうまくいった。が、沿道のいたるところに森さん坂口さんの大きな指名手配書がビッシリはってあった。ほんとにわれわれの行く所まわり中にはりめぐらされている感じだった」などと興奮気味に話した。

朝食前、榛名ベースの残りの荷物を運んでくること、ならびに小屋の指紋消しを、森は青砥、松崎、伊沢に指示、青砥には別に金子の開腹→胎児取り出しを想定して婦人科医学書の購入を厳命した。朝食後の八時青砥ら三人が出発すると、森は「今からマキ拾いの総括実践を課す」と宣言して直立不動で待つ山田にコップ一杯の水を与えた。山田はぐっと飲み干して「よーし」と大きい声でこたえ、見張りの植垣と、青砥から役目を代わった、植垣とはウマが合わぬ小林といっしょに小屋を出て行く。永田は祈る思いで山田たちを見送った。立枯れの木を折り一ヵ所に集める作業であるが、実践だ総括だといっても、「官僚」山田はそもそもどれが立枯れの木かわからぬのだからいたずらにウロウロするばかりで、仕方なく植垣もいっしょに作業しながら立枯れの木を一つ一つ教えた。小林は最初私たちはやる必要ないいんじゃないのといっていたが、それも〈下からの〉官僚主義であり、やがて自分でも少しずつやるようになった。

山田のマキ拾い実践の間、CCは何となく会議を開いていた。森はさかんに車を手に入れる必要を強調し、「山田が車のカンパに失敗したのは大問題なのだ。ぼくなら車のカンパを得られる」と豪語した。正午をまわっても山田らは戻らず、森の指示で坂東が様子を見に出て行った。

「昼飯だ」坂東が知らせにきたので小屋に戻ることにし、植垣は山田に枯れ木をかつげるだけかつがせた。ところでしかし、山田が植垣の指示には「そうか」といってあごをしゃくったのに、坂東に対しては「ハイ」とこたえて言葉使いも態度も変わり、かつ動作も急にマメマメしくなったのには、人の好い植垣といえどさすがにカチンときた。山田は上から下まで雪まみれになって物凄い勢いで小屋に入り、雪を払い落として元の場所に正座した。それを見て永田は、実践にしがみついている姿だとまずは感嘆した。

森は見はりの植垣、小林に報告を求めた。小林・立枯れの木と生木の区別さえできない。官僚主義のあらわれだ（それなら私も同じだと永田は落ち込んだ）。しかもわからぬなら私たちにきけばいいのに素直にきこうとしない。これも官僚主義だ（私なら素直に聞くだろうと永田は自信を少し取り戻す）。植垣・山田といっしょにぼくも作業したが、ぼくの作業の量のほうが多くて山田は必死でやっていたとはいえない。山田はぼくのいうことはあまりきかなかったが、坂東さんがくると態度が急変し、坂東さんのいうことはよくきいた（これに小林も同意）。永田は「駄目だ」と落胆した。森は「全然総括できてないいじゃないか。山田はぶっ倒れるまでマキ拾いをやろうとすることが必要なんだ」と怒り、「午後は坂東と植垣で見張ることにする」といった。

昼食後、坂東、植垣は山田を連れて出て行き、午前中集めた枯木を小屋へ運ばせた。五、六回往復。山田の後ろに坂東と植垣が総括させせんとして送り狼みたいにピッタリつく。坂東は山田が少しでも立ち止まったりフラついたりすると「何をしてる！　グズグズするな！」とどなって突き飛ばし、山田はつんのめったり、抱えた枯れ木の山ともども雪の上にひっくり返ったりした。植垣はたじろいだものの、こういう厳しさが必要なのだろうと思い直して、坂東といっしょになって大声でどなり、容赦なく突き飛ばした。

岩本が永田のところにきて「金子がトイレに行きたいといっている」という。永田は森に「……私が連れて行く。やはりトイレに行かせることは必要じゃないの」と説いた。森はムッとして黙ったが、永田が繰り返しいうと「いいだろう」とうなずいた。金子のところへとんでゆき、岩本、岡田を手伝って縄をほどき、トイレにつれていこうとしたとき、金子はしかし動くことができず、か細い声で「もうしたくない」という。三人で金子の下着を取り替え立たせて柱に縛ろうとすると、こんどは「立っているのがつらい」と訴えて土間にしゃがみこんでしまった。様子を見に下りてきた森に「板の間に上げシュラフに入れて寝かせよう」永田がいうと、「総括していない金子は何をしでかすかわからぬ。七輪を倒して火事にするかもしれない。そういう風に敵対してくることを想定しなければならんのや。土間に寝かせてしばろう」森は自分でそうしたあと「もうこれ以上配慮することはできない」といってCCの場所へ帰って行く。永田もできる限りのことはやったと自分にいいきかせるしかなく、立ち上がった。

夕方、坂東と植垣は山田を連れて戻ってきた。山田は午前中に輪をかけて全身雪まみれ、しがみついた「実践」の雪を勢いよく払い落とし元の場所に正座した。それでもしかし「山田はぶっ倒れるまでやろうとしなかった。必死の態度が見られない」と坂東が報告、植垣も同意して「山田はCCと兵士で態度を変える」と再度指弾するのであった。永田は肩を落として嘆息し、森は山田のほうをじっと見ながら「よし、わかった」といった。CC会議は協議の上、永田がややためらいを示したものの、「これまでの尾崎以下十人との闘争を自分の問題として真剣に受け止めていない」鈍感な「官僚主義者」山田を殴って厳しく総括要求することに決定し、「逃亡に対して今まで以上に警戒する必要がある。逆エビに縛り、カスガイでとめる」と森は念には念を入れた。

夕食後、森、坂口、吉野は山田のところへ行き、山田を立たせて襟首の後ろをつかんで倉庫の丸太敷に連れてゆきそこに正座させた。土間にいた兵士メンバーがあわてて集まってくる。このとき頼良が泣きだしたので永田はおむつを替え、ミルクを与えながらみんなの追及をきいた。森は山田の前に正座し、坂口が山田を後ろから押さえ、まわりを植垣ら兵士たちが取り囲んだ。

「昨日いわれたことをおぼえているか。〇・一％の可能性にしがみつけといった筈だが」

「はい。そうです」

「今日の実践を総括してみろ」

「マキ拾いはきつかったが、自分としては懸命にやりました」山田は震え声だがしっかりといった。永田はそうだろうと思いつつも、しかしそれだけでは駄目なのだと苛立った。

「嘘をつくな」森は大声を出して殴り、「あれが〇・一％にしがみつく態度か」とまたどなる。他の者も「あの態度は何だ」と殴った。

「これまでのことを総括してみろ」山田がすぐにこたえられずにいるとみんなは口々にののしり殴った。永田も「いいかげんにしなさいよ。いつまで黙ってるの。今までの十人との闘争を思ってしっかり総括しなさいよ」と苛立ちをぶちまけた。

「今までの自分の活動は私的な面が多かった。組織の中にいながら自分のことしか考えなかったことを自己批判します」

「そんなことをきいてない」森は地団太踏んで「おまえブント時代に何をやっていた」とただした。

「政治局員をやっていました」これにみんなは「何、政治局員」と驚きの声をあげ、永田も「へー、政治局員、偉い人なのねえ」持前の町のおばさん調で和し、植垣は「この野郎、政治局員だったと思ってでかい顔するな」といって殴った。

「何で赤軍派にきたのか」

「政治路線が一致したのできました」すると「いいかげんなことをいうな」「うそつけ」「馬鹿野郎」「ふざけるな」とコーラス、殴打。

途中榛名から青砥、松崎、伊沢が戻り、リュックを置くとすぐ追及の輪に加わった。永田は金子の様子が気になったのでよく見るといつもと様子が違っている。森が土間におりてきて金子をゆさぶり、「おい、どうした」と声をかけた。金子は少し目をあけて森を見、すぐまたつまらなそうに目をつぶり「いいえ、何でもありません」とハッキリこたえた。森はしばらく金子の様子を調べるように見ていたが、軽くうなずくと山田追及の場に戻って行く。永田は金子の状態が心配で、どうしたらいいとそばにしゃがみこんでしまった。

全員が殴りおわると森は山田に向かって宣告した。山田の赤軍派への復帰は以前ブント最高幹部塩見孝也の「秘書」であったゆえすぐに政治局員になれると「計算」してのこと、逮捕後しばらく日和っていたことを総括せぬまま再び赤軍派に戻ったのも同じ理由。「おまえに求められている総括はそういう内容だ。これの実践的総括は実践の中で一兵卒からはじめることだ。おまえの口からこのことが全然出てこなかったのは総括できてないということだ。今日のマキ拾いは必死で総括する態度ではなく、〇・一％の可能性は〇・〇一％に減った。この〇・〇一％にしがみつけ」森は立上り、「バロン、縄を持ってきて縛れ」と指示、植垣は坂口、吉野と山田をうつ伏せに寝かせ、ロープで逆エビに縛った。永田は「縄を伸ばしてカスガイでとめておきなさい」と口を出し、口だけでなく手も出してロープの端をカスガイでとめるのを手伝った。ＣＣのコタツに戻ったとき、永田は吉野に金子の様子がいつもと違うからミルクを与えるようにいった。「そうする」吉野は目をつぶりうつむいた。

兵士メンバーが土間で火にあたりながら、山田の総括のことなど話し合っていたところ、坂口がきて植垣に「明日朝早く車まで榛名の荷物を取りにいってくれ」という。了解し、今夜の見はりは女性たちにまかせて自分たち荷運び隊はすぐ寝ることにした。寝ようという時、金子がそれまでと明らかに違う力のない声で「植垣君、ミルクをちょうだい」と呼んだ。「うるさい。早く寝ろ」植垣はさっさとシュラフにもぐりこみ、取り合わなかった。

金子みちよ、山田孝

二月四日。午前五時、CC＝坂口、坂東、吉野、永田が起床、兵士＝植垣、青砥、前沢、加藤兄弟が起床。永田を除く全員が空のリュックを持って車まで荷物を取りに出て行った。この時間の見はりは小林と岩本で、金子はモーローとした眼で起きていた。雪が降りはじめた。植垣の足は痛みがひどくなり、タフマンの植垣もこのところ荷運びがつらくなっていた。

六時三十分、荷運び隊は小屋に戻った。小林と岩本は土間にすわったまま眠りこみ、囲炉裏の火も消えている。金子の頭は大きな花のように垂れていた。植垣らはあわてて金子の様子を見たが、瞳孔が開き、呼吸も脈もない。「大変だ、金子が死んでいる」青砥が叫ぶと森がすっとんできて、寝ていた小林らも起き、横たわった金子を取り囲んだ。永田は暗い穴の底に突き落とされたように感じ、一人だけ金子のところに行けないでいた。何を考えたらいいかわからぬがしっかり考えねばならぬという思いでいっぱいだった。森はそう確信もなさそうに「死んだ直後なら子供を取り出せるかもしれない」といって青砥に体温を調べさせたがやはり駄目だった。森、坂口、坂東、吉野で遺体を床下に運んだあと、永田の待つCCのコタツに戻ってきた。永田は吉野を見て「夕べ、ミルクをあげた?」ときく。吉野はおどろいた顔をし「あげなかった」とこたえ、強く首を振って「あげてもあげなくても同じだったと思う」といった。

みんな沈みこんでいる中で、ひとり森の語る悔いの言葉ばかりがうるさく響いた。「これは子供の私物化と闘えなかった点でCCが自己批判すべきだ。夕べ金子の様子がおかしい時、思い切って対処すべきだった。あのとき一歩でも二歩でも踏みこむことができていたら。……しかしぼくがどうしたといったら、金子はハッキリした口調で「何でもありません」といったのだ。だから大丈夫と思ってしまった」しばらく黙ってから森は急に「待てよ、金子はぼくが声をかけたので、ハッキリした口調であそこたえたんだな。畜生め。ぼくに対して自分が死ぬことを隠したのだ」とプリプリ怒りだした。永田は森が何に憤《いきどお》っているのかわからず、ただどうでもいい川音みたいに聞き流していた。

「金子に子供の私物化を許したのは、ＣＣが土壇場に臨んで躊躇《ちゅうちょ》したからであり、これを自己批判せねばならない」森は永田に「この自己批判をみんなにしゃべれ。いいな、ＣＣが躊躇したからという点をしっかりいうのだぞ」と指示した。永田は森の言葉の意味がわからぬまま、とにかくみんなに森の「自己批判」を取り次ぐだけは承諾した。

永田は森と土間へ行き、みんなに「子供の私物化を許したのはＣＣが躊躇したからだ。このことを自己批判する」とだけいった。永田自身よくわかってないのだから、みんなはもっと不得要領な顔をした。永田にはみんなのこのわけがわからんという表情が、金子の死に対してみんなが永田と同じ気持ちでいる証のように思われた。永田は「ＣＣのこの自己批判を今後よく考えてゆきたい」といって発言をおえた。つづいて森が「昨夜様子がおかしいので「どうした」ときいたら、金子は何でもありませんとキッパリ明言した。子供を私物化するため、自分が死ぬことを陰険に隠したのだ」と補足したが、みんなは一層不可解という表情になり、ちっとも補足にならなかった。ＣＣの場所に戻ってから永田は森に「自己批判をもっとよく考えなければならないんじゃないの」と注意した。森は何もいわなかった。

朝食後のＣＣ会議で、①今夜、金子の遺体の埋葬に行くこと。②「このかんお金がものすごくかかった。上京して、私が小池氏（日共左派関係者）に大口カンパを要請する。二人で行くのがいいと思うが誰が一緒に行く」永田はいう。最終的に森が行くことになり、「……山田が失敗した車のカンパを得るようにする」と誓ってみせた。森と永田の本日中の上京が決定。③森、永田不在の間に、山田への総括要求をどう進めていくか？　協議をつうじて永田は、金子と胎児を一体不離の存在として常識的にとらえかえした上で、その金子を生かすことができなかった指導の自己批判として、わずかなものだったとはいえ山田に対する総括要求の条件の緩和を打ち出し、がんばって、渋る森の了解をとった。山田の待遇は丸太敷の上の逆エビ型から土間の柱の立縛りへ変更のうえ、食事は一日一食必ず与えることにした。永田と坂口が土間に行き、はずんだ声で山田の「待遇改善」を発表、指示するとみんなは大歓迎して山田をルールの許すギリギリの範囲で楽にさせるのに一致協力した。植垣が縛り直す時、改めて「まだ革命をやるつもりがあるか」ときくと、山田は「ある」と力強くこたえた。④森と永田が上京し、三、四日位で帰ること。森、永田不在の間は、坂口がベースの責任者である。今夜、坂東、吉野、植垣、伊沢（車）で金子を埋葬に行くこと。また明日以降坂東と吉野を中心に榛名の小屋の解体をおこなう。坂口は責任者としてベースに残ることを了解し、永田は書類と金を収めたバッグを坂口に引継ぎした。

外は大雪だった。森と永田は上京の準備。兵士たちは囲炉裏の火のまわりで雑談したりコタツに入ったりなど和気あいあい過ごしていたが、独り植垣のみ心楽しまず、土間で鬱々とマキ作りをし、午後になるとたまった疲れで眠りこんでしまい、永田と森の出発は知らなかった。植垣にはわからなかったわけだが、森の顔とはこれで永別となる。

夕方近く、森と永田は小屋を出た。出て行くとき永田は戸口で振りかえって「任務をやり遂げなるべく早く帰ってくるからね」とみんなに声をかけた。永田に笑顔を向けてきたのは、坂口、坂東、吉野、前沢、青砥、加藤兄弟、小林、松崎、岩本、山本、それに吉野に抱っこされている頼良である。

第十章　伝説

森恒夫

一九七三年一月一日　森は六時起床、入念に歯をみがいた。健康の要めは歯で、革命戦争勝利の基盤は戦士の身体の健康の持続というのが森の年来の主張であり、昨年の二月十七日の逮捕以来今日まで一日も休まず徹底した歯みがきを励行してきている。そのあと日課の腕立て伏せ百回、逆立ち三分間。森に対して家族からの差入れや、面会は一切なく、救援団体からのものもこちらは自分から謝絶していたので、森の衣服は妙義山中で逮捕された時のまま「着た切り雀」である。

昨日大晦日は丸一日、森も人並みに、しかし決して人並みでなかったこの一年間を振り返って過ごし、「新党」連合赤軍と自身の敗北の総括の現在における到達点を、先輩の塩見孝也、後輩の坂東国男にあてた二通の手紙の中で時間をかけてまとめあげた。拘置所においては収容者に獄内外との交通が一定の条件の下で認められている。手紙の発信は週一回、筆記室で三十分間、ボールペン書き便箋七枚以内というのが規則だが、森の場合は拘置所の判断で特別に自身の独居房内での筆記（ノート、手紙）を許可されていた。森は大敗北を喫した今も「新党」の最高指導者であり、中央委員（CC）の一員だった一人であって、『資本論』学習、獄中獄外の同志仲間との手紙による意見交換、意思一致、なかんずく自分の指導の自己批判＝敗北の総括を少しでも前進させるため、この特権を最大限活用した。

森は塩見、坂東への手紙の中で、自らの逮捕＝敗北以後今日までの歩みを、①二月—九月。渋川署における取調べ

↓起訴。「上申書」提出、「自己批判書」の執筆（↓「調書」化）。②十月—十一月。東京拘置所移管後、「自己批判書」を撤回。「新党」十二名の死と「あさま」の戦いの再総括へ。③十二月。坂口弘の批判と塩見の指導により、「新党」の誤りの根源をこの自己の「思想」にありと結論するにいたった過程の三期に分け、主として権力との攻防の場面において自身の犯した過誤、後退を問い返し、克服の方向を自他に示そうと試みた。

①逮捕後の取調べに森は「死の覚悟」をもって臨んだ。それは死刑攻撃に抗して闘う覚悟というのとはいささか違っていた。死（刑）を強いてくるであろう敵に対し、頼まれもせぬのにはじめから「死の覚悟」を固めてしまうことによって自身を武装解除してしまっていたと、だいぶ後になって森は振り返るが、その致命的な誤りは早速まず、調べ官から「あさま山荘」の戦いを知らされたときの間違った対応となって露呈した。調べ官が「あさま」の戦いを「卑劣な人質とり」と批難し、犯人たちは「全員射殺」「全員死刑」とハッタリをかけてくると森はたちまち動揺し、「犯人」に呼びかけて人質解放を説得するから現場に行かせろと申し出たのである。このときの森の人質＝「人民」を「タテにとって」するセンメツ戦に反対した、現に戦っている坂口弘らを「死なせたくない」「死刑にさせたくない」からという変に温かいオヤジ的心情は、今進行中の闘いの中では事実上、警察への抵抗はやめ、人質を家族のもとに返し、早く投降して「死刑」にならぬようにせよという非常に反動的な呼びかけに行きつくしかない。一晩寝て頭を冷やすとさすがに森は己れを恥じて調べ官に約束した「説得」も「調書」も一転反故《ほご》にしたのだけれども、「あさま」の戦いに対する不満、懐疑、否定的感情のほうは以後も長くつづく。

次が「上申書」問題である。森らの誤った指導（と森は省みはじめていた）の下で死に追いやられた十二名の存在は、取調べの初期の頃から疑われており、「あさま」の戦いの後は逮捕メンバーへの警察側の追及が厳しくなっていた。しかしながら、一番遅くに入山した一兵士を含めまだメンバーの誰一人自供などしていない三月初めの段階で、森は自分から進んで「十二名の死者」の存在を認め、「遺体を遺族のもとにお返しする」ための手続きを「前橋地裁所長」に「上申」するという「勇み足」に打って出たのであった。取調べ陣から一斉に突きつけられた森「上申書」の写しは新党のCCと兵士たちにとって最高指導者の指令であり、かつかれらの多くがこれまで知らずにきた森という人の意外な一面の告白でもあった。坂口は読むとすぐ「森は転んだな」と直感したが、坂口ほど鋭くない他の者たちは指令の中身の意外さに混乱し、消耗し、黙秘の闘いを支えていた確信がグラつくのを感じた。兵士メンバーから遺体の埋め場所について自供がはじまり、自供内容はやがて遺体の位置にとどまらず、十二名が次々に遺体にされていくプロセスの詳細の告白へ拡大していった。逃亡していたメンバーの出頭、自供も連続した。かれらの大量多彩な供述は、最終的には新党と「上申書」の森およびCCたち、この者らの領導した闘い全体の総否定へ雪崩《なだれ》を打って向かうかのようだった。

森はこうした反響に仰天、狼狽《ろうばい》し、このとんでもない誤解をどう正そうかとあせった。同志十二名の遺体を遺族のもとにお返しすることは新党の闘いの否定ではなくて、十二名もの死者を出さざるを得なくした共産主義化の闘いを批判的に検証し、その上でまた新たに党建設へ出発し直す決意の表明であり、こんな全面自供は総括の放棄ではないか。森は調べ官から見せられた坂口の手記（一部のみ）に「もはや完黙するだけでは闘うことにならない」とあるのを見たことが直接の契機になり、共産主義化の闘いにおける指導の自己批判、亡き十二名の同志の名誉回復をめざし、取調べ側に「調書」を差し出す形にはなるが、共産主義化の闘いの事実関係の正確な再現の試みとして「自己批判書」を完成させることにした。森は手記において、亡き十二名と世界革命の大義の前で自己自身に有罪＝死刑判決を下す「立場」に立って、共同軍事訓練での「遠山批判」にはじまり、山田への総括要求と死でおわる共産主義化の闘いの過程を詳細に描写しきった。総じてめざしたところは正しかったが、その「方法」を間違えた、死せる十二名の同志はわれわれの誤りの犠牲であった。云々。CCだった永田、坂口、坂東、吉野は自身の取調べの中でこの大部の森「自己批判書」を読まされている。永田と坂口は森が手記の中で、自身と永田を誤りの共同責任者と位置付けたうえ、誤りの起点を永田と革左による二名処刑↓「遠山批判」に見ているらしいのに注目して、とりわけ永田は、森には心外だったわけだが森に対して大きなわだかまりを抱くにいたった。手記を書き上げると森はもう自分で自分に立派に「判決」を下してしまったという心境で、近い将来に控える現実の公判にたいしてはなにか第三者的、評論家的にふるまいだしている。新党と「事件」の最高責任者としてはなかなか危うい時期であった。

②九月二十八日、東京拘置所へ移管。十月二十三日には接見禁止措置が解除され、森は逮捕の日以来遮断されてきた獄内外のすべての他人たちと、通信、面会をとおして再会し、交通が可能となった。再会は森にとって喜びであり、しかし同時にまた気怯《きおく》れがし、ほんとは避けていたい、森の勝手な自閉を決して許さぬ容赦ない外部との遭遇である。外部はまず新党№3坂口の渾身の手記の姿で森の独房に差し入れられた。森は一読して考えこみ、じっと精読したあと、自分の足元が音たててくずれていくのを感じた。坂口は「あさま」の戦いを死せる同志たち、生ける同志たち、すべての人民に対する自己批判として貫徹した立場から、森の取調べ段階で警察検察＝権力に自ら進んで提出した「上申書」「自己批判書」を、「自己の指導の誤りの自己批判」「亡き十二名の同志の名誉回復」の名目をふりかざしてやってのけた、実際は権力との闘いの放棄、味方の敵への売り渡し、利敵行為＝敵権力に対する大降服とみなしたのであり、この点森自身一言もなく指摘を受けいれざるを得なかった。敵との闘いを前にして「あらかじめ」負けてしまい、死の運命に直面して生きんとするのでなく、生きんとする闘いの手前で独り真っ先に死の安息のなかに逃げこんでしまう。それがおれの「上申書」「自己批判書」であったとは！

森は十月三十一日付の『全国で日々闘っておられる方々へ』という一文の冒頭で次のように書いた。「日本階級闘争が生みだした十四名の戦士（旧革命左派二名、新党十二名）を全く恣意的な判断の下に殺害したことを心から謝罪したいと思います。やっと端緒についた日本革命戦争の萌芽を破壊し、権力の弾圧に多くの力を与えたことを深く自己批判したいと思います。逮捕後権力との闘いと自己批判を統一的に展開しえず、多くの同志を窮地に追いやったことをここで改めて謝罪します。また私が権力の下で書いた「自己批判書」は、根柢的な誤りに気づいて以降自分がなぜ生きているのか、自分もまた死ぬべきではないかという考えに私がおぼれ、真の批判を貫徹しえなかった所産であり、権力への敗北の証《あかし》に他なりません。私は今このことをハッキリ自己批判し、「自己批判書」を全面的に撤回したいと思います。私が繰り返した反プロレタリア的誤りは決して償いきれるものではないし、遺族の方々や全国で日々闘っておられる方々の怒りと悲しみは尽きることがないでしょう。日本階級闘争に拭い去れぬ汚点を残した今、私は多くの人々の怒りと批判を受け続ける中で、おわることのないだろう自己批判＝自己の共産主義的改造を目指したいと望みます。……」

永田との再会は坂口の手記以上に手厳しく森の現在を問うものであった。永田はかつて革命左派の獄外指導部のトップとして、獄中革左の最高指導者川島豪の「統一赤軍」反対に抗して赤軍派トップ森と意志一致をとげ、新党の結成→共産主義化の闘いを共に歩んだ森の強力な政治的パートナーである。ところがその永田が十一月の末頃までに、連合赤軍の敗北＝十二名の同志殺害を、「反米愛国路線の放棄」の所産と批判して、新党の闘いと理想を全清算する川島と獄中革左の立場に「復帰する」姿勢を明らかにしたというのであった。共産主義化の闘いに一貫して消極的だった坂口が、新党の敗北のあと、川島に対する古くからの忠誠にかえっていったのは面白くないけれどもそれなりにわかる気もする。しかし永田の「復帰」となるとこれはとても永田の本音だなぞといえず、一にかかって逮捕後の取調べ中の森の言動（権力への屈服！）に対する批判、不満の表現と秘かに受け止めて消耗せざるを得なかった。さらにまた、逮捕後新党からの離脱を表明し「分離公判」を選択した、CCだった吉野雅邦をも含む兵士たちのつらい現状もあった。取調べ中に権力から森の「上申書」「自己批判書」を突きつけられ、それを「当然にも」新党の自己否定―敗北宣言と解して自分たちの過去、現在、未来に絶望してしまったかれらに、森は今何を語りかけるべきか、語りかけることができるか。森は坂口に、永田に、新党の仲間たちすべてに、森らの敗北の傍らにたたずんでいるすべての人たちに語りかけ得るその言葉を自分の手にしたいと強く思った。逮捕メンバー中で唯一ほぼ完全黙秘を貫いた坂口は十一月二十五日付の「謝罪と闘争宣言」の中で、公判闘争に向け、同志仲間十四名の死をもたらした組織・運動の敗北の総括を、獄内外の対権力闘争と一体に、あくまでも日本階級闘争の一翼を担う闘いとして前進させていくと決意を表明した。森もまた新党CCの永田、坂口、坂東、兵士の植垣とともに「統一公判」組の一員である。ゼロからやり直し、共産主義化の闘い→「あさま」の闘いの再総括をとおしてもう一度権力との妥協の余地ない闘争に進み出ること。森は顔を上げ、外界と他人たちに向かってそろそろと歩き出す。

③森は取調べ時における坂口のメンバー中で唯一原則的だった闘いぶりを全面評価した。しかしだからといって、「反米愛国路線の放棄」が獄外革左指導部と新党メンバーを不可避に同志仲間十四名の殺害へ追いやったなどという川

島ら獄中革左の手前味噌な「総括」には当然ながらとても同意などできなかった。森は再総括を進めていく中で、事態はむしろ逆なのであって、革左永田指導部の「反米愛国路線」との訣別の不徹底が、かれらをいやおうなしに狭く唯銃主義、山岳根拠地主義にし、山と銃を守るための「二名処刑」を不可避にし、さらに共同軍事訓練において、「二名処刑」の延長線上で山と銃の絶対化を前提とした「遠山批判」の誤りをもたらし、ついには十二名の同志の連続死にいたったのではないかと考えた。こうした森意見はもう一方の「手前味噌」ともいえようが、公判闘争を目前にしている今、森はとにかく新党の旧革左メンバーに対し、「反米愛国路線」と一体不離の革左の「作風」（下から主義、修養主義、……）の振り返りを改めて求めたのである。森は私見をまとめ獄中赤軍派の指導者塩見、新党の永田、坂口、吉野、坂東らに発信し、かれらの来信を待った。返事は十二月二十六日中に塩見、坂口、吉野、坂東から届いたが、塩見、坂口のいずれもかなり長文の手紙を熟読して森は大いに悟るところがあった。

坂口文。（ⅰ）革左による二名処刑と「遠山批判」が先にあったことは事実。が、それをあとから「理論」化し、共産主義化論と称する党建設の「方法」「武器」に作りかえたのは赤軍派指導者の森である。のちの新党の同志十二名の死の責任の負担分は、処刑と批判を先鞭した革左と、あとから「理論」化した赤軍派で少なくとも五分と五分であろう。森の言い分は革左への「責任転嫁」に聞こえるがどうか。共産主義化論という邪悪な「方法」を発明し、「道具」として振り回し、同志たちを死に追いやった新党の筆頭人は森ではないのか。（ⅱ）「あさま」の闘いは、革左の二名処刑、新党における十二名の死の根柢的な自己批判を、権力とのセンメツ戦として貫徹したものである。森には「あさま」の闘いを肯定し、その意義をわれわれと共有してほしい。→森は（ⅰ）についてお説のとおりと了解。森自分の責任は五分どころではない。「責任転嫁」と聞こえてしまったとすれば、獄中における権力への屈服を自分がまだ総括しきれていない現状の反映であろう。（ⅱ）はもう少し考えてみたい。同志殺害の当事者であるから、ストレートに「肯定」「共有」とはまだいえない。以上の内容を十二月二十七日に坂口に返信した。

塩見文は森に、共産主義化の闘いにおける新党十二名の死者の側に留保なしにキッパリと立てと語りかけた。革命の理想は死せる十二名の側にあり、かれらに「総括」を要求し死に追いやった新党ＣＣの側には、不断に革命の抑圧にまわる権力政治と「小ブル革命主義」しかなかった。森君には、公判闘争をとおして死せる同志たちとかれらの体現している革命の理想に向かって果敢に跳躍してほしいと思う。われわれは君たちの敗北の総括―自己批判の闘いを最後までとことん援助する。↓森は十二月三十一日、塩見の励ましに対し感謝の意をこめて、逮捕後の動揺し続けの日々を振り返り、塩見さん、坂口君はじめ仲間たちからの批判、指摘を導きの糸として、勇気をもって死せる十二名の同志たちとの再会めざして出発します云々と書いた。坂東にも、同じ内容の手紙を書き上げた。……

十一時、森は坂東宛ての手紙の最後の一枚の余白末尾に、「元旦になってしまいました。いい天気です。山田さん（亡き山田孝の未亡人）が入れて下さった花が美しく咲いています。一年前の今日の何と暗かったことか。この一年間の自己を振り返るととめどなく自己嫌悪と絶望が吹き出してきます。方向はわかりました。今ぼくに必要なのは真の勇気のみです。はじめての革命的試練―跳躍のための。一九七三年一月一日　森。親愛なる坂東同志へ！　以上です」と書き加えた。

昼食は麦飯、味噌汁、薄い番茶。森は全部平らげた。それから歯みがき。

午後一時三十分、新舎房三階の看守が交代した。東拘は正月休みであるが、看守による各房巡視はふだんどおり、十五分ごとに行なわれている。

一時三十八分、看守は森が机に向かって書き物をしている様子を確認した。森は塩見宛て手紙一枚目の欄外に「もしぼくが絶望感の大きさに敗北したら、この手紙を公表して下さるか、この内容を御遺族、他の被告同志、同盟（赤軍派）、革左に明らかにして下さい」と書き記した。

午後一時五十二分、看守は二度目の巡視中、森恒夫が廊下側ドア窓の鉄格子にタオルを斜めにくくりつけ、足をシャツで縛って体を投げ出す格好で、ドアにもたれかかり首を吊っているのを発見、かけつけた東拘医務課長らが人工呼吸等応急手当を施したが、二時五十五分死亡した。享年二十九であった。

夜八時、全国のＴＶ、ラジオは一斉に「一月一日十三時五十分頃、連合赤軍の森恒夫が東京拘置所の独房内で首つり自殺を図り、十四時五十五分頃死亡を確認した」と速報した。当時人気番組だった『ゲバゲバ九十分』の司会者のひとり前田武彦は、にぎやかにライブ放送中森死すのテロップが流れると白けた表情になり、「この連中は死ぬときまで嫌味だねえ」と吐き捨てた。

一月二日午前七時、連合赤軍の救援組織「もっぷる社」は、獄中の事件関係者宛てに「戦士森恒夫の死を悼み、同志を死に追いやった敵権力を糾弾する。連赤公判の統一を崩さず、断乎闘い抜こう」と電報した。獄中の永田、坂口らは正月休みの明けた一月四日、ようやくもっぷる社の発信した森死すの一報を手にすることができた。事件関係者の返信の一部。滝田光治（長野刑務所）一月四日午前十時四十七分発信。「革命家森恒夫兄の死を心より悲しみ、つつしんで哀悼の意を表します」。坂東国男（東京拘置所）一月四日午後二時発信。「同志森と共に、最後まで隊列を崩さず断乎闘うことを宣言する」。坂口弘（東拘）一月四日、同。「悲しいことです。われわれは公判を闘い抜くことによって義務をはたします」。植垣康博（東拘）一月五日午後零時二十分発信。「森同志を死に追いやったことを自己批判し、しかし彼の封建的思想を断乎として批判しよう」。他。かれらはおおむね森の自死を漠然と予期、危惧していたかのようであり、深く悲しむ一方、かれらの心は森と共にあった日々から早くも今後の自分たちの闘いの方に向けられていると読める。

かれらの中で、ひとり永田が極度に狼狽していた。永田は一月四日午後二時「もっぷる社」宛てに「森さんの死は本当ですか。詳しい事情を。すぐ面会を」と発信、面会にやってきた「もっぷる」関係者にいきなり「こういうことをしてもらっては迷惑だ。ズルいと思う。なんとかなりませんか」とぶちまける始末だった。詳しい事情の説明を受け、森についてこの世ではもうどうすることもできないと思い知ると永田は黙りこみ、実に困り果てたという顔をした。

一月十一日付「朝日新聞」に森恒夫の「遺書」と称する一文が掲載された。左はその全文である。

　ご遺族のみなさん　十二名の同志はぼくのブルジョア的反マルクス的専制と戦い、階級性、革命性を守ろうとした革命的同志であった。責任はひとえにぼくにある。

同志のみなさん　常に心から励まして下さってありがとう。お元気で

父上　ぼくはあなたの強い意志を学びとるべきだった。強い意志のない正義感は薄っぺらなものとなり、変質したのである。お元気で

愛する人へ　希望をもって生きてください。

さようなら

荷物は坂東君に

一九七三年一月一日

森　恒夫

一読した永田はしばらく考え、文中の「愛する人」というのはこの自分のことと勝手に決めてしまうことにして、それからほんのすこし森のために涙を流した。永田もやっと気持を今後の「総括の闘い」＝公判闘争のほうへ向けかえることができたのであった。

坂口弘（一九八六年九月二十六日）

連合赤軍事件「統一組」の公判闘争は一審＝一九七三年四月から八二年六月、二審＝八三年五月から八六年九月と、

控訴審判決の下ったこの日までまる十四年間の長期にわたった。このかんに当然ながら事件と坂口らをとりまく時世は変わった。当初統一被告団を構成していた坂口、永田、吉野、坂東、植垣の身にもそれぞれに有為転変があり、両両相俟って公判の道行きを大きく規定していく。

七三年　四月、坂口らは山本卓裁判長係りで初公判に臨んだ。以後月二回ペースで審理が進行する。取調べ中の「完黙」とあさまの闘いぶりのみごとさが世間の目に坂口を統一被告団の主役にしたが、新党における共産主義化の闘いをめぐって、永田、吉野、また赤軍派の坂東、植垣が、川島盲従の昔に還った坂口のように、それを「反米愛国路線の放棄」の一言でもって簡単に全清算してしまえるわけではなかった。「新党」の自己批判＝十二（十四）名の死せる同志に対する真の「謝罪」とは、過去を短兵急に、あっさりと片付けてしまわず、共産主義化の闘いの真実相を考えぬき、把握し直して、新党の犯した過ちを理論的実践的に二度と繰り返さぬようにすることではないかと永田は考えた。公判の進行につれて、坂口と永田の間の差異、食い違いはしだいに拡大していく。

七四年　獄中赤軍派指導者塩見孝也は論文集『論叢』4、5で、獄中革左の川島、坂口らの「連赤総括」をとりあげ、川島が「新党」について、永田の陰謀と赤軍派森の主導による政治路線棚上げの野合体で、革左は連合赤軍の誤りとは無関係だ云々と放言しているのを、「没主体的」と批判、新党指導部の「総括要求」に立向って死んでいった十二名の立場を「プロレタリア革命主義」と規定し、自分（たち）はその立場に立って連赤総括を推進すると書き、CCだった坂口に、川島による「没主体的」総括との訣別を求めた。永田は三月、差入れられた『論叢』4、5を読み、大いに共感した。連赤問題の核心は「思想問題」にあり、その解決の失敗が十二名の総括死なのだと永田は解していたからである。ただちに塩見に電報で支持を伝え、川島にも手紙で支持の気持を書いた。塩見から「イギナシ、ナガタバンザイ、スベテハコレカラ」と返電、川島からは簡潔に「エイキュウジョメイヲツタエル」と電報、直後の手紙には「君は塩見からもいまにポイと捨てられるだろう」とあった。永田は塩見の論を坂口とともに支持して連赤総括をかちとってゆきたいという気持から、公判前打ち合せの時間に「どうして共産主義化の闘いがあったのだと認めないの」と問い、説得に努めたが、坂口はこたえず、しつこく追及する永田に「もうとっくにこたえているつもりだ」といって話を打ち切った。坂口は後日面会にきた永田の友人に「これで永田とは組織的にも個人的にも切れた」と語った。七月、塩見は赤軍派（プロレタリア革命派）を再建し、思想問題の正しい解決を基礎に据え、それをとおして赤軍派の革命戦争路線の再構築＝「反スタトロツキズムと毛教条主義の同時相互止揚」をかかげた。永田は坂東、植垣といっしょに加盟して連赤総括を進めていくことにした。吉野は革左離党を歓迎したが、赤軍派への参加には批判的だった。

七五年　永田との訣別は一面で坂口を、永田と結婚する以前の、さらには川島豪と出会う以前の、穏健な大衆運動家だった「坂口」に向かって先祖返りさせたともいえよう。坂口は年初から、中国共産党の近来の動向に鑑み、昨秋保釈出獄した川島豪との間で革左の将来方針をめぐって論戦をはじめ、（i）闘いの重点を反米から反ソへ移すこと。（ii）今日日本に武闘の客観的条件はないこと。以上二点に絞って主張を展開し、論戦は獄内外の革左メンバーをまきこんでつづいたが、七月、坂口は川島の了解を得るのは難しいと判断、革左からの離党を表明し、論戦を終わらせた。反米より反ソを強調し、もはや武闘の客観的条件はないと確信した以上、これまでの坂口にとってすべてだった筈の「反米愛国路線」「武闘路線」との訣別は不可避である。すでに永田との別れによって新党における共産主義化の闘いを全否定した坂口は、さらに川島との論戦と別れによって、自身の主導した「あさま」の闘いの清算に向かって秘かに決定的な一歩を踏み出した。

八月　日本赤軍はクアラルンプールのアメリカ・スウェーデン両大使館に人質をとってたてこもり、拘置中の連合赤軍メンバー坂口弘と坂東国男の釈放➡出国を要求した。日本政府は要求の受け入れを決定、連赤公判の担当検事を東拘に派遣して、坂口、坂東の出国の意志確認を行なった。坂東は赤軍派（プロ革）の立場から出国の意志を表明したが坂口は拒否、理由を問われて（i）武装闘争は間違いであり、今後一切関わるつもりがないこと、（ii）連赤公判を担いぬくことによって自分の責任を果たしたいと考えていることを伝えた。坂口は後に川島との論戦のことがなかったら、もっと迷ったかもしれないと顧みた。

クアラルンプール事件と坂東の出国を境にして、坂口ら連赤「統一組」に対する東拘当局の扱いがこれまでのハレモノにさわるような特別視から一気に一般刑事被告人並の待遇に低落した。傍聴者の数も減り、支援組織は解散、報道関係も姿を消し、法廷には唯一人の弁護人と四被告、十人前後の傍聴者だけのガランとしたわびしい光景が毎月二回繰り広げられることになる。が、事件の審理そのものはこの頃から本格化、真剣勝負の領域に入った。

七七年　七月、吉野は連赤公判闘争＝「統一組」から離脱して、自分（たち）の殺害した同志十四名とその遺族たち、あさまの闘いで犠牲になった機動隊員二名、市民一名、負傷者多数、人質Y子とその家族たちに対し、謝罪し反省を深めていく方向へ総括方針を大転換した。直後に坂口は、法廷において、検事側証人元連合赤軍兵士前沢虎義への反対尋問の形で、被告同志である筈の永田洋子に対する個人批判に踏み切った。永田には他の非をあげつらいたがる摘発癖があるのではないか、権力への過大な恐怖に振り回されがちな傾向がないか、云々。坂口はこうした批判を、永田の法廷態度が悪く、病気の訴えばかりし、その訴えは同志殺害の責任を回避せんとするもので信用できぬ、指導者としての責任ある総括を要求しているのにセクト的屁理屈の中に身を隠す、吉野が公判を分離したのはこれらが理由の第一であって反省を求めざるを得ぬという位置付けのもとにおこなった。永田は悔しがって涙を流したが、権力を喜ばせたくない一心が働き、反撃に出たくなるのをオットットと自制した。

九月、日本赤軍はダッカの空港において日航機をハイジャック、指名した獄中メンバー（複数）の奪還闘争を敢行し、指名された者らの中に連合赤軍兵士植垣康博も含まれていたが、出国を拒否した。植垣は後に意見陳述において、当時法廷では坂口による永田批判がはじまり、赤軍派（プロ革）の党内闘争が獄内外で激化、これらを放っておくわけにはいかなかったこと、またその頃塩見の保釈問題があり、それを配慮したこと等をいった。塩見は植垣の不出国を機に、テロリズム的武闘と大衆的武闘の差異を明確にさせ、極左の清算の方向を打ち出す。日本赤軍のハイジャックによる奪還闘争について、人民を人質にしたテロリズムであって支持できぬと表明し、植垣の不出国を支持した。永田、植垣は塩見の新見解を支持、国内での闘いを第一にすべきであり、連赤総括も国内の闘いの緊張の中で進めてこそ意味があると確認しあった。

七八年　一月、塩見は赤軍派（プロ革）を離党し、ブント以来の歩みの清算＝マルクス主義の原点への回帰を宣言、塩見の指示を受けて永田と植垣も二月離党した。が、塩見のこうした「反省」表明にもかかわらず、保釈申請はまたも却下された。秋頃、塩見は永田への手紙で、共産主義化の闘い＝同志十二名の殺害を主導したのはむしろ永田だったのではないかといってきたが、永田が事実関係をいって反対すると、自己批判しますと撤回した。

七九年　三月、塩見を中心に永田、植垣らで日本社会科学研究所（マルクス・レーニン主義、毛沢東思想）を設立した。

三月二十九日、連合赤軍分離公判（石丸俊彦裁判長）において、吉野雅邦に対し無期懲役の判決。「石丸判決」は事件の核心＝同志十二名殺害にいたった根源を新党の指導者森と永田の「権力欲、嫉妬心、恐怖心、摘発癖」に求め、しかも「女」の永田こそが主導的役割を果たしたとみなした。権力側は本判決によって、連合赤軍問題を個人の資質の特殊な欠陥に解消し、連赤「統一組」の一部の主張する事件の「革命の問題」としての側面なるものは世間向けのお飾り、自分たちの正体を偽る煙幕にすぎぬと切り捨てる立場を明確にしたのであった。「石丸判決」に対して、永田は負けてたまるかと奮い立ったが、塩見は「動揺」して植垣に手紙で「連赤問題の原因は永田君の資質にあると確信します」連赤問題には女性的な問題が多いから云々と書き記した。植垣は返信において、連赤が情勢の変化に対応できず精神主義で困難を乗りこえんとしたこと、共産主義化におけるその「共産主義」の内容が封建的立場からブルジョア近代に反対する封建的社会主義であったことをいい、連赤問題を指導者の資質のせいにすることに反対し、さらに総括要求における批判も暴力の提起も森であり、同志殺害を主導したのは赤軍派のわれわれであって、革左の問題はそれを受けいれ従ったことであると強調した。塩見は「確信」を撤回し、永田には「石丸判決に動揺したことを自己批判します」と書き送った。何に動揺したか書かれておらず、植垣も気を使ってか何もいってくれぬので、何なのかしらと永田はいささか当惑した。

四月、坂口は裁判長が石丸（「統一組」公判も兼担していた）→中野武男に交代したさいの更新手続きにおける意見陳述で、永田の個人批判を「またしても」おこなった。怒った永田は、「批判のモチーフ」をもはや永田の犯した過ちを問題にせんとする公憤にあるのではなく、吉野に倣って情状による減刑をかちとらんとする私欲にあると思い込むにいたった。十二月、日本社会科学研究所機関誌『マルクス主義』第二号を「特集連合赤軍再総括」として刊行、塩見、植垣、永田の「石丸判決」批判論文を掲載した。

八〇年　一月、東京地裁刑事第四部、元赤軍派議長塩見孝也に対して、よど号ハイジャック事件等で懲役十八年の判決を下す。塩見側は控訴。

五月、永田は塩見から文書『永田君の家父長主義自己批判を援助するために』を受け取った。読んでみると一文は、公判闘争のはじめからずっと永田の擁護者、指導者でいてくれた塩見が、今になっていきなり連赤問題をことごとく永田個人の「資質」の偏向に還元し、永田一個の「疎外された歴史」を問題にせざるを得ぬなどとまさに「石丸判決」の延長線上で冷たく語りだすのであった。塩見文の事実誤認とその基底にある「男特有の女性蔑視」は明らかだと永田には思えた。塩見は事実を無視して、たとえば次のように妄想を繰り広げてみせる。「……遠山君の排除は明らかに男の指導者の森君に、女の同盟者として誰がなるのかの権力闘争であり、永田君はイチャモンをつけ「粛清」しようとしている。これでどうして「権力欲がなく嫉妬心がない」といえようか。……金子さんの母体と胎児を分離させるというのは、子供を産めない永田君の強烈な嫉妬心であったことはハッキリ理解できます。こんな処置は絶対に男の思いつかない発想であり、疎外され男化した女の発想です」云々。永田は塩見の事実誤認を明らかにした文書を書いて送ったが無視され、植垣はたんに塩見文を拒否、研究所を除名してくれと申し出たという。六月下旬、永田は植垣と連名で研究所の離所を表明、研究所側は直後に二人を「反革命の同志殺しの居直り分子」と決めつけて除名した。以降永田は植垣の支えを得て革左（川島）→赤軍派（塩見）の「党派政治」に大なり小なり規定されていた思考から踏み出し、正体不明の病と闘いつつ、永田という「個人」の「問題」に連赤問題を矮小化した「石丸判決」と、それと思想的立場を同じくしている（！）坂口の批判、塩見の批判に抗して、自分の連赤総括を打ち出していこうと張り切った。毎日、運動時間の三十分間、目一杯全力で走り回るようになり、通販で紺と白のトレーニングウェアを買った。良し悪しは別として、このあたり減刑を求める坂口や保釈を期待する塩見とは立場が根本的に違うのである。

八二年　三月、連赤公判「統一組」三名の最終意見陳述がおこなわれた。坂口は同志殺害と「あさま」銃撃戦の犠牲者たちに謝罪したうえで、連合赤軍の犯した誤りの主因を森と永田による指導の偏向に求め、かれらの危険な逸脱に内心反対していながら阻止に踏みだせず、追随した自己を問題にした。しかしながら今日森はこの世になく、坂口の問題はしょせん「追随」の罪なのだから、坂口の陳述は結局のところ、連合赤軍の誤りの総元締は「未だ反省の足りない」永田個人であるという主張になる。永田も他の者も坂口の自己批判をそのように聞いた。坂口はおわりに、獄中で反省をさらに深めていくことが自分の責務と考えているといって着席した。植垣は、森が共産主義化の闘いにおいて依拠した理論的背景を塩見『革命戦争派の綱領問題』に見出す。連合赤軍結成と同時に始まった赤軍―革左両派のヘゲモニー争いが、赤軍派によって「新党」の結成過程に持ち込まれ、両派の政治路線上の差異を隠蔽するため、暴力的総括要求の自己回転が不可避となった。云々。永田は自分が「新党」において指導権の問題に無自覚なまま指導者としてふるまっていたことが事態をいかに悪化させてしまったか、個々の具体にわたって明らかにし、「遠山批判」から、「金子への総括援助」にいたるまで、森の主導を安易に許してしまった責任の大きさを語った。つまり永田は森につき従い、坂口は森と永田につき従い、そしてその森はもうこの世に居ないのである。「つき従った」罪と責任しか担うことができぬとしたら、「統一組」の「自己批判」といってもいったいどこまで事件の核心に近づくことができるのか。これは最後まで永田、坂口、そして植垣の「連赤総括」につきまとう問いである。永田はこの四月から、敵の攻勢に抗って、まずは連合赤軍事件の永田の獲得しえた限りでの事実関係の再現をめざして自伝記録『十六の墓標』の執筆を開始する。

六月十八日、東京地裁刑事七部「連合赤軍事件」公判（中野武男裁判長）において、永田洋子、坂口弘に死刑、植垣康博に懲役二十年の判決が下った。減刑にかすかな期待のあった坂口は、容赦ない判決にはじめて、石のように平然と死刑判決を下すことのできる国家権力に対して、自分がこのかんかなりのんきに浴衣がけ、サンダルばきだったかもしれぬことに気づかされ、いささかパニックに陥った。ただ生きていたいというのではなかった。しかし、死んだ同志仲間のためにも、連赤の誤りの自己批判＝総括を中途半端にしたままで権力に「手続きにのっとって」殺されてしまうのは願い下げだった。大きな衝撃の中で坂口は、この判決を見返してやるぞと心に誓った。

中野判決には「被告人永田は自己顕示欲が旺盛で、感情的、攻撃的な性格とともに強い猜疑心、嫉妬心を有し、これに女性特有の執拗さ、底意地の悪さ、冷酷な加虐趣味が加わり、その資質に幾多の問題を蔵していた」などいうとびきりの名文もあって、永田の士気はいよいよ上り、植垣はよし、持久戦でいこうと永田に笑いかけた。六月二十二日、弁護団控訴。九月二十五日、永田著『十六の墓標』（上）出版。

八三年　二月、『十六の墓標』（下）出版。跋文を寄せた瀬戸内晴美（寂聴）との手紙の往復がはじまる。五月十三日付の手紙に永田は「十四名を殺した夢は見ず、みんなと楽しくしている夢はたまに見ます。「殺人者」というように自分を正直思えぬみたいです」と書き、こういうところが坂口さんあたりから「反省が足りない」と叱られてしまう所以かもしれませんなぞと柄にない「反省」を示している。しかしながら、永田の四方八方に訴えつづけていた体調不良のほうは、決して仲間の坂口すらかすかに疑っていたような「反省」逃れの「詐病」ではなかった。五月二十四日未明「脳圧亢進症」と診断された激しい頭痛、嘔吐の症状が出、一年をとおしてしだいに病勢は悪化していく。永田による権力との「持久戦」としての公判闘争＝連赤総括の闘いは、今後はさらに自身の病との闘いと一体に、一個二重の運動となって進むのである。

坂口は連赤公判控訴審の開始に臨んで「統一組」からの分離を希望した。連赤総括の前提が永田、植垣とは違ってしまっており、連赤の敗北＝同志殺害の真実の解明という目的は一致しているものの見かけだけの一致にすぎない。坂口は連赤総括を自分らの誤りの犠牲者に対する謝罪の深化・完成として進めようとするのに、永田、植垣は、坂口の眼には、謝罪は口先だけであって、かれらの本音は国家に対して武力闘争を挑んだ「新党」＝自分たちの組織と運動を究極的に肯定するところにあると見ていた。「反省」の方向が真反対なのである。坂口の申し出に対し、弁護団は事件の犠牲者への謝罪はあなた独りの仕事ではなく、考えは違っても「新党」の経験を共有した永田、植垣と共になされてこそ「完成」に向かって深化させられるのではないかと説得、永田と植垣も坂口の分離は敵の勝利になる、お互いに苦しくとも大同について進もうと呼びかけた。年末までに、坂口は、森が創唱した「共産主義化論」を解明し、これを否定しきるという自身の目標を立て、「統一組」に残って公判闘争を続けることをともあれ了承した。

八四年　三月、植垣は自伝記録『兵士たちの連合赤軍』を脱稿。赤軍派中央軍兵士、連合赤軍兵士の立場から、山岳ベースにおける同志殺害の真実を描きだそうとした（五月刊行）。

五月十一日控訴審初公判。永田は出廷直前に失神し、常用薬のセデスをばらまく。以後連日法廷で、自分の房で、運動場で、面会室で失神、痙攣、失禁を繰り返しているため、弁護団は東拘医務部に本腰入れた対応を要請し、七月十六日永田は慶応病院に搬送されて脳の断層写真を撮影、病名は「脳腫瘍」、早急に手術が必要と診断が下った。七月二十日手術。二十一日、病室で眼覚めると頭痛から解放されている。手術は緊急避難としてとりあえず成功した。永田の生活はこれ以降、脳腫瘍という死病と向き合いながらの連赤総括＝公判闘争の日々となる。九月二十八日公判日。永田はカツラをかぶらされて浮き浮きと出廷、再会した植垣に、カツラをとって手術で丸坊主になった頭を見せ、植垣はよかったといって喜んだ。坂口はいつもどおり永田のほうを見ぬようにしており、それが坂口の「闘い」でもあった。

十月十六日公判日。弁護側はレバノンより送付（八四年八月二十日付）されてきた坂東国男の「供述書」（赤軍派↓連合赤軍の経験の総括文。中心はやはり同志殺害の自己批判である）を証拠申請した。同文書は後に被告らに差し入れられ、永田も集中して熟読した。が、パレスチナ解放の戦士となった今の坂東も、連赤の同志殺害の総括にとりかかると、赤軍派と亡き森の思い出を守ろうとする心情が前に出て、意識してそうするのではないけれども、誤りの主導を「強い人」永田と革左に帰し、「弱い人」森と赤軍派を「迎合し、引きずられた」誤りにおいてその限りで自己批判するという内容に結果としてなり、敗北にいたる事実関係をめぐって坂東流の整理に、永田は抵抗感をおぼえざるを得ぬのであった。ただ坂東が最後に、坂口の現在に言及しながら、坂口同志とともに最後まで団結して闘いぬいて下さい、連赤総括にかかわる坂口同志と永田同志の間の差異は、永田同志と国家権力の間の差異の隣に置くなら、ないのも同然なのですというのには、永田も襟を正す思いになった。永田はこの頃、法廷で元夫である坂口といっしょにいるのが苦痛に思えることが多くなっていたからである。坂東手記は全体としてやはり同志による励ましの言葉ではあったのだ。

八五年　二月一日公判。千葉刑務所で服役中の吉野が検事側の証人として出廷した。退廷していく吉野の後姿に植垣が「身体に気をつけて」と声をかけると、無粋な山本茂裁判長は「そんなことはいわんでもいい」と注意する。永田はこれで二度と吉野に会うことはないんだと自分に言い聞かせながら、吉野をじっと目送した。二月二十二日公判。革左の少年兵士だった加藤弟が出廷。今は加藤は三十間近の青年となり、永田にはいくつか有難い証言をしてくれた。革左の「作風」とされる日々の活動の点検は永田の創始ではなく〈下から〉はじまった。暴力の持ち込みは赤軍派の持ち込んだ分派闘争の過程で生じた。その他。

四月十二日から三回にわたって坂口に対する被告人質問。坂口は冒頭「事件全体の真実に迫り、究極には歴史的検証に耐えられるような証言をする」と意気込んだが、永田にいわせると、坂口証言はつまるところ森『自己批判書』の解説に終始し、森と永田の指導の誤りの評論家風ブル新風の批判、そしてまたぞろこの世にしゃあしゃあと死なずに残っている永田の個人批判でしめくくられるのであった。何故こうなってしまうのか。坂口が今日、自分の中の森・永田の指導に「ついていけなかった」私ばかりを強調し、かつて森・永田につづく新党のナンバー3であって、共産主義化の闘いをイヤイヤながらであれ何であれ共に推し進めてきた「私」を、まるではじめからなかったかのように虚構をかまえ、新党の「誤り」を云々するからだ。悪いのは森と永田、自分は亡き十四名とともに本来「被害者」！　といいた気だが、これでは総括にも自己批判にもならない。永田は坂口が遠山美枝子、小嶋和子、大槻節子、金子みちよへの総括要求に言及し、「永田は総じて同性いびりの感が強い」と言い放ったとき、その事実無視、女性蔑視の心情に、改めて坂口の「没主体的」総括の危うさを痛感した。永田に対する坂口の頑なな拒否は、元夫坂口の問題であるだけでなく、かくも拒否させている元妻永田の問題でもあるのだが、永田の内省はそこまでは届かなかった。

六月二十一日から四回、植垣に対する被告人質問。（ⅰ）新党の全員が「共産主義化」を支持した。（ⅱ）「銃によるセンメツ戦」を掲げたことは「正しかった」。それによって当時の新左翼の路線すべてが検証されることになり、その誤りをつきだしたから。（ⅲ）遠山批判は赤軍派―革左の党派闘争として象徴的意味をもち、暴力は新党結成のための技術であり、いっさいを赤軍派が主導して革左を解体させた。

九月十三日から四回、永田に対する被告人質問。冒頭永田は自分の病気、手術に触れ、死復活のこの経験を大事にして、連赤総括をさらに前進させたいと語った。「二名処刑」は新党における暴力の持ち込みにつながった。「敗北死」規定こそ新党の維持、防衛の柱であった。云々。私は亡き同志たちと再会できるその日まで、がんばって生きぬくつもりであると永田は最後にいった。

十月中旬、永田は裁判所が東拘に対しておこなった永田の病気に対する照会の回答を受け取った。病名は「脳松果体部腫瘍」。「現在、他覚的症状及び検査所見は安定し著明な変化はないが、今後症状の変化に応じて適切な治療をおこなう方針である」とあった。

八六年　一月二十四日、瀬戸内寂聴が永田の情状証人として証言台に立つ。永田の人柄について「……非常に無防備で怖いようなところがある率直な人だと思います。もう少し考えて物をいわないと、誤解されるんではないかということを平気でぱっと思ったことをいう人のような気がいたします」と語った。三月十四日から三回にわたって弁護団による控訴審最終弁論。

七月二十六日、控訴審判決の日。

七時三十分、坂口は房を出て、手錠をかけられ腰縄をうたれ、何人もの看守に囲まれて、裁判所へ押送のマイクロバスに乗りこんだ。今朝起床したとき、坂口は改めて「どんな判決になっても上告はしない」という一存で決めていた方針を確認した。十四年間の裁判は自己批判、真相解明といっても、とにかく長すぎて、自分が被害者、遺族の立場だったら、もうこれ以上加害者どもがノサバリつづけるのに耐えられぬだろうと思うのだ。どういう判決であれ、黙ってこれを受け入れることが自己批判の総仕上げである。坂口は懸命に自分に言い聞かせた。

九時三十分、合同庁舎七階七二五号法廷。入廷した永田は被告席につき、両手錠、腰縄姿で大谷恭子弁護人らと挨拶をかわした。同じく両手錠、腰縄の植垣がニコニコ笑いながら、白のブレザー、色物ワイシャツ、ブルーのズボンと洒落たいでたちで入ってきた。つづいて坂口も入ってきたが、顔色が驚くほど青くて緊張の普通でないのが永田に感じられた。

山本裁判長は永田ら三人が被告席にそろったのを確認すると、傍聴者の入廷を指示、傍聴者、マスコミ関係者が次々に入ってきて、たちまち傍聴席（三十二人分席）は一杯になった。一審からほとんど欠かさず公判を傍聴にきている坂口の母（七三）と、法衣の瀬戸内寂聴の姿も見えた。瀬戸内は永田らのほうを見て「ここにいるわよ」という気持で手を振った。

十時、山本裁判長は開廷を宣言、「今から判決の言い渡しをおこなう」というと、いきなり低い小さな声で「主文、本件―」といいだし、ハッと度忘れに気づいて被告を起立させた。それから一拍おいて、

「本件各控訴を棄却する」と言い渡した。傍聴席から新聞記者らがドタドタと騒がしく出て行く。再び死刑判決だったことを社に伝えるためである。山本は被告人に着席を命じ、ボソボソと聞き取りにくい声で判決理由の朗読に入り、永田らはせわしくメモをとった。被告、弁護側の主張に対する裁判所の判断を読み上げていくわけだが、聞いているとそれらはおおむね「原判決の判断は相当である」「不当でない」の連続であった。永田らは新党の共産主義化の闘いをめぐって二審法廷がどのような評価を下すか注目していたのだけれども、判決はこれといって特に検討もせぬまま以下のように切り捨てた。「これらの総括要求者はいずれも被告人永田、森の意に沿わない者、あるいは批判的な態度をとった者であり、その地位を脅かすとか対抗的な力を有するとみられていた者、女性は容姿とか、頭が良いとかで女を売り物にしているとされた者で、これらの者に対し被告人永田が、反感や不快、対抗意識ないし嫉妬などの個人的感情をも絡めて追及したことにより、森の各人に対する誤った対応を生み出し、あるいは森の提案や発言するところを受けてその意向を助長する言動に及び、更に遠山に好きだった男性として森の名を挙げさせるなど森の気づかない女性心理を取り上げて厳しく追及させるように森を促すなどしているのは、革命戦士への変革をめざすという共産主義化のための総括にはそぐわぬものである」「……原判決が山岳ベースにおける犯行を組織防衛とか路線の誤りなど革命運動自体に由来するごとく考えるのは本質を見誤っていると判示するのは理由のないものではなく、また被告人永田が被害者らに加えた言動を併せ考えると、同被告人の個人的資質の欠点と森の器量不足に大きく起因

し、その相乗作用によって問題が増幅されたとの判示も不当なものとはいえない」。

判決理由朗読の途中坂口は尿意を催し、申し出て裁判長の許可を得、小休止の間に廷外のトイレで用を済ませ、片手錠で再入廷した。被告席に戻って看守が手錠を外している間、坂口は立っていたが、ふと永田のほうに眼が行き、この人とはもう会えなくなるんだなあと思った。永田のことを「おまえ」「永田」ではなくて、「この人」というように初めて思ったのである。看守が手錠を外した瞬間、坂口は上体を左に大きく傾け、看守、植垣、看守の順で並んだ三人の向こう側にすわっている永田の右腕に手をかけ、「がんばりなさいよ」といった。間にすわっていた看守が「アッ」といったが遅かった。永田は坂口の眼を見かえし、恥かしそうにうなずいた。

判決理由・坂口。「……銃奪取、早岐、向山の殺害、山岳での殺害につき殺意を含めていずれもその非を認め、更に自らの主導したあさま山荘での徹底抗戦についてもその罪の深さを自覚し、かつ武装闘争路線は誤りであったことを潔く認めており、また国外からの脱出の呼びかけにも応えず、自らの行為を逐一明らかにし、更に当審において言動を付加して自己の犯行を明確にするなどしていて、深く反省の情を披瀝すると共に、その遺族に謝罪の書簡を送り、また母親共々弔意の慰謝の気持を述べ、弁償の意のあるところを表しているものであって、その真摯な心情は疑う余地がない。……しかしながら、被告人坂口が十四名の同志殺害にかかわったこと自体重大である上に、あさま山荘における銃撃によって三名の殺害という結果を惹起し、更に十六名に対する殺人未遂に及んだものであることを考えると、その罪責は極めて重大であり、被告人坂口を死刑に処した原判決の量刑をもって、これが重過ぎて不当であるということはできない」

判決理由・植垣。「……その犯行の態様はM作戦については自ら主導し、また山岳ベースでのメンバーに対する殴打に際しては極めて積極的であり、就中、寺岡及び山崎に対する各行為は冷酷にして残忍であり、同被告人の刑責は極めて重大である。……しかしながら、被告人植垣は、党内においては一兵士として処遇されていたものであり、その所為の裏には森と被告人永田の意向に沿って自己に総括要求が及ぶのを防止しようとした一面が窺えるほか、他の共犯者らとの比較均衡を考慮すると、被告人植垣を懲役二〇年に処した原判決の量刑が軽きに失するとはいえず、他方これが重過ぎるとの弁護人の論旨には理由がない」

死刑への憲法判断。「死刑がいわゆる残虐な刑罰にあたるものではなく、死刑を定めた刑法の規定が憲法に違反しないことは最高裁判所の判例とするところであり、原判決が同被告人らを死刑に処したことに憲法違反は存しない」

……

そしてそれでおわりだった。永田らの十四年間にわたった公判闘争が、まるで何か大がかりなカンニングみたいな手つきで、国家官僚のこの程度の作文朗読一本によってあっさりけりをつけられようとしているのであった。永田が思わず顔を上げると、山本ら三裁判官は席を立って後ろの扉の向こうに術者のごとくスッと姿を消してしまった。呆気にとられたような無様な静けさの後、廷内においてけぼりをくらった人々が急にガヤガヤとしゃべりだし、動きがはじまった。永田は大谷弁護士をつかまえ「何よこれ。もおわりなの。いいたいだけいってハイサヨナラじゃとても納得できない」とプンプンいい、大谷は苦笑しつつほんとねと、二人で山本らの泥棒のような逃げ足の速さをしばし批難嘲笑しあった。植垣は看守に促され出て行くとき、永田のほうに手をさしのべたが、頭にきてしまっている永田は話しに夢中で気づかず、これがまた永田らしくもあり、植垣は軽くうなずいて法廷をあとにした。

永田は地下の仮監に戻った。すぐに弁護人面会があり、大谷はじめ四人の弁護士がやってきて色々と話してくれ、かれらの表情言葉から自分に対するやさしいいたわりの気持を痛いほど感じて永田は有難かった。全員で断固上告すると確認したが、そのさい永田は「死刑確定後も再審請求などで闘っていくので、これからも末長くお願いします」と気の早いことをいって大谷らを失笑させた。

「坂口さんはあの時何ていったの」大谷は坂口が永田にがんばって下さいといったと聞かされると少し考えて、「坂口さんは最終弁論のときに「基本的に上告しない」と表明していたし遺族の人たちにはどのような判決が出ようと上告しないと伝えていたから、今も弁護人に上告しないといっている。そうすると死刑が確定してしまうということで、外ではみんな心配しています。三人そろって上告しましょうと手紙を書いて下さい」といった。上告期間は判決後二週間、そのかんに上告しなければ刑が確定する。

永田は身構えた。死刑判決が出た以上、上告が当然であり、いくら坂口でも一審判決を追認しただけの判決内容にハイわかりましたと従えるわけはなかろうと思っていたからだ。それがこの期に及んでなおグズグズいい、みんなを心配させるとは全く！　と苦々しく、しらずしらず被告同志の立場から「元妻」にかえってしまい、

「坂口さんも、こうなったら上告するしかないんじゃないの」と意地悪げにいった。

「そういう言い方はないでしょ。坂口さんに上告しやすくさせてあげるのが本当でしょ」大谷が諫めると、永田はしばらく黙ってから大谷による心のこもった仲裁を受けいれ、「三人揃って上告」の手紙を書くことを約束した。

坂口は後日、「主として」母と支援者の説得により、一転上告に踏み切った。

永田洋子（二〇〇五年二月）

二月十七日午前十時、検事総長高村正宏（六四）は秘書官とともに小菅の東京拘置所に赴き、所長山下守（六三）の先導により構内の諸施設、房舎等の視察をおこなった。山下とスタッフの説明に耳を傾けながら、高村は若い取調べ検事だった時代に何回も通ったことのある東拘の記憶と、今のこの眼に新しい構内のさまざまな細部の間に、流れ去った時間のはるかさを感じて感慨深かった。

「昼食の後、君のリクエストにこたえられそうだ」山下は所長室で高村と差し向いになるとぐっとくだけた口調に変わった。高村と山下は高校の同級であり、ここ数年公私にわたって親しい交流がつづいていた。退官をひと月後に控えた高村は、思い立って旧友に頼み込み、国への奉仕の人生の一区切りのとき、あくまで公務の形式のもとにであるが、いささか気恥ずかしくないこともない〝感傷旅行〟を試みたのであった。東拘には高村の退官前にもう一度だけ、見ておきたいと思う人物が収監されていた。

お昼のあと一服しつつ、山下は好奇心たっぷりにこの司法改革の雄、泣く子も黙る検察トップの顔を見直し、「君ともあろう人がどういう風の吹きまわしなのか。君のアルト・ハイデルベルクということかね」と冗談をとばした。

「うん。まあそういうことになるかもしれない」検事になって最初にぶつかった大事件が連合赤軍事件だったからと高村は振り返った。そのあとロッキード事件丸紅ルートの調べなども遣り甲斐ある任務だったが、今も記憶に鮮明なのは連合赤軍リンチ殺人事件主犯永田洋子の取調べ中のあるときに見せた稚ない、そう、此の世にだまされに生まれてきたとでもいうしかないような一瞬の表情であった。高村は「ささやかな権力」を使って、あのときのあの顔のその後を見届けておきたかったのである。

「永田の病状は一進一退というところだ。少しずつ悪くなっている」山下は老眼鏡をかけて書類綴の頁の活字をたどった。「九三年死刑確定囚になってしばらくは元気でいたようだが、ここ一、二年独居房で寝ている時間のほうが多くなり、意識も混濁―晴明をいったりきたりして、最近は混濁の時間が長い。一昨日から治療室に移して様子を見ている状態だ。意識のハッキリしているときの永田は六十才になった今も昔の威勢のいい永田と変わらぬセリフを吐くことがあると、永田と十年以上つきあいのある看守がいっている」

「判決確定の以前と以後で、永田の言動に特段の変化はないという見方かな」

「見える範囲ではそうだ。ただ永田を知る看護婦の一人と話したとき、東拘での永田は脳腫瘍の手術をした前後に非常な変化を示したというんだ。永田にとって東拘の職員であるわれわれは「獄中闘争」の相手であって、そうした関係は不変であるというのが今も永田の生き方だ。ところが八四年七月の手術のあと、意識をとり戻したときに、そばについていた東拘の看守や看護婦たちに「ありがとう」といった。彼女らは馬が英語をしゃべったという位驚いたそうだ。回復後の永田はまたうるさい獄中闘争の人に舞い戻ったけれども、「ありがとう」はそのあとも永田の口から出ることがあったし、なによりもわれわれ職員に対して同じ人間仲間らしく対してきている感じが伝わってくるという。それは自分もそう感じないではない」

「顔だけ見ていこう」高村は腕時計を習慣的に見ていった。

午後一時三十分、高村は、山下、永田の担当医、看護婦、看守長といっしょに女区の治療室に向かった。道々医師は「記憶のほうが難しくなっています。近くのことはまあまあですが、以前のことになると空白が多いようです。自分の書いた本を読みながら、よくわからんと首をひねっていますよ」などと話す。われわれの脳だって昔のこととなれば都合のいいところしか残しておかないんだしなとやや反発的に高村は思った。

「こちらです」看守長が立ち止り、ノックして高村らを招じ入れた部屋は、「治療室」と名乗っているものの、独房を横に三個並べた程の広さで、中央にベッドと点滴用の鉄柱しかないがらんとした空き部屋だった。入口のドア横に監視担当の看守の椅子があった。看守は看守長に「――号（永田の東拘における認識番号）は朝九時からずっと眠っています」と報告した。高村は山下の後についてベッドの頭のところに行き、看守、看守長、医師、看護婦は入口近くに並んで立って待機した。

見おろしたとき、大きなベッドと枕の一面の白の中に消え入ってしまいそうな、とても小さな白髪の老婆の眼を閉じた顔があった。規則正しい呼吸に合わせてゆっくりと、たくさんのしわが顔の中心に集まったり拡がっていったりを繰り返している。高村はかすかに数字上の混乱を感じてうろたえた。いくら何でも本物の永田はこんな年令ではない筈である。

山下は「今日は調子がいいらしい。数値が落ち着いているというんだ」とささやいた。すると永田が眼をあけた。永田は老婆の顔のまま、高村の記憶の中にとどまっている「本物の永田」に自分を移し替えたかのように高村を見上げたのである。このわびしい部屋の全部がまるごと「本物の永田」といっしょに時のへだたりを超えて今自分の眼前にあるという実感がやって来た。永田はそう「変わっていない」ようだと高村はホッとしてうなずいた。

「知らない人ですね。名のって下さい」永田は高村の記憶にある声と口調でいった。

「私は所長の山下です。こちらは法務省から東拘の病舎の視察に来られている方。長居はしないから楽にしているように」

「高村正宏です。お大事にして下さい」

永田は名を名乗り、「再審請求の闘いをつづけています」といって眼をつぶり、黙った。しかし見た目に生き生きした表情は変わらず、頭は活発に働いていると感じられた。

「そうですか。視察ですか」永田がつぶやいたとき、高村は決心して山下の耳元で、

「彼女は少しなら話せそうに見えるから、十分くらい時間をくれないか。二、三確かめておきたいことがある」といった。

「検事総長として?」

高村がうなずくと、山下は待機している看守らに対して「視察の途中だが、自分はいったん所長室に戻る。このかん看守は位置につき、医師と看護婦は室外で待ち、看守長は私といっしょにくる」と指示、何かあったら看守にと高村に耳うちして出て行った。高村は永田の枕元に近く、看守が持ってきてくれた椅子に腰をおろした。

「あなたはぼくがわかりましたか」

「入ってきたときからわかっていました」

「病気が大変だと聞きましたが」

「脳腫瘍は私の犯した誤りに対する懲罰だと認めてもかまいませんが、同時にあなた方との闘いを支える武器であり、私のバリケードでもあります。特に頭の悪い権力の死刑攻撃に対してはね。坂口さんにとっての短歌が私の場合は脳腫瘍で、病は私の抒情詩ですらあるのです」

「あなたがバリケードにたてこもっている間に、外では私たちが仕事をしました。外はあなたの思うより時間の過ぎ方がおそろしく速くて、ついていくのに大変なんですよ。ハッキリ申し上げますが、世界の現実を変えたのは働いた私たちであり、ついていく努力をはじめから放棄していたあなたとあなたの仲間たちは、このかんただ指をくわえて見物し、また遠くから吠えていただけでした。違いますか。あなたはこの世界で何かを変えましたか。変えたとして何を、どう変えましたか」

「外にいたら、学校の給食の炊事婦をやりたかったな。みんなに喜んでもらえる仕事だから。薬剤師はもう真っ平。まして検事となると、私は腰が引けますね」

「総括のことを話しましょう。連合赤軍事件に直面したとき、これが「革命の問題」であると私は確信しました。

このことは取調べ中にあなたにも申し上げた。したがって、事件の原動力を主として指導者個人の「資質」「器量」に帰して思考を停止してしまっているように見える一審二審判決には、私もこれは十分に円満な解決とはいえないなと感じました。そこで改めてあなたに伺います。あなた方の希求した革命の敗北＝同志十四名殺害はどうして避けられなかったか。あなたは死線を越えてきた人だ。敗北を克服していくどのような道筋をあなたは今思い描いているのですか。聞かせて下さい」

「連合赤軍の発足した当時の世界は、武装闘争の推進により問題の解決を追求する潮流が少なくとも革命的左翼の世界においては支配的だったと思います。私たちもそうした潮流の中で、かつその尖端で思考し行動していました。私たちは連合赤軍の敗北をまずそういう潮流の総体、左翼総体の誤りの尖端における反映と位置付けます。それはもちろん尖端にあって実際に大敗北を喫し、大きな誤りを犯したのは私であり、森さんであり、坂口さんであり、……個々の人間なのだけれども、個々の私たちの思考・行動を基盤としての六、七〇年代世界の階級情勢と一体にとらえて問題にしていくのでなければ、事件の真実は見えず、教訓はゼロになります」

「だから、そこのところは私もあなたとほぼ同意見なのです。私が聞きたいのは個人の懺悔なぞではない。真摯な懺悔には心打たれますが、そこにだけとどまっているのでは問題解決にならぬというのも了解です。あなたが問題をどう解決しようとしたか、しているかそれだけ端的に語って下さい」

「私たちは山岳ベースにとじこもり、結果としてですが自分たちを外界から遮断しました。敗北の出発点はこのいわば思想としての「遮断」にあったと思います。外の世界と人間の狎《な》れ合い、あいまいな生き死にの姿が苛立たしくて、それを「革命」せんとして私たちはまずそこからサッサと召還してしまったのです。私たちは共産主義化の闘い＝指導部会議、全体会議をとおして世界を山岳の内―外、革命―反革命の両極に二分割し、その上で生きた現実と人間を二分割し、「革命」に向かって跳躍せんとしました。山岳の「内」には、それは違うんじゃないか、両極の中間には無限の差異がひしめいているぞと公言する思想と行動が存在できなかったこと。森さんの中にも私の中にも、ゼロか百かだと自分に言い聞かせつつ、一方でそこから不断にはみだしていく部分があったわけですが（私たちだって、

「動揺」し続けていたのです）、そのはみだした部分を言い表し、新党の闘いに組み込んでいく思考が私たちにはなかったのです。同志十四名殺害は、当時の大潮流に規定された私たちの「銃によるセンメツ戦」路線と、それを実現せんとして私たちの陥った思考の限界・怯懦の結果です。「外」を排除するのでなく、自分たちの組織・運動の「内」に、自分たちの「死」をも最終的には要求できる権限を持つ「外」を制度的に組み込んでおくこと。それでもなお誤りは生ずるかもしれない。しかし「外」をあらかじめ排除したところから出発した新党は、自身の誤りを常に「外」に押しつけることによってしか「解決」できず、誤りの拡大の道しか進めなかった。「外」を内に組み込む思考は、少なくとも自身の誤りにつまずいて途方にくれることはできる。この違いは大きいと思う」

「あなたのいう「外」を、もう少し具体的に」

「私は死刑確定後、高橋和巳『内ゲバの論理はこえられるか』を読み返して大きな示唆を受けました。高橋さんは私のいう「外」を、「内」において対立する二者に対して中立的・自立的な「第三者」と表現しています。この世界と人間はどこまで遠く行っても、百かゼロかの深淵に向かって飛び込むべきでなく、その手前で立ち止まらねばならない。立ち止まらせる力の座が「外」なる第三者である。私たちは「外」なる第三者の光に照らされた場所においてのみ、対立の「解決」の糸口を手にしうるのであり、「誤り」を少なくすることができる！　高橋さんは次のようにいいます。

……査問、リンチ、内ゲバは、革命的党派内部の問題は、自ら裁決する権限を持ち、その意見対立や規律違反に対する制裁を直接的に公開することは利敵行為になるとする論理に支えられて発生する。しかし、変革を志向する党派や個人は、自らの見解を常に公然と表明しておくべきものである。権力を維持しようとする者の持つ不可避な属性が隠蔽によるのに対して、変革者は、自らの理論的正しさを確信するものであるゆえに、恐れることなく自己の原理原則を公然と示しておくべきである。……

理想的には、規律違反者を制裁するにせよ、それは大衆の面前でおこうべきだ。なぜなら、人が人を裁く権利をもつとすれば、それは未来を担い、自己のみならずあらゆる階級を疎外から解放すべき人民の名においてだけである。

ただ、変革途上ではその理想はただちに現実化しえないとすれば、自らに共感的な、しかし党派に属さない、信頼しうるたった一人の労働者でもよい。その〈代表者〉の前で、査問し、判決し、処置を決めるべきなのである。そうすれば、党派の構成員の相互関係を、共犯関係に堕せしめるような陰惨な事態だけは避けることができる。……

「そうです。私たちの「新党」にも高橋さんのいう〈代表者〉たりうる人は存在していました。「みんなとは違う立場」を語った山本さん夫妻、山崎さん処刑の直後に入山した伊沢信一君は、私たちの誤りを照らし出す「外」なる第三者たりうる人たちでした。しかし私たちはそのかれらをも対立する二者の一方に組み込んでしまった」

「どうしてそうなったのです。あなたも森氏も、当時すでに高橋の文章を読んでいたはずですが」

「読んだつもりでも、読めていなかったんだろうと思います」

「今は正しく読めていますか」

「そのつもりです」

「いいですか。正しく読めるということは、あなたは一般の読書人ではないのだから、外なる第三者を内に組み込んだ組織・運動のイメージを具体的に先取りできているということですよ。それができていますか」

「夢としてあります」

「夢ですか。あなたも気が長い」高村の眼にかつて永田を発奮させた昔のままの嘲笑の光が宿った。「ところで、外であくせく働いていた私のほうは、あなたが夢見ている間に、「外なる第三者」を価値の源泉に据え直した、司法制度の諸改革に取り組んで、ささやかながら「変革」の一歩を踏み出しているんですよ。今は「案」の段階ですが、「変革」の柱は二つ。①裁判員裁判の導入。②取調べの可視化。裁判に「外」の視点を導入し、密室の取調べだったものを「外なる」視線の真っただ中でおこないます。「外なる」一般国民が国家による権力の行使を文字通り見張るのであり、亡き高橋和巳の正しい提起は、あなた方左翼ではなくて（まだ「夢」じゃあね）、高橋の敵側だった私たちによって実践的に受け止められたということの事実に、高橋とともにあなたもしっかり傷ついてほしいと思います。ただし、私たちの受け止め方は、筆者高橋の望んだであろうものとは違いがあります。高橋とあなたのいう、世界に正しさをもたらす「外なる第三者」の中身が違っているのです。私たちの導入する「外」はあくまでも一般国民でありただの人であり、権力欲あり色欲あり、なるべく面白おかしく生きていこうとし、まじめだったり不まじめだったり、ひがんだり、妬《ねた》んだり、勤勉でもあり、怠け者でもある、要するに私もその一員であるような普通の人を究極的に指向しています。私は努力して出世をし、よい家庭を得ました。私は自分のかちとった地位を誇りにしています。また一市民として、人々と共に幸福を分かち合って行きたいと念じています。そういう私と、高橋やあなた方と、どちらがより深く「一般国民」と連帯しうると思いますか。あなた方の指し示す「外なる第三者」としての「大衆」「労働者」にははじめからあなた方に「共感的な」とか、あなた方の「信頼しうる」とかいう手前勝手な限定がくっついているではありませんか。あなた方の推奨する「第三者」とはつまるところ〝聖人君子〟なのだ。それでどういう革命が可能ですか」

「あなたという権力者が連帯しうるのは一般国民の全部ではないでしょう。その点私たちと同じ穴のムジナではないんですか」

「一般国民を私は限定などしない。だから私は一般国民と一体なのです。あなた方はいつでも、手をかえ品をかえ限定しようとします。共産主義化の闘いとやらはその最悪の例でしょう。連合赤軍の総括に戻ります。あなた方は何故、山本夫妻や伊沢君を、指導部の誤りをチェックしうる「第三者」として遇することができなかったのですか。どうですか」

「そうする力量が私たちにはなかった。権力とのセンメツ戦が間近に迫っており、私たちはそれに備えねばならぬという認識でした」

「今ならばどうです。山本夫妻、伊沢君のような人々をあなたのいう「第三者」として待遇できますか」

「そうしたいと願います」

「私の考えを申し上げましょう。今もそれはあなたには無理です。あなた方をとりまく状況は変わり、あなたの同志だった人々、塩見も、川島も、坂口も、あなたのごらんのとおり、変わりました。ところがあなたの人間は事件の時から今日まで、根本に変化はない。塩見、川島、坂口は、命を惜しむ普通の人間のようです。あなたはたとえばかれらを、今のあなたを裁く「第三者」としてあなたの内に組み込めますか。無理でしょう。あなたが今も聖人君子のままだからです」

「私は自分の命を惜しみます。だからこそ病と闘うのだし、塩見さんらの生命を惜しむふるまいも大切に思います。誤解のないように。塩見さんらに不満があるとしたら、自分の生命を惜しむ真情を公然と表明することなく、私個人の生命の惜しみ方を批難しようとするところです。死刑判決と闘うことが亡き十四名の同志との連帯であるという生命愛の表現を認めようとしない誤りを、私は塩見さんらに対して問題にしたのです。高村さん、聞いているとあなたも結局、塩見さんらや、判決と同様、事件の核心に私や森さん個人の「資質」「器量」の問題を見るというわけですね。違いますか」

「あなた方がいなくても、同じような事件は起こりえたと思います。しかし、森氏とあなたの個性が介入しなかったら、あの事件はあれとは別な形で展開しえたかもしれない。その限りで、指導者であったあなたと森の個性、資質は、批判的関心、検討の対象になりますね」

「亡き同志十四名をあなたのいう「一般国民」に入れるのですか」

「当然でしょう。塩見らだって同じです。今そうでなくても、そうさせるのが私のライフワークですから。必ず、きっと」

「私は手に入る武器の全部を使ってあなた方のたくらみを阻止したいと思います」

永田は眼をつぶった。こういう秀才と面白く世間話をするのもこれが最後になるだろう。永田は久しぶりに遠い昔、森と二人で迦葉山ベースの小屋を出て行くとき、振り返って見たみんなの顔を思いかえした。みんなの様子はとても高村の「一般国民」とやらに繰り入れてもらえそうになかったので一安心だった。

「おわりました」高村は立ち上って入口のところにいる若い看守に声をかけ、室から出て行くときに、「彼女はぼくの初心だったんだよ」とつぶやくように言った。

二〇一一年二月五日、永田洋子は東京拘置所において死去。享年六十五。

（下　了）

参考文献

Ⅰ　単行本

『十六の墓標』上・下　永田洋子　彩流社
『私生きてます』永田洋子　彩流社
『愛と命の淵に』永田洋子（瀬戸内寂聴と共著）福武書店
『続十六の墓標』永田洋子　彩流社
『獄中からの手紙』永田洋子　彩流社
『遺稿森恒夫』森恒夫　査証編集委員会
『銃撃戦と粛清』森恒夫　新泉社
『あさま山荘１９７２』上・下　坂口弘　彩流社
『続あさま山荘１９７２』坂口弘　彩流社
『永田洋子さんへの手紙』坂東国男　彩流社
『兵士たちの連合赤軍』植垣康博　彩流社
『優しさをください』大槻節子　彩流社
『連合赤軍少年A』加藤倫教　新潮社
『連合赤軍「あさま山荘」事件』佐々淳行　文藝春秋
『連合赤軍「あさま山荘事件」の真実』北原薫明　ほおずき書籍
『連合赤軍』読売新聞社会部　潮出版社
『神曲地獄篇』高木彬光　光文社
『過激派壊滅作戦』滝川洋　三一書房

『赤い雪』角間隆　読売新聞社
『日本赤軍派』Ｐ・スタインホフ　河出書房新社
『封建社会主義と現代』塩見孝也　新泉社
『連合赤軍事件を読む年表』椎野礼仁編　彩流社
『日本赤軍とは何だったのか』和光晴生　彩流社
『わが解体』高橋和巳　河出書房新社
『新編「赤軍」ドキュメント』査証編集委員会　新泉社
『新左翼全史』蔵田計成　流動出版
『新左翼理論全史』新左翼理論全史編集委員会　流動出版
『昭和史事典』昭和史研究会　講談社

Ⅱ　雑誌

『週刊現代』（七二・三・二一号増刊）連合赤軍事件　緊急特集号　講談社
『週刊サンケイ』（臨時増刊号　七二・四・一〇）全調査・赤軍事件の真相　サンケイ新聞社
『情況』（七三・五・一）連合赤軍とその軌跡　情況出版社
『塩見孝也論叢』４～８　塩見孝也
『マルクス主義』２（七九・一二）日本社会主義研究所
＊そのほか多数の新聞、雑誌など関係資料を参考にしました。

著者紹介

金井 広秋（かない ひろあき）

1948年　群馬県生まれ。

1964年　前橋高等学校入学。

1968年　慶應義塾大学文学部入学。69年から71年にかけて、最後の時期の三田新聞の編集にかかわった。

1980年　慶應義塾大学大学院博士課程修了（日本近代文学）。

2014年3月まで慶應義塾高等学校教諭（国語科）。

死者《ししゃ》の軍隊《ぐんたい》（下《げ》）——連合赤軍《れんごうせきぐん》の彼方《かなた》に

2015年5月30日　第1刷発行

定価はカバーに表示してあります。

著　者　金井 広秋

発行者　竹内　淳夫

発行所　株式会社 彩 流 社

〒102-0071　東京都千代田区富士見2－2－2

電話　03（3234）5931　FAX 03（3234）5932

http://www.sairyusha.co.jp

e-mail:sairyusha@sairyusha.co.jp

印刷　㈱平河工業社

製本　㈱難波製本

装丁　佐々木正見

ISBN978-4-7791-2117-3 C0036

日本赤軍とは何だったのか

4-7791-1478-6 C0036(10・05)

その草創期をめぐって　　和光晴生 著

パレスチナと共に生きた著者が、初めて日本赤軍の内部事情を語る。最後に語られる、あの時代……。『1968』の著者小熊英二に問いかける、人は「現代的不幸」の故にのみ闘いに立つのだろうか……。

四六判並製　2000円＋税

釜ヶ崎赤軍兵士 若宮正則物語

4-88202-694-5 C0036(01・01)

高幣真公著

釜ヶ崎でのラーメン店、交番爆破、初の獄中者組合の結成、土田・日赤・ピース缶爆弾事件の真犯人証言、そしてペルーの旅の途上での死……。新左翼運動の異端児として奔放に生きた活動家の生涯を追ったドキュメント。

四六判並製　1800円＋税

連合赤軍事件を読む年表

4-88202-621-X C0336(02・08)

椎野礼仁編

事件の全貌をこの1冊に凝縮した読む年表。新左翼の誕生から「連赤」裁判まで、年表にしてはじめて見えてきた事件の客観的な流れとそのプロセス、社会情況との密接な連関。元連合赤軍兵士・植垣康博による詳細な「解説」を付す。

A５判並製 1400円＋税

はるかなる「かくめい」

4-88202-2134-0 C0036(15・06)

ある「過激派」の手紙　　岩崎司郎著

「暮れなずむ 荒川の土手 子供らの 上げる花火の 音のみ聞こゆ」 自衛隊基地に爆弾を仕掛けた容疑で1972年に逮捕、東京拘置所に拘束されてから79 年に府中刑務所へ下獄するまでに親しい友人に書き送った手紙で編む遺稿集。

四六判並製　1600円＋税

極私的全共闘史

4-88202-699-0 C0036(07・11)

中大 1965-68　　神津 陽著

「全共闘オヤジ批判」に答える書！ これまで語られることのなかった、全国初の〈中大学生会館自主管理・学費値上げ白紙撤回〉連続勝利の謎を年代記風に解明し、全共闘世代が抱えた自立思想と魅力ある闘いの方法論を明かす。

四六判並製 1800円＋税

I LOVE 過激派

4-7791-1289-8 C0036(07・09)

早見慶子著

ちょっと覗いてみてほしい。私の繰り広げた過激派ワールドを！ 私の過去に犯した罪の告白。1980年～90年代バブルの時代。セレブなお嬢様にならず、なぜかゲリラ活動。アジト生活、ガサ、逮捕と最底辺の生活……。

四六判並製　1800円＋税

「連合赤軍は新選組だ！」

4-7791-1987-3 C0036(14・02)

その〈歴史〉の謎を解く　　鈴木邦男著

なぜ右翼運動家が？「『五〇年後には連合赤軍は新選組になるでしょう』と僕は植垣康博さんに言った」。鈴木邦男は、左翼運動の壊滅後、連合赤軍問題を現在まで検証し続けてきた唯一の人物なのだ。

四六判並製　1800円＋税

十六の墓標（上・下）
4-88202-034-3,037-8, C0036

炎と死の青春　　永田洋子著・瀬戸内晴美序

連合赤軍事件はなぜ起こったのか？　女性リーダーが、自らの生いたち、学生運動から革命運動への道、共産主義化と同志殺害……獄中から描く手記。下巻に瀬戸内晴美（寂聴）の「編集者への手紙」を付す。　**四六判並製　上 1500 円／下 1800 円／＋税**

あさま山荘 1972（上・下・続）
4-88202-252-4,253-2,338-5 C0036

坂口 弘著

戦後史の中で衝撃的な事件として記憶に新しいあさま山荘銃撃戦の当事者が、沈黙を破って 20 年ぶりに筆をとり、内側から当時の状況を克明に描く。著者は連合赤軍事件全体に係わっており、その詳細な証言は貴重な歴史的遺産となった。　**四六判並製　各 1845 円＋税**

兵士たちの連合赤軍（改訂増補版）
4-7791-2051-0 C0036(01・02)

植垣康博著・鈴木邦男・椎野礼仁解説

受験体制への反発から津軽の弘前大へ。そこで全共闘運動の渦中に入り、途中で赤軍派へ加盟。坂東部隊の一兵士としてM作戦を実行、連合赤軍へ参加する。山岳ベースでの「殺害」に加わり、恋人の死とも直面する。苦悩に満ちた半生を綴る。　**四六判並製 2000 円＋税**

優しさをください（新装版）
4-88202-472-9 C0095(98・05)

連合赤軍女性兵士の日記　　大槻節子 著 , 立松和平 序文

連合赤軍事件で悲劇的な死をとげた女子学生の 68 年～ 71 年にかけて遺した日記。ここに表わされたものは、60 年代後半から 70 年代初頭の激動の時代の重圧にあえぎながらも、人間らしい生き方を追求した真摯な魂の記録である。（電子本）　**四六判並製 1500 円＋税**

私生きてます
4-88202-085-8 C0036 (86・06)

死刑判決と脳腫瘍を抱えて　　永田洋子著・瀬戸内寂聴序文

東京拘置所で服役中の著者が、自らの脳外科の手術・入院、闘病のなかでの裁判、瀬戸内寂聴氏らとの交流……鉄格子をはさんで繰り広げられる極限の世界を自筆画 30 点を交えて描く迫真のドキュメント。（電子本）　**四六判並製 1500 円＋税**

永田洋子さんへの手紙
4-88202-699-0 C0036(84・11)

『十六の墓標』を読む　　坂東国男著

あさま山荘銃撃戦で逮捕され、75 年の日本赤軍の在クアラルンプール米国大使館占拠で人質との交換条件として出国した著者が、『十六の墓標』を読んだ返信として書いた本書は、連合赤軍問題への国境をこえた一兵士の貴重な証言である。（電子本）　**四六判並製 1500 円＋税**

赤軍派始末記（改訂版）
4-88202-694-5 C0036(09・11)

元議長が語る 40 年　　塩見孝也著

京大入学、ブント・三派全学連再建、赤軍派結成、大菩薩事件、よど号ハイジャック、日本赤軍、連合赤軍事件、獄中生活、「拉致」疑惑……「すべて」を知る元赤軍派議長が自己史を通して初めて明かした新左翼裏面史の改訂版。　**四六判並製　1800 円＋税**